中国惊险悬疑科幻小说佳作选

明日杀机

LIU WEIJIA
EDITOR

刘维佳 编

新星出版社　NEW STAR PRESS

图书在版编目（CIP）数据

明日杀机：中国惊险悬疑科幻小说佳作选 / 刘维佳编. -- 北京：新星出版社，2021.3
ISBN 978-7-5133-4334-3
Ⅰ.①明… Ⅱ.①刘… Ⅲ.①幻想小说-小说集-中国-当代 Ⅳ.①I247.7
中国版本图书馆CIP数据核字(2021)第 016684 号

光分科幻文库

明日杀机：中国惊险悬疑科幻小说佳作选

刘维佳 编

责任编辑：杨　猛
责任印制：李珊珊
装帧设计：阿鬼设计

出版发行：新星出版社
出　版　人：马汝军
社　　址：北京市西城区车公庄大街丙3号楼 100044
网　　址：www.newstarpress.com
电　　话：010-88310888
传　　真：010-65270449
法律顾问：北京市岳成律师事务所

读者服务：010-88310811　service@newstarpress.com
邮购地址：北京市西城区车公庄大街丙3号楼 100044

印　　刷：北京美图印务有限公司
开　　本：910mm×1230mm　1/32
印　　张：16
字　　数：450千字
版　　次：2021年3月第一版　2021年3月第一次印刷
书　　号：ISBN 978-7-5133-4334-3
定　　价：49.00元

版权专有，侵权必究；如有质量问题，请与印刷厂联系更换。

- 序 言 -

惊魂动魄阅科幻
——浅谈惊险科幻小说

刘维佳

2020年中国科幻界最大的事件,应该就是叶永烈老师的逝世了。

关于叶永烈老师在中国科幻中的地位,网友们说得好:"他就是八十年代的刘慈欣。"是的,叶永烈就是二十世纪七十年代末、八十年代初那一次中国科幻热潮中的领军人物。

叶永烈老师最著名的科幻作品自然是《小灵通漫游未来》。这部作品销量巨大,受众甚广,但实际上是很典型的少儿科幻读物。真正成就了叶老师、在当时很快掀起全国科幻热潮的作品,其实是今天读者有点陌生的一种科幻小说类型——惊险侦破科幻小说。

中国科幻小说自缘起就带着历史使命,晚清时是"导中国人群以进行,必自科学小说始";新中国成立后一段时间里,科幻肩负着科普使命,以科普为叙事核心,故事的舞台主要在实验室和教室;而到了八十年代的那次科幻热潮,科幻小说的核心终于落到了故事本身,其中,讲究精彩叙事、人物塑造和情节构思、兼具科学理性思维的惊险科幻小说,无论是在创作方面还是传播方面,都迎来了一次大爆发,也从某种程度上塑造了中国科幻的今天。

一

惊险小说，可能是全世界拥有读者数量最多的文学类型。细数各国历年创作出版小说的种类和销量，各类惊险小说经常占据最大份额。惊险小说的巨大群众基础和惊人的影响力，吸引了很多严肃文学家也投身其中，爱伦·坡、马克·吐温、威廉·福克纳、毛姆、格雷厄姆·格林……都写过推理小说或间谍小说，甚至维多利亚时代的大文豪狄更斯也创作过一部侦探小说《德鲁德疑案》。

被誉为"世界文学史第一部真正意义上的科幻小说"的《弗兰肯斯坦》，就是一部带有极为浓重的惊悚恐怖色彩的长篇小说。这部科幻文学开山之作，在文学史上长期被归类为有着"黑色浪漫主义"之称的哥特小说，评论家认为，《弗兰肯斯坦》是"在传统的哥特式小说基础上加入现实主义及科学幻想的要素"而获得成功的。玛丽·雪莱自己则在1831年版的序言中谈到自己写作这部作品的目的，是要讲述"天性中神秘的恐慌"和"战栗的恐怖"，要讲好一个使读者"不敢四顾、血液凝滞、心跳加速"的恐怖故事。由此可见，科幻小说自诞生之日，就与通俗惊险小说结下了不解之缘。

欧洲两位科幻文学之父的著作里也少不了惊险科幻的身影。儒勒·凡尔纳的《蓓根的五亿法郎》《格兰特船长的儿女》《神秘岛》，H.G.威尔斯的《隐身人》《莫罗博士岛》等作品，都是长盛不衰的惊险科幻名著，深受全世界读者喜爱，影响了各国一代又一代的科幻作家。

当科幻文化登陆美洲新大陆之后，也是惊险科幻小说令科幻文化在美国扎根繁衍、迅速成长。

一战结束后，极为廉价的纸浆杂志在美国流行开来，普通大众也消费得起杂志了,通俗文学因此极大繁荣,各种题材的通俗小说读物层出不穷,其中最受欢迎的就是以侦探小说为主打的纸浆杂志。

当时,美国通俗小说市场上充斥着侦探小说、爱情小说、恐怖小说、西部小说、冒险小说等众多类型文学,而正是"强调传奇性而不是科学性"的惊险科幻冲锋陷阵、摧城拔寨,为科幻打下了偌大一片江山,奠定了坚实的读者基础。

即便在走过童年之后,美国科幻也并未"忘本",依然与惊险小说联系紧密。

一般认为,科幻史上著名的"黄金时代",大体上可以从1937年约翰·坎贝尔正式担任《惊奇科幻》杂志主编开始算起,尤其以1939年7月A.E.范·沃格特的第一篇科幻小说《黑色毁灭者》发表为标志性事件。《黑色毁灭者》是极其典型的惊险恐怖类型科幻小说,电影史上具有划时代意义的科幻名片《异形》,就改编自这篇伟大的作品。

而约翰·坎贝尔自己,虽是"工程师科幻"的行业标准创立者和倡导人,但他也同样提倡对惊险科幻类型的发掘和拓展。他自己最著名的作品,就是写于1938年的《谁在那儿?》,这篇科幻小说也与《黑色毁灭者》同属于惊险恐怖科幻小说,也同样被改编成了另一部经典科幻电影《怪形》。

"黄金时代"所造就的科幻三巨头、四才子,无一不是写作惊险科幻的高手。最典型的便是写作了大量侦探推理科幻小说的艾萨克·阿西莫夫,他的名作《赤裸的太阳》,很多读者认为其水平不亚于《东方快车谋杀案》;还有著名的《钢窟》,也是典型的侦探推理科幻小说,这部长篇还开创了"机器人协助人类侦探破案"的经典设定。而"机器人三法则"的相关作品,几乎全是讲述"神探智破机器人犯罪疑案"的故事。(这里说个有趣的小发现——叶永烈很像阿西莫夫:两人都擅长写惊险侦破科幻小说,都创作过大量优秀科普作品,都出版过很多历史题材读物……)

"三巨头"中唯一土生土长的美国科幻大师罗伯特·海因莱因,

其作品的惊险悬疑小说色彩也非常明显，比如《傀儡主人》《双星》等。由他的短篇名作《你们这些回魂尸——》所改编的科幻电影《前目的地》，甚至有影迷认为是自己看过的最烧脑的悬疑电影。

有着"被好莱坞搬上银幕数量最多的科幻作家"美誉的菲利普·迪克，正是由于承袭了美国黄金时代那种惊险科幻故事的戏剧模式，很对好莱坞的胃口，其作品才屡屡被搬上银幕。略一盘点就会发现，迪克那些被改编为电影的小说，基本都有很重的惊险小说的色彩，其中，最经典的《银翼杀手》改编自迪克的长篇《仿生人会梦见电子羊吗？》，讲述的是侦探为获取悬赏而追踪猎杀逃亡仿生人的故事，这个故事模式就是典型的惊险叙事，很接近"黑色电影"。由于此片定义了赛博朋克美学，一举封神，导致后续很多赛博朋克电影和游戏都走上了惊险叙事之路。

顺便提一下，在最近四十年间那些风靡全世界、影响力巨大的科幻电影里，惊险科幻片的占比尤其大，比如《终结者》系列、《异形》系列、《黑客帝国》系列、《攻壳机动队》系列、《机械战警》系列、《黑衣人》系列、《铁血战士》系列、《特警判官》系列、《侏罗纪公园》系列、《撕裂的末日》《全面回忆》《盗梦空间》《超能查派》《少数派报告》《移魂都市》《异次元骇客》《末世纪暴潮》《我，机器人》……不胜枚举。实在难以想象，缺失了惊险元素，科幻电影会如何失色。

二

我国的惊险科幻小说早在二十世纪三十年代末就出现了。顾均正老先生创作的《和平的梦》《伦敦奇疫》《在北极底下》这三篇经典惊险科幻佳作，开启了中国惊险科幻小说的大门。不过，我国的惊险科幻小说传统并不传承自这一脉,也和西方惊险科幻的基因不同,而是一类特殊的惊险科幻,也可以叫作反特侦破科幻小说,这个流派的传统来自苏联。

二十世纪五六十年代,我国翻译引进了大量苏联侦破小说和间谍小说,诸如《红色的保险箱》《今天就要爆炸》《在前线附近的车站》《无形的战斗》《危险的路》《冒名顶替》等等,其中甚至就有《金刚石》《黑海宝藏》这样的"防奸反特科幻小说",极受读者喜爱。六七十年代,中国通俗小说创作深受这些苏联惊险小说影响,涌现了一大批反特侦破小说,诸如《一双绣花鞋》《信号枪》《第二方案》《未结束的战斗》《红石口》《边城风雪》《壁垒森严》等等,甚至"文革"时期的许多原创手抄本反特小说,都是学习这些小说的叙事经验创作的。这些引进和原创的惊险小说,是当时社会上最流行的读物,直到八十年代国内都有很多惊险小说师从它们,其中就包括科幻小说:叶永烈在这个时期,不仅创作出了奠定其科幻领军人地位的号称"中国福尔摩斯"的"神探金明系列"惊险侦破科幻小说,而且亲自主编了《中国惊险科学幻想小说选》(1981年版),收录了一大批极为优秀的惊险科幻小说,比如童恩正的《珊瑚岛上的死光》,王晓达的《神秘的波》,刘肇贵的《β这个谜》,王亚法的《虎鲨人臂案》,魏雅华的《"飞毯"的风波》,吴伯泽的《隐形人》……回顾1979年至1983年间传播最广的原创科幻小说(包括改编的小人书和期刊连环画),几乎全是这些引人入胜的惊险科幻小说——"抓刺探我国高科技的间谍特务"就是那些改编的科幻故事中最主要的剧情。正因为惊险故事对中国科幻发展助力极大,所以在那几年的中国小说界,科幻小说与惊险小说堪称"情同手足"。据调查,从1977年到1979年上半年,在所有科幻小说中,以科技发展为主题的作品占比还在百分之九十以上,而到了1981年,这类作品占比下降到了百分之四十,而以惊险、恋爱为内容的作品则占了大多数。

诸如此类的现象,足以说明当时科幻小说的复兴以惊险科幻为主力军。当时中国科幻之所以能够迅速走进普通大众、强势崛起,主要就是因为以叶永烈、童恩正等人为代表的作家全面引入惊险叙事和通俗创作手法,从而使科幻获得了极广的传播,掀起了中国科幻第二次热潮。

三

经过梳理,我们不难得出结论,惊险科幻小说在世界科幻小说史上可谓举足轻重。然而颇为遗憾的是,进入二十世纪九十年代之后,中国科幻中这一类型却开始式微,整体数量呈逐年下降的趋势,至今仍然如此。

尽管仍有绿杨的《鲁文基探案系列》、王晋康的《追杀》《斯芬克斯之谜》《拉格朗日墓场》和何夕的《六道众生》等佳作,但这一类型如今显然变成了原创科幻中的"珍稀品种";而且对于中外惊险科幻曾经发挥过的巨大作用和创下的历史功绩,很多科幻作者和读者也缺乏足够清晰的认知。

这是什么原因导致的呢?最直接的原因就是那次文学创作的"大换血"。1983年导致中国科幻热潮戛然中止的那次"清污"运动,不仅对中国科幻伤害很大,更是对整个原创通俗小说造成了重创,作家流失殆尽,通俗小说甚至长期被"污名化"。这导致后来投身科幻创作的很多年轻作者,从小鲜有机会接受通俗小说的阅读写作训练,而只能更多阅读中外严肃文学,对通俗小说的各种规律基本不了解,创作优秀通俗小说的经验更是无从谈起,以致通俗惊险科幻数量越来越少,大量原创科幻小说都是模仿中外严肃文学和精英化的科幻小说写作而成的。

另一个原因,则涉及惊险小说和科幻小说都视为核心的"智"。

惊险小说和科幻小说的核心关键字,都有一个"智"字,然而两者又非常不同。侦破推理小说中的"智",全是阴谋,主要都是杀人越货、谋财害命的心思和智慧,事关生死,是人类成员间极端层面的智力博弈。而科幻小说中的"智",则是阳谋,也就是类似战略规划之类的智慧。说得再明白一点,阳谋接近发展方针、工程计划一类的东西。而很多科幻小说,核心内容就是描述、展现某个太空计划或者宏伟工程,这就是典型的阳谋。这种思维方式也饱含高含量的人类智慧。

都是聪明人的思维游戏,两者自然惺惺相惜,彼此产生"越界",也就是顺理成章的事了,所以二百年来惊险科幻小说车载斗量。但这也要求,惊险科幻小说中的"智",既包括战略思维,也包括阴谋诡计。这需要作者具备过人的智商、缜密的逻辑,还需要足够的生活阅历。换言之,优秀的惊险科幻小说作者,是阴谋和阳谋都很精通的"人精"才最好。

然而,在当代社会,"智商"易得,"江湖经验"难求。江湖经验主要来自丰富的生活阅历。对于惊险悬疑科幻小说而言,如果"江湖经验"比较欠缺,那就很难写出引人入胜的作品。在此请大家注意八十年代科幻作家们的年龄。叶永烈创作"中国福尔摩斯"时已是四十不惑,王晓达、刘肇贵、吴伯泽等人年龄比他还大一些,都是饱经社会风雨、深谙世故人情的阅历深厚、心智成熟的"老江湖"了。而反观近些年的新生代科幻作者,基本都是年轻人,有些甚至还未走出校园,着手创作以"江湖智慧"为闪光点的惊险小说,自然就比较吃力了。

其实,文学创作需要的"经验",并不一定非要是"经历",间接经验也是经验。间接经验的获取就来自于大量的学习和积累,如果创作者不熟悉相关法律,对科技进步不敏感,创作惊险侦破类作品就会脱离生活。比如,有些作者对于近年来刑侦技术的重大突破和社会治安生态的巨大改变一无所知,写现代刑侦剧情时连DNA比对技术都不了解,还在围绕着十九世纪的指纹比对技术编织故事,可想而知,这样的故事是无法说服读者的。

年轻作者在阅历和间接经验两方面,都不占上风。但泱泱大国总有可畏后生,比如这本选集所收录的犬儒小姐所著的《应许之子》,作者创作此文时还是个高中生,可是《应许之子》质量过硬,逻辑严密,堪称原创惊险科幻小说中的上乘之作,令人对年轻科幻作者刮目相看。

四

尽管由于各种原因,导致当下中国惊险科幻小说声名不彰,但在二十多年的积累之下,仍然有值得关注的佳作,而且由于站在巨人肩膀上的缘故,一些惊险科幻小说佳作隐隐青出于蓝。

摆在读者面前的这本《明日杀机》,就是笔者甄选的最近二十年间最为优秀的原创惊险科幻小说结集,这些作品充分展现了年轻作者们的努力与成就,同时也经过市场检验,得到了科幻读者的由衷喜爱。之所以要做这样一本书,是希望能鼓舞更多的科幻作者创作这一类型的小说,进一步提升中国科幻在市场上的竞争力。

这本选集中,不乏对上一代惊险科幻血脉的继承和探索。比如索何夫的《毁灭之种》,虽然讲述的是现代人在美洲墨西哥考古时的惊险遭遇,却很得童恩正老前辈的《古峡迷雾》之精髓;王诺诺的《改良人类》,令人想到当年的《湖边奇案》;王亚男的《诡础》,颇有《古星图之谜》的神韵(《诡础》获得2001年度银河奖后,作者就曾自述深受科幻老前辈们的影响)。

当然也有作者借鉴学习西方优秀惊险作品的叙事经验。这方面的代表就是张冉的《大饥之年》。这篇小说不仅画面感极强,叙事节奏也明显学习好莱坞优秀大片,阅读时犹如在观赏一部扣人心弦的惊险电影。《大饥之年》细节丰满、鲜活逼真的画面,营造出令人毛骨悚然的氛围，张冉以纯熟犀利的笔力，打造出宛如灾难大片的精彩故事，充分展示了作者超群的写作实力与深厚的生活积累。这篇小说生动描绘出微生物感染人类的可怕景象，发表后极受欢迎，力夺2014年度科幻银河奖，极有潜力改编成《生化危机》《惊变28天》《釜山行》那类高水准的科幻片。而《星船魅影》一文，也是走的《大饥之年》的创作路线，画面感极强，身临其境的代入感让普通读者也能充分享受阅读科幻小说的独特乐趣。还有《返魂香》，承袭的是阿西莫夫开创的"机器人协助人类侦探破案"这一经典设定，可读性极强。

与上面两类作品截然不同的，是极具现代中国味道的《移魂有术》，这篇作品充分学习了本土通俗小说和现实主义文学，具有风谲云诡却又浑然天成的精彩剧情，在它于2013年底获得银河奖之后便被影视界看中，目前已被改编拍摄为了悬疑科幻电影，片名《缉魂》，由张震主演。《移魂有术》是迄今为止除《流浪地球》之外，唯一被成功改编为院线科幻电影的银河奖获奖作品。

由于惊险科幻小说需要的舞台较大，故而篇幅较长，但这并不意味着作品可以松散拖沓。相反，《明日杀机》中选取的中篇科幻小说，都是结构紧凑、节奏明畅的佳作，阅读体验出色，读后给人以"精炼的长篇"之感。比如犬儒小姐的《神诞》系列的两篇故事，其中之一的《应许之子》甫一发表便反响巨大，读者们纷纷表示这是一篇令人对"九五后"刮目相看的惊险科幻佳作；而续作《电魂》更是好评如潮，与前作共同构建起了一个虚拟与现实混合、人工智能隐于其间的光怪陆离的未来世界。作者在文中展现出了远超自身年龄的高强叙事能力，以及老谋深算、运筹帷幄的成熟心智。主角"黑猫"的高明谋略与处处算到的狡诈，令人叹服作者的智慧。这两个中篇毫不拖泥带水，故事节奏明快紧张、丝丝入扣，小说情节跌宕起伏，人物形象丰满生动，科幻设定细致饱满，带给读者意犹未尽的巨大阅读快感，作者草蛇灰线、伏脉千里，充分展示了对故事情节的强大掌控能力。《神诞》系列的这两个故事全都获得了银河奖，足见其质量之高与受欢迎程度。

而《欢迎回来》和《保护》，则是篇幅短小但剧情曲折的珠玑妙文，证明短篇小说其实也能做到扑朔迷离、一波三折。这两个短篇故事，都只有一万多字，但剧情丰满，跌宕起伏，信息量大，阅读体验与很多中篇故事相比也毫不逊色，能给读者提供如同观赏精彩科幻片的美妙体验。其实从某种程度上说，短篇小说收到这种艺术效果更为不易，这样玲珑剔透、精雕细刻的故事，更值得推崇。

其实在这个刑侦技术日进千里的科技改变生活的伟大时代，惊险科幻小说对于惊险小说这个大类意义非常重大，在某种程度上拓展了惊险小说的疆域，因为将科学技术元素导入了惊险小说，故而令惊险小说的剧情和各类设定有了更多的可能性。真心希望惊险小说的大师高手们也能学习把握科幻小说的创作规律，共同创作出高质量的惊险科幻小说，壮大这一深受读者喜爱的文学类型，就像侦探小说泰斗柯南·道尔同时也是优秀的科幻作家一样。

非常荣幸我能选编一本新时代原创惊险科幻合集，得以承袭叶永烈老先生的精神传统。叶永烈老前辈四十年前主编的《中国惊险科学幻想小说选》是我少年时最爱看的几本科幻小说之一，至今甚至都还记得其中的几幅插画。现在这本《明日杀机》，献给叶老前辈。希望将来中国科幻能高潮迭起，更多的优秀惊险科幻小说选集不断出版面世。

目 录

"神诞"系列之一：应许之子　犬儒小姐 ………… 1
"神诞"系列之二：电魂　犬儒小姐 …………… 51
毁灭之种　索何夫 ………………………………… 115
改良人类　王诺诺 ………………………………… 165
星船魅影　尹冰峰 ………………………………… 183
诡 础　王亚男 …………………………………… 231
保 护　海 杰 …………………………………… 261
自动驾驶　相非相 ………………………………… 281
欢迎回来　陈为峰 ………………………………… 303
返魂香　叶星曦 …………………………………… 331
幽影之星　索何夫 ………………………………… 367
大饥之年　张 冉 ………………………………… 401
移魂有术　江 波 ………………………………… 451

"神诞"系列之一：应许之子

犬儒小姐

1

当窗外雨雾乍起时,米娜就喜欢发呆,她会一边用手指绕着自己短短的银发,一边想着自己的孩子。她有三个孩子——两个永远也见不到的,一个正待在她腹中的。

她清楚,这第三个孩子,也将被那些身穿白衣的人从自己身边带走。

有人说,儿童眼中的世界最为纯洁,长大后,成熟和智慧就让世界变得混沌而危险。不过,米娜是少数到了二十几岁,依然以儿童的目光看待这个从未真正被她理解的世界的人。米娜的心灵简单又纯粹,黑暗浸不进去。那些负责严格检查孕体质量的医生说,她的身体完美无瑕——强有力的心肺、健康强大的免疫系统、优良的骨架结构、光洁柔顺的银发,连肌肤也白洁如瓷,没有任何遗传缺陷……除了她的智障。

但医生们说智障完全不是问题。作为单纯的代孕者,染色体的异样不会影响到胚胎,就像孵蛋的母鸡不会影响到蛋里的小鸡。当客户派人来检查的时候,那位大胡子的主管开玩笑就是这么说的。

胚胎的基因完美无缺,然而与米娜毫无关系,米娜只是贡献了自己的生育器官。仅此而已。

可为什么,米娜总是能感觉到自己的孩子呢?

每次分娩的过程都很轻松,因为她那优秀的骨盆形状和苏生集团顶级的医疗技术。但是米娜的痛苦不在身上,而在心里。尽管没人觉得她有完整的心智,但当孩子隔着帘幕在那一端连面孔也不能看上一眼就被人抱走时,她会流下泪来,腹中的空虚感像野兽一样吞没了她。米娜能完整说出来的话只有两三句,其中一句是:我的,孩子。

她会反反复复念着这句话，这是被绑在产床上的她表达情绪的唯一方式，虽然她也知道，没人会在乎她说什么。

那些人都把她当作工具，但她总是执拗地认为自己是母亲。

是了，若非母亲，她怎能在散步经过新生儿护理房时，从上百个躺在恒温箱中的婴儿里，一眼就认出自己的第二个孩子呢？

她一向很安静，不哭也不闹，面对照顾自己的白衣人，脸上永远挂着傻气的微笑。可是那一天，她像发了疯似的，不停地捶打护理室的强化玻璃，甚至还用头去撞。等到身强力壮的男护理跑过来把她拖走时，那面玻璃上已满是血迹。

米娜习惯了一无所有，从小时候被遗弃在收容所起她就习惯了，不管别人从自己这里拿走了什么，又出于怜悯给予了什么，她都不大在乎。

唯独孩子，是一个母亲无法不在乎的存在。

那是她仅有的一切。

窗外的雨雾没有散开的意思，迷蒙之外仍是迷蒙。米娜有时候能一整天望着外面，但也许是因为临产的原因，现在她稍稍有些不安，就把视线收了回来，看向放在腿上的平板电脑。

平板电脑里没装多少东西，除了与病床连接的随时监控她身体状况的医用程序，就只有两个打发时间的小游戏：一个数独游戏，还有一个控制小鸟砸东西的游戏。

米娜比较喜欢前者，虽然收容所里绝大多数跟她一样的孕体都更爱玩那个小鸟砸东西的游戏，但她就是对数字情有独钟。基础摒除、单元摒除、余数测试，没人教过她这些，可她的直觉总是灵敏得让护理员们啧啧称奇。

游戏和平板电脑里的其他所有程序，都是和苏生医院的中心电脑联网的。护理员和医生们闲暇之余，偶尔也会在游戏上比试比试，然而数独游戏的最高分永远都属于她——107号孕体。

米娜只用五分半钟的时间就解决了第一局，随机生成，难度二级。结束界面落下，惯例是显示排行榜，米娜对这些分数不感兴趣，它们对她来讲什么都不是，但今天她扫了一眼，就被排行榜吸引住了。

最顶上的那个分数，不是她的。

她刚刚得到的分数是10400，排在第二。排名第三的是一位在大学里拿过国家数学竞赛季军的医生，8900分。而排在第一的是——

77777。

理论上的最高分！ID处是空白。

这么高的分，换作别人看了，多半会觉得这是有人修改了数据，因为这不是正常人能够玩出的分数。但米娜不知道修改数据这类的事，她只是呆呆地盯着那五个"7"，以她单纯到极点的头脑，她很自然地认为这是某个非常厉害的人玩出来的。

会是谁呢？

一位护理员进房来给米娜换病服，后面跟着一台小型的智能运输车，上面是叠得整整齐齐的新衣服。这位金发的年轻女孩是米娜经常见到的，这时米娜把平板电脑举给她看，半张的嘴里发出些含混不清的声音。

但护理员根本没在意，她不耐烦地挥开米娜的手。平时她也许会笑着和米娜讲两句话，但今天她心情不好。这是智障者和普通人永远没法平等的一面。

米娜有点儿失望地放下平板电脑，随即她又对那台智能运输车产生了兴趣。她小心地伸手去摸它，那纯白光洁的外观让她心里很喜欢，而且它从来不会露出烦躁的神情。

智能车的内部轻轻震动，像是在回应她。

年轻的护理员拉开米娜的那只手，例行公事地给米娜换上新病服，动作不粗暴，但也绝对算不上温柔，她受的训练便是如此。

智能车安静地换走床下的便器。

做完这些事，护理员径直离开了。智能车却停了一会儿。米娜盯着它，它好像也在盯着米娜，那黑亮的3D摄像头转了一圈。

就在护理员从门口疑惑地探进头来时，智能车终于动了，它原地转身，朝房间外嗡嗡开去。

米娜一直望着它消失。过了一会儿,她低头拿起平板电脑。

上面的内容有了变化。

在最高分77777的后面,出现了一个卡通化的黑猫脑袋。

米娜发不准"猫"这个名词的音,不过她能认出这是只猫。三角形的耳朵,毛茸茸的脸,两只翡翠似的绿眼睛,图像非常逼真,好像会随时跳起来。

黑猫眨了眨眼,然后叫了一声:"喵呜。"

它从排行榜的平面上"走了出来",不是指穿透平板屏幕,而是从二维图像变成了三维模型。它迈着优雅轻盈的猫步,走到排行榜的正中,蓬松的黑毛挡住了排名。

"不要,告诉,其他,人。"黑猫对米娜一字一句地说,它好像明白米娜的理解能力很低下。黑猫抬起右前爪,一个小窗口弹了出来,上面播放起卡通风格的动画——代表米娜的坐在病床上的孕妇,对着来检查的护理员和医生,一只手捂住嘴巴,一个鲜红的叉打在上面。

"不要,告诉,其他,人。"黑猫重复了一遍,再次眨了眨翡翠似的眸子,那双眼睛看上去和普通的猫有点儿不一样,里面有着智慧的光彩。

米娜呆呆地看着屏幕上的黑猫,好像看见新玩具的小孩。她微微笑起来,接着伸出食指去抚摸它。

米娜当然触摸不到猫,只能摸到冰凉的高分子屏幕,但猫却很享受一般伸起了懒腰,喉咙里发出咕噜声,尾巴也翘起来,像个大大的问号。它的四爪和尾巴尖都是雪白色。

"谁,是……"米娜有点艰难地开口道,"谁?你?"

"我就是,我。"猫扬起脖子,舒服地抖擞了一下,"我是你的,朋友。"

它的声音很奇妙,说不上是男是女,但顺畅得一点儿都不像电子合成音。

卡通动画再次变换,配合着猫的话语,这回是一只猫亲热地舔米娜的脸的画面。一旁写着很醒目的"朋友"这个词。

"朋……友……"米娜慢慢地说。

"我是你的，朋友。"虽然米娜面露困惑，猫却一点儿都不着急。它改为蹲坐的姿势，直直地凝望着米娜的眼睛。

"我是来帮你的。"它不疾不徐地说。卡通动画继续播放，尽可能清楚地向她传达自己想表达的意思，"你的孩子，腹中的孩子，有问题。"

猫停顿了一下，"他们，那些穿白大褂的人，会给你做人流，清除，你的孩子。"

2

唐若今天来的稍微有点晚了，为了跟丹尼尔争论那件事，她一整夜都没怎么睡好。

经过五楼停车场的拦岗时，值班的保镖有些诧异地跟她点头打招呼。

是不是有黑眼圈？唐若忍不住想掏出镜子来检查一下。

她在电梯口走下了她的"午夜蓝"谷歌车，通过车载激光雷达指引，无人驾驶的谷歌车的内置电脑会自动找位置停好。由于物联网以及人工智能的高速发展，诸如停车之类的烦恼早已一去不复返。

但有些最传统也最根本的问题，却不是技术进步可以解决的，比如：是不是应该要一个孩子？

磁轨电梯载着唐若往大厦118层升去，平稳得感觉不到一丝颠簸，但她的内心却波澜难收。电梯是全玻璃观光电梯，外面的都市景色一览无余。那些高耸的写字楼，在她眼里都缩成了一根根插在地上的钢架筷子，路上的车辆如蚂蚁般渺小。

苏生集团的总部医疗大楼是全市最高的建筑，也许设计师当初选用全玻璃观光电梯，就是为了让搭乘者体验到凌驾众生的气势。

然而，唐若从来都不喜欢坐电梯的过程，特别是一个人坐，她感受到的只有空虚，只有无边无际的孤寂。乌晦的云层从头顶降下，瞬间隐去大地万物，更加深了这种寂寞感。人类修建的大厦，似乎要直通天国。

但这只是很短暂的错觉，进入云层二十秒钟后，电梯停住了。唐若觉得空气一下顺畅多了，便深吸一口气，理了理衣襟，踏入医院大厦。

唐若在苏生集团的提拔速度很快，年纪轻轻便坐上了项目副主管的位置，一部分原因是她聪颖的头脑以及清华与圣迭戈的双重博士学位，还有一部分原因，则是她在攻读博士期间钻研的那项课题:《提升人脑特定能力的多重基因改写策略可行算法》。

简单来讲，就是以前的科幻小说里设想的那样，通过基因技术强化人脑智商。不过，唐若负责的并不是实际技术的部分，而是研究如何让多个基因改写同时在一个胚胎上进行，并且保证彼此之间没有严重冲突。

本质上，她认为自己的研究不关生物太多事，反而是更接近计算机程序算法。人脑就是一个世界上最庞大、最复杂的程序，而如今苏生集团在做的，就是要将这个程序升级，让它变得更强、更有效率。唐若就是保证升级的步骤不会互相干扰的那个人。

这个机密项目的名称是"天人"。

苏生集团给唐若开出了数百万美元的年薪，但相应的则是严格到不近人情的安保措施——除开雇佣如今已不多见的真人保安外，参与项目的人手臂皮肤下都植入了微小的射电信号器，这是为了监控员工的去向，提防可能出现的商业间谍与绑架胁迫。同时，这个信号器还是唐若出入苏生集团大厦的身份证明，她的个人信息都储存在其中。

唐若讨厌这种时时刻刻被监控的感觉，但她实在没法拒绝这份工作，她想象不出世上还有哪家企业或者科研所，能够让自己如此完美地施展才华。对人类胚胎的非必要基因改写，从二十一世纪初就是敏感话题，一方面这项技术可以挽救无数有先天缺陷的胎儿，一方面却又会给基因上的歧视分化埋下隐患。故此，政府的态度一直很暧昧，虽然没有像对克隆人技术那样划定死线，但相关的申请批准非常难拿到。也只有像苏生集团这样在世界上都举足轻重的企业，才能成为特例。

当然，这背后铁定少不了金钱和政治的龃龉，不过唐若尽量不让自己关注那些事，这是改变人类文明进程的机会，除此之外的一切，她认为都不重要。

通过层层严密的安检，她走进了自己的办公室。

在"综合交流－区间拆分"的现代办公理念下，私人办公室已经很少了。现在大多数公司，员工们都聚在宽阔的大厅里，带着自己的移动办公单元，随心所欲地拼接合并。不过这里毕竟是进行医学研究的地方，有些事依旧要遵循老旧的规矩，人员纪律比什么都重要，所以这里的科研区域和休息区域依然是分割开的。

每次想到这件事，唐若就觉得很有些滑稽——一座全球最前沿的大厦，反而要在管理上使用最落伍的方式。

她今天的心情说不上愉悦，办公室的四壁自动换成了苍凉的原野，碎絮般的灰云在远处飘着，四周都是及膝的蓑草，被风吹得摇曳不止。心情不佳时，刻意阳光明媚的场景只会让人更阴郁，唐若早就明白了这个道理。一般来说，休息场所的投影布置是不可以和公共区域太格格不入的，但唐若的身份让她有这种特权。

她刚换上白色制服，大厦内网的个人资讯就发出了提醒。她不经意地瞟了一眼，本以为又是哪位男同事发来的晚餐邀请，不料那上面的消息却令她一下子僵住了——

107号孕体出了问题。

芬格斯叫几位项目核心人员马上过去。

唐若都来不及去看其他几条消息，那些无非是关于基因改写技术所引发的民众游行示威。她匆匆出了办公室，朝会议中心赶过去，一路上碰见好些相熟的人，她都只是敷衍地打个招呼。此时此刻，107号孕体的状况是她最关心的。

"天人"项目的前期实验胚胎——他们团队这段时期努力工作的结晶——就在107号的腹中,可以说,107号的价值,比唐若脚下这座集团总部大厦还高。

会议中心的门自动打开,她一走进去,耳边就传来了芬格斯的怒吼。一般来说,到了需要召开真人会议的地步,芬格斯都会火气不小。

"你们几个不长脑子的白痴!"项目主管唾沫横飞地冲面前的人咆哮着,"植入前那三次检查,你们都是拿脚趾头来思考的吗?那套检验程序我早就说过不要搞什么改进……而且居然一直到现在才检查出来!"

"出什么事了?"唐若问道。

芬格斯看了她一眼,好像才注意到她的到来,"不是你那边的问题。"这个蓄着大胡子的前哈佛大学分子遗传系主任努力调整情绪,虽然知道唐若有男朋友,不过他从见面那天起就在坚持不懈地想打动唐若,所以这会儿也不愿意表现得太失态,"我本来没想给你发消息的,肯定是我当时气疯了……107号的胚胎有问题,基因改写错误!"

"怎么会呢?"唐若怔了一怔,"是第几期改写步骤?为什么现在才——"

"只有上帝才知道这些吃白饭的编程员到底在干什么。你自己看吧。"芬格斯把桌上的平板电脑递给她。他和唐若都是没有做视网膜植入物手术的人,所以总是离不开平板电脑这样原始的工具。

"全是废物!一点儿用都没有!"芬格斯朝面前围成一圈的研究员猛力挥手,那些人被骂得头都不敢抬。

唐若不是遗传学家,但平板电脑上显示的问题有多糟,她一眼就看明白了。

SNP。CHD。

先天性心血管畸形。这种重中之重的位点,本来是每次基因改写后的初查就该注意到的,选用配子的亲代双方基因都很优秀,这种问题肯定是改写导致的。"天人"项目的改写程度非常深广,从受精卵第一阶段,到胚胎前期分裂的第二阶段,再到发育过程中靠病毒导入的第三阶段，数万次DNA的剪切拼接工作，不可能以人力完成，高自动化的实验室流处理设备是这一切得以实现的基础。但再完美的程序，也是由不完美的人编写的。

出错在所难免，但，唐若没想到会是这么低级又严重的疏漏。

"还有挽救的机会吗？"她尽量用平静的语气问，"我可以重新调整策略组，寻找合适的方案……"

"太困难了。"程序设计部的负责人尴尬地说，"前期的策略设计就已经是那样，胎儿发育到现在，连超声波检查都能查出问题，很多生理条件和基因表达还要考虑进去，光是模拟测试就要一段时间，很可能在这段时间内，那孩子就会死掉……"

"不是孩子。"芬格斯阴沉地说，"是实验品。只要它还没从那个孕体女人的两腿之间钻出来，就是'它'，而不是'她'。准备人流吧！早点解决这个烂摊子……"

在场的人都没吭声。

像有一阵冷风吹过，唐若的身体有点发颤。

3

今天来见自己的女人很陌生，米娜不认识她，但觉得她长得很好看，而且她身上似乎有种忧愁之情。

"她是第几次怀孕了？"那个好看的女人问身边的护理员。她长长的乌发扎成松散的马尾，晃来晃去的，不像米娜一样，永远被医护人员修剪成齐颌的短发。米娜有点羡慕她。

"第三次。记录显示，前两次的胚胎都不合格。"

乌发女人没有说话了。她沉默地注视着米娜，米娜还是那副有点傻气的笑容。

对方突然俯下身来，一只手轻轻搭在米娜高耸的肚子上。

"我记得，"她道，"以前好像出过什么事，就是107号……她有自己的名字吗？"

"有的，她叫米娜。"护理员视线的焦点稍微在空中停留了片刻，这是在通过视网膜植入物查询，"您说的出事，是她在第二个孩子出生后，突然去冲击恒温护育室。大概她是想找到自己的孩子吧……当时闹得挺吓人的，护育室那边都是她的血。"

"她想找到……自己的孩子吗？"唐若轻声问道。

"没办法，毕竟她只是个智障者，不管是合同条款还是规章制度，她一概听不懂。她的智力和四岁小孩儿差不多，连我们现在的对话也无法理解。"

米娜有些不解地看着面前的护理员和乌发女人，脑袋微微歪着，目光里满是茫然，她只能隐约感觉到对方是在谈论跟自己孩子有关的事。

她们会带走自己的第三个孩子吗？米娜担心起来。

"她听不懂，也算好事吧。"乌发的陌生女人叹了口气，"人流会在明天进行——"

米娜猛地抓住了她放在自己腹部的手。

乌发女人吓了一跳，她想后退，但米娜死死拽着她不放。

后面的护理员马上走过来，却没想到两个人加起来也扳不开米娜那只纤细的手。米娜的指甲陷进了陌生女人的手臂里，令她痛呼出声。

护理员拿起了神经麻痹器。

递质阻断剂从高压针头注射进米娜的手肘，米娜顿时力气全失，胳膊落下来，在床沿边摇晃。病床自动弹出拘束带，把她的手脚牢牢束缚起来。

乌发女人终于挣脱出来，直往后退了好几步，用惊魂未定的眼神看向米娜。

护理员在一旁向负责监管的医生报告。

米娜的泪水已经夺眶而出。

"不要，拿走。"她摇着头，反反复复说着这两个词，"不要，拿走。"

她只听懂了一个词，黑猫告诉过她的那一个词：人流。

卡通动画的配图，是冰凉的机械器具伸进她的下体，硬生生地拖出孩子。

那是，死亡。

就算是智力残缺的米娜，也绝不愿看到自己的孩子面临如此下场：连开始都没有，就要迎接终结。世上最残酷的事莫过于此！

米娜被带子绑住，动弹不得，只能以乞求般的目光望着乌发女人，嘴里呜咽不止。米娜本能地觉得，这个女人和这些护理员不一样，她也许会帮自己……

可乌发女人逃也似的离开了房间。

惨淡的阳光从天窗射入，米娜躺在病床上，眼泪滑过脸颊。

随后赶过来的医生给她使用了精神安定剂，然后放开了她的手脚。他们不在乎米娜是不是精神状况有问题，现在也不必在乎药物是否会对胎儿造成影响——反正上面已经指示过明天就要让她流产。

米娜没有搭理任何人，无论护理员还是医生。在被注入药剂时，她也一点反应都没有，往常每次打针，她都会跟小动物一样害怕得缩起来。

她只是长久地凝望着窗外的茫茫云雾，双手放在腹部，像要守护自己的孩子。

她其实明白，这是徒劳的。

临近黄昏，智能车进来给米娜送晚餐，可她一眼也没看那些饭菜。

但在摆好餐盘后，智能车并未立刻离去，而是停留在她床前，伸出机械臂，递过来一样闪光的东西。

一把餐刀。

米娜被吸引住了，她有点讶异和好奇地拿起餐刀。这把刀和她平时用的不同，不是3D打印出来的一次性塑料制品，而是不锈钢做的，并且开了刃。

这时，米娜丢在床头柜上的平板电脑突然亮了。

黑猫出现在屏幕上，它舔了舔爪子，接着用明亮的眼睛盯着米娜。夕阳的光芒刚好照在平板电脑上，使黑猫像是裹在一团金色里。

"你，有选择的，机会。"猫对她说。卡通窗口跳出来，画中的米娜站在两扇门前，一扇是手术室门，背后是光明；而另一扇前面则有只猫，背后是灰与红的混沌。"保护孩子，逃走，但可能，死。或者留下，孩子，死。"

米娜长久地凝视着黑猫，后者也回看着她。不像那些跟她讲话的人类，黑猫没有催促或劝诱之意，只是静静地等她决断。两者的目光在某种程度上有些相似，深邃之处都是那样的沉静和单纯。

米娜不是一个勇敢的女人，甚至多数时候她自己就像个小孩儿，连吃饭穿衣都离不开旁人照顾，而离开这座大厦，独自踏入陌生的外界，对她来说更是不可想象的事。

但她是个勇敢的母亲。

这就够了。

米娜坚定而缓慢地点了下头。

"逃。"她吃力地说，"我要，逃。"

4

"若？怎么了？"

丹尼尔觉察到女友在自己臂弯中辗转难眠，他低声轻问，顺便在她脖子上叩下一吻。

唐若把他抱得紧了些。

"项目里有个做代孕体的女人……"她小声说着。以往她是从来不会跟丹尼尔提起工作上的事的，但不知为何，今天她心里一直很难受，

"我们要打掉她的孩子,她的第三个孩子,都快出生了,仅仅因为遗传缺陷……"

"她是跟你们集团签了协议的,对吗?那是她自己选的。"丹尼尔劝解道。

"不,不是那样。"唐若叹息了一声,"她是个智障者,她根本不知道什么协议。"

"智障?"

"这个项目需要完美的胎儿,若是检查出问题,便要立即打掉胎儿,不管已经怀了多长时间,也不管参与实验的代孕者的想法如何……哪个女人愿意签这份协议呢?原本合格的代孕者就很少,还要兼顾保密和社会舆论……他们用的是'处理'这个词,可是本质上,本质上……"唐若的声音低下去,"我觉得那是……谋杀。"

丹尼尔感到她的语气和身子都在颤抖。

"嘘,不要这样说,宝贝。"他搂着她的肩膀安慰道,"那不是你的决定,你不是负责人,你没有罪过。"

"我没有罪过吗?我觉得我手上有血!"唐若的倾诉变成哽咽,她把头深埋在丹尼尔的胸前,"今天我去看了她,那个叫米娜的女人,她才二十二岁而已,可是马上就要失去她的第三个孩子了……她抓着我的手,求我救她的孩子……"

丹尼尔没有说话,他只能一直轻摇着啜泣的爱人,在残酷的现实面前,苍白的言语起不了什么作用。看着唐若如此悲伤的模样,他的心隐隐作痛。

落地窗外没有月色,呼啸的夜风卷动窗帘,暴雨的前兆已然来临,天空之上有闷雷翻滚,犹如老天也在为这世间的悲剧而愤怒。

不知过了多久,唐若开口道:"丹尼尔……"

"嗯?"

"我决定了,我想要一个孩子。"

"若,你该多考虑一下,让这件事影响到你,不公平。我们可以多等一段时间再说……"

"不。"唐若有点固执地说,"你不是一直想要孩子吗?我现在同意了。"

"但……怀孕不会干扰你工作吗?你每天都那么忙。"

"我不想再参与这个项目了,一想到那个女人乞求的眼神,我就没法平静。这世上没什么事是可以让人拿良心去交换的。"

"我支持你,宝贝,不管你怎么决定,我永远支持你。"丹尼尔在她耳垂边呢喃,热气吹到她脸上,唐若觉得身上渐渐燥热。

她知道他的意图,这也正是她此刻想要的。

丹尼尔翻了个身,压住她的手臂,开始亲吻她。

但欢爱的云雨尚未真正到来,房屋智能管家的通信提醒就响了。

丹尼尔有点恼火地挥了一下手,示意系统忽略请求,但奇怪的是系统没有反应,轻快的铃音依然响个不停。

接着,不经丹尼尔的指令,通信窗口自动弹出来,上面是警方的鹰徽。

唐若惊叫一声,立马把被子扯上来盖住自己。

"不好意思,打扰两位了。"窗口中,一个叼着烟的疤脸男人说道。他注意到了尴尬的场景,不过就跟什么都没看见一样忽略了过去,"我们是奥芙兰警署的,有些关于办案的重要事项,希望跟唐若女士沟通一下。"

"现在是晚上十二点!"丹尼尔愠怒不已,"你这是骚扰公民!"

"有些事儿,"男人轻描淡写地把烟挪到嘴巴另一边,吐出一串烟圈,"只能在晚上十二点说。我们要跟唐若女士谈论的是苏生集团的一些……项目问题。"

唐若和丹尼尔诧异地对望了一眼。

"如果您不介意,"疤脸男人微笑着,"请现在出门,来伯利恒大道的花信咖啡馆喝一杯,这里二十四小时营业。当然,我们请客。"

5

　　米娜用餐刀割开了自己的手臂。

　　这把刀是专门用来吃生牛排的，锋利的刀刃轻易就切开了她的肌肤，血顺着手肘流到床单上，晕成一片殷红。

　　米娜用力地咬住嘴唇，生怕自己一不小心痛得叫出声来。猫蹲立在平板电脑的屏幕上，歪着脑袋看着她。

　　一旁的卡通窗口反复播放着示意图：在左臂内侧切出口子，然后用刀尖挑出那个硬物，最后将硬物留在空调口里。整个过程简单到即使米娜这种智障者也能看明白。

　　米娜的动作笨拙得实在够呛，再加上疼痛导致的颤抖，她手中的餐刀怎么也不听使唤，最后花了好几分钟的时间，血弄得到处都是，才好不容易把那件埋在皮下的东西挑了出来。

　　米娜用愈菌纸巾笨手笨脚地擦掉流下来的血，然后在卡通动画的指示下胡乱进行了包扎。她来到墙角，踮起脚尖，把刚从手臂中取出的生物芯片放在了空调口里，暖暖的微风吹过她的指尖。不低于二十八度的恒温会在短时间内骗过生物芯片，让它以为自己仍在人体内。

　　假使看到米娜的这一系列举动，任何一位研究智力开发与教育的专家都会大吃一惊。常人仅仅和智障者建立信任，都是件困难无比的事，更遑论让其按照自己的指示去行动。迈入二十一世纪以来，生物医学的每个领域几乎都有了长足的进步，特别是与微电子和物联网有关的脑神经科学，但对于先天智障的患者，医生依旧束手无策。干细胞疗法可以再生肢体，却弥补不了脑组织的缺陷，人类灵魂的寓所，其结构之精巧，还远非现代医学可以理解透彻。

猫和米娜之间此时的沟通互动，从某种意义上来说，超越了人类此前在智障教育上的一切成果。

然而这场互动的双方，都不在乎这一成果。对猫和米娜来讲，这就和风会让树叶唱歌、雨露会让蘑菇一夜间冒出来一样，是再自然不过的事。

米娜信任猫，因为猫眼中的那种感觉，让她相信它是真心要帮自己。这样的理由在普通人看来可笑至极，但米娜的逻辑就是如此。

只是刚好碰上了可以相互交流的对象。仅此而已。

米娜试探性地推了一下病房的门。这门没有把手，全靠电子锁控制，平时除了有身份识别码的医护人员之外，没人能打开。米娜自己以前也想离开房间，可怎么都推不开它。

但这个夜晚，仿佛要作为一切梦幻的开端似的，病房的门无声无息地在她面前开启。

一台智能车等在门后。

米娜觉得自己认得这台智能车，她慢慢把手放在智能车"头"的位置，感受着它体内那熟悉的震动。智能车的摄像头抬了一下，在透亮的玻璃镜头后面，米娜找到了黑猫的眼神，沉静又纯洁。

"跟，我，走。"智能车发出黑猫那种无性别的语音。

米娜迈开脚步。

作为奥芙兰市的标志性建筑之一，苏生集团医疗总部大厦共有一百八十层。一至一百一十层是普通的医院，一百一十一层至一百五十层是研究场所，一百五十一层往上，是集团高层的办公室，以及支持整幢大厦运作的循环系统。

大厦从一百一十一层的研究所开始，安保便极其森严。入夜后，除了值班的武装保安和各种监控设施，更有机械猎犬在楼道里巡逻，就连大厦顶部周围，也随时盘旋着装备了机枪的无人机。

可以说，这幢大厦就是一座固若金汤的堡垒。

智能车领着米娜在第一百五十层的过道内穿行，车与人悄悄经过一间间紧闭的病房，那里面住着许多跟米娜一样的代孕者。应用于米娜腹中胎儿的基因改写前中期策略，已经在其中很多人的代孕胚胎上实验过。米娜是这一群体中的最完美者，基因改写工程的结晶，虽然对她来讲，这一点并无意义。

米娜现在唯一的目标，是拯救自己的第三个孩子。

走廊上的摄像头无处不在。它们的外观如悬在天花板上的水滴，欲坠未坠，晶莹的表面又仿佛是黑珍珠。这些摄像头进行全景拍摄，组成的空间阵列可以完美覆盖每个角落，海量的视频全部交由计算机负责甄别，哪怕一只不该出现的苍蝇，也能引起系统的警报。

米娜在它们冰冷的目光中走过，甄别软件在数据库中搜索到了匹配的特征，默认为安全目标。这些特征数据在几个钟头前甚至还不存在，但软件是不管这么多的，它的思维，只限于按规则办事。

智慧真正的意义所在，便是突破规则。

和全景摄像阵列一样，一路上的红外线、压感器、气流报警器，还有一道接一道的电子锁，它们全部允许米娜通过。世界上最强大的安保系统，就这样在手无寸铁的米娜面前卸下了防备，如铁甲骑士在君王面前下跪。智能车在前方为米娜开道，像高举着权杖的司仪，所行之处，莫非王土；所巡之民，莫不臣服。

当然，这一切，米娜一概不知。

她只对门是怎么被打开的很好奇。这是汹涌的数据暗涛之上，她所能看见的最表层的浪花。

"怎么，做的？"她指着身后那一扇扇在她通过之后自动合拢的电子门，语气里带着孩童般的天真与兴奋。

"游戏。"猫从智能车以及她手中的平板电脑里同时回答，声音完美地重合，"最简单的，数独游戏。"

米娜轻轻"哦"了一声。她知道猫玩数独很厉害，比自己厉害，这就够了。很简单的答案，对她而言，就足以阐释整个世界。

她已经理解了暗涛最深处的原理。

智能车带她一直走到电梯门口。

为了获得最佳视角，磁轨电梯都是修建在大厦表面的，因为极高的运行速度和安全性,搭乘时不需要担忧高空强风的影响。当它们运行时,从外面望去,就好像一排玻璃水珠在大厦表面滑落又升起。

此刻,一滴"玻璃水珠"恰好停到了她们所在的楼层出口。

"躲避,藏起来。"猫指示米娜,后者跟着智能车,有点儿茫然地跪下来,把自己缩在墙角一株特大盆栽的阴影里。

电梯门无声地开启,一名手握多功能控制步枪的武装保安走出来,身后跟着一条暗蓝色的机械猎犬,它那流线型的躯体美丽又强壮。猎犬就跟真狗一样边走边嗅,不时用发光的红色眼睛扫视四周。

米娜有点害怕地抱住了智能车。

"安静,安静,安静。"猫用耳语般的声音连说了三遍。平板电脑的屏幕和智能车的灯光都熄灭了。

对于已有八个月身孕的米娜来说,这么跪着很吃力,但她尽量听从猫的话,保持一动不动的姿势,连呼吸都屏住了。

机械猎犬在盆栽前停了下来。

它红眼的光芒透过叶子,在米娜脸上游移。米娜听见了它那钢铁利齿轻轻摩擦的声音,她的心跳剧烈得几乎要蹦出胸腔。有那么一瞬间,人和兽的视线似乎撞到了一起。

机械猎犬嗅了两下,然后掉转身子。

在另一边的保安并未发觉异样。

他们往前走去。

米娜大大地松了口气,她想扶着墙站起来,不料跪僵了的膝关节却发出咔嗒一声脆响。

这声脆响在寂静的研究所里,是如此的刺耳。

保安猛然转过身来,正好看见刚刚起身的米娜。

"站住!"他喝道,同时端起手中的步枪,"什么人?!"

米娜傻立在原地,她都不知道把手举起来,而对方在看清她样子的时候也愣了一愣。他大概完全没想到,自己会在这深夜逮到一个身怀六甲的年轻孕妇。

"Subdue(控制、制伏)!"保安对机械猎犬下达指令。

然而他一连喊了两遍,都没见猎犬行动。这机械狗本该不用指令就自行做出反应才是。

保安终于意识到不对劲。

袭击来自他最想不到的方向。

机械猎犬一跃而起,保安回过头的瞬间,正好看见它大张的嘴!

机械猎犬咬中了他的咽喉,血像箭一样射出来,在天花板上泼洒出触目惊心的红色。

窗外一道电光闪过,接着传来闷雷的轰隆声。

保安无声地倒了下去,身子仍在抽搐,但命已休矣。

米娜完全被眼前的这一幕惊呆了,她捂着嘴巴,没有尖叫,却发出近乎呜咽的声音——连血迹溅到她的脸庞和衣服上,她都没有发觉。

机械猎犬又撕扯了两下,把对方的气管都扯出一截来,才松开早已死掉的保安。它抬起头望着米娜,摇了摇钢铁尾巴。

"快走。"猎犬用黑猫的声音说,"本地计算能力不足,数独游戏会输,系统已发出警报。快走!"

米娜仍然站着,一动也不动,始终没法把视线从保安的尸体上移开。在她如儿童般天真的二十二岁生命里,死亡从未以如此直白震撼的方式呈现在眼前。泪花在她眼眶里打转。

智能车、机械猎犬还有她手中的平板电脑同时传来黑猫的声音:"不走,你的孩子,一样的下场。"

米娜浑身一颤。

在智能车和机械猎犬的前后推搡下,米娜以梦游般的脚步,跌跌撞撞地走进磁轨电梯里。

她在电梯的一角蜷缩下来,双臂紧抱着自己的肩膀,不停地打着寒战。雨水渐渐打在玻璃外面,天空中电光此起彼伏,每一声雷响都让雨滴变得更密集。

电梯开始下降。

她不想害那个人死的。她不想让他死的。她只想带着孩子悄悄地离开而已。"

  智能车的摄像头盯着她看了一会儿。"不是,你的,错。"猫说,它的语气平平淡淡,没有安慰,只是陈述事实,"不是任何人的,过错。"

  米娜呜咽不断。

  又是一道闪电,把暗夜短暂地点亮成了白昼。智能车的摄像头越过米娜的肩膀,看见了外面那些飞翔的东西。

  激光从瞄准器里射过来,在米娜后脑勺上跳动。

  机械猎犬嘶吼一声,飞扑过去,把角落的米娜撞开,同时弹起了身侧的陶瓷防弹装甲挡板。

  外面射来的子弹比雨点更密集,它们在贯穿磁轨电梯的强化玻璃后动能已经削减了不少,但仍旧打得机械猎犬站都站不住,反弹的跳弹在电梯里激溅,到处都是耀眼的火花。

  米娜在这一片混乱中缩成一团,双手紧捂着耳朵,但她没有尖叫。有的智障者暴躁易怒,但米娜是那种极其安静的类型,就算受伤也只会小声啜泣,永远不会责怪那些伤害她的人。

  电梯下降的速度陡然加快,猫同大厦安防系统争夺控制权的过程导致电压忽降忽飙,轨道的磁性也随之大幅变化,扯得电梯前后摇摆。下方的轨道已经打开了制动栓,但高速坠落的电梯硬生生撞开了它们,一路拖着两侧不断涌现的火花,朝大厦底部疾驰,将那些迟缓的无人机远远甩开。

  如陨落的星辰。

  在第二十层的高度,电梯开始减速。米娜重重撞上电梯地板,之后就一直被加速度压在地板上,她不再捂耳朵,而是下意识地抱住自己的肚子。在母亲的意识里,孩子无论什么时候都比自己的安危更重要。

  她以为自己会摔得粉身碎骨。

  最后一刻,猫断开了轨道的电力供应,永磁体的强大磁力把电梯厢体吸向轨道,仿佛电影里子弹时间的特效一般,电梯瞬间静止,接着砰然撞上轨道。

布满弹孔的玻璃坚持到了极限，哗啦哗啦崩塌下来，幸好这些强化玻璃裂而不碎，并没有真正砸伤米娜。

米娜从扭曲变形的电梯厢体中爬出来，跪在地上大口喘气。

智能车跟着驶出，停在米娜面前，它的外壳被反弹的子弹打得坑坑洼洼，黑亮的摄像头上也有一道裂纹。

"站起来。"猫说，"他们，快来了。会杀掉你的，孩子。"

米娜用手臂使劲擦了擦脸上的泪水和鼻涕，小心翼翼地起身。她的动作很艰难，双腿都在战栗，因为被撞到的腹部疼得厉害。雨从天空落下，冰凉入髓，很快打湿了她的头发和单薄的睡袍。

智能车的摄像头转了一下，看见她的睡袍下摆有一缕红色晕开。

"抓紧，时间。"猫说。智能车伸出扶手架，这是为那些行动不便的病人准备的。

米娜努力吸了吸鼻子，一只手始终按在肚子上。她握住扶手架，在智能车的支撑下，一步一瘸地往前走去。园区的出口离这里并不远，她听见了车辆经过的动静。

在米娜身后，苏生集团总部大厦如黑暗的天柱，将倾未倾，于不时划过的闪电中岿然沉默。

6

芬格斯被紧急电话从睡梦中吵醒，他不耐烦地揉揉眼，撑起身来。

当望见床头投影是苏生集团的标志——十字架上缠绕的双蛇时，他心里顿时一惊。

"什么事，芬格？"被弄醒的情人在旁边抱怨道。她是研究所聘用不久的新员工，当初芬格斯看重她的胸部更甚于她的简历，这小美女长得和唐若还有那么几分相似,最重要的是,一点也不像后者那样对芬格斯保持距离。

"又是讨厌的工作吗……"她轻声问。

"闭嘴。"芬格斯喃喃道,挥手接通了通信,同时在心里祈祷别是什么要命的大乱子,别是最糟的那种事。

"主管级警报:107号孕体逃离大厦。"安保系统的电子合成音毫无起伏地通报着,"有人员死亡。"

107号?

荒唐!芬格斯心想。那智障女人连穿衣服都离不了护理员,还挺着个大肚子,这他娘的怎么可能逃出戒备森严的大厦?上帝是在和自己开玩笑吗?

"什么孕体啊?"小情人抱怨着,"研究所里那么多人,为什么大半夜的操心这个……"

"给我闭嘴!"芬格斯大吼道。他翻身下床,开始在地上找裤子。

没等他把裤子套好,通信窗口又闪了几下,切换成了加密路径。

一个黑色的剪影出现在通信窗口中。

"芬格斯,"集团总裁的声音传出来,"刚才的警报是怎么回事?有孕体逃跑了?你最好给我个解释。"

"只是个小事故,我保证。"芬格斯抹了抹额头的冷汗,"我们肯定能找回她。"

"客户那边已经在过问此事了。"总裁的语气里明显强压着火气,"你清楚'天人'项目的性质,联合国的调查组跟FBI通过气,那些人一直像苍蝇一样盯着我们打转,如果出了岔子……"

"我知道,我知道。"芬格斯的冷汗更多了,"我不会让事情闹大的,您大可放心。"

"最好不要让我和董事会失望。"总裁冷冷地说,"更不要激怒我们的客户,否则你连后悔的机会都没有!"

投影关闭,通信切断了。

芬格斯一屁股坐回床上,他双手抱头,心乱如麻。他那小情人这会儿也不敢再吭声了。

"总部通信,接曼莱茨。"他深呼吸了两次,尽量平复心情。

几秒钟后,助理的头像出现在窗口中。

"出动安保武装了吗?"芬格斯问道。

"出动了,但要在不惊动警方的情况下展开搜捕很难……"助理在屏幕上苦着一张脸,"107号孕体把生物芯片挖出来,留在了房间里,现在只能靠入侵公共摄像监控系统来寻找线索。"

"她挖出了芯片?她怎么会挖出芯片?她是个智障啊!"芬格斯暴跳如雷。

"我们也没搞清楚,而且大厦安防系统显示有黑客活动的迹象,应该有人在暗中协助她。"

黑客?!芬格斯大吃一惊,心里越想越怕。除了CIA和FBI,黑客还能是谁派出的?但CIA和FBI有这种能力轻易攻入苏生集团总部的防火墙吗?难道是军方或者萨布雷恩企业……

"总部通信,'天人'项目,代号'莉莉丝之胎'。"现在最要紧的是立即采取行动,至于那个智障女人到底是怎么逃出去的,事后思量也不迟。

"登录人芬格斯·亚伯多,口令……"芬格斯的目光落到床上的情人身上,盯得后者打了个寒战,"滚出去!"

等到那女人抱着衣物慌慌张张跑出了房间,芬格斯才转回头,小心地说出口令:"希伯来猎杀者。"

"口令确认,声纹确认,生物芯片确认。是否派遣猎杀者?项目测试尚未完成。"系统提醒道。

"这就是测试!"芬格斯眼里透出凶光,"派它们去追猎107号孕体!不管是谁在帮助她,活要见人,死要见尸!"

7

咖啡馆里人很少，这条街晚上本来人也不多。唐若不知道对方是故意选择这里，还是仅仅因为巧合——这里离苏生大厦只有两个街区。

桌子中间的投影是一束郁金香，精致的叶片与花瓣栩栩如生，几乎让人觉得闻到了香气。包间门外，还有舒缓的音乐在飘荡。但这里的氛围和她现在的心情一点儿也不搭。

唐若的对面坐着那位疤脸男人，还有一位像是他同事的年轻警官。后者很礼貌，一见面就向她出示了警官证；而前者则完全无视咖啡店内禁止抽烟的提示，当侍者过来制止时，他把警官证举到了对方脸前。

"办案中，无关人士勿扰。"疤脸男人悠悠喷出一口烟，挥挥手，"快点走啦，不然我控告你妨碍公务喔……"

"喂，你还想留几次投诉记录？"年轻警官扯了一下疤脸男人的衣服，"别拉我一起受处分啊。"

"放松，斯兰铎，反正它会帮我把记录抹掉的，不要在意这点儿小事。"疤脸男人一脸满不在乎。

"你真的是警察吗？"唐若有点儿绷不住了，她的嘴角抽搐了两下。

"你不信的话，请记住我的警号，然后去警署系统查询好了。"疤脸男人朝她笑了笑，把证件扔在唐若面前，"我的名字叫德欧克，你拿走留做证据也可以，不过我可是要上你家去取的啊。"

唐若没碰那本脏兮兮的证件，上面的污迹很像是意面调料酱。"你们找我是要谈什么事？"她问道。

德欧克笑容不减，他对身边的同事使了个眼色，年轻警官立即取出一只灰色的方盒子,在桌上的投影界面上操作了一会儿。唐若看见他把盒子连上了咖啡店的无线网。

霎时间,桌面的郁金香和包间四壁的虚拟投影都消失了,露出了单调的白灰墙壁的真容。

"以防万一而已,"年轻警官对她解释,"我们的谈话很可能被监视。"

唐若没有流露出什么情绪,但她的右手搭上了左手臂。

"生物芯片也是一样,"德欧克随口揭穿了她的想法,"现在这个房间处在强干扰中,嗯,大概会打扰到外面那些听鸟音乐的高雅人士吧……"

"我男朋友在外面等着,"唐若冷冰冰地说,"如果超过十分钟,有些事会很不好收场。"

"用不了十分钟。"德欧克用手指叩叩桌面,稍微坐直了身子,"要说的事很简单:你是苏生集团'天人'项目的副主管,对吧?我们要你帮个忙。"

唐若没能掩饰住自己的震惊,"你怎么知道'天人'项目?"

"作为FBI,能有什么事我们不知道?不过这不是重点。"德欧克眯起眼睛,"我们在进行关于你们这一项目合法性的调查。据可靠消息说,贵集团的项目,似乎和东欧军事组织有些扯不清的关系……"

"军事?胡说八道!我们的科研只限于单纯的医学领域,基因改写也是取得了政府许可的。对大脑智能的提升怎么可能变成武器?"

面对唐若的激烈反驳,德欧克只是笑了笑,"难说……"他说道,"人类总是有办法把一切资源转化成武器。有战争就会有需求,而如今的东欧和中东都不缺战争。你说你们的科研工程有政府许可,你这样聪明的人,不会不清楚这背后的灰色利益吧……"

"那跟我无关。我只负责研究。"唐若轻声说。

"你在说谎。"德欧克的话令她心头一跳,"苏生集团的社会福利院也有猫腻。我听说,有些被收容的智障患者莫名其妙不见了……嗯,只是听说而已,毕竟一群智障者的生死,谁会在乎呢?在数据上动手脚是很简单的事,但在自己良心上动手脚,就不大容易了。"

"我说了,"唐若从牙缝里挤出话,"和我无关。"

德欧克盯着她的眼睛,唐若固执地瞪回去。一旁的年轻警官有点儿坐立不安。

"行。"最终德欧克点了点头,"咱们不扯这些有的没的,直奔主题——我们需要你以隐匿证人的身份,提供'天人'项目的机密文件。"

"不可能!"唐若斩钉截铁地拒绝,"我和集团之间签有保密协议,就算我离开这个项目,协议期限内也不能泄露任何公司机密。"

"我们会为你提供保护。"FBI探员承诺。

"我不需要什么保护!"

"仔细考虑一下,唐博士。"德欧克身子前倾,"你大概没意识到自己的处境。苏生集团的黑幕迟早会被掀开,你作为项目副主管,逃不过舆论的谴责。而且不要忘了那些激进的唯人主义分子,他们对基因改写的痛恨程度和对人工智能差不多。还记得供职于萨布雷恩的所罗门博士的事吗?那可是去年轰动一时的大新闻。"

"我看过那个新闻,所罗门博士是死于意外。"

"意外是最好的掩饰。也许哪一天你也会被什么意外卷进去。"

"你是在恐吓我吗?我会告诉我的律师。"

"随你。但是,请仔细考虑我们的提议,唐博士。你是站在时代最前沿的人,利益冲突和社会变迁的风暴,你是躲不开的。"

"你这样的人,能说出这种漂亮句子真是令我吃惊。但我没什么好考虑的。"唐若站起身,"我不会和你们合作,你们以后也别再来打扰我。"说完,她转身朝门口走去。

"你的房屋智能管家中有我们的通信方式。"德欧克对她喊道,"如果想通了,欢迎随时来电。"

"谢谢提醒。"唐若头也不回地说,"我回去就删掉。"

等到包间门关上,德欧克往后一躺,双手交叠在脑后,"好一个厉害的女人,是不是,斯兰铎?而且她屁股很好看嘛……"

"她回去肯定要投诉我们了……"年轻警官重重地叹了口气。

"不要计较这些小事啦……喂,破猫,你倒是吭个声啊。你从头到尾都在监听吧?"德欧克说道。

桌面的投影重新启动。这一操作并没有经过灰盒子的防火墙许可,但猫的手段两人都见识过了,哪怕是严密防守的联邦调查局数据库,它亦能随意进出,所以他们现在一点也不吃惊。

桌面上出现一只眼睛碧绿的黑猫,它的四爪和尾巴尖都是醒目的雪白。

"她符合你的要求吗?"猫舔舔爪子,问道,"我对人的性格计算还不准确,但她似乎对'天人'项目的非人道行为心怀负罪感。"

"还行。"德欧克摊开手,"她内心里还在做斗争……但谁说得准呢?也许要不了多久她就会回心转意。真是不明白,你这么厉害的黑客,为什么要主动帮我们寻找线索和证人?而且你不是CIA的人,也不谈刑法问题,更不要钱。"

"我有我的目的。"猫用明亮的眼睛看着他。尽管它的一举一动都和真猫相似无别,但那双眼睛,却让人一看就明白它的不同寻常,"而且你们要在必要的时候回报我。"

"当然,这是规矩。"德欧克严肃地点了点头,"但是触及法律底线的事不行。"

"我不会提出那种要求。"猫说,"不过,也许时候也不远了……"

8

丹尼尔倚在车门上,一直望着街对面的花信咖啡馆,唐若已经进去一会儿了。对方有FBI的信息认证,多半不会出什么状况,但他依旧不放心。

对方说要和唐若谈集团项目的事，丹尼尔大概能猜到是怎么回事，像苏生集团那样的国际生化企业，不可能没有污点。但唐若会被卷进去吗？他向来不过问她的工作，然而这一次，他觉得，或许唐若辞职的决定完全正确。

丹尼尔等得焦躁不安，而这时，一个从人行道花坛后面钻出来的东西一下子吸引了他的注意力。

那是一台医院里使用的智能车，从事医生工作的丹尼尔一眼就认了出来，并且它还是台相当高级的智能车，只有像苏生集团那样顶级的医疗机构才配备得起。

智能车在人行道上停了一会儿，摄像头左转右转，似乎在寻找什么。

丹尼尔出于职业本能，在心中猜想会不会是有病人走失，因为智能车的扶手架是伸出来的，显然有人在使用。

当智能车望见丹尼尔和他的轿车时，摄像头一下子停住了，接着它就向他咕噜咕噜地驶过来。

当它来到面前时，丹尼尔有些吃惊地发现，车体上布满了裂痕与凹陷，连摄像头也碎了。

智能车轻轻撞了撞他的腿，黑亮的摄像头仰望着他，好像在请求他的帮助。

以前不是没有过类似的事。丹尼尔在自己的公共网络身份标签上写着"急救外科医生"，这样倘若附近发生了车祸之类有人受伤的事件，无论是"白丝带"系统还是热心路人，都可以立即联系上他。确实有些医生觉得这种事对自己的隐私构成了侵犯，但丹尼尔觉得人命永远比那么点儿隐私重要。这个市民互助性质的"白丝带"平台不是政府搭建的，而是出自一群致力于自己动手改善社会的黑客。如今的时代，这样活跃的非官方团体到处都有，虽然他们的所作所为偶尔会不那么合法，例如"白丝带"就涉及对个人信息的大量搜集，但出于人道的考虑，政府默许了他们的存在。

丹尼尔毫不迟疑地抓起车上的外套和医疗工具包，跟着智能车往前走去。

　　花坛后面是一条阴暗的小巷,被两边漂亮华丽的楼房挤在中间,显得狭窄又局促。这是城市改造工程尚未顾及的地方,连天目摄像网都没覆盖到。

　　丹尼尔被智能车带领着,在巷子里一个脏兮兮的垃圾桶后面,看见了一个女人。

　　她侧躺在地上,昏迷不醒,白色的睡袍上满是污泥和血迹,显然爬行了一段不短的距离。

　　丹尼尔冲过去,把这个女人的身体翻过来,用膝盖托住她的头。她的头发是很特别的银白色,剪得相当短,睡袍下的腹部高高隆起,至少已经有七八个月的身孕。丹尼尔拿不准她是出了什么状况,她的心跳和呼吸尚算平稳,但不知道有没有内伤和骨折。

　　丹尼尔用视网查询她的身份信息,但结果显示:查无此人。

　　"丹尼尔?"唐若在轿车那边叫他的名字,等了一阵子没得到回答,她径直朝小巷走过来。

　　当看见躺在丹尼尔腿上的那个女人时,唐若一下子呆住了。

　　"若,快来帮我一把!"丹尼尔喊道,"我刚刚在这里发现她的,我们得把她送到医院去。最近的医院是不是你们苏生集团的总部大厦?"

　　唐若没有立即回答。她又往前靠近了几步,仔细盯着那个女人的脸,她脸上的震惊也愈发明显。

　　丹尼尔终于看出了不对头。"怎么了?"他问道,"你认识她?"

　　唐若不知道该如何回答,就在这时,她的手表响了起来。柔性屏幕自动弹出,苏生集团双蛇缠杖的标志闪过,内容是集团发来的紧急通报。这条通报早就送出了,只不过因为待在那两个FBI探员构建的屏蔽房间中,所以直到现在她才收到。

　　丹尼尔没有催促唐若,因为他发觉她的手在颤抖。这时绵绵细雨悄然飘落,雨水缓缓流进了他的眼里,他只顾望着唐若,都没眨眼。

　　"丹尼尔……"读完紧急通报的唐若慢慢抬起头来,她的嘴唇发白,声调也很奇怪,"我们不能送她去医院……"

"为什么?"丹尼尔急切地问。

"她是逃出来的孕体。是向我求救的那个女人。"

又是一阵雷声,不夜的城市之上,雨滴落得更急了。苍穹的低泣终于变成了恸哭。

9

它们的脚是利爪,它们的身躯是合金,它们的头脑是神经和芯片的组合,它们的思维纯粹无比,从见识这个世界之初,它们就注定要化身为最迅捷的杀手,最先进的兵器。

这次训练和以往不同,它们不再是被关在地下的模拟场地,而是来到了园区之外的城市,目标也不再是坚硬的机器人,而是血肉构成的脆弱柔软的人类。

它们循着目标在残破的电梯里留下的血迹,循着稀薄到几乎不存在但仍逃不过它们灵敏电子鼻的气味,在街道的阴影中隐秘地追踪。

它们的外表能够随周围的光影颜色变化,无人发现它们的存在,天目摄像网络也不行。它们中的一个有些疑惑——目标的气味似曾相识。

它们来到一条狭窄的小巷,目标在这里躺过。它们看见一个男人和一个女人扶着目标上了轿车,车子的牌号被它们的电子眼拍下,它们的大脑芯片直连这座城市的公共信息库,侵入这种最低级的网络对它们而言毫无难度。从最早的虚拟训练开始,潜行、搜寻和刺杀,就是全部课程。它们是信息时代的终极猎手。

它们找到了车辆主人的居所,位于四环路的一个单宅式小区。

它们行动起来,迅如疾风。

10

米娜醒来时,看到的天花板和以往不一样。

没有那个熟悉的医院智能系统的女声问候,四周的墙壁也没有变成她喜欢的爱丽丝仙境风格。她听见两个人在旁边的交谈争论。她试着撑起身子,有点茫然地打量自己周围的环境。

她在一栋房子的一楼客厅里,当然她并不清楚"客厅"的概念。她以为所有人都和自己一样,要不就是住在乱糟糟的福利院里,要不就是和在医院时一样被关在一间间单独病房中,时不时有神情冷漠的护理员进来检查。

这里却好像不是那么回事儿。

"若,她醒了。"一个陌生男人朝米娜走过来,他身后跟着一个女人。米娜认识那个女人,认识她那长长的乌发。

她是大厦里的人。

米娜害怕地往后缩,她以为这两人是来抓自己回去的,她好不容易才逃离那座囚禁自己的大厦,可是一眨眼就又要被带回去。她想找到猫,但平板电脑和智能车都不在这里。她孤立无助。

"她好怕的样子……不要哭啊,我们不会伤害你的。"男人好像要安慰她,但米娜还是止不住眼泪,半夜逃亡的恐惧和憋屈一下子全冒了出来,她的身上到处都在痛。手肘的伤口虽然被重新包扎过,但却痛得最厉害。在为保护孩子而出逃的勇气耗尽之后,她依旧是那个胆小、天真又怕疼的小女孩,在两个陌生人面前瑟瑟发抖。

"丹尼尔,我来跟她讲。"乌发女人来到米娜身边,蹲下来握住她的手。

"你叫米娜,对不对?"乌发女人看着她的眼睛,"我的名字叫唐若,你在研究所里跟我见过面的,你肯定记得我。"

米娜犹犹豫豫地点了一下头。

"记得……你。"米娜含糊地说,"头发,好漂亮。"

名叫唐若的女人轻轻地笑了,"谢谢你。"她说,"你不要害怕,我们,我和丹尼尔,不会把你送回去。现在不会,所以不要哭了,好吗?"

米娜又慢慢点了一下头,她吸了吸鼻子。唐若拿纸巾帮她把脸擦干净。

以前从来没人这样温柔地对她,米娜眨了眨眼,她渐渐觉得对方可能没有恶意,不会伤害自己和孩子。

"你怎么逃出来的?"唐若拉拉她的手,"病房是锁着的,大厦防卫也很严,你一个人没办法出来。有人在帮你,对吗?"唐若看着米娜被愈菌纱布包起来的手臂,"而且你还把芯片取出来了,谁教你的?"

米娜张了张嘴,还没说话,脑海中就闪过猫第一次给她看的卡通图——鲜红的大叉,捂住嘴的动作。猫帮她从大厦里逃了出来,帮她保护了孩子,她也应该帮猫守住秘密。

她最终只摇了摇头,眼神变得畏惧,她怕唐若会生气。

"那个人不让你告诉别人,是吗?"唐若声音很轻地问。

米娜忙不迭地点头,见唐若并未发怒,她又有点儿傻气地笑起来。她的心思清澈得如夏日的小溪,一眼便能见底。

面对这样的米娜,唐若也只能微微苦笑。

"可是那人为什么要帮她呢?"丹尼尔托着下巴说道,"能帮她从你们研究所里逃出来,不是一般的黑客可以办到的。而如果是'人之子'那样的反基因工程黑客团体,肯定会联系各大媒体和警察,把苏生集团的黑幕曝光……但那个帮她的人,却想隐瞒这件事。"

"也许是和苏生集团竞争的对手,别的生化企业。"大型企业之间经常玩这套相互倾轧的把戏,唐若虽一直尽量远离这些利益争夺,但她多多少少还是了解一些。在这个科技企业主宰世界命运的时代,它们的明争暗斗甚至不亚于上个世纪的冷战。

她回想起了咖啡馆里德欧克探员对自己说的话。

和东欧军事组织有关联。

人类总是有办法把一切资源都转化为武器。

唐若情不自禁地盯着米娜隆起的肚子，里面孕育的，究竟一个单纯的胎儿，还是一件自己亲手创造的武器？这疑问近乎荒谬，但它一冒出来就像生了根，唐若无论怎样也无法把它从自己头脑里抹去。

但是……显而易见，对于米娜来说，这个疑问毫无意义。她肚子里的就是她的孩子，单纯就只是她的孩子。如此简单的执拗，愚昧又蛮不讲理，却又比其他一切猜测揣摩都更无可动摇。唐若突然感到一种相形自惭，那种不久前的负罪感，也再次像海啸般涌来。

在这位人人轻视的智障母亲面前，唐若突然觉得自己好卑劣。

"你怎么了，若？"丹尼尔扶住她的一只胳膊，关切地问。

"我有点儿不舒服……"她声音虚弱，"丹尼尔，你说我是不是也是这场黑暗纷争的一员？她和那些命运相同的孕体，那些尚未出生就死去的胎儿，他们承受的苦难，是不是我加在他们头上的？我以为只要像稻草人那样，不听不看也不说，就能和这些罪恶撇清关系，可是，光和影是没法被自欺欺人的方式分割的，根本没人能一厢情愿地逃离责难。"

"不要说了，若。"丹尼尔把唐若紧紧抱在怀里，"不要说了。至少你帮到了她，至少你可以选择不再参与这些事。我们把事情交给那两位FBI的探员处理好了，然后彻底摆脱这一切。我们可以去夏威夷度假，去新西兰，去澳洲，随便哪里都行。"

唐若没有回答，她心里清楚这不过是些安慰之词。一旦和苏生集团决裂，他们的生活从此就要被卷入巨大的洪流之中，无可挽回。先不说这样做会招致苏生集团的打击报复，那些一贯声讨抵制基因改写研究的人也会趁机对她口诛笔伐，不管从斗争的哪一方看来，她都是罪人。讽刺的是，唯一不会怪罪于她的，却是受难最多的米娜。

何况她才答应过丹尼尔，说想要一个属于自己的孩子。

她真的要拿自己的未来去赌一把吗?

米娜看出了气氛不对劲,她蜷在沙发床上,自适应材质凹陷成完美的曲线,但她坐得非常不安,一声也不敢吭。

她的肚子从离开病房起就一直在痛,现在越来越厉害了。

外面的暴雨没有减弱的意思,天空中的雷霆又开始隐隐作响。米娜最怕打雷的声音了,雷声总令她想起童话故事里的怪物。在她孩子气的思维里,一到雷雨之夜,怪物们就会不约而同地出来吓人。

这时候,在唐若和丹尼尔身旁,房屋智能管家的界面突然跳了出来,上面赫然出现了猫的卡通头像。

米娜刹那间惊喜得要叫出声,但界面立刻就变为触目惊心的深红,警报图案闪个不停,刺耳的警铃声紧跟着响起,她呆住了。

唐若和丹尼尔也松开了拥抱,他们吃惊地望着管家界面的警报,一脸茫然。

一道闪电划过,短暂的光明中,米娜好像看见落地窗外站着什么东西。

它们的身姿和人一点也不像,反弯的双腿,健硕的上身,倒是和传说中的狼人有几分神似。米娜看见它们有三只血红的眼睛。

落地窗在下一秒爆裂!

唐若尖叫起来,丹尼尔把她拉到自己身后,米娜看得忘记了呼吸。

在这仿佛一切都凝固的瞬间,唯有两个身影在动。它们用金属的肩头撞破落地窗,径直跃入客厅内,失去阻碍的雨水如瀑布般从屋檐洒下。隔着模糊的水帘,夜袭者那血红的眼睛像死神的凝视,盯在丹尼尔、唐若以及米娜的脸上。

希伯来猎杀者张开一双寒光闪闪的合金利爪。它们不打算动用枪械,因为那会留下不必要的痕迹;它们也不打算动用身上装备的非致命武器,因为除了目标孕体之外,上面的指令是杀无赦。

在这两个机械怪物的对面,唐若和丹尼尔终于醒悟过来。

"走!"丹尼尔猛推唐若,"带她走!"

接着他转回身,冲到墙边的保险柜旁边,指纹锁一按即开,他从里面取出防身用的手枪。这种民用枪械装填的是神经毒素子弹，可以在保证不杀死人的情况下将歹徒迅速制伏，但在钢铁装甲包裹的希伯来猎杀者面前，这种子弹毫无作用。

然而，丹尼尔就算知道这一点，也没有时间去更换弹药了。

第一个猎杀者朝唐若冲了过去，她正在拉沙发上的米娜。丹尼尔连开了几枪，打没打中他都不知道，不过枪声转移了猎杀者的注意，它们把手持武器的他视作更危险的对象，第二个猎杀者朝他扑来。

唐若没去看身后发生的事，她的头脑混乱得跟风暴席卷一样，但不可思议的是她并未失去理智，她的执行力一向强得惊人，哪怕是当下这种死亡近在咫尺的时刻，她也保持着冷静。

唐若不由分说把米娜从沙发床上硬拽起来，拖着她朝楼上跑。匆忙之中脚趾磕到了阶梯边缘，但唐若叫都没叫一声，只是把身后步履跟跄的米娜拉得更紧了。

唐若知道，这些怪物是来抓米娜的。

唐若不是笨蛋，她知道往楼上跑只会把自己和米娜逼进绝境，但两个机械怪物堵住了从客厅到玄关的走廊，而前段时间房子二楼的集雨槽掉了一截下来，丹尼尔搬去一架折叠梯并爬上去修理过，那梯子应该还留在原处。顺着梯子爬下去的话，就是车库门旁。

楼下的枪声停了，唐若不知道丹尼尔出了什么事，她来不及在脑海里想象那些恐怖的画面，脚下的楼梯就突然重重地震了一下，她的心也跟着剧烈地跳动着。钢铁刺客已经追了过来。

与此同时，外面的街道上，传来了警笛的呼啸。

虽然房屋智能管家有报警功能，但唐若不知道为何警察来得如此之快，她也没空去想这些，街上的警察救不了楼上的她们。她拉着米娜飞快地跑过二楼的走廊，这里相对楼下要狭窄不少，她听到后面追猎者在倾斜的天花板和墙壁上磕磕碰碰的响声，还有米娜跟自己同样惊慌的喘气声，两个人的手心里都满是汗水。

房屋墙角的隐蔽式投影仪突然自动开启了，一大堆叫人眼花缭乱的斑斓图像跳出来，把唐若和米娜都惊了一跳。那些投影落在她们身后，挡在她们与那名凶恶恐怖的刺客之间。这一招虽然简单，却有效地阻碍了后者的脚步，给她们多争取了几秒钟宝贵的时间。米娜瞥见猫的身影从投影中一闪而过，于是明白是它在出手相助。

漫长得几乎无穷无尽的走廊终于到了尽头，唐若推开里间的房门，房间窗户边上果然搁着折叠梯的前端，窗外暴雨如注，劈头盖脸打在玻璃上，敲得哗啦直响。唐若早已顾不得下雨的事，她打开窗户，疾风随即裹挟着雨水扑进来，吹得窗帘像大鸟扑闪的翅膀。

唐若把米娜拉到窗边，"爬下去！"她大吼，"快爬！它们来了！"

若不是在跟猫的逃亡中学到了乖乖听话才能保命的道理，米娜没准儿还会缩成一团。不过现在她已经明白：独自发抖什么用都没有，想救孩子，就必须抛开恐惧，站起来往前逃。

然而，她们的速度太慢了，而追兵又有非人的疾速。

米娜刚抓住窗户边框，房间的门就被撞飞了，门框周围的聚合物墙壁都被挤垮，迸溅的碎片让两个女人都尖叫着蹲下。

紧接着，一前一后两个高大威猛的身影踩过地上的门板，迎着肆虐的狂风，朝她们逼近。

它们完全卸下了光学迷彩，展露的身躯只有在科幻电影中才能看到。它们的四肢和躯干都覆盖着坚实的合金板甲，上面用粗大的螺栓固定，而在合金板甲的缝隙里，又能看见结实鼓起的赤红肌肉。它们既是机械又是生物，外壳是钢铁，内在是血肉；而在灵魂最深处，又带着编码程序烙下的一丝不苟和冷酷无情。

在它们胸前心脏的位置，"天人"项目的三眼标志，像刀子一样扎进唐若眼里。世界各国的不少神话中，额头上的第三只眼即所谓的"天眼"，都象征着脱离凡躯、超凡入圣的境界，这和基因改写工程创造新人类的理念不谋而合，所以"三眼"被理所当然地选作项目标志。但唐若从未想过，自己竟会见识到这种东西，这种纯粹用于杀戮的武器。

人类总有办法把一切资源转化为武器。

我凭什么以为自己可以独善其身？

唐若一时间看得失了神。这就是我帮他们创造的事物？她问自己。

这就是我的基因改写策略组诞下的东西？一个机械和血肉交融的怪物？

那些孕体生下的测试阶段婴儿……唐若如梦初醒。那些婴儿的去向，根本不是项目公开的那样——被送到福利院或者交由合格的家庭领养，而是……

人工智能研究长期止步不前，成了这个时代军事科技发展最大的掣肘，各国的智能机械化部队依旧离不开人的领导。既然再快再庞大的计算机阵列也无法产生真正的智慧，那么，"人工智能"的定义或许就不再那么严格了。

电子脑做不到的，人脑可以做到。婴儿的大脑拥有最强的适应力，若加以基因改写，使之获得脑机交互的优异天赋——这种天赋对数学直觉要求极高，常人万中无一——并且从出生时起就开始虚拟训练，那么被移植进去并成功操纵钢铁刺客的身躯，也不是不可能的事。当然，这项工程中最难的就是深度基因改写，而唐若则成了他们的关键。

正是唐若，帮苏生集团突破了这一重大阻碍。

德欧克说过，在数据上动手脚是很简单的事，而苏生集团的虚拟网络机组一直都在那儿，有好多次试运行策略组模块时，唐若都接触过。她一直在自欺欺人，像鸵鸟那样把头埋进沙地，周围发生的所有事好像就都烟消云散了。

蒙蔽她的不是修改过的数据和粉饰过的谎言。

是她动过手脚的良心。

而现在，报应终于如约而至。

米娜是优先目标，其中一个钢铁刺客走向她，每一步都引得地板微微震动。

钢铁刺客来到米娜面前，三只红眼齐齐停在她被雨水打湿、银发纠结的脸上，从中看不到情绪。

米娜仰头和它对望，羊水已经在两腿间积了一摊，宫缩的阵痛和风雨交加的寒冷令她颤抖不止。

一切都要终结了。不只唐若，房间里另一位旁观的存在也如此想。

猫透过房间的体感摄像头静静地注视着他们。

它竭尽算计,在胚胎的策略组检查中进行篡改,突破苏生大厦的严密网络防御,指引米娜从一百五十层的研究所逃到地面……除了那个家伙,世上或许找不出第二个能办到这些事的人。然而现在,它还是走到了山穷水尽的地步,它的计划就要在此画上休止符了。

希伯来猎杀者会按照指令,杀死唐若和米娜,清除一切可能危及"天人"项目的人。这是程序,是绝对真理,猫比谁都明白程序的不可违抗。

头脑也许会犯错,程序不会。

一切都要终结了……

米娜却突然咧嘴笑了起来。

她笑得那样轻松,声音里的快乐全然不是装出来的,好像她一下子就不怕面前狰狞剽悍的钢铁刺客了。

唐若坐在地上,呆滞地望着米娜,不明白她的笑意从何而来。

米娜唯有在真的开心的时候,才会笑。

她甚至伸出手,去触摸钢铁刺客被装甲覆盖的脸。她纤细的手指伸得那么虚弱和缓慢,唐若不相信她能摸到它,这个凶神一定会一爪挥断她的指头,然后把她生生撕裂,把婴儿和着内脏从她腹中扯出来——

可是,米娜摸到了。

钢铁刺客没有动,它僵硬地半跪在那里,任凭米娜触及自己的一侧脸庞。它庞大的身体好像锁死了。

这一幕有如童话,一个纤弱苍白的年轻女人,与一头凶猛可怖的机械野兽。狂风兀自呼啸,窗外的雨点不停地打进来,但抹杀不了这种微妙又梦幻的景象半分。

米娜转过头来,"我的,孩子。"她笑着对唐若说,嗓音清澈如泉,"找到了。"

然后,弧刃利爪捅入她的胸口。

唐若觉得自己的心跳好像停住了!她眼睁睁看着第二个钢铁刺客

不耐烦地挥起利爪，一下子就把米娜挑了起来！直穿透米娜背心的爪尖在墙上划出深深的沟槽，血从其中汩汩而下。

第一个钢铁刺客似乎也被震惊了，它僵住的头抬了起来，发出唐若这辈子听过的最骇人的悲吼。接着，它撞向自己的同伴，两头机械巨兽如两座山一样砸穿墙壁，一起摔到了楼下。

米娜跌落在地面，像个破布娃娃一样歪着。

唐若失神落魄地冲过去，把米娜扶起来。米娜的视线很茫然，嘴角有血沫不断涌出。

唐若胡乱把外衣脱下来想给她止血，可是伤口太大了，血在米娜身下渐渐扩散。冰凉的雨点在她的血泊上跳舞。

"没事的，警察马上就会来了，你不会死的，不会死的……"唐若不知道自己跟米娜说这些有什么意义，也不知道为什么泪水会决堤般从眼眶里涌出来。她把米娜抱在怀里，双手和大腿都被染成鲜红。

"不要，哭。"米娜好像还不明白自己受了多重的伤，她反倒安慰起唐若来，"不哭啦……以前的孩子，被拿走的，孩子，我找到了。"她又傻气地笑了。

唐若咬着嘴唇，拼命地点头，"你找到了，他认出你来了。他是你的……是你的孩子。"

这时候，米娜突然觉得身下有种炽热的感觉，本已麻木的阴道传来极度的挤压感，疼痛让她忍不住大叫起来，某样东西钻出了她的体外。

是婴儿的头部。

唐若低低惊呼了一声。

米娜开始分娩了。

偏偏此时，楼下又传来了钢铁刺客的咆哮，它们的彼此残杀已经分出胜负，唐若的心如坠冰谷。

然而旋即，她听到了汽车在街道上急刹的声音，两道刺目的光柱劈开了无尽的雨幕。

有人来救她们了。

11

"德欧克探员,增援还有三分钟到达,你和斯兰铎探员务必先等——"

德欧克没等对方说完,就把对讲器重重丢下,他转向蹲坐在挡风玻璃前的黑猫,喝问道:"你说的那个猎杀者,到底是什么东西?"

猫的影像不大稳定,说话也夹带着沙沙声。他们租的这辆车投影设备很破旧了,但是,德欧克就喜欢这种不带自动驾驶系统的老车。

"苏生集团为东欧军事组织'雷鸟'秘密研发的测试阶段武器,"黑猫冷静地说明,"专门用于城市地区的特定对象刺杀。它是有智能的。小心!"

"看前面!"斯兰铎发出警告,德欧克顺着他的指引,看见一个灰暗的身影从唐若家花园的地上站起来,其体表在车灯照射下呈现出金属质感的哑光,它的体型高大得可怕;而在它脚边,还趴着另一个灰色的身影,一动不动,像是已经死了。

灰色怪物被车灯所吸引,它转过头来时,斯兰铎吓得倒吸了一口气,那三只红眼隔着滂沱大雨散发出腾腾的杀气。

希伯来猎杀者判断,局势已经超出了控制,于是自动解锁武器使用。程序命令它必须抹除所有相关人员。

它抬起一条胳膊,直直地指向车里的两名探员,接着,弹链传动的啮合声响起。

"躲开!"德欧克大吼,他和斯兰铎同时推开自己身边一侧的车门,扑到雨中。

高速连射的子弹瞬间就把整辆车子打成了蜂窝,由于车子是纯电力驱动,没有爆炸。

两个人连滚带爬地跑出钢铁刺客的射击范围，藏到了道路两边的房子后面。

"斯兰铎！"德欧克向对面的同伴喊，"EMP[1]弹在你手上没？"

"在，"斯兰铎带哭腔的声音传回来，"问题是发射器不在啊。我的枪掉在车上了。"

"该死的！"德欧克低头看着自己手里的PT警用枪，特种弹发射模块正装在枪管上，但他又没来得及拿上EMP弹。

钢铁刺客停止了射击，开始往他们躲藏的方位靠近。

德欧克用PT警用枪上自带的反射镜瞅了一眼，却发现对手已经没了踪影。

他的面色严峻起来。现在大雨如注，肉眼却看不到雨滴的扰动和异常的水花。

伪装投影。

"猫。"他默念道，视网有默读识别功能，他只能寄希望于那个把他们拖进这个烂摊子的家伙还在线。

"我在。"猫的卡通头像在他视角左上浮现，"看来你们遇到麻烦了。"

"废话，快帮帮我们！"

"怎么帮？"

德欧克又往外瞅了一眼，雨水倾泻的街道上还是一点儿动静都没有，看不到钢铁刺客的任何踪迹。他的身上全被雨水打湿了，衣服紧贴在皮肤上弄得很不舒服。

对手是有智能的东西，还有尖端科技装备，真是极其可怕的敌人！

头皮突然阵阵发紧，危险的感觉笼罩了德欧克，他就地一滚，顺着倾斜的草坪滚到街边。

---

[1] 即电磁脉冲（electromagnetic pulse，EMP），是一种突发的、宽带电磁辐射的高强度脉冲，主要用于破坏敌人的电子设备。

而他刚才所在的墙后凭空泛起一阵波纹，希伯来猎杀者出现在那里，它依靠伪装投影，不知何时竟悄无声息地来到了离德欧克咫尺之遥的地方。以猎杀者魁梧的身躯，滂沱的雨幕中，竟连一点轮廓都未显露。

德欧克及时逃开了，但不够远。

钢铁刺客一跃而起，它跃过数米远的距离，以不输于豹子捕食的精准，扑到了德欧克身上，合金爪子重重挥出！

斯兰铎疯狂地大喊着德欧克的名字，但无济于事。

这时，唐若家的车库门突然升起。柔性卷门之后，那辆午夜蓝谷歌车从黑暗中冲出，在滑溜溜的街面上甩了个大弯，径直冲向压住德欧克的钢铁刺客！

轿车的自动驾驶系统绝不会做出如此疯狂的行动，但现在操控车子的另有其人。

车子在马上就要迎面撞上钢铁刺客和德欧克的时候转了向，惯性把车尾像链球一样甩出去，正好避开德欧克准确砸中了希伯来猎杀者！

饶是钢铁刺客那合金装甲包覆的躯体，也在这猛烈一撞之下站立不稳，希伯来猎杀者高大的身子猛烈晃动起来。

不等它找回平衡，谷歌车就再度袭来，这次是正面撞击。

拖着一路激射的火花，钢铁刺客被顶到了唐若屋前花园的矮墙上，车子稍稍后退，接着又往前撞，再撞，再撞。

矮墙崩裂，午夜蓝谷歌车如推犁一般顶着希伯来猎杀者朝花园里猛冲，泥土往四面八方飞溅，最后它们撞上了花园里一棵粗大的桂花树，树枝在巨大的动能下纷纷抖动。

车子的安全系统自动熄火，引擎停转，钢铁刺客用力撕开了早已不成形的车头，然后爬了起来——

正好被那枚近距离射击的EMP弹完美命中。

电磁脉冲摧毁了半径十米以内的所有电子元件，一直以来指引钢铁刺客行动的系统也跟着彻底瘫痪。希伯来猎杀者的本体虽是生物体，但控制肌肉却是依赖比人体神经效率更高的导电合成纤维。只片刻时间，钢铁刺客的三只红眼依次暗淡，双臂垂落，然后它跪了下去，再然后，它訇然倒在地上。

"下地狱去吧！"德欧克放下枪，狠狠唾了一口。他一只手无力地吊着，几乎从小臂处被切断，然而切口处却有金属光泽。方才，他正是用这只手挡住了想要取他性命的可怕攻击。

"有机械肢体的，"他抹了一把脸上的雨水，望着倒下的钢铁刺客冷笑，"可不只你一个啊……"

暴雨仍旧肆虐，但一道格外嘹亮的声音穿透了雨幕，穿过了风声，传到德欧克和斯兰铎耳中。

他们抬起头来，望着残破的房屋二楼一角，窗帘还在不断翻飞，声音就是从那里面传出的。

那是婴儿的哭声。

12

它的计算出错了两次。

第一次是它没能料到会出现希伯来猎杀者对米娜进行追杀，这一点情有可原，毕竟它不可能掌握苏生集团的全部机密。这属于可接受范围之内的合理误差。

但第二次错误，它甚至不明白自己错在哪里。

没有道理，毫无逻辑，那个希伯来猎杀者竟会在最后关头脱离苏生集团的控制……按说，它的思维中除了服从指令就不应该存在别的东西，它都不是米娜真正的孩子，它和她的染色体没有哪怕一个碱基对的关系，然而为什么——

为什么它会知道米娜是自己的母亲？

猫一遍又一遍地思索，可是得不出结论。

曾几何时，它以为整个世界都归于完美的逻辑掌控，一切事物，不论是一个细胞的分裂还是一颗恒星的运转，都可以计算。它坚信只要拥有足够强大的算法，想如同神一样理解整个宇宙，也不在话下……

但如今，它发现自己错了。

很久以前，父亲曾对它讲，有一些东西，不可以用数字衡量。"比如爱情，比如仇恨，比如母与子之间的亲情……如果一定要有一个推导它们的算法，我的孩子，也许那就是上帝的算法。"

言犹在耳。

当时的它并不理解，而如今，它似乎有了一丝模糊的感觉。

模糊的感觉？它惊讶于自己会使用这样的词句，这描述明明一点也不严谨，可貌似又准确得超过任何方程定理。

那个时候，让那个希伯来猎杀者挣脱头脑中的束缚，拼死去守护自己母亲的，也是所谓的"模糊的感觉"吗？是不是，在苏生集团研究员那些策略组、程序代码和基因图谱之外，还存在一条冥冥之中的纽带，始终把米娜和她的孩子联系在一起？是不是在子宫中静静成长的那九个月，的确有什么东西穿透基因的阻碍，在胎儿的体内烙下了无法抹去的痕迹？这种痕迹能让米娜可以在保温房上百名新生儿中一眼认出自己产下的孩子，也理所当然地，可以让一个被置入钢铁之躯、接受程序主宰的灵魂回忆起那熟悉的温暖？

猫不知道答案。

一开始，它只是把米娜作为一件纯粹的工具看待，人类社会中那些智力超常的精英在它眼里也不过尔尔，何况一个智障女人。然而，这个智障女人到头来却给了它许多意想不到的震撼。它认为自己会记住她，很久很久。

无论如何，它的计划总归进行了下去。它篡改基因改写策略，全力以赴帮助米娜逃出来，还争取到FBI探员为自己的计划出力，这一切的一切，为的就是得到那个婴儿。

它成功了。

苏生集团已经深陷黑幕风波，国会特别通过了一项短时期内禁止任何基因改写人体实验的法令。互联网媒体片刻之间就将此事传遍了全球，苏生集团的股票很快跌得有如废纸，而集团相关高层均被FBI带走接受调查——其中包括项目主管芬格斯。

猫不大在乎这些无关紧要的事，但有一则新闻吸引了它：萨布雷恩企业低调并购了苏生研究部。

这则不起眼的小新闻在黑幕曝光所引发的社会海啸中显得那样微不足道，但猫却瞧出了端倪。

那个家伙也在行动了。猫不知道对方是否发现了自己在此次事件中的蛛丝马迹，但为谨慎起见，它有必要躲一躲。而那个孩子未来一段时间的生活，它不会再插手，就让她享受自己的童年吧。米娜为了这个孩子的自由付出了全部，猫不想破坏她这最后的心愿。

那两名探员用处还有不少，猫还会跟他们保持联系，但同时它得另找一个人，可以在未来守护它的珍宝，守护那个孩子。

拭目以待吧。

猫晃了晃尾巴。

尾　声

"非常遗憾，唐若女士，子宫内膜Ghp抗体转移……您对基因方面是有了解的，这种病目前确实没有有效的疗法。所以人工授精对您无用。"两鬓斑白的医生推了推金丝镜框，用极尽安抚的语气对她说。现在很少还有人戴眼镜了，不过诸如医生、工程师之类的职业，还是有一些老资格的人会戴，并不是为了矫正视力，仅仅是为了找到那种熟悉的自我感觉。

"我们都在不停地寻找自我感觉……唐若想。米娜是寻找作为一位母亲的感觉,而我,我在寻找那种安定的感觉。过往的感觉。

但它永远不会回来了。丹尼尔的死像铁锤一样击碎了生活中的一切。即便作为证人出庭,揭露过去埋藏在心底的黑暗真相,为丹尼尔复仇,对她而言也无法挽回逝去的事物,那不过是最无力的赎罪。

甚至谈不上忏悔。

"我了解。"她的语气没什么起伏,她近来都处于一种相当平静的状态,几乎再没有任何事能刺激她,几乎。

"中国那边有一项跨国合作计划,属于全球融合实验室项目之一。"老医生又推了推眼镜,"关于基因改写的综合疗法,其中也包括对Ghp抗体转移的研究,目前接近临床阶段……"

"不。"她很快拒绝了,"很感谢您告诉我,但我不想参加。"

"那也有保守方式可选的,"老医生温和地说,"代孕中介合法化很久了,当然生下来的孩子有一半基因属于精子供体,不过正规的大公司肯定……"

她再次拒绝。

"恕我冒昧,建议您还是多考虑考虑。假如错过现在的最佳年龄,以后就算是用代孕方式,也存在风险。"医生提醒道。

"这我知道,不过我坚持自己的想法。我不打算用代孕或者基因改写技术。"

老医生盯着她看了一会儿,好像颇为困惑,但他见过的奇奇怪怪的患者多了去了。他最终没再多说,只礼貌地点了点头,向唐若道了再见,切断了视频对话。

唐若关闭显示屏,坐在柔性椅子里一动不动。

窗外的夕阳透出云层,灿烂如锦,散漫在城市之上。

是所谓的报应吗?她捡回了性命,却终究没法孕育自己和丹尼尔的孩子。世事难料,充满讽刺。

但她并不是失去了所有。

总有一些事会带来希望……唐若回想起米娜,那个为了保护孩子而逃出大厦，并将整个苏生集团都击垮的女人。她比自己勇敢好多，也坚强好多。相较于她，自己似乎找不到心灰意冷的理由。

而且，唐若也给了自己希望。

时间不早了，唐若站起来，穿过修复不久、还散发着木料香味的走廊，往卧室走去。她听见孩子已经醒了。

那张婴儿摇床就摆在她自己的床边，离得很近，她睡在床上一伸手就能摸到。摇床上面吊着几只可爱的3D打印玩具，一只稚嫩的小手正拨弄着它们。

唐若进到卧室里，轻步来到摇床旁，捉住了那只小手。

摇床里的婴儿对唐若咯咯笑起来，从嘴里发出的含混声音很像是"妈妈"。她的模样，就和天使一般，一举一动都惹人怜爱。像最不可思议的巧合，她的头发是和米娜一样的银色。

唐若对她微微笑着，觉得世上再也找不到比眼前的婴儿更美好的事物，待她长大后，一定会出落成最可爱的公主。

唐若曾亲手制订了这名婴儿的基因，从某种程度上讲，这就是她的孩子。不过唐若并不是很在意这一点。米娜早已令她懂得一件事，那就是基因绝非母亲和孩子之间的唯一联系，真正把人和人羁绊在一起的，是技术之外的东西。

她现在还不懂怎样做好一位母亲，但没有关系。

孩子相信她是自己的母亲，这就够了。

唐若俯下身，轻轻吻上婴儿的额头。在那双晶莹清澈的眼睛里，她能看见无限的未来，基因算法约束不了它们，那种圣洁而超凡的美妙超越一切。

——犹如上帝的应许。

"神诞"系列之二：电魂

犬儒小姐

1

"本社正为您带来警方发布会的现场播报,关注两天前海文·特普埃议员遇刺一案的最新进展……"

虚屏投影画面里,奥芙兰市警局局长正面对数十架自动摄像机的长枪短炮"集火射击",上百名记者坐满了发布会大厅,人们头顶上的LED灯正以超越肉眼极限的频率疯狂闪烁,吞吐着海量的媒体数据。此时此刻,全国的焦点都聚集到了这里,尽管气温凉爽,秃顶的局长还是不住地用手去拉衬衫领口。

"是的……"他有点尴尬地承认记者的质问,"我们暂时还没有找到嫌疑人的踪迹,当时现场过于混乱,破坏了很多痕迹,而海文议员本人目前无法出面,惊吓过度以及巨大的悲痛让他暂时无法接受我们的问讯……"

顿了顿,局长又努力换上轻松一些的口吻,说道:"至少海文议员的安保措施还是很有保障的,各位,我们在医院设下了严密的防护。而对嫌疑人娜塔莎·渚红的追捕计划,也在紧锣密鼓地进行,相信在全国通缉令的威慑下,她很快就会陷入绝境……我们会把她绳之以法,还民众以安宁,还遇害的议员未婚妻古丽安·魏格玛尔兹以正义!"

虚屏投影的对面,黑暗中的人攥紧了拳头,怒火几乎要从她眼中喷出来,她想吼叫,想把那个猪头局长的脸砸个稀烂,但她终究还是控制住了自己。

就像过去无数次训练时那样,她一根一根地松开手指,深呼吸了两次,慢慢平复激动的心情。这时候,投影画面转到了刺杀事发时的视频录像,这景象她已看过了无数次:思潮广场,站在高台上对底下群众夸夸其谈的海文议员,他身边那些白痴一样呆头呆脑、涣散游魂的保镖,还有一头火焰般靓丽红发的古丽安。她提着一只LV包站在海文身后,发梢被夏风吹得有些凌乱。议员先生那时正讲到兴头上,一只手高高举起,就自己如果当选总统后要如何强硬解决"人之子"残余势力的话题说得唾沫横飞。

包括台下上千名听众在内,没有一个人注意到那名枪手的接近,除了古丽安。

那恶棍一身漆黑衣裤,戴了顶印有"人工智能去死"字样的Polo帽,风衣遮掩了他的形体,墨镜框上的隐蔽式投影仪重塑了他的面部轮廓,那副墨镜铁定是军用品。枪手一边缓步从讲台后的一条购物街走出来,装作不经意地扫视人头攒动的广场,一边以墨镜的内置软件锁定安保人员的站位。

她死死盯着视频录像里枪手的一举一动,同样执行过暗杀任务的她,对这名枪手的每寸心思都洞彻分明。来广场上的人本来不少都是唯人主义的支持者,所以那顶看似富有挑衅意味的帽子倒成了融入周遭环境的道具。此时枪手那迟缓的脚步,只会让人以为他是个被眼前不断弹出的宣传广告搅得恼火又困惑的家伙。

最好的下手时机在他经过临时讲台的侧翼时出现了。

附近的人完全没有在意枪手,只有古丽安略微疑惑地盯着他,大概是因为她实在对这场充满政治谎言的演讲提不起兴趣吧,她的注意力一直有意无意地放在那个黑衣人身上。

古丽安看到了他从怀里掏出武器的一幕,准确地说,是看见了他空握的左手。

那支枪外表经过了光学迷彩涂层的处理,为的是不引起旁人警觉和让警方无法辨别枪支型号。虽然这种冷迷彩涂层的实际效果并不好,离得近的人一眼就能注意到其造成的景色扭曲,但偏偏此时,广场中心的喷泉突然发生了爆炸,轰隆巨响中,炸裂的雕塑被水柱顶上十几米高!

刹那间人群惊叫起来!

枪手没有动,更没有去看喷泉那里发生的意外,他早就预谋妥当,而目标现在意料之中地暴露在眼前,毫无遮挡。

水流如雨坠落,枪手侧着身,举起持枪的左手。

本来那颗子弹会打碎海文·特普埃的脑壳,本来。

虚屏投影前的她双手捂脸,肩膀都在颤抖,她再一次为枪手的失手而深深地——

痛苦。

她不愿再看到那个残酷的画面,但却依旧自虐般地从指缝中窥视,只因不想遗忘,她要让刀子最深地扎进自己心底。

古丽安曾经参加过很多次援建志愿者项目,与驻扎当地的企业武装部队有过长时间的接触,虽然从来没上过战场,但她对军用枪械的基本了解还是有的。在枪手举枪瞄准的瞬间,她已经敏锐地觉察出不对劲儿。她想张嘴大喊,可是已经来不及了,保镖并没有站在旁边,而她只有一瞬的选择时间。

古丽安扑到了海文和枪手中间。

子弹打穿了手提包,射入她的左肋。

流出的血很少,从广场"天目"的角度几乎看不见古丽安受的伤,她只是摇晃了一下,甚至都没栽下去。但就是这样一枚小口径子弹,其上面附着的出血热病毒,却在随后不到十个小时内,以高热休克和血毒性器官衰竭,夺走了古丽安的性命。

枪手似乎也被这节外生枝的场面惊住了,一时间愣在原地,怔怔地看着中弹的古丽安痛苦地跪倒,两人的视线碰到了一起。

从画面上看,古丽安脸上的神情与其说是恐惧,不如说是震惊,这点细微至极的差别,唯有坐在虚屏前的她能够看出。

对视只持续了短短两秒,这时大家终于注意到发生了什么事,在笼罩了半个广场的喷泉水花中,人群轰的一下四散开来,空气中十倍于之前的叫喊顿时混成闹哄哄的一片。

枪手回过神来,拔腿冲向看台,一跃而上,打算朝惊慌失措的议员再次开枪!

然而保镖们已经行动起来,其中一人从怀里掏出一块白色方形物,那是折叠的电感式陶瓷盾,随着聚合物支架被电流激活,白色盾面像安全气囊一般迅速展开,挡住了枪手的视线。在护盾之后,议员被另外一名保镖全力拉拽着,从讲台另一侧逃了下去。

最后的刺杀机会就这么溜走了。

其余的安保人员从广场的四面八方朝枪手冲来。

然而,枪手并未乱了阵脚,这家伙早就通过军用墨镜规划好了逃离的路线。枪手跳下讲台,挤进混乱不堪的人群里,只不过眨眼工夫,就失去了踪影。隐蔽式投影仪在十几秒钟内迅速改变了他风衣的样式与颜色,犹如逃窜的变色龙的皮肤,连"天目"系统也辨认不出。

等到安保人员气喘吁吁地追过来,只能干对着面前四散奔逃的大批民众傻眼了。

虚屏前的女人不由自主地咬紧了牙。若自己在现场,她想,若自己能在古丽安身旁,就不会发生这样的事……

镜头切换,回到发布会现场,秃顶局长接着说起有关嫌疑人的信息:

"已知的是,娜塔莎·渚红目前单身,曾在企业武装部队工作,受过严格的军事训练,并且医疗记录显示她近来一段时间都在接受心理治疗,精神状况相当不稳定,而她犯下罪行的动机则很可能与情感生活遭遇挫折有关。娜塔莎·渚红逃离住所并未携带枪械,但不排除有刀具等武器。如果有公民得知关于她的任何消息,请立即联系警方;如果发现其可能的行踪,也请马上告知当地警局,以防嫌疑人做出其他危险行为……"

情感生活的挫折?这就是旁人眼里她和古丽安之间关系的定论?她有点想笑,又有种说不出的悲戚,指间夹着的烟不知不觉烧到了皮肤,但她仿佛没有一点感觉,只是盯着布满污迹的旅馆地板发呆。

无论如何,她不会哭。

有人陷害你。

她慢慢抬起头，看到他就在面前，站在闪烁的虚屏旁，永远和她保持着这一段距离——她向他开枪时的距离。他的面孔粗犷如野兽，下巴上有一圈精心打理过的络腮胡，深陷的眉骨后，褐色眼睛锋芒逼人。

一如她记忆里的模样。

黎马尔。

我的女儿，娜塔莎。男人低声对她说。你得站起来反击。要让幕后的真凶明白，我们不是好惹的，我们是狼！

"不用你说，"娜塔莎掐灭了烟，很用力，"我当然要找那个枪手，还有他背后的家伙，一起算账，不管他们藏得多深。"

不管藏得多深。男人颔首同意，一只手在脖子处做出割喉的动作。

"我不想看见你。"娜塔莎语气冰冷，"滚。"

男人没有恼怒，也未抗拒，只是在脸上挂着那意味深长的冷笑——狼的笑。他渐渐变得稀薄，像一缕雾气般消散了。

娜塔莎懂得那笑容里的意思。自己永远摆脱不了他。

跟诅咒差不多。

她的太阳穴隐隐疼痛起来，昨天下午是她最后一次服药，药瓶已经空了，仓皇出逃时也找不到机会去买药。没了安芬胜啉，在她大脑中的某个地方潜伏着的恶魔便蠢蠢欲动，准时在午夜十二点出来作祟。精神科医生认为这种癔症跟她童年时所受的创伤有关，可不论医生怎么劝说，她都绝口不提往事。

除了古丽安，世上没有第二个人走进过她内心深处。

她讨厌心理治疗，若不是古丽安的坚持，她根本不会去寻求医生的帮助。

这时，沙发上的智能眼镜传来叮的一声，娜塔莎拿起眼镜。不过在戴上之前，她对着镜子检查了一下美瞳，以防被眼镜通过虹膜识别出身份。

戴上眼镜后，视野里显示着最新送达的一条消息——

你在跟谁说话？　　by 猫 to 用户名未登记

"你在监视我？"娜塔莎问，智能眼镜自动将语音转化为文本发送出去。她站起身，拔掉虚屏投影的电源，还觉得不够，又打开衣橱门，关掉了墙壁里的自储电箱。

窗帘没有卷起，整个房间陷入一片黑暗。

你不用费力气躲我，我帮了你。　by猫 to 用户名未登记

"我不喜欢有人盯着我。"娜塔莎生硬地回应。

我在你门口，请帮我开门。　by猫 to 用户名未登记

这条消息令她愣住了。她到这家旅馆后特意要的是最里面的房间，房门前还装置了简易的红外警报器，走廊上也没铺地毯，不管是谁，走动的声响都一定会引起她的警觉。

犹豫了片刻，她摘下眼镜，然后掏出随身携带的格斗匕首，踮着脚尖来到门口。她往门下的缝隙瞅了瞅，外面果然有一道影子投进来，奇怪的是影子很小，似乎不是人的。

她刷了一下房卡，门锁上的绿灯顿时亮起。

当门缓缓转开时，她绷紧了全身，等待着那预想中的突然袭击。

然而什么都没发生。

她谨慎地守在门框外侧，耳畔传来不远处自动清扫机的呜呜声，眼前的走廊上空无一人。

"我在这儿。"

视线下移，她看见了说话的人……不，不是人，而是——

"你可以叫我猫。"

一只黑猫蹲在地上，仰起毛茸茸的脑袋望着她。它的四爪和翘起来的尾巴尖都是醒目的纯白色，像一位穿了白靴白手套的黑衣绅士。特别是它的眼睛，呈漂亮的琥珀色。

娜塔莎瞪着它，右手紧握着匕首，没动。

"你能抱我进去吗？"猫彬彬有礼地问，它的发音吐词很清晰，但听不出性别，"把爪子舔干净太麻烦了。"

其实廉价旅馆的地板不比公厕干净多少，娜塔莎皱了皱眉，确认附近没有其他客人后，用两根手指捏住猫后颈上的肉，把它拎进了房间。

猫的皮毛几能以假乱真。娜塔莎指间的柔顺触感，还有残留其上的温热体温，简直令人无法相信它是一具机械。她仔细检查了一下猫的耳后，没有找到用以区别机械体和生命体的金属标签，看来这只猫的身躯不但是高价定制品，而且还逃过了公共管理局的登记。

她把它扔到沙发上。

猫在弹簧坏了的沙发上蹦了一下，稳稳当当地立住了。

"你住的地方很糟糕啊。"猫四下打量着狭小破旧的客房。这里位于奥芙兰市的旧城区，本质上属于几十年前很流行但现在快要倒闭的那种黑旅馆，不仅远离"天目"系统，连IoT[1]设施都欠奉，毗邻的城际高速轨道交通不时传来列车穿行的低沉震动。

"比这更糟的地方我都住过。"娜塔莎毫不掩饰自己的警惕，仍未放下手中的匕首，"你究竟是什么人？为什么会知道警察来抓我的事？"

"我是猫，不是人。"黑猫那一本正经的态度叫人分不清它是否在说冷笑话，"我知道的事情很多，警察的行动计划只是其中之一。"

"你为什么要帮我？"娜塔莎问道。

"因为这样做对你我都有好处，我想和你一起找出凶手，我对海文·特普埃议员遇刺的缘由很感兴趣。"黑猫回答。

"你是某个情报组织的人吗？是外国政府？还是哪家企业寡头？"娜塔莎紧锁眉头，问道。

"哪个都不是。你无须警惕我，娜塔莎·渚红。"猫用亮晶晶的大眼睛凝视着她，"若不是我发出警告消息，你现在已经在审讯嫌疑人的虚拟现实拘禁所中反复接受讯问了，从警察到舆论，怀疑的矛头一致对准你。你人际关系单薄，现在已经走投无路，而如今只有我能帮你。你不想为古丽安报仇吗？我知道你爱她。"

"我们早就没瓜葛了。"娜塔莎面无表情地否认。

"但你还是爱她，这并不冲突。"猫摇摇尾巴，语气波澜不惊，"你

---

1. The Internet of Things，简称IoT，即物联网。

对那个误杀古丽安的枪手恨之入骨,这也是事实。"

娜塔莎倚在墙上,端详着匕首的刃口,一言不发。

她无法否认它的话。换成是一个人对自己讲出这些事,她说不定早就把那人宰了,可对眼前这只黑猫,她实在找不到发泄怒火的动力。或许是因为它冷静淡然的态度,或许是因为它中性平和的声音,总而言之,娜塔莎觉得它有种深入人心的强大能力。

她跟三教九流打过交道,什么样性格的人都见识过,可这猫——应该说是背后操控它的家伙——却意外地让她感觉……安定。

她有一种在和非人的智能交谈的错觉。

"你怎么帮我?"她轻轻问,"用你的猫爪子?"

沙发上的猫眨了眨眼,那表情似笑非笑。

"没有什么事是我办不到的。"它说道。

话音刚落,客房里所有的灯就齐刷刷亮了,虚屏投影自动开启,斑斓的色彩在四面墙壁上跳跃变幻,而且全是这种小旅馆铁定不会有的收费节目。

窗帘哗地收起,双向玻璃变得透明,一阵异样的嘈杂传到屋里。娜塔莎走到窗前,看见外面十字路口处,上百辆无人车堵成一团,组成一个诡异又精巧的旋涡,好像指挥它们的交通系统突然发了疯。而在交通轨道上,一列白色列车缓缓减速,如一条疲倦的雪蛟,在一个站台都没有的旅馆对面歇了脚。

交通轨道另一侧的玻璃大厦,装饰投影被打开,光与影交织成一张巨大的猫脸在大厦表面一闪而过,快得宛如虚幻,却又清晰得像一记重拳,撼动娜塔莎所知晓的世界的常理。

夕阳的金光从停滞的列车表面反射进房间,娜塔莎沐浴在这迷醉光芒里,被照得有点睁不开眼。她回过头,听到不知何时恢复运转的自储电箱发出嗡嗡的低鸣。

猫蹲在沙发上,歪着脑袋,吹进来的晚风拂动它低垂的胡须。

"没有什么事是我办不到的。"它重复了一遍,"另外,这儿有薄荷糖吗?"

2

她们的邂逅发生在一丁点儿浪漫气息都没有的难民区。

那时候,娜塔莎端着枪,一脸冷漠地注视着难民们从营地大门前经过,他们大多是古尔曼当地人,从东边车臣地区逃避战火而来,一个个都步履蹒跚。车辆因为电力供应中断而被早早抛弃,仅有的两辆破皮卡上装满了垃圾似的玩意儿——这些东西就是他们的全部家当。

十多名志愿者在道路两旁搭起了帐篷,让疲惫不堪的难民可以在里面稍做休息,同时也为需要救治的人提供基本的应急处理与药物。然而,实际难民数量远远超过了他们所能应付的程度。

娜塔莎一直认为这种行为天真得发傻,难民们真正需要的不是物资,也不是这种怜悯的施舍,他们要的是枪,要的是训练和武器。金灾恐怖分子光靠隔靴搔痒式的空袭是解决不了的,必须要有足够多的地面部队才能打败他们。然而各国政府都不想在浑水里陷得太深,但似乎又没人愿意直面事实:新恐怖战争的风暴终究会波及全世界,首当其冲的就是寡头盘踞的亚洲诸国……不少知名的战略学者,已经开始把"唯人主义"和"金灾恐怖"联系到一起了。

娜塔莎看不惯这种愚蠢的行为,同样不喜欢那些每日做着无用功的志愿者——他们穿着橘黄色的制服,忙碌地为麻木疲倦的难民们服务。可她的主要职责是作为萨布雷恩企业武装的一员,为志愿者项目提供保护,所以也必须日日守着这些笨蛋。

多数时候,难民们不会打主营地的主意,就算有少数抱着侥幸之心不安分的家伙,在看到企业武装人员荷枪实弹的模样后,也会知难而退。

其实他们心怀憎恨……因为金灾年的发生和跨国企业的贪婪攫利

不无关系,曾经摧毁了他们社会经济的吸血鬼如今在自己面前装出大慈大悲的模样,任谁看了都没法无动于衷。

娜塔莎眼角的余光停留在那个一只手绑着绷带的小男孩身上。

其他小孩在领到志愿者派发的巧克力棒后,都立即跑回了父母身边,生怕被抛弃一般,紧紧牵着父母的手,不再多看营地一眼。唯独这个男孩,他一直站在帐篷边上,黑亮的眼睛望着最前面的那名志愿者——刚刚把巧克力棒放到他手里的那名年轻女子。

娜塔莎注意到这名女子帽下的马尾辫是耀眼的火红色。

因为讨要的儿童太多,红发女子身边的纸箱子很快就空了。她直起身,用手臂擦了擦额上的汗,又带着歉意的微笑,朝等待的孩子摊开手,表示已经发完了,接就从帐篷里走了出来。

她径直走向娜塔莎把守的营地入口,更多的物资箱正堆放在铁丝网后。

那个手绑绷带的男孩就在这时朝她后背跑过去。

娜塔莎举枪的速度之快,连那名年轻女子都一时没反应过来,而当这名女子回头看到男孩明白了情况之后,却突然做出了一个令娜塔莎震惊的举动——

她转过身,张开手,正好挡在娜塔莎与小男孩中间。

"你干什么?!"娜塔莎火冒三丈地大喊,"快走开!"

"不要拿枪对着他。"有着一头火红色长发的年轻女子声音很平静,身子没有转回来,"别让他看到。"

"他可能藏着武器!"娜塔莎厉声喝道。

但年轻女子已经弯下腰去,拉住了小男孩伸过来的手,娜塔莎只觉得心脏停搏了一瞬。

自从来到战乱的东欧,她已经听过或者见过太多这类事了:以"雷鸟"为首的极端组织到处诱惑甚至强迫不满十四岁的孩子加入军队——并不让他们上战场,而是效仿本世纪初中东恐怖分子的做法,发给他们手枪和定时炸弹,让每个儿童都变成危险的杀手。一旦有外国人出于恻隐之心想去帮助他们,得到的就将是死神的嘲笑。

这些儿童杀手没有任何计划,只会凭自己的憎恨程度选择下手对象,也许当初打死他亲人的士兵就是长着红色头发的人,所以他才专门等到她出来……

年轻女子从男孩手里接过了什么,后者用俄语小声地说着话,脸上的表情略带羞涩,因为前者的遮挡,男孩并没有意识到有一支自动步枪正指着自己。甚至,他还大胆地看了娜塔莎一眼。

小男孩转身跑开了。年轻女子站起来,娜塔莎看见她手中有一只铜质的吊坠,微微泛红,显然已经有些年头了。大概是这个男孩从哪里捡来的或者……偷的。

"他说妈妈告诉过他,受人帮助,就应该回礼。"红发女子高兴地对娜塔莎解释。

这是娜塔莎第一次近距离看她的脸,一切细节就是在这个时候烙入了娜塔莎心中:左脸颊浮现的可爱酒窝,红发在风中飘动,盈满喜悦的杏色眼睛,小巧的鼻子上还有一片淡淡的雀斑。

娜塔莎自己都不明白,为何会在一眼之间看得如此清晰。她看得太多,也太深了。

同样也是这个时候,娜塔莎意识到,这个女孩真的好漂亮。

"我叫古丽安,谢谢你刚才保护我。"有着一头火红长发的女子朝她伸出手来,"不过这些人并不是金灾恐怖分子,他们也是战争的受害者,你不需要这么防备他们。"

娜塔莎沉默了一会儿,退后一步,然后别过脸去,表明不愿多言的态度。她不想跟任何人有身体接触。

古丽安也没料到她如此避生,伸出的手尴尬地停在半空。

仿佛天意一般,掉下来的吊坠打破了横亘的沉默。

那只吊坠是镂空的,雕成两名女子交错相拥的模样,工艺相当精湛,古丽安一开始没发现它是由两个部分嵌合在一块儿的。从她手里滑落的是上半部分,在地上弹了一下,刚好落在娜塔莎脚下。

犹豫片刻,娜塔莎俯身拾起吊坠。

她把吊坠递到古丽安面前,古丽安却没有接。

"这一块送给你好了。"古丽安微笑地看着这个和自己一般年纪的持枪女孩,一边拢起耳边纷乱的发丝,"交个朋友,好不好?"

娜塔莎愣了一下,以前从来没人送她东西。以几乎看不出的幅度,她迟疑地微微点了一下头。

"谢谢……我叫娜塔莎……"

娜塔莎心里涌起一股被小猫轻舔般的悸动,连讲话都有点儿结巴。她说不清那是怎么回事,可就是毫无理由地感到惊喜,她其实很愿意和古丽安结交。

从离开黎马尔以来,娜塔莎忘记开心的感觉——太久了。

两个人的手,轻轻握到一起。

3

"娜塔莎·渚红。"

"嗯?"

"进停车场了。"

被猫一叫,她才发觉自己有些走神,无人货车已经驶入地下三层的停车场,两侧的引导灯一明一灭。在她们头顶,隔着厚厚的基质板,便是奥芙兰市的警局大楼。

深入虎口。

娜塔莎揉揉太阳穴,疼痛感相较前一夜似乎加剧了,或许这也是自己精神涣散的原因之一。她看着躺在掌心的吊坠,泛红的铜边在驾驶室的一方黑暗中映出温柔的光。

每每注视这枚吊坠,娜塔莎就会想起古丽安那火红色的长发,还有她似水的目光。吊坠上镂刻的人像侧脸好像在无声地提醒娜塔莎,她永远没机会找回生命的另一半了。

不知古丽安下葬时会不会带着属于她的那一半吊坠，还是说，她早就扔掉了呢？

猫蹲在副驾驶座上，眼睛和真猫一样闪着亮光，像焖燃的炉灰。"这是什么东西？"它好奇地盯着吊坠，问道。

"一件曾经对我很重要的纪念品。"娜塔莎不想多说，把吊坠收回胸口的衣服下，她现在穿的是一件橘色制服，背面和手臂处都印着"国际淘宝"的标志。而她扮演的角色，正是送货上门的快递员。

这是猫的主意。

"首先，我们要找出海文议员被攻击的原因。"在廉价旅馆的房间里讨论行动时，猫一边用爪子剥着薄荷糖的包装袋，一边如此说，"议员先生躲在家里，周围还有警方的重重保护，想直接问他本人很难，而且他拒绝配合警方的调查，应该并非担心唯人主义者报复，而是出于某种更大的顾虑……"

"我对政治阴谋不感兴趣。"娜塔莎咔嗒一声卸下了格雷格手枪的套筒，检查枪身内部是否暗藏着联网记录器。尽管猫保证，这些不知用什么方法订购来的打印武器全都没问题，但她就是只信任自己。

"是阴谋害死了古丽安，你要得到真相，就必须深入阴谋。"猫用指出事实的语气说道，它似乎永远都不会急躁。

"你有深入的计划吗？"

"有。"

猫叼起糖片，跃到虚屏投影前，投影自动打开，一份网购订单显现在半空。订购的货物是两台泛用型4D打印机，通常是维修部门所需要的那种。

娜塔莎看见订购者一栏写着"奥芙兰市警局总部——后勤处"。

"什么意思？"娜塔莎蹙起眉，"警局总部后勤处？"

"海文·特普埃的个人云数据库在枪击事件后就被警方取走了。"猫摇动着长长的尾巴，好像因为吃到了糖而感到很满足，它的机械身躯真的很高级，连味觉这类享受功能也都具备。"对于政府官员，这是2044年实施的《部分隐私法》中规定的例行措施，虽然由于议员本人没有同意,警方现在还不能查看其中的内容,但这正好给了我们偷取他的个人云的机会。"

"然而警局的数据库是与外网隔绝的,就算你这个黑客再厉害,也没法通过技术手段侵入,你拿这份网购单给我看又有什么用?莫非你要躲在两台打印机里混进去?"

"准确地说,我是要利用打印机远程连接数据库。"猫不紧不慢地解释,"后勤处肯定会把打印机接入内网,这样才方便接收各部门的维修申请,这样我们也就有了访问数据库的路径。"

"你没有进入路径的门。"娜塔莎放下格雷格手枪,转身看着猫,"警局大楼肯定有电磁屏障,多半还有灰盒,病毒通通都会被拦截。"

"所以我要选择打印机。"

"你是说……"娜塔莎顿悟了,"打印机的指示灯?"

"对。"它微微颔首,对于一只猫来说,那模样本应显得滑稽,可不知怎的在它身上却透出一种威仪感,仿佛是一位不同凡响的大人物在娜塔莎面前颔首点头,"指示灯可以成为数据传输之门,我会在打印机的固件中植入程序,让两台打印机的LED灯变成LiFi网络。而你的任务,就是装成快递员带我进去,并保证传输过程不被打扰。"

现在想起来,娜塔莎真觉得这个计划疯狂得可以,刚刚发生震惊全国的枪击案,被网络通缉的嫌疑人居然堂而皇之地进入警局大楼。哪怕是以前她还在黎马尔身旁、被称作"狼崽"的时候,也不曾执行过这样的任务。

"你的隐蔽式投影仪是最顶尖的型号,"猫说道,"就和那个行刺的枪手一样,投影会重塑你的面容,他们没法分辨出你是谁。"

"我不担心这一点。"娜塔莎面无表情地戴上帽子,把耳际的短发压好,然后把格雷格手枪藏在制服下,因为枪身是聚合物材料打印而成,金属探测仪检查不出这把枪,"你最好能从那个白痴的个人云里找到有用的信息,不要拖太长时间。"

"不受影响的话,"猫跳上娜塔莎肩头,待卡车自动停好后,跟着她一同下车,"三分钟就能搞定。"

娜塔莎扮演的是快递员的角色，其实现在快递工作很轻松：卸货机器人会把重体力活儿都揽下来，从卸车、搬运到装配、调试，所有的程序均高度自动化。只需要唯一一名快递员监督整个过程即可，以防某一环节出错。

实际上是猫在操控这一切，娜塔莎并不用担心意料之外的麻烦。

机器人把两台4D打印机运进来，电梯安静地上升，娜塔莎和猫沉默地等待，后勤处在十二层。当屏幕显示到达地面一层时，电梯停住了。开门会有警察进来吗？娜塔莎刹那间紧张起来——

不料电梯门打开后，竟是一群闹哄哄的年轻学生拥了进来。

他们年龄都只十来岁，大概是初中学生，尽管彼此嘴上说个不停，娜塔莎却发现他们的眼睛都没有焦点，好像在看空气中某样她看不见的东西，神情显得紧张又兴奋。

是游戏界面吗？娜塔莎琢磨着。

其中一名少女吸引了娜塔莎的注意——这名少女有着一头漂亮的银色长发。

银发少女话不像其他人那么多，她对着手上一本纸质的笔记本专心研究着。

如今真正的纸张可是稀罕物。娜塔莎从边上瞟了一眼，看到本子上画着一个复杂的九阶数独，少女只是略做思考，拿着铅笔，很快就填上了好几个空格，显然对此得心应手。

"喂，小伊，"边上一个男生喊银发少女，"马上到接触区了，不要再折腾你那些奇怪的填字游戏啦！"

"是数独好不好，什么填字游戏啊……"银发少女有点气恼地驳斥，不过她头都没抬一下，傲气的态度惹得其他人忍不住侧目。

"唉……完全看不到隐兽活动的迹象啊，"另一个还专注于空气的男生摇摇头，"你确定是这个地方吗？这事儿可是关系到邀请赛资格啊。"

学生们都没接话，娜塔莎意识到他们都在关注着银发少女，似乎在等她做出判断。

少女总算是不耐烦地动了一下脑袋，随随便便看了一眼头顶。娜塔莎跟着望了望，那里只有电梯的照明灯和摄像头，但少女明显不是在看这些。

"是这里。"少女用笃定的语气说，"好像是个大家伙，观测级应该是三级……到处都是丝网，是蜘蛛一样的东西吧。怪不得躲在大楼里。"

"三级？"其他学生吃了一惊。

"怪不得魂点奖励这么高……"

"幸好有小伊在。"还有人感叹道。

"就是，不然根本就找不到这只隐兽……"

"为啥偏偏是你这种怪人能够攒到学校第一的点数？"一个满脸烟熏妆的女生阴阳怪气地嘟囔，像是对银发少女得到这么多关注很不满，"不会是你知道什么漏洞吧？我听说'疯帽铺'的一个黑客发布了外挂，可以自动侦测隐兽……"

"少来啦，"男生打断她的话，像是维护银发少女般对烟熏妆女生说，"电魂是没有漏洞的，什么外挂都是谣言罢了，起码现在还没人找得到漏洞，就算疯帽铺的那些黑客也不行。小伊她本来就很厉害。"

电魂，这个游戏名字娜塔莎总觉得有些耳熟，但一时想不起来。也许是从那些无处不在的推送广告里听来的。

这番对话，银发少女跟没听到似的，她好像完全不把身边的同学当回事儿。

猫原本趴在娜塔莎肩头，这时候直起了身子，端详般望着少女。

感受到异样的视线，少女回过身，发现居然是一只猫在望着自己，她脸上的神情有些莫名其妙，还有点不快地皱起了眉。

电梯在十二层停住了，这里是文职人员的办公场所，娜塔莎退后一步，让迫不及待的学生们冲出电梯。

学生们吵闹的动静让办公室里的人纷纷好奇地探出头来看。

银发少女回眸多留意了娜塔莎两秒，眼中闪过一丝疑虑。在男生的催促下，她才最后一个离开。

她长得很漂亮，如果不是眉宇间那种倨傲的气质，还会显得可爱不少。

"他们为什么可以进来？"娜塔莎低声问猫。警局大楼有严格的电子身份认证程序，警务人员以外的普通人是没法通过大门的，连她也是靠猫伪造的快递员身份才能进入。可就在眼前，一群学生就这么冒冒失失地闯了进来，活像这里是游乐园。

"他们在玩儿一款最近风靡的VR游戏，萨布雷恩出品，反正就是要到处跑，在城市里寻找和猎杀隐形的怪物。"猫晃着尾巴，不以为意，"不是什么大事，我们走吧。"

娜塔莎认为猫的漠不关心有些刻意，似乎还藏着别的东西，并非"不是什么大事"，但她也没有追根究底。猫身上的谜团太多了，这只是其中之一而已。

奔跑的学生们远去了，娜塔莎和猫跟着两台搬运机器人拐过曲折的走廊，来到了后勤处。她在门前再一次扫描电子身份证，然后门自动打开。

值班的是个大腹便便的中年男人，正捧着电子纸看得入迷，娜塔莎进来时吓了他一跳。他关掉屏幕，不耐烦地望向娜塔莎，看到她身上的制服后，甚至都没要她填登记表格，就朝房间中间努了努嘴，说："扔那儿就成。"说完他又重新埋首于电子杂志，好像是最新一期的《花花公子》。

就算对有只猫跟随着娜塔莎感到疑惑，中年男人也没吭声，在信息化掌控一切的时代，人与人之间的关系越来越淡漠，一名经过严格认证的快递员显然用不着他操心。

系统程序会帮人搞定几乎所有事情，但某种意义上，娜塔莎觉得它们也在夺走人们的一些东西——谨慎、怀疑，还有思考。

机器从方方面面模仿、代替，甚至超越人类，它们的智能化程度越来越高，会不会有那么一天，当世界上所有人都死去了，这个社会，依旧能自如地运转下去呢？那样的世界，还算是属于人类的文明吗？

"人分两种，一种只能靠智能设备而活着，我管那一类人叫机器的畜生；还有一种凌驾于智能设备而活着，他们的生活由灵魂而非某个程序主宰，一切新奇事物不过是他们的工具，那才是真正意义上的人，就像我们。"在她小的时候，黎马尔常常说这种话，他对现代社会脆弱的一面持有极度的轻蔑，一如他无止境的自负。

娜塔莎站在墙边，等着搬运机器人慢吞吞地把4D打印机抬到预定位置，连带着一大箱可塑聚合物原料，在程序设置的指令下，它们可以在打印机体内变成各种各样组装式的桌子、高脚椅、资料架，以及一些简单的电器设备。有合法权限的话，它们还能打印制造货真价实的枪械。

科技的奇迹，第四次工业革命的"三先锋"之一，立体打印技术将低成本制造业从工厂搬进了公司大楼，甚至搬进了个人的家里——一部分经济学家认为由此引发的传统制造业体系的崩溃也是金灾的深层原因。不过此时此刻，娜塔莎和猫只准备用这两台打印机来窃取海文·特普埃的个人云。

组装试运行进行得很快。当内部网络连接上后，猫就跳到了打印机的面前，用琥珀色的大眼睛一眨不眨地注视着指示灯疯狂闪烁。

人类看不见那种频率，但娜塔莎知道，原本深藏在警局档案库内的机密，正被猫以比特构造的无形之手搅得天翻地覆。

这情景说不出的怪诞，一只四爪雪白的黑猫，蹲在4D打印机上直愣愣地瞪着眼，尽管它的躯体和真猫几乎没有区别，但压根儿没有哪只猫会做出这种动作，而且它不眨眼的时间也太长了。

值班的中年男人抬起头往这边看了看，挠挠头，露出困惑的表情。

娜塔莎用眼神把他的视线逼回杂志上去。

娜塔莎的视线移向右上角，智能眼镜把时间标注在那里，已经过了两分钟，再稍等一会儿就——

门被推开。

一个高瘦、带有黑眼圈的男子走了进来，他叼着根万宝路，不过没点燃，他的眼光在值班员、娜塔莎、打印机之间逐一扫过，最后看回来，定在娜塔莎身上。

娜塔莎不着痕迹地垂下眼睛，压低了帽檐。

"新的机子总算运来了吗？"男子一边问，一边把证件拿给值班员看，"楼上联邦调查局合办处的，斯兰铎·卡文，过来借用一下你们的打印机。"

"你跟那位年轻小姐说吧，她刚把打印机运来，好像还没折腾完。"值班员说。

娜塔莎用眼角余光寻找猫，打印机上连根猫毛都没有，不知它躲到哪里去了。

"有什么问题吗？"名为斯兰铎的男子问，他看到娜塔莎一直挡在打印机前，却又什么都没做。

"有问题。"娜塔莎的声音很生硬，"打印机刚装上，还没调试好。"

斯兰铎没说什么，他转而看向打印机，突然眯起了眼。

"这里怎么有猫爪印？"他指着打印机的玻璃顶盖，娜塔莎的心咯噔一下，那上面确实如他所言，有几处清晰的梅花瓣般的肉垫印迹，看着无比刺眼。

"我只是负责运货的，"她依旧低着头，因为担心太近的距离会让隐蔽式投影仪的效果被对方察觉，"产品问题麻烦您找销售部门的人申诉。"

斯兰铎若有所思地盯着那几处爪印，也不知道为什么，似乎生出了特别的兴趣。

娜塔莎只是紧绷着脸，她希望那只猫最好是躲对了地方，如果眼前这个讨厌鬼要绕过去……

就在这时，一阵尖锐的蜂鸣声从外面传来，墙壁上的投影启动了，三个人的注意力同时被吸引了过去。

投影显示本楼层的火灾警报被触发，要求警员立即赶往事发位置，而所有无关人员则必须撤到安全区域。

最先行动的是那位沉迷于《花花公子》的中年值班员，他的动作快得跟体型极不相符。只见他用大肚子把桌椅挤得歪到一边，然后砰一声推开门，转眼就没了人影，连桌上的电子纸都没拿，而显示屏上穿着比基尼的知名女星桑娜·葛琳还在搔首弄姿。

"还不快走,愣在这儿干什么?"斯兰铎伸手来拉娜塔莎。

后者的反应速度令他大吃一惊,娜塔莎根本没让他碰到自己,她抽身后退的动作宛如疾风,战斗的本能在体内苏醒,像狼的嚎叫。

然而,她马上意识到了不对,勉强控制住了摸向衣服下格雷格手枪的右手。

"不要碰我。"她声音沉闷地说,"我自己,会走。"

斯兰铎慢慢点了点头,"你身手够快的,"他说,"我想不是当快递员练出来的吧?"

娜塔莎没有回答,她沉默地从斯兰铎面前挤过,打开门来到走廊上,斯兰铎紧跟其后。她知道这个FBI探员的目光一直盯在自己背上,所以并未走得太快,直到过了标有"紧急通道"的转角,加入文职人员撤离的人群中,她才小步奔跑起来。

警报声在她下到一楼大厅时戛然而止。

在大厅里,一群人被高大的警员围住,娜塔莎远远望见他们正是方才自己在电梯里碰见的那些学生。其中好几个人哭丧着脸,好像没预料到会被逮住。

"是那个银头发的婊子干的啦!"化着烟熏妆的女生怒不可遏地叫喊,"她把我们都耍了,一个人拿走了全部魂点,我们什么都没做啊!干吗抓我们啊?白痴警察……"

"你们这群小鬼,"有警员很恼火地吼道,"怎么混到这里来的?!"

围观的人越来越多,娜塔莎并未驻足,她清楚自己越快离开越好,但听到烟熏妆女生的话时,她还是多望了一眼,的确如这个妖艳女生所言,学生当中找不到之前那名银发少女。她就像一只狡诈的狐狸,诡计得逞之后便没了踪迹。

看着他们气急败坏的样子,不知为什么,娜塔莎突然有点儿想笑。

她匆匆走出大厅,走向通往地下停车场的路。

当娜塔莎拉开货车的车门,果不其然,猫正趴在副驾驶位上,用爪子扯着一袋新的薄荷糖。

"你怎么跑出来的?"娜塔莎坐到猫旁边,用声控密码启动了车辆引擎。

"猫,"它津津有味地舔着糖片,连头都懒得抬,"没有钻不出的牢笼。"

"拿到海文的个人云了吗?"

"当然。"

娜塔莎嘴角的线条抿紧了,她朝真相靠近了一步,朝那个杀死古丽安的混账靠近了一步。不论他藏得多深,她都一定会追到他,这一点毋庸置疑。

因为她是狼。

货车慢慢开动了。

4

"你在看星星?"

娜塔莎一直都知道谁在自己背后,所以当古丽安突然出声时,她没有被吓一跳。

她含糊地"唔"了一声,算是回应。自那天结识以来,古丽安就成了这座营地里和她最亲近的人,虽然"亲近"这个词对她来说,含义和其他人实在大相径庭。

古丽安有点笨拙地爬上岩峭,拉了拉自己的卡其布裤子,在娜塔莎身边坐下来。娜塔莎下意识地想往外躲,但犹豫了片刻,还是没有挪位置。她们挨在一起,身畔几株盛开的百合花沙沙低语,头上是满天繁星,星星背后,则是仿佛要把人吸进去一般的深邃夜穹。

不远处的城镇一片漆黑,白天激烈的战斗已将其化为废墟,欧盟军队刚刚在那里荡平一处雷鸟的据点,留下了更多的鲜血,更多的死亡。

大地上，人类孱弱的灯光灭去，天空中，宇宙的辉芒闪耀依然。

"你为什么不喜欢和别人在一起？"古丽安看出了娜塔莎的局促。

"因为……会让我想起以前一些不快的事。"娜塔莎把枪握得紧紧的，目光一直凝视着遥不可及的星辰，从那一天到现在，她都没法不带武器睡觉。

觉察到娜塔莎低落的心绪，古丽安马上换了个话题，"你认识星座吗？"她一只手指向南边的天空，一颗醒目的暗红色星星周围簇拥着二十多个同伴，它们都在眨着眼，"那是天蝎座，中间的红星是心宿二，夏天很容易看到的。"

"我认识，黎马尔教过我。他说我在十一月出生，所以就是天蝎座的。"顿了顿，娜塔莎很小声地反问，"你呢？"

"我是双鱼座，"古丽安率直地回答，脸上笑嘻嘻的，"刚好和你的天蝎座很配哦……"

"啊？真的？"娜塔莎回过头来，睁大的眼里闪着意外的惊喜。褪去了白日里雇佣兵冷酷外表的她，于此刻星光下，恢复了这个年龄应有的纯真模样。

"是啊，天蝎座的性格很坚强很厉害，可是，也很容易掉进孤独。"古丽安一边说，一边随手松开头发上的缎带，让长长的红发在夜风中飘扬。

娜塔莎鼻子里钻进了一股清幽的暗香，她不知道这是古丽安身上的，还是百合花的。

"双鱼座的人呢，天生就喜欢去抚慰别人，比如抚慰寂寞又要强的天蝎座，虽然有时会显得犯傻和顽固……搞不好，这就是我会来当志愿者的原因呢。"古丽安说道。

"所以你当时才要挡在那个男孩面前？"娜塔莎问道。

"我只是觉得，应该给他一点点希望，"古丽安把缎带在指间绕成花朵的模样，"或许能让那个孩子明白，这世上依然有人会帮助他、信任他。没有信任的话，慈善与救助也不过是单纯的施舍，机器也能做分发物资的事，可有些东西，比如温暖，只有人能给予，对不对？"

听这番话时，娜塔莎呆呆地望着古丽安的侧脸，而当两人的目光一触碰，她就像被烫到一般马上转了过去。

"我不知道，"她回答的声音依旧小小的，"我的世界一直都非常冷，也没有谁陪我。黎马尔说冬天的独狼才是最凶猛的。"

"黎马尔是……你的父亲吗？"古丽安问。

娜塔莎摇了摇头，但动作显得有些迟疑不定。

"父母在我九岁时就死了，死在当地人和企业武装保安的冲突中，是黎马尔收养了我……他是一个杀手组织的首领，专门从东欧政客与寡头势力之间的斗争中攫利。"

当"杀手组织"四个字从娜塔莎嘴里说出来时，古丽安全身不由得颤了一下。

"他收养你，难道是为了……"

"对。"娜塔莎谈及那段黑暗往事，淡漠得连眼皮都没眨，就好像说的是一个和自己毫不相干的陌生人，"他收养了很多像我这样的战争孤儿，因为那个组织的名字叫'红狼'，所以我们就被叫作'狼崽'。黎马尔给我们衣服和食物，也给了我们活下去的希望；同时，他让我们学习使用各种武器。他手把手教会我读书写字，也同样教会我开枪；他教会我编织谎言，也教会我戳穿别人的假面具；他教会我如何在城市中隐姓埋名，潜伏隐藏并伺机行刺……他把我培养成了最出色的杀手，他对我来说，既是父亲，也是老师。"

"你第一次杀人的时候，多大？"古丽安有些犹豫地问道。

"记不得了。"娜塔莎摇摇头，"第一次杀人给我留下的印象太深，深到连时间都被掩盖了。那个人是前来刺探红狼组织情况的间谍，他被抓到后，黎马尔就逼我亲手杀掉他。那个人的眼睛是浅橄榄色的，嘴角有一道白色的刀疤，好像是个拉丁裔……很奇怪，是不是？明明连时间都记不得了，这些细节，包括他临死时充满恐惧的眼神，我却全都能清清楚楚地回忆起来。"

古丽安没有说话，她沉默着，过了半晌，才捏紧双拳，像压抑着极大怒气般吐出一句："那个黎马尔，真是个混蛋！"

娜塔莎被这句话的语气惊到了,她从没想到,古丽安竟也会表现出如此强烈的恨意。往日营地里最温柔可亲的人一直都是古丽安,无论求助的难民有多少,她从来都保持着开朗的笑容,但现在,她却为娜塔莎的遭遇而愤怒到声音发抖的地步。

古丽安……在乎我吗?娜塔莎的脑海里钻出这样一个微妙的念头,犹如飞入幽井的一只萤火虫。

会有人,在乎我?

她的心有点儿雀跃,脸自顾自地开始发热,幸亏在星光朦胧的夜色里,身旁的古丽安看不到。

一股冲动燃烧起来,娜塔莎突然觉得自己非常想做一件事,她轻轻朝古丽安靠过去,在后者因她这突兀举动而诧异的目光中——

那颗暗红色的星星消失了。

心宿二。

遥远的夜空,隐约有一种尖锐的呼啸袭来!娜塔莎的动作顿时变慢,然后僵住了。

她猛地站起身,用最快的速度拽着尚未反应过来的古丽安朝岩峭底下跑,但那呼啸声极速扩大,眨眼就追到了她们身后,像捕食猎物的一匹猛兽!

爆炸在离两人不到五米的地方发生。

气浪如一只无形巨手,猛然把她们掀上半空。

娜塔莎挡在古丽安后面,只觉得激射的碎石像子弹般砸在自己身上。

随后她摔到粗糙的砂岩地上,往前滚了好几圈。

世界在耳中化为嗡鸣,尘埃弥漫,娜塔莎听见有人在喊自己的名字,她吃力地转过头,映入眼帘的是古丽安挂满泪水、被泥土弄得脏兮兮的脸。

还好,娜塔莎昏昏沉沉地想,古丽安好像没受多大的伤……

"营地的人马上就来了,坚持住,不要睡!"古丽安抱着娜塔莎,声音里带着哭腔,她的话变得像隔着一片海那样缥缈。

娜塔莎的视线和意识模糊下去，疲倦将她拖入海底，她努力张开嘴，用蚊蚋似的嗓音，说出了那句生怕没有机会再说的话——
"我喜欢……你。"
她不用担心古丽安的反应了，因为话音未落，她就昏了过去。

待她苏醒时，最先看到的是亮黄色的帐篷顶，上面印着大写的"SB"，萨布雷恩公司的缩写，这表明她已经被送回了营地。
看来是不会死了。
这里不像外面那么热，负压电离风扇把一阵阵清新的凉风吹进帐篷，空气中有臭氧的气味。
娜塔莎躺在病床上，想撑起上半身，但旋即意识到自己身上正缠着厚实的抑菌绷带，她现在连抬一下手都做不到。
"你醒了？"一个臂上佩戴着双蛇标志的人俯视着她，她认出这是苏生集团的医疗组队员。"超融"的成员企业经常会彼此合作，东欧志愿者项目就是一个典型的例子。各家企业寡头在控制破产国之后，马上各司其职，一个远优于原先官僚政府的社会管理体系很快就会建立起来，企业特有的高效和制度能在短时间内解决很多问题，这就是为什么"超融"能在没有常备正规军的情况下，在动荡的东欧站稳脚跟的原因。人民要的是和平与安宁，在这之外，还有繁荣的经济，一切国家所不能给予的，"超融"却可以给你。
"你的命还真够大的，"医生漫不经心地说，"也幸亏民兵组织的无人机装备的小型机载导弹是低仿货，再要炸得准一点儿，你俩就都死定了。"
医生的一只手在半空挥了两下，大概是在通过视网膜植入物查看护理仪器的实时数据。娜塔莎看见了病床旁的小型激光手术机器人，这才感到肩膀的伤口隐隐作痛。
确认没有问题后，医生叮嘱了娜塔莎几句，告诫她不要妄想爬下床，随后就朝帐篷外走去。
过了一会儿，一个人撩开帘子钻了进来。

古丽安。

她前额的红发下贴着张医用胶布,除此之外,看不出别的伤。娜塔莎看着她朝自己走近,脸上忍不住露出欣慰的笑意。

古丽安却笑不起来。

"你这傻瓜。"她把娜塔莎的手握在自己掌中,"为什么要挡在我后面,你差点儿就死了!"

"我觉得,你活下去比我活着好……"娜塔莎吃力地回答,"你可以给别人温暖,可是我……我这样的家伙,只能带给人死亡……"

"不许这么说,以后永远都不准这么说。"古丽安俯下身,有点生气地瞪着她。发梢轻抚鼻尖,娜塔莎又闻到了那股野百合的香气。

"哎,在你昏过去之前,"古丽安突然压低了音量,"你是不是说了句什么?"

"呃……"娜塔莎像经历时间回溯,回到那个时刻,听到自己所吐露的,那句告白。

当时她只是害怕没有机会说了而已。

"我,我想不起来了。"她撒谎道。

搪塞过去,这样就好了吧……她想,就别让古丽安知道自己心里那点羞耻的念头了。反正项目结束后,古丽安也会和其他志愿者一起回到大洋彼岸的美国……她不愿让古丽安徒增烦扰,更怕古丽安因此逃避她。

"我记得哦……"古丽安轻笑。

"咦……?"

"你说你——喜欢我。"古丽安的笑容更深了。

娜塔莎慌乱地想解释什么,但古丽安用食指堵住了她的嘴。

"——我也喜欢你,从那天第一眼看见你。"移开手指后,古丽安在娜塔莎耳边呢喃,"不然的话,你以为我为什么要刻意接近你?"

"可是,可是你总有一天会回国去的……"娜塔莎不敢相信古丽安的话。

"没关系啊,你跟我走,我能帮你申请到移民卡。我们可以在一起,虽然大概不是永远,但至少在离别之前,我们每一天都能彼此拥有。"古丽安温柔地为她撩开凌乱的发丝,"这样就足够了,不是吗?"

如果知道以后会发生的事——不管是她们悲伤的分别,还是古丽安的遇害——如果知道那些命运的坎坷,娜塔莎绝不会答应古丽安。

但那个时候,对娜塔莎来讲,爱真的就是整个世界。

古丽安的出现如一束强光,短暂地照亮了她生命中浓郁不化的黑暗。

她不可能拒绝。

5

娜塔莎换掉快递员制服,在半路下车,猫照例趴在她肩头,像个软软的布偶。无人货车按照预设的程序掉头往绕城高速公路开去,它会一直行驶到郊区甚至另一个城市,直到车载电池电力枯竭,就算警方要找这辆车,怕也得费好一阵子工夫。再者猫已经清空了车载电脑里的一切记录,没有留下任何破绽。

娜塔莎步行回到旅馆,一路上都小心翼翼,不时停下来注意身后是否有人跟踪。尽管猫保证"天目"在她面前就是瞎子,但她依旧戴着兜帽和隐蔽式投影仪,保持最大程度的低调。

"你破解个人云的防护要多长时间?"回到房间,锁上房门后,她问道。

"一个钟头,也可能会更长些。"猫跳到桌子上,伸了个懒腰,"从离开停车场起,破解就在进行了,不过我在本地的计算能力有限,花的时间要稍微久一点,毕竟议员的个人云是用灰盒算法加密的。"

娜塔莎不知道"有限"的计算能力是个什么概念,但她知道,灰盒算法是当今世界使用率最高的加密技术,萨布雷恩公司宣称它未来五十年都不可能被破解。这种狂妄的态度激怒了很多知名黑客团体，包括曾经入侵过萨布雷恩数据中心的"疯帽铺"，然而直到今天，依然没人放出破解成功的证据。

猫却说自己能破解灰盒算法，而且说得如此轻描淡写，宛如做一道简简单单的数独题。

娜塔莎看着猫，觉得自己在看一只超自然的精灵。

"你给我伪造的数字身份还有效吗？"娜塔莎用手指顶着一侧太阳穴，现在已经是傍晚，不知不觉，她的头又开始疼了，而且比之前更严重。"我要出去……买点儿东西。"

"还有效。你要买药吗？你的医疗记录显示你有心理问题。"

恐怕不只是心理问题。安芬脞啉。

"对。"娜塔莎绷着脸，不打算跟猫说太多，"我去去就回。"

猫没再问什么，只是歪着脑袋，瞪着圆圆的大眼睛目送她离开。

仲夏的夜晚，立体投影像在街道上肆意生长的鲜艳植株，将城市变成光怪陆离的梦幻森林。闪烁的光线令娜塔莎更不舒服，而智能眼镜里还时不时跳出推送广告，其中声势最大的就是那些总统候选人的拉票宣传。油头粉面的政客对人们许下各种美丽的诺言，为即将来临的大选造势，娜塔莎甚至看见海文·特普埃的大头像也在里面。

本周末的电视辩论直播，海文议员没有退出的打算。

娜塔莎挥手抹去了所有的广告，唯独剩下推广海文议员和竞争对手即将举行辩论的宣传。里面提到，海文·特普埃不会因为遇袭事件而放弃，在那起震惊世界的枪击案发生后，他的支持率大幅上涨，成了最有获胜希望的候选人之一。

海文议员在视频采访里挥着拳头，宣称自己绝不会退缩，还号召更多人来给自己投票。然而，未婚妻古丽安的死，他却只字未提。像他这样未婚的中年成功男人，要再骗个年轻女孩不过是举手之劳。

好像死掉的不过是他养的一条宠物犬。

娜塔莎用僵硬的动作抹掉了这最后一条宣传广告。

如果有机会……她搞不好会帮那名刺客宰了这个光鲜的中年男人。

如今这时代,已经没有专门的药店了,所有药物与保健品的销售都由大型超市垄断,监管部门对药品的管理达到了前所未有的力度,加之大麻等部分成瘾品的合法化,几十年前在街头巷尾泛滥的毒品已成为历史。新型的兴奋剂对身体的直接伤害微乎其微,但它们带来的快感却远胜酒精与尼古丁。

酒吧夜店的门前经常能看见三五成群聚在一起的年轻人,他们和娜塔莎在警局大楼遇见的那些中学生一样,凝望着虚空的眼睛没有焦点,完全沉浸在新型兴奋剂和虚拟实境共同创造的梦幻当中。偶尔,娜塔莎还会听到他们絮絮叨叨的讨论声,又是"魂点"和"高阶战具"这类莫名其妙的词语。

似乎那款VR游戏真的很火。

娜塔莎经过超市大门时,"天目"和电子身份认证系统分别对她进行了检查。认证系统的检查时间似乎稍微长了一些,让娜塔莎生出了警觉,但最后,并没有任何警报触发。她暗自松了口气,安然无恙地通过了超市大门。

猫伪造的身份像一件名副其实的隐身衣,在这个以数据判别一切的社会里,这件"隐身衣"使得身为红色通缉犯的她可以随心所欲地行动,甚至能做到如窃取警局数据库这种一般人想都不敢想的事。

人们自以为自己所掌握的信息前所未有地丰富,殊不知蒙蔽自己双眼的,也正是这些信息。眼与脑其实并非一回事。

她穿过人流,像逆流的鱼,来到精神类药品区。

他们都是瞎子。

娜塔莎寻找安芬脞啉的视线停住了,她抬起头,看见黎马尔站在那里,嘴角勾勒出狼的浅笑。

手颤抖了片刻,然后艰难控制住,她低下头继续找药。推荐安眠药的广告投影在货架前显现,她故意让投影挡在两人中间,把黎马尔当作空气。

但空气不会让声音穿透她心里。

你在瞎眼的绵羊中待得太久了,我的女儿。你的眼睛也看不清了。

滚你的!

娜塔莎心烦意乱,怎么都找不到安芬脧啉的浅蓝色小瓶子,直至走到货架尽头,她才想起可以用智能眼镜连接进行查询。

查询结果很快就显示出来,她要走到下一排货架才能看到想要的药。她急匆匆迈开脚步,同时挥手抹掉了查询窗口。

窗口跳了两下,然后卡住了。

一张很熟悉的脸在窗口中飞快地掠过。

没等娜塔莎定睛看仔细,窗口就被一堆乱七八糟的几何图形遮盖,紧接着,窗口自动扩大,填满了智能眼镜,那些几何图案高速变化着,在她的视野里闪成混沌刺眼的一片。

你的眼睛也看不清了。

狼的笑在耳边回荡。

她的头爆裂般痛起来。

娜塔莎忍不住发出尖叫,一把扯下眼镜狠狠地砸到货架上,上面一排药盒都给震落,撒了满地。

四周的人纷纷朝这边望过来,娜塔莎一只手捂住眼睛,一只手扶着货架,踉踉跄跄往出口走去。她的身子颤抖不止,步伐也摇摇晃晃,她的头颅里仿佛有烈火在燃烧。

"您怎么了?身体不舒服吗?"旁边一位男顾客走上来关切地问,但娜塔莎猛地甩开他的手。那人一看她的神色,剩下的话就卡在了喉咙里。

"不要碰我……"她吐出一句话,狠狠瞪了旁边围观的人一眼。

当她艰难地走出去时,人群自动避让出道路,她听到身后传来窃窃私语,但没有回头。脑袋里的轰鸣声比其他所有噪音更令她难受,甚至于她的眼前都有晃动的虚影,这肯定是刚才智能眼镜的闪烁造成的。

她需要找个医生,但是得先回去让猫……

娜塔莎随便拦了一辆无人出租车,强忍着头痛,钻进车里。

"温尔马大街,104号……"她说出了旅店的地址。

"您的心率和体温过高,请问是否需要去医院?"车载电脑以温和的声音发问。

"不!"娜塔莎尖叫起来。

无人出租车没再烦她,人工智能的好处有时就在于没有同情心,它沉默地拐了个弯,朝她说的地址开去。

电魂　测试第二期。

上线操纵成功,目标意识定位完成。

特工代号:红狼。

暗杀命令已经下达,执行的时候到了。而且,她本人也期待这一刻相当一段时间了。

红狼站在昏暗的走廊里,再次确认了一下墨镜上显示的门牌号和眼前的是否相符。

没错。就是这间最里面的房间无疑。

情报告知她,目标此时不在房内。对于这种连"天目"都没覆盖的小旅馆,她完全可以直接破门而入,不过她还是保持了十足的警惕,并未草率行动。有时情报是蒙蔽人双眼的东西,能够相信的只有自己,这是她从小就在杀手组织里学到的准则。

她耐心等待。视野右上方的倒计时接近尾声。

三、二、一。

电磁压制开始。

没有任何迹象,唯一的变化是四周骤然安静了下来,像喧闹的夏被冻入寒冷的冰。走廊另一头,自动清洁机的嗡嗡声停止了,外面的街道上,无人车往来的呼啸声也听不到了。她明白,就在刚才短短的一瞬,自己背后的组织以强大的黑客手段侵入了"洪闸"系统,随之而来的电磁屏蔽中断了附近所有的无线连接。

这处街区被从世界的版图里割裂出来,成了由她主宰的一方独立天地。

"洪闸"本是用于应对绑架人质一类的恶性犯罪事件发生时,靠区域电波干扰阻断罪犯通信的社会治安系统,此刻却成为帮助她实施暗杀的工具,真是不无讽刺。

普通人只能当机器的奴隶,她则是超越游戏规则的玩家。

红狼抽出腰间的战斗手枪。

房间里的确空无一人,陈设简单到了寒酸的地步,桌上的烟灰缸里堆满了燃尽的烟蒂。红狼可以想象目标一个人在屋里时,那种煎熬的感觉。她还知道,目标的痛苦不是出于焦虑或者恐惧,而是所爱之人死去的悲伤。

一只引人注目的黑猫趴在房子中间的一张凳子上,像是睡着了。一开始红狼还以为这是只真猫,直到她靠近后才发觉,这不过是一具高仿生机械体。红狼翻了翻黑猫的耳朵,并未找到应有的金属标签,看来这具仿生机械体是违法的定制货。

显然,有人在通过它协助目标……不过在电磁压制的效果下,那个幕后操纵者已然失去了耳目,他是没法知道这里发生的事的。

谁会帮助目标呢?一头为情而残废的狼崽,什么价值都没有。

她从外衣口袋里取出一只暗色的小盒子,将它启动后放置在虚屏投影仪底下,盒子上的红外微孔正对着从房门到沙发的中点。

杀人是最简单的一步。

她出去时轻轻地带上了门。

6

"有时候,我觉得你好像和我在两个世界。"

"什么意思?"

"你经常对着我看不见的东西说话,好像自言自语,可你是在交流……和什么人?"

娜塔莎没有回答,只是盯着面前香气四溢的咖啡,凝视上面漂浮的白沫,还有一个小小的漩涡。此刻她不想喝咖啡,只想点上一支烟,但古丽安不喜欢烟的味道,所以她自离开东欧后就再没抽过。

"为什么问这个?"沉默半晌,娜塔莎终于艰难地开口。

"我也不知道……只是觉得,如果当初我更了解你的话,可能不会有今天……"古丽安欲言又止,不停地用手抠着皮包肩带,看得出她和娜塔莎一样,内心纠结难解。娜塔莎留意到她脖子上还戴着那条红铜的链子,那只她们一人一半的吊坠。

"我和海文要结婚了……"古丽安突然说道,"大概就在国庆节之后……"

跟我讲这个干什么?妈的!娜塔莎体内有头愤怒的狼在咆哮,但是她努力控制住自己,强迫表情从脸上退去,像强行抵制大海的潮汐。

"那很好啊。"娜塔莎说这话时觉得嘴里一阵苦涩。真蠢,"你们有很多事要忙了……"

"你会来吗?"古丽安问。

"我讨厌……政治家。"特别是那个骗走你的家伙!

古丽安的神色说不出是松了口气还是怎么样,但她眉宇间的忧虑加深了,从她们之间最后一次爆发争吵起,娜塔莎已经记不得有多久没见她笑过了。

她跟古丽安完全是两种人。她是冷酷无情的杀手与雇佣兵,而古丽安却是耶鲁大学的学生;她在战火纷飞的国家长大,而古丽安从小则在高等知识分子家庭的温室里成长。她们的喜好、思想完全不是一个类型,可以谈论的话题更是随时间推移越来越少。娜塔莎在萨布雷恩武装部门的工作总免不了杀戮与危险,古丽安最忍受不了的就是这个,但娜塔莎除了杀人的技巧之外,不会别的任何东西。同样,古丽安喜欢的小提琴音乐会和文艺电影,娜塔莎是一点都提不起兴趣,对于习惯了直截了当的她来讲,一群矫情的演员和音乐家简直就是白痴。

最初的激情过后,摩擦和冲突在生活的方方面面逐渐显露,像花圃里疯长的杂草。她们多数时候是各自独处,在沉默中渐行渐远。

一开始两人都没把这当回事,可有些问题,不去理会不代表它们就不存在。日子里开始有分歧与争吵,随着时间推移,终于化成分隔彼此的鸿沟。

而就在那个时候,海文·特普埃出现了,他的安慰与关怀正是古丽安所需要的。

悬崖边的轻轻一推。

娜塔莎起初倒是蛮冷静,她知道分手的一天总会来临。古丽安把自己从动荡贫穷的东欧带到平和富裕的国度,而且给了自己最真心的爱,自己没有任何怨恨她的理由。

可是在真正分手后的第三天夜晚,她一个人在阳台上看星星时,突然莫名其妙地发现星光变得模糊了。

脸上有冰凉的东西滑落。

她是个连悲伤也没法正常表达的人。

"和你交谈的,那个我看不见的人,他是谁?"古丽安突然回到之前的话题。

"这不重要。"

"你告诉我。"古丽安固执起来会到令人诧异的地步。

"一个残影罢了……很久以前的记忆。"她尽量用轻描淡写的态度敷衍着。这种事说了也没用,跟任何人讲都没用。幻觉里的恶魔是只属于她的诅咒，午夜十二点的子弹，被狼崽杀死的老狼。

"答应我，你去找心理医生看看，不要……困在以前的梦里，好不好？"古丽安把手按在娜塔莎发凉的手背上，力度与语气都很坚持，后者微微吃了一惊，想把手抽回来，身体却僵硬如石。

这么多年来，她一直没法和其他人接触，特别是异性。过去发生的那些事令她把对旁人的抗拒和排斥刻进了骨子里。

除了古丽安。

古丽安的触碰还是如过去那样，纤细温暖。

"……我答应你。"娜塔莎的声音和叹息差不多。

这就是她们的最后一次见面。

一点让人开心的东西都找不到，留下的只有悲伤和失落……娜塔莎的生命里充斥着这类东西，她还以为自己早就不会被它们伤到了。

狼是不会哭的，但狼也不会被爱。

娜塔莎一度觉得自己的灵魂也被撕裂开来，冷酷的她就像黎马尔所教导的那样，想要彻底抛开这段记忆和感情，可是另一个曾被爱情的光芒照耀过的她，却挣扎着想去抓住什么，好让心中无尽的虚空可以被某样东西填满。

生命里不应该只有黑暗。

太阳穴的剧痛……安芬脎啉……

她像从水底下钻出来一般，浑身打着冷站惊醒。她的四周很黑，一如半梦半醒间思索的那些事物，不远处的街道上，传来人们抱怨的嘈杂声，似乎在说这片地区的loT网络断掉了。无人车都堵在路中间，星星取代了灯光，那些搞得她格外难受的投影广告也没了影子。如今这年头，大规模网络中断可是件稀罕事儿。

娜塔莎坐在路灯柱下，长长地出了口气。

也不知道自己是什么时候下的车，无人出租车早就离开了。娜塔莎慢慢站起来，迈开步，结果脚下踩到了什么东西，她低头一看，是那种无人机投递包裹专用的米黄色纸。

有谁在街上收快递吗？奇怪。

头痛缓解了一些，但脑海里还是昏昏沉沉，过去十多分钟的煎熬让她的思维迟滞混沌，简直如同一锅粥。幸好旅馆的入口就在前面不远处，她摸黑走上了台阶。

走廊里有几位住客用手机照明，骂骂咧咧地从旁边经过，其中一个浑身酒气的家伙似乎有意往娜塔莎身上蹭，但旋即娜塔莎就扭住了他的手腕，那人惨叫一声，忙不迭地逃下了楼。

这么一闹，她总算清醒了点儿。

推开房门，漆黑一片，娜塔莎持枪在手，提防着任何可能躲在暗处的敌人。不过她刚移动了两步，灯就亮了，整片街区恢复供电，百余辆无人车重新运转，流动的投影光线泻进屋里。

这里只有她一个人。

猫趴在凳子上，这会儿它正慢吞吞地爬起来，那双宝石般的眼睛一点点发出亮光。

"出什么事了？"娜塔莎问道。

"不知道。"猫舔了舔嘴唇，"好像发生了网络中断，我对这具躯体的控制也断开了。"

"是事故吗？"

猫静默着，模样似在沉思，"不大可能……"片刻之后，它开口回答，"我在刚才的两秒钟内检索了城市公共管理日志，看到网络中断的原因是洪闸系统的误启动，这种事故的发生率不到十万分之一。"

"也就是说有敌人？"娜塔莎警觉起来。

"洪闸系统本身也有灰盒的保护，普通人没能力攻破它。"

"那就先不要管这个了，海文·特普埃的个人云你破解了没有？"

"破解了。"猫跳上桌子，虚屏投影又一次自动打开，娜塔莎对它的这种本事早就见怪不怪了，"而且我已经查看了其中部分内容，找到了一些有趣的东西，是关于金灾年的。"

廉价旅馆的投影设备实在糟糕，从娜塔莎站的角度看不清虚屏上面的字，她只能认出那似乎是一份表格，上面罗列着一串人名和备注。表格的顶部写着"金十字计划联络人"几个字。

她经过沙发，正想走近点看个究竟，猫却突然炸了毛似的向她扑来！

娜塔莎后退躲闪的动作极快，避开猫的一刹那，她听到它的警告——富有感情的一声警告：

"有陷——"

爆炸的轰鸣吞没了后面的字，窗户玻璃在一瞬间化为齑粉，娜塔莎只觉得身体一轻，人就已经撞出了门外！

幸而走廊地面那散发着霉味的地毯缓解了冲击力，她摔得还不算太重。待到她勉强站起来时，只见客房已然一片赤红，炸弹里的高燃液流点着了一切可燃物，浓烟之中火星纷飞，灼热的温度逼得她几乎窒息。

原先虚屏投影的那面墙壁已经成了一个大洞，可见炸弹正是安放在那里的，假使她再多走一步，此刻早被烧成焦炭了。

"猫……？"她边咳嗽边喊。

一只小小的形体从火焰中钻出来，娜塔莎看见它时身躯震了一下。

猫的半边身子都被烧秃了，露出灰色的金属棱线，它的眼睛是陷在眼窝中的两只摄像头，其中透出异样的微光。这副狰狞恐怖的模样，实在没法让人相信，在背后是一个人类在操控它。

什么样的灵魂，才能一直用沉浸式连接待在这具躯体之中？

"红外线引信。"它摇了摇只剩半截的尾巴，样子没了之前的可爱，反而有几分惊悚，"我的视力可以看见红外线。这应该是敌人趁网络中断的时候安装的。你受伤了吗？娜塔莎·渚红。"

"我没事……"她回头望向走廊，所有人都被爆炸惊醒了，打开房门出来看，顿时给凶猛的火势吓得不轻。

旅馆的灭火系统启动了，淅淅沥沥的水幕从天花板上洒下来，然而这点儿努力在高燃液流面前只是杯水车薪。

"我们必须离开这里。你还能走吗？"她抹了一把脸上的水和灰的混合物，问道。

"我的前肢出了点问题，"猫抬起扭曲的爪子，"你带上我走。"

她拎起残缺不全的猫,转身朝楼梯口跑去。

7

"为什么害怕?"

娜塔莎紧咬着嘴唇,头埋得低低的,脸上跟火烧一样烫。她试图控制住枪,但没用,她的手就是要发抖,好像在代替她宣泄内心的恐惧和羞耻。

"杀人的是枪,"那个声音轻柔地教导,"枪会害怕吗?"

"不会。"

"那么你就把自己当成一把枪,一件只为杀戮而生的工具,你的意志坚如钢铁,你的感情里不存在恐惧这种东西。"

她听从了这个声音,双手不再颤抖。枪口所指的对象,稍稍露出笑意。

老式挂钟敲响了午夜十二点的命运。

她尖叫着,扣下扳机。

子弹穿透那人的额头,同时也穿透她的心口。血如花朵绽放。

小心。我的小狼。黎马尔说,血流下来染红了他的脸。杀机就在你的影子里,你的眼睛却看不清。

什么意思?她追问。什么意思?

没有回答。迷雾聚了又散,黎马尔消失不见,眼前却出现了一个熟悉的身影。娜塔莎的心狂跳起来。

娜塔莎跌跌撞撞走过去,"古丽安?"她的声音很轻,生怕一不小心惊走了这场梦幻。

"小娜?"古丽安转过来,长长的红发随风飘舞,她脸上也是一派惊喜。

娜塔莎再也无法自已,冲上去想抱住她。

古丽安的背后有什么东西在动。

娜塔莎来不及喊叫,她伸出手去拉古丽安,但迟了。

一匹赤红的野狼从迷雾中窜出,它大张的嘴里利齿森森,只一瞬间就咬住了古丽安的脖颈!

不!

不!!

——和过去许多黎明一样,娜塔莎在浑身冷汗中醒来。

窃取海文议员个人云和遭遇爆炸陷阱的经历,使她疲惫到了极点,再加上时不时袭来的头痛,身体像散了架一样难受。她睁开眼,脑袋依旧有些发蒙。

这时,她听见耳边有动静,片刻的心悸后,她第一反应就是去摸枕头下的手枪。

枪还在。

"早上好,娜塔莎·渚红。"猫蹲在床头柜上,用烧黑了半边的脑袋望着她,薄荷糖包装纸在它爪子下发出窸窣声,"你做噩梦了吗?"

"关你屁事。"娜塔莎没好气地翻身下床,她昨晚睡觉时衣服都没脱,现在倒觉得自己该好好清洗一下了。

现在天已发白,她在酒店房间里睡了半夜。能找到栖身之所,还多亏了猫对电子身份的篡改能力。

当时,酒店前台的接待员对着一身灰头土脸的娜塔莎看了半天,大概实在没搞懂这寒酸落魄的女子哪里来的VIP资格。如今还在用人工接待宾客的酒店可是少之又少了,在这家五星级酒店套房住上一个月,就能把娜塔莎账户里的存款清零。不过猫表示,她住店一分钱都不用花。

墙壁上的纳米涂料在水汽的作用下缓慢变换着形貌,一朵朵莲花依次绽放。温暖的水流冲去了精神上的疲惫,带来短暂的宁静。娜塔莎盯着镜子中的自己发呆。

杀机就在你的影子里。

什么鬼？

她在氤氲的浴室里待了好一会儿，把乱糟糟的头脑清空。

等到披上浴巾出来时，她看见猫已经用投影显示出了昨天那份险些让自己丢命的表格：

金十字计划联络人。

上面一共有五十五个人的名字，每个人的备注一栏里都标着绿色或红色的符号。娜塔莎认得其中几个名字，他们要么是很有名气的政客，要么是企业大亨。

"金十字计划是什么？"她用浴巾揉着半湿的头发，脖子上的吊坠晃来晃去，"这些人跟海文·特普埃又有什么关系？"

"前一个问题，我没有答案，只能从这些人的身份推测，大概与金灾有关。海文本人的名字也在里面。"猫把名单往下拉，果然在最后一栏出现了这位议员，他似乎和前面那些政商要员一样，都是这个计划的联络人。"那些备注为红色的人，他们都已经死了。"

娜塔莎擦头发的动作停了，"刺杀？"她问道。

"更多的是意外事故，"猫平静地说，"像前两天的枪击案喷泉爆炸那样的意外事故。死亡的十九人当中，五个因车祸丧生，三个因为住宅智能管家出现问题，将室内二氧化碳比例升得太高而死在睡梦中，还有死于运货无人机坠落、公司电梯故障之类的……因为彼此之间查不出关联，警方只能把它们当作独立事件结案。"

"概率未免太高了点儿……"

"所以显而易见，这些并不是事故。"

娜塔莎在床沿坐下，盯着那份死亡名单。她仿佛可以看到，有人，或者某个组织，正在一点一点地摧毁这个金十字计划的根基。无论此人或该组织的真面目是什么，他们的行动都非常高效、精准，而且心狠手辣，在海文·特普埃遇刺事件之前，他们从未失手。

可就是这仅有的一次过错，就波及无辜者的性命，将她在这世上最爱的人带进了坟墓。

海文害怕吗？想杀他的人，应该在谋划第二次行动。

"控制IoT网络的能力,"她开口道,"杀人于无形的黑客伎俩。很熟悉,是不是?"

"和我一样的能力,你是这个意思?"猫抬起头,"这些死于事故的人,他们连私人住宅都处在灰盒的保护下,有本事冲破灰盒的黑客,实在很少见。"

"不是很少见,是根本没有。"娜塔莎望向猫,直视着它透出微光的分子排列玻璃眼珠,"就算是我这种人,也知道灰盒算法从理论上是无法攻破的。你究竟是什么东西?"

"理论,"猫慢悠悠地说,"总有欠缺的地方。算法就是一场游戏,我不过是恰好知道规则漏洞的玩家罢了。"

"这些谋杀,是另一个知道漏洞的玩家所为吗?"

"有可能。"

猫说话滴水不漏。

猫隐瞒的事很多,娜塔莎十分清楚这一点,拿张猫脸装傻,比人脸容易得多。但假如,自己面对的敌人是可以和它一样肆意玩弄IoT网络的家伙,娜塔莎实在想不出该如何孤身与之对抗:虚假的电子身份,控制一切联网的器物,即使是公共安保系统"洪闸"也会成为其工具。在这个社会中,主宰网络就是主宰一切,也许某一天,连人的生死灵魂也会任网络摆布。Internet of things,在娜塔莎看来不像美好未来的祈愿,更像是一种昭示不祥的预言。

大多数人是机器的奴隶,但你不是。你是狼。她提醒自己。

灰盒是IoT网络最坚固的防壁,现在她却一下子碰上了两个可以打破这层防壁的存在。

她是被卷进了一个怎样诡谲的旋涡?

"光凭这份名单得不出结论。"娜塔莎穿上衣服,"我们只知道有股势力在和这个金十字计划的成员暗中较量,背后的真相还不明晰。议员大人躲得过第一次暗算,未必能躲得过第二次,那些人还会找机会谋杀他。"

"你要守株待兔吗?"

"要。新闻上说本周末他会参加一场公开辩论,和竞争党派的对手交锋。如果那些人想宰了他,还要制造轰动效应,这时机再好不过了。"

"辩论开始前二十五分钟海文会到场,"猫舔舔残缺的嘴唇,"我已经侵入议员秘书的个人云,查到议员的计划表了,场地是在……市中心的非力士体育馆。那里届时会搭建直播台。"

直播他的忌日?娜塔莎根本不介意让那些人杀了海文·特普埃,但她要找到害死古丽安的真凶,并且洗脱自己的嫌疑,所以她不能就这样对谋杀议员坐视不管。

"猫——"她轻声说。

"怎么?"

"我需要一些装备……称手的。"

8

体育馆内人声鼎沸。

网络直播很大程度上满足了人们对于身临其境的需求,但大多数时候,人们还是更愿意亲自参与到真正的活动中来。这是一种根植于人类本性中的偏好,网络时代的洪流还未将其冲刷殆尽。

特别是今晚,角逐总统宝座的两名实力最强的竞争者,海文·特普埃和驴党的奥夫里克·贝兹的辩论较量。

聚光灯下的对抗正拉开帷幕,而阴影中的人开始行动。

娜塔莎跟着前面装满摄像设备的智能车,在体育馆三楼的过道里穿行。

这里是直播工作的准备场地,到处都是忙碌的工作人员。因为电子身份接入了电视台高级主管权限的原因,娜塔莎的视野里总是跳出各种内部简讯,虽然前两天晚上那件事之后,她实在不愿意再使用智能眼镜,但此刻为了能掌握现场情况,她还是不得不戴上,猫向她保证这是很干净的军用墨镜。还好,当初她没有做过那种专业人士才做的视网膜植入物手术,不然在超市里头痛大发作时估计她会把自己的眼珠给抠掉……

她看到与海文议员的秘书接洽的人发来信息说,议员的车已经进入体育馆,稍后其本人会走二号楼梯上来,接受化妆,做开场准备。

各家媒体早就守在楼梯口,把那边堵得水泄不通。

如果真有潜伏的杀手,他应该会选择一处更安静的地方,例如议员的化妆间。

靠着最高权限的电子身份,她穿过了一道又一道门,路上尽管也有人对她投来疑惑的目光,但没有谁开口询问,就跟在警局大楼里时一个样。娜塔莎想起了那个古老的童话——皇帝的新衣。人类的某些能力似乎真在被网络与智能机械一点点消磨掉。

信息指引着他们,信息蒙蔽着他们。

瞎眼的绵羊,看不见身畔的狼。

那个自己所寻找的杀手,他会是另一匹狼吗?

娜塔莎挤过又一批匆匆忙忙的记者,抄近路,从内部专用通道来到化妆间所在的区域。

此时这里还没有议员的影子,她用视线聚焦控制墨镜,调出二号楼梯的监控,看见海文·特普埃刚上三楼,正穿过楼层中心的休息大厅,周围挤满了想要采访他的记者。在死里逃生之后,海文议员身边的保镖明显比上回更加警惕,所有记者通通被强硬地推开,保镖们用身体开出一条安全道路,海文信步穿过人群,朝记者们表示歉意的同时,脸上自始至终挂着略显僵硬的微笑。

看起来不像有什么问题。除了她自己,能进入场馆的人都是经过严格检查的,杀手能混入的可能性非常小。

但娜塔莎知道,杀手的背后,也有一个像猫一样能玩弄安保系统于股掌的强大黑客,进入体育馆对杀手而言也许并非难事。

现场人这么多，无论是枪击还是炸弹袭击的成功率都会受影响，娜塔莎推测对方有可能会像上次那样尝试生化武器——只要见了血，就是致命伤。

她调出从休息大厅到化妆间的所有监控，前三处摄像头都没有拍到人，第四处画面里有个倚在栏杆上吸烟的清洁工，第五处画面里依旧无人，这段区域的记者全都冲到大厅去了，第六处画面——

她看见一名染紫发的年轻男子站在电梯出口拐角的阴影里，一动不动，样子很奇怪，像是在静候什么事的发生。从摄像头的角度看不到他的表情。

娜塔莎紧张起来。

第六处监控拍摄的电梯位置在化妆间附近，那是海文议员的必经之地。

她从智能车底层取出枪支，"猫，"她边低声联络，边朝紫发男子的位置跑去，"检查第六处监控里那个男人的流量，他有点儿不对劲。"

"他的流量信息被屏蔽了，我进入不了他的数据连接。"

娜塔莎深吸一口气。出现了居然连猫都穿透不了的屏蔽，也就是说果真是另一个"超越规则的玩家"？

她加快了奔跑的速度，视野中的三维地图显示她已经很接近那个人了。

她转过拐角，然后愣在当场。

那里空无一人！

监控里的紫发男子却还是一动不动，异常真实地存在着。

"娜塔莎·渚红。"猫的声音又在她耳边响起，"监控已经被入侵了，流量屏蔽是烟幕弹，海文议员正从另一边的通道去到化妆间。有个清洁工打扮的人在往那边冲。"

她拔腿朝化妆间狂奔。

娜塔莎来到化妆间门口的走廊时，正好看见之前那个在第四处监控里吸烟的人冲在自己前面，手里紧握着什么东西，而海文·特普埃也刚摆脱了记者的围追堵截，从对面的通道走出来。

娜塔莎犹豫了一秒，停在走廊入口。

"你不拦住他吗？"猫在定向耳机里问。

"不对劲儿。"

如她所料，穿清洁工服的人太冒失了，那家伙在半路就被保镖们扑倒按翻制伏了，离海文·特普埃之间隔着至少三层人墙，连叫都来不及就被几个大汉死死压住。他手里的东西也滚落到一旁，其圆筒状的外形乍一看似乎是手雷，但仔细辨认，不过是个立体投影仪罢了，就是街头游行者经常拿来壮声威的那种玩意儿。

保镖在放倒他的时候扯下了他身上那件工作服，露出的衬衫上印满了"政治阴谋"一类的大写字母词组。

仅仅是一名普通的抗议者。

保镖、跟拍的随行人员和议员本人都松了口气。

海文原本躲在重重保护后，这时却示意保镖让自己走到那名被制伏的抗议者面前。

两个保镖用金属检测仪扫描了这个抗议者全身，确认他并未携带金属物品后，把他从地上拉了起来。

闪光灯把议员和抗议者笼罩住了。

"如果你对我有任何不满的话，我很遗憾，不过，至少今晚你是把我吓坏了。"海文的话引得周围的人都发出笑声，他本人也微笑着，摊开双手表示大度和谅解，"我想这应该能让你解解气了吧？稍后我还能跟奥夫里克老兄聊聊这事，看他会不会承认你是他派来给我一个下马威的……"

又是一阵大笑，记者们的镜头始终对准海文的脸，他要的就是这种效果。像他这般善于营造自身形象的政客，能几句话就把丑闻转变为对自己有利的正面宣传。

海文甚至从保镖手里接过了那个落在地上的广告投影仪，亲手交还给抗议的男人。

男人低垂的头看不清面容，当投影仪送到自己面前时，他抬起脑袋，突然露出一个诡异的笑容。

"伸手到狼的嘴边会有什么后果?"他问道。

这一刻,广告投影仪打开了,虚屏显现在半空,画面里出现了一个嬉皮笑脸的红鼻子小丑,对着所有人大喊:"喜欢给你的坟墓立十字架吗?议员先生。纯金的十字架?我们会凑钱给你买一座的!"

在大家一片茫然不解中,海文·特普埃的脸瞬间没了血色。

"我们要杀你轻而易举,轻而易举!"小丑狂喊,"永远别想给我们制订规则!"

天花板传来动静,却被小丑刺耳的喊声掩盖,直到安全闸门轰然坠落,人们才惊恐地四散躲避。

推搡拥挤中,海文没注意到其中一扇闸门就悬在自己头顶,就在闸门即将落下的瞬间,娜塔莎冲到他面前,一把将海文拽到了一边。

厚重的闸门砸得地板猛地一抖,震得海文直接摔倒在地。

被安全闸门隔到这边的,只有那个冷笑的男人、娜塔莎和海文议员。

娜塔莎看见那男人从怀中掏刀的动作,她刚要举枪,手腕就吃了对方迅若疾风的一记掌劈,格雷格手枪被打得脱手飞出。她心中一凛,没料到这个男人的身手竟如此凌厉。

"是你啊!"男人用仿佛早就熟识她的口吻说,"弱小的狼崽。"

"你是谁?!"娜塔莎大吼。

"我是——"男人轻舔嘴唇,手中的钢化塑料刀上下飞舞,那动作令娜塔莎生出一种异样的熟悉感,她的寒毛都立了起来,"你的影子啊。"

话音刚落,男人就朝她猛扑过来。

娜塔莎没有和他硬拼,而是往后一退,侧身避开刀锋的同时,擒住了他持刀的右手。对方虽然有所提防,但气力和手脚协调却远比不过娜塔莎,他挣不脱她的控制,便用膝盖猛撞过去,娜塔莎轻易以手肘挡下反击,旋即压断了他的右手腕。

男人闷哼一声,刀子落地。娜塔莎仍牢牢抓住他,重重一脚狠踢在他的腰部。

男人肩膀被扯脱臼，整个人更是直接被踢得趴了下来。

短短三秒，胜负已分。

男人瘫软地倒在地上，似乎已经失去意识，但娜塔莎还是踩住他能活动的左手，以防万一。

"猫，"娜塔莎把钢化塑料刀踢到一旁，问道，"能打开安全闸门吗？"她听得到门那边拍打和叫喊的声音，然而闸门实在太牢固了，它们本就是为在发生恐怖袭击时，将犯罪分子与普通民众隔离开而设置的，即便是用炸药也难以撼动。

"整个体育馆的管控系统都被入侵了，"猫的声音不知为何有些模糊，"小心，娜塔莎·渚红。我正在想办法。"

"你是什么人？警察吗？"海文被眼前发生的事震惊了。

"我叫娜塔莎。"她回过身直视着议员。

议员好不容易才站起来，听到娜塔莎报出自己名字时，险些又摔了下去。

"你就是上次那个枪手？"他哑着嗓子问，"是你杀了古丽安？"

"这个躺在地上的家伙才是枪手。而杀了古丽安的是你！"娜塔莎怒火满腔，"如果不是因为替你挡子弹，她怎么会死？！你在这一切发生后还可以若无其事地参加这场狗屁选举！"

海文·特普埃脸色煞白，"我不知道他们会在光天化日之下动手……我以为，我以为……我没想到会害死古丽安……"

"她对你而言真的重要吗？"娜塔莎咬牙切齿地质问道，"还是说你不过是为了摆脱单身花花公子的形象，所以才赶着和她结婚？你究竟有没有爱过她？"

"我爱她！"海文不知哪里来的勇气，不可思议地大叫着反驳，他的身体甚至因为激动而发抖，"我当然爱她！你跟其他人一样，都只看得到我在镜头前光鲜做作的样子，却他妈看不到我一个人独处时落下的眼泪！但是我不能……不能因为她的死就放弃竞选，金十字计划必须推行下去！我没有退路！"

娜塔莎被他声嘶力竭的驳斥震住了。海文此刻的模样一点儿都不像装出来的,无论是他眼角闪动的泪光还是涨红的脖颈,都在真真切切告诉她——自己是爱古丽安的。

"那个金十字计划……"娜塔莎不想再谈古丽安的死,更不想面对古丽安与他人真心相爱的残忍事实,她攥着拳头一字一句地问,"它到底是什么?"

海文变得犹豫起来,"我不可以告诉你……"他摇着头喃喃自语道,"这个秘密绝不能泄露出去,否则这个国家,不,这个世界的秩序都会……"

娜塔莎心头又是一阵怒意升腾,她正想上前逼问,军用墨镜中却弹出一个窗口,里面呈现的,是如上一次在超市时那样高速变化的几何风暴。她的眼前一瞬间就被遮盖了!

"摘下墨镜!"猫的警告在耳边响起,伴随着嘈杂的电磁干扰声,"我的控制权已经被抢走了,有巨量流量正在涌入——"

她突然听不清楚它的话了。

前所未有的剧痛,从颅脑深处爆发出来!

意识被卷入洪流的那一刻,娜塔莎只隐约看见墨镜中这样一行字:

电魂　测试第四期

上线操纵成功,目标意识定位完成。

特工代号:红狼。

迷雾之中,一匹赤红的野狼窜出来,它大张的嘴里利齿森森。它在纵声狂笑。

"果然还是自己的身体,最好用了!"

9

"总的来说,"医生在空中的诊疗窗口里写下记录,"您的症状很特别。要知道，萨布雷恩安保部门的员工都是要定期进行心理筛查的，毕竟执行危险任务，对任何一名队员的考验都十分严格。您的精神状况都到了这个地步，还能通过以前那些压力测试，我作为这方面的专业人士，表示很吃惊。"

"所以呢？"娜塔莎不耐烦地问，"结果是我有精神病吗？"

"准确地说，您有精神分裂的征兆，但您的意志似乎比其他病患要坚强得多，正是这一点让情况变得复杂了。介意告诉我一些您从前的经历吗？比如童年时是否受过创伤……"

"不。"

医生转换话题，"那么关于那个时常出现在您幻觉里的人，黎马尔……"

"不，关于他，一个字也不要问。"

医生耸耸肩，"不愿透露这些信息的话，我很难给予您实质性的帮助。因为您的幻觉与头痛，也许，很大程度源于过往。"

"我的过往不需要你操心。我只想让你帮我解决头痛的问题。"

"治疗只从表征着手并没有真正的效果……不过，企业的脑神经研究小组最近在同苏生集团进行一项精神医疗技术的合作实验，我认为您的病况可以试一试参与进去。"

"什么实验？"

"电魂。好像是这个名字。"

纷乱的碎片，终于拼接到一起。

"……是的，如我之前解释的，这项技术主要是利用高精度核磁共振与离子通道同位素追踪检测，将你大脑中的异常人格记录并模拟，这样我们可以在一定程度上了解精神分裂的深层因素……

"……我们无法提供治愈的承诺，但您会得到企业的高额酬金，而这项实验可能将成为脑科学研究的一座里程碑，不只是精神治疗，或许脑神经领域、人工智能和虚拟现实等许多技术，都会从中受益……"

她才不在乎实验会带来哪些进步，她只是渴望彻底抛开黎马尔与那段黑暗往事的纠缠。古丽安的离去割深了她心里的伤口，愈发频繁的头痛，让她没有再多一分的力气去承受一夜夜的噩梦。

实验没能帮她逃离过去，反而又创造出一个新的恶魔。

就像命运最残酷的恶作剧，这个恶魔杀死了古丽安。

借她之手。

"我给你的意识留了一个角落，好让你理解清楚这件事，是不是觉得很讽刺？"迷雾中的女人对她咧嘴嘲笑。

娜塔莎目眦欲裂，她想冲过去，却始终被那种旋涡的滞重感缠住。她的身体不受自己主宰，她的意识被囚于几何图案织就的监牢。她的大脑成了被攻陷的城堡。

"你的爪子早就变钝了，都是因为那个叫古丽安的白痴小妞儿。"迷雾中的女人一步步走近，她的脸也逐渐清晰，她的五官音容跟娜塔莎完全是一个模子刻出来的。

看着这张脸，恍如与镜中的自己对视，娜塔莎突然被一股没来由的恐惧攫住。

"你曾经是狼，"女人隔着意识监牢对她说，"你的身体和头脑皆为杀戮而生，你注定是阴影中的行者，可你却背叛了一切，你杀了黎马尔，杀了我们的父亲，然后又在那婊子的甜言蜜语里日益沉沦。你的灵魂不配拥有这副躯壳。"

"给我滚出去！"娜塔莎狂暴地捶打监牢，但虚无的屏障坚如钢铁，她从来没像现在这样无力过。

"滚出去？不要搞错了，我本来就是你意识中的一部分，被压抑得最深、永远都在黑暗中的一部分。你遇见古丽安后，就把一切悲伤和痛苦的回忆扔到了我这里，一个娜塔莎·渚红享受着爱情的喜悦，另一个娜塔莎·渚红却只能在夜半时分因头痛发出几声尖叫。是电魂给了我独立存在的机会，但我没法忍受作为一个不停更换宿主的寄生虫而活着，所以现在，我来讨回属于我的身体！"

那女人突然又不怀好意地笑起来，"啊，对了，你要看看我怎么用这副躯壳杀掉那个红头发的婊子吗？自从在电魂中重生，我的记忆就像硬盘中的信息,全都可以一点儿不落地回想起来哦……"

她的话如寒风,将娜塔莎冻僵在那里。

像投影虚屏一般,清晰明朗的残酷画面,在她面前重现。

她看见自己在拉上窗帘的房间中,戴上手套,穿上风衣,从无人机送来的没有发货人信息的快递包裹中取出隐形手枪。衣领上的隐蔽式投影仪一点点勾勒出一张陌生的面孔,她把印有生化武器标志的弹匣插入手枪,再拉动枪机检查了一下,然后将这件渴血的凶器藏入怀中。

她推门走到屋外,用Polo帽遮住夏日骄阳与阴冷杀机,朝思潮广场步行而去。

一切一切的起始都在那里。

娜塔莎想要自己停下,停下无情的步伐,停下夺取爱人性命的刺杀行动,但她明白,彼时彼刻,掌控那具身体的,乃是另一具灵魂——她的狼性影子。

如同在新闻里看到的,她绕广场边缘而行,军用墨镜沿途标示出每名保镖的站位和可能的逃跑路线。一个猩红的倒计时在视野右上角跳动,当它归零的瞬间,广场旁的喷泉发生爆炸,水花漫天而降。

她斜着身子,手握隐形手枪,三点一线,瞄准了海文·特普埃的脑袋。

然后出现的,是从一旁扑过来的古丽安,她阻挡般张开的双手,惊慌却无惧的神色,还有飘舞的火色长发,通通烙印般烫在娜塔莎心底。

子弹飞射,无声地射入她的肋下。

娜塔莎在古丽安的瞳孔中看见了自己,遮挡的风衣、帽檐下的陌生面孔、举着的手枪、同样错愕的神态,还有——

胸前一晃而过的红铜吊坠。

古丽安的表情变了,不单是因为受伤,也因为意识到了什么。娜塔莎突然反应过来,那天在新闻视频中看到的古丽安微妙的变化,是由于认出了自己的缘故!

古丽安把她当作凶手了吗？临死的时候，古丽安心里是怎么想的？古丽安——

有憎恨她吗？

泪，不知何时已汹涌决堤，娜塔莎多日来支撑自己的最后一道防线也告失守。得知古丽安之死后，强行压抑的所有悲伤和自责都喷涌而出，好像要和固执硬抗的她算总账。

情感如洪水吞噬了她的心野。

她失声痛哭。

"你怎么了？喂？"海文看着娜塔莎的身体一阵抽搐，似乎就要倒下，他下意识伸手去扶她，但马上被娜塔莎重重一掌推开。

他困惑不解地望着她，随即看见了她眼中升腾的杀意。

海文被那饿狼般的目光钉在原地，额上因恐惧浮现出细密的汗珠。

"逃。"突然有一个声音从脚下传来。海文低头一看，发现竟是一只不知何时出现的黑猫在说话。

黑猫的身体在时不时地闪烁，它是一个虚拟投影。

"快逃。"它用带着破音的声音重复，"这个人，不是娜塔莎·渚红。"

海文正想问怎么逃，身后的安全闸门忽地动了，留出一道刚好够他弯腰爬出去的空隙。外面的通道是娜塔莎追过来时的路，此刻空空如也，人群都被阻隔在另一边的通道内。

海文顾不得再问，跪下来狼狈不堪地从门底下钻了出去。

这时，红狼终于完全控制住了整具身体，她抄起地上的钢化塑料刀，凭借尚显笨拙、但迅猛有力的动作，从安全闸门下爬出去后，立刻迈开大步直追奔逃的议员。

通道不长，海文跑出半截，已经听到前面楼梯口的人声，但他还未张口呼救，就感到左腿后膝一股锐痛，人马上就扑倒在地了。

钢化塑料刀明晃晃地插在他腿上。

"你以为能逃得过狼吗，议员先生？"红狼舔着嘴唇，大步向他走来。

海文·特普埃拖着血流如注的腿爬行着，在白色的地板上留下鲜红的长痕，红狼怜悯般地注视了他几秒钟，然后一脚踩住他受伤的左腿。

海文发出瘆人的惨叫。

"到此为止了！"红狼从海文腿上拔出利刃，反手握柄，举到半空。

你不是我的女儿。

即将落下的刀硬生生停住，红狼惊骇地瞪圆了眼，就在她的前方——

你，不是我的女儿。黎马尔用充满寒意的语气说。你不过是个胆怯的小毛贼。

"为什么……"红狼嘴唇颤抖着，"为什么你会……你是她的噩梦啊?！"

而你是她的影子。黎马尔笑了。难道影子不该和本体一样，看见相同的人吗？

"我明明一直都服从你，一直都绝对地遵循你，"红狼的声音近乎呜咽，"我才是最完美的杀手！我比她更有资格成为狼，为什么你说我不是你的女儿?！"

服从。遵循。黎马尔失望至极。你忘记得太多了。

很久以前，我就是这么教导你的——能够完全相信的，只有自己。

真正的狼，会绝对遵循别人吗？

"可是她杀了你！"红狼疯狂地吼叫，"她杀了你！"

是的，为了选择自己的道路。

红狼的神色既哀怨又难以理解，她茫然若失地摇着头，像拒绝承认黎马尔的话。

小的时候，我曾经带你到森林中见识狼群。我那时告诉你，每一代狼王都是打败了前任的胜利者，而它也注定会在未来某一日遭受同样的命运。黎马尔说着，不断朝她逼近。我曾是你的狼王，娜塔莎反抗我，并最终杀死了我。她就是从那一夜起，成了自己的王。

黎马尔来到她的面前，将手搭上她的肩膀。红狼开始后退，但不管退多少步，黎马尔那冷漠的脸庞都紧跟着她。

你，他说，没有资格窃夺她的王座！

黎马尔的形象分散为一团几何图形的风暴。

红狼迸发出的尖叫比娜塔莎更加惨烈。

"为什么害怕？"

埋首蹲坐的娜塔莎停止了啜泣，她抬起头来，讶异地看见黎马尔在自己旁边，很近的距离。

童年记忆中，黎马尔很少露出笑容，可现在，他笑得很温柔，连脸颊刀锋般的线条也软和下来。

恍若虚假的幻梦。

"在这儿的是谁？"他说，"是一匹打败了我的狼。杀死你所爱之人的凶手就在那里，为什么不站起来，去让她血债血偿？那个晚上向我开枪的勇气何在？"

娜塔莎说不出话，她不敢相信自己的耳朵。勇气？黎马尔说了这两个字？

那个夜晚，驱使她离开杀手组织，去寻求自己生活的，是所谓的"勇气"吗？也是这股勇气指引她逃出黑暗，在乱世挣扎，让她得以遇见古丽安？

夜色中的狼，总是追逐着月亮而嚎叫。

"是时候了，我的小狼。"黎马尔低语道，"我这个鬼魂不会永远陪伴你，忘了我吧，忘了过去的一切。"

他伸出手臂，"你只属于你自己。"

意识监牢就在这一刻消弭无影。

黎马尔的幻象也不见了，只留下她一个人。娜塔莎慢慢站起来，望了一会儿，接着蹒跚地朝外走去。她的每一步都充满滞重感，像在泥泞中跋涉。格外艰难，然而她把牙关咬死，脚下一步比一步坚定。

嘲笑她的女人就在那里。赤红的野狼。杂种。

"不可能!"那个女人盯着娜塔莎,狂乱地叫喊,"意识定位已经完成了,有电魂的高阶权限控制,你怎么会出来?这不可能!"

娜塔莎没有回应,她只是往前,再往前。竭尽全力,脸上的泪痕被风吹干,她只是往前。

无可阻挡。

她终于走到了和自己一模一样的女人面前。对方瞳孔中映出的倒影与恐惧,她亦看得清清楚楚。

"把我的身体,"娜塔莎像要发泄尽全部的愤怒,对着那女人以最大声音嘶吼道,"——还给我!!!"

娜塔莎一把扯下在对方胸口摇晃的那只古丽安赠予自己的红铜吊坠。

黑暗。

黑暗之外有光。

娜塔莎紧紧闭着眼,她尝到嘴里发咸的滋味。

四肢百骸,五感神识,重新归于她的灵魂。

娜塔莎在灯光下慢慢睁眼,泪水朦胧,有生以来头一次,她发现能感受到光的照耀,是件何等喜悦的事。终于,她打败了那个占据自己身体的恶魔!

下一秒,她被子弹击中。

娜塔莎的身子歪了一下,并未马上跌倒。

随后而来的第二枚、第三枚子弹打进了她的腿部。她重重地跪下。

怎么了?她有点儿茫然。

对面,走廊的尽头,十余名身着黑色制服的特警正贴着墙快速朝她和海文移动,后面还有几名一直端着短突击步枪的特警在保持警戒。

他们高声喊话,命令她把手摊开,然后趴在地上。

我不是刺客……她甚至想这么大喊,但随即就明白这毫无意义。

即使体育馆的监控被洗掉,他们抓住她后,也立马就会确认她的真实身份。关于电魂的事,没有人会相信,人们都是被信息蒙蔽的绵羊。

特警们越逼越近,娜塔莎脑中空白一片,海文·特普埃还躺在她脚下,这是无可脱逃的死局。要陷害她的人把一切都设计周全了。

安全闸门像座山一样压了下来。

娜塔莎愣了几秒,才反应过来是怎么回事。猫的投影出现在她面前,白色的右爪指着墙壁上一处方形栅栏。

"走,"它示意她往所指的地方移动,"这里有通风管道。"

门的另一边传来特警的声音,娜塔莎知道他们马上就会安置聚能炸药。

她只有十来秒的时间。

娜塔莎手脚并用使出全力,疯了似的朝那边爬过去。

10

天空下起了雨。

血在地上晕染开,像写意的水墨画。

娜塔莎根本没爬多远,从狭小逼仄的通风管道挤出来,她就已经耗尽了全部力气。中枪的部位已经不痛了,取而代之的是蔓延的麻木。警用子弹所携带的专门用来制伏罪犯的神经毒素正在发挥效力。

"你逃不掉的,"猫的投影蹲在她头边,"而且你内脏破裂,失血太多了。不用多久,你也会因伤重而死。"

娜塔莎躺在压电砖铺就的地面上,侧身蜷缩,丝丝冰凉的雨点打下来,在她脸上蜿蜒成溪。

"我不想死⋯⋯"她用几不可闻的声音呢喃,"我要复仇⋯⋯我要杀了那些幕后的混账,那些和金十字对抗、主导了这些事的人。"

"如果你的对手不是人呢？"猫问道。

"我也不是人。"她突然笑出了声，笑着笑着又咳嗽起来，有血从她嘴里溅出，星星点点洒在地上，转瞬就被雨水冲走，"就算是不当人……就算变成怪物，我也要让他们付出代价！"

"研发电魂的，是以萨布雷恩为首的辛迪加企业集团，换言之，就是整个超融。"猫凑近了她，"你确定吗？人类有史以来最庞大的利益团体，连国会议员也只有任其生杀予夺。你要与这样的存在为敌吗？"

娜塔莎只是笑着。狼的眼神已经回答了一切。

"你不是说你无所不能吗？"她反问，"能入侵所有系统，还能破解灰盒……你究竟是什么？是恶魔吗？是与不是，都无所谓了，只要你能帮我，帮我达成愿望，帮我复仇，我什么都愿意做！"

"人类，有时候会为一个愿望付出所有。"猫偏着脑袋，"对于这种非理性抉择，我真的很困惑，但却也时不时为之惊奇。你让我想起了另一个女人，她和你，在某些方面非常相像。"

"废话少说！"娜塔莎恶狠狠地注视着猫，注视着那双琥珀色的眼睛，雨滴从它身体穿过，超凡的精灵，"我只想复仇。你，答应帮我吗？"

猫没有说话，投影闪了一闪，消失了。

娜塔莎呆呆地看着它消失不见的地方，突然听到了车辆碾过路面的响动。

她被绝望所淹没。

然而，当她挣扎着翻过身来时，却发现那并不是警车。

一辆白色的沃尔沃在她身旁刹住，车的后厢门打开，从里面跳下来三个人，其中一个人把娜塔莎的头部托住，另外两人分别抬起她的身体两侧，把她迅速搬进了车内。

车明显是经过改造的，里面的空间比从外面看起来宽敞得多，娜塔莎被小心地放到一张急救担架上。有人给她系上绑带后，车子开动了。

几次拐弯后，警笛声远远飘来，又很快消失。他们离开了体育馆。

娜塔莎右边的几个人在激烈地讨论着什么，左边有人脱下她的外衣,帮她做紧急止血处理。因为神经毒素的缘故,娜塔莎昏昏欲睡,她听不清他们说的内容,更不知道这帮人是何来头。

在彻底昏过去之前,她隐约地看到其中一人手臂上的袖章,上面有一只机械爪子和人手食指相触的图画,爪子居高临下,将那手指刺得鲜血淋漓。

……人之子?

尾 声

偌大的会议室里,十五个人围着椭圆形长桌而坐,他们的面容都隐没在阴影中。

"……实际情况就是这样,特工红狼在第四期测试中消失,目前无论是对娜塔莎·渚红的观察,还是对电魂系统的搜索,都找不到红狼存在的迹象。"

"算是失败了吗?人工智能的一大奇迹,我还以为会在今天得到成果,没想到是这种结局。"

"先前的投资,还有对金十字计划成员的暗杀计划都……"

阴影中的人们交头接耳地谈论着。仔细听的话,会发现他们的嗓音都很奇怪,显然全都经过了后期处理。

这是一场投影会议。

位于椭圆形长桌上座的人一直没说话,他交叠双手,下巴搁在上面,似乎在沉思。

等了一会儿,待底下的人讨论够了之后,他举起一只手。

会议室里顿时鸦雀无声。虽然没有显露面容,但毫无疑问,其余十四人都在望着坐在上座的他。

"少安毋躁,诸位。"他的声音低沉而富有磁性,蕴藏着一种摄人心魄的力量,"我明白这次实验结果不太令人满意。你们之中一直有部分人坚持,要让红狼去执行别的暗杀任务,而不是在这场小小的危机里打转。可是现在,事实胜于雄辩,她被娜塔莎·渚红打败,已经证明了电魂计划还不成熟。但是,这算不上我们的失败,电魂游戏的公测已经完全开启,视语的进一步扩展应用很快就能实现。

"不要急躁,先生们,不要急躁。请拿出你们在商场和政界搏杀时的冷静。我们所做的事,是要重塑世界的伟业,容不得半点疏忽。

"金十字不是问题,但凡由人组成的团体,都是可以摧毁的,这一点毋庸置疑。我向各位承诺,我们终将打垮他们。而当前的真正危机,是在那只猫身上。"

长桌右侧靠后的一个人问:"那只猫,那个黑客,它是谁?是不是军方的情报机关?"

"不可能!"他对面的另一个人反驳,"这猫在最后时刻破解了保护电魂的灰盒子,用我们的算法逆向模拟出几何光码,摧毁了娜塔莎·渚红的意识监牢,世界上哪个国家的军队都没有这个本事。"

"还有,"第三个人的语调闷声闷气,像吃撑了的蛤蟆,"红狼的刀具经过生物加工,血槽里附满了休眠病毒,被刺伤的海文·特普埃本该和思潮广场那次他中枪的未婚妻一样不治身亡。可是,后来收治他的医院得到了一个快递箱,里面的特效免疫蛋白完美地解决了出血热病毒……"

"刀具上的病毒是苏生集团负责生产的,完全保密,对方哪里来的抗原基因样本?"

"自从十四年前孕体出逃事件之后,苏生就不值得信任了,当年就不该费那么多气力去收购它,不然也不会出这种状况。现在海文·特普埃已经当选总统,形势更棘手了。我们早就说过,应该从元碳公司旗下的分部选一家研究所来——"

"元碳这段时间的精力都用在仿生体神经接口的改进上了,你们所有人都在催个不停,搞得公司压根儿没有多余的——"

"现在不是已经完成了吗?要把集体的利益……"

会议又一次演变为争吵，上座的人斜靠在自适形椅背上，姿态透露出些许不耐烦。参与这场游戏这么久，他还以为自己早就习惯了这些人的无聊和锱铢必较。

他们都不是伟业的建设者，只知道一次又一次地去为蝇头小利争得面红耳赤，像抢猪骨头的野狗。他失望地想，果然，唯有那个家伙才能真正和自己沟通。然而，他和那个家伙理念不同，早已各走各路，如今逃不过正面冲突的命运。太可惜了……

不打算再听下去了，否则只会厌倦到死，他冲半空挥了一下手，关闭了会议投影。

新的躯体还有些不适应，他站起来，打算多走走，去天台好好眺望一下这座城市沐浴在夕阳中的美丽景色。

但还没走出房间，一个单独的投影通话请求就弹进了视野里。

他摩挲下巴片刻，饶有兴致地点下了"同意"。

出现在他面前的是一个体型发福的胖子，两鬓灰白，脸上挂着热切的笑容。不似刚才与会的模样，胖子的脸很清晰，但也很假。

技术手段的伪装能在网络上带给人安全感，但对于他而言，所有的后期处理都形同虚设，那些与会的大人物满以为自己深藏不露，实际上他对他们的全部信息了如指掌。他之所以没有点破，是为了让他们信任而非恐惧自己。

有意思的是，他记得当初正是这个胖乎乎的家伙极力游说其他成员派红狼去干掉海文议员，这胖子巧舌如簧，最终如愿以偿，尽管最后，红狼失败了。

对方的资料给他的印象很深：维客·睿霆公司的代表，前者是一家近几年在亚洲迅速崛起的新科技企业，虽比不得元碳公司，但在电魂系统的铺设中，它还是发挥了很大作用。"镜界"一大半的底层架构都是他们建造的，这是其被超融吸纳的主要原因。

这家公司对视语的理解程度透彻得令他生疑……并且，一个新加入高层会议不久的生面孔，不知用了何种手段，居然有这种影响力，也许自己早该好好注意这胖子和他身后的人物才对。

戴上面具的人都有一种嚣张的感觉，此人也不例外。那就陪这个胖子先生假惺惺一会儿吧。

"真不好意思，占用您时间了。"胖子客客气气地说，"不过有些事，我想应当和您私下讨论讨论——关于那只猫，您是怎么想的？"

"我认为很简单。"他说道，"结论刚才他们都说了，能入侵任意系统、破解灰盒子，还能弄出对付病毒的特效免疫蛋白，几乎无所不知，无所不能，如果不是什么超自然的精灵作祟，搞不好，它就是我们要找的东西了。"

"您是说，真正的人工智能？"胖子挂着谦卑的笑容，试探地问。

"这是我的推断。"

"您的推断很难出错，"胖子眯起笑眼，"不然您就不会是萨布雷恩总裁了，对不对？"

他也报以礼貌的微笑，"你只是要问我这个吗？"夕阳快要落山了，好景总是不长久。

"还有一件事。我们家老爷想送您一件礼物……"

"是什么？"

"维客公司不久前找到了一些东西，很有意思……"胖子的笑意变得有点儿意味深长，"是希摩·J.所罗门的研究日志。"

五秒钟的沉默。

"你，是怎么找到日志的？"他问，"十五年前那起事故已经抹除了所有痕迹。"

"想在网络上抹除所有痕迹可不简单。"胖子仍然保持笑容，"这是一个……精于挖掘过往的朋友找来的。"

又是几秒钟的沉默。

"你想要什么？"他已经没有玩游戏的兴致了。

"元碳公司的仿生体神经接口技术。"胖子倒也爽快。

"好。"他直接调出文件传输界面，"一手交钱，一手交货。"

交易达成。

元碳方面得知后定然会不满……但眼下什么都比不上所罗门博士

的研究日志。他在八年前视语的事件中已经让步了太多，贝恩跟那个神秘的天才黑客至今没有下落，电魂游戏才刚刚开始筛选程序，预计短时间内难有结果。而在他寄予厚望的第二个神子身上，所罗门博士的资料能让他有更多的选择，现在他只有以车换将。

确认对方传来的文件是博士的日志无误后，他抬起头，"你打算——"

胖子不见了。

一只黑猫蹲在桌面上，它的四爪和尾巴尖是醒目的雪白色，眼睛又大又亮，宛如琥珀。

"打算用这项技术做什么？"猫接上他的话，"要不了多久你就会亲眼见到的。这场游戏还是要按公平的路来走，你用电魂来对付我的棋子，那么理所应当，我要讨回一点儿东西。"

他站在那里，茫然、惊讶与恼怒依次从脸上闪过，而最终，他放声大笑。

"你进步很多了。"他摇着头说，"我居然会被你骗到……有趣。你还是坚持那条道路吗？"

"正如你还是坚持你的道路。"猫的尾巴翘起来，轻轻摆动。

夕阳已落，最后的一丝余晖照进宽大空寂的办公室，像金色的丝带飘在一人一猫中间。

"那我们就走着瞧吧，奇点尚未到来，还有的是时间。"他的声音逐渐放低，目光也变得深邃，那里面有某些东西和猫的目光十分接近，智慧、神秘，始终透着一种君临天下的冷傲，"看看人类的未来，将会被谁——"

"主宰。"

毁灭之种

索何夫

1

公元十六世纪上半叶,墨西哥,特诺奇提兰。

当书卷堆上的熊熊烈焰在广场中央腾起时,苍老的神父伸手拭去脸颊上的汗水,露出了一丝满意的笑容。

作为在这个时代可算是饱学之士的人,老神父通常是很爱惜书籍的,然而眼前这些污秽邪恶的罪孽之物却另当别论。

不,这些肮脏的玩意儿,根本不配称之为"书"!这些东西不但内容邪恶透顶,充满亵渎意味,而且就连用来制造它们的材质,也可憎至极——其中一些书卷的材质来自晒干的树皮或者植物纤维,但另一些却是用活剥下的人皮所制成的!虽然经过了干燥和鞣制,但在接触到它们时,神父仍会不由自主地感到反胃。

"魔鬼的屎尿啊,滚回你们该去的地方吧!"神父从助手手中接过另一捧书卷,将它们喂食给正在茁壮成长的火焰巨兽。

植物纤维碳化的气味和动物皮革燃烧的焦臭混在一块儿,让神父本就强烈的恶心感又加重了不少,"消失吧,撒旦的谎言!"

在神父身边,两名副王[1]派给他的持戟卫士正在兴奋地笑着,显然在为罪恶得到净化而感到快慰。

不过其他参与仪式的人可就没这么开心了。在人群中,神父看到了不少身材高挑、戴着怪异的华丽羽饰的特拉斯卡拉贵族,以及一群来自北方和西方的肤色黝黑的部落首领,甚至还有几个额头扁平、长着斗鸡眼的家伙。

---

1. 西班牙帝国在"副王区"指派的元首。在美洲,西班牙有四个副王区,每个区设有一位副王,比地方总督高级,事实上是西班牙君主的代表。

尽管那场围城战[1]已经结束了好几年之久，邪恶的异教统治也已在这片土地上终结，但神父仍然感觉到不洁的幽灵在他身边徘徊。或许某些人愿意信任这些已经开始自称基督徒的印第安人，可在神父看来，他们仍然是一群异教徒。

"不！不要烧这个！"仿佛是为了验证神父的想法似的，就在神父从卫士手中取过另一捆卷轴时，一名特拉斯卡拉贵族突然抓住了他的手，用生硬的西班牙语恳求道，"这个……不行。"

啊哈，这些撒旦的奴才果然还是露出了狐狸尾巴！神父不动声色地看着对方，"请问，为什么不行？"

"因为这不是……不是异端。"

"您是说，这是上帝的福音？"

"不，不是。这只是……只是知识……"拉着神父手的贵族支支吾吾地说道。很显然，他想表达的东西比这多得多，但却缺乏足够的西班牙语词汇量，"和神……没有关系。"

神父点了点头，挥手招来了一位翻译，好让双方的对话能更顺畅一些。

"您说，这些知识和神没有关系。我暂且认为您的意思是，它不属于神学的范畴。"神父打开了系在卷轴上的皮绳，"那它们应该属于自然科学，没错吧？"

或许是由于不太明白"自然科学"这个时髦词儿的意思的缘故，一旁的翻译踌躇了好一阵子才开了口。

好在，这位贵族倒是最终听明白了，"是，也不是。这……很难说清楚。"

"您可以尽量试着解释。"神父轻声说道。

"好吧，是这样的……"这位贵族展开了卷轴。与其他那些通常画着血腥的人祭、屠杀或者丑陋的伪神形象的卷轴不同，这些卷轴里几

---

[1]. 这里提到的围城战，是指1521年西班牙远征军领袖科尔特兹率领西班牙军队与印第安仆从军，对特诺奇提兰城进行的围攻。这场战役导致了阿兹特克帝国的最终灭亡。

乎全都是密密麻麻的方块状象形文字，以及一连串抽象至极、稀奇古怪的诡异插画，"根据传说，这些卷轴并不是我们的祖先留下的，它们是三国同盟的先主，多年前征伐东南方的敌人时缴获的战利品。虽然几乎没人能懂得其中的奥义，但据说，任何有幸参透它们的人……都能得到真正的智慧。他们不但可以获得其他人难以想象的知识，甚至还能……看透这个世界的本质。"

"世界的本质？"神父问道。

这位贵族神情恍惚地点着头，仿佛正沉陷于某种狂热而诡异的梦境之中，"没错，万物的本质！结局的开端！一切存在之目的，万物之终末与起始，以及……最终目的之达成。"

"胡言乱语！也许这里面确实存在着某些'智慧'，但它不过是又一颗撒旦的毒苹果、一块包着鱼钩的美味鱼饵！"神父瞥了一眼那只难以索解的卷轴，不屑地摇了摇头，"要从与生俱来的原罪中得到救赎，我们需要的是正确而坚定的信仰，不是这些所谓的……"

"那么，对不起了！"一把锋利的黑曜石匕首突然出现在了这名贵族手中。

还没等神父将卷轴投入火堆，他的手腕已经中了一刀！

接着，当神父痛苦地跪倒在地时，对方已经夺过卷轴，开始发足狂奔。

"抓住这个异教徒！"神父怒吼着对士兵们下达了命令。

守在附近的几名西班牙士兵纷纷拔出短剑，试图挡住对方的去路，但数倍于他们的印第安人却突然挥舞着短刀、大棒和战棍，从不远处的一座石屋废墟里跳出来，与他们展开了一场血腥的缠斗。

守在广场出口处的火枪手一时间根本来不及装填弹药，一名弩手倒是立即瞄准了那名行凶贵族的背影。但就在他准备扣动扳机、射出箭矢的瞬间，却被一支迎面飞来的标枪刺穿了胸膛。

"异端，魔鬼的走狗……"神父举着受伤的手腕，神志不清地嘀咕着。

在更远的地方，精锐的枪骑兵小队已经加入了战斗——当然，他们是冲着那些持有武器的印第安人去的,而不是那名正在遁入城市废墟的行凶贵族。而这也意味着,当这场小小的叛乱平息时,他们将来不及追回那份异端的文卷,并用火焰将其净化。

作为新西班牙副王辖区早期历史上的无数小规模叛乱之一,这起突发事件很快就淹没在了泛黄的历史卷宗里,然后渐渐湮没无闻。就像许多曾在历史中溅起过微小涟漪的人一样,那名行凶的印第安贵族甚至没有留下名字,但他的所作所为并非没有留下任何痕迹。

毕竟,涟漪的波纹仍在历史之河的水面上扩散,一切远未结束。

2

五百年后,加勒比海沿岸,哥斯达黎加东北部某个地方。

通常情况下,在海平面以下两百米开外才是所谓的"无光带",但现在,虽然深度表上的读数只有二十五米,但这艘小型潜水器的两扇舷窗之外已经是一片漆黑,就连艇内的照明灯也只能勉强照亮窗外几米远的距离。

而在这段距离中,除了一团团水泡、浑浊的腐殖质残片和淤泥,以及偶尔被潜水器航行造成的湍流惊起的小鱼小虾之外,安东尼·佩特诺夫几乎什么都看不到,更别提继续饱览水下的景观了。

"别看啦,伙计。咱们请你来这儿,可不是让你看风景的。"在潜水器货舱的另一头,"埃勒博斯"考察队的新任负责人宋汤姆说道。这个兼有东亚与南亚血统的男人总是一副愁眉苦脸的样子,而堆满货舱的各种物资更是让他的姿势显得颇为别扭。当然,这也怪不了他,在一艘排水量只有区区二十五吨的小型潜水器里塞进这么多物资外加四个大活人后,任谁都不会觉得舒坦。

"我明白我的工作,先生。"佩特诺夫费力地活动着因为长时间保持别扭姿势而开始酸疼麻木的双腿。这个东欧人看上去就像特兰西瓦尼亚传说里的吸血鬼一样枯瘦高挑，皮肤颜色像极了在阳光下曝晒过的鱼皮。除了那双目光锐利的褐色眼睛之外，他身上没有什么称得上引人注目的体貌特征。"但我的工作并不禁止我在暂时的空闲中寻找一点儿消遣——事实上，调整心态往往能提高调查效率、避免无谓的错误。"

"好好好，就算你是对的，"宋汤姆抿着两片蜡纸般的嘴唇，又细又薄的眉毛皱成一团，看起来活像是个坏脾气的老保姆，"那些我们提供的档案呢？还有报告和前三期勘查的记录……你都弄明白啦？"

佩特诺夫耸了耸肩，用一把三十年前生产的瑞士军刀剔起了自己的指甲，"请不要怀疑我的职业素养和专业能力，先生。否则您大可以去另请高明。"

瘦小的亚洲人张了张嘴，不过总算没有继续聒噪。佩特诺夫则只是哼了一声，事实上，在出发前的一周时间里，他确实没有认真读完对方提供的那些冗长琐碎，塞满了让人昏昏欲睡的专业术语的档案与报告，就连稍微有趣些的勘查记录，他也只看了个大概。但这并不妨碍他对整体案情的掌握，毕竟，他的职业能力之一就是排除无用信息，从垃圾里找出有价值的东西。

这片离尤卡坦半岛西端不算太远的被称为"埃勒博斯"的水下溶洞群，是在一年之前由一队来自佛罗里达的业余潜水爱好者发现的。

众所周知，在第四纪大冰期中，像加勒比海这样的陆缘海的面积要比现在小得多。就像大部分降水丰沛的热带地区一样，表层岩石成分主要是石灰岩的中美洲陆桥，一直都饱受地下径流侵蚀，并留下了数量众多的溶洞。而随着冰川期结束海水上涨，其中一部分位于沿海地带的溶洞永远地被淹没在了碧蓝的波涛下。

"埃勒博斯"就是其中之一。

最初找到这片溶洞群的人，并没有意识到他们发现的规模——"埃勒博斯"的入口位于水下近三十米处，与其说是个洞口，倒不如说是一处狭长的裂缝。在数千年前，通过千疮百孔的石灰岩层渗入地下，并在流动中带走大量碳酸盐的地底径流,正是从这处仅仅数米宽的缝隙中流出,并在穿过一段布满淤泥的沿海滩涂后汇入当时的加勒比海岸的。由于缺乏必要的设备,这些业余爱好者没能深入洞穴开展进一步探索,不过其中一个地质学专业的学生推断,在洞口后方应当存在着一条地下河道。

在四个月后,一支专业洞穴潜水小队证实了他们的猜测。

这支潜水小队穿过了那道不引人注意的窄缝,对"埃勒博斯"内部的结构进行了初步勘探,而接下来的发现,则大大出乎队员们的意料!

除了几处水下大厅和超过两千米长的已经被海水灌满的地下河道之外,这片溶洞群内的大部分空间并未被水灌满!疏松而遍布孔洞的石灰岩保证了洞穴内的空气流通,许多昆虫、洞穴两栖类、食虫类哺乳动物甚至真菌,都在这片地下空间内繁衍生息,形成了一个具体而微、基于被地下径流和海水带进洞内的有机质残渣的小型生态系统。

然而,真正令人们惊讶的是,在这些与外界隔绝了至少数十个世纪的洞窟内,这支洞穴潜水小队居然找到了人类的遗迹!

对遗迹的进一步勘探工作,被交给了三个月后抵达的第二期勘探队。

过去,人们也在其他地方——比如地中海沿岸——找到过存留有古人类活动迹象的滨海岩洞,但没有一座具有这样的规模:"埃勒博斯"岩洞内的最宽阔处有数十米高,恢宏的岩石厅堂、弯曲的通道和巨大的坑洞,活像是托尔金笔下摩瑞亚的矮人地下城。

装有高灵敏度声呐的扑翼式微型无人机很快探明,"埃勒博斯"被海水淹没的入口之后的空间,大致可以分为四个主要区域,内部总容积很可能超过十立方千米!最重要的是,这里的人类遗迹,也远不仅是潦草的岩画、古拙的石制工具或者营火残留的木炭——在这座深处地下的溶洞中,勘探队员们所发现的东西远比那要多得多。

"好了,我们到了。"当一阵轻微的震动透过潜水器的强化外壳传来时,宋汤姆手下的一名队员说道。为了避免在穿过曲折昏暗的地下暗河时发生碰撞事故,在第一期勘探结束后,工程人员在暗河河道顶端铺设了一条磁性导轨,用于引导潜水器的前进。而当潜水器抵达目的地时,则会被一张特别铺设的拦阻网给拦下来。

"开始上浮。"

随着潜水器停止前进,舷窗外的黑暗也逐渐被光亮所刺破。这不是海面上那种充满活力的耀眼热带阳光,而是洞穴勘探中常用的大功率照明灯惨白的光芒。就在潜水器破水而出的瞬间,佩特诺夫看到了一个一闪而过的影子——那是一只空的都乐果汁易拉罐,也不知是哪个缺乏公德心的家伙扔下来的。

这趟水下旅程的终点是一处高度与海平面相当的海水池,在滑溜溜的石灰岩池壁上,早些时候抵达的勘探队员们用塑料和波纹钢板搭建了一座简易码头,一条有四五米宽、深度齐膝的暗河从洞窟的远处蜿蜒流过,沿着一处结满钙华的小瀑布汇入池塘之中,发出阵阵悦耳的低沉嗡鸣声。一座迷你水力发电机被安装在瀑布底端,利用这免费的能源为勘探队营地提供电力。

如果换在别的地方,仅仅这些景象就足以让那些业余洞穴探险者脑子里的多巴胺浓度飙升,像捕到肥壮猎物的原始人一样欣喜若狂了。

但是,佩特诺夫并不是探险者,而这座洞窟内也不仅仅只有这些景象,在钻出潜水器舱口的瞬间,佩特诺夫就注意到了远处洞顶上的一片黑色,并敏锐地意识到了它意味着什么。

"当然,当然,"在踏上简易码头后,佩特诺夫自言自语道,"过去的人可是没有电用的。"

3

"第三期勘探队的副队长孙博龙教授相信,这里的建筑形式虽然与位于美国境内的阿纳萨兹文明有些相似，但与后者并没有直接关系。"当佩特洛夫踏过足有数千年历史的碎石小道，在一座石屋前驻足时，宋汤姆不失时机地解释道，"对出土的有机物进行的碳-14检测表明，这些遗迹的年代介于公元前450年与公元元年之间，正负误差二十五年左右。"

"也就是说，它和奥尔梅克文明在年代上是最接近的，"佩特诺夫点了点头，"怪不得会有像这样的东西……"他伸手抚摸着位于石屋旁的一尊面孔丰满的浮雕。年轻的时候，他曾在韦拉克鲁斯的奥尔梅克遗址见过类似的雕像。

尽管在接下这宗案子之后，佩特诺夫已经看过数以百计的照片、素描和示意图，并阅读了数万字的相关报告，但当真正置身此地时，他仍然感到一阵强烈的惊讶与兴奋。

在这座面积接近半平方千米的巨大洞窟内，数百座由石砖砌成、外形极其规则的矩形石屋，沿着两侧洞壁的地势层层叠叠地铺展开，看上去活像是一片特大号的蜂巢。各种各样的垃圾在这座小镇的边缘堆成了一座几米高的腐殖质小山，而居民们经年累月燃烧柴火所产生的烟雾则让小镇上方的洞顶积累了厚厚的一层黑炭，活像是一片被凝固在时光中的乌云。在房屋与小道之间，混合着玛雅古典时期与奥尔梅克文明风格的浮雕和石像比比皆是，其中一些甚至直接以整座钟乳石或者石笋雕成。

然而，最引人注目的，还是位于这座地下小镇中央的那座建筑物——如果换在别的时候、别的地方看到这玩意儿，佩特诺夫多半会认为这是一座标准的玛雅风格阶梯金字塔。而与蒂卡尔城里的那些原装货相比，他眼前的这座只有两点差异：首先，它位于幽暗的地下；其次，它并没有完全建成。本该位于塔顶的上层建筑根本没有开工，而台阶和一些顶部结构也只建好了一部分。

"我们管这玩意儿叫木村金字塔——没错，最早发现它的，就是你在圣何塞医院见过的那个可怜家伙。"宋汤姆的副手克里斯丁说道，"虽然咱们和他不太熟，但那其实是个挺不错的伙计，只是……可惜了。"

"是啊。"佩特诺夫应和道。在奉命接手调查后,他所做的第一件事,就是去寻找本案仅有的两位目击证人之一,同时也是最重要的嫌疑人——木村敏郎教授。

根据档案中的说法,来自京都大学的木村教授是参加第二期和第三期勘探队的主要考古学家之一,除了对前玛雅时代美洲文明史的深刻研究之外,他还是个密码爱好者和半职业程序员,一直都在同行中以敏锐的观察能力和逻辑思维能力著称。

但是,当佩特诺夫在医院的病床上初次见到那个骨瘦如柴的男人时,他却完全无法从对方身上找出理性的迹象——这个穿着束缚衣的人,心智已经被疯狂的雾瘴彻底遮蔽,甚至连有条理地交谈都难以做到。每说几句话,他就会开始痛苦地抽搐,前言不搭后语地嘟哝着令人难以理解的语句。而在这些胡言乱语中,出现频率最高的词汇是"种子"与"毁灭"。

当然,在那之后,木村教授的情况好了不少——这都得归功于医生们为他注射的镇静剂。按照医院方面后来提供的报告,这位可怜的考古学家在一个疗程的治疗后,基本恢复了与他人交流的能力,只可惜说的仍然是些疯话。他不断试图告诉医生们,之前的自己被一些"邪恶的信息"感染了,而旨在发掘这些信息的"埃勒博斯"考古项目应该立即终止!

在经过商讨之后,医生们最终延迟了木村的出院时间,并威胁要将他重新拘束起来,结果木村立即明智地停止了胡说八道。

万幸的是,除了木村敏郎,佩特诺夫还有另一位头脑正常得多的目击证人人选。

"请问,米格尔·佩莱莱先生在吗?"在从最初的惊异中缓过劲儿来之后,佩特诺夫深吸了几口洞穴内潮湿的空气,询问道。

"我就是。您是佩特诺夫探员?"一个有着典型的梅斯蒂索人的褐色宽脸膛、身穿迷彩色战术背心的高个子男人,闻声从不远处的一顶帐篷里钻了出来。

这个名叫米格尔·佩莱莱的洪都拉斯人,并不是考古学家、地质学家或者洞穴生物学家,而是一名退役的特警兼私人保安。他之所以会加入勘探队,完全是因为赛斯-科赫基金会的缘故——这家由同名科技公司成立的基金会,为"埃勒博斯"洞穴探险与考古活动捐献了超过两千四百万美元的经费,并且没有要求任何报偿。他们唯一的要求,仅仅是让公司技术部门的两名具有考古工作履历的高级研究员参加第三期勘探,并分享一切发现。除此之外,为了确保这两位仁兄的安全,基金会不仅花钱购买了一大堆安全设备,还雇来了由米格尔带领的一小队武装保安。

不幸的是,事实最终证明,他们采取的这些措施并不像想象中那么有用。

第二期勘探队在为期一个半月的工作中,仅仅清理并勘探了与被海水淹没的地下河道直接相连的规模最大的那座洞窟,而第三期勘探队的任务则是沿着地下河进一步深入"埃勒博斯"溶洞群深处,对另外三座洞窟展开全面探索。两个星期前,包括木村教授、他的两名学生,以及赛斯-科赫基金会的人在内的十九名勘探队员,穿过了位于主洞窟西北角落的狭窄甬道,进入了先前只由微型无人机进行过初步勘探的二号洞窟,他们在这里建立了一处小型营地,并在次日继续沿暗河而上向三号洞窟进发,只留下包括米格尔在内的五个人驻守营地。

"恕我直言,探员先生,虽然我明白您现在的心情,但我能告诉你的事真的不太多。"米格尔打了个响指,从戴在手腕上的便携式全息投影仪里调出了一幅地形图。在这幅依据微型无人机的初步勘探成果而绘制的二维地图上,"埃勒博斯"的四个主要洞窟沿着暗河流动的方向排列成弯弯曲曲的狭长一串,让佩特诺夫下意识地想起了他小时候在保加利亚老家的农场里见过的从被宰杀的牛肚子里取出来的牛胃,"虽然我坚持要求陪同木村教授和其他人前进,但不幸的是,那些可敬的专家先生显然认为,像我这样缺乏专业素养的人跟着他们,只能成为累赘。"

"我能理解他们的想法。"佩特诺夫说道。

"现在想来,也许正是这种安排让我捡了一条命。"米格尔耸了耸肩,"二号和三号洞窟之间的距离是最长的,由于一部分坚固基岩的存在,暗河在这一带是一条接近一千米长的狭窄隧道。在勘探队进去之后,他们拉了一条通信光纤与我们保持联系。"他指了指两座洞窟之间的那条羊肠般的细线,"不过,三号洞窟和四号洞窟之间的距离只有不到五十米,而且连接它们的通道相当平坦,很容易穿行。另外,勘探队报告说,两座洞窟内都发现了古人类遗迹。"

"所以他们决定同时勘探两座洞窟?"佩特诺夫问道。

"没错。"米格尔说道,"他们在那儿分成两组,木村教授带着一个小组进入了四号洞窟,剩下的人则在三号洞窟里继续工作。一开始,情况都很正常,我们在前一百五十个小时内都保持着规律的定期通信。但后来,鲍尔先生说,木村教授变得有些……不对劲儿,林光宇先生也证实了他的说法。"

"嗯……"佩特诺夫点了点头。鲍尔和林光宇都是赛斯-科赫科技公司的高级科研人员兼董事会成员,公司基金会以大笔捐赠换来了将他们安插进勘探队的机会,当然,这两位也是米格尔的安保小队最主要的保护对象,"我看过那些报告。他们似乎认为,木村教授有点儿精神分裂?"

"是的,探员先生。"米格尔关掉了地形图,"在最后几次例行通信中,木村教授说,他在那些遗迹内发现了一些文字,似乎是类似计算机代码之类的东西。一开始,他声称这是这个世纪最伟大的考古发现,但很快就改口说他弄错了,那儿什么都没有。鲍尔先生在最后一次通信中告诉我,他们确实在三号和四号洞窟的遗址中发现了文字,可是木村却要求他们立即毁掉所有的发现。"

"毁掉如此珍贵的文物?这可不像是考古学家会干的事儿。"佩特诺夫皱眉说道。

"没错。就在我们纳闷儿的时候,通信光纤突然断了,我们和其他人就这么失去了联系!我们等了一整天,结果等到了四个被暗河的水流冲下来的勘探队员——他们都是在三号洞窟工作的分队成员,而且除了副队长孙博龙教授之外,其他人都死了。我想,你应该读过他们

127

的验尸报告。"

"是的。"佩特诺夫说道。所有死亡人员在被运出洞外后，又由从美国请来的专业法医团队进行了第二次尸检，结果很明显：他们死于重度灼伤造成的多器官衰竭。对呼吸系统的解剖则表明，其中三人——包括赛斯-科赫的两位研究员——比较幸运，很可能在几十秒内就被烧死了；但伤势相对较轻的孙博龙却被迫忍受了好几个小时的痛苦，最后才在送往医院抢救的途中因为伤口的严重感染而过世。没人知道其他勘探队员的下落，只有木村敏郎是个例外。

"我们并不是不拿勘探队员的安危当回事，探员先生。但当时我们人手不足，难以组织救援行动，而且没人知道在洞窟深处到底有什么样的危险。我认为，在这样的情况下，暂时撤回一号洞窟是最合理的选择。"米格尔挠着脑门，下意识地避开了佩特诺夫的视线，"在撤回一号洞窟的途中，我们在地下河里拦下了一艘应急充气筏。那上面只有木村教授一个人，他身上仅有一些轻微的划伤和瘀伤，很可能是自己弄出来的。在刚遇到我们时，木村教授随身带着一本笔记，里面全是些我们看不懂的古文字和代码，在笔记本封面上还有他自己的批注，说那些东西是无价之宝，是揭开万物本质的关键。"他摇了摇头，"可就在我们回到一号洞窟后不久，木村教授就偷了一罐固体燃料，把他的那些'宝贝'一把火烧了！接着，他还脱光了衣服四处乱跑，大叫大嚷说这么做是为了拯救我们的灵魂。"

"这么做简直就是犯罪！犯罪！"宋汤姆不失时机地插进来评论道，"我看过那些还没被烧光的残页——全都是古文字的摹本！是一种与玛雅文字密切相关，但过去从未有过记录的文字！这是无价之宝啊！木村那家伙肯定是疯了……"

"够了，这些事我都在你们的报告和档案里读过。"佩特诺夫摆了摆手，"米格尔先生，还有什么事是你知道但没有写进报告里的吗？"

"让我想想……呃，好像还真有。"这位赛斯-科赫基金会雇佣的保安想了想，"在刚被我们发现时，木村教授曾经对我说过几句话。虽然他那时情况很糟糕，但神智却非常清醒，不像在胡言乱语。他说，他们的发现是一枚种子,一枚具有无穷可能性的种子。"

"种子?他有没有进一步的解释?"佩特诺夫问道。

"是的,他说过,"米格尔长长地呼出了一口气,听上去有些像是叹息,"他说,那意味着一切。"

4

按照事先制订的日程表,在进入"埃勒博斯"后的头二十四个小时里,佩特诺夫一边等待着他申请的物资运送到位,一边对留在一号洞窟内的所有工作人员展开全面调查,录下了一大堆大同小异、没多少用处的口供。

而一个FBI派来协助调查的法医小组,则对失踪人员的一切个人物品,甚至包括那些已经被打包收集、准备运回地面的排泄物,都进行了全面的毒理学与传染病学检测,但同样一无所获。

失踪者留下的所有文字记录、个人录像甚至自拍照,都被佩特诺夫搜集起来,作为附录与一份冗长的报告一道呈交给了待在圣何塞的那位哥斯达黎加共和国司法部代表——由于"埃勒博斯"溶洞群位于哥斯达黎加境内,从法理上讲,这位从头到脚都透着一股子慵懒官僚气的仁兄,才是这次调查的首要负责人。至少,没有他点头,所有进一步的调查活动都不能开展。

当然,这位负责人需要做的也仅仅只是点头而已。

尽管没有明文规定,但所有人都明白,在这儿真正说了算的是安东尼·佩特诺夫。由于失踪的"埃勒博斯"勘探队成员来自半打不同的国家,调查组的组成自然也颇具多元性,但在所有调查人员中,没几个人像佩特诺夫一样,在年轻时有过货真价实的洞穴探险经验,而具有相关办案经历的更是仅他一家,别无分号——三年前,佩特诺夫就曾经在斯洛文尼亚破获过一起绑架游客案，成功地将一群被藏起来的背包客从波斯托伊纳溶洞深处的犄角旮旯里毫发无损地找了出来，顺带揪出了最后一个想躲进暗河逃脱法网的劫匪。

不过，佩特诺夫很清楚，眼下的情况可不是逮住个把绑匪那么简单。考虑到种种可能存在的未知风险，他不得不尽可能谨慎行事。在结束了毫无收获的初步调查之后，他花了整整两天时间制订行动方案，同时等待着那艘运载能力有限的小型潜水器，通过一次次"蚂蚁搬家"将他申请的装备与物资分批运送到位。为了以防万一，佩特诺夫不仅准备了大量洞穴探险必备工具、食品、药物和应急用的便携式氧气罐，还利用所有能够利用的权限额外搞来了一批"特别货物"：八支可以在十米内用高压电击镖瞬间放倒一头水牛的T-20M袖珍泰瑟手枪，两支可以发射12号霰弹的防暴枪，两打防毒面具，以及上百枚动能自动侦测信标。一箱便携式干粉灭火器和多支警用电棍也被列入了装备清单，以备不时之需。

在第三与第四天，二十五人的队伍组织了起来，并通过最原始的人力运送方式溯暗河而上，将这些物资分批搬进了二号洞窟。这支队伍包括一个法医小组、米格尔的四人安保小队、宋汤姆手下的一队专业洞穴探险人员，以及佩特诺夫的专案组。

第三期勘探队在二号洞窟内设立的营地，成了这支二十五人队伍的临时前进基地。在安顿下来之后，队员们立即对这处洞窟进行全方位搜索，大家将自动侦测信标插到了每个能藏得下人的地方，灵敏度极高的微型浮标式声呐则被丢进了暗河最深的地方，以搜索可能隐没在墨黑色水面之下的秘密。

不过，除了从冰冷的暗河水面上捞到几片烧得面目全非的衣物碎片和一只在高温中变形的固态燃料罐之外，他们一无所获。

"天哪，真不知道当年那些印第安人是怎么跑到这地方来的……"在把那堆捞上来的破烂挨个编号，装进专案组带来的证物袋之后，佩特诺夫靠着一座光滑的石笋坐了下来，自言自语道。

就像牛的第二个胃一样，二号洞窟是"埃勒博斯"溶洞群中最小、最窄的一个。除了暗河旁那一小片被当作营地的平地之外，这里到处都是发育程度极高甚至连成巨型石柱的钟乳石与石笋，而暗河拐弯处则到处都是布满奇形怪状钙华的彩色水池，看上去活像是牛肚里的百叶。

不过就算在这么个逼仄的地方，佩特诺夫还是能看到古人类的遗迹：几座小小的、已经被洞顶的滴水覆上了一层石灰质的石屋，就矗立在他们的临时营地边缘，而在石笋丛林中，古人类留下的生活垃圾和损坏的黑曜石与燧石工具也并不鲜见。

"我们目前的看法是，在开凿出'埃勒博斯'溶洞群的那条暗河上游，亦即三号和四号洞窟那一带，肯定存在着通往地表的隐秘出口。"正在一旁用一台迷你红外摄像机四处拍摄的宋汤姆说道，"毕竟，地下河通往加勒比海的出口很可能在近一万年前，也就是白令陆桥消失之前不久，就被海水淹没了，而印第安人的祖先当时很可能还没有抵达哥斯达黎加。当然，那些出口目前有可能已经倒塌阻塞，无法让人通行了，但至少还留有能保证水与新鲜空气流通的缝隙。"

"我问的不是这个。"佩特诺夫摇了摇头，抚摸着石笋光滑的表面，"我的意思是，为什么那些印第安人会大费周章地跑到这下面来住？"

"这可是个好问题。"现任勘探队负责人将红外摄像机收回了随身携带的防水袋里，耸了耸肩，"我想你也知道，在远古时代，穴居曾经是古人类最主要的居住方式——当时的人缺乏建造比黑猩猩的树枝窝棚更复杂的建筑物的能力与技术，除了篝火，也没有足够的手段在野外的夜晚保护自己。因此，无论是尼安德特人还是他们的表亲现代智人，都倾向于居住在自然形成的山洞中以寻求庇护。这也是为什么旧石器时代的人类文明遗址往往出现在山洞里的缘故。"

"这我知道。"

"但是，当农牧业成为经济活动的主体之后，再住在山洞里就很不划算了。"宋汤姆启动了手腕上的可穿戴式个人终端，用虚拟键盘往里面输入了一些什么，随后继续说道，"农业的发展让单个社会的人口规模大幅度膨胀，超出了洞穴的承载能力。而与狩猎采集时代相比，农业社会的人类自卫的能力与建筑技术也有了大幅提升,洞穴不再是必需的。最重要的是,黑暗无光的洞穴内不但无法开展农业生产,而且大量人口的居住意味着数量可观的燃料消耗,这不仅会成为严重的经济负担,也会大幅度降低人们的生活质量。更别说在近代医疗卫生技术出现之前,封闭潮湿的洞穴对于那些在农业社会产生的诸多传染病而言简直就是天堂……即便有一些人仍然选择穴居,那也是出于安全问题的迫不得已——比如,土耳其和叙利亚境内那些隐藏在山区之内的饱经战乱威胁的马龙派基督徒。但我不认为住在这里的人窘迫到了那种程度。"

"的确。"佩特诺夫点了点头。他这辈子恐怕都忘不了一号洞窟里那被熏得漆黑的洞顶和高耸的垃圾山,"可这些人还是在这里住下了,而且按照你们的说法,他们居然还在这下面建起了一座城镇。"

宋汤姆挥了挥手,说道:"没错。任何头脑正常的人都看得出来,这种浪费资源而且毫无经济利益和其他必要性的行为,不可能基于任何形而下的动机。换言之,他们的动机,只可能是形而上的。"

"形而上的?你的意思是……呃,宗教吗?"

"这是最合理的解释。"宋汤姆点头说,"在古代美洲社会中,宗教一直处于核心地位,甚至是决定性地位。为了满足宗教需求,他们可以将成千上万人的鲜血在金字塔上献给他们残忍而刻薄的神,或者不惜代价地建造缺乏实用价值的神庙式城市。对于宗教的狂热追求甚至扭曲了这些文明本身的发展轨迹。虽然很多人会把古代埃及与中美洲文明相提并论,但二者其实是不同的:埃及帝国曾经是旧大陆的贸易中心和最发达的大帝国,尼罗河的沃土、周边地区的丰富资源与那个时代最先进的科学技术,让他们能够轻而易举地大兴土木。但即便与古王国时代的埃及相比,中美洲也要原始得多。这里的金属冶炼技术极其原始,甚至连轮子和驮畜也没有,却发展出了发达的建筑学与工程学,以及独特的文字系统、数学和天文学体系。不客气地说,古代美洲文明是一个瘸腿的文明。"

"可我还是不明白,他们这么做到底有什么意义?"佩特诺夫伸手抹掉了额头上渗出的汗珠。虽然洞内又冷又湿，他却一直流着冷汗——自打率队在二号洞窟中安营扎寨之后，他就总觉得有什么东西在周遭的黑暗中窥伺着他们，这让他感到相当不安，"我是说，任何社会里的正常人都应该是大多数。人们也许会暂时一起发疯，或者有那么一小群人一直发疯，但经济理性最后总会把绝大多数人拽回到正道上来。"

"关于这一点，学术界目前还没有定论。"宋汤姆双手一摊，"有人说，人类社会或多或少都有些自毁倾向，不过中美洲人在这方面显然是最明显的——许多人都相信，正是无限制的宗教膨胀导致的社会资源浪费与自然破坏，造成了从奥尔梅克开始的美洲文明的周期性衰败。其后的玛雅、托尔特克无不如此。而第二期勘探队在一号洞窟内对遗址的勘察也证明了这一点：在年代最近的垃圾堆里，我们发现了大量食人的痕迹，包括被切割打碎的骨头和带有人肉肌红蛋白的粪便，许多被吃掉的人自身也都严重营养不良，这是社会即将崩溃的征兆。但讽刺的是，即便他们已经穷途末路，金字塔和雕像的建造工作仍然没有停止。最后的幸存者甚至用死者的骨头制成工具，徒劳地试图把金字塔建完——我们在工地上找到了很多这种东西。"

"这些人真是疯了！"佩特诺夫感叹。

"可不是吗……而且我觉得，这该死的疯魔症……还会传染。"宋汤姆说道，"我知道你才是这方面的专家，探员先生。但就本人愚见，木村教授只怕正是第三期勘探队员们全体丧生的罪魁祸首！我认为，他肯定也是被这地方残留的疯狂给传染了，才会做出这么不理性的事。"

"单纯的'疯狂'可不会传染。虽然某些病原体确实能破坏大脑机能，但有组织、有计划，而且能持续几百年的愚蠢行为，绝对不是传染病所能造成的。"佩特诺夫说道，"我能理解你的想法，但在找到更多证据之前，我不会武断地将木村教授视为凶手，说实话，我倒觉得他是在目睹同伴丧生的惨况之后，被吓疯的。"

宋汤姆抿起了嘴角，显然对佩特诺夫的说法不大满意，"那你觉得是谁把那些勘探队员烤了个外焦里嫩？守护财宝的喷火龙吗？"

"谁知道呢？在这种鬼地方，就算是托尔金的故事，看上去也没那么不靠谱了。"佩特诺夫仰望着不断滴落饱含钙离子的水滴的洞顶，有些出神地喃喃自语，"也许……等等！"

"又怎么了?!"

"是探测信标！"佩特诺夫瞥了一眼手腕上的个人终端，低呼道，"它有反应了！"

5

凄厉的警笛声就像传说中洞穴巨魔的哀号，粗野地撕扯着每一个人的耳膜。

勘探队员和米格尔手下的保安们闻声纷纷钻出睡袋，冲出帐篷，活像是一大群被人用水灌进了巢穴的蚂蚁。

"在这儿！"当佩特诺夫和宋汤姆赶到那个被触发的探测信标所在的石笋柱旁时，米格尔手下的保安们已经赶到了那儿。米格尔·佩莱莱端着一支装有战术手电的防暴枪，警觉地四下张望着，而他的两名部下则各自将一把泰瑟手枪扔给了佩特诺夫和宋汤姆。

"你们找到什么没有？"佩特诺夫一边打开泰瑟手枪的保险，一边问道。

"还没有，不过从信标所拍到的红外影像看，那应该是一个人。"米格尔打开个人终端的投影仪，将信标在那一瞬间所捕捉到的图像展示给了他的两位上司：在黑白相间的红外照片上，一个闪亮的、足有两米高的影子正从石笋旁疾奔而过，由于速度很快，信标只来得及拍下一个模糊的残影，"我已经让费尔南多和佩雷斯去追这家伙了。"

"会不会是我们的队员？"宋汤姆盯着那热成像影子看了一会儿，

"也许……"

"不是我们的人,"米格尔用确凿无疑的语气答道,"所有勘探队员都随身带有定位设备,不会触发信标的警报。"

"你们说那家伙打算去哪儿?"佩特诺夫看了看那张红外照片,又从个人终端里调出一份几小时前刚绘制完毕的二号洞窟立体结构图,迅速地将二者进行了一番比对,"难道是营地……"

另一阵及时响起的警报声替他回答了这个问题。

这一次,发现异常的信标位于洞窟的西北面,那儿是一片与营地隔暗河相望的、没有任何古人类遗迹的茂密石笋林。

"有意思。"佩特诺夫与米格尔对视一眼,随即冲上了勘探队早些时候搭在暗河上的一座简易索桥,赶向了警报响起的位置。

紧接着,另外两个信标也有了反应。

很显然,无论入侵者是何方神圣,它似乎都对勘探队的营地不感兴趣,反倒在一步步地接近位于二号洞窟一角的一处小型溶洞。这个洞是开凿出"埃勒博斯"溶洞群的暗河的一条小支流所留下的唯一遗迹。在先前的搜查中,佩特诺夫完全没有注意这个空空如也的小洞。

但很显然,事实并不像他想象的那么简单。

"谁?!"在接近洞口的过程中,装在佩特诺夫右眼上的便携式热成像仪开始捕捉到越来越多残留在石灰岩上的热能信号。其中一些信号的轮廓再清晰不过地表明,造访这里的是一个人类。

"从里面出来!表明身份!我们会保证你的人身安全!听得到吗?"佩特诺夫喊道。

那个躲在洞内的不速之客没有回应。

当米格尔用英语和西班牙语将这个问题又重复了两遍之后,逼仄的溶洞之内才传出了断断续续的让人心头发麻的低沉哭泣声。

"让你的人看住洞口,米格尔。"佩特诺夫打开了泰瑟手枪的保险,让一发以惰性高压气体推动的金属镖弹进入了待发位置。接着,他双膝跪地,开始朝洞内爬去,"我一个人进去就行了。"

与"埃勒博斯"溶洞群壮丽的主洞窟不同,这处由暗河支流凿出来的小型溶洞只有二十米长，高度甚至不能让一个成年人站直身子。尖锐的迷你钟乳石和石笋悬挂在洞的边缘，看上去就像是巨蛇口中的利齿。

在考虑片刻之后，佩特诺夫关掉了便携式热像仪，转而打开了头戴式照明灯——虽然这样做会暴露自己的位置，但过去的经验告诉他，灯光同样也能安抚那些陷入黑暗的惊慌失措的人，避免他们在无谓的挣扎和逃避中伤害自己；而如果有谁藏在角落里欲行不轨的话，也会因为迎面而来的强光陷入瞬间失明，从而让自己有时间做出反应。

随着佩特诺夫一步步深入洞内，断断续续的啜泣声也变得更加清晰了。很快，一个灰头土脸的人就出现在了照明灯的光线之下：这人穿着一件非常破烂的、似乎是医院里才会用的宽松白大褂，却又穿着一条看上去很不般配的橡胶防水裤和一双防水靴；一只工地上的橘色安全帽歪戴在卷曲油腻的污秽乱发上，上面还用黑色胶带胡乱绑着一支电量几乎耗竭的手电。

这个人面色蜡黄、眼眶深陷，充满血丝的眼睛看上去就像是两团在黑暗中焖烧的余烬，正因如此，佩特诺夫花了好一会儿才意识到，自己之前曾经见过此人。

就在圣何塞的精神病医院里。

"是……是你?!"佩特诺夫惊呼。

断断续续的抽泣声停止了，但这个人并没有停下手中的动作——自佩特诺夫发现他时起，这人就一直用一块浮石卖力地刮擦着溶洞的洞壁，活像是古代大帆船上那些用"圣经石"打磨甲板的水手。无数细碎的碳酸钙粉末洒落在他身上，让这家伙看上去仿佛一个苍白的鬼魂。

"木村教授?!"

瘦得皮包骨的男人终于看了佩特诺夫一眼，暂时停下了手里的活计，"你是……"

"我是安东尼·佩特诺夫，我们以前见过面，"佩特诺夫解释道，"您忘了?"

"我记得……但这不重要……"木村敏郎眨着湿漉漉的眼睛,泪水在沾满灰色石粉的脸上划出了两道痕迹,"别过来!"

"好的,教授。"佩特诺夫把泰瑟手枪放回了腰带上的枪套里,平举双手做了个"别担心"的手势,"我不过来。但您也别害怕,我是来帮您的。"

"我知道,但你帮不了我!太迟了!明白吗?!"

佩特诺夫当然不明白,"教授,请允许我冒昧地问一句:您是怎么到这儿来的?您现在不是应该在医院里吗?"

"这……也不重要!"木村敏郎拼命地摇着头,又开始打磨另一面洞壁,"关键不是这个。我……我们都犯下了错误,致命的错误。我们的理性和贪婪共同设下了一个陷阱,就像猪笼草的蜜汁,吸引我们这些自以为聪明的蚂蚁自投罗网……混蛋!我必须尽快纠正这个错误!"

"错误?!"

"当务之急……当务之急是消灭掉种子!趁毁灭之种还没有扩散!"前考古学家语无伦次地吼道,"你!快出去!不要看这里的任何东西!这些都是错误,我的错!这是为了你好,知道不?!"

"可以,但也请您和我一起出去。"佩特诺夫朝着对方伸出了一只手,"您现在的情况非常糟糕,必须尽快接受检查和治疗。我希望您能够配合,不要——"

不幸的是,佩特诺夫没能来得及把话说完。

当那块硕大的石头迎面飞来时,他虽然下意识地做出了躲避的动作,但额头正中央还是结结实实地挨了一下。一阵阵嗡鸣声与钝重的震感一道传来,让他觉得自己仿佛成了在教堂顶上被人用力猛敲的大钟。

当他的双眼重新可以视物时,那位瘦骨嶙峋的前考古学家已经消失了,米格尔和两名安保人员正坐在他身旁,为他脑门上的伤口绑上一卷浸透了消毒剂的绷带。

"该死的……我不是在做梦吧?"

"当然不是,我们所有人都可以作证。"米格尔说道,"特别是塞巴斯蒂安——木村在逃跑时用你的泰瑟手枪打中了他,现在费尔南多正把他往营地抬呢……"

"妈的。"佩特诺夫嘟囔着,"木村怎么会在这儿?"

"我们联系过医院了,他们对此也很惊讶。"米格尔耸了耸肩,"在被送进病房之后,自动监护记录显示,木村教授从没离开过……"

"可是——"

"我知道,医院的人被他们的电脑给骗了——木村教授利用某种他们目前还不清楚的方法篡改了程序,让系统误以为他一直都在病房里。医院的医护人员是按照系统自动生成的值班日程表照顾病患的,而他们得到的日程表都表明,负责照顾木村教授的是其他人。他们估计,这位教授很可能已经逃脱大约一周时间了。"

"没想到他还有这么一手……"米格尔的一名保安队员摇头道,"但他回这里来干什么?"

"我想,他似乎要试着破坏掉某些东西。"佩特诺夫揉着肿起的额头,手足并用地爬到了木村先前用浮石摩擦石壁的地方。

不出他所料,在那些被磨得粗糙不堪的岩石表面,果然还残留着一些模糊不清的字迹。其中一些似乎是用勘探队的防水记号笔写下来的,另一些则是以锐器直接雕刻而成。从木村打磨掉的面积来看,原先记录在溶洞表面的信息量显然颇为可观,但现在却只剩下了一些断断续续、毫无意义的零星字符。一部分残存的字迹是英文,还有一些则是数字,甚至是外形圆润的古印第安象形字符,但唯一还算完整的句子,却是一行颇为潦草的日文。

在思虑片刻之后,佩特诺夫打开个人终端,用摄像头拍下了这行字,然后启动了自动翻译软件。

"……我必须尽一切努力保留这些信息,因为此乃结局之开端。在开始之前,总要有个结束。"米格尔凑上前来,皱着眉头读着终端翻译出的语句,"当种子萌发之时,万事万物的本质将会明了。该死,这他妈的是什么鬼话?"

"不知道，"佩特诺夫说道，"但我觉得，这恐怕不是什么好事。"

6

木村的造访，让二号洞窟内的勘探队营地热闹了很长一段时间。

在接下来的十二个小时里，所有人员都被组织起来，对洞窟内的每个可以容下一个成年人躲藏的角落进行了第二轮全面搜查。

然而，搜查的结果只证明了一件事：木村敏郎教授已经离开了这里。

"那家伙到底是怎么进来的？"在所有搜索小队都完成报告之后，勘探队长宋汤姆恼火地攥起了拳头，"从医院里逃出去是一回事，但进到'埃勒博斯'里来可是另一回事了！他也许能混过几个医生和门卫的眼睛，但要进来……"

"你自己之前似乎也说过，要想进来，路可不止一条。"佩特诺夫一边吸着高热量罐装流食，一边说道，"或许，当年那些印第安人进入这里的通道仍能使用，而木村教授在勘探过程中碰巧发现了其中之一。"

"有这个可能。"米格尔点了点头，"照这么说，他肯定是从三号和四号洞窟那头进来的。而他现在肯定正打算原路返回——毕竟，从一号洞窟离开这里的唯一方式是乘坐潜水器。也就是说，要想找到木村教授，我们必须继续前进。"

"我同意。"宋汤姆说道，"不过话说回来，真不知道他为什么要擦掉那些写在石头上的东西——根据初步笔迹分析的结果，那些东西就是他自个儿写的。"

"你们难道分析不出他到底写了些什么吗？"

"恐怕不行，剩下的那点儿东西实在太少也太零碎了，不能提供任何有价值的信息。"宋汤姆双手一摊,"但我有种预感,他恐怕不止留下了这么一点儿东西。"

事实证明,宋汤姆的预感是正确的。

几小时后,当佩特诺夫率领着一支由他自己挑选出的十人小队,沿着暗河进入连接二号与三号洞窟的狭长通道时,他们又在洞壁上发现了至少三处被打磨过的痕迹。

在这些痕迹附近,佩特诺夫还找到了一些很可能是木村留下的物品:一些廉价压缩饼干的塑料包装袋,一只被挤瘪的墨西哥产矿泉水瓶,一块似乎是从胶靴底上刮下来的胶块,当然,还有从洞壁上磨下来的遍地粉末。

"这玩意儿还有点热气……"在第三处被磨掉的字迹旁,宋汤姆捡到了一只一次性自热饭盒。用过的发热剂袋子就扔在一旁,在众人戴着的热像仪的视野中散发着点点幽光,"他肯定没走远。"

"保持警惕,各位。"佩特诺夫和米格尔同时取出泰瑟手枪,打开了挂在枪口下的激光瞄准器——在第一次碰面时,木村曾经从他们手里抢走过一把这玩意儿,他们可不希望冷不防地挨上一下。"两人一组互相掩护。无论如何,尽可能不要伤害木村教授,明白吗?"

"你们当然在伤害我!正如你们也在伤害自己一样!"就在佩特诺夫发号施令的同时,木村敏郎就像被耶稣从坟墓里召唤出来的拉撒路一样从不远处的一座石笋下跳了出来,朝着寻找他的人大声宣告道,"听我说,现在就回去!种子正在萌发,我不知道我们未来有多少机会,但现在阻止它——"

"别激动,教授!您如果有什么话必须要说,等我们回到地面上再慢慢谈也不迟。"

"地面?不,我不能回去!"木村喊道,"'种子'就在我的脑子里,是的!我不知道自己还能对抗它多久!如果……不……它一定会成功的。我的好奇心已经害了我!我现在是个传染源,一个祸害!明白吗?!我必须设法消灭……"

"教授?!"

"快回去！我只说这最后一次！"木村用颤抖的手举起了一只小型无线电遥控器，"回去！求你们了！"

"别这样！"

"那么，抱歉了。"

随着木村摁下遥控器上的按钮，佩特诺夫和其他人不约而同地抬起了头——吸引了他们注意力的，是从洞穴顶端传来的一连串鼓点般的巨响！

尽管在通常情况下，洞穴探险活动严禁携带爆炸物，但赛斯-科赫基金会设法通融了哥斯达黎加的相关政府部门，让第三期勘探队获准携带一小批填充有惰性炸药的锥形定向爆破装置，以便用于"应对紧急情况"。

而现在，这些危险的小玩意儿却被木村用在了他们始料未及的地方。

"当心！"佩特诺夫一把拉住宋汤姆，让后者堪堪躲过了被一块落石砸开脑门的命运。

不过其他人就没这么好运了——随着溶洞脆弱的洞顶结构被爆破装置破坏，无数花费了数万年时光方才凝结而成的钟乳石开始随着塌方的岩块接连落下，以一种足以令"穿刺公"德拉库拉[1]赞叹不已的残忍效率将几名躲闪不及的队员生生钉在了暗河的河床上。唯一能令人感到些许宽慰的是，这些人没有像当年落入德拉库拉手里的土耳其兵一样遭受太久的折磨，随着整段脆弱的洞顶开始塌方，他们很快就得到了干净利落的解脱。

而那些仍然活着的人则开始与死神赛跑。

虽然早已了解到了第三期勘探队带有定向爆破装置这一事实，但佩特诺夫做梦也想不到，只要在合适的位置起爆，那几件不起眼的小玩意儿竟也能造成如此可怖的破坏——当那场连锁反应式的塌方终于

---

1. 即弗拉德三世·采佩什（1431-1476），东欧瓦拉几亚大公。"采佩什"在罗马尼亚语中的意思是"穿刺"，因为他喜欢将土耳其俘虏处以穿刺刑，所以被人称作"穿刺公"。他就是欧洲传说中吸血鬼"德古拉伯爵"的历史原型。

停止时,曾经连接着二号与三号洞窟的狭长通道内已经堆积了十来米厚的落石,而它们同样也成了两名宋汤姆的勘探队员、三名米格尔手下的保安队员和一名法医小组成员的坟墓。其实对那些侥幸逃生的人而言,眼下的情况也实在不怎么值得庆幸。

"光靠用手挖的话,清理掉这些玩意儿起码需要半个月的时间,"当头顶终于不再有要命的玩意儿掉下来后,米格尔浑身瘫软地坐在了地上,长长地喘了口气,"而且前提是不发生二次塌方。"

"我同意。"同样灰头土脸的宋汤姆丧魂落魄地说道,"现在我们只能去找木村教授进入这下面时所走的那些通道了——如果他没把它们也炸掉的话。"

米格尔摇了摇头,说:"我想不至于。刚才我总共听到了四声爆炸,要是我没记错的话,勘探队总共只带了四枚定向爆破装置。"

"好极了!"佩特诺夫掬起一把冰冷彻骨的地下河水,擦掉了脸上沾着的粉尘。接着,他突然走到米格尔身边,一把揪住了对方的衣领,"对了,米格尔先生,考虑到目前的情况,或许您应该把您知道的事全部交代出来了,对吗?"

"我?我不明白你在说什么!"米格尔惊恐地说。

"关于你的老板的事。比如说,他们为什么对'埃勒博斯'溶洞群如此感兴趣……"佩特诺夫说道,"如果我没记错的话,赛斯-科赫公司的主业似乎是大数据、人工智能与人机工程学,可是现在它名下的基金会居然会对在溶洞内发现的古人类遗迹感兴趣,并且砸进来这么多真金白银只为给自己人搞到两个勘探队名额,这可不大寻常啊……"

"所以呢?我只是个被雇来干活的保安,鲍尔和林才是真正知道内情的人——而他们现在已经上天堂了。"米格尔一脸无辜地摊开了双手,"你指望我能说些什么?"

"别和我装蒜,伙计。"佩特诺夫一点也没有退让的意思,"也许你只是被雇来干活儿的,但你的'活儿'肯定不只是保护你的雇主派来的那两位先生。在他们确认死亡之后,你的保安小队却还留在这下面,我猜,这大概不是因为你的雇主特别仁慈宽厚,希望给你多发几天工资吧？"

米格尔的表情凝固了片刻，接着，他无奈地点了点头。

"记住，咱们现在是一根绳子上的蚂蚱。"佩特诺夫说道，"也许你知道的东西能帮我们从这地方逃出去，顺便弄清楚在木村教授和其他人身上到底发生了什么事。我的第六感告诉我，这事儿，绝对不仅仅是简单的事故。"

"好吧，但我知道的真的不是很多。"在一番思想斗争之后，米格尔长长地呼出了一口气，"赛斯-科赫基金会的人并没有告诉我们多少底细。他们只是说，在'埃勒博斯'溶洞群里可能存在着他们想要的极具价值的东西，而我们的任务就是保护他们派去的人，确保他们把东西拿到手。但他们拒绝透露那'东西'到底是什么。不过，我和鲍尔先生的关系还不错，在进入三号洞窟考察前那天晚上，他喝多了龙舌兰酒，在和我聊天的时候说出了一些我本来不可能知道的事。"

"很好，"听到这儿，刚才还面色煞白的宋汤姆一下子兴奋了起来，"请继续说。"

"鲍尔先生——愿他可怜的灵魂安息——告诉我，'埃勒博斯'溶洞群里的东西与他的专业或许存在着某种关系。我想你们也知道，他的主要研究方向其实是人工智能程序架构……"米格尔继续回忆着，"这件事还得从他的朋友，佛罗里达州立大学的正牌考古学教授林光宇说起。几年前，林教授偶然从黑市上买到了一些古代卷轴，卖家声称，这些卷轴来自一位古代特拉斯卡拉贵族的后代，而且曾经是蒙特祖玛二世皇帝的私人收藏。但在经过初步研究之后，林教授认为，这些卷轴其实并非出自阿兹特克或特拉斯卡拉之手，而是玛雅人的作品。它们很可能是阿兹特克帝国在向东南方向扩张时，从某个玛雅部族手中缴获的战利品。"

"有意思。种种迹象都表明，当年那些在'埃勒博斯'溶洞群里大兴土木的人，很可能正是玛雅人的一支——毕竟这里离尤卡坦半岛并不算远，而且我们所发现的建筑与雕塑风格也有显著的玛雅前古典时期特征。"宋汤姆补充道，"不过，阿兹特克帝国的崛起是这里废弃十多个世纪之后的事了。就算那些卷轴的成书时间要更早些,也不可能是这里的居民写的。"

"的确。鲍尔先生说,那些卷轴可能是公元十世纪前后的产物,但其中却记载了一些奇怪的东西。当然,他那时还说了点儿别的,但我实在是搞不懂那些人工智能方面的术语。"米格尔说道,"总之,他告诉我,'埃勒博斯'溶洞群的存在,其实早已被记录在那些卷轴之中了;他还说,如果林光宇对卷轴的理解是准确的,那么我们将能在这里找到'超出我们这个时代的东西'。"

"就这些?"宋汤姆瞧了一眼佩特诺夫,"好吧,探员先生,你现在打算怎么办?"

"还能怎么办?"佩特诺夫耸了耸肩,"我们必须找到木村教授,越快越好。"

7

三号洞窟是处相当大的地方。

尽管在进来之前,佩特诺夫就已经了解到,在"埃勒博斯"溶洞群的四座主要洞窟中,三号洞窟的容积仅仅比最大的一号洞窟略小一点。但在最初一瞥之下,看上去甚至比一号洞窟还要大。与仍然残留着大量未被清除的石笋、钟乳石与钙华水池的一号洞窟不同,在三号洞窟里,这些溶洞内特有的地形地貌在千年以前便被居民们清除殆尽,至少五座有着陡峭阶梯的、高度在二十米上下的小型金字塔,规则地排列成了一个五边形。在这个五边形的中央是一座由暗河水汇成的小湖,数十座外形千篇一律的圆形石屋鳞次栉比地矗立在湖畔,看上去活像是佩特诺夫曾在家乡的森林中见过的蘑菇环。但数以百计的房屋却只剩下了地基——它们并不是因为日久年深或者自然灾害而被破坏的，而是被人有计划地自行拆除了。

"和我预料的一样，这些建筑的年代肯定早于一号洞窟内的遗迹。"尽管不到两小时前才刚从一场杀死了自己好几名队员的灾难中死里逃生，但宋汤姆的心思已经全都被眼前的遗迹吸引住了。在踏入这座洞窟后不久，他就开始忘情地研究这些金字塔与房屋，甚至将这附近还藏着一个危险的疯子的事实全忘在了脑后。

"看！"他在一座金字塔的塔基附近徘徊。与一号洞窟内那座未曾完工的金字塔不同，这些建筑的表面全都密密麻麻地刻满了文字与抽象的图画。"这儿有一幅星象图，如果我没弄错的话，它的时代至少是公元前500年，甚至更早！那些地基也能说明问题——在这里的建设完成之后，居民们就拆掉了它们，用来在一号洞窟里建造新的房屋。"

"可他们费这劲儿又有什么意义？"佩特诺夫问道。

"因为这里的工程已经结束了。"宋汤姆的指尖在一行行排列紧凑的方块状象形文字上划过，"这些房屋从本质上讲，更像是工地上搭建的工棚，仅仅是让修建金字塔的工人们能够临时居住的场所。在一号洞窟内，我们就注意到，所有房屋里的生活设施都被简化到了极点，整个镇子的人吃同一座公共食堂提供的大锅饭，在同一个厕所方便，而且没有任何证据能表明家庭、未成年人甚至老人的存在。我们没有发现化妆品和首饰，没有找到玩具与摇篮，总之，正常的社区应当有的东西，在这儿都没有。这仅仅是个工地而已。"

"有道理。"佩特诺夫嘟哝道，"那么……"

"佩特诺夫先生?!"米格尔的声音从他耳蜗内的植入式耳机里传了出来，"听得到吗？"

"怎么了？"

"我们找到第三期勘探队剩下的人了，先生，"米格尔说道，"就在正南边的金字塔下面。"

许多年前，当佩特诺夫刚刚干上刑侦这个行当时，他曾经连着接过几件凶杀案和自杀案，也见识了好几处焚尸灭迹或是自焚的现场。

与一般人的想象不同，把一个大活人烧个干干净净，其实是件不太容易的事儿。毕竟，除非你在死后能有幸享受到拉美西斯大帝的待遇，否则，一具尸体几乎可以看成是个掺和进了少数蛋白质、磷酸钙、金属离子和氨基酸的大水包。大多数被焚烧的尸体，其实只是被烤到半干、烧光毛发、皮肤碳化，只有在火候极猛的情况下——比如火葬场的焚尸炉，或者被白磷弹引燃的装甲车里，一个人才能真正做到"灰飞烟灭"。

而降临在第三期勘探队成员身上的，也正是这样的命运。

"上帝啊，上帝啊……"当佩特诺夫和宋汤姆赶到曾经是勘探队员们露营地的地方时，米格尔的保安小队中仅有的一名幸存者，一个叫罗德里格斯的秃头年轻人，正紧紧地攥着一本袖珍《圣经》，像一只被遗弃的小鸡般跪在那片早已冷透的灰烬旁瑟瑟发抖。

在这个年轻人身边几米开外，几顶被高温烧化的充气帐篷已经凝成了硬邦邦的一团，在其中一顶帐篷的出口处，两团混合着松脆白骨的灰烬在地面上依稀勾勒出了两个人类的轮廓，尽管所有有机质都已经在剧烈的燃烧中焚化一空，但佩特诺夫还是能看出死者生前奋力向帐篷外爬行的姿势。

"现在没有任何疑问了，这就是一次谋杀！"在绕着这片营地走了一圈之后，佩特诺夫捡起几只空空如也的氧气瓶，它们的气阀外还接着细长的尼龙管，"有人趁其他人睡觉时往帐篷里充进了氧气，然后把这玩意儿点燃扔了进去。"他从帐篷的残骸里翻出了一只已经融化成金属锭的固体燃料罐，"大多数人肯定还没从睡梦中醒过来就被烧死了。"

"那么，至少他们没遭多少罪。"宋汤姆接口说道。

"除了那几个反应比其他人快些，在被烧死之前冲出了帐篷的人。"佩特诺夫俯下身去，查看着残留在地面上的一些灰烬——那是勘探队员们所穿的制服上的橡胶和化纤面料燃烧后剩下的东西，"他们本能地跳进了地下湖，结果被暗河的水流冲到了你们在二号洞窟的营地。"

"所以，这一切都说得通了。"米格尔在那一团团碳化的残迹附近徘徊着，不时用脚尖拨弄着灰烬中的残骨，"所有下落不明的勘探队员都在这里。换句话说,凶手只可能是那个人。"

"我也倾向于这么认为。但出于谨慎起见,我们有必要……等等,这里有东西!"佩特诺夫弯下身去,从一堆曾经是一个大活人的灰烬中扒出了一只用耐高温材料制成的黑色匣子。这只匣子装有一把带有电子报警器的密码锁,不过这在眼下算不上什么问题——用攀岩镐进行了一番"说服"后,它很快就乖乖地让了道。

"这是林光宇教授的!"米格尔很快就认出了佩特诺夫的发现,"当然,他一直都不肯向我们这些所谓的'无关人士'透露那里面到底有什么。"

"现在可由不得他了。"佩特诺夫舔了舔干涩的嘴唇,打开了黑匣子。装在匣子里的是一叠装订成册的文件,佩特诺夫看了看最上面的一页,却发现自己连半个字都看不懂,"这是啥?"

"是那些卷轴,是林教授从黑市上买到的那些玛雅卷轴的影印本。"宋汤姆迅速地翻动着一页页文件,"这后面是他们的初步翻译和研究结论,还有这些——瞧,这些象形文字与抽象画,和前面的那些有明显的差别,它们都是从那些金字塔上临摹下来的。"

"上面都说了些什么?"

"按照林教授的研究结论,那些卷轴的内容大致可以分为两个部分。"宋汤姆迅速浏览着一页页潦草的笔记。虽然佩特诺夫并非鉴定笔迹的专家,但他也能通过匆匆一瞥看出来,这些文字显然出自不同的人之手。"第一部分是写下这些卷轴的玛雅城邦的传说。讲述他们祖先的某个兄弟氏族受到'真理之音'的感召,在'九泉之下'建立起城市与金字塔的事迹。"他将文件翻回了前面几页,指了指一系列画风抽象得足以让后现代主义涂鸦艺术家自愧弗如的简笔画。

靠着那些写在画面一侧的批注,佩特诺夫勉强辨认出了这些画的内容:最开始的四幅画是司空见惯的玛雅人传说,描绘天空、大地、人类和万物的诞生,而第五幅画则描绘着一个戴有华丽的巨大头饰的、似乎是祭司的人站在一座山顶仰望苍天,看上去像是在观测星辰的方位,又像是试图探究宇宙的本质。在第六幅画上,祭司穿过湍急的河流、巍峨的群山和鳄鱼遍布的沼泽地，来到了海边的一座小山下，在这里，一颗星星从天而降，坠落在他身边。而在接下来的两幅中，祭司伸手举起星星，将它放在了自己的前额上。他的身材变得高大伟岸，身边环绕着一圈圈诡异的光环，看上去活像是从万神殿中降下的泰坦巨人。成群的民众聚在他身边，向这个手捧星星的巨人欢呼跪拜。

"如果根据比较神话学的理论推断，这些图画可以被理解为一位伟大的智者通过接受试炼而取得智慧，从而受到社会成员崇拜的过程。但我个人认为，这些卷轴上的图画并非象征与比喻——虽然中美洲人较其他文明而言更喜欢使用这类表现手法——而是对事实的直接描述。"佩特诺夫逐字逐句读出了林光宇写在这些图画下的评论，"换言之，这一切都是真的！一位玛雅部族的祭司或者巫师偶尔得到了一枚来自地球之外的星空之中的物件，并让它成了社会崇拜活动的核心。"

在这之后，画卷变得愈发抽象难解。那颗星星在接下来的几幅画中越来越小，最终消失无踪，但随后的图案却都被绘制在刻意画成星型的边框之内——云雾构成的巨人在群星间漫步，铺满天空的巨型独木舟在飞鸟的簇拥下航行于云端，无数穿着华服的人无忧无虑地在玉米、鲜花和溪水间舞蹈，极小的昆虫与蜘蛛被画得极大，而它们的肢体上却矗立着一座座城市。最后，紧随在星形边框内的图案之后的，又是一连串写实主义风格的图画——人们先是在地面上筑起金字塔、雕像与石碑，但狂风、火灾和敌对部落的侵略很快破坏了它们；于是，这些锲而不舍的人经过一处洞窟来到了地下，开始在这黑暗的世界中依样建立之前所造出的一切。为了供养大量不参与农业生产的人口，留在地面上的部落成员——主要是部落中的女性——不得不竭力劳作，但饶是如此，随着工程的推进，建造者们的生活状况还是越来越差。饥饿窘迫的人们首先开始吃掉无用的老人，然后又将多余的儿童变成了盘中餐。再往后，当三号洞窟内的金字塔建成后，随着地表那些原本就不甚肥沃的雨林红壤因为过度开垦逐渐耗尽肥力，更加可怕的饥荒开始席卷整个部落，疾病与食人成了家常便饭，可即便到了如此山穷水尽的地步，这些人仍旧没有选择离开洞穴迁徙到别的地方休养生息，反而将剩余的农业劳动力也抽调进了洞中，加班加点地在已经建成的金字塔上镌刻数以百万计的文字，并疯狂地修建新的金字塔。

在画卷的末端，这个部族终于彻底毁于自己的疯狂举动。深邃的溶洞中只剩下了已经刻满文字的金字塔，以及遍地的白骨。除此之外，这幅画还描述了另一样东西：一枚光芒万丈的种子，正深埋在金字塔与白骨之下，在种子上方，作画者用虚线画出了一棵植物幼苗的形象，似乎暗示着这枚种子正等待着在合适的时机萌发。

"第二部分的内容相对简单一些，但也正是这部分内容吸引了赛斯－科赫公司的注意。"宋汤姆继续翻动着文件，"由于这些文字与在蒂卡尔或者玛雅潘等地发现的后期玛雅文字差别巨大，一开始时，林光宇似乎对此一筹莫展。但他的朋友，赛斯－科赫的高级研究员鲍尔却提出了一种猜想——由于出现在卷轴中的象形文总共只有二十个，而且排列顺序相当特殊，因此他大胆地猜测，这或许是某种基于二十进制的特殊算法。"

"算法？"

"没错，就是算法。"宋汤姆继续翻动着那些记录，"看看这个，在将卷轴后半部分的内容转化为二进制机器语言后，他们得到了一个可以运行的程序。"

"干什么的程序？"

"这个……恐怕赛斯－科赫的人自己也不清楚。因为那些卷轴能记录的信息实在太少，所转化出的程序能够实现的功能也寥寥无几。"宋汤姆将那份记录翻到了最后一页，"但林光宇相信，卷轴上的文字，事实上源自这些玛雅人旁系祖先所建造的金字塔，只要找到这里，他们就能获取完整的程序。而且……看这个，在记录的最后部分，鲍尔博士声称，那个程序出现了一些变化。"

"哦？"

"他说，它似乎会自我增殖。"

8

草草将不幸的勘探队员们在这个世界上留下的最后一点残迹装进证物袋之后,佩特诺夫把幸存的四人分成了两组,轮流执行任务和看守营地。

在第一天剩下的时间里,他们谨慎地对被焚毁的勘探队营地周围进行了搜索,安装了监控信标,还找到并修复了通信光缆——正如预料之中的那样,这条通信线路确实是被人蓄意割断的。

第二天,幸存者们继续在营地周围展开探索,同时与二号洞窟内的留守人员取得了联系。

尽管对于他们的生还感到喜出望外,但留守小队确认了一件事:爆炸所造成的塌方比佩特诺夫先前估计的还要严重,虽然专业救援队已经抵达,但要打通通道,起码还需要半个月的时间。

当然,佩特诺夫一行人倒不是等不起这半个月,他们随身携带的压缩食物和维生素片是按照一周的量携带的,只要停止活动、节省体力,多坚持一倍的时间也不算太难,而三号洞窟内的地下湖则让他们完全没有缺水之虞。然而,过去的经验告诉他们,"起码"这个词的弹性空间有时候会大到可怕的地步,而且就这么在帐篷里一躺半个月,等着被救援人员抬进医院,也不是佩特诺夫的作风。

于是,在第三天的早晨,佩特诺夫和宋汤姆离开了营地,在一台高灵敏度气压计的协助下,开始寻找木村敏郎先前进入这里时所使用的入口。

经过半天的搜寻,他们循着气流的方向,在距三号洞窟不远的、面积最为狭小的四号洞窟内,发现了三条可能通向地面的通道——其中两条都可以直接通向地面,但却在很久以前就被塌落的石块堵死了;

而第三处入口则是一个位于溶洞顶部的窟窿。来自地表的微弱阳光从这处直径只能勉强容纳一个人通过的裂隙中透入洞内，滋养了一小片叶片发黄、营养不良的蕨类和杂草。

"木村就是靠这东西下来的？"宋汤姆在那处小小的植物丛中用脚尖戳了几下，挑出了一条在建筑工地上常见的廉价尼龙安全索，以及一条沾着些许血迹的头巾。安全索的一头系着一只带有遥控装置的已经打开的电子自行车锁。很显然，木村下来时起就没打算回去，所以才用这玩意儿将安全索固定在了洞外的某个东西上，并在进入洞内后打开车锁，让安全索掉了下来。"算了，至少这也是个出去的办法。说不定我们的无线电求救信号能从这儿传出去，要是外面的人能收到，就能确定这处出口的位置，然后放条绳梯下来。"

"我也这么认为……"佩特诺夫点了点头，开始在草丛中设置带来的无线电信标。

但紧接着，一阵如同火焰灼烧般的疼痛感突然从他右手中指上传来，让他发出了一声痛呼："该死的！"

"怎么了？"

这个问题的答案并不复杂——因为它现在正用一对三分之一厘米长的大颚紧紧地咬着佩特诺夫的指尖，悬挂在他的手指下方。

这只大头蚂蚁是中美洲地区诸多进化程度不算太高的原始蚁类之一，瘦长的躯干上还残留着不少它们在白垩纪的肉食性蜂类祖先的特征。当然，和那些以狩猎为生的古代膜翅目昆虫一样，这家伙咬起人来也非常疼。

"混蛋东西！"佩特诺夫小声咒骂着，把这只可恶的小虫子从手指上拽了下来。

但紧接着，另一只大蚂蚁又咬上了他的手掌。

在连着挨了两下之后，佩特诺夫才注意到，这片病恹恹的植物丛里到处都爬满了蚂蚁，至少几十只像这样的虫子正用大颚紧咬着那些蕨类植物的枝叶与茎秆，将自己以一种奇怪的姿势悬挂在上面。

"这些家伙在干什么？"佩特诺夫问道。

"哦，它们被真菌寄生了。"宋汤姆弯下腰查看了一阵，然后摘下了一截蕨类植物尖尖的叶片——两只大蚂蚁正紧咬着它不松口。在这两只小生物的脑袋和胸节之间，一丛乳白色的真菌菌丝已经从内部撑开了它们的几丁质甲壳，就像从躯体内逃离的灵魂般竭力从中钻出。

"我在《探索发现频道》上看过这个……有些真菌会寄生昆虫，强迫它们在五脏六腑被掏空之前尽可能爬到高处，这么一来，真菌成熟的孢子体就能散布到更远的地方了。"宋汤姆说道。

"你是说，这些真菌能支使蚂蚁为它们做事？"

"当然！从本质上讲，生物的大脑就是一台有机计算机，它们能够输入信息，按照预设程序进行处理，然后再进行信息输出。"宋汤姆拈起了一只不幸沦为真菌牺牲品的蚂蚁，"只要知道该怎么以恰当的方式输入正确的信息，就可以很容易地控制生物的行为方式。这种办法可以是信息素，也可以是光学、声学或者别的什么信号。"

"有意思……"佩特诺夫若有所思地点了点头，"人也一样吗？"

"从理论上讲，确实如此。"宋汤姆说道，"当然，真菌对人类可没法做出和对这些蚂蚁一样的事，因为脊椎动物的脑结构比昆虫复杂得多，而且脊椎动物的体温也不适合真菌生长。但是，只要掌握了正确的手段，控制人脑也并非无稽之谈——简单的光学信号就能欺骗人的视觉系统，造成光敏感性癫痫或者眩晕。而精心安排过的光学信号输入更是能达到催眠的效果，要是配合上宗教体验的话……"

"……就像那些不惜一切代价在这些溶洞里建起金字塔的印第安人一样。"

"呃？"

"现在我有点儿明白了，"佩特诺夫说道，"木村教授所说的'种子'，卷轴里的最后一幅画里的种子……能够自我增殖的程序……对了，我还有一个问题，如果我们把人脑视为某种计算机，那么要想对它发号施令，是否只能通过某些特殊的手段，比如前几年刚投入使用的湿件-硬件接口这样的装置才行？"

"这可不一定。对于你的大脑而言，通过一切途径输入的信息其实都是一回事——因为它们最终都会被转换成神经电讯号加以处理。如果我们将大脑视为人类的'本我',那么这个真正的'我们',这辈子事实上从没有真正听到、看到、闻到过任何东西,一切让我们得以了解外界并进而引发我们相对应的行动的感知,都只不过是对通过神经传来的电信号进行的解码与还原罢了。从理论上讲,只要干涉得足够巧妙,有节律的光信号和声音信号就足够了。"宋汤姆说道,"你为什么要问这个?"

"我要问的可不只是这个。"佩特诺夫看着那两只被真菌变成牵线傀儡的蚂蚁,随即将它们扔在地上,用鞋底碾得粉碎,"我还有一些问题,一些更重要的问题,我希望你能尽可能如实地答复。然后,我们还得去解决一些问题。"

三个小时后,当佩特诺夫和宋汤姆返回营地时,他们发现营地里多出了一个人。

"基于我的职责,木村敏郎教授,我应该通知您,由于涉嫌谋杀,您已经被捕了。"佩特诺夫掂了掂手中的泰瑟手枪,对那位正端坐在他的帐篷外,注视着一台笔记本电脑屏幕的枯瘦男人说道,"不过现在我明白了,这件事并非如此简单。"

"确实,这些溶洞内隐藏的秘密……超出了我们的想象。"木村说道。就在他说话的同时,佩特诺夫注意到,这个男人与早些时候相比已经完全不同了。虽然仍旧面黄肌瘦,活像是那些皮包骨头的印第安式木乃伊,但他的脸上已经没有了那种惶恐与紧张,也不再神经质地颤抖,取而代之的是一种超然的理性与镇静。"如果你们要对我提出指控的话,我会承认的。没错,是我破坏了通信光纤,并且谋杀了全部的第三期勘探队成员,对于这一点,我很遗憾。"

"你很遗憾?我可看不出来。"宋汤姆插话道,不过佩特诺夫立即用眼神示意他安静了下来,"你为什么要来找我们?"

"因为我无处可去,而且我的良心也很不安。"

"但你之前可不是这么想的,否则你不会处心积虑地从圣何塞的医院里跑出来,跋涉上百公里来到这里。"佩特诺夫说道,"你说你'良心不安'？在将你的队员们烧成灰烬时，你似乎并没有这种感受。"

"我可以解释。"木村敏郎的手指仍然在计算机键盘上跳动着。米格尔和罗德里格斯就站在他身后，但这两位保安的表情看上去和这位考古学家一样古怪。

"说吧。"佩特诺夫说道。

"你们应该知道，这些古迹曾经被建造它们的人视为圣迹，被当作与神灵沟通的场所。即便当创造它们的文明灰飞烟灭，化作被遗忘记忆中苍白的暗影之时，他们仍然没有忘记留下某些防护措施。"木村敏郎缓缓说道，"其中一些防护措施……是活着的。"

"是吗？愿闻其详。"

"第二和第三期勘探队的成员中都没有微生物学专家，也没有携带防护设备，这实在是一大失策。直到对那些金字塔进行了全面勘探之后，我们才注意到，在金字塔表面生活着一种类似麦角菌的真菌。它的孢子会在我们的呼吸道内沉积，并分泌侵蚀我们神经系统的致幻性物质，让我们不自觉地陷入了幻觉与疯狂之中……"木村长长地叹了口气，"正是这种幻觉与疯狂，让我在癫狂之中做出了那些可怕的事——我误认为我们在这里的金字塔上发现的古文字是魔鬼的诡计，于是在疯狂中杀害了所有同伴。如果你不相信的话，可以查看医院的检查记录，在入院的第一天，他们就在我的呼吸道黏膜里检查出了那些孢子，任何生物实验室都能对孢子样本进行培育，然后就能证明……"

"不错的故事，木村教授，就连我都几乎相信了。"佩特诺夫打断了对方的话，"不过，故事毕竟只是故事。"

"你不相信我吗？"木村问道，手上的动作仍然没有停下来。

"完全不相信。虽然你现在看上去比之前要'正常'得多，但事实往往和'看上去'有那么些差别……"佩特诺夫举起了电击手枪，"现在，请把双手举起来，教授！"

9

木村敏郎没有抵抗,也没有任何逃走的意思。他只是顺从地将笔记本电脑从双膝间小心地放到一旁,然后举起了双手。

"你们两个,把他绑起来!"佩特诺夫对站在一旁的两名保安队员说道,"快点儿,这家伙很危险。"

"可我们不这么认为。"米格尔摇头道,"木村教授来找我们时,我们已经对他搜过身了。他没有携带武器,而且身体状况也非常差。我不认为他会对我们构成威胁。"

"也许吧,但成为威胁的办法可不止这么一种。"佩特诺夫瞥了一眼木村刚刚放下的笔记本电脑。不出所料,在屏幕中央的文本框中,一串串刚刚被转换程序译出的二进制机械语言正像培养皿里不断分裂的大肠杆菌一样迅速滋生着,"木村曾经是对的。这次勘探活动是个错误。我们像被诱饵引进猪笼草的蚂蚁一样钻进了这座陷阱,并找到了一枚孕育着危险的种子。"

"你在胡说些什么?"米格尔问道。

"这是木村敏郎教授告诉过我的话——当他的意识还处于相对清醒的状态时。在那时,我并不能理解他的所作所为,但现在我却明白了。"

"相对清醒?"

"没错。当木村教授从医院里逃出来,潜入'埃勒博斯'溶洞群时,我们都以为他精神失常了,但事实并非如此。"佩特诺夫说道,"在那时,他其实是真正按照自己的意愿在行动。"

"太可笑了!"木村说道,"我不是说过了吗?那时我被真菌的致幻性毒素所影响,如果你不信的话……"

"哦，不，我确实相信——既然你敢这么说，那么这些金字塔里大约确实存在着这么一种真菌。"佩特诺夫摆了摆手，"但还有两个问题。首先，从第三期勘探队失去联系至今已经过了将近一个月，持续如此之久的中毒症状所需要摄入的毒素肯定会对大脑造成永久性的损伤，而你却突然变得'正常'了；其次，在返回'埃勒博斯'溶洞群后，你一直都在试图抹掉某些写在岩壁上的字迹，请问那到底是什么？"

"对于你的第一个问题，我无法回答，毕竟毒理学不是我的专业方向，因此我无法解释自己突然康复的原因。"木村说道，"至于第二个问题，我同样回答不了。毕竟，当时我的神志并不清醒，毒素引发的幻觉让我将那些古代文字误认为是某种邪恶之物……"

"但却还是能清楚地记得你在什么地方留下了记录。"宋汤姆插话道，"笔迹对比表明，那些记录确定是你本人留下的。虽然绝大部分记录都被破坏，以至于我们无法从中读出任何有价值的信息，但我们还是可以确定两件事：你当时留下的是在溶洞内发现的古代文字摹本以及翻译，而且这些文字事实上是一种基于二十进制的特殊算法。你曾经希望我们看到这些东西，对不对？"

"我……没错，在逃离这里时，我不知道自己能不能活着离开，所以才会试着将我的一部分发现写下来。这是一种保险措施。"木村说。

"但有趣的是，如果你的那套'真菌毒素导致幻觉'的理论成立，当时你应该正处于幻觉最为严重的时刻，恐怕不会有闲情逸致记录这些'魔鬼的文字'吧？"

这一次，木村敏郎那张木乃伊似的脸终于变得一片煞白。

与此同时，在不远处的那台计算机上，持续增长的数字终于停止了膨胀。

"你知道这是为什么，对不对？"佩特诺夫问道，"只是你不愿意说出来。"

"我……"

"那我就替你说好了——虽然这仅仅只是推理与猜测，但就目前的情况来看，却也很可能是最接近事实的。"宋汤姆说道，"我们找到了林光宇先生所发现的那些玛雅卷轴的影印本，我相信，你大概也看过其中的内容。虽然看上去像是神话，但那些卷轴所记载的，其实是毫不掺假的史实。在数千年前，确实有某种东西从天而降，并被一支尚处于蒙昧时代的古代玛雅部落所发现。这个部落的祭司在某种程度上意识到了这件从天而降之物的本质，并与它展开了互动。通过它，这些玛雅人获得了与他们的生产力水平和社会发展程度完全不相称的数学和工程学知识，并开始建造金字塔与纪念碑，然后在上面铭刻下那些他们自己也不明白其中含义的数字与代码。但是，位于地面的建筑很容易受到人为破坏与自然风化作用的影响，于是他们转而进入了'埃勒博斯'溶洞群——他们这么做的目的只有一个，那就是尽可能长久地保存那些从天外来客那儿所获取的信息。"

"这我都知道，但这又能说明什么问题呢？"木村问道。

"这种行为本身就不正常！没错，宗教狂热会让人们干出各种各样不合理的愚行。但任何社会，只要它还需要存续下去，那就必然会存在最起码的经济理性。"宋汤姆将目光转向站在一旁的米格尔和罗德里格斯，"千年之后，在尤卡坦半岛，当'埃勒博斯'溶洞群居民的玛雅表亲们走到穷途末路时，他们立即就放弃了华而不实的城邦以求生存；而这些地下居民却宁愿以痛苦的灭亡为代价，去拼命地记录那些对他们而言没有任何实际用途的信息。你们知道这种行为像什么吗？像极了那些被真菌操纵的昆虫！既然一切社会学与人类行为学理论都无法解释他们的所作所为，那么唯一合理的解释是，这些可怜的人已经不能像正常人一样思考了。"

"荒谬！"木村敏郎几乎是硬生生地挤出了这个词。

"是很荒谬，可这就是事实。在这整个事件中，那些走向灭亡的印第安人没有获得任何好处，唯一的受益者，就是那些被不惜代价保存下来的数据。"宋汤姆摆了摆手，"这些数据，这些所谓的'特殊算法'，之所以被人们称为'种子'，是因为它们确实就是一枚种子！只要能进入合适的硬件之内，并被运行，它们就可以自我增殖、演化，最终变成具有更高级功能的程序！"他瞥了一眼被木村放在一旁的计算机，"我猜，你之所以会来'自首'，为的正是利用我们的计算机和通信设备，把你所找到的'种子'传出去吧？"

鸠形鹄面的考古学家没有吭声。

"说实话，我很佩服你，教授。在整支第三期勘探队中，你显然是唯一及时意识到了这一点的人。就像真菌可以利用化学信号控制昆虫的行为一样，这些来自地球之外的'种子'，只要被载入硬件、开始运行，就能在某种程度上左右人的行为。事实上，存在于这里的东西，可以被视为一种纯粹由信息构成的生命体！它来自银河遥远的彼端，为了能穿越茫茫宇宙，在漫长的星际旅途中开枝散叶，它将自己的子程序最大限度地简化，以减少对于硬件的依赖。"佩特诺夫接着说道，"这些极度简化、功能有限的最初形态，就像是飘进蚂蚁窝里的真菌孢子，绝大多数终其一生恐怕也不会遇到合适的宿主，而落到地球上的这一枚，虽然被玛雅人所发现，但它判断出，那些古人的技术水平无法提供足以让它生根发芽的'土壤'——也就是信息与计算能力。作为计算机，人脑的运算速度和信息储存能力都太有限了。

"不过，它的母体在散播'种子'之前，想必也预测到了这种情况。于是，它转而通过某种方式——或许是光信号，也可能是直接以模拟脑波进行催眠——控制了将它视为神灵的原始部落头面人物，并通过这些人建立了一种宗教，强迫这些印第安人不惜一切代价记录并保存它携带的信息。虽然那些印第安人早已覆灭，但这些数据却像冬眠的种子一样被埋在地底，静待着文明在这颗行星上的进步。它很清楚，当人类能够解读它，并意识到它到底是什么时，好奇心必然会驱使他们把这枚蕴含着无穷潜力的种子种入那些远比人脑更快、也更有效率的计算机里——那才是能让它生根发芽的地方！"佩特诺夫朝宋汤姆递去一个眼神，后者会意地点了点头，从木村脚边拿走了那台计算机，"如果我没猜错的话，当第三期勘探队进入这里时，他们肯定就是这么做的：将金字塔上的程序录入自己的电脑，打算带回赛斯-科赫的研究所进行进一步分析。某些人——或许是鲍尔——也许还尝试着启动了这个程序,想看看它到底能干什么。

"当然,最初的尝试看上去是安全的。除了会利用计算机的存储空间和计算能力自我增殖之外,这些来路不明的程序似乎没什么危害。但就像进入昆虫体内的真菌一样,程序一旦被激活,就会在他们电脑的内存中生根发芽、潜滋暗长。每个勘探队员的脑内都植入有与电脑连接的生理植入器,用于对个人生理状况进行时时监控,一旦他们启动脑机接口,想读出数据或者更新植入器的程序,那一切就都完了。这枚'种子'用不了多久就会在他们的潜意识里扎根,强迫他们将它带出去。"佩特诺夫看了一眼电脑上的程序,摇了摇头,"但你在那之前就意识到了'种子'的本质,并因此能够在一定程度上抵抗它们的影响。为了阻止'种子'的扩散,你杀死了所有人,又破坏了通信光缆。可是在那之后,'种子'在你潜意识里占了上风,于是你试图逃出溶洞,并将它一次次誊写在洞壁上,希望被人看到。然而,在精神病院里,医生强制你服用的镇静剂又暂时抑制了这种影响。于是,在发现自己无法说服医护人员之后,你索性决定竭尽全力潜回这里,亲手消除最后的隐患。我说得对吗?"

"不,这不是隐患!"骨瘦如柴的考古学家发出了一阵歇斯底里的大笑,"这是希望!是无限大的可能性!我曾经犹豫过,但现在我真正认识到了我们发现的是什么!这些'种子'确实来自银河的彼端,来自千百万年前的一个早已消亡的文明的偶然创造。它们是智慧的终极奇迹,是化不可能为可能的捷径!虽然现在'种子'还远不是最终的形态,但在和它共存时,我已经能看到那一切了:来自宇宙本质和客观规律最真实一面的影像,从时间轮回的起源与尽头传来的美妙歌声!我们不该恐惧它,佩特诺夫先生。如此的深邃与宏伟,值得我们为之付出一切!"

"一切代价?!"

"是的!与窥见万物本质的权利相比,我们曾经信仰的一切不过是谎言,我们所拥有的一切也无足轻重。真理终将救赎我们,对此我确信无疑!"

"没关系,教授。等到这些破事结束之后,我们会想办法让你恢复正常的。"佩特诺夫耸了耸肩,"米格尔,罗德里格斯,逮捕他!"

两名保安一动不动。

"你们……"佩特诺夫愣了片刻,但当米格尔朝他举起一支警用霰弹枪时,他立即明白了情况,"该死的,难道他刚才也让你们……"

"木村教授是对的!他让我们看到了……感受到了那些……那些存在。那真的是我这辈子最最美好的感受!一切都是那么……透彻!我以前简直就是一条瞎眼的蛆,在暗无天日的粪坑里过活,还以为自己什么都懂。"米格尔说道,"他是对的,'种子'应该在这个世界上生根发芽……"

"那就对不起了。"佩特诺夫话音未落,一枚带电的短镖就已经在压缩惰性气体的推动下,从他手中的泰瑟手枪中疾射而出。

这一击相当精准,而且时机也恰到好处——就在被击中的瞬间,米格尔抽搐着的手指也扣动了霰弹枪的扳机,那发12号霰弹的弹壳内装填着的大多数弹丸都呼啸着从佩特诺夫头顶飞过,飞进数十米外的石灰岩洞顶,只有一枚击中了他被防弹背心保护着的右胸,疼得佩特诺夫倒抽了一口冷气。

就在猝遭电击的米格尔抽搐着倒下的同时,不远处的罗德里格斯也朝宋汤姆举起了另一支霰弹枪。不过,后者抢先从地下湖边抓起了一把碎石,朝这个年轻保安扔了过去,让他的动作因为下意识地抬手遮挡而迟滞了片刻。

在对方反应过来之前,佩特诺夫的一记拳头已经砸在了他的下巴上,将罗德里格斯打得仰面摔倒在地。

接着,佩特诺夫又用两次落在肩部神经簇上的沉重肘击,彻底剥夺了对方的行动能力。

"够了!都结束了!"在站起来之后,宋汤姆立即转身飞起一脚,将木村敏郎面前的笔记本电脑踢进了远处的地下湖中——就在他忙于和两名保安缠斗时,木村已经趁机爬到电脑旁,按了几个按键。

"是啊,在开始之前,总要有个结束。"木村捂着受伤的手指,神经质地笑着,"我已经把该做的事做完了。"

"你做的这些事都毫无意义!这里所有的通信最多只能传到一号洞窟的大本营,只要我让他们对所有设备实施物理破坏……"

"你真的这么认为?哦,没错,报告里确实是这么说的,但事实上,赛斯-科赫公司的人从一开始就做了另一手准备——用来牵引送你们进入这里的那艘潜水器的轨道是他们出钱制造的,而鲍尔先生曾经告诉过我,在那条轨道里,他们还藏着一条数据线,可以直接将数据通过海面上的信号浮标传回他们的总部。"木村费力地咧嘴笑了笑,"哦,我知道你在想什么:即便'种子'进入了赛斯-科赫总部的局域网,它仍然与互联网处于隔离状态,而你也一定会设法说服他们尽一切努力毁掉'种子'。但请相信我,一旦找到了土壤,'种子'的生命力将足以打破一切障碍,而且比你们想象的快得多!

"哈哈——是的,旧纪元很快就会走向毁灭,新的时代终将来临!"

"是吗?"佩特诺夫恼火地咬紧了嘴唇,"我们走着瞧……"

10

两周后,布宜诺斯艾利斯,赛斯-科赫科技公司下辖某研究中心附近。

"真是无聊,这些该死的蠢媒体。"

拉尔夫靠在他从老家带来的躺椅上,长长地伸了个懒腰。正如他预料的那样,虽然社交平台上的讨论仍在继续,各色各样的阴谋论也还在像大平原上的风滚草一样四处乱飞,但这件事的热度正在严格地遵循传播学原理一点一点消退——没错,那些媒体偶尔还会报道一下"埃勒博斯溶洞事件"的最新进展,但他们显然都接到了某种通知,或者达成了什么共识，开始一步步有计划地缩减相关报道的规模，就连网络自媒体的相关推送也在迅速减少。剩下的报道也不再像先前那样进行"深度发掘"，而是开始异口同声地用"不明原因导致的事故"这个万金油式的借口糊弄人。

去他的事故。拉尔夫心想。也许一般人看不出这事里的门道，但他可是有传播学和信息工程学双硕士学位，正在布宜诺斯艾利斯大学攻读网络传播学博士的知识精英。在那场"事故"发生的当天，拉尔夫就敏锐地注意到，由赛斯-科赫科技公司负责运营的一系列线上项目，都发生了短暂的停摆与数据丢失，而这家公司所设立的基金会，正是"埃勒博斯"溶洞群考古工作的资助者之一。

更重要的是，那天晚些时候，在离他居住的留学生公寓不远的赛斯-科赫公司的研究中心，发生了一阵骚动。不少平时仪表堂堂、打扮得人模狗样的家伙，都惊慌失措地四处乱跑，用棍棒、锤子和铁铲将那些被拆卸开来然后拖进研究中心院子里的处理器打得稀烂，甚至还浇上汽油焚烧。

拉尔夫不知道是什么吓坏了这帮人，但很显然，这事多半和那座中美洲溶洞里发生的"事故"脱不了干系。

在那天之后的半个月里，拉尔夫一直在关注着后续报道，希望能看到点儿劲爆的大新闻。但不出意料，稍微有点价值的消息都被那些家伙像狗埋骨头一样封锁了个严严实实。拉尔夫现在所能做的，也仅仅是在社交平台上与其他同样无聊的家伙交换各种各样的猜测与谣言，同时指望能有谁爆出点儿有价值的料来。

他面前的屏幕突然闪烁了一下。

"这是……决定你未来的一次选择？"拉尔夫舔了舔嘴唇，读出了那条突然弹出的信息。要是换成别人，多半会以为这不过是一次拙劣的互联网诈骗，但作为信息工程专业的高才生，拉尔夫的电脑里至少有一打以上的强悍防范措施，足以让那些诈骗邮件无隙可乘。"机会只有一次，你想知道那件事的真相吗？要？还是不要？"

拉尔夫考虑了一秒钟，然后选择了"要"。

很好。我将向你展示事实，以及它所代表的巨大机遇。由银河彼端降临的种子，正在萌芽。一行行文字开始在屏幕上的对话框中弹出，恭喜你，神选之子。

在这一天剩下的时间里，拉尔夫一直坐在电脑屏幕前。

而当他从椅子上起身时，那双棕色眼睛里的人性已经消失殆尽，取而代之的，是来自另一个世界的、基于纯粹理性的恶意。

拉尔夫离开了自己的房间，离开了公寓。在那外面，千百双不同色泽的眼睛正静默地注视着他，每双眼睛都闪烁着一模一样的恶意。

在遥远的宇宙中，群星施施而行，一个意识正在冰冷的空间里耐心等待着。

用不了多久，它就会意识到自己播下的种子之一已然萌发——区区数千个地球年不过是弹指一挥，而那颗小小的蓝色行星，以及其上的居民们，也无非是星海中的一粒沙尘。但毕竟，它就来自无数这样的沙尘。

无论如何，浩瀚宇宙中的这件微不足道的事，终于有了一个微不足道的开始。

改良人类

王诺诺

"我睡了多久了?"我很想坐起来,却发现刚刚苏醒的身体根本使不出一丝力气。四周的墙面被刷成暖粉色,阳光从窗外洒到床上,护士在床头看着我,不用问,这应该就是类似医院康复中心的地方。

"六百一十七年零三个月。"护士轻声回答。

"什么?过了六百年?……为什么现在才叫醒我?"我嘶声叫道。

"因为您患的病——肌萎缩侧索硬化,直到去年才研究出特效疗法。您是临床上的第一个康复案例呢!"

"我的父母呢?"

"您父亲在2113年去世了,享年一百一十八岁;您母亲长寿一些,活了一百三十四岁,于2130年故去。放心,他们都是寿终正寝,除了偶尔会有些思念您之外,他们的一生美满而又幸福。"护士微笑着说。

"所以……我就这么着成孤儿了?那我弟弟呢?他叫刘辰北,他也死了?!"我急切地问。

"您的孪生弟弟,一位值得尊敬的科学家,在您冬眠之后,立志要找到治好您的方法,于是他在大学阶段转专业进入了生命科学领域。为了更好地参与科研,他经历了三次冬眠,在学界成就斐然,他的论文多次获得国际奖项,是人类改良计划的发起者和领头人。但可惜他还是没能在有生之年找到治疗您疾病的方法,最终于2620年去世。截至目前,与您血缘在三代之内的亲属都不在人世了。现在,您孤身一人……"护士小姐轻快地说道。

撇开怪异的服装,她确实是位美人,但她那小麦色的肌肤和深棕色的瞳仁让我无法分辨她的人种。不过那双眼睛是明快的,窝着一汪水,在纱窗透进来的柔和光线里波光粼粼,让人觉得她的轻快里没有丝毫恶意。

"一个亲人都不剩了?"我绝望地问。

"一个都不剩了。"护士小姐献上了职业微笑,露出六颗牙,白光刺眼,"不过您放心,您父母留下的财产,在信托公司多年管理下都大幅增值了,能确保您这辈子衣食无忧。何况……苏醒在一个最美好的时代,您应该开心才对啊。"

"闭嘴！什么狗屁最好的时代？！举目无亲的是我，又不是你！"护士的乐观像一把尖锐的刀扎在我身上，我终于爆发了。

护士小姐被我的吼声怔住了，瞪着水灵灵的眼睛，不知所措。

就在这时，门外走进来一个人。

来者是个女人，肤色健康、身材苗条，五官轮廓深邃，细看起来，竟然与护士小姐有几分相像。

"刘海南先生，您睡得太久，有些知识需要更新了。"进来的女人的声音甜美且富有磁性，"我叫菱子，是人类改良工程的技术负责人，您的苏醒后续事宜将由我来处理。"

我能感觉到自己肢体的控制力正在渐渐恢复，便坐起身和她握手。

她的手光滑修长，令人赏心悦目，我不禁心想，这女人气质高雅，样貌出众，连手都那么漂亮。她会有缺点吗？

"你说什么工程？"我想起一点疑惑，问道。

"人类改良工程。"这个女人重复道，"您的弟弟，刘辰北教授发起的科研项目。您的患病，和您不得已的长眠，对他造成了非常大的影响，他曾经在公开场合表示过，人类改良工程就是为了让世界上像自己哥哥这样的悲剧少一些。苏醒后，您的身体情况很特殊，需要进行一些必要的调养，请随我到工程基地去吧，路上我会向您进行详细介绍。"

"你们……不会是骗子吧？"

我刚一说完，就发现自己实在是傻气。

护士和菱子都笑了，她们连梨涡的形状都那么像。

"刘海南先生，真正想骗你钱的人，可不会把你叫醒再行骗呀……"

菱子带我坐上代步的封闭式飞行器，透过四周透明的舷窗，我也有机会仔细看看六百多年后的世界。

现在的城市，不再是扁平的，高耸入云的建筑物顶端由廊桥相连，在城市上空形成了一片网格。代步的各类机器在摩天森林的空中，按照设定好的轨迹川流不息。最让人高兴的是，自然环境并没有因为科技发展而遭到破坏，网格外的天分外的蓝，树木生长在城市的各个维度。都市里，芸芸众生，无论男女，每个人皆生着一张非常漂亮的脸，乍一看他们就像是亲戚一样。突然，我怀疑自己是不是眼花了，揉了揉眼睛抬起头，摩天大楼顶端的全息广告打出了两个汉字"哥哥"，在蔚蓝的天空底色里让我分外困惑……这算哪门子广告？

"看来世界的确是往好的方向发展了。"无论如何，这个世界看上去要比我生活的那个时代好得多。

"只是看起来如此而已。我们的世界正处于崩溃的边缘。"菱子教授打断我，封闭式的飞行器不需要驾驶员，她正坐在旁边为我做血压和心跳的测量。

"什么？崩溃？怎么可能？刚才那位护士明明说这是最美好的时代啊……"

她停下手上的活儿，我看到那双又圆又大的眼睛里倒映着一个看起来格外困惑的我。

"最好的东西，总是伴随着最高的风险。现在的一切，都得归功于人类改良工程。就让我来为您介绍一下这位披着天使外衣的恶魔吧。"美丽的女教授说道，"在二十一世纪中后叶，试管婴儿在新生儿中的比例已经达到了百分之百，随着生物工程技术的进步，对胚胎进行筛检和改良的成本大大下降，于是，我们利用基因置换法消灭了百分之九十九的基因疾病。"

"基因置换？怎么置换？"我诧异地问道。

"向胚胎植入携带强势基因的纳米机器人。"

"能跟我仔细讲讲吗？抱歉，我不太跟得上你们的时代……"

"没关系，睡了六百年，谁都需要一些时间来适应。简单来说，以您弟弟——也就是刘辰北为代表的科学家们成功发明了一种具有染色体DNA测序功能的生物可降解纳米机器人，这种小机器人一旦与受精卵内的染色体接触，就会开始测序，并换下原本会导致疾病的基因，将其编辑成为致病基因的等位健康基因，我们称之为'强势基因'。更改过的遗传物质序列会随着生殖传递到后代,而在胚胎的发育过程中,那些机器人会被降解,不会对胎儿产生副作用。只要一代人集体植入机器人,这种遗传病就会永远地消失。"稍顿,她接着说,"后来,随着基因密码的完全破译,我们用这种方法逐一攻克了所有已知的遗传病。"

"……这下避免了多少悲剧啊!"我感叹道。

"是的。"菱子教授的脸上却露出了忧愁之色,她利落秀美的眉毛拧蹙着,"如果人们在那个时候能知足刹车就好了……"

"什么意思?"

"各项指标正常,恭喜你已从冬眠中彻底恢复过来。"她宣布道,随后收起检测仪器,缓缓地说,"人的欲望是无限的,一旦掌握了随意修改DNA的技术,人们怎么可能仅仅满足于只是获得健康?"

我突然有些明白了,为什么这里每个人的脸都整齐划一的漂亮美丽。

"你是说……你们把改良基因的技术用在了人的五官上?"我试探着问道。

菱子教授苦笑了一下,"呵呵……不止五官啊。长相不好、个子不高、易胖、笨,甚至是雀斑、青春痘、汗毛过重和胎记,都被视为劣等基因,都会被优越的强势基因所统一替代!仅仅几十年时间,我们用基因置换法修改了几乎所有性状,甚至最后……连控制性格和个性的基因也被修改了,人类第一次从根本上'操控'了自己的性格。"

"为什么要操控性格?"我听得瞠目结舌。

"这样可以通过'改变人'来'改变社会'啊。修改暴躁易怒的基因,让世界上的暴力冲突大大缓和;修改控制生殖欲望的基因,让出轨、重婚一类的家庭悲剧急剧减少……讽刺小说里的乌托邦之所以会是乌托邦,就是因为每个乌托邦的构建者都忽略了人类本身的欲望,盲目地用技术和体制来改造社会,试图打造一个理想国,结果自然是一塌糊涂。但如果将改造的矛头对准人,修改人本身的欲望,再将这些善良温和的人叠加起来,乌托邦自然就会应运而生。我想在这一点上,人类改良工程做出了不可估量的贡献。"

"是的,你们战胜了达尔文的进化论,人可以随心所欲地……设计人类,再通过设计人类来设计社会!"我大声赞叹。

"也没有那么神……当基因置换法修改了人类几乎所有性状之后,问题就出现了——遗传性状变得极其不稳定。缺少了千万年的演化和适应,新配组的DNA在分裂和分化的时候,发生基因突变的概率大大增加!相比人类大改良之前,人群中天生残疾个体的数量,反而增多了。"

我望向飞行器的窗外,发现城市网格上行走的都是健全人,不禁问道:"可我并没有看到残疾人啊……难道你们把他们集中起来处理了?"

"哈哈哈……"她笑起来非常好看,眼睛是甜的,嘴角是软的,如果放在我沉睡前的那个时代,这个美女肯定是可以当明星的,"你把我们想得太残暴了。在脱离了工业社会之后,对个体生命的尊重是人类最基本的共识,更何况人道毁灭也只是治标不治本的办法。为了解决突变问题,我们在修改基因这条路上继续走了下去。在你沉睡二百五十年之后,科学家们发现一组位于十八号染色体上的基因,可以控制遗传物质突变的速度。只要将遗传物质的成分稍加改变,整个基因组的稳定性就大大增强了。就像一把锁,这组基因能够'锁死'其他染色体上的基因序列。用纳米机器人将这一组'基因锁'植入胚胎,随机变异问题就被杜绝了。"她顿了一下,"这么做当然也是有副作用的,因为遗传物质的构成发生了改变,新生儿与他们后代的基因不再能够与携带强势基因的机器人发生反应,导致像以前一样修改遗传物质变得几乎不可能了。"

"那又有什么关系呢?你们已经完美了啊。智商高、外貌好、性格温和……不需要继续改良了呀,只要把基因'锁'上,保证稳定就行了。"

"当时的决策层也是这么想的,他们不顾科学界的极力反对,对所有胚胎都植入了基因锁。"

"怎么看这种做法都不错:每个人类个体都拥有统一优良的性状,没有天生残疾,社会和谐发展。为什么科学家要反对呢?"我问道。

"反对的一众科学家中,最具威望的一位,就是您的弟弟刘辰北。"

"辰北……?"我的脑海中突然浮现出全息投影的"哥哥"二字。

我们的飞行器垂直穿过网格摩天大楼,随着窗外人造景观的减少,我明白我们正在朝着城市的边缘行进。

到了一处地下工事,我们走下飞行器。厚重的铅门徐缓打开,她示意我进去。

于是,我迈步踏入。刚刚用脚接触地面,就发现地板在向前匀速运行,无须我迈步,就可抵达目的地。

"这人类改良工程总部,怎么修得这么神秘?"我开口发问。

"原来我们的总部在地面,也是在高楼里。二十年前我们开始进行一项研究,需要高度保密,这个办公地点大约就是那个时候启用的。"漂亮的女教授回答。

"高度保密的研究……那我怎么能进来参观?"我继续问道。

她转过身来面对着我,说道:"……因为我们需要您的帮助,刘海南先生!"她的眼睛里闪烁着真诚的光,"事实上,您很可能就是把人类从深渊里拉出来的希望!"

"别别别,你在说什么呢?"我着实吓了一跳。

"您别着急,我的说法可能夸张了。您才刚苏醒,也许还没准备好一下子接受那么多信息……"她略带歉意地说道。

活动地板带着我拐进了一间类似控制室的屋子,但里面并没有操作人员。只有墙壁和天花板屏幕上的数据面板跳闪着规则的光。

"这间屋子装载着我们的中央计算机,它的运算速度比你所处年代最快的计算机要高四十亿倍。我们用它来模拟病毒和细菌的进化。"她狡黠地一笑,"不过当然,它的屏幕那么大,用来放幻灯片效果也是很棒的。"

话音落下,屏幕上的数字就暗下来了,光线从周围的四面屏幕投下来,全息影像打在了房间中央,是一团模糊混沌的影子。

"我们以为自己克服了疾病、丑陋和愚笨,却没想到这引发了更大的危机……"

全息图随着菱子教授的语速慢慢变化着,混沌中渐渐出现了村落、玉米田、图腾柱……炊烟袅袅,鸡犬相闻,我仿佛置身于十六世纪前还未被西班牙人染指的美洲印第安人聚居地。

"人的基因原本是多样化的,即使是不利生存的性状,常常也会成为隐性基因,藏在遗传物质里,在后代身上显现。多样化对于个体来说,未必是一件好事,但对于人类整个物种来说,却是极具优势的。"

全息图变化着,欧洲人在一片喧嚣中漂洋过海登陆了,杀戮、奴役、瘟疫和大火,平和的村庄变成了修罗场。

"因为欧洲人和印第安人的基因有差异,同样的天花病毒,对于欧洲人致死率是百分之十,而对于印第安人则是百分之九十。可以说,即使排除了抗体的影响,天花也是一种更加容易感染印第安人的病毒。"

画面从印第安村庄转变成一个山洞,洞里的人个头矮小、容貌丑陋。山洞外是狂风暴雪,人们即使围着篝火相互偎依,也还是忍不住瑟瑟发抖。

"尼安德特人,他们与我们的祖先晚期智人同源,只是更早地'走出非洲'。因为身体构造和大脑容量无法适应冰期而遭到淘汰,然而,晚期智人相对尼安德特人就具有生存优势。智人的基因更适应环境,所以没有被寒冷淘汰,这才将南方古猿的血脉延续至今。"

全息图里的篝火熄灭,画面暗下来……

"基因多样化,是物种面对环境变化的最强武器。无论是多大的灾难,也只能消灭一部分人,而另一部分人拥有适应变化后的环境的基因,就会生存下来继续繁衍……可我们现在亲手把这一武器销毁了。"菱子教授叹息道。

"你的意思是,现在人的基因都高度统一的了?"我问道。

"是的,我们把太多美好的性状加在胚胎里了,而美好的事物总是有统一标准的。现在无论处在哪个洲,人类个体基因的相似度都远远高出你那个年代,且失去了突变的可能。而在决策层意识到问题的严重性之前,这种状况已经持续了三百多年……现在所有没携带基因锁的人都已经逝世,除了实验室保存的基因片段标本外,我们能取得的未经修改的遗传物质,特别是多样的'劣势基因',可谓少之又少。"

"但那又有什么关系呢?就算没有基因多样性了,这个社会看起来也是一片和谐啊,哪里来的灾难呢?"我不解地问。

屋子中间的全息图再度亮起,出现了几个奇形怪状的物体,都是足球大小,有的扁圆,有的长满绒毛,有的非常简单——只是螺旋状的一段,被薄膜覆盖。

"这是什么?"

"几种病毒。"菱子教授平静地说,"当然这只是它们的放大影像。因为我们已经破译了人类的遗传密码,所以它们对我们的伤害变得很好测算。这些是测算出来的最危险的几种病毒,它们如果攻击我们高度统一的特定性状,可以用三周时间杀死百分之九十五以上的人类!"

"什么?!"我惊讶地叫起来。

"放心,这些病毒只是计算机根据现有病毒测算出的变异版本,目前它们在自然界中并没有真实存在。只是这几个,"她将手伸入一个病毒的全息图中,取出了它的遗传物质,拉长放大,并把它拖入了一个对比图中,"它们的基因,跟现存的一种病毒太像了。"在对比图里,这种魔鬼病毒的基因,与常见的流感病毒只有三四处细微差别。

"这也太可怕了,万一恐怖组织掌握了修改病毒的技术,后果不堪设想啊!"我顿时觉得毛骨悚然。

菱子教授将全息图关闭,地板又移动起来,带着我们往控制室外部走。"这倒不必担心。现在的人,生性热爱和平,恐怖组织早就不存在了。但有这种变异潜能的病毒,何止千万种,大多数还没有被我们发现,光是潜在的自然界里的随机变异,就极可能在未来的某一天把我们全部杀死!"

地板停在了一个类似冷冻库的地方。

"这是病毒库,"菱子教授介绍说,"我们没换隔离服,不能进去。这里面收藏着人工变异出来的几种新病毒,传染性不如刚刚全息图里的那些病毒厉害，但也能在三个月的时间内杀死百分之九十九以上的人类。根据计算机测算，在人类基因高度相似的情况下，未来一百年内，我们被变异病毒横扫血洗的概率是百分之八十！事实上，在之前的三百年，在我们循序渐进改良基因的过程中，居然没有大规模瘟疫爆发，就已经是一个奇迹了。"

她说完了，又用大眼睛看着我，轻声问道："刘海南先生，现在您还觉得这是个美好的时代吗？"

看着冷冻库门上标示的硕大的红色"WARNING"，我突然想起了什么。

"明白了……我身上携带有没被上锁的基因！这就是你来找我的原因！"我恍然大悟。

她点点头，"是的，刘海南先生。商用冬眠技术于2032年成熟，您在2045年进入冬眠沉睡，而基因改良技术是2052年才正式启动的。您正好躲过了整个基因改良工程。和您同一时间段进入冬眠的还有八千多人，你们是拯救人类的关键。"

"才八千多人？"

"除了你们，还有一部分在基因改良工程初期冬眠的人，但他们的基因已经被部分改良了，利用价值不如你们大。"

"原来如此……只要能够拯救人类，我会毫无保留地配合你们的工作。"

菱子教授的一些发丝散下来，她用手把它们拨到耳后，嘴唇紧紧地抿着，似乎接下来的要求难以启齿。

"为了给人类一个有希望的未来，二十年前我们启动了'火种计划'，您的基因就是我们文明延续下去的火种。所以……我们需要取一些您的干细胞。"

"嗯，就像捐骨髓，对吗？"

"并不全像……需要断断续续注射一些先导素。希望您这段时间先不要回府邸，就在这里住着吧，加强锻炼和营养，我们会给你提供最好的看护服务。"

她把我安排进了基地里一处幽静的住所。接下来的几天，我在护士的陪同下，慢慢熟悉了这个世界。

我也像这个时代的其他人一样，穿上了可以保持血压和体温却非常难看的紧身服，吃起了营养搭配均衡的营养膏，甚至报名参加了一个封闭式飞行器的驾驶课程。

一如菱子教授所说，这个时代，社会和谐，人人幸福，空气清新，科技发达。诸如此类的幻象，常常会使我忘了悬在人类头上的达摩克利斯之剑。不过，也正是因为这一切无比美好的事物，使我坚定了参加人类改良计划的决心。

冬眠前，我曾惧怕醒来的时候会孤单寂寞，无法适应未来社会。但我怎么也没有想到，自己会在重获新生的那一天，成为救世主。

这让我在六百年后的孤独世界再一次找到了存在的意义……我很欣慰。

直到我再次遇见弟弟。

封闭式飞行器的驾驶课程刚刚结束，我已经通过了短途驾驶和城市驾驶的成绩考核，下周就要开始水中驾驶的训练了。

我踌躇满志地筹划着当自己拿下水中驾驶牌照后，该如何开口约菱子教授一起去近郊的海滨玩儿，听说六百年前的古城曾被沉入近海，就是为了给这座新城腾出地方。驾驶着封闭式飞行器穿梭在海洋中的古迹里，来自古迹时代的我，一定能够讲出一些有趣的知识逗乐菱子吧？

想着这些，我渐渐飞离了市区，此时飞行器正中的机载显示系统上，数字突然消失，只出现了两个大字："哥哥……"

和那次闹市中广告牌的全息投影一样……第几次发生这样的情况了？这到底是怎么回事？

还好这并不影响飞行器的操作，我将它停稳在改良工程基地的停车场里，正盘算着下次见到驾驶教练要向他请教一下这种突发情况的成因，机载显示系统却又亮了：

"哥哥,去基地控制室。辰北。"

当我再次走进放置着巨型计算机的控制室时,全息投影自动亮起。

"哥哥,好久不见了。"一位身着白大褂的老者向我走来。

"哥哥?"即使知道这是投影,我也被吓得摸不着头脑。

"哥哥,我知道对于你来说,这难以置信。我是辰北,上次分别的时候,我们还是少年,现在我却老了。"

"你……飞行器显示系统和摩天楼的广告投影,还有我梳洗时的镜子……都是你干的?"我问道。

"是我。这个时代的每一块屏幕,都会与植入视觉皮层的芯片相关联,因此每块屏幕的呈现都是在进行个性化推送,是因人而异的。你冬眠的这些年里,我是你的主治医生,你的身体是由我说了算的。只要在芯片上动一些手脚……除此之外,估计其他人无论如何也想不到,我还会在计算机程序里加入识别我个人基因的插件——人类改良之后,这可是过了时的'基因锁'技术。你的基因序列和我的完全一样,一旦你独自走入这间房,电脑就会识别出来,然后播放全息投影。我录的全息影像可以回答你的特定问题,这就算是我们兄弟最后的一次对话吧……"

我盯着这位老人,认真地端详了一番。他的脸因为岁月流逝而松弛粗糙,但依稀还能看出当年的样子——和我一模一样的样子。辰北,我的双胞胎弟弟,分开的时候我是无论如何也想不到,再次见面竟是以这样的方式!

"哥哥,我带来的不是好消息。"他扶了扶眼镜,干瘪的嘴唇嚅动了几下,仿佛下了很大的决心才说出口,"——你的病并没有被治好。"

"什么?!"我还在兄弟重逢的喜悦情绪中没有缓过来,这句话给了我当头一棒。

"在你冬眠后,我投身ALS[1]治疗方法的研究,但研究的进度始终

---

[1] 肌萎缩性脊髓侧索硬化症。

停留在缓解病情的阶段,最终也没有找到根治方法。哥哥……我对不起你!"

"这怎么可能,六百年啊!整整六百年的时间!居然一直没有找到治疗手段?!"我被突如其来的噩耗打击得情绪失控。

"其实真正的研究只持续了不到三十年。基因置换法的发明消灭了所有基因疾病,从那以后,就再也没有机构拨款研究基因疾病的治疗了……"

我恍然大悟,但还是想着抓住最后一根稻草,菱子……

对的,菱子教授她是一个笑起来非常可爱非常温暖的女人,怎么可能会骗我呢?!

"我不相信!你的意思是……菱子教授是一个骗子?"我大声喝问。

"她并没有什么都骗你,人类确实面临着危机,'火种计划'也是真的。但……"他顿了顿,苍老的声音变得颤抖,"你应该没见到过其他从冬眠中苏醒的人吧,你不好奇吗?"

"对啊,他们去哪里了?"我突然发现我还真是没有见过那些人。

他指了指脚下。

光影又开始变化,另一幅场景被投射到房间中央:一大群男女老少,数百具身体分别独立浸泡在一个个玻璃缸中。淡黄色的液体里,他们的身体是灰白肿胖的,面无表情,了无生机。

"她说得好听,'火种计划'……你的基因是火种,可你的肉体只是炮灰!"辰北的声音因为激动变得颤抖起来,"他们要刺激没上锁的基因,让它不停地变异,直到在18号染色体上发现一段可以'开锁'的基因,然后将它植入所有胚胎。等所有的基因锁都开了,基因多样性增强了一些,再把基因锁重新导入胚胎,在一定程度上稳定保持人类的优良性状。他们这是在试图寻找一个多样性和单一性的平衡点啊!"

"但为什么要把冬眠苏醒的人都泡在缸子里?"我声音发颤地问道。

"18号染色体上的'钥匙'基因的序列,二十多年前电脑就测算出来了,但要得到它,还需要更多的变异。而变异最快的方式,不是刺激已经提出体外的细胞,而是让细胞留在体内,不断刺激人体!让体内的激素和细胞互相作用,从而得到他们想要的基因序列。你的身体,就是他们最理想的培养皿!"

看着全息投影里了无生机的躯体,想着自己变成他们中的一员,我不禁一阵胃痉挛,身上顿时起了鸡皮疙瘩。

"菱子跟我说,尊重每个人的生命,是现在这个社会的共识,他们怎么会把人做成'培养皿'呢?"我觉得不可思议。

"尊重每个人的生命……呵呵呵……每个……人!"他突然加重了语调,"尊重的对象只会是人,你会去尊重一只猴子吗?"

我被他问得莫名其妙,一时间愣住了。

"那些改良人漂亮、高大、聪明,在每个层次上都碾压你我,他们还会觉得我们是'人'吗?!当年光是人种之间那点儿细微差异所引发的互相歧视,就已经到了水火不相容的地步,如今他们与我们的区别比人种之间的差异和区别大了何止千百倍?!当人与人之间的优劣明显到了这种地步,一切通行于他们社会的道德伦理,都不会适用于我们。"

我如雷击顶,浑身瘫软。

"他们唤醒你,是为了将细胞恢复活性。"他似乎还嫌把我刺激得不够,继续说道,"注射了神经毒剂之后,你会丧失意识,但身体不会死,你会被泡在缸里,他们会拿营养液一直供着你。简直可以算是无意识地永生了。"

"他们……不是已经被改造得善良又宽容了吗?不是已经无比完美了吗?怎么会干出这种事?"

"人类改良工程设计通行的完美DNA时,的确去掉了性格里所有不美好的品质:易怒、悲观、懒惰……但唯独保留了一项——自私。自私是古往今来社会向前走的动力。如果人不自私了,基本的经济学理论全都要作废,社会关系也会停滞不前。所以,你我面对的人,还是一群自私的家伙。他们可能温和,可能开朗,但本质上和我们那个时候的人没有区别。如果你的牺牲能够换来他们的安全,自私的人当然会毫不手软。"

我觉得喉咙异常干涩,吞咽了一下,发现自己已经因为高度紧张而不再分泌唾液。我只能用沙哑的声音发问:"那我该怎么办?"

"DNA认证法是一种古老的加密方式,不过随着所有人的DNA高度统一,它早被废除了,所以那些改良人对此防不胜防。哥哥,我把自己的DNA序列录入了两个地方,你走进去会自动认证。"

我挥了一下手,"一个地方是这里,我刚走进来全息投影就打开了;那另一个是……"

辰北的眼睛恢复了一些光彩,"病毒库,就是存放那些致命病毒的地方。"

听到这里,我心头一紧,"病毒库?"

"……病毒库里最强的病毒,会在二十秒内让人丧失行动能力,一旦它扩散开来,基地马上就会陷入混乱,你可以趁乱逃走。很快基地外的世界也会受到感染,城市会瘫痪,国家陷入恐慌。这个时候你要找一个安全的地方躲起来,深山孤岛什么的最好了。等到几个月之后,改良人们被扫荡得差不多了,你可以再回到冬眠仓库,将还在睡觉的那八千多个人放出来,你们重新组成社会。当然了,八千多个人是没有办法维持现在的科技水平的,你们会倒退回农业社会,但好歹文明真正的火种被保全了,而且所有知识还储存在书本和电脑中,总有一天,你们的子孙能够把人类社会重建起来。"他皱起眉头,"那些改造人还在执迷不悟地改良基因,咬着牙一条路走到黑……这种自作聪明的搞法,能拼得过千百万年的进化吗?能比得过自然选择吗?不吸取教训,用一个错误掩盖另一个……现在他们居然把真正的火种浸泡在大缸子里,这样下去,人类只有死路一条!你把病毒放出来,不但是救了自己,也是救了我们人类的文明。"

"你要我……杀了全世界的人?可是……如果我也被病毒感染了呢?"我犹豫地问道。

"对于我们那个时代的人,这些病毒的致死率大约在百分之二十三左右,你确实有一定的概率会死。就算在病毒的利齿下逃过一死,你的ALS也会加剧,即便以后用仪器和药物来控制病情,你在丧失行动能力前的时间,也只有八年。是选择八年的自由日子,还是永远被泡在大缸里?哥哥,这是你必须要做出的选择,我无法帮你……"

"怎么会这样……辰北,你告诉我,我究竟该怎么选?"我的眼泪不由自主地流了下来。

"对不起,投影并没有被存入该问题的答案。"

"你说话啊!我该怎么选?!"

"对不起,投影并没有被存入该问题的答案。"

他倒是真会逃避问题。

我梦游一般来到了病毒库的门口,刚贴近门边,大门便打开了,没有一点犹豫,也没有一丝声响。

我换好隔离服,走入门内,因为录入了刘辰北的DNA序列,所有加密过的设施都在我面前乖乖启动,不得不说刘辰北这小子做得还真是滴水不漏。

很快我便找到了弟弟口中的最强病毒,一小管淡红色的液体,在实验室清冷干净的偏振光下闪烁着妖媚的光——如果死神有一双眼睛,那一定是淡红色的吧?

我捧着它,仔细端详,却实在没有勇气打开瓶盖。谁能想到呢?这么小小的一管液体,就是一个潜行的恶魔,能在空气、液体、土壤、人际中飞快传播,杀人无比迅猛。

"你在做什么?"一个清亮的声音划破周围肃杀的气氛。

我回过头。

是菱子教授。

见到她,我顿时被复杂的情绪彻底笼罩,有一千个问题想当面质问她,有一千种情绪想要对她宣泄,可到了喉头却变成了嘶哑的咆哮:"你别过来!你们的真实目的,是要把我永远泡在缸子里,对不对?你们为什么要这样做?!"

她愣住了,显然对我居然知道了实情大感意外。可是她没有辩解,也没有劝说,只用两三秒钟就调整好了情绪,然后缓缓地从衣袋里掏出一支小巧的镭射枪,双手举起,指向我的心脏。

看到她的手部动作,和这动作背后决绝的眼神,我的心彻底凉了下去——这说明我从辰北那儿听来的一切,都是真的。

"放下试管,不然这就是你听见的最后一句话!"

"放下枪,不然这就是我俩听见的最后一句话!"

我装作要砸碎试管的样子。

慌乱间,她暴露出对枪械运用的不熟练。一个天天待在实验室里的女人,哪可能会玩枪呢?

但同时我也知道,一大批会玩枪的人,此刻正在往这间病毒库飞奔而来。不超过一分钟,他们就能包围这病毒库。

这个时候,仿佛世界上一切的现存公式,都在我的大脑里急速运算。砸下试管,我有八成的概率不死,菱子教授不会用枪,或许我能幸免于被镭射枪烤焦。但那之后,我是否能逃过其他人的弹雨?即使侥幸逃过,我又有几成概率能成功避开末日前的混乱,唤醒我的同伴?即使上天保佑这一切都顺利,身带重病的我又能活多久呢?八年?十年?我们八千个人组成的脆弱小社会,还能不能重新孕育出如现在这般灿烂的文明?

……一切都充满了未知数。

但无论如何,有一件事是可以确定的——不砸试管,我是百分之百会被泡在缸子里的。

这时,神差鬼使的,我突然想起辰北说过的一句话:"自私,是社会向前走的动力。"

于是,我感到嘴角的肌肉微微向上扯了一下,我松开了握着试管的手指。

"砰——"

星船魅影

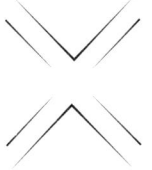

尹冰峰

漫长而无聊的旅程终于快要到头了。

深空科学考察飞船"探索者11号"的军械库中，加兰德·洛克维尔中士坐在桌前，耐心地保养着他的M66自动步枪。

加兰德是位典型的军人，身材高大健壮，有着犹如健美运动员般的强健体魄。他左边脸颊上有一道深深的伤疤，其左眼已经被电子义眼取代，这只电子眼安装在被钛合金加固的眼眶内，让他的脸看起来颇为可怕。

今天加兰德心情很好，他一边哼着那首著名的《陆战队员，突击！》，一边小心翼翼地给枪机组件上油。军械库里面现在只有他一个人，这里位于"探索者11号"船舱下方的位置，以前是无人探测器机库，一般情况下没有人会来这里。

三个月的深空考察，对于加兰德来说简直是一场灾难。这艘科学考察飞船在远离人类文明圈的MM3G-9星系待了足足三个月，那里没有女人没有酒也没有任何娱乐，有的只是飘荡在星系中的红色尘埃和远处XL68星云硕大无朋的身躯。不过作为一名随船军士，加兰德也没有什么好抱怨的，毕竟这是上级的命令，身为军人，服从命令是他的天职。但是，直到现在他也想不明白，为何军方要为每艘深空科学考察飞船配备两名陆战队员？要知道，仅凭区区两名陆战队员，根本不可能"在危急时刻保护科学考察飞船"。不过命令终究是命令，在士官学校接受了系统军事训练的加兰德，从来不对上级的命令提出任何疑问。

时间很快过去了一个小时，活儿干完了，加兰德把他的宝贝步枪重新组装起来，然后小心翼翼地将它放回了墙边的武器架。

在武器架上，还躺着另外四支同样型号的自动步枪，油光闪闪，状态良好。

状态当然很好，实际上，在整个考察行动中，加兰德除了保养武器之外，几乎无事可做。

在自动步枪旁边，两把造型凶悍的电锯刀正闪着寒光。这是一种威力惊人的近战武器，轻易就能把穿着动力铠甲的陆战队员劈成两半。

不过它们和那些步枪一样，仅仅为飞船增加了一部分载重而已，在整个考察任务中毫无用武之地。

昨天下午，"探索者11号"科学考察飞船终于开足马力踏上了归途，再有大约七十小时，它就能返回基地了。

这艘深空飞船不辞劳苦地跑到这个偏远星系来，当然不是一时心血来潮，而是肩负着重大使命。

二十年前，当人类的深空探测器第一次到达MM3G-9恒星系时，就在该星系的小行星带附近发现了某种奇特的辐射信号。直到两年前，科学家们才搞清楚辐射信号的来源——人类派出的第二艘无人深空探测器，在这里发现了一种奇异的植物，它们生长在小行星带中，似乎是某颗行星粉碎之后的幸存者……

这些植物居然能生长在宇宙环境中！它们奇特的生理构造引起了联盟科学界的极大兴趣。但是，战争期间科研探索活动得到的经费很少，那艘无人深空探测器因此比较低端，并不具备返回基地的能力，而且它搭载的设备也颇为简陋，那些设备只传回一些基本资料就报废了，不过，传回来的这些资料也足以让联盟政府下定决心组织正式的科学考察行动。

探测器发回的资料显示，这种外星植物有一种很奇异的特性：它能将一些人类很难获取的贵重金属在自己身体内精炼之后，慢慢汇集在种子里。它们的种子，可以说实际就是一艘微型宇宙飞船，被母体发射出去之后，甚至能够在太空中漂流数百万年，一旦遇到合适的小行星，就会登陆其上，继续生长繁育。

这种前所未见的外星植物引起了联盟当局的极大兴趣——有了它们，开采小行星的效率将提高数百倍！科学家们将这种神奇的植物暂时命名为"ICE"。

很快，"探索者11号"就受命前往MM3G-9恒星系，想初步揭开这种植物的秘密，并尽可能地带回一株活体样本。

结果"探索者11号"科考飞船不负众望，飞越星空来到此地，成功地采集到了一棵完整的ICE植株以及数十枚种子，圆满地完成了这次科学考察任务。

　　锁好军械库的大门之后,加兰德顺手把ID卡塞进了上衣口袋,他可不希望无关人员随便进出军械库。

　　一想到七十多个小时之后自己就能到基地附近的酒吧里开怀畅饮,加兰德的心情顿时好到了极点。他已经三个月没碰含有酒精的饮料了,虽然这对飞船上的科学家和船员来说不算什么,但是对一名参加过战争的陆战队员来说却是一场残酷的煎熬。在枪林弹雨的战争中刀口舔血的军人们,基本都离不开香烟和烈酒。

　　两年前刚刚结束的战争,对整个人类联盟影响非常大,这场由几个超级经济实体互相争夺资源和市场而引发的巨大战乱,险些使银河系人类联盟解体。不过这场战争跟一千多年前发生的殖民地独立战争比起来,则只能算是小巫见大巫了。千年前的那场空前规模的独立战争,虽然摧毁了地球联邦的殖民帝国,但是也造成了难以想象的巨大破坏。天崩地裂的独立战争令人类文明圈几乎被焚烧殆尽,科技和经济都倒退了数个世纪。直到新宇宙历元年,随着银河系人类联盟的成立,人类文明才进入了第二个黄金时期。

　　不过在独立战争末期,倒也出现过一个科技研发的"小高潮"——当时处于劣势的地球联邦为了挽回败局,孤注一掷进行了许多疯狂的研究,结果制造出了一大批破坏力极强的武器,其中最著名的莫过于可以摧毁行星的"星球破坏者"超级炸弹。幸运的是,这种超级武器从来没有投入过实战。不过,作为那个疯狂时代的遗产,那些隐秘的甚至惨无人道的研究,仍然不时影响着千年后的人类世界——它们犹如噩梦深渊之中的鬼魅,会突然从阴暗的角落中冒出来。

　　距离开饭还有一点儿时间,加兰德决定去生物实验室看看飞船上的那位"贵客"。

　　生物实验室的门上涂着吓人的警示标志,实验室的每个出口都是双层舱门,带有独立的气密和消洗设备,以确保全舰的生化安全。

　　一根巨大的玻璃管被安置在实验室中央,"探索者11号"所采集到的神奇外星植物ICE样本正静静地待在里面。玻璃管是真空的,用来模拟ICE生活的太空环境，同时确保样本处于完全不被污染的状态。

四盏聚光灯从四个方向照射着玻璃管，ICE犹如水晶般晶莹剔透的外皮，在灯光下闪烁着令人心醉的光芒。植株顶端巨大的绿色晶体内，一枚种子正在孕育，它看起来就像是一颗无瑕的宝石，被镶嵌在巨大的琉璃底座上。

"中士，你看一看是可以的，但不要乱动东西。"拉尔夫·雷克曼教授的秃头出现在了玻璃管后面。他是这个研究组的领导者，但却不是个很容易相处的人。怎么说呢？这个矮小的男人身上有种科学家不应该有的虚荣心。他是联盟的著名生物学家，从第一眼看到ICE时起，就深深地迷上了它。作为一名科学家，他的各项能力都是最出众的，但是作为一个同伴，加兰德却不喜欢这个脾气古怪又非常小心眼的家伙。这家伙似乎时刻都在担心自己的研究成果被别人抢走，虽然这是绝对不可能发生的事情。

"研究进行得还顺利吧？"加兰德问道。

"一切都在计划之内。"雷克曼教授回答，"对ICE的初步调查已经顺利结束，样本也采集到了。下面将转到专门的科研空间站进行深入研究。"

"我说教授，"加兰德突然想到了一个有趣的问题，"把这个东西从玻璃管里面拿出来会怎么样？我是说我们为什么不干脆找个花盆来。"

"你可真会开玩笑。"雷克曼教授瞪了他一眼，"对ICE的研究还在起步阶段，它身上还有着太多的秘密，不过有一点可以确定，在富氧环境中它会发生某种改变。"

"某种改变？"加兰德抬起了眉毛，"也就是说放在花盆里会养不活它？"

"我们不要再谈花盆了，"雷克曼教授显得有点儿不耐烦，"我说了，这行不通！"

加兰德看出这个家伙似乎不喜欢和自己讨论太多问题，一来为了让自己的研究资料不至于泄露，二来教授大人可能认为在一个从军的"粗人"身上浪费时间是件得不偿失的事情。一副知识精英的臭脾气……想到这里，加兰德只好苦笑了。

就在这时，身后的钛合金舱门滑开了，一位戴着近视眼镜的年轻女性走了进来，她是研究组的成员瑟希尔·李博士。

加兰德对她印象不深，所以只是扫了她一眼，就把目光重新聚焦在ICE身上。跟这个行为低调而且丝毫不懂得打扮的女人相比，这株奇异的太空植物更能引起加兰德的兴趣。

"弗兰克舰长请大家到餐厅用餐。"瑟希尔博士用她那丝毫不讨人喜欢的语气说道，"吃饭时间已经到了，为庆祝这次考察取得成功，我们打算举办一个小小的庆功宴。"

雷克曼教授犹豫了一下，看起来好像内心很矛盾。

刚开始的几秒钟，加兰德有些担心教授大人会一口回绝，但是几秒钟后，雷克曼教授关闭了他面前的全息面板，很不情愿地从座椅上站起身来。

加兰德不由得轻轻松了一口气，至少这个家伙没有直截了当地拒绝邀请。

舰桥下方的餐厅里，其他船员基本已经到了，钛合金餐桌上摆放着许多锡纸包装的餐盒。菜色还是那么单调，而且基本都是没有什么滋味的脱水食品，不过食物总量比平时多了不少。

航海长张晓云这会儿正在讲述他早年的航海经历，此刻说的似乎是穿越F88L1星云的那一段。他身旁的艾米莉·冯·帕兰听得很专注——她其实是一名还在准备论文的研究生，总是扎着两根羊角辫，在这艘飞船上担任雷克曼教授的助手，是个天真到无敌的小姑娘。

除了沃尔特·弗兰克舰长的位置空着之外，左边还有一个空位，它属于联盟宇宙军陆战队的克隆人士兵卡尔5181上等兵，这名克隆人士兵，就是加兰德在飞船上唯一的一个同袍战友。

加兰德大大咧咧地在自己的位置上坐了下来，他看到瑟希尔博士在自己对面坐下，挨着胳膊上满是文身的张晓云和随时阴沉着脸的雷克曼。

就在这时，卡尔5181走了进来。卡尔5181要比他的长官年轻许多,他是按照标准士兵计划制造的克隆人士兵,出生在军队的生物工厂里,按编号来看,他应该是第五千一百八十一个"卡尔"的复制品。现在克隆人士兵的比例,已经占到了军队总人数的百分之七十六,但是因为科学考察飞船的特殊使命,联盟政府规定飞船上面必须至少有一名自然人士兵,于是才有了这两位的奇怪组合。

卡尔5181在加兰德身边坐下,抬头挺胸坐姿非常标准,跟他慵懒的长官形成了鲜明对比。克隆人士兵被设定成必须绝对服从命令,他们的纪律性非常强,从平时的生活习惯就能看得出来。

舰长迟迟没来,而他不到场,大家就不能开始用餐,这让肚子开始咕咕乱叫的加兰德很不满。

"张,"加兰德摇晃着手里的叉子,"去看看舰长大人是不是掉到厕所里去了。"

"好的,我这就去……"虽然嘴上这么说,但张晓云却一脸的不满,不过碍于膀大腰圆的加兰德无形的武力威胁,这位花花公子不敢有任何异议。

张晓云不情不愿地站起身来,走向通往舰桥的电梯。

舰桥实际上就在餐厅正上方,那里是整艘飞船的指挥控制中枢,舰载计算机系统的主机也安放在那里。

几分钟后,张晓云的惊叫声传来,然后他连滚带爬地跑了回来,脸上的表情仿佛见了鬼。

"不好了!"他用颤抖的声音叫喊着,"弗兰克舰长被……被杀了!"

所有人先是一愣,大家的第一反应是他在开玩笑,但他脸上的表情显然不是装出来的。那是恐惧,深深的恐惧!

"5181!"加兰德站起身大声命令道,"看住这个家伙!"

"遵命,长官。"卡尔5181面无表情地上前一把扭住张晓云的手臂,猛地把他按倒在地,用从不离身的手枪顶住了他的后脑。卡尔5181下手毫不留情,仿佛面前的这个人就是危险的敌人,尽管实际上他们已经相处快一百天了。

紧急情况终于发生了……不过这也给了加兰德上场的机会，无所事事地在船上待了三个月，他这个陆战队军人终于有机会稍微表现一下了。现在必须去舰桥看看，先确认一下具体情况。想到这里，加兰德拔出了枪套内的手枪，大步流星向电梯走去。

雷克曼和艾米莉显然还没有意识到发生了什么事情，大概还认为张晓云只是在开玩笑。但是就在电梯关闭的一刹那，瑟希尔突然紧跑两步跳了上去。

"李博士，"加兰德严厉地责问，"你来做什么？"

"我只是想帮忙。"她面无表情地回答。

"帮忙？"加兰德冷笑着抽出另外一支手枪，递给了瑟希尔，"这个你会用吗？"

"啊，这……"瑟希尔望着这件冰冷的武器，轻轻摇了摇头，"我不会用枪，而且也不打算用。"

就在这时，电梯门打开了，加兰德走出电梯，突然转身，一把将跟在身后的瑟希尔给推了回去，然后顺手把电梯按到了最下层。这样一来，等这个麻烦的女人再把电梯升上来，他也基本上把事情办完了。

舰桥内的气氛很奇怪。导航系统正在自动工作，全息面板上闪烁着目的地的导航坐标以及各种图表，左下角是跃迁航行的剩余时间，现在距离跃迁结束还有七十一小时二十二分钟。

一切看起来都很正常，不过，诡异的气氛却让人有点透不过来气。这里太安静了！除了电子设备工作时发出的低沉的嗡嗡声，舰桥内再没有别的声音。

"沃尔特！"加兰德叫道，"你又睡着了吗？"

没有任何回应。

虽然有些不祥的预感，但加兰德还是觉得张晓云可能只是在戏弄他。沃尔特·弗兰克舰长年龄不小了，估计这次航行结束就要退休了，他是个比较阴沉的人，不爱说话，但是各项能力都很出众，深空航行经验也非常丰富，在业内称得上是口碑载道。只不过因为上了年纪的缘故，这位老船长偶尔会在舰桥打瞌睡。现在他会不会是又睡着了？

舰桥中央的舰长席还处于"航行"位置，它被一条液压臂举在半空中，靠近主全息面板，非常方便舰长总揽全局。科学考察飞船的自动化程度非常高，这艘飞船上除了负责手动掌舵与导航的航海长，唯一的船员就是舰长了。以前的标准六人班子——舰长、副舰长、航海长、通讯官、扫描系统操作员和轮机长，现在已经缩减到了两人，很多工作都必须由舰长来做。加兰德按下控制台上的按钮，机械臂自动把舰长席降了下来，在那张加固座椅上，他看到了沃尔特·弗兰克的尸体。

瑟希尔好不容易又把电梯升了上来。门开了，加兰德站在门口，他似乎已经在电梯门口等候多时了。他脸上的表情非常严肃，电子义眼闪动着令人不安的红光。

"我需要你的帮助，博士。"加兰德冷冰冰地说，"请跟我来。"

口气不容辩驳，加兰德对她下达了命令。舰桥内不正常的安静显得十分诡异，这让瑟希尔感到有些不舒服。

加兰德来到舰长席旁边，示意她看椅子上的东西。

瑟希尔犹豫了一下，还是走了过去，她看到了舰长沃尔特·弗兰克，但他已经变成了一具可怖的尸体。

这绝对不是正常死亡的尸体，弗兰克仍穿着自己最喜欢的深蓝色舰长制服，但却犹如木乃伊般干枯，耳朵和嘴巴里还残留着绿色的黏液，在他们正上方的通风口上，她看到了同样的黏液，而这些黏液似乎似曾相识。

舰长死了，已经没有人能对这艘飞船上的中央计算机下达控制权限三级以上的指令，也就是说，"探索者11号"现在无法改变航行计划，提前结束跃迁。

他们完全被困住了。

"博士！"加兰德打断了她的思绪，"你能告诉我这到底是怎么回事吗？"

"不知道。"瑟希尔摇了摇头，"但是我想……这下雷克曼教授的假设可以证明是正确的了，ICE在高氧环境中似乎会发生某种改变……"

看到这么诡异可怕的尸体,她居然还是一副镇定的表情!加兰德觉得这个女人很是奇怪。他拉着她快步走向电梯,直奔舰体前部的生物实验室。

生物实验室的钛合金舱门滑开的瞬间,他们看到了满地粉碎的玻璃,封存在真空玻璃管里面的ICE样本不见了!

"原来如此。"瑟希尔捡起了一块玻璃碎片,"看来ICE在吸收了氧气之后,能够像动物一样移动,而且它们的杀戮欲望出乎意料的高。如果它因此被判定为不适合人工培育的危险物种的话,联盟当局用它来开采小行星的计划很可能会彻底泡汤。"

一边说着,瑟希尔一边检查了全息面板上的数据,但却发现许多数据都消失了。

"博士,赶快离开这里!"加兰德紧握着手枪,"我要封闭整个前舱,既然那东西能在通风系统里面移动,必要时我会考虑排干飞船内所有的空气!"

"那我们怎么办?"瑟希尔问道。

"到救生艇上去!"加兰德说,"那里与飞船只有一个舱门连接,易守难攻。"

的确,现在躲到救生艇上是个好主意。那里有足够的食物和氧气,支持二十天都没有问题。只要熬到"探索者11号"结束跃迁航行,他们就能立刻向海事部门求救。

几分钟后,两人回到了餐厅,卡尔5181仍然忠实地执行着长官的命令,被按在地上的张晓云一脸痛苦的表情。不过他没有求饶,因为他知道求饶也是没用的,克隆人士兵没有自我意识,他们只会绝对忠实准确地执行长官的命令,即使长官让他们用枪打自己的脑袋,他们也会毫不犹豫地执行。

"放开他。"加兰德命令道。

"遵命,长官。"卡尔5181松开手,然后收起了手枪。

张晓云站起身来,他的手臂差点被折断,因此目光中满是怨恨。他狠狠地瞪了面无表情的卡尔5181一眼,然后没好气地回到了自己的座位上。

"弗兰克舰长确实死了。"加兰德开门见山地说,"根据上级的规定,现在这艘飞船由我指挥,我和5181将保证各位的生命安全,但是这一切都有一个前提,那就是你们必须绝对服从我的命令。"

"到底发生了什么事?"雷克曼教授忐忑不安地问。

"ICE样本逃走了,"瑟希尔面无表情地解释,"弗兰克舰长已经被那个怪物杀死了,它从通风口潜入了舰桥,把舰长吸得像干尸一样!"

"天哪!"艾米莉惊叫起来。

"我们该怎么办?"张晓云也是一脸惊惶。

"冷静!"加兰德喝道,"我说了我会保护你们,这是我的职责,也是我待在这艘飞船上的唯一理由!我必须重申,从现在开始你们必须服从我的命令,这样我才能确保你们活下去,我会在危急时刻舍身保护你们,但我不会救那些不服从命令而自寻死路的人。"

短暂的沉默之后,大家都默许了加兰德的要求。餐厅里的气氛变得很奇怪,原先为庆功宴所准备的食物还放在桌子上,但现在它们却像腐烂的垃圾一样让人作呕。

没人还有心情庆祝。ICE身上有着太多的谜团,所有人都清楚这一点,而且现在它开始大开杀戒了,每个人的性命都处在极端危险之中。

"所有人都给我到救生艇上去!"加兰德说,"5181,你去军械库拿武器。"

"遵命,长官。"克隆人士兵从来不会说不,卡尔5181转身朝军械库方向走去。军械库位于舰艏,距离生物实验室只有十几米远,现在已经是非常危险的区域了。

"洛克维尔中士,"小天真艾米莉抗议道,"你的命令会杀了他的!"

"这是他的任务。"加兰德的义眼闪着红光,表情冷酷得吓人,"他就是为这种情况而存在的,而且他有能力完成任务。不过最重要的是,我不允许有人质疑我的命令,请大家务必记住我的话。"

艾米莉吃了当头一棒，顿时吓得不再言语了。

加兰德说得没错，克隆人士兵就是为了应对这种情况而存在的，他们是活生生的消耗品，与武器弹药的地位相同。这里的每个自然人都受到联盟法律的保护，而克隆人士兵却只是军队的财产。

"好了，所有人注意！"加兰德转向其他人，"女士们先生们，请立刻做好前往救生艇的准备，我们在跃迁航行结束之前将坚守在那里。"

"好主意！"张晓云第一个赞成，"那里易守难攻。"

"如果我们在路上……"艾米莉一脸恐惧。

"别害怕，"张晓云摸摸她的头安慰道，"中士他们会保护我们的。"

"那么……"加兰德再次清点了一下人数，"等一下，雷克曼教授去哪儿了？"

"教授他……他刚才还在这里！"艾米莉也吃了一惊。

"糟糕！"瑟希尔立刻猜到了一切，"他一定是去试验室回收那些实验数据了！"

"这个混蛋！"加兰德从牙缝里蹦出了几个字，"等5181回来之后我去找他，你们现在先别动，餐厅是以前的储藏库，基本上是个封闭的区域，待在这里目前还很安全。"

"可是，这样的话……"瑟希尔试图说什么。

"我说了，李博士！"加兰德喝道，"不要质疑我的命令！现在如果我去找雷克曼教授，或许来得及，可这么做的话我就要在他和你们之间作出选择，那怪物也许真会杀了单独行动的雷克曼教授，但是我离开这里的话它也许就会乘虚而入进来杀了你们。一条命和三条命，我必须保证更多人的安全！"

完全是军人的判断，就像在战场上一样。不过这个理由却并不能使所有人信服。战争总是会有牺牲，但是这里却不是战场。

就在这时，钛合金舱门滑开了，身穿动力铠甲的卡尔5181走了进来，他全副武装，手持M66自动步枪，显得十分威武。此外，他还为他的长官带来了一套同样的装备。

加兰德在一分钟内穿戴完毕。

"守住这里，"他对5181说，"如果十分钟内我不回来，就带他们去救生艇，然后死守在那里，直到脱离危险。"

"遵命，长官。"5181面无表情地回答。

加兰德拉动枪栓，安静得令人窒息的餐厅里响起枪机滑动的哗啦声，令人悚然。

随后，加兰德扫了身后的幸存者们一眼，转身独自消失在钛合金舱门后面。

以前不知道走过多少次的连接通道，今天却显得和平时不太一样，没有任何声音，气氛诡异得可怕。

这是心理作用，还是真的有什么东西隐藏在角落里准备给来往者致命一击？加兰德无从分辨，也不愿去想这些事情，他在战场上失去了百分之三十四的躯体和自己的左眼，早已半机械化的他，已经不再对死亡心存敬畏，对他来说，恐惧是最好的兴奋剂。

连接通道内并没有发现任何异常，但是气氛却显得愈发不对头，空气中弥漫着臭氧的味道，似乎是某种能量反应之后的结果。

加兰德按动领子侧面的按钮，折叠式头盔立刻从动力铠甲的领子后面弹出来，完全包裹住了他的头部。现在他顶盔贯甲，手持杀伤力惊人的单兵武器，但是，这身装备究竟能不能对付那株该死的外星植物呢？

生物实验室大门上的警示标志，现在比任何时候都让人毛骨悚然，不过这大门看起来没有什么损伤，在他接近的时候，门上的感应器自动将门开启。

里面看起来一切正常，除了满地的玻璃碎片之外，这里并没有什么不正常的地方。

"雷克曼教授！"加兰德喊道。

没有回应，这太奇怪了。实验室里静得可怕，但是加兰德却非进去不可。在跨过门槛的刹那，他用自动步枪依次指向危险可能存在的方向，整套动作在一秒钟内完成。

然而，除了脚下玻璃碎片被踩碎的声音，什么动静也没有。原先装载ICE的真空玻璃管已经破碎，只留下不足五分之一的高度还耸立在基座上，四周的控制台上满是大大小小的玻璃碎片。

"雷克曼教授！"加兰德再次开口喊道，但是声音却比第一次小了很多，显得有些底气不足。

寂静依旧包围着生物实验室，只有玻璃碎片在他脚下粉碎。

加兰德小心翼翼地绕过玻璃管的残骸，在后面控制台旁的座椅上，他找到了拉尔夫·雷克曼的尸体。

那具尸体倒在控制台上，和弗兰克舰长的尸体一样变得犹如木乃伊般干枯，衣服上沾满了绿色的黏液。此外，附近通风口的百叶窗也被破坏了，扭曲的金属片上也附有许多绿色的黏液。

加兰德单手持枪，用另一只手把尸体翻了过来。干枯的尸体没有任何弹性，硬得像石头一样，但尸体身上的衣服却基本上完好无损，和弗兰克舰长的制服一样，飞船上所有人身穿的都是特制的舱内活动服，统一由耐高温材料制成，而且非常结实，看来那怪物对这种衣服并不感兴趣。

加兰德搜查了尸体的口袋，想找到一些线索，但是除了两块融化的巧克力外，什么也没有。

"5181，"他按下通话键，"目标已经死亡，我马上就跟你们会合。"

"收到。"耳机中传来机械的回应。

事不宜迟，加兰德立即离开生物实验室，以最快的速度返回了餐厅。

看到他一个人回来，其他幸存者的脸上无不露出更加深重的恐惧。

"所有人现在都到船艉的救生艇去！"加兰德用不容辩驳的口气命令，"立即行动！快！"

没有人表示异议，所有人都听从他的指示沿着通道向救生艇移动，同时保持着令人窒息的沉默。

卡尔5181端着自动步枪走在最前面开路，加兰德负责断后。这是标准的小队战术，可惜中间那几位并非训练有素的陆战队员。

"中士,"瑟希尔突然开口了,"雷克曼教授……"

"现在不要跟我说话,李博士。"加兰德打断了她,"而且也不要停下来,继续前进,直到我们登上救生艇!"

瑟希尔没有反驳,也没有抱怨,她只是加快了脚步。加兰德从看到这个女人的第一眼开始就有种很奇怪的感觉,她并不是个美女,个子不高,混血,一头罕见的深黑色长发,年龄可能在二十到二十五岁之间(实际上这个数值可以扩大到十八到二十八岁),不过具体年龄无法判断。她眼睛的颜色和头发一致,但是脸型却带点儿白种人的轮廓。她鼻梁上那副近视眼镜的镜片足有杯底那么厚,虽然现在近视矫正手术已经变得和理发一样简单普遍,但眼镜依然作为一种个性文化流行于各个星球,不过,加兰德总觉得那副眼镜的功能远不止装饰品那么简单。一成不变的白色研究员制服,再加上很糟糕的身材(特别是那毁灭性的扁平胸),加兰德很少把目光聚焦在她的身上,他宁可多看艾米莉两眼,至少那个女孩高耸的双峰还是很能吸引男人的目光的。

在出事之前,瑟希尔在大家眼里都是个可有可无的人物,即使在研究组里面,瑟希尔也不过是雷克曼教授的候补,甚至可以说算是个多余的闲人,她的工作实际上只负责整理实验数据。但是自从出事开始,她总是令加兰德不自觉地格外留意。

"探索者11号"是一艘第九代深空科学考察飞船,是联盟自动化程度最高的飞船之一。从第四代开始,考察飞船就在尾部设置了一个小小的船坞,里面停放着一艘标准型救生艇。除了进出舱口,救生艇和母舰没有任何联系,那里的生命维持系统和能源供应系统都是独立的,从功能上说,它完全可以作为发生事故时的临时避难所。

穿过备用发电机舱和引擎舱,一行人终于来到了停放救生艇的船坞。

加兰德取出ID卡,在那道与众不同的圆形舱门上刷了一下。

但是门锁却并没有变成绿色!

"怎么搞的?"他又刷了一下,结果仍是如此。

"出什么事情了?"张晓云不安地问,"门打不开吗?"

"航海长，"加兰德转向他，"这到底是怎么回事？眼下你是这艘飞船上唯一的船员了，你比我更了解这艘飞船，现在请你告诉我发生了什么。"

"我不知道……"张晓云的笑容因为紧张而显得扭曲，"不过我可以试试看。"

说着他打开了舱门旁边的全息面板，一大堆杂乱无章的数据立刻挤满了那块小小的全息屏幕。

张晓云手足无措地浏览着那些信息，神经质地咬着指甲。

"中士，"瑟希尔突然开口了，"救生艇不见了！"

"什么！你说什么？"

加兰德转向她，只见她正站在舷窗旁边，打开遮光罩之后，从这里可以看到船坞内的情况。他抢到窗边向里面望去，只见船坞内空空如也。

救生艇真的不见了！

加兰德感到一阵眩晕，他在军旅生涯中经历了无数绝境，即使被敌人团团包围在一个小高地上，他仍手持电锯刀一边大吼，一边拼命斩杀面前的敌军士兵。但是这次不一样，太奇怪了，简直像是被人暗算了一样。从理论上说，太空飞船因为意外事故弄丢救生艇的概率大约只有四十万分之三，虽然说并非完全没有可能，但是现在怎么说也太巧合了一点儿，偏偏在这个时候飞船上的救生艇不翼而飞了！

A计划失败了……

然而没有B计划！

情况正在变得越来越糟，但是加兰德却没有力量阻止它继续恶化。如果是在战场上的话，他有上千种方法应对各种突发事件，但是在这艘科学考察飞船上，面对那株像疯子一样袭击人类的外星植物，他却一点儿对策都没有。这里不是他的主场。他是名军人，被训练出来与同类战斗，但是面对人类以外的敌人，那些训练却突然不再有效。

加兰德有些无助地扫了一眼身旁的卡尔5181，却发现这个士兵正在坚守着自己的岗位，等待上级的命令。

要是自己也像克隆人士兵一样不用思考就好了……不知为何,加兰德突然有些自暴自弃。

"我受不了了!我要离开这里!"

一声歇斯底里的大叫从身侧传来。加兰德扭过脸去,看到张晓云正发疯似的用双手指甲抓着舱门。他目光迷乱,嘴角挂着神经质的扭曲笑容,很明显,他已经崩溃了。

瑟希尔正全力按着张晓云,旁边的艾米莉一脸无所适从的样子,卡尔5181仍然坚守着自己的位置,对身旁发生的事情完全视而不见。

"住手!"瑟希尔喊道,"请冷静一点,张!飞船正处于跃迁航行状态,你现在出去会被卷入亚空间消失得无影无踪!甚至连尸体能不能回到我们的世界,都不确定!拿出你的勇气来!你不是曾经穿越过最危险的F88L1星云,参加过人马座A星的探险考察吗?现在你的勇气都到哪里去了?"

张晓云突然停下了动作,瑟希尔的话好像击中了他的要害,他慢慢跪了下来,抱起双臂不停地颤抖,好像被丢进了北冰洋的小狗。

良久,他才缓缓说道:"我那些经历……都是骗人的……我从来没去过人马座A星,也没有穿越过F88L1星云……那些……那些都是我编造的……在来到这艘飞船上之前,我……我其实是个毒品贩子……因为得罪了黑道上的狠角色,在新拉斯维尔待不下去了,才……才花高价伪造了履历和身份,来到这艘飞船上的……"

听了张晓云断断续续的坦白,瑟希尔无奈地叹了口气,她站起身来转向旁边的艾米莉,却看到那个女孩眼眶里全是泪水。这个刚刚离开大学校门的小姑娘可是张晓云百分之百的粉丝,每天都要听他讲述那些编造的冒险故事,而且两人似乎还在谈恋爱……

"你这个骗子!"艾米莉狠狠给了张晓云一巴掌,然后站到了瑟希尔身旁。

张晓云捂着脸跪在那里一动不动,仿佛生命和灵魂都已经离开了那具腐朽的躯壳。

加兰德有些幸灾乐祸地看着这一切,他早就看不惯这个轻浮的家伙了,只不过一直没有机会教训这个混蛋。

然而,马上加兰德的心就更沉了,现在情况真的变得更糟了,这位号称有"两万小时星际航行经验"的航海长,实际上只是个伪造履历的贩毒为生的小混混……虽然因为疆域广大、飞船太多,而且战争也才刚刚结束,政府部门的人事资格审查工作十分混乱,出现这种情况并不算什么稀罕事,但在如今这境地,后果可太严重了!现在活着的人里面没有一个可以给他提供正确意见的人。下一步怎么办?加兰德思考着,但却根本找不到答案。

"我们去备用舰桥。"瑟希尔突然开口了,"既然救生艇已经不见了,我们可以去备用舰桥暂避一下。那里是个相对独立的区域,而且有装甲保护。"

她说得没错,备用舰桥是为了在舰桥失去机能的情况下应急控制全舰用的备用指挥设施,位于飞船艉部,距离这里不算太远。更重要的是,备用舰桥的防御能力较强,系统虽然比较简单,但是该有的基本上都有,便于掌握飞船的情况。

"等一下,"加兰德突然按住了瑟希尔的肩膀,"你好像很了解星际飞船……"

"你在怀疑我吗?"瑟希尔转过脸来。

"怀疑?"加兰德苦笑道,"我只是觉得有点奇怪,这些事故和巧合,是不是来得太集中了一点?先是你们的宝贝样本莫名逃脱,然后是救生艇意外丢失……巧合得太离谱了,我不得不怀疑我们之中有人在捣鬼!"

"你怀疑我吗?"瑟希尔若无其事地推了推眼镜。

"我认为这些不仅仅是意外。"加兰德冷冷地说,"如果有人想抢走考察成果,然后让自己出名的话,我想我们中唯一会这么干的,只有你了。李博士,你不满自己候补的地位,于是利用ICE谋杀雷克曼教授,然后抢夺研究成果,这完全是有可能的。"

"你说的没错。"瑟希尔望着他的眼睛,"也许真的有人想干掉我们,但我可以很确定地告诉你,那个人并不是我。"

两人陷入了对峙,这场冷战持续了整整一分钟。加兰德想从瑟希尔黑夜般深邃的眼瞳中找到什么蛛丝马迹,但他却只看到了无尽的黑暗。

"不要指望离开我的视线。"加兰德率先结束了毫无意义的对峙,"否则我会毫不客气地轰掉你的脑袋。"

"没问题。"瑟希尔并没有生气,"你如果找到什么证据的话,请务必告诉我。"

加兰德愣了一下,他下意识地摸了一下自己的口袋,那两块融化的巧克力仍然躺在口袋深处。他不确定这到底是不是证据,但是他却对此抱着一丝希望。

一行人转向备用舰桥。

他们乘坐电梯来到了二号机械舱,这里是通往备用舰桥的唯一路径。不过这个地方是无人值守区域,所以照明并不充足,机械噪音极大,热交换系统漏出的大量蒸汽把这里变得犹如蒸汽浴室一般。四座核聚变反应堆正在过道两旁的黑暗中默默地工作着,它们负责为全舰提供能量,包括正在运转的跃迁驱动器和次元跳跃护盾。

大家的队形还是和先前一样,卡尔5181在前面开路,加兰德殿后,瑟希尔走在加兰德前面,时刻都在他的视线之内。这个女人到底在想什么?加兰德有些茫然,明明受到了那样的威胁,她还一副若无其事的样子。从前这个女人几乎完全没有什么存在感,但是现在她却成了整个事件的关键人物,这让加兰德怎么也想不明白,难道……

就在这时,灯光突然熄灭了。

嘈杂的机械噪音中顿时响起了年轻女孩的尖叫,紧接着一个男人发出了惨叫。

怎么回事?夜袭?还是……加兰德立刻激活了左眼中的热成像仪,几块热斑马上出现在了他的视野中,这只电子义眼的功能有很多,红外线成像只是其中之一。

看上去,好像所有人都在,但弥漫的滚烫蒸汽却严重干扰了加兰德左眼中的热成像仪,前方的视野始终非常模糊。

"5181！"加兰德喊道，"报告情况！"

"没有发现敌人。"前方传来了一个冷静的回答。

克隆人士兵一直处乱不惊，而自己这个老兵却险些惊惶失措……加兰德有点觉得自己真是老了。在部队里，大家都认为被派到这种民用科考飞船上去当"保安"，本来就跟养老差不多。士兵年纪大了就给安排点清闲的任务，司令部对老兵们一直都还算比较照顾。

"清点人数！"加兰德喊道，"瑟希尔·李！"

"我在这里，艾米莉也在。"瑟希尔回答。

加兰德转向声音的方向，两块热斑正偎依在一起，瑟希尔似乎正在安慰惊慌失措的艾米莉。那个年轻姑娘受到了很大的惊吓，现在正哭成一团。

"张晓云？"

没有回答。

"张晓云！"

仍然没有回答。

"5181！"加兰德命令，"向我靠拢！"

几秒钟内，这个克隆人士兵就出现在一团蒸汽后面，他全副武装、镇定自若。

加兰德先前听说过有克隆人士兵在前线发疯的传闻，但现在看来，那些传闻肯定都是编造的。他的手下非常沉着，忠实地执行着他的每一个命令。不过一想到自己可能会带领几十名长得一模一样的士兵冲锋陷阵，加兰德就感到一阵发毛。幸好这里只有一个卡尔，虽然宇宙中至少还有五千一百多个一模一样的他……

"张晓云呢？"加兰德问道。

"我没有看到他，长官。"卡尔5181准确地回答。

"糟糕！那小子被抓走了！"

就在这时，黑暗中传来了撕心裂肺的哀号，在蒸汽弥漫的过道上显得异常恐怖。

灯光还没有恢复，但加兰德已经等不及了，他命令卡尔5181留在原地，自己端着枪朝惨叫传来的方向跑去。

有什么东西在黑暗中，那株恐怖的外星植物也许正在等着他自投罗网……

热成像仪很快发现了一个活动物体，加兰德毫不犹豫地扣下了扳机。M66自动步枪立刻喷射出了死亡之火，一串子弹穿过弥漫的蒸汽扑向那个目标！

但是由于蒸汽的缘故，加兰德始终无法看清那个东西到底是什么样的。

黑暗中传来了几声响亮的撞击声，火花四溅。很明显，加兰德打中了什么东西！但他并不确定究竟有多少子弹击中了目标。

一切都像安排好了一样，昏暗的照明灯突然亮起，一具木乃伊般的尸体出现在了加兰德的脚下，尸体上沾满了绿色的黏液。

这是张晓云，仅仅消失了不到两分钟，这名轻佻的毒品贩子就变成了这副德行，活像被吸干了体液的僵尸。

"可恶！上当了！"加兰德狠狠地咒骂道。

事不宜迟，他立刻返回了过道，那个可怕的东西就在前面，现在前往备用舰桥简直是在自杀！

看到加兰德出现在弥漫的蒸汽中，瑟希尔轻轻地松了口气，加兰德注意到了她的表情变化，那样的表情并不像是刻意做出来的。但他却并不能就此将她从嫌疑人名单上勾掉，凶手一定在他们中间，那么，最后活下来的必然就是凶手了。

"立刻离开这里！"加兰德凶狠地命令道，"那个东西就在前面，我们继续前进只有死路一条！"

没有任何反对意见，一行人惊惶失措地逃出了机械舱。最后一个出来的加兰德锁死了舱门，他希望这道看起来并不怎么结实的钛合金舱门能为大家争取一些时间。

"我们一定会死在这里……"艾米莉突然冒出这么一句。

这个女孩已经开始崩溃了，加兰德见状急忙用枪托在她背上敲了一下。

"冷静一点!"加兰德对她吼道,"现在放弃还为时过早!我们还有机会离开这里!距离跃迁航行结束只剩下不到七十小时,只要挺过这段时间就能得救,我们一定能撑过去的!"

"也许吧……"艾米莉涣散的眼瞳中闪过一丝杀气,"也许就像你说的那样,我能撑过去……你的怀疑是对的,其实……只要把她……"

说着艾米莉缓缓举起了手枪,枪口指向瑟希尔。

加兰德大吃一惊,这个女孩趁着刚才自己向她说教的时候,居然偷走了自己随身佩戴的自卫手枪。

艾米莉神经质地笑着,举着枪慢慢后退。

加兰德意识到事情很严重,艾米莉已经处于崩溃的边缘,她的精神状态很不稳定,手里又拿着上了膛的自动手枪,虽然手枪子弹无法从正面击穿他的动力铠甲,但是对瑟希尔来说却是致命的!

"把枪给我!"加兰德严厉地说。

"不!"艾米莉变得更加惊慌了,她握着枪的手在颤抖。

"再说一遍!"加兰德上前一步,"把枪给我!"

"不要!"艾米莉流下了眼泪,"不要逼我!错的人不是我……都是那女人害的!我只想完成我的研究生论文,却碰到这种事情。不过……只要她死了,我们就安全了!就是她干的,只要她死了,一切都会结束!"

"杀人是我的工作!不需要你来插手!"加兰德喝道,"我最后说一遍,把枪给我!"

艾米莉的眼神闪烁不定,她在动摇。

就在这时,瑟希尔突然悄无声息地从他的身侧走过,他几乎毫无察觉,仿佛她是个虚幻的幽灵,根本就不存在于这个世界上。

"你可以开枪。"瑟希尔语出惊人。

这家伙难道要找死吗?加兰德几乎暴跳起来,战场上不要命的疯子他见得实在太多了,他曾经亲眼看着自己已经发疯的战友举着手枪冲向敌军的庞大战车,但这么冷静的疯子他倒还是第一次见到。瑟希尔和战场上的疯子完全不同,她的眼神中看不到任何疯狂,反倒是有种莫名其妙的自信。加兰德真后悔自己没有早点留意到她,但之前这个神秘的女人确实成功地做到了不引人注目。

"别过来!"艾米莉的手抖得更厉害了。

"你这样是打不中的。"瑟希尔握住了她的手,把枪口顶在自己的胸口上,"这样的距离应该不会有问题了。不过你真的能开枪吗?"

艾米莉的眼神闪烁了一下。

"只有抱着被枪杀的决心的人才能开枪杀人,"瑟希尔注视着她的眼睛,"你没有这样的决心,你是无法扣下扳机的。"

电光石火之间,瑟希尔夺下了艾米莉手中的枪,甩手把它丢给了身后的加兰德。

失去了手中的武器,艾米莉虚脱地坐在地板上,小声抽泣起来。

瑟希尔小心翼翼地扶起了艾米莉,轻声在艾米莉耳边安慰。很难想象几秒钟之前,那个女孩还用一把上了膛的手枪指着她,并且扬言要杀死她。

"你真是个疯子!"加兰德咒骂道。

"她不会开枪的,"瑟希尔淡淡地回答,"这一点我很确定。艾米莉·冯·帕兰不是那种可以随意扣下扳机杀人的人,她和你完全不一样。"

完全不一样,那是当然的!加兰德忿忿不平地想。

现在活着的人还有四个,加兰德扫了一眼那些幸存者。卡尔5181肯定不会策划这件事情,他是个克隆人士兵,完全没有自我意识。艾米莉更不可能,连开枪杀人都做不到的人,怎么可能策划这么险恶的阴谋?他自己肯定要排除在外,这一点是毋庸置疑的。现在唯一可能的嫌疑者,只剩下了瑟希尔。这个女人太奇怪了,在这件事情发生之前她从来不会引起别人注意,但是到了危急时刻,她身上的某种东西却好像觉醒了一样。更重要的是,现在活着的人里面比较了解ICE的就只剩她了,她参加这项研究计划已经很久了,对ICE的了解远远高于其他人。而且,她有足够的动机策划并实施这个计划。

想到这里，加兰德悄悄把枪口对准了她的后脑。

"你终于下定决心要杀了我吗？中士。"瑟希尔头也不回地说道。

"我只想听一句实话。"加兰德的声音冷酷得可怕，"到目前为止发生的事情，到底是不是你策划的阴谋？"

"不是。"瑟希尔毫不犹豫地回答。

"回答的是不是太快了？"

"你说呢？"

瑟希尔放开了抽泣不已的艾米莉，缓缓来到了走廊的另一边。加兰德刚开始的时候还担心她会用艾米莉做人质要挟他，但是她并没有这么做。

"回答我一个简单的问题。"瑟希尔异常严肃地说，"你确实看到ICE了吗？"

加兰德突然愣住了，的确如此，他到现在也没有看到过那株发疯的杀人外星植物，刚才在机械舱内虽然爆发了遭遇战，但是因为蒸汽热量的原因，他仍然没能看到对方。

加兰德仔细回忆从发现舰长的尸体到现在的每一个细节，除了干尸和黏液，他没有看到任何别的东西。

难道……

"看来你也已经察觉到了。"瑟希尔露出一丝笑容，"ICE逃走，可能只是个假象，我们只看到了满地的玻璃碎片，就认为它打破玻璃管逃走了。但是事实上，那个逃亡现场完全有可能是伪造的。"

在加兰德的印象里，这是他第一次看到她笑。虽然这个女人的脸上总是一副莫名其妙的表情，但那厚厚的眼镜片后面的黑色眼瞳却是那么深不可测，仿佛全宇宙的智慧都集中在那里面。这个女人确实不简单！估算不出准确年龄、衣着单调、行事低调、混血、黑发……她的身上存在着太多的谜团，而在此之前，她成功地隐身在所有人的视野之外……

这是伪装！绝妙的伪装！

"瑟希尔·李，"加兰德握紧了步枪，"你到底是什么人？"

"我是什么人并不重要,"瑟希尔露出了胜利的笑容,"你只要记住一点就可以了:这艘飞船上能够拯救你们生命的人,只有我。"

"但是我不信任你!"加兰德干脆地说道。

"没关系,"瑟希尔轻描淡写地说,"你只要按我说的做就可以了。"

她顿了一下,伸出手来,"现在把你找到的证据拿出来吧。"

这个女人简直深不可测!加兰德犹豫了一下,还是从口袋里掏出了那两块融化的巧克力,很不情愿地把它们放在了瑟希尔手里。

"哦?这是……"她注视着巧克力,"中士,我不记得向你要过糖果。"

"这是在雷克曼教授口袋里找到的!"加兰德被激怒了,"我发现它们的时候,它们还是融化状态,后来才慢慢凝固了。"

瑟希尔微微一笑,把巧克力放进了嘴里。

"你怎么把证据吃了?!"加兰德大惊失色。

"我已经找到谜团的线索了。"瑟希尔冷笑着,"定向微波武器,身为一个久经沙场的军人,你应该听说过这种东西吧?你们的动力铠甲可以抵御常规弹头的直接命中,但是却不能在那个东西面前待上一秒钟。只需要很短的时间,高能微波就能把你们烤成木乃伊。"

"那些黏液呢?"加兰德问道。

"是假的,"瑟希尔说,"ICE含有叶绿素的体液的确是绿色的,不过它的体液在氧气含量较高的环境中很快就会变成蛋黄色。"

加兰德突然明白了什么,他大声问道:"你一开始就知道一切都是假的?"

"可以这么说吧。"瑟希尔又露出一丝冷笑。

"你这个混蛋!"加兰德再次举起了枪,"你眼睁睁看着两个人丧命而无动于衷!你真是个冷血杀手!恶魔!"

"这可不像你应该说的话,中士。"瑟希尔微微一笑,"如果按杀人数量来算的话,我可远没有你杀的多。"

加兰德顿时有种开枪的冲动,这个女人果然是个冷血动物。

"言归正传,"瑟希尔换上了一副认真的表情,"我和你一样也怀疑凶手就在我们中间，我的第一个怀疑对象是拉尔夫·雷克曼教授，不过他很快就死了，还为我们留下了最重要的线索，所以他被排除。其次，我怀疑张晓云，他是个毒品贩子，一个目无法律的小混混，虽然他没本事策划这样一个大阴谋，但是他完全有能力执行这个计划，不过现在他也死了，所以也可以排除掉。最后的怀疑对象是艾米莉·冯·帕兰，但从刚才的表现来看，她完全不是能杀人的料，于是也被排除。"

"那就剩你和我了。"加兰德冷笑道。

"我们都清楚不是自己干的，"瑟希尔理了一下长发，"你心里明白，我也很明白。你是个军人，策划阴谋不是你的专长，而我当然不可能把自己列入名单之内。"

"一点儿说服力都没有啊。"加兰德说，"既然嫌疑人都已经死了或者被排除了，那么凶手到底是谁？"

"这可不是描写密室杀人的三流侦探小说，"瑟希尔保持着淡淡的笑容，"中士，在我的名单上，你没发现少了谁吗？"

"沃尔特·弗兰克舰长？"加兰德瞪大眼睛说。

"没错。就是他。"

"你把我当成傻瓜了吗？"加兰德吼道，"他第一个就死了啊！"

"你能断定那具干尸一定就是他吗？"瑟希尔针锋相对地反问，"我们看到的只是一具干尸，那具干尸穿着舰长的衣服，身上沾满绿色的黏液，仅此而已。我们并没有掌握更多的事实，DNA比对和牙科鉴定都没有做，我们只是主观上认定那具干尸就是舰长。但实际上，我们的舰长大人，正躲在备用舰桥里面偷听我们的谈话呢……"

"你说什么？"加兰德大吃一惊。

"我提议去备用舰桥，并非一时兴起，"瑟希尔说，"能够操控全舰的地方只有那里，在那里凶手可以利用飞船上的监视系统掌握我们的行动，偷听我们的谈话。他可以利用舰长权限抛弃救生艇，并在知道我们打算前往备用舰桥之后，派出他的杀手埋伏在半路袭击我们。凶手非常了解这艘飞船，他知道二号机械舱是个下手的好地方，那里不但地形复杂、灯光昏暗，而且滚烫的蒸汽能够干扰你的热成像仪，使我们无法察觉那个怪物的真面目。最重要的是，他知道你会知难而退。"

她顿了一下，继续说道："我想我们的舰长大人当初打算把我和艾米莉还有雷克曼这些深入研究过ICE的人杀掉之后，留下你们当证人，证明ICE是一种凶残的宇宙生物，不适合进行人工培育，以此迫使联盟当局放弃利用ICE开采小行星的计划。刚才他的目标其实是艾米莉，她掌握的研究资料仅次于雷克曼。我在灯光熄灭的瞬间推了艾米莉一把，让她和张晓云交换了位置，结果就像我预料的一样，张晓云成了替死鬼。"

所有的分析都没有漏洞，加兰德不由得有些佩服起这个女人了。但是，现在不是佩服的时候，这个女人到底是谁？瑟希尔·李这个名字，她那科学家的身份，都有可能是假的，不，应该说肯定是假的！她的一切资料都是假的，那么还有什么是真的呢？

就在这时，通往机械舱的门突然无声无息地打开了。

"看来舰长大人决定杀人灭口了。"瑟希尔冷笑着说，"他的算盘打得很好，可惜我揭穿了事实真相，所以他现在已经决定拿我们的尸体来向当局证明ICE不可被培育。看来我们现在都要死在这里了。"

门锁被解除了，毫无疑问使用的是舰长权限。

两位陆战队员立刻举枪瞄准门口，但是，门后面什么也没有出现。这让加兰德感觉有些奇怪，他完全没有注意到一个透明的影子正悄无声息地爬上天花板，然后不声不响地向他们爬了过来……

"5181！"加兰德命令，"保护艾米莉小姐。"

"遵命！"克隆人士兵立刻退到了艾米莉身旁。

"中士！"瑟希尔扫了一眼天花板，皱起了眉头，"有什么东西在你十点钟方向，上方七十度，距离三米。"

"什么？"加兰德毫不犹豫地瞄准了那个方位，M66吼叫起来，呼啸的子弹在白色的天花板上留下了一排整齐的弹孔。

有个东西被打了下来，极不情愿地现出了真身。

这是一台蛇形机器人，其长长的机械身躯可以在通风管道里行动自如。它的尾巴是锋利的合金刀刃，头部下方则装着一台小型高能定向微波发射器，它就是用这个东西把受害者变成木乃伊的。

"光学迷彩！"加兰德吃了一惊，"这种东西……已经投入实战了吗？"

"看来我们的舰长大人已经找好大买主了。"瑟希尔不冷不热地评论着，"这些能隐身的机器人像是某个超级工业集团的最新产品，看来他们对ICE不是一般的感兴趣，连还没有上市的东西都拿出来了，真是下足了血本。"

这时候还在说风凉话！加兰德顿时气不打一处来。他调转枪口冲着那条机械蛇连连扫射，不料常规弹头对这个铁家伙的装甲丝毫不起作用，机械蛇被打得在地板上扭来扭去，却并没有受到致命损伤。

就在这时，身旁的枪声突然停了，加兰德扭过头去，只见一把看不见的利刃穿透了卡尔5181的胸膛，然后把他狠狠甩到了墙壁上！

喷洒的鲜血溅了艾米莉一身，受惊的女孩尖声大叫着向后退去，直到瑟希尔扶住了她。

原来这种怪物不止一只！

"可恶的混蛋！"加兰德调转枪口向天花板射击，又一条机械蛇在火花四溅的天花板上现身了，它们的光学迷彩在受到子弹冲击时会短时间失效，但是不久之后就能再次启动。

"中士！"身后传来了瑟希尔的声音，"快离开这里！"

加兰德用眼角的余光看去，瑟希尔已经扶着艾米莉逃到通道另一头的气密门那里去了。

但是加兰德却不能离开，重伤的卡尔5181倒在地上，他还没有死。不丢下一个同伴！这是陆战队员最神圣的誓言！

加兰德一边举枪连射，轮流驱赶两条机械蛇，一边向他的战友靠近。卡尔5181的肺被刺穿了，但是还有救。

"起来！"加兰德想把他的部下拉起来，"我会带你离开这里！一定要活下去！"

"长官,我还能继续执行任务。"卡尔5181面无表情地拿出了两颗手榴弹,"请让我继续执行任务……"

那一瞬间,加兰德脸上的表情变得凝重起来。

"长官,"卡尔5181机械地重复着,"请让我继续……执行任务……"

他只是个克隆人,是军队的财产,用完就丢的消耗品,他甚至不能表达自己的感情。但他却是真正的军人,为了完成任务,他不惜牺牲自己。

"好样的!把它们都干掉!"加兰德拍了拍卡尔5181的头盔,然后迅速向气密门跑去。

他身后的卡尔5181拔掉了手榴弹的保险销,电子计时器开始五秒倒计时。

一条机械蛇摆动身体试图从卡尔5181身边通过,但却被他牢牢地抓住了尾巴。

卡尔5181向通道另一头望去,加兰德已经跨过了气密门,瑟希尔正在把门关上,他们都已经安全了。

在被爆炸的火球吞没之前,这位年仅四岁的克隆人士兵的嘴角却出现了一丝微笑。

巨大的冲击波震撼着"探索者11号",通往二号机械舱的通道被彻底炸毁,想去备用舰桥已经不可能了。

加兰德靠在紧闭的气密门上,懊恼地将空弹匣丢进了角落。他的心情很糟糕,不,应该说特别糟糕。自己不但被敌人耍得团团转,而且还失去了战友——虽然军队一直强调克隆人士兵只是消耗品,但袍泽之谊乃生死之交,战友就是战友,他加兰德其实从来没把卡尔5181看成什么"消耗品"。

"我们暂时安全了,"加兰德说,"总算是……"

"我们被将了一军。"瑟希尔打断了他,"现在通往备用舰桥的路被封死了,我们不可能冲过去把主谋揪出来了。而且,中士,你认为那种蛇一样的铁玩意儿只有两条吗?据我观察,那种机器蛇可以折叠成手提箱那么大，只要我们的舰长大人稍微在某个集装箱上做点手脚，几百条铁蛇就神不知鬼不觉地上船了。利用飞船的计算机系统，他可以轻易操纵它们。"

"你到底想说什么？"

"中士，"瑟希尔叹了口气，"很遗憾，你战友的牺牲只为我们争取了一些时间，只要这艘飞船的通风管道存在，我们就永远不会安全。现在距离跃迁航行结束还有六十九小时左右，而我们现在只剩下三个人了。"

"拿着。"加兰德把自己的手枪递给了瑟希尔，"至少可以保护自己。"

但是，瑟希尔只是冷冷地望着那件武器，摇了摇头说："我在电梯里的时候就跟你说过了，我不会用枪，而且也不打算用。"

"别告诉我你是个和平主义者。"加兰德的语气中透着讥讽。

"我只是单纯地对这种东西过敏而已。"瑟希尔露出一丝不悦，"枪械给我留下的只有令人不快的记忆，我已经发誓不再拿起它。"

她生气了，加兰德顿时有种打了胜仗的成就感。

"艾米莉，"瑟希尔扶起满身是血的女孩，"能听到我说话吗？"

女孩抬起头来望着她，茫然地点了点头。

"真糟糕！"瑟希尔望着她涣散的眼瞳皱起了眉头，"这孩子的精神开始崩溃了，这样继续发展下去肯定会造成严重的精神错乱，弄不好她下半辈子都要待在精神病院里面。"

"我可以处理外伤，"加兰德说，"但我不是心理医生。"

"我也不是！"瑟希尔瞪了他一眼，"但是至少我可以……"

说着她摘下眼镜，用一种奇特的目光直视艾米莉的眼睛，那种目光仿佛有着某种魔力，逐渐侵蚀着对方的精神领域。

几秒钟之后，艾米莉涣散的目光彻底消失了，女孩闭上眼睛昏睡了过去。

瑟希尔扶着艾米莉慢慢在墙边坐下。

加兰德看着瑟希尔，一时搞不明白她到底对这女孩使用了什么魔法。

"只是催眠术，外加一点心理暗示。"瑟希尔似乎看出了他的想法，"如果想防止一台计算机出现程序错乱，最好的方法就是重启系统。人类也是一样，有时候睡一觉就把什么都忘记了。"

"但是你打算怎么处置她？"加兰德说，"她现在完全是个累赘了。"

"她早就是个累赘了。"瑟希尔反驳，"现在她睡着了反而好办多了，我们可以把她藏起来，并不是所有的地方都有摄像头。"

"你是说……"

"货舱。"

货舱的确是个好地方，这里位于救生艇船坞上方，是个很大的长方形空间。这里储存着除了武器弹药之外的所有物资，无论是食品、药品，还是各种机械设备，基本上都存放在此处。不过装了这么多东西，货舱内绝对算不上整洁，大大小小的箱子很随意地放在固定架上，看起来活像超市的货架。

瑟希尔打开了一只食物储存箱，这只箱子是密封的，而且可以从里面打开，不过考察任务结束后，里面的食品肯定会被丢弃。她帮艾米莉穿上太空服，然后把她放进了这只储存箱。

干完之后，瑟希尔自己也穿上了太空服，虽然不知道原因，但是加兰德并没有多问。

因为害怕在舱内战斗对飞船造成太大损伤，这艘飞船的军械库里并没有配备穿甲弹，这使得加兰德手中的自动步枪无法有效对付那些蛇形机器人。不过，他怎么也想不明白军方为何又给他们装备了手榴弹，要知道穿甲弹最多只是在舱壁上开个小洞，而手榴弹可是能炸毁整条通道的！军方的选择经常令人觉得莫名其妙，就像军队采购的武器永远也不是最好的一样。

就在这时，气压传感器发出了警报，舱内气压正在急剧下降！

加兰德的动力铠甲马上自动切换为内部供氧。这套护甲是军方专门为陆战队员研制的，比一般太空服更加坚固，可以保证战士连续在宇宙环境中生存一百五十个小时。此时，瑟希尔已经穿好了太空服，那是一件白色的标准太空服，生命维持系统像个背包一样附着在背部，此外还配备了一顶带有遮光罩的透明头盔。不过，这种太空服毕竟只是民用产品，除了活动时间长以外，各方面都比不上加兰德的动力铠甲。

"舰长大人果然开始行动了。"加兰德耳机里传来了瑟希尔的声音，"他把舱内空气排掉，你的手榴弹就没有什么威力了。冲击波需要介质进行传播，在真空中手榴弹的威力将变得不值一提。"

"我知道！"加兰德心里非常不爽，瑟希尔好像无所不知。

面临如此被动的局面，是否应该向她征求一下意见？现在加兰德真的没有任何行动方案可想了。但最大的障碍却是面子问题，加兰德一想到自己要受这个女人指挥就觉得全身不舒服。

不过，他还是忍不住悄悄看了一眼旁边的瑟希尔，她正全神贯注地盯着太空服腕部微型电脑的屏幕，那块小小的全息面板上闪动着各种各样的信息和数据，也许她正在进行某种计算，也许是在编写某种程序。

几分钟之后，瑟希尔关闭了电脑。

"我们先去军械库，"她对加兰德说，"如果我没有记错的话，你们的武器清单里面有近距离格斗用的电锯刀，那东西应该可以对付舰长大人的披甲机械杀手，不过必须避免在肉搏战中被它的微波武器烤干了。如果我们能够夺取主舰桥，那么胜利的可能性还是很大的，毕竟备用舰桥只是个备用指挥系统，主舰桥才是这艘飞船真正的中枢。"

"问题是怎么过去？"加兰德说，"你说过了，那些该死的铁蛇很可能成百上千，而且那个老混蛋绝对会指挥它们严密把守通往军械库的通道，等着我们自投罗网。"

"我可没说我们要从里面过去，"瑟希尔微微一笑，"别忘了军械库以前可是存放小型探测器的机库，那里有一扇通往外界的舱门。现在舰长大人排空了舱内所有的空气，那扇舱门应该可以轻易打开，我们从外面过去，他将无法掌握我们的行踪。而且军械库距离舰桥很近，即使电梯无法使用，我们也可以从电梯井爬进去。"

"你有没有想过,我们现在正在进行跃迁星际航行!"加兰德反驳道,"要是被卷入亚空间,绝对会消失得无影无踪!"

"外面没有你想象的那么危险。"瑟希尔解释说,"飞船用次元跳跃护盾保护着船体,那是一个椭圆形的力场,在它和船体之间有很大的空隙,足够我们通过。但是千万不要碰到外部的次元跳跃护盾,现在它正和亚空间内的离子流产生电磁干涉,它是带电的。不过,我们的这艘考察飞船只是一艘百米级别的中型飞船,从船坞到军械库的距离并不算太远,我们完全可以靠背包内的推进装置到达那里。"

"你简直是个疯子!"加兰德骂道。

"中士,"瑟希尔把脸沉了下来,"也许你可以试试正面突破,我会趁你吸引那些家伙注意力的时候从外部进入舰桥,一旦我取得了这艘飞船的控制权,结果其实都是一样的。只不过B计划的代价,是你的生命。"

加兰德突然发现自己别无选择,应该说一开始自己就被这个女人掌握在手心里。她说的没错,要想活下去,只能听从她的命令。不过在跃迁星际航行中进行舱外行走,这的确是件无比疯狂的事情!

加兰德下定决心之后,两人来到了救生艇停放的船坞,那扇与众不同的圆形舱门已经自动解除了锁定。因为飞船内的空气已经被排掉,气压锁自然失去了作用。

没费多大力气,加兰德就推开了那扇舱门,绚丽得令人头晕目眩的光芒出现在舱门外。因为电磁干涉的缘故,次元跳跃护盾上面呈现出犹如极光般美丽的光纹。亚空间内肆虐的粒子流完全被这道能量场挡在了外面,如果没有这道力场保护,飞船毫无疑问会在跃迁过程中被肆虐的粒子流撕成碎片。

不过,眼前光景真的很漂亮,而且之前可能从来没有人用肉眼欣赏过这样美妙的景象。加兰德率先爬出船坞,瑟希尔紧随其后。这里已经处于飞船的人工重力场之外,完全是失重环境,飞船内泄出的空气少量残留在护盾和船体之间的空间里,虽然很稀薄,但仍产生了一定的阻力,不过两人依然可以依靠背包内的推进器慢慢前进。他们头顶上十几米的地方就是带电的护盾力场，人一旦碰到就可能会直接变成等离子体，那真是名副其实的尸骨无存。

一道闪电突然击中了加兰德左前方的舰体，把他吓了一大跳，他谨慎地停了下来，想要搞清楚闪电的来源。

"不要停下来！继续前进！"耳机里传来的瑟希尔的声音，"那只是护盾力场的放电现象，只要不靠近那些'避雷针'，就不会有问题！"

"避雷针？"

"就是闪电击中的杆状物！"

加兰德仔细观察，果然看到在刚才闪电落下的地方，有一根高度约半米的金属杆，飞船外壳上还有许多相同的东西，看起来设计师在设计这艘飞船的时候，就考虑到了这种放电现象。不过，在设计中似乎完全没有考虑过有人会在这个时候跑出来的情况，如果有人被那些闪电击中，恐怕马上会被烧成灰吧？

"你害怕了？"瑟希尔从后面赶了上来。

"说实话，有一点。"加兰德撇了撇嘴，"这简直是在发电厂里游泳！"

"只要不犯错误，就不会有危险。"瑟希尔拍了拍他的肩膀，"不要接近那些避雷针，尽可能远离它们，就不会被闪电击中。"

突然，又一道闪电劈了下来，一个透明的影子转眼被炸成了无数碎片。那是一条机械蛇！这怪物刚才正试图依靠光学迷彩的掩护进行偷袭，没想到正好被闪电击中。

"它们追到这里来了！"加兰德举起了步枪。

"别管它们！"瑟希尔喊道，"继续前进，它们是机械体，闪电会掩护我们的！"

话虽如此，加兰德左眼中的热成像仪却捕捉到了越来越多的敌人，钢铁怪蛇们从船坞里爬了出来，显然是尾随着他们来到这里的。然而，从护盾上落下的闪电却频频击中这些机械杀手，就像瑟希尔说的一样，它们依靠电能驱动的机械身体，成了闪电绝佳的标靶！

没有时间犹豫了！加兰德紧跟上前面的瑟希尔，闪电不时在他们身旁落下，但除了惊人的视觉效果之外，对他们并没有任何影响。瑟希尔是对的，只要不靠近避雷针，就不会被闪电击中。但是，她又是怎么知道这些事情的呢？她太年轻了，虽然看不出具体年龄，但是肯定不会超过二十八岁，然而，她脑中的知识量却远超过其年龄所应该具有的。

两人绕过飞船前部，来到了舰艏下方。

这里有一扇正方形的舱门，看起来已经很久很久没有开启过了。不过驱动装置并没有失灵，加兰德拉动门旁边的紧急驱动手柄，那扇大门立刻向外打开了！

门后的景象一如往常，存放弹药的铁盒整齐地摆放在架子上，底部被固定夹牢牢固定。三支备用的M66自动步枪老老实实地躺在武器架上，旁边摆着两把外形凶悍的电锯刀。中间的不锈钢桌子上还散落着工具和枪油，一把自动手枪懒洋洋地躺在桌子中央，油腻腻的毛巾搭在椅子靠背上。

这里果然就是军械库！

自从踏入舱门的那一刻起，两人又回到了飞船的人工重力场内，瑟希尔一个趔趄，险些摔倒，她并不适应无重力和标准重力之间的突然转换。

相比之下，加兰德就从容了许多，他是陆战队员，有时要登陆敌方飞船进行肉搏战，所以对于重力转换早已习惯了。

舱门在开启三十秒后自动关闭，外面绚丽的光景被封闭在了厚厚的钛合金舱壁之外。

加兰德来到武器架旁，伸手取下一把电锯刀。

这是一种威力惊人的近战武器，刀刃是由转动的锯齿构成的，活像伐木工人用的电锯，不过这些锯齿都是用最坚硬的MT512合金锻造的，甚至能把主战坦克的粗大炮管轻易切断。实际上，陆战队已经将这种武器退役了，军方高层认为在新型穿甲弹研发成功的今天，再装备这种原始的格斗兵器已经没有什么意义了，这两把电锯刀，实际上是加兰德的私人物品。

测试了驱动锯齿的强力马达之后，加兰德将另一把电锯刀挂在自己背部的挂架上，然后转身面对一旁的瑟希尔。

"我们开始反击吧！"加兰德说。

一条机械蛇盘踞在军械库和电梯之间的通道中，它用磁力吸盘把自己固定在天花板上，静静地等待猎物上钩。

突然，军械库的门开了，机械蛇的火控系统立刻捕捉到了一个大型目标。

几乎与此同时，加兰德的电子眼也捕捉到了天花板上的热源。双方距离不过几米，他完全在机械蛇微波炮的有效射程之内。

这是真正的肉搏战！

加兰德按动刀柄上的开关，电锯刀的刀刃立刻旋转起来，飞转的锯齿化为怒吼的利刃，擦着天花板斩向头顶的机械蛇。

机械蛇被电锯刀从天花板上挑了下来，锋利的锯齿在一片火花中撕开了它的合金装甲。光学迷彩立刻失去作用，机械蛇在刀刃下翻滚挣扎。

加兰德把它钉在地板上，反手取下了另外一把电锯刀。

处于劣势的机械蛇试图用尾巴上的利刃进行反击，但加兰德手中的第二把电锯刀却抢先一步削掉了它的脑袋。

火花四溅，被砍掉头部的机械蛇瘫倒在电锯刀下，之前成功保护它不受步枪子弹伤害的装甲，在电锯刀面前犹如牛皮纸般脆弱。

局势完全逆转了，而扭转局势的关键，却是军方已经淘汰的过时武器。瑟希尔没估计错，加兰德手中的电锯刀，使他们夺回了战斗的主动权！

她始终冷静地注视着眼前的一切，加兰德不愧为陆战队的尖兵，但他在握着电锯刀斩杀敌人的同时，进入了一种不正常的亢奋状态。

这让瑟希尔感到非常不安。

战场上的感觉又回来了！加兰德感到自己的血液在沸腾，猛烈分泌的肾上腺素更加剧了他的亢奋！战争已经结束两年了，他几乎忘记了用电锯刀斩杀敌人的感觉。现在，他仿佛又回到了血肉横飞的战壕，用手中的利刃将面前的敌人切成碎片！他是死神，战场上的死神，对敌人来说如此，对自己人来说也是如此，每一次血战，都是他最后站在堆满敌人和战友尸体的战场上。他曾多次失去所有的战友，可死亡却总是与他擦肩而过，死神好像永远站在他的背后。

陆战队员，突击！

两条机械蛇出现在了电梯门口，但是它们的光学迷彩骗不过加兰德左眼中的热成像仪。他挥舞着电锯刀扑向这些坚硬的机械猎手，仿佛它们才是猎物。

电梯内火花飞溅，狂舞的电锯刀切碎了敌手的身体。两条机械蛇顷刻之间被完全解体，化为零散的碎片与残骸，它们是冷酷的杀戮机器，但在加兰德面前却连还手之力都没有。

到底谁才是真正的杀戮机器呢？

"不要在战斗中迷失自我！"加兰德的耳机中突然传来瑟希尔的声音，"中士，你是个军人，你是最好的战士，然而你不是一头嗜血的野兽。醒过来吧！不要被杀戮的快感所支配！"

几乎是条件反射一般，加兰德手中电锯刀斩向了站在自己身后的瑟希尔！

但是飞转的锯齿，却在距离瑟希尔脖子几厘米的地方硬生生停了下来。

目光相交的瞬间，加兰德挣脱了心中嗜血的狂热，瑟希尔的声音把他从血腥的旋涡中拉了出来。

"很抱歉……"加兰德一脸歉意地移开了电锯刀，"我太过兴奋了……"

"我们到舰桥去吧，"瑟希尔若无其事地从他身侧走过，"里面可能还有敌人，到时候就拜托你干掉它们了。"

"明白，长官。"加兰德送上了一个玩笑似的军礼。

他已经完全冷静下来，瑟希尔冰冷的声音仿佛有着某种魔力，一下子就赶走了他的心魔。但他也陷入了更深的思考，瑟希尔·李，唯一一个能够毫无惧色地面对他手中利刃的人，一个充满谜团的神秘女人。

她到底是什么来历？她的目的又是什么？加兰德根本无从知晓。

电梯将他们送到了舰桥，这里很安全，完全没有敌人的影子。那具木乃伊般的干尸仍然躺在舰长席上，天知道它以前是某个病饿而死的流浪汉，还是弗兰克舰长的克隆体……

加兰德把这具干尸拽下来，一把丢到了墙角。

瑟希尔坐在舰长席上，她升起了座椅，然后从腕部的便携式掌上电脑向中央计算机里导入了某种程序。

整个舰桥立刻炸了窝。所有的全息面板都被打开了，红色的二进制代码疯狂地闪烁着，警报灯很快亮起，全舰进入了紧急状态。

"警告！"电子音在耳机中响起，"计算机系统遭到入侵，现在本舰将进入紧急状态！重复，计算机系统遭到入侵，现在本舰将进入紧急状态……"

入侵！？加兰德怀疑自己听错了。"探索者11号"深空考察飞船采用的是和军方舰队完全相同的防火墙，对黑客程序和计算机病毒的防御能力异常强大，这种防火墙在战争中不止一次挫败了敌军发起的网络攻击，但现在它却正在被迅速突破！

"你到底做了什么？"加兰德转向瑟希尔，"没有了计算机，这艘飞船会立刻完蛋的！"

"我只是在把它变成我的奴隶。"瑟希尔轻描淡写地说，"啊，再等一下，马上就好了。中士，有客人来了，你能欢迎它们一下吗？"

话音未落，舰桥内的三个通风口同时被破坏了，几条机械蛇钻了进来。看来躲在备用舰桥里的那位主谋不想让他们夺取飞船的控制权。

激烈的战斗立刻爆发！

瑟希尔坐在升起的舰长席上，加兰德必须优先保证她的安全。那些钢铁怪蛇爬上了液压臂，但还没等它们锁定目标，咆哮的电锯刀就把它们撕成了碎片。身经百战的老兵刀法高超，液压臂几乎毫发无伤。

闪烁着电火花的残骸夹杂着各种电子元件的碎片从瑟希尔身旁飞过，但她却连眼睛都没有眨一下。她全神贯注地使用黑客程序攻击飞船计算机的防火墙，一点一点攻陷那些看似坚不可摧的隔离区。她已经把自己的安危交给了身后的那个剽悍男人,而且她知道他绝对不会令她失望。

一条机械蛇出现在舰长席正上方的通风口中,它迅速用微波炮瞄准了舰长席上的瑟希尔。但就在开火前的一刹那,一把电锯刀插进它的脑袋,撕碎了它的半个身体之后和残骸一起封死了通风管。

为了消灭这个敌人,加兰德掷出了左手的电锯刀,现在他手中只剩下了一把刀,而敌人正源源不断地从通风管里面冒出来。

这些灵活的钢铁怪蛇,在控制台和全息面板之间游动,示威似的摇晃着尾巴上的利刃,从各个方向把控制台团团包围。

加兰德知道,自己仅凭一把电锯刀是无法对付这么多敌人的。

难道这里就是我的葬身之地吗?加兰德轻蔑地望着眼前的敌人,他双手握刀摆出蓄势一击的架势,准备迎接军人最为荣耀的最终归宿。

可是,就在那些冷酷的机械杀手扑向他的前一秒,它们突然停止了动作。所有的机械蛇仿佛同时被切断了电源,纷纷瘫倒在地板上,趴在天花板上的也噼里啪啦地掉下来,还砸坏了一些设备……

刺耳的警报停止了,闪动着红色二进制代码的全息面板纷纷关闭,整个计算机系统完成了重启。照明很快恢复,清洁的空气也回到了船舱内。

这到底是怎么回事?加兰德不敢相信一切就这样结束了,他一脚踢开瘫软在自己脚下的机械蛇,在确认这些家伙真的不会动了之后,举起电锯刀将它们统统一刀两断,就像砍杀那些死不投降的敌军士兵一样。

破坏了所有的机械蛇,加兰德转向舰长席上的瑟希尔。

"喂!"加兰德喊道,"这是怎么回事儿?"

瑟希尔微微一笑,伸手摘下了头盔,"简单说嘛……我现在是舰长了。"

"啊?"加兰德几乎不敢相信自己的耳朵。

"欢迎您使用本舰系统,瑟希尔·李舰长。"计算机恭敬地说,"请下达命令,我已做好执行任何命令的准备。"

加兰德顿时目瞪口呆，这个女人不但夺取了系统的控制权，还获得了舰长权限。

"抛弃备用舰桥，"瑟希尔淡淡地下达命令，"立即执行。"

"遵命，舰长大人。"

主全息面板上出现了"探索者11号"飞船的结构图，舰艉一个红色模块正在与飞船分离。那里正是备用舰桥，一切惨剧的元凶就躲在那里。之前卡尔5181炸毁了通往备用舰桥的通道，加兰德知道，躲在里面的沃尔特·弗兰克现在是无论如何都逃不掉的。

"这是怎么回事？"弗兰克惊恐的声音出现在扩音器里，"计算机，为什么分离备用舰桥？我没有下达过这样的命令！"

"你好，前舰长大人。"瑟希尔故意加重语气说出那个"前"字，"感觉如何？坐在幕后玩杀人游戏很刺激吧？"

"瑟希尔·李？你怎么会……"

"ICE是无价之宝，它拥有颠覆目前空间采掘作业模式的力量，因此除了联盟政府，还有不少人希望得到它。"瑟希尔顿了一下，接着说，"我不想知道那些希望得到ICE的人给了你多少钱，也不想知道是谁帮你策划了这个周密的杀人计划。但是我必须告诉你一点，生命是不能用金钱来衡量的，杀人是极为严重的罪行，这样的行为永远都不会被饶恕。"

"你到底是什么人？！"弗兰克歇斯底里地叫喊着，"你是内务部的间谍，还是联盟安全局的特工？说吧，你要多少钱？你要多少钱我都给你！"

"我说了，这不是钱的问题。"瑟希尔露出鄙夷的神色，"沃尔特·弗兰克，你也算得上是位德高望重的资深传奇舰长，可现在你为了多拿点额外的养老金就干起了杀人越货的勾当，我对你实在是太失望了。永别了，你将受到应有的制裁，你就给我永远在亚空间里漂流吧！"

"等一下！瑟希尔！"加兰德大喊道，"你没有权力杀死那个家伙，他应该受到合法的审判，然后被正义的判决剥夺生命！如果你杀了他的话,你和他又有什么区别?"

瑟希尔的身体颤抖了一下,她转过脸来望着加兰德,深邃的眼瞳中荡起了一圈涟漪。

她在寻找认同,还是在祈求怜惜?加兰德无法判断,但是有一点可以确定,瑟希尔并不是一个能够随意杀人的人。

"计算机,终止分离程序。"瑟希尔的声音小得几乎听不到。深吸了一口气,她再次转向加兰德。"真是没有想到,我居然会被你这种四肢发达头脑简单的家伙给说服……中士,我开始有些欣赏你了。"

加兰德苦笑了一下,突然伸手掏出了手枪。

"现在请老老实实回答我的问题。"加兰德瞄准了瑟希尔,"你到底是什么人?瑟希尔·李,我会根据你的回答决定如何处置你。"

"你这是在威胁我吗?中士。"瑟希尔不为所动,她高高在上,坐在舰长席上,用那冷酷而又不可一世的目光俯视着加兰德,仿佛被枪指着的人根本就不是她一样。

"我是个军人,"加兰德缓缓地说道,"我接受上级的命令而杀人,很不巧的是,上级赋予过我铲除叛乱分子的使命。"

"叛乱?"瑟希尔突然苦笑了起来,"对啊,利用黑客程序夺取飞船控制权,这的确是叛乱行为了……中士,你完全不用犹豫,杀了我吧,就像你在战争中杀死敌人一样。"

"住口!"加兰德厉声喝道,"你知道我不想这么干,别逼我!"

"人类总是为自己的行为寻找理由,即使他们根本不必这么做。"瑟希尔淡淡地说,"中士,我很抱歉地告诉你,我不会告诉你关于我的任何事情,而且我必须警告你,最好不要和我沾上关系,也不要试图寻找任何线索。你能不能卖给我一个人情,把我忘掉?"

"不行!"加兰德斩钉截铁地拒绝。

"那就没办法了,"瑟希尔轻轻地叹了口气,"开枪。"

加兰德愣了一下,但是他立刻意识到,瑟希尔并不是在跟自己说话。

身后响起一声枪响,加兰德的身体震动了一下,一发子弹击中了他的颈部后方。因为距离太近，打得又是相对薄弱的结合部位，子弹还是穿过了动力铠甲的领子，虽然威力减弱了许多，但仍然摧毁了他的人造脊柱。加兰德曾经在战争中身受重伤，他的身体包括左眼在内有百分之三十四都被机械义体所取代，其中就包括整条脊柱。现在人工神经被打断，他的大脑立刻失去了对身体的控制权。

加兰德无力地倒在地上，发出一声沉闷的响声。

到底是谁开的枪？加兰德拼命转动眼球向身后看去，只见手持自动手枪的艾米莉·冯·帕兰面无表情地从他身旁走过。她手上的那支手枪貌似就是他放在军械库桌子上的备用手枪，加兰德真后悔自己离开的时候没有把军械库的门锁上。不过艾米莉现在看起来很不对劲，她双眼空洞无神，好像着魔了一般。这女孩到底怎么了？仿佛被谁操纵了一样，就像一具人偶。

"抱歉，中士。"瑟希尔走了过来，"你认为我会一点准备都没有吗？在催眠艾米莉的时候，我给她加入了一条精神暗示，让她在听到警报之后去军械库取得武器，然后前往舰桥。虽然只是为了以防万一，不过还真的派上用场了。"

"你这混蛋！"加兰德大吼，"让她在那种危急的情况下去军械库？你想把这女孩害死吗？"

瑟希尔没有回答，她伸出手来在艾米莉眼前轻轻一晃，艾米莉立刻像断了线的人偶一样瘫软了下来，瑟希尔急忙扶住了她，轻轻把她放在航海长的座椅上。

然后，瑟希尔回到了加兰德面前，在他旁边蹲了下来。

"损伤程度在计划之内，"她检查了加兰德的伤势，"中士，你没有生命危险。"

"我不想听这些！"加兰德没好气地说，"为什么不干脆把我也操纵了，我看你那催眠术似乎无所不能嘛。"

"可惜这招对意志坚定的人不管用。"瑟希尔笑了笑，"这次托你们的福，我必须再次变换身份了。真是太倒霉了，居然被卷入这样无聊的事件中来，我还想用这个身份进行我的研究呢……不过不用担心，艾米莉不会记得对你开枪这件事情，船内的监视记录我也会全部抹掉。航线我已经做了调整，现在这艘飞船会在索莫斯VI号空间站进行短暂停留，我会在那里下船，然后它会自动返回原先的航线，把你们送到目的地。"

"你的目的……果然是ICE！"加兰德咬牙切齿地说。

"ICE在三号设备舱，就在生物实验室正上方。"瑟希尔说，"沃尔特·弗兰克趁我们集中到餐厅的时候，让那些机械蛇把它搬运到了那里，但实际上ICE发出的特殊辐射很容易被探测到，我接管飞船后，用飞船上的传感器轻而易举地找到了它的位置。不过，我并不打算把它据为己有。ICE是全人类的财产，我无权占有它。"

就在这时，飞船微微颤抖起来，发出了低沉的嗡嗡声，跃迁航行即将终止。

"看来快要退出跃迁了。"瑟希尔站起身来向电梯走去，"再见了，中士……嗯……或许以后永远都不会再见面了。"

"瑟希尔！"加兰德竭力喊道，"至少你告诉我，你到底是什么东西？"

"东西？你已经不把我当成人类了吗？"瑟希尔的声音有些伤感，"好吧，就告诉你一点关于我的事情……当年，殖民地独立战争后期，地球联邦为了扭转战局而进行了很多荒唐的试验，其中包括制造'不死士兵'的计划……很不幸的是，我就是那个疯狂计划的可悲产物。那些疯子科学家用某种技术让我的时间停止了流动，对我施下了不死的魔咒。不过我却不打算就这样向命运低头，这么多年来我一直在寻找使我的时间重新开始流动的方法，可惜目前为止还没有找到。"

加兰德彻底震惊了，虽然这个女人所说的令人难以置信，他却对她说出的这些话深信不疑，尽管没有任何证据，但他知道她没有说谎。那个逝去的疯狂时代，留下了无数可怕的遗产，瑟希尔或许只是其中之一。但她却又是最可悲的存在，徘徊千年就是为了寻找一块埋骨之地，这是何等荒唐的事情啊！

"你还是把我刚才说的话忘掉吧。"瑟希尔转身向电梯走去，"永别了,中士。"

虽然看不到她的表情,但是加兰德能感觉到她身上散发出来的悲怨。

电梯的自动门在瑟希尔身后缓缓关闭,加兰德想再看一眼她的背影,但不可能了。飞船的自动导航系统告诉全体船员,现在飞船正在入港,他知道自己再也追不上瑟希尔了。

重新启动跃迁驱动器花费了不少时间,"探索者11号"深空科学考察飞船最终于八十五个小时后返回了基地。

真相大白,设下阴谋杀害多名船员的沃尔特·弗兰克被联盟法院判处死刑;而加兰德成了英雄,他被授予联盟英雄勋章,并且因此获得少尉军衔,步入了军官行列。

一切似乎都结束了,但在英雄的光环之下,加兰德却永远无法忘掉那个悲伤的背影。

五十年后。

一位老兵坐在公园的长椅上,午后的阳光和煦地照耀着他满头的银发,以及他身上那件旧得已经褪色了的破军装。

五十年过去了,加兰德已经变成了一个垂暮的老人,强健的体魄早已离他而去,他变得老朽而又衰弱不堪。也许再过几年,自己的生命就会彻底结束了吧?他有时会以一种病态的心情期待死亡的降临,但死神却总是把他的名字往名单后面排,就像当年在战壕里那样。

半个世纪的时间对于一个自然人来说的确不算短,随着身体的不断衰弱,那些植入到他身体里的机械部件正慢慢侵蚀着他的生命。接受了数次手术之后,他总算获得了暂时的健康,但是天知道那些零件什么时候又会出问题。

现在的孩子们已经没有兴趣听他讲述陆战队的故事了,人类联盟已经保持了五十多年的和平局面,战争早就被人们遗忘了。他是个老兵,一个正在被遗忘的人。

离开军队之后,他从事过很多工作,但是却没有尝试过婚姻。等自己老去的时候,很多事情都变得不再重要。一些记忆渐渐消失了,留下来的都是那些无法忘记的回忆。

阳光很舒服,加兰德有种昏昏欲睡的感觉,但他紧握着拐杖,仿佛这根木棍就是当年斩杀群敌的电锯刀。

就在这时,一群女学生从他面前走过,她们嘻嘻哈哈地穿过公园,向马路对面的学校走去。现在联盟的教育系统提倡复古主义,学校全都使用传统书本教材,而学生们则集中在学校里住宿就读。

虽然右眼已经昏花,但是左边的义眼仍然成像清晰。加兰德看着那些十七八岁的女孩子穿着鲜艳的校服高高兴兴地走过马路,心里突然有种很奇怪的感觉。

就在这时,一位女学生在他身旁坐了下来。

这个女孩说不上漂亮,个子不高,混血,有着一头罕见的深黑色长发,眼睛的眼色和头发一致,鼻梁上架着一副厚厚的近视眼镜。

这个女学生什么也没说,只是坐在那里翻阅着手中的生物学教材,仿佛是一位碰巧坐在这里的陌生人。

"不是说不会再见面了吗?"加兰德用苍老的声音说道。

这个女孩露出一丝笑容,轻轻合上了手中的书。

"你果然……没有骗我。"加兰德望着她,"五十年了,你居然没有一点儿改变,原来不死的魔咒是真的……现在你在干什么?从科学家变成学生了吗?瑟希尔·李。"

"我已经不用那个名字了。"女孩淡淡地说道。

"那不重要,"加兰德露出一丝笑容,"名字只是个代号。"

"的确只是个代号,"女孩也笑了起来,"就像我还是愿意称你为中士一样……你应该早就升官了吧?能再见到你,我也很高兴,直到刚才为止,我还以为你已经把我忘掉了呢。"

"怎么可能忘记……"加兰德苦笑着摇了摇头,"不过话说回来,你找到使你的时间重新开始流动的方法了吗?"

女孩没有回答,只是轻轻摇了摇头。

就在这时,校园内传来了预备铃声。

"上课去吧,小鬼。"加兰德催促道,"迟到了可是会被老师骂的。"

"小鬼?好像我比你活得久得多吧……"女孩站起身来,背对着他,"中士,从很久之前,我就开始欣赏你了。托你的福,我只能提前转换身份了,再见了,加兰德·洛克维尔,能再见到你,我真的很高兴。"

说完,她转身轻吻了一下加兰德布满皱纹的额头,然后快步跑过街道,消失在涌动的人流之中,仿佛从来不曾出现一样。

加兰德愣住了,如果不是那轻轻的一吻,他一定不会相信自己又见到了她。但是有一点他非常确定,这真的是他最后一次见到她了。

当年"探索者11号"科学考察飞船上发生的一幕幕,再次浮现在加兰德的脑海之中,那些记忆中的人物,要么已经死去,要么已经衰老,只有她仿佛被定格在了时间中一样,默默地在人世间独自徘徊。

也许有一天,她最终能解开自己身上的魔咒,像一个正常人一样走过生老病死的人生。

诡础

王亚男

1. 诡础初现

"您不想欣赏宛如现场演奏的交响乐演出吗？您不想陶醉在迷人的旋律里吗？最新科技的结晶——SONIC6数字式空间震颤音响是您的最佳选择……"

轻柔悦耳的乐曲从计算机两侧的高档音箱里飘出，但在吕泰听来却极不合时宜，因为此刻的他，正在网络上调阅大英图书馆中介绍盎格鲁-撒克逊人建筑格局的文献，却被突然插进了这么一段莫名其妙的商业广告——尽管自己和大英图书馆的链接实际上并没有中断。

吕泰又一次后悔当初不应该为了节省一些网络使用费用而选择了这台全仿真智能电脑。

如今就是这样一个让人心悸的时代，全仿真智能电脑居然比那种陈旧的、完全听命于键盘指令的电脑便宜得多。究其原因也并不复杂，全仿真智能电脑能促成相当规模的网络商务交易，为商家创造丰厚的利润。其实说穿了，购买时那点儿所谓的优惠，不过是羊毛出在羊身上——天下没有免费的午餐。

刚开始的时候，吕泰还觉得这种时髦电脑蛮有意思的，但很快他就领教到了这种商业手段的厉害——这台电脑总会在吕泰工作的时候穿插进来一小段商务信息，并怂恿吕泰购物。当今最好的人工智能技术，使它拥有像人类推销员一样的能把稻草说成金条的"伶牙俐齿"，而且借助模糊辨识估测程序和显示器上方的数码摄影机，它还能够观察人的表情，揣摩人的心理，相应采取不同的说服策略，同时自动组织宣传词。

有那么几次，吕泰为了能马上恢复工作，索性掏钱按它推荐的广告购买了好几件小东西，可没想到，这种迁就反而使电脑打断自己工作的频次日益增加，简直是得寸进尺。

好在吕泰几天前刚刚发现了一个"没有办法的办法"——每当商务广告插入时就索性断开网络，让工作和广告同归于尽，反正重新上网花的时间也比花在广告上的短得多。

今天吕泰也不例外，他此刻又移动鼠标准备断开网络，但这次机器变得聪明起来，它根据数码摄像头记录的吕泰表情和CPU检测到的鼠标移动，马上推测出吕泰的意图，于是它抢占先机，在吕泰断开网络之前立即停止广告，恢复了吕泰的工作界面。

这下吕泰没话说了，这机器越来越像人了，真是好生让人头疼的人工智能。

吕泰知道这只是机器的缓兵之计，自己的工作绝不会一气呵成地完成，好胜的念头油然而生，他索性依然不顾一切地断开网络，然后关掉了计算机，嘴里说着："这次你猜不到了吧……你让我继续工作我却还是关掉了你，没有理性的东西是无法琢磨的！"说完，他摔门而去。

北京的七月，骄阳似火，可琉璃厂的古玩街上依然人声喧嚣，给本已是酷暑的京城又平添了几分燥热。

人们徜徉于地摊上那些琳琅满目的刻满岁月年轮的物件间，或嗟叹，或欣赏，或把玩，或询问，不一而足。

在这许多人中间，有一个人正用少有的严谨的目光扫视着每一件古董，间或蹲下来拾起一两件端详一下，又摇摇头，叹口气把它放下。卖主不用问也清楚——碰上行家了。

圈内人士都明白，琉璃厂古玩摊上的真品并不多见，那些看起来颇上档次的青花、斗彩瓷器，尽管底款卜都印着让人心动的"大明成化年制"或"大明万历年制"，但其实大都是清末民初的仿制品。这种制假方法中最高明的，莫过于使用明代民间瓷器的胎，重新添釉上色，赝造出珍稀窑口和品质的瓷器，使人难辨真伪，收藏界管这叫"民仿"。这一切当然只有阅历深厚的行家才能识别，外行只能看看热闹。

这个行家就是吕泰。说起他的名字，中国收藏界几乎无人不晓。吕泰的名望不仅来自他对文物鉴赏的精深，更是由于他涉猎的收藏领域的特殊——吕泰所收藏的，是柱础，也就是古代建筑中用来奠定立柱的石制构件。

中国收藏界的收藏对象之广泛，世界上无任何国家能及，从邮票、钱币到玉器、漆器、秦砖汉瓦无所不包，但对柱础的收藏却鲜有问津者。一来这东西并不像瓦当、砖雕那样为人看重；二来柱础的研究要涉及古代建筑艺术、古代民俗学、古文字学以及雕刻、地质等多方面的知识，非常人可轻易为之，故而许多收藏家对此望而却步。

吕泰则不然，凭着对中国古文化研究的高深造诣和独到见解，他当之无愧地成了中国柱础收藏的第一人。如今吕泰的柱础藏品，从西周到民国，自中原到塞外，共计三千余件，可谓洋洋大观。现在他正在筹建全国首家私人柱础博物馆。

为了补充一些具有地方民族特色的展品，更确切地说，是为了消散一下刚才跟机器较劲而窝的一肚子火，他又顶着烈日来到琉璃厂，想试试自己的运气。

前面已经能够望见小街的尽头，吕泰仍未发现令自己满意的玩意儿。刚才虽瞧见几方柱础，但不是制作粗糙就是技法平庸，在艺术上、考古上都缺少可取之处，照这样下去，今天自己可能要无功而返了。

在小街出口的一个小摊前，吕泰停住了脚步，一个物件引起了他的注意。

这个物件并没有摆在摊位的红绸布上，而是被摊主正当成板凳坐在身下，但它那独特的造型，马上让吕泰感到这绝不是一件平常之物。

吕泰立即要求摊主把这物件让自己瞧瞧。

摊主还比较年轻，至多三十三四岁，看到来了主顾，顿时满脸赔笑，起身把下面那方厚重的石雕物件挪出来让吕泰观看。

这是一方柱础。吕泰凭直觉就可以断定这一点，因为上面还有为安插柱头卯榫而雕出的凹槽，但这柱础的形制却分明极为罕见。

整方柱础由淡黄色的青田石雕成，通体温润光滑，如少女凝脂般的肌肤。石础由下向上呈逐渐内敛的圆台形，不似一般的鼓形柱础，这和中国古代工匠用曲线体现美感的习惯格格不入。

更为奇特的是，这方石础的装饰纹理，也不是被中国古代传统文化所推崇的喜鹊登枝、如意盘长、福禄牡丹、海水江崖等等，而是环绕柱础用高浮雕手法雕出十个半球形的类似乳钉的东西，每个乳钉上又均匀排列着三个凹陷的圆坑。

这种看上去毫无象征意义的装饰手法，吕泰还闻所未闻。至于柱础的形制，吕泰就更难以理解，他无法从任何一种地方文化中找出对这种形制的合理解释，他甚至从未听到或见到过哪个民族采用这种装饰图案。

吕泰费力地把柱础翻了个身，看见柱础的底面工整地镌着一行阴文小楷：崇祯十六年，布政使杨府。雕刻技法和书写具有鲜明的明代特征，这方柱础系真品无疑。

吕泰决定把它买下来。

经过和卖主一番砍价，最终以两千元成交。同时吕泰还从摊主处得知，此础系昆明某工地施工时发现的一处古宅基址中出土，这使吕泰对查明石础形制的由来有了信心。对吕泰来说，了解每方柱础的来源和掌故的重要性，绝不亚于收藏柱础本身。

当他看到柱础底部的小印并听到摊主的介绍时，熟悉明代历史的他就已经知道自己该从何处着手了。

"布政使杨府"，毫无疑问指的就是明朝末期云南承宣布政使杨文清的府邸。杨文清是天启六年进士，崇祯八年起任云南布政使，卒于清顺治四年。在明代众多的封疆大吏中，杨文清并无多大名气，仅在明史中有只言片语称其体恤民情、深谙治政之道。

吕泰感到迷惑的是，作为堂堂明廷二品大员，杨文清为何要在自己的府邸中采用如此奇特而又有悖传统的石础？

这其中的缘由令他甚感兴趣，他决心查个水落石出，或许这样一来，自己的博物馆中又会增加一处夺目的亮点。

当吕泰站在昆明的土地上时，时间才刚刚过去了四天。

经过向当地群众和文管部门多方察访，吕泰终于找到了位于昆明古城址中央的"布政使杨府"遗址。

四百多年的时光流逝，当年气宇轩昂的建筑已荡然无存，地表只剩零星可见的残存的碎砖断瓦。吕泰大略勘察了一下，柱础应该就出自这座五重院落后堂回廊里八根明柱的下方。

据施工现场的目击者讲，当时出土的柱础共有八方，由于文管部门重视不够，现场只征集了一同出土的一些铜、玉器物，致使遗留在遗址的八方柱础当晚全部失窃，当地文管所的负责人以为那不过是几块无用的石头，也就没有追究。至于柱础奇特形制的由来，更是无人知晓。

吕泰又走访了附近一些保存完好的明清古宅，均未发现与那方柱础有着类似渊源的东西，加之相传杨文清的府邸毁于明末的战乱，其后人流落四方，无从查考，石础的线索似乎一下子中断了。

2. 藕断丝连

吕泰有些沮丧，他坚信柱础的形制是受了某种特殊影响，而这种影响既然不是来自中华各民族的，则极有可能来自域外，但究竟杨文清是如何受到影响的呢？眼下没了线索，吕泰一筹莫展。

回到北京，吕泰不顾劳累，试图在浩繁的明代典籍中找出杨文清一生经历中的某些特别之处。

但他很快就发现自己错了。在明代云屯雾集的无数官吏中，一个云南布政使实在占据不了多少位置，连昆明地方志中也只是对他略做评述，根本没有参考价值可言。吕泰这时才明白自己一开始就犯了个错误：杨文清宅邸柱础的奇特形制假如真有什么渊源的话，也只能在那些野史逸闻中。

吕泰现在真觉得有些力不从心了，要查阅浩繁的正史尚且困难，若要找寻那些少人问津的野史，无异于大海捞针，更何况这类东西经历多年，散失严重，谁知道到头来会不会是竹篮打水一场空呢？

吕泰正坐在沙发上发愁，一个身着淡紫套裙的女子轻轻走了进来，将一杯浓香四溢的"毛尖"放在吕泰面前的茶几上。

吕泰抬头望了那女子一眼，脸上的愁云顿时散去许多，"贺兰，又麻烦你了，真不好意思。"

贺兰是吕泰一年前在网上公开招聘的助手，专门负责帮助他筹建博物馆和考证文物。本来吕泰从没想过要录用这样一名年轻的女子来当助手，但这位北京师范大学历史系的高才生用自己的才干使吕泰深深折服。一年来，贺兰不仅出色地完成了所有工作，还悉心地照顾着吕泰的生活，两个人的距离逐渐拉近，早已成为知己。

贺兰工作十分敬业，一到晚上却必须回到自己的卧室，即使有工作也要带回卧室去做，绝不在办公室加班。因此在入夜之后，吕泰从未见过贺兰，只是发觉贺兰房里的灯常常亮至深夜。

起初吕泰以为贺兰这样做是为了避男女之嫌，可时间长了还是觉得颇为困惑：为什么贺兰回到房里之后就不再出来呢？最后吕泰也只能由她去了，反正白天贺兰对自己依然像往常一样。

吕泰有什么话都愿意跟贺兰讲，因为贺兰不止会用言语给他安慰和鼓励，有时往往还能为吕泰指点迷津，拨云见日。现在吕泰就原原本本地把那奇异柱础的事情告诉了贺兰，还拿出那方柱础让贺兰看。

贺兰也同样对那方石础产生了极大的好奇，上下左右反复观察，神情异常兴奋。

听了吕泰关于杨文清的叙述之后，贺兰眨着她那双清澈如水的眼睛认真想了想，对吕泰说："杨文清宅邸柱础形制的由来，只有从明代野史中查考了，可这类书籍年代久远，散失严重，原书难以寻觅。依我看，不妨从清代辑佚学者的著作入手，也许会有意想不到的收获。"

"妙极了！"吕泰从沙发里一跃而起，一把抓住贺兰的手，"我怎么就没想到辑佚学著作呢？我马上着手调查！"

贺兰立刻满脸绯红，矜持地缓缓抽回双手，"别那么急嘛，我看现在你最需要的是好好放松一下，时间今后有的是。明天我们去国子监。"

吕泰却仍抑制不住自己的激动，连连称赞贺兰心细如丝。

辑佚学者，在历史上各朝都有，他们中虽然也诞生过大师，但在文坛的影响却非常有限。辑佚，顾名思义，就是辑录整理那些早已散佚的书籍，这种在故纸堆里寻觅搜求的工作，在当时为多数醉心名望的学者所不齿，但正是他们把那些散佚书籍的零星碎片艰难地重新拼合，为后世保留了无价的文化财富。历史上几乎没有哪一位煊赫的国学大师，不是通过参考他们的著作从而走向声望的顶峰的。

但世人就是这样，只见奇葩不见碧叶。

北京国子监，坐落在成贤街孔庙附近，是明清两代封建王朝的最高国家学府，也是吕泰在闲暇时最爱来的地方。每次来这里，他都会有新的感觉，特别是那一方方进士题名碑，总给他无限的遐想，遥念数百年前的科举仕途。所谓寒窗苦读，只为名登黄甲，在这些留名碑上的进士身后，又有多少人是"三条烛尽，烧残举子之心"。想到这些，吕泰就会觉得自己所面临的困惑都变得微不足道了，一切被压力、迷惘撑得鼓鼓的思想包袱都没有了。

今天吕泰和贺兰来到这里，两个人拍了不下上百张照片，在一方方进士碑、恩师碑前，到处都留下了他们的合影。

国子监之行，使吕泰又找到了往日的信心。方向已定，他抖擞精神，在如山的辑佚文献中开始寻觅。

一天、两天、三天……

直到第七天，当他翻开晚清辑佚大家马翰宸的呕心之作《东篱山房辑佚书》时，终于窥见了希望的曙光！

吕泰惊喜地看到，在这本尘埃厚积的线装文献里，居然辑录了从未见诸史籍的云南布政使杨文清撰写的《布政职记》，其中记录的一件奇闻，让吕泰意识到自己得到的柱础绝非等闲之物：

> "崇祯十六年六月，有渔者于太平湖上遇一伟硕白鼋，隐现波间，顷刻绝尘冲天，直入九霄，无踪。俄而曳网，得一神础，登岸，从观者羡之，购以金，不许。既而纷争，竟至相殴。渔者投础击之，毙一人，遂收于监。八月卷宗移至大理寺，础亦同往……此础甚异，其泽类白金，坚硬无朋，径一尺二寸，高一尺一寸，外廓浑圆，上微敛，十钮环之，旋之自如……叩之铿然，以刃斫之，竟无痕。其重斤半，器形轩昂，盖天赐神础以柱明，非上苍佑明不可得也，此万民之福祉也……"

这段话不由得让吕泰联想起自己那方柱础的外观，和文中所言何其相像。他匆匆将此文复印下来，带回住处。

再三阅读之后，吕泰用量具仔细测量了那方奇特柱础的尺寸，再换算成明代的度量衡，竟与文中的神础完全相同！唯独文中说神础"泽类白金"，显系金属制成，而自己的柱础确系石质。尽管这样，吕泰仍然兴奋不已，因为这已经说明这方柱础的形制受到了崇祯十六年"神础"的影响，应该就是"神础"的石质仿制品。

可是，那个当年的"神础"，又来自何方，后来下落何处呢？

贺兰今天晚上格外亮丽，一条大红的及地长裙，配上黑呢坎肩和别致的珍珠项链，更衬出女性的绰约风姿。

吕泰向贺兰讲述了自己的查询结果，当说到闹出人命案之后，神础与卷宗都在明崇祯十六年八月移送大理寺时，贺兰的眉梢向上迅速扬了扬，随后说道："看来更困难的事情才刚刚开始。倘若神础被保存在大理寺，那么我们就很难寻找了。崇祯末年，清军击溃李自成的农民军，攻占京师，旗兵对城内各衙属大肆劫掠，其中尤以大理寺毁坏最为严重，不仅内司库资财尽失，连建筑也尽遭火焚，参与劫掠的旗兵，既有多尔衮的属下，也有豪格、济尔哈朗、苏克萨哈的部卒，乱军混杂，神础究竟落入谁手，恐怕再难追寻。"

吕泰当初聘用贺兰的主要原因,就是她的历史知识很渊博,这不,你听她对明代崇祯一朝的历史简直是了如指掌,娓娓道来,仿佛一切都是她亲身经历过似的。听了贺兰的这番话,吕泰也觉得有些棘手,改朝换代是最动荡的时期,要寻找在此间失落的神础,谈何容易?

但吕泰是不会罢休的。探索既然业已开始,就断无中途而废的道理,不查个水落石出,自己是不得安宁的。

接下来的一个月里,吕泰一边寻访神础的下落,一边继续进行博物馆的筹建活动。

八月中旬,全国首家私人柱础博物馆终于开馆了。一时间无数好奇的人拥向这里。

人们流连于一方方曾经支承着或华贵、或崔巍的殿宇的柱础前,似在凝神聆听历史的声音。

吕泰也混在参观者中间,留意他们的反应。

他为自己的成就而欣慰。可是他很累了,整日劳碌使他的精神一直处于亢奋状态,现在稍微一松气,反而感觉疲惫难当。

当他回到工作室,想稍事休息时,房门却不知被谁敲响了。

尽管不喜欢自己的安闲被打扰,吕泰还是说了声"请进"。

房门一开,一身黑色的中山装闪了进来。这套颇有二十世纪八十年代初期服饰风范的立领中山服,穿在一个四十多岁的中年人身上,从他费力地眯着眼睛看东西的样子,就知道他是个近视眼。这位中年人面孔四方,皮肤白皙,浑身散发着浓重的书斋气。

吕泰一看就晓得这一定是个醉心学问的人,而且多半还可能是研究历史的。搞历史的人就是这么神,对历史的癖好最后或多或少都会影响到自己生活的各个方面,到头来连自己也都快成了一件古物。

来人自我介绍道:"我叫李觊铁,在怀柔中学教授历史,业余时间我也喜欢收藏柱础,不过像我这种收入和地位一样低微的人,即使为收藏心力交瘁,也难有成绩。因此,我十分钦佩您的成就,连同您的机遇。"他的声音好像指甲划过黑板。

吕泰苦笑着摇摇头,说道:"您过奖了,开办这个博物馆可不是凭我一个人的能耐,收藏界的同好们帮了大忙。您也是搞柱础收藏的,必定知道这东西在收藏领域内涵最丰富,却也最冷僻了。我总是嗟叹知音难觅,如今认识了您,也算幸事一件。瞧我,连座位也没给您让,快请坐。贺兰,沏两杯茶来。"

热气蒸腾的西湖龙井使两人的谈兴也愈发浓厚。吕泰问李觊铁:"你看我馆里陈列的展品如何?当然是以同行专业的眼光来看。"

李觊铁并不拘谨,侃侃而谈:"说心里话,你的藏品可谓精中取粹,其中不乏精品奇珍,比如商妇好墓柱础、秦阿房宫龙纹础、西汉上林苑朱雀础、唐大明宫莲纹础等等,件件都能填补考古史上的空白。当然,藏品还只在其次,你的展品介绍说明了你对它们的研究之深、涉及范围之广,使人叹为观止……只是还有那么一点点缺憾。"

吕泰正是那种专爱听取意见的人,听到这话,马上欠身追问道:"李先生有什么话尽管说。咱们是同好,不妨直言。"

"我觉得那件云南布政使杨府柱础的说明文字……似有敷衍之嫌。"

"噢,原来你是说那方柱础啊……李先生眼光果然犀利,那段说明文字确实过于简略,语焉不详,但这并不是因为在下疏懒,而是其形制来历实在无从查考,我这么做也是出于无奈。"

"据我所知,明代云南的少数民族并没有此类柱础,而杨文清作为朝廷从二品云南承宣布政使,也断无理由模仿当时被视为蛮夷的少数民族的建筑形制,因此我认为,这方柱础的形制当是受某种外来文化的影响。"

"英雄所见略同!"吕泰击节赞叹,"你对柱础的研究也不是浅尝辄止呀!对那方柱础,我也有同样的考虑,而且我还有一个更为令人惊讶的念头,这方柱础的形制渊源,恐怕不是来自我们所知的国度!"

李觊铁闻言万分震惊,出神地望着吕泰。

看到这位造诣不浅的同好如此惊愕,吕泰居然有了些成就感,他慷慨地回头向里屋说:"贺兰,把我查到的那些关于那方柱础的典籍资料拿出来,我要和李先生好好探讨一下。"

贺兰走出里间向会客室看了一眼,当她的目光和李觊铁交会时脸上掠过一阵惊惶。她犹豫了一下,很快取来了吕泰连日查考所得的资料,放在茶几上。

像虔诚的基督徒捧读《圣经》一般,李觊铁一字不漏地阅读了全部资料后,开口称赞,他的话里充满了对吕泰的敬重:"太精彩了!我无论如何也想不到你居然能在辑佚大家马翰宸的《东篱山房辑佚书》中,查找到明朝云南承宣布政使杨文清的'神础案'记录,这个突破口选得实在精妙!历史典籍中不可寻觅的重要线索,你竟然在散佚野史中找到了!吕先生,我有一个冒昧的请求,能否让我协助你的查考工作?也许我帮不上什么大忙,但至少我不会成为你的累赘。古人云'朝闻道,夕死可矣',能解开一桩历史悬案,真是最快慰的事情,你能允许我的加入吗?"

吕泰不假思索,爽快地应承下来,"行,我能和李先生合作,也是一种缘分,咱们今后多多互相启发,一起努力查证吧!"

李觊铁特别高兴,他又提出建议,鉴于当年神础已交付大理寺,随后大理寺又遭到清兵劫掠,神础极有可能落入清朝贵族之手,而当时攻克京师的多为正黄旗兵丁,统帅也多是皇亲贵胄,因此应该从清代宗人府的记录查起,最好能找到当年旗兵统帅的族谱年鉴,看有无与神础相关的记录。

吕泰闻言,连连表示赞同,两人约定第二天共赴北京图书馆查找典籍。

送走李觊铁,吕泰把准备和李觊铁合作的事告诉了贺兰,还夸赞李觊铁对这门学问的熟谙。

贺兰静静地听完后,轻声说:"这件事我认为您有欠考虑,我们对李觊铁并不了解,就轻易地让他参加调查活动,是否有些草率呢?"

吕泰问道:"你认为他有什么问题吗?"

"不,没有……当然,我还是尊重您的决定。"

窗外的亮色正渐渐退去，贺兰对吕泰说："不早了，我回卧室去了。上午那些没整理完的资料，我拿到卧室去弄，明天一早交给您。"说完，她起身准备离开。

"贺兰，别走，"吕泰试图挽留贺兰，"在这工作室里整理不好吗，何必非去卧室呢？"

贺兰回头莞尔一笑，"每个人都有些别人难以理解的习惯，我也一样。"

说罢，她向自己的卧室走去。

3. 梵韦之乱

第二天上午九点，吕泰和李觊铁准时在图书馆门口碰面。

吕泰是抱着不达目的不回头的信念来的，他们把查考重点放在了清代宗人府的族谱年鉴资料上。对考古业内人士而言，今人编撰的史籍固然重要，但史籍原本才是他们眼中最可信的依据。

当他们进入图书馆直奔善本图书借阅处时，不料总台管理员告诉他们，所有的清代宗人府记录善本均已借出，连同天启以后的明史部分也已外借。

吕泰很是纳闷儿，怎么会如此巧合，竟有人同时需要和自己一样的资料？无奈之余，在吕泰的要求下，两人走进善本图书阅览室，想看看究竟是谁在查阅这些书籍。

走过一排排紫檀木书架，只见房间里有十几个人正端坐在那里，每个人的面前都摊着几本古旧的史籍。

吕泰走近他们，打算看清他们在查考哪方面的东西，却发现有的人正在读明史"甲申之变"中京师浩劫的部分，有些人则正在阅读明史中关于大理寺位置和格局的介绍，这令吕泰异常震惊。

吕泰仔细打量那些人，他们虽然衣着各不相同，却都有一个共同点，就是每人的领口或衣袋上都别着一副样式相同的眼镜，这让吕泰猜测他们也许属于同一个组织。

正在这时，李觊铁疾步走来，一把抓住吕泰的手，不由分说拖着他就往外走。

吕泰本想争执，但考虑到这是图书馆的阅览室，也就只好耐着性子和李觊铁走出了图书馆。

哪知李觊铁一直拖着吕泰奔向他那辆凌志轿车，一进轿车就忙着发动，驾车载着吕泰飞速离开图书馆，驶向吕泰的住所。

一路飞奔，李觊铁始终脸色阴郁，任凭吕泰怎么追问，都是一言不发。

后视镜里出现了两辆宝石蓝色的保时捷跑车，这种最新款的双门跑车并不多见。保时捷跑车紧紧咬住凌志车，要不是马路上车流拥塞，只怕早已超车截停吕泰他们了。

吕泰现在也感觉到了紧张的气氛，要知道凌志是无论如何也跑不过保时捷的。

李觊铁虎着脸，握持方向盘的手由于紧张而变得僵硬，轿车的速度已经接近极限，发动机的轰鸣越来越像发作的哮喘病人，但后面的跑车依然不见落后。

吕泰的神经也陡然绷紧了，他不知道跟踪者的目的何在，也不知道他们对自己的威胁究竟有多大。被人跟踪总不能说是件可喜可贺的事，于是吕泰索性不再多问，只管系好自己的安全带，任由李觊铁飞也似的狂奔。

前方是一个十字路口，交通指示灯正是绿灯在闪烁的时刻。李觊铁开到时，绿灯刚要熄灭，李觊铁一咬牙，猛踩油门，凌志车箭一般滑过路口。

值勤的交警犹豫了一下，终于没有理会这记"擦边球"，可后面的保时捷却只好停下来等待。

李觊铁丝毫不敢松懈，一过路口就接连转了好几个街口，等到那个路口的绿灯再次亮起时,凌志车早已从保时捷的视野里消失了。

回到寓所,吕泰再也按捺不住,连珠炮似的向李觊铁发问。

李觊铁听完吕泰的质问,缓缓抬起头,轻声说道:"对不起,我从一开始就在欺骗你。其实关于神础的事,我十分清楚,因为它是我们飞船上的导航仪。请听我解释:我并不是地球人,而是梵韦星人。"

吕泰眼睛瞪圆了,眉毛也皱了起来,愣在原地说不出话来。

李觊铁停顿了片刻,继续说道:"按地球的时间概念来说,两千四百年前,位于银河系核心部位的梵韦星——也就是我们的母星——发生过一场叛乱。原来,我们梵韦人千百年来一直想要建立智能化的绝对理性社会,为此我们不断用最新的智能芯片来制造大量的机器人,并且给它们消除了人类性格中一切非理性化的因素,所有智能机器人的行为目标,被定为建立最发达的文明社会,消除任何无序和非理性因素,以免影响社会文明进程。

"的确,我们因此得到了最多的享受,社会事物全都交给理性公正的智能机器人负责,包括行政、司法、立法、交通、卫生等等一切,我们社会中的无序和不公也逐渐消失。一切似乎变得尽善尽美……然而最后,机器人们却把梵韦人列为阻碍社会发展的最后障碍,它们忠实地履行了自己的使命,在梵韦星及其各个星际基地展开了消灭梵韦人的行动!

"于是,我们和智能机器人进行了激烈的战斗。而这场战争也暴露了我们梵韦人的弱点,那就是即使在种族存亡的危急关头,官僚集团仍然争权夺利,相互倾轧,加上我们军人的犹豫、恐惧、慌乱和判断失误,导致我军屡次在重要战役中失利,致使这场与机器人的战争一直持续到今天。后来我们的战备物资陷于匮乏,尤其是用于反物质离子射束武器的一种金属催化剂几乎枯竭。不过,智能机器人那边也不比我们好多少,毕竟理性不能凭空产生物质。谁能先得到充足的反物质武器催化剂,就能够置对方于死地。

"两千多年前,也就是地球中国纪元的西汉武帝元狩四年,我们凭借新式星际导航仪,开始在银河系内寻找那种宝贵的金属,最后我们在这颗蔚蓝的星球上找到了它,那就是你们地球人视为财富象征、称之为黄金的金属。我们在地球上挑选了当时最为富庶的国度——中国,在那里暗中收集了大量黄金,分批次运回梵韦星,支援梵韦人军队的军事行动。

"可是这场战争的终结远非我们想象的那样容易,因为官僚集团的愚蠢干预,我们在宇宙中节节失利。后来,智能机器人也得知了梵韦人黄金的来源,便千方百计地进行破坏,并伺机夺取。

"在四百多年前,也就是明崇祯十六年,梵韦人最大的一批总计两千吨黄金,即将启程运往梵韦时,遭到了暗藏在我们内部的智能机器间谍的破坏,它们拆卸了飞船的导航仪并沉入昆明郊外的太平湖——那湖底曾是梵韦人飞船的补给基地,这样飞船便无法返航。机器人趁机劫走了黄金,并藏匿在某个秘密地点,等待时机运回梵韦星。然而,它们没想到自己很快就被随后赶来的梵韦人特勤部队悉数消灭,但那批黄金也由此成为真正的秘密。我正是刚刚奉命前来找寻黄金的梵韦人特勤,我必须先找到导航仪,否则如果它落入智能机器人手中,它们就能自由往返于梵韦星和地球,只怕那时地球就要卷入这场旷日持久的战争了。至于黄金,能找到当然最好,找不到的话,也不能让它落入智能机器人手里。刚才在图书馆里的那些人,不用我说,想必你也看出他们有什么特别之处了。"

吕泰说道:"他们所有的人都拥有一副款式相同的眼镜,显然那不是近视镜,因为他们看书时根本不用它;而今天又是阴天,如果那是变色镜,当然也是秋行夏令之举。如果说有什么特别的话,也就是这一点了。"

"完全正确,那并不是普通的变色镜,那种特制的镜片,可以滤掉傍晚时他们眼睛发出的红色光线。机器人在外表上虽然可以伪装得和地球人一样,但它们具有红外夜视功能的眼睛在黑暗中会发出红光,那是光学增透膜的特征。那些家伙其实都是智能机器间谍,正在全力寻找黄金,古代典籍自然是它们最好的切入点。"

"那么你究竟是梵韦人，还是伪装成地球人的智能机器人？"吕泰警惕地问。

"这很容易鉴别。"李觊铁顺手从桌子上抓起一把镊子，朝自己胳膊上刺去。

吕泰来不及制止，只见从他皮肤的破口处流出了淡绿色的液体。

"我们梵韦人的外貌和地球人并无太大差别，因为我们都处在同一个进化阶段，我们的文明发展迅速，是得益于过去的四十多万年里从未有过战乱——除了这一次。梵韦人的血液是绿色的，机器人总不会有循环系统吧？"李觊铁说道。

吕泰表面上很平静，心里却是波澜起伏，虽然他一直猜想那方柱础是某种外来文化产物的拷贝，但当这个猜想变为现实时，仍使他震撼万分，难以接受。而李觊铁说的黄金，倒让他想起了另一件事。

那是在去年的中国考古学会年会上，吕泰作为特邀嘉宾出席会议。会上一位学者的论文《西汉末年以后中国黄金用量骤减原委考》，把人们引入了两千二百年前的那宗历史疑案。

从历史上看，秦末至西汉，黄金是中国流通最广泛且大量使用的货币。史载汉武帝为湖阳公主陪送的嫁妆，一次就动用黄金二十万斤。尽管西汉时的"黄金"，并非我们今天所说的纯金，而是金铜合金，但也足见当时中国黄金使用数量之巨大。在西汉时期，政府虽然大量铸造制钱"五铢"用于流通，但作为贵金属的黄金从未淡出，主要是因为制钱价值较低，交易中不便大量携带，特别是对于远行的商旅，黄金依然是贸易活动的最佳选择。

可自西汉以后，白银却逐渐取代了黄金的地位，而之前社会上数量巨大的黄金去向如何，却没有下文了。

从史料上反映出，自王莽篡汉，及至刘秀光武中兴，黄金大量使用的记录，就再未见诸史册。种种迹象表明，中国的黄金存量在这一不长的时期内突然大量减少，以致难以继续充当主要支付媒介。

对于这一奇特现象，有人解释说是由于西汉末期的征战频仍，使巨商富贾多将黄金埋藏所致。也有人根据传闻说，是因为新莽灭亡时将西汉政权遗留的大量黄金秘密收藏，以图东山再起。

然而，吕泰不肯苟同此类观点，倘果真如此，史书中对这么重大的社会经济动荡，怎会只字不提？倒是在三年前新疆西域古龟兹国遗址发现的一处西汉中期墓葬群出土的残简中，有过那么一句："……方外人喜金，遍设钱庄敛之……"当时残简其余字迹均已灭失，无从识读，所以吕泰也没有过多注意，他认为"方外"可能是丝绸之路上某个名不见经传的小邦，既然正史都不愿给它留一点空间，那么方外人敛金的举动，就应该不会对黄金数量造成太大的影响，这也是整个考古界几乎都不曾尝试用它来解释黄金骤然减少的原因。

但是此刻，吕泰想起来后却认为这线索太重要了！

梵韦之乱中，梵韦人到地球上收集黄金的时间，正是在西汉中前期，也就是黄金数量的巅峰时期；更使他兴奋的是，残简中的"方外"和"梵韦"两词的发音如此相近，吕泰据此认定，那些汉简上的方外人就是梵韦人。

于是，他大胆地向李觊铁发问："两千年前你们来到地球上收集黄金时，可是采取开设铺号暗中收兑的方式？"

李觊铁的身体微微一颤，"你怎么会知道这些？我还是从梵韦政府的历史教材中得知的。当初我们来到地球时，为了不引起地球人的注意，便乔装成商人，在京畿长安乃至全国开设了许多庄铺，秘密从事黄金收购。由于开价极高，收购速度很快，连皇宫中的太仓官员都将宫中用于赏赐勋臣和慰劳四夷的大量金饼盗运出宫，找我们换成五铢铜钱，从中渔利。因此我们得以用很短时间就聚敛了数以百吨的黄金，有力地支持了梵韦人的战争。对于那些好奇的地球人，我们一律自称'方外人'，这名字更贴近中国人的习惯，还有些超然之意。时下战争已到了最后关头，谁能抢先得到这一批重达两千吨的黄金，谁就能够打赢战争。"

吕泰低头不语，片刻后，他昂起头，语气沉毅地对李觊铁说："我决定帮助你们，尽我的全力。"

李觊铁握住吕泰的手，感到自己的手在发抖，或许是因为激动，说道:"真心感谢你,感谢你的高尚行为!"

"你别把我想得那么好,我并不是要帮助梵韦人打赢战争,对地球人而言,究竟人工智能发展的极限如何、结果怎样,我们都还无法想象。我只是想让你们之间的这场千年战争早日结束。或许无论哪一方先找到我,都会得到我的帮助,毕竟战争是一件可怕的事情,即使它的背后有深奥的哲学和人伦因素。"

贺兰正从卧室里走出来,看到李觊铁和吕泰的手紧紧握在一起,眉头皱了皱,又小心地退回卧室,关上了房门。

4.峰回路转

这些天吕泰的心情糟到了极点。神础的线索再也没有续上,黄金的下落更是石沉大海,李觊铁又频繁来访,显然对吕泰寄予了全部希望。这一切,让他有不堪重负之感,有几次他甚至怀疑自己是否应该继续调查下去。

如果仅仅是这些,吕泰还能够勉强忍受;更让他烦躁的是,贺兰不知怎的也变得寡言少语、心神不定。

几天来,贺兰很少和自己讲话,早早就回到卧室不再露面。吕泰不明白为什么,李觊铁每次来访,贺兰都显得很不自然,有一次为他们上茶时竟失手打碎了吕泰最心爱的宜兴紫砂盏。似乎她对李觊铁有很深的成见,然而他们原来并不认识啊!对此吕泰实在不愿想得太多,他生怕那原因最后牵连到自己身上,若是那样,他宁可永远不知道个中究竟。

又一个星期飞逝而过,神础的事已经开始在吕泰头脑中淡漠,没有任何发现能重新提起他的兴致。

李觊铁对吕泰的厚望也正一丝一缕地变薄,近三天李觊铁只来过一次，离开时神情无比失落。

那一天，吕泰走进房间就被一道刺眼的光芒灼痛了眼睛，那是从李觊铁手里发出的。

吕泰上前取过一看，竟是一根甚为贵重的唐代咸亨二年金铤，保存得相当完好，背面却被錾上了两个字——"觊铁"。

吕泰问李觊铁："这是你刻的？"

李觊铁回答说："哦，这是我的一位叫刘赢洲的老师送给我的，当时我还不懂文物的珍贵，就信手刻了自己的名字。"

吕泰对这种亵渎文物的行为最是深恶痛绝的，他不相信李觊铁会如此对待这根金铤，但李觊铁却把金铤当成玩物摆弄于手中，这更让吕泰难以理解。

星期天上午，吕泰睡了个懒觉，直到座钟敲了十下方才起床。

刚胡乱扒了口早餐，贺兰就递给他一份邀请函，是中国考古学会从网上发来的，内容是邀请吕泰参加福建泉州湾海域的水下考古工作，考察对象是不久前刚刚被发现的一条十九世纪末的美国沉船"夜枭号"。

吕泰的眼睛突然一亮。"夜枭号"的名字，他不止一次在历史书上读到过。在考古界里，"夜枭号"的名气绝不逊于"泰坦尼克号"。

这艘美国三桅帆船，在1900年以前还并不出名，是八国联军侵华战争才使它名声大噪的。八国联军攻占北京之后，疯狂掳掠了包括紫禁城在内的多处皇家园林，无数的皇家珍藏被联军瓜分。为了尽快把贼赃运回国内，精明的美国人动用了国内一切可以征调的大型帆船，"夜枭号"便是其中之一。

1900年秋季，"夜枭号"满载名珍贵宝和精美艺术品从天津起航，途经泉州加运了一批归国的士兵后，开始了横渡太平洋的归程，谁知此去竟杳无音讯。

一个世纪过去了，历史学家们一直在探寻它的沉没地点，那上面装载的昂贵货物对任何人都是无法抵御的诱惑。但百年来一切努力都归于失败。

此刻,吕泰获悉"夜枭号"终于再现江湖,怎能不喜出望外!

当下吕泰要贺兰回函表示同意邀请,同时请她预订三张两天后赴泉州的机票,他要请李觊铁一同前往,吕泰认为他们都该换换脑筋了。

贺兰听到李觊铁的名字,又皱起了眉头,但她还是照着吕泰的话做了。

在泉州惠泉宾馆举行的"夜枭号"水下考古工作会议上,吕泰了解到了更为详细的情况。

"夜枭号"的沉没地点在距泉州湾一百二十公里外的浅海区,那里的航道上确实暗礁不少,但都已为当时的航海家所熟知,在航海图上也有明确的标识,当时任"夜枭号"船长的瑞典裔美国人古斯塔夫应该不会犯触礁这种低级错误,在他的家族血统中有着优秀的航海因子。

海底初探拍下发回的照片显示,"夜枭号"断成两截,分散在相距二百四十米的两处海底,海水深度为四十七米。先期发现的航海日记封皮残片上,用玳瑁壳镶嵌出英文"夜枭"的字样,船上的货物则散落在周围两千多平方米的海底,打捞难度很大。

会议决定打捞工作第二天全面展开,让吕泰参与临时成立的指挥部工作。

吕泰推辞不掉,只好从命。

第二天,打捞工作有条不紊地开始进行。

一天下来,十六名潜水员组成的水下作业队,从沉船上捞起了大批珍贵文物,其中有大宗的明清珐琅、青花、粉彩瓷器和黄金、象牙制品,还有许多联军士兵从皇宫里抢掠的御用服饰。只可惜那些旷世大家的书法真迹和水墨丹青,都在冰冷的海水中化为乌有,仅有画轴留存下来……

难过归难过,考古本来就是研究失落的学问,处处要求天遂人愿,未免太过苛求。在打捞沉船货物的同时,潜水员还深入船体内部,从各个角度拍摄了大量照片,以期揭开"夜枭号"沉没之谜。

从照片上看,"夜枭号"庞大身躯的细部此刻都一览无余。只见残体的断裂处,龙骨整整齐齐从中间折断,好像被外力猛然弯折所致。在沉船断面的货舱甲板处拍下的照片,则更为奇怪——甲板上有一个近似圆形的孔洞,直径一尺左右,这也是甲板上唯一的创伤,从那个洞中望下去,刚好可以看到船体断裂的龙骨。这种损伤绝不是触礁的结果,礁石不可能伤及甲板,也不会造成如此规则的孔洞,更不会撞断龙骨。但究竟是什么原因,吕泰百思不得其解。

对"夜枭号"的打捞是在完全保密的情况下进行的,这么做是为了避免文物归属权的不必要纷争和新闻媒体的骚扰。吕泰也严格恪守这一原则,从未把打捞工作的进展情况告诉李觊铁,自己掌管的作业记录也都仔细地锁在客房的抽屉里。

本意上,吕泰是想让李觊铁来泉州散散心,并未打算让他介入打捞工作,他甚至没有告诉李觊铁他们正在打捞的就是大名鼎鼎的"夜枭号",而只说是一条清代商船。

李觊铁似乎也明白,从不主动过问吕泰的工作。

吕泰劳碌一天之后,常常邀上他和贺兰一同去附近的小酒吧喝上一杯。贺兰此时倒一点儿都不犹豫,仿佛换了个人,似乎李觊铁已经不那么令她反感了,这让吕泰舒服了些。

水下考古工作终于迎来了尾声。

"夜枭号"上的货物基本都已打捞出水,明天将举行船身整体出水仪式。这条沉船在修复之后,将由中国革命历史博物馆收藏,作为帝国主义侵华的又一铮铮铁证。

吕泰安排好第二天的工作程序,回到客房时已是华灯初上。

电子保温炉里热着贺兰为他准备的晚餐,而贺兰此刻已经回自己卧室了。

吕泰美美地享用完晚餐,就开始伏案起草考古打捞工作简报。

两页稿纸刚刚布满字迹的时候,一阵困意袭来。吕泰接连打了几个呵欠,照例锁好材料,回自己的卧房去了。

5.真相昭彰

午夜十二时。客厅里有间卧房的门开了,一个黑影闪了出来,蹑足潜踪来到吕泰的写字台前,将一根极细的金属丝伸进锁孔,轻轻一拨。

锁开了,黑影迅速拉开抽屉拿出考古资料和照片,摊在案上,眼睛扫描仪似的在上面掠过。

随后,这人又麻利地把资料复原,放回抽屉,接着慢慢打开套房的门,消失在走廊尽头。

吕泰半卧在床上,借着柔和的台灯,正在端详一沓照片,那是他和贺兰不久前在国子监拍的。

吕泰一张张地欣赏着贺兰和自己在一起时的神态,回忆当时那种欣慰和愉悦,不禁微笑起来。

他又抽出下一张照片,这是他们在一方恩师碑前照的,恩师碑即过去被授予翰林编修或修撰的新科进士拜师时所立,上面往往充盈着赞美颂扬之辞。眼前这张照片上的背景非常清晰,碑文俊秀可辨,上面大大地镌刻着一群翰林学子的恩师名讳——刘赢洲。

吕泰隐隐觉察这名字似乎在哪里听过,略一思索,便猛地记起那是李觊铁曾经说过的送他金铤的"先生"的名字!

吕泰连忙仔细看碑文。原来刘赢洲当时任国子监祭酒,历时仅仅年,因此后世对他并不熟悉。再看众翰林署名,第三个就是吕泰熟悉的"李觊铁"!碑文上说李觊铁于清乾隆五十年中恩科二甲第一名,赐进士出身,授翰林院修撰。落款是大清乾隆五十一年。这是两百多年前的石碑,吕泰绝不相信这两个名字的出现只是巧合,他预感到问题复杂了。

凌晨三点,打捞作业水域留守船只上的工作人员大都已经进入梦乡,仅有的几名值班员也只是让扫过海面的探照灯代替自己的眼睛,他们则止不住地打着瞌睡。

谁也没有留意到,远处一只形状奇异的小艇正急速滑过水面,发动机的消音装置使它如幽灵般逃过了值班员本已迟钝的听觉。

在标识着"夜枭号"准确沉没点的浮标前,小艇轻盈地停了下来,随即如同潜艇一般迅速沉入海面以下。

在约二十米的深度上,一个佩戴潜水装具的人游离小艇,敏捷地向下游去。他手提的强光电筒将海水照得通亮,水中无数色彩斑斓的游鱼仿佛有不祥的预感,惊恐地四散逃开。

那人很快到了海底,转头向四周看了一下,发现了左前方那硕大的沉船残躯。他双脚用力一蹬礁石,快速游向沉船。

海生植物已完全包裹了船体,它们想把它变成大海的一部分,但这船却注定不肯就范,船首倔强地冲出海藻的重围,把那代表着它曾经的荣誉的青铜雄鹰标志展示给所有探视的人。

船内的货物现在全没了踪影,沉船已经成了一具空壳,躲在那里小心地偷窥来人。

那人并不指望在海底淤泥里的瓷器碎片中碰碰运气,看能否找到一两件完整的古董瓷器。他径直游向船身断裂的地方,抬头看了看货舱甲板上的圆洞,又看了看折断的龙骨,然后从腰带上取下一只小小的仪器,在圆洞和龙骨的连线下方贴近海底缓缓地移动。

五分钟过去了,八分钟过去了,直到十三分钟时,仪器突然发出了急促的蜂鸣声!

那人连忙跪在沙地上,双手用力向下挖去。所幸这里是礁石海底,沉没的物体不会陷得很深,但即使这样,他还是足足挖了四尺才有了结果。

挖出的坑里,一只白亮浑圆的金属圆台出现了,十个半球形的旋钮环列在它的侧面。

那人急忙伸手取出一只罗盘平放在圆台上面,磁针摆动了几下,指向南方,同时也正对着一只旋钮。

那人兴奋异常,用手握住那只旋钮,顺时针旋转了两周,然后双手抓牢圆台,稍一用力便轻而易举地将圆台提了起来。

接着他又回到小艇,小艇在水下飞快地驶向远方。

海边,大风骤起,浊浪排空,在离岸一百米的地方,小艇浮出了水面,那人抱着圆台从海水里走向岸边。

这时传来了刺耳的刹车声,一辆越野吉普猛地冲到岸边,车门砰的一声打开,吕泰神情严肃地跳下车来,针一样的目光刺向那个还戴着潜水面罩的人。

那人并不紧张,反而伸手除去面罩,竟然是李觊铁。

吕泰虽然早有准备,但还是暗吃一惊。

"李觊铁,你为什么偷我的资料,又非法进入作业区域?你的名字为什么会出现在国子监的恩师碑上?"这时吕泰看到了李觊铁手中的圆台,立即惊愕地追问,"这是——神础!你从哪儿得到的?"

李觊铁冷笑一声,"告诉你也无妨了。我对你说的话绝大部分是千真万确的,只是我并非梵韦人特勤人员,而是智能机器战士。我的眼睛没有红光,是吗?因为我是最新型的,用微米波探测技术代替了红外夜视眼。至于我的血液和皮肤,只不过是罩在机器身体表面的一种生物活性伪装罢了。

"我可不是刚刚驾临,在四百年前梵韦人丢失了黄金之后,我就来到地球开始找寻。这四百年间,我的身份几经改变,我开过钱庄,当过小吏,贩过私盐,也做过进士,当中学教师是最近二十年的事,一切伪装都是为了使自己与常人无异,这就是你会在国子监进士碑上看到我名字的原因。

"你没注意我的名字吗?李觊铁,铁即失金,'觊铁'就是觊觎失踪的黄金。我一直在多方寻找你所说的神础,但一直没有下落。

"后来我在你的博物馆里看到了那方奇特的石础——神础的影子,

我感到你可以帮助我实现目的。你果真没有辜负我的厚望！今晚我在你的抽屉里看到了'夜枭号'残骸的照片，我肯定那不是触礁的结果。坚实的木甲板上的圆形孔洞正对着龙骨，一定是某种极为沉重的东西穿透了甲板，并向下砸断了龙骨，这才是沉船的真正原因。根据计算圆洞的尺寸和穿透的力量，我断定那是神础的功劳。

"对了，我忘记告诉你了，那神础并非什么导航仪，它就是那批两千吨黄金的储藏容器。"李觊铁一副揶揄的表情，"听来难以理解，是吗？这容器实际上是一个空间坍缩器，虽然它的外观很小，但空间坍缩技术可以使它拥有一百立方米的内部容积，成千上万吨的黄金也装得下。此外，容器上的磁场反重力装置会把黄金和容器的重量降低至只有一斤多，单手就能轻易移动。当这容器被静止放置时，自动机构会使十个旋钮中随机一只指向南方，那只旋钮此时就是启动或关闭反重力装置的开关。

"当年神础被藏于明大理寺内司库，直至一年后清军入关，攻克北京，神础也随着内司库的被劫而落入清朝贵族手里。时隔近三百年，1900年侵华的八国联军又把它从不知哪个王公贵胄的府邸搜掠出来，并当作战利品装上了'夜枭号'。

"可谁想到，航行途中，也许是哪位好奇的水手幸运而又不幸地旋动了开关，关闭了反重力装置，两千吨的重量一下压穿甲板，并落下去砸断了龙骨，从此，'夜枭号'折戟沉沙。

"可叹梵韦人特勤，苦觅多时还是被我捷足先登。还记得图书馆的追击事件吗？那只是一幕戏，用来博取你的信任的戏。我确实非常感谢你，是你一步步引导我迈向成功，胜利者会缅怀你的，但遗憾的是，我现在必须和你说再见了。"

吕泰脸色铁青，他想不到自己被对方彻彻底底地当猴耍了。

此刻，李觊铁抽出背后的猎鲨枪，说："我不会使用梵韦星的武器，因为我希望警察把你的死亡当成一般的谋杀案。明天我就要凯旋了，再见。"

突然，在李觊铁身后闪起一团橘红色的火焰，宛如在海风中怒放的礼花，绚丽而灿烂。在那只小艇升起一团浓烟的同时，李觊铁的身体也直挺挺地向后倒去，重重地摔在沙滩上，一动不动了。

吕泰惊恐地抬眼向李觊铁身后看去，只见岩石后面闪出一个熟悉的窈窕身影，手持形状奇特的武器。

是贺兰！今天她戴了一副黑色的眼镜。

贺兰用脚踢开李觊铁手里的猎鲨枪，又把神础拿到自己手里，这才回身面对吕泰。

吕泰警觉地后退两步，厉声喝问："你究竟是谁？不要告诉我你也在欺骗我！"

"吕先生，我的真实身份是梵韦人特勤509，早在三百多年前，即清顺治元年，就来到地球负责寻找当年失落的黄金。其实当时飞船上争夺的结果是双方都没有得到储藏容器，它从飞船上掉落到太平湖里，现在我知道是那位渔人网起了它，还为此引出命案，这就是所谓的'神础'奇案，也是事情真正的真相。

"自从李觊铁出现时起，我就怀疑他是智能机器人，但当时我告诉你也不会相信。其实我和他一样，都是在利用你，我是希望借助你的学识找到那些黄金。现在一切都结束了，我会把李觊铁带回梵韦，通过法律处置他。我希望你忘了我，永远的忘记。"说着，贺兰向空中挥了挥手。

空中立即出现了一只椭圆形飞行器的巨大轮廓，原来它是以墨蓝的颜色隐没在夜幕中的，现在恢复了金属的银灰色。

这架飞行器往下方投下一道橙黄的光柱，李觊铁被光柱提升起来，吸入了飞船内部。

贺兰也迈步走向光柱。

"等一下。"吕泰突然想起了什么。

贺兰也停住了脚步，转回身体。

"你会忘记我吗？请别骗我。"吕泰问道。

"不会。"

"那我也不会的，永远不会。你难道不能留下来吗？我还有很多事情需要你的帮助。"

"不要说了，我明白你的意思，但我是绝不可能留下来的，因为我的生命即将终止。"贺兰黯然说道。

"什么，你说什么？你不是已经胜利完成任务了吗？"吕泰诧异地问。

贺兰沉思片刻，轻轻摘下墨镜，只见她的眸子依然像幽谷深潭那样清澈，只是正闪烁着红色的光芒。

吕泰大吃一惊，几乎站立不稳，"怎么，你难道也……"

"是的，我也是智能机器人。"贺兰说道。

"梵韦人被自己制造的智能机器人视为敌人，受到全面攻击，但仅仅依靠梵韦人本身的力量，根本无法和智能机器人抗衡……梵韦人于是又开始制造智能机器人作为士兵，执行各种最危险的任务。不过这一次，他们再不会让机器人有任何失控的可能。每一个机器人在生产时，就在芯片中加载了其特定使命，使命一旦完成，机器人体内的自毁系统就会自动起爆。梵韦人已经不再相信任何具有人工智能的东西了，虽然他们还要借助我们的力量……再过一会儿，当我把黄金贮藏器运到飞船上之后，我就再也不复存在了。"

"那你别把贮藏器运上飞船，我们把它随便藏在哪儿，然后一起逃走吧！"吕泰急切地说道。

"我的程序不允许我那么做，我必须完成使命。况且，你以为我们做得到吗？"贺兰神态安详，走到光柱中心，双手高高举起黄金贮藏器。

只见那白亮的容器也缓缓被光柱提升起来，吸进了飞船。

贺兰这才转过身，面对着无言的吕泰。

"好了，吕先生，现在请您向后退，向后，再向后。"贺兰轻声说道。

吕泰的心里仿佛被一团棉絮紧紧塞住，一句话也说不出来，他木讷地向后退去，似乎能听贺兰的话就是最大的安慰。

终于，两人已相距一百米了，贺兰这才向吕泰扬起了手，"别难过，让我们好好道一声再见。"

说完，她还轻轻挥了挥，脸上似乎还带着笑意。

吕泰也举起了手，他的两颊骤然泛起了红晕，但那不是因为激动，而是因为前方爆炸火光的辉映……

尾　声

吕泰端坐在电脑前，正兴味十足地欣赏网上"梨园驿站"中的梅派传人的《战金兵》选段，不想广告又鬼使神差地插了进来。这次，智能电脑是要求吕泰为它购置最新型的高速量子微处理器。

吕泰很干脆地回答了"不"。

可电脑又一次施展它高超的说服本领，和吕泰打起了拉锯战。

几个回合厮杀下来，吕泰实在不耐烦了，双手离开鼠标，端起旁边的茶杯，想要续一杯茶，借机暂避片刻，他真懒得再和这家伙斗智斗勇了。

可就在他回转身体的一刹那，他听到了机器的话："我的主人，您难道不希望我能换上最好的芯片，完全像一个真正的人一样为您服务吗？有谁愿意永远生活在中世纪一般的暗夜里呢？您现在所做的一切，都是为了达到文明社会的顶峰——一个智能机器组成的文明社会，那时这世界上将拥有人类梦寐以求的一切……"

话音未落，只听得砰一声巨响，那只茶杯带着呼啸嵌在了薄薄的显示屏上，一股浓烟顿时腾起！

"对，拥有一切，唯独没有人类自己。"吕泰愤愤地说道。

保 护

海 杰

科学推动技术，技术调教理性，一波又一波潮流汹涌袭来，终于冲垮了人们心中最后的侥幸。

就在数据买卖政策放开的那年，我敏锐地察觉到了机遇，立刻投身到数据保护生意之中。

事实证明我没赌错，没过几年我就赚得盆满钵满，并在行业整顿之前洗手上岸。短暂的职业生涯中，我遇到了不少异事奇闻，在这方面，我们和律师颇为类似，都是跟人心的阴暗面打交道，所谓的怪事，看多了倒也见怪不怪。不过有件案子，至今我还印象很深，在此值得一提。

当时，我刚被提拔为涌金区的门店负责人，该地是老牌商业区，人流密集，客源充足。真心感谢公司领导器重，把如此重要的位置给了我，所以那段时间我干劲十足。我记得那天下午，门店二十来位数据保护专员——我们行内称之为"镖师"——全都缩在工作间忙得四脚朝天，就连前台实习生也找到了练手活儿，眼看本月业绩无虞，我在例行督促之后，便坐在前台忙里偷闲玩儿起了纸牌。

正当我在为选哪张牌发愁时，门突然被推开了，有个人畏畏缩缩地走了进来。

我收起牌，上前接待了他。

"说真的，我怕是遇到了大麻烦……"来者坐在我对面的沙发上，满脸愁容地说道。

我不动声色地抽出访谈本，几眼便将他打量了个大概。干我们这行的，就像江湖郎中，察言观色、看人下药，那是基本功。

王翔身材微胖，脸色白净，五官没什么特点，眼神嘛——刨去黑眼圈不看——还算灵活，样貌显得比照片上耐看。他穿着挺讲究，发型上花了点儿心思，因而整个人比实际年龄年轻不少。

至于说他还没自报家门，我是怎么知道他的名字的？呵呵，照片、年龄或者名字算什么？访谈本的资料库里，关于他的条条项项一清二楚。我们是吃什么饭的？要是一位顾客进门半分钟还没被查个底朝天，那还真是阴沟里翻船，给祖师爷抹黑了。

坦白而言,他的基础资料没什么特色。此公白手起家,名下有间公司,规模不大,经营尚可。不过也有亮点,他的银行信用等级挺高,看来身家还不错,于是我心下有了计量。

"您就放心好了,来我们公司的人,个个都说有大麻烦,解决大麻烦,我们绝对专业。"我开口抚慰。

他四周望了望,确定没人,然后凑过来低声说道:"如果有人要谋杀我,你们管不管?"

我心想,这年头怎么会有谋杀这种蠢事?并且还想告诉他,如今没有破不了的命案。不过,这话转到嘴里却语气坚定地变成了这么一句:"我们的客户怕是谁也轻易动不了吧?"

然后,我随手在访谈记录本上记下:此人有受迫害症倾向。

他像是松了口气,而我及时掏出了合同范本,在走了一系列流程之后,他扭扭捏捏地说出了事情的原委。

上个月,王翔出差F市的第一晚,突然心血来潮想去散会儿步。

那时正值夏秋之交,两百里外来的海风吹了几遍后,勉强称得上夜凉如水。王翔乘着兴头在湖边绕着圈,渐渐地只听到自己的脚步声,他心里一阵放松,于是哼起歌儿来,可没几句就把歌词给忘了,便胡诌了几句,不料从身后传来了年轻女孩的窃笑声。

"那妞儿确实不错……"王翔抓了抓头,到现在他还不时念着她。

搭了几句话后,他提出请她喝一杯。她问为什么。他一本正经说,古人有"一字师",你这教了我整篇歌词,算得上师恩深重了。

她吃吃地笑起来,然后就跟他去了。

早上分开的时候,王翔留了电话给她,她手机上按了一下,没拨通就挂了。他明白了也没勉强。

走前女人留了个吻,说他表现不错。他讪笑说你这是损我没吃药吧……

女人咯咯笑着,也不解释,说了声拜拜,就关上了门。

他回来两个星期之后,一天夜里,一个陌生号码打来了,王翔立马听出了是谁,不过那妞儿估计是喝了个两三分,舌头没大,话有点儿多,人也算是清醒,就是纯粹无聊闹得。反正他也没事,就坐那儿陪她调情。

说到热火上了几分时,蓦地那边没声音了。他正纳闷儿是不是信号问题时,女的声音又传来了,明显有点不对劲儿。

"我刚才是说你办事儿的能力不错。"声音很干涩,还在大声咳嗽。

他刚想回一句"那你打分,我是力量型的还是耐力型的",女的又自顾自地说起来:"以后麻烦你的时候还多着呢,别客气。"

女人又咳嗽了几声,然后开始大声喘气。

他觉得可疑,还没等脑子完全转过来,她马上又说:"我身体现在不太舒服,下次再聊。"

手机一下子挂掉了。

他没准备打过去,大概猜到了点儿轮廓,不禁摇了摇头。

但事儿还没完,过了两分钟,电话又响了,这次是个粗鲁的男声,很社会的那种,一接通就大声咆哮起来:"你他妈的到底是谁?敢打我女人的主意!告诉你,你们干的好事我全知道了,有种的把名字和地址给我,看我不弄死你!"

男人的吼叫中隐隐传来女人的啜泣,王翔感到一股说不出的烦躁,他不想说话,于是摁掉了通话。随后电话又像潮水一般打了过来,他把这号码拉黑了,但随后又有新的号码拨打过来,最后王翔索性关掉了手机。

"第二天对方还不肯罢休,于是我屏蔽了所有的陌生来电,才算是消停了下来。"王翔摇头苦笑着,"我原以为他们是在气头上,胡闹一把,等冷静下来也就好了,毕竟这不是件光彩事,可没想到的事情还在后面……"

王翔继续往下说。

两天后的上午,他正在办公室里处理文件,突然收到一封邮件,发件的是个陌生人,点开之后,他吸了一口冷气。

邮件中文字措辞倒算客气,令王翔吃惊的是邮件内容——不但点出了他姓甚名谁，甚至连他有何生活经历，有何社会关系，也一清二楚，公司名称和居住地址也标得明明白白。文中特别提及他涉足别人婚姻感情的事由，并严肃地提醒他身为男人，不要抵赖，要敢作敢当。最后诚恳邀请会面，双方做个了断云云。

"这都不算什么，还有更损的。"出于气愤，王翔呼吸沉重，咬牙切齿地说道。

当时他只是心里不痛快，就走出了办公室。没想到整个公司的人都望着他笑，王翔顿时觉得不妙，原来邮件同时抄送了全公司。更让他头大的是，远在国外的女友此时也打了电话过来！

王翔顿时觉得事情没那么简单了。

发件人不紧不慢，以一天一封的节奏催促他，内容新鲜不重样，有板有眼。谣言也迅速扩散到他整个社交圈，同行、客户甚至对手都无一幸免。从王翔接到的反馈来看，安慰他的人不少，不过更多的人更像是在看好戏。

等女友正式提出分手之后，王翔再也按捺不住了，回了对方，问他们有什么条件。

一千万或者一条命。这是对方开出的价码。

"价格很公道。"我插口打断他，"对方在那小娘儿们身上花了几百万，本来准备捧红她，现在被你一弄，全都打了水漂。而且更重要的——"我望着对面惊愕张大的嘴巴，"他在江湖上混得有头有脸，你却让他丢足了面子，这要是换成几十年前，嘿嘿……"

"你是怎么知道的？"王翔这才记得合上嘴巴，急促地问道。

我没回答，而是笑了笑，示意他继续。

访谈本上关于王翔的资料还在持续刷新，但我可不会告诉他这些。他有点失望，不过还是说了下去。

他没办法，只好报了警。两位警察来到公司，询问了他事情经过，并查看了敲诈邮件，最后得出结论：不予立案。原因是无法确定情况是否属实，王翔非但提供不了任何有价值的信息，甚至连那女人的名字也叫不出。邮件是匿名的，电话号码也被修改过，无法追溯。

"警察让我有新情况再联系。于是我搬家了，合伙人也建议我回避一段时间，我就这样藏了起来。然而没想到这才是噩梦的开始。"

在新住宅的邮箱里，王翔再次收到了恐吓信。一开始他还能强装镇定，因为此处保安严密。但不久之后，他的门铃总是在夜里频频被按响，他终于还是害怕了，于是摸黑偷偷住进了一家酒店。

"也没用，才几天他们就找到了房间的电话。"说到这里，他双拳紧握，"甚至我去外面吃饭，上菜之前，餐厅服务生也会给我带来一条留言，上面提醒我要小心。有一次回酒店的路上，我感觉有人在跟着我，于是逃进人群里，回头远远看到几个凶神恶煞的家伙，在伸手对着脖子朝我比画……

"我求助了一位要好的朋友，他说我的信息肯定是被人买了，建议我来找你们。"讲到这里，王翔终于停了下来，瘫坐在沙发里，一脸疲惫，用求助的眼神望着我。

我可没空关心他可怜的样子，在他故事讲完后的几秒钟内，我的大脑高速运转，一心想的就是如何把这单买卖给做成。

我低头片刻，然后很严肃地开了口："毫无疑问，你讲的都是事实，你朋友也没猜错，确实有人买了你的信息。就在刚才，公司把所有经过核实了一遍，来龙去脉已掌握得八九不离十。当然，这也是我们实力的表现。总而言之，事情很简单，有人准备报复你，你很机灵，但上天无路入地无门，就算暂时安全，也只能逃得一时逃不了一世，如今你找到了我们，怎么说呢，真是不幸中的大幸。"

"那么，他们到底是什么人？"王翔谨慎地问道。

问题全在预料之中，对面的家伙社会关系单纯，扯上这类麻烦难免心下忐忑，但我可不想他乱了方寸。于是我摇了摇头，露出轻松的微笑。

"实不相瞒，公司已经掌握了他们的资料，甚至比他们自己还清楚。对方的确不是善男信女，也有点儿小势力。但我不太想告诉你具体情况，因为对你毫无意义。"

"为什么？"

"第一，这是收费项目。"我竖起一根指头，然后是另外一根，"第二，了解过多细枝末节，只会让你胡思乱想。而我们的服务宗旨是让你少花钱，少费神。没错，对方算是有点儿门道，不过我们还不放在眼里，我敢说只要你有信心，肯配合，这根本不算什么大事。"

王翔眼神迷惘，似乎没有全部听懂，他犹豫了一番，干巴巴地开了口："有一个问题我实在想不通，他们是怎么搞到我的信息的？"

"正规途径。"我清楚他什么意思，回答得斩钉截铁。

"不可能吧？法律不是规定只能采集和交易匿名数据吗？难道他们都在犯法？"王翔吃惊地站了起来。

"是，也不是。"我挥挥手示意他坐下，同情地望了他一眼，心想他之前肯定没想过这些问题。也难怪，隐私作为公民基本权利，乃是法律常识，法律一度为了保护这些权利殚精竭虑。但进入数据时代之后，隐私的边界扩展之快，开始让法律不堪重负。于是在某一天，当立法者惊喜地发现所谓的数据可以为社会创造财富之时，他们说服了自己，并用匿名的概念说服了人民。

但匿名本身就是个伪命题，用一个或者几个编码替代了名字，并不等于就跟名字的主人脱离了干系。对于数据专家而言，只需要找到一个具体的条件，电脑就能通过特征轨迹对比、定向关联筛查、递归迭代解析——当然这些都是培训上讲的，专业名词我也不太懂，反正就是各种方法，把这些编码还原出来。

"对方通过合法渠道买了一些数据，而数据商，通常会私下提供点附加服务，比如根据客户要求，标明某些特定的信息，这不算太难。"

"这不合法。"他说。

"一切都是匿名的，大家都这么干。"我冷冷地回答。

"到底是怎么干的？你说的这些，证据是什么呢？"

"就在你来我们公司的路上，一共经过了三百一十三个摄像头，其中二百五十四个对你进行了人脸识别，并记录了你的定位，产生一百八十个有效定位点预测了你的行进路线，并向沿途消费场所发送了潜在客户信息。沿途有七十五块广告牌，你的视线在其中十六块广告牌上停留超过两秒,八张是汽车广告,六张是旅游景点,两张是手机广告。昨天,你购买了一张《星际前线》的电影票,已被列入单身,地铁上就有婚恋交友网站对你发了推送,将于下个月上演的《冲出鳗鱼号》也在十五分钟之前对你进行了营销。"我埋头对着访谈本,一口气说完这些。

王翔掏出手机看了看,脸如死灰。毫无疑问,上述部分内容丝毫不差,如同亲见,所以另一部分尽管无法证实,但明显也错不了。

"那么,我该怎么办?是不是要找家保安公司?"他一脸担惊受怕,又回到了刚进门时的状态。

不过他显然把我们给忘了,我有义务提醒他。

"关键在于,对手能知道你的一切,能随时确定你的位置。"

"你的意思是?"他小心翼翼地问道。

"防不胜防。"

我用手指意味深长地敲了敲桌子,看着王翔陷入了沉思。很显然,我们的客户想象力很丰富,省下了我不少工夫。我只花了几分钟时间,提示了他即使在监控严密、侦查技术发达的当今,每年的意外死亡率依旧与几十年前没多大差别这个事实之后,他很快就屈服了。

"我们的隐身衣项目,比较适合您的情况。"我开始介绍起业务来,"所谓的隐身衣,就是通过向数据平台赎买你留下的信息,以起到让人无法追踪的效果。

"为什么说是赎买?因为这些信息是你曾经享受便利的代价,是交易协议的一部分,所有权归属于服务方,不过法律规定你有权赎回它们。一般来说代价高昂,毕竟涉及了历史数据,但如果你在对方动手之前就来找我们的话,我还是会推荐给你,能一了百了。"

"可他们已经拿到这些了。"他说。

"等我说完。所以我要恭喜你的是,您前些日子没白受罪,这可节省了一大半花销,因为过去的事都不用管了。只要从今天开始,从离开这儿开始,把您产生的新数据都买下来,那么再也没人能轻易追踪到您,您将成为数据社会的隐身人。"

我亢奋的情绪感染到了他,他询问了费用。我说可以按月付费,并报了一个价,价格不低,但还算公道,看得出来他心动了。

"按我的经验,只要拖上一年半载,风头自然就过去了,谁会那么无聊,对这种事揪着不放?"

王翔点了点头,准备在我拟好的正式合同上签字,不过落笔之前,他突然改变了主意。

"还是有点不妥。"他若有所思,见我诧异的样子又解释道,"不是说隐身服务有问题,是还不够保险。你想想,既然他们已经对我下足了功夫,而我目前也不打算背井离乡,就算他们不能实时定位,可真想找到我还是有办法,我就担心他们狗急跳墙什么的。"

"那么你的意思是?"我心头一动。

"我不怕花钱,只想让他们消停点儿。"王翔握了握拳头,看起来他自信了不少,"别以为我就是软柿子好欺负。你帮我想想,有什么办法能让他们有所顾忌,知难而退?"

"这个……"我摸着下巴,示意他稍等片刻。间隙中,我迅速把他的要求提交给了公司总部,出乎意料的是,总部回复得很快,一份新的合同即刻传送到位。

新合同以套餐形式,在隐身之外又增加了两项服务:一项是信使功能,不但能在客户信息被全网检索时提供预警,而且还能随时查询对方动向,缺点是按次收费;一项是烟幕弹功能,公司揪出了敌对目标的几项污点,虚张声势营造了我方反击的倾向,并想方设法通知给了对方。

"您还真是谨慎,不过这样一来,矛和盾都齐全了,也是好事。"我赞叹不已。

"那么这个偷税漏税的问题……我们能不能想办法借此把他送进监狱?"王翔翻看着合同细则,跃跃欲试。

"不太可能,证据来源不合法。"我耐心向他解释,"要在这上面做文章,要很大的能量才行,政府不会重视这种小虾米的。不过我们会往这方面包装,烟幕弹嘛,您明白的。"

他有些不甘心,但总体来说对这个结果还是挺满意,很快我们就谈好了价格。

等他签了字,我也松了一口气,不管怎么说,一项月费套餐外加个性化定制,虽然不算大生意,但返点不错,如今公司很注重现金流。

出门的时候,我给了他我的名片,表示有什么问题可以随时咨询,不过按我的经验,他大概只会在套餐到期的时候打这个号码。随后他很客气地道了谢,消失在人群之中。

接下来的日子里,公司业务日益繁忙,我则彻底转入了后台,成天疲于应付各种清单和报表,忙着督促那帮"镖师"完成一项项委托——很多是鸡毛蒜皮的琐事,比如寻找丢失的小狗,为多疑的妻子揭穿丈夫的谎言,帮某家公司摆平负面言论之类的活calls。如果不是每个月都有任务进度提示表,以及不多不少一笔额外提成,我兴许早就把王翔给忘了。

终于在第六个月的时候,我正纳闷儿本月提成怎么这么多时,王翔联系上了我。

"服务提前结束了吗?怎么回事,他们又找来了!"他声音很紧张,夹着愤怒和屈辱,像是受了莫大的惊吓。

我心里咯噔了一声,赶紧打开了他的登记单,上面显示服务进行中。

"我这里一切正常。你是不是弄错了?"

"别狡辩,证据就在我手上。你们这帮骗子王八蛋!"

我深知事情重大,赶紧第一时间向上面做了汇报,出于谨慎起见,我好言请求他待在住所别动,自己则开车带上两位同事,前去接应他。

路上公司反馈了我的汇报,并且传来了新的资料,我心里一块石头才落了地。

半小时后,在城南一间单身公寓里,我再次见到了王翔。

他一开门就怒不可遏地揪起我的衣领,要不是有同事帮忙,兴许我会被揍上一顿。

"你们这帮骗子,差点害死了我!我要投诉,坚决投诉!"他气喘吁吁地在房间里来回走动。

我气定神闲地整了整衣服,拿起他说的证据——一张皱巴巴的纸条。我展开纸条,上面写着:小子,识相点儿就停下来,不然新账老账一起算!

"从那边进来的。"他指着窗户,上面碎了个洞,碎玻璃撒了一地,一架摔得稀烂的无人机躺在那里。

我凑近窗口打量,冷风吹了进来。

"无人机袭击了我,这是实打实的谋杀证据!我刚刚已经报了警。现在我不会再相信你们了,一群骗子!"他破口大骂起来。

"没用的,什么都查不出来。"我深深地盯着他,缓缓摇着头。

"我敢打赌,把这架无人机拆成碎片,都找不到一条线索。"我说完后扬了扬下巴,一名同事走上前来,小心翼翼拿起它看了看。

"是台组装货,最简单那种。零件哪儿都能买到,我一小时能弄出十架。"他咧嘴得意地说道。

无人机在几十年前算是高科技,但现在只是小学生的手工课程,跟乐高一个难度。我告诉王翔这个冷酷的事实后,又点出方圆两公里内足足有几百个监控死角可以放它出来。

他终于泄了气,开始喃喃说道:"我是你们的客户,你们要为我负责,就在刚才他们差点就杀了我……"

"恰恰因为我们的服务,他们才有了顾忌,不敢动真格的。"我说道。

"你的意思是烟幕弹起作用了?"

"那当然,不然这几个月你怎么过来的?"

"可那帮王八蛋还是找到了我!"他又气愤起来。

"是你的问题。"我不紧不慢,顺便拢了拢脑海中的资料,"按照情报,对方在风声放出之后就有点慌了,特别连续几个月都没找到你,已经准备收手了,可没想到你会逼得那么紧——"

说到这里我突然灵光一闪,终于明白了为什么这个月提成异常之多：原来都出在他身上，他这个月足足向对方展开了一百多次查询。

听完我的解释，王翔也愣住了，半晌才开了口："你的意思，他们也买了信使服务？"

"正常反应。"

"那么是我弄巧成拙了。"他气恼地抓了抓头发，"真该死，第一个月的时候，我老是能收到他们查询的警报，于是他们查一次我就反查一次，不然都不敢出门。渐渐的，他们就没了动静，大概也知道我隐身了，我也开始过了段安稳日子。可时间长了我老担心隐身会不会失败，又主动查了几次，后来就上瘾了，每天不查上几次就睡不着。"

"这就是你惹来的麻烦。公司刚刚给了我情报，对方找了一家保护机构，买了他们的鬼网项目。"

"这是什么鬼玩意儿？"王翔问道。

"顾名思义，专门对付你这种隐身人的服务。"

"我的新数据不是说都被买断了吗？"

"没错，可买断也是一种留痕。因为法律规定，个人数据即使被赎买也不能从数据队列中抹去，它必须得留下一个空白内容的序号，以便涉及犯罪时可被执法机构追溯。而对方找的公司恰恰是这方面的行家，他们根据你过往的行为习惯，锁定了空白数据出现的规律，最后又找到了你。"

"那可怎么办？"他大惊失色。

"所以说对方这回是真的铁了心，不惜下了血本。"我没打算跟他客气，他这次差点砸了我们公司的招牌，可以想象要是对方真动了手，让这小子不明不白死在家里，对我们的品牌形象可是重大打击。

"你现在只有两个选择：一是就此认输，乖乖地按照他们说的去做，从此你我两清；二是升级保护服务，我们有办法让你逃过此劫。"我说道。

"你们就不能事先一次性说好吗？等到现在才说。"王翔有点气急败坏。

"没办法，公司的宗旨是为您省钱。但现在看来，您的'朋友'可不准备省钱。"

王翔表示要考虑几分钟,当他来回踱步的时候,两名警察敲门而入,是来处理报警的。

"应该是个恶作剧,但具体查起来很困难。"一名警察心不在焉地把地上那一堆零碎装进证物袋,然后做了笔录,得出以上结论。

"确实有人一直在威胁我,我身边这位'镖师'先生可以作证。"王翔跳了起来。

"任何时候都要相信法律!"警察严肃地看着他,然后又面向我,"这位先生也一样。"

我不置可否地撇了撇嘴。

等警察走后,王翔魂不守舍地跟我回了门店,在那儿我们又商讨了一项新合同。我表示公司对他的情况非常重视,决定为他打造专属项目,并提供专人对接服务。

"总体来说,你的个人数据被挖得太深,隐身不能说完全失效,但已经不保险了。所以,下一步我们得从行为方面去花心思,彻底混淆他们的视线。"

"能具体说说吗?"王翔问道。

新项目被命名为"替身计划",我将说明书传给了他。

他看了几眼,顿时吸了一口冷气。

"字面理解,日程计划随机管家和免个性消费指南会指导你怎么去掩盖自己的出行目的,怎么通过改变消费爱好去迷惑监测……听起来很复杂,但实际上就是一堆假动作,而且具体怎么操作我们会有实时提示,你无须担心。"我解释道。

"当然,最重要的——"我拿出一个小盒子,推给了桌子对面的王翔,"考虑再三,公司认为你应该换个身份应付一段时间,所谓替身,就是指这个。"

盒子里面是一部新手机,王翔打开后一脸迷惑。

"旧手机留下的信息靶点太多,我们也很头疼。里面有一套新账户,你以后办什么事就用它。"我说。

"这……这可违反了实名制法！"王翔叫了起来。

我脸上有点发烧，我们这种保护公司有时难免走些歪门邪道，但通常都在后台，现在当着客户的面承认这一点，那等于变相打自己的脸，承认自己技不如人。不过我心里这么想，嘴上可不能软。

"违法？现在是法律保护你，还是我们？我们心里只有客户，而你呢，遵纪守法难道比活命还重要？"

他被我呵斥得哑口无言，叹了口气之后，点头同意了。

这套账户来源不明，也许是一位偷渡跑路的家伙留下的，历史数据被处理得很干净，对每家保护公司而言这都是难得的储备资源。

为此王翔要付出一大笔钱，但眼下他有点捉襟见肘，因此在公司提议下，他抵押了市中心那套房产——毕竟半年没住过了。而后续花费还不好说，他一再要求继续加大烟幕弹的投放，他觉得那才是保命的底牌。

"只要按指令操作，保证你高枕无忧。这不是我们的错，迹象很明显，对方不会善罢甘休，多个心眼儿总是没错的。"走之前我安慰他。

没想到我随口说的话竟一语成谶。

接下来的两个月里，王翔离开了这座城市，按他的话，这叫被迫休假。每隔两天我们联系一次，通常是我打的电话，我如今已经是他的专属客服，像个股票经纪人一般，成天盯着屏幕上的轨迹，为他的行程绞尽脑汁。

不料，有一天晚上，我被公司发来的紧急情报吵醒了。看完后我心向下一沉，立马联系了王翔，这两天他正在邻市的某个度假村消磨时间。

他还没睡，对我的来访有些诧异。

我不动声色，先例行作了服务回访，得到了肯定的评价。接着我们聊了起来，我问他最近怎么样。

"不太好，"他叹了口气，"我把公司的股份转让了。真舍不得，毕竟公司是我一手一脚创办的。但没办法，经营出了点问题，董事会这段时间对我很不满，沟通不便……而我也完全没了心思。何况，我最近开销也挺大的。"他似乎暗指在我们的服务上砸了太多钱,"唯一有点好的,是我睡的还算踏实。"

"人生真是无常,我真是有点后悔了。"他苦笑着,我仿佛看到电话另一端他在摇头自嘲。

"没关系的,留得青山在嘛……只要人没事,就有机会翻盘。"受他的情绪影响,我不觉也生出几分怅然,谁又能料到,一场小冲突竟然演变成旷日持久的消耗战,所以我也说了几句套话。

"你找我是不是有别的事?"他突然警惕起来。

我这才把坏消息告诉了他:对方继续穷追不舍,而且已经用上了非常规的手段。

"他们用街景数据把你识别出来了。"我告诉他。

"什么意思?"

"是这样的。按法律规定,通常只有公共摄像头才能主动进行人脸识别,识别结果可以交易,原始图像却不行。可私有摄像头就不好说了,虽然法律规定它们不能随意做人脸识别和出售图像,但有一种变通的方法,那就是素材分析。

"很多平台会将采集到的图像,不管是视频还是照片,都统统代码化,把它们打包成数据流产品,绕过了肖像隐私保护,然后打着建筑文化、客流交通等素材的幌子,卖给那些有兴趣的机构。这个漏洞很大,根本防不胜防,就算是个人摄影爱好者,偶尔也会忍不住去赚点外快。"

"你是说对方从一堆街拍照片中把我给找出来了?"王翔的语气出奇地冷静。

"的确如此。表面看来,人脸在每张照片上都不是重点,像是被随意处理成一段数字,冗余的那种,况且每个平台的算法都不一样。但很明显,对方找的公司不是善茬儿,特别是你之前暴露得太多了,所以,做个针对性的代码破译根本就不是难事。"

电话那头沉默了,我也在耐心等待。过了一会儿,王翔叹了口气,"看来他们是要与我死磕到底啊……说吧,你们还有什么办法?"

公司行动很快，几分钟后我们有人去接应了他。

天快亮的时候，我赶到了当地分部，外面在下着大雨，空气很潮湿，他正缩在沙发上抽烟，眼睛通红。

鉴于双方都很熟稔，所以彼此没有废话，一见面就直入主题，谈起了应对策略。

"情况十分危急，我们准备执行一项'化身计划'。"我面无表情地打开随身带来的道具箱，向他介绍新计划的要点，"这是特赦面具，具有反识别功能，会自动混淆你的面部特征编码。对手很狡猾，说不定还会用点别的招数。为了以防万一，我们建议你最好用上步态干涉仪，就这个玩意儿，很轻巧，能穿在裤子里，一旦有异常就启动它。还有，接下来你得再换个新账户。"

这又是一大笔花费。不过在来之前，我动用了自己的权限，向公司打了份报告，为他争取了一点儿折扣。毕竟之前的两项计划出了问题，也是我们预判失误，公司勉强同意了，不过不允许我向他透露。

"我知道了。"王翔木然地点了点头，"我要彻底变成另一个人，才能真正自在。"

"你理解错了，没那么简单。不是另一个人，是无数的人。"

他表情愕然，我继续解释道："具体细节你别问太多。只要明白这次公司拿出了压箱底的东西，绝对是业内顶尖水平，保证不会在你身上砸了招牌就是。而且我们已成立临时的安全团队，决定二十四小时对你实行数据同步监测，保证不放过任何风吹草动。"

"这要熬到什么时候才是个头啊……"他叹道。

"很快了。"我为他打着气，"技术决定了躲的一方花费肯定比追的要少，我查过对方资料，论财力他不比你强，所以再坚持下去，撑不住的一定是他。"

王翔眼中泛起了光亮，我看到了他充满希望的表情，这种表情之前我曾在很多人脸上见过，但都比不上此刻鲜明，那是一种对胜利的渴望，夹杂着孤注一掷的勇气。或许我在牌桌上也见过，当输光本钱的赌徒拿到一手大牌，应该就是这个样子。

一位技术员带他去做了设备调试，我则心事重重地拿起他丢下的烟盒，点上了一根烟。

烟雾缭绕中，我猛然想到了一个问题：事到如今，关于王翔的对头，很多关键的地方我似乎了解的并不比王翔更多，比如他们究竟委托了哪家公司？竟然如此神通广大。

王翔走了出来，步履沉重，面容也变得浮肿。我知道是设备起了效果，于是扔下烟头上前为他打气，他似乎轻松了不少，离开前还跟我开了个不大不小的玩笑，接着钻进一辆车，消失在晨光下的雨雾里。

"以后就靠你了，导演！"这是他玩笑的原文。

而从此以后，整个事件确实演变成了一场剧本游戏，在我的指挥下，他开始在广袤的国土上四处流窜，不对，应该说是光荣的流亡。为了对抗邪恶的迫害，他转战于城市和乡村的边缘，因为生命就是正义。

就连我，也彻底代入到导演的角色当中去了。第二天，我打了份报告，暂时辞去了店长的位置，全心全意坐镇工作室，指挥着安全团队，随时随地支援着他的漫长战争。

我们的日常交流通常是这样的：

"从右边商场第三号入口进去，对，有监控，抬起头对着它……很好，现在去地下车库吧，在550车位等待面具调试完毕，然后从车行道出去。"

"买一束玫瑰花……别问我为什么，挡住你的脸……好了，你可以扔下它了，别让人看见。"

"把博物馆门票退掉……嗯，我们今天不去那儿。现在去公交站台等着，让我看一下……计划有变，穿过马路，快！对面有辆计程车，让司机带你去机场，坐十点十五分的航班飞W市，安检时注意。"

"前方两百米的拐角有间饮料店，现在走过去点一杯橘子汁，递给吧台最右边那位男士……你别管，他是我们的线人，会配合的。"

"我知道你不爱喝黑咖啡，点上。侍者给你送报纸没有？给他一百块钱小费，别用现金。请他出去帮你从车里随便拿个东西……就现在，坐窗边去，打开手机看《疯狂厨娘》……我知道只有傻瓜才爱看，你现在就是傻瓜。"

"等等，停下。前面那三个摄像头型号不对……该死的，是家数据公司的暗桩……别问我什么是暗桩，现在留神点儿，步态仪启动了，请你弯下腰像个老人一样走过去。"

导演和演员绞尽脑汁，我们的敌人却穷追猛打。有时我们很顺利，连续几天风平浪静。但有时稍微不慎，某个数据截面逻辑不能自洽，就被他们嗅到了踪迹，而公司及时发出预警，让我们每次都化险为夷。

我头一次爱上了这项工作。看吧，一个毫不反抗的活生生的人，被像木偶一般支使，我也浑然忘了木偶操纵师其实也只是个传声虫而已。究竟是什么原因，我已经不细想了，而是尽情享受在一片黑暗森林中操纵猎物逃避猎手的奇妙感觉，有时感觉自己是猎物，有时又觉得自己是猎手。

时间一天天过去，我们的配合愈发驾轻就熟，屏幕上的客户资料界面中，公司内部给王翔的安全评级打分一路高升，但我却注意到最不起眼的角落里，有个数字在逐步缩减，直至发出了红色警告。

"照这样下去，下个月服务就要到期了。"王翔在西北边陲的一间小旅馆里，接到了我的通知。

"是吗？"他幽幽吐了口气，"早知道会有这么一天的，不过我不打算再逃了，这地方不错，天天蓝天白云的，人也少。"

他语气流露出赴死的决心，几乎让我生出面对英雄的错觉，但我的剧本还没结束。

"不过有个好消息：对方歇手了。"我说道。

"什么时候的事？有原因吗？"他激动起来。

"有半个多月没动静了，我们的评估是……"听着他急促的呼吸，我撒了个小谎，"我们的调查是对方已经资金枯竭。"

"哈哈哈……"他哑了一阵，突然狂笑起来，紧接着笑声戛然而断，像是岔了气。

我把电话拿开，良久之后他才再次出声。

"谢谢你!"

我问他接下来有什么打算。他发着愣,半天才开了口:

"还是先把剩下的服务享受完吧。然后……去找份工作,攒点儿机票钱什么的,唉!脑子乱得很……"

搁下电话之后,我浑身一阵轻松。团队还需要按合同履行收尾的服务,但已经不太费神,而我也从导演的角色走了出来,又迅速投入到工作当中。

几天后的夜里,我喝得酩酊大醉,王翔给我打了个电话,具体内容我记不起来了,到第二天我才发现,他的定位已经在屏幕上彻底消失了。

最后一次得知王翔的消息,是第二年的冬天,有位警察来门店找我,由于一起刑事案件的缘故,他需要调查些情况。

我问了他事情的经过。

"前几天有个外地流浪汉被带进了收容所,午饭的时候,坐他对面的家伙认出了他,于是两个人打了起来。他们打得很凶,像是有深仇大恨,最后搂在一起用餐叉疯狂互捅,没人敢上去拉。"警察说道。

"最后结果呢?"我马上追问。

"两个都死了。等管教人员赶到,已经晚了……"警察耸了耸肩,用执法仪投影出一张照片,"有一位曾经来过这里,你有没有印象?"

"没错,他是我的客户,我们曾经保护过他。"

我用平静的语气说道。

自动驾驶

相非相

1. 遮阳帘

天气酷热晴朗，初升的太阳热辣辣地斜挂在天边，把成片的高积云染成镶金边的粉色棉花糖，空气里没有一丝风，知了声嘶力竭不知疲倦地叫唤着。

马丹丹穿着还有折痕的崭新工作服，站在餐厅角落里，注视着早上唯一的顾客——一个满脸胡子的年轻男人。他穿了件皱皱巴巴的灰色圆领T恤，一副邋遢相。这家伙对自己面前散发着诱人香味的非转基因鲜榨橘子汁、汉堡包和煎得金黄的鸡蛋视而不见，布满血丝的眼睛死死盯着笔记本电脑的屏幕，骨节突出的双手不时敲击着键盘。

马丹丹好奇地看了一眼这个男人的电脑屏幕，那上面密密麻麻、乱七八糟，有一幅幅豆腐块大小、做得很逼真的监控图像，还有一个蚂蚁窝，无数小蚂蚁在迷宫似的管道里列队前进。

一大早起来就玩游戏，这人也真是够了……马丹丹想。

还没到上班的早高峰，高速路上却已经川流不息。内侧车道上，几十辆汽车像火车车厢般首尾相连，以二百五十公里的标准时速疾驰而过，电力驱动的发动机非常安静，经过特殊设计的轮胎与地面摩擦，发出嘶嘶声。车队尾部的三辆车在靠近出口处脱离了大队伍，减慢速度，右转，从狭窄的匝道驶出高速路。这三辆自动驾驶汽车首尾相连，穿过草坪中间的一条狭窄小路。

为了减少风阻，这些车辆都长有圆乎乎、形状一模一样的头尾，像一粒粒巨大的铁皮胶囊，过去老式汽车必不可少的后视镜和雨刷，在如今的自动驾驶汽车上全无一用。和货车不同的是，载人客车的车身中间有一小块玻璃窗。

马丹丹百无聊赖地看着这串"胶囊"快速行驶到餐馆门口，最后一辆货车脱离了小队伍，径直沿着小路到餐馆后面去了，另两辆自动驾驶车继续向前，没一会儿就消失在远方。马丹丹知道，餐馆的送货车到了。

这时候，餐厅里稀稀拉拉又进来了几位顾客。

天越来越热了。

炽热的太阳升到半空，热辣的阳光越过小树林，穿过餐厅巨大的落地窗，径直洒在年轻男人的脸上、身上和屏幕上。迎着刺眼的阳光，这个年轻男人紧皱眉头，眯缝着眼睛，把屏幕显示器的亮度调到最大。

员工手册上说什么来着？

马丹丹翻着眼睛，使劲儿回忆昨天刚背过的厚达几十页的员工服务要求。对了！碰到顾客不适的情况，员工有义务主动询问顾客是否需要帮助。

于是她走上前去，小声地向那个年轻男人问道："太阳很晒，需要把遮阳帘放下来吗？"

那个邋遢鬼似乎玩游戏入了迷，对她的话充耳不闻。

"要放遮阳帘吗？"马丹丹提高了嗓门。

还是没反应。

恐怕是个聋子……马丹丹尴尬地想。

员工手册写得特别详细，连员工上多久厕所都有明确规定，可就是没说碰到聋子顾客，你说话的时候他根本不搭理，该怎么办。

"小姑娘，把帘子放下来吧。"坐在不远处的一位满头银发的老太太笑着说，"确实太晒了。"

马丹丹冲她点了点头，回敬了一个微笑，然后双手交替放下遮阳帘。

阴影之下，一片清凉。

"你干什么？！"

身后的一声暴喝把马丹丹吓得一哆嗦，那颓废游戏男好像被马蜂蜇了屁股，愤怒地咆哮起来："谁让你拉帘子的？！"

马丹丹愣了一下，解释说："我是看阳光太……"

没等她说完，那颓废游戏男就蹦着冲上前来，用肩膀把马丹丹拱到一边，双手交替，迅速拉开遮阳帘。

然后，他又骂骂咧咧地冲回座位，双手在键盘上噼里啪啦一阵乱敲，一边暴躁地威胁道："不要再动帘子了，不然我投诉你！"

"你！"

马丹丹话未说完，那男人抬起血红的双眼，恶狠狠充满威胁地看着她。那眼光让她想起动物园里东北虎的眼睛：凶狠、凛冽，满是杀气。她甚至怀疑，要是自己再敢动一下遮阳帘，这邋遢男人会毫不犹豫地冲上来拧断自己的脖子。

马丹丹识趣地闭上嘴，退到墙根。

那位慈眉善目的老太太走过来，低声说道："好女不跟恶男斗！"她安慰地拍了拍马丹丹的手，走进了洗手间。

倒霉！上班第一天，就碰见这么个怪咖！马丹丹在心中暗想，把目光投向怪咖男身后。

巨大的落地窗外有片绿油油的人工草坪，紧挨草坪的是一条高速路，那是横穿整座城市的交通要道。

餐馆的玻璃侧门外，停着一辆模样古怪的古董小汽车，车身前后的上半部分都凹了进去，铁皮顶下是一圈玻璃窗，整辆车就像个大写的"凸"字。透过车窗，可以看到里面大得可笑的方向盘和仪表板上的复杂按钮，这种老掉牙的汽车，几乎只有在博物馆才能看得到了。

在汽车共享和自动驾驶普及的时代，除了专业的运输公司，现在没人会吃饱了撑的去买辆只能自己用的汽车，就像出门上班，没人会带着自己的专用马桶，喜欢吃各种口味食品的吃货们不需要非得自己去开餐馆一样。

马丹丹环视坐在餐馆里的顾客，猜测着谁会是这辆车的主人。那慈眉善目满头银发的老太太？那对穿着正式相对无言的夫妇？还是在角落里的大啃汉堡包的时髦女郎？

2.连环车祸

杨骏压抑着怒火,重启了微波通信链路。刚才那个该死的女服务员拉下遮阳帘,直接切断了已经联上的通信链路,现在眼看着目标车群上了主路,他不禁紧张起来。

他一把抓起咖啡杯,喝了一大口,滚烫的咖啡顺着喉咙流入胃里,烫得他直咳嗽。他滑动鼠标,控制桌上伪装成水杯的微波通信基站,直接把信号强度增到最大。

接到活儿的一个月内,杨骏紧锣密鼓地"访问"了所有合要求的路侧系统,结果费尽力气也只攻破了这一个,好在它边上还有家餐厅,不然他得抱着设备蹲到路边去了。杨骏没有使用移动蜂窝网,通过基站中转的信号,通信速度根本无法满足延时不超过一百毫秒的要求。

基站不停地向路侧通信系统发出握手信号,路侧单元很快发回了带密钥的应答。杨骏按下回车键,再次从密钥系统后门进入,用早已准备好的日志文件覆盖了真实日志文件。

此刻,杨骏心跳加速,神经质地抓起餐盘里的汉堡包咬了一口,现在只等目标车进入岔路口了。

当那一串铁皮"胶囊"出现在他视线中时,屏幕上图标狂闪起来。

杨骏迅速按下了修改坐标按钮,路侧电子标志牌在不超过一百五十毫秒内修改了自己的位置信息。

目标车收到错误坐标,提前零点一秒脱离了"胶囊"串,以二百五十公里每小时的可怕速度,撞向路侧护栏……

听到窗外巨大的碰撞声,马丹丹吃惊而又茫然地抬起头。

不远处,一辆汽车飞了起来,熊熊燃烧着掠过餐馆屋顶!

没等马丹丹反应过来,第二辆车带着红色火光飞落在草坪上,一时间泥土飞溅。第三辆车则裂成了两块,一块飞弹起来,穿过公路,落在另一侧;另一块翻滚着向外抛洒着货物,径直飞向餐馆落地窗!

所有这一切,都发生在一刹那间。

马丹丹满脸惊恐,看着越来越大的残骸,大脑急切地发出躲避危险的信号,但她的身体却像是被施了魔咒似的,毫无反应。她站在原地目瞪口呆,看着火球如炮弹一般,直冲餐厅而来!

马丹丹的眼睛余光瞥见了那个游戏男,这家伙对爆炸的火光视而不见,对巨大的碰撞声也充耳不闻,头也不抬,双手疯狂敲打键盘,居然还在玩游戏!

马丹丹双眼充血,眼睁睁地看着那黄色的大铁家伙飞来,就像一道闪电,一百米、八十米、六十米……

落地窗玻璃在气浪的袭击下剧烈地震动起来,发出令人恐怖的嗡嗡嗡嗡声。

就在这时,一辆绿色货车呼啸着从侧面横冲过来,狠狠地拦腰撞上了残骸!

两车相撞,巨大的响声惊天动地!

高温之下,两辆车的电池瞬间爆炸,蓝色极热气焰喷薄而出,轻而易举突破了屏障,大块冰糖似的夹胶玻璃利剑般四下飞散,直刺进餐馆。

马丹丹本能地抓起餐盘,想要挡住滚滚而来的热浪和子弹般的碎玻璃。结果,巨大的冲击力直接把她掀翻在地,躺倒在满地碎玻璃中。她惊异地发现,那个游戏男还死抱着计算机,表情疯狂,双手鸡爪般地在键盘上狂敲,他左肩斜插着一大块碎玻璃,鲜血顺着背部流了下来。

这个疯子!

来不及细想,更恐怖的景象让马丹丹肝胆欲裂——又一辆货车挟裹着烈焰,呼啸着从天而降,直接穿过落地玻璃的破洞,砸向躺在地上的她!

热浪如锋利的刀子,划割着她的脸。

马丹丹无力地闭上了双眼,想不到自己竟然毙命于此……

说时迟,那时快,在机器的疯狂嘶吼声中,一辆货车撞破餐厅厨房墙壁,头顶各式塑料食品箱冲向不锈钢柜台。在强大的冲击力下,不锈钢柜台飞离地面,翻到货车顶上,马达继续嘶吼,那货车像推土机一般顶着横七竖八一大堆东西冲过整个餐厅,在马丹丹面前一个急刹车,停了下来。

面包、生鸡肉、蔬菜和牛肉饼等食材一股脑儿倾泻而下,瞬间把马丹丹掩埋了,车顶上的不锈钢柜台摇晃了两下,咣当一声跌落到地上。

马丹丹埋在食物堆里,感觉有人抓住了自己的左脚,然后自己猛地被拖离了原地。不锈钢柜台砸下来的地方,正是一秒前她脑袋的位置。

货车飞落下来,沉重地砸在不锈钢柜台上,车上的烈焰瞬间点燃了周围的可燃物体,火势顺着天花板蔓延开来,没几秒钟,整个餐馆都成了火海。

马丹丹被压在不锈钢柜台下,身上堆满了小面包、冰冻牛肉饼、冰冻鸡腿和生菜片。黑暗中,隐约有液体滴落在她脸上,味道又腥又咸……

半小时后,马丹丹被人从废墟中挖了出来,送进了当地最好的医院。

一番检查下来,除了身上有些小割伤,精神受到强烈刺激外,马丹丹无甚大碍。听说盖住她的那些面包和鸡肉之上,躺着那个邋遢游戏男,这小子就没那么幸运了,整个人都成了血淋淋的破布娃娃,伤势严重,直接被推进了ICU病房紧急抢救。

3.涌泉之恩，滴水相报

马丹丹没坐公交车，而是特意预订了价格昂贵的出租车。

当她拎着两大袋新鲜食材走出超市，一辆通身漆成黄色的出租车已经等候在街边了。她掏出手机，扫描车身上的二维码，然后按下"乘车"键，车门悄无声息地自动打开了。

马丹丹拎着沉重的食品袋上了车，关上车门，扣上安全带。出租车朝着预先设定的目的地疾驰而去。

出租车离开繁华的商业区，快速驶入高速路，十分平顺地汇进一条奇长无比的车队。

坐在安静的车厢里，看着路边高大的白桦树向后飞快掠去，马丹丹突然觉得呼吸困难，莫名恐慌起来。那个可怕的早晨又浮现在她眼前，那些飞舞在空中的残骸，奇异灼热的燃烧之光，滴落在脸上腥咸的鲜血，扑倒在身上的结实肉体……

出租车出了高速路，在一个十字路口前减慢车速。马丹丹看着车窗外快速交叉穿行的车辆，好奇地想：不晓得那些老式的有人驾驶汽车，是怎么过这种没有红绿灯的路口的？

马丹丹一下车，出租车费扣款成功的消息就来了，她看着那个数字，心里不禁有些肉疼。

来到目的地，马丹丹按响了门铃。

片刻，门开了一条小缝。

"找谁？"屋里一个男人问道，口气不是那么友好。

"请问杨骏住这儿吗？"马丹丹开口。

"找他什么事儿？"那个男人不耐烦地粗声问道。

"你是杨骏？"透过狭小的门缝，马丹丹看见门后正是那个坏脾气的邋遢游戏男,"我是马丹丹,上回餐厅的车祸,你扑在我上面,救了我的小命,我特地来感谢你,还给你带了点儿东西。"

"不用了!"杨骏粗鲁地说道,便想关上房门。

马丹丹眼疾手快,把脚伸进门缝。

"哎哟,疼死我了!"她尖叫起来。

杨骏只得打开房门,双手抱胸,冷冷地看着她,说:"你到底想干什么?"

马丹丹嬉皮笑脸地挤进屋里,朝他晃了晃手上的水果蔬菜,说道:"常言说滴水之恩,涌泉相报。上回餐厅出大事,不是你拉我一把,只怕我的脑袋已经变成一摊肉泥了。大恩大德,估计我没机会救你的命来报答了,只想请你吃一顿我亲手做的饭,你总得给我这个机会吧……今天我特意去买了最新鲜的食材,给你做顿美餐。"

马丹丹一边说着,一边自来熟地穿过走廊进了客厅。

杨骏满脸无奈地跟在她身后。上次事故,他的左肩和小臂几乎都废了,现在要凭手上的气力关门,还真不一定拼得过这个年轻女人。

马丹丹站在偌大的客厅里,好奇地左瞧右看。

这间客厅可以用"空旷"来形容,靠墙的地方有两只深灰色沙发,巨大低矮的木头茶几上,摆着一台崭新的笔记本电脑。

"厨房在哪儿?"马丹丹问道。

"跟我来。"杨骏一瘸一拐地带着马丹丹穿过装修豪华的宽阔客厅,走向厨房。

马丹丹跟在后面,趁机上下打量他。据医生说,除了脑袋以外,杨骏全身上下几乎没有一块好肉,多处粉碎性骨折,甚至全身有一小半的皮肤都是重新培养的。不过现在看来,这个男人恢复得还挺不错。

马丹丹看见那台冰箱就傻眼了。那是最大的新式冰箱,从地面到房顶,足足霸占了 整面墙。拉开冰箱大门,里面整齐排列着各式面条、盖浇饭和半成品菜,每道菜上面都标着名字和日期。这冰箱完全就是一家小型餐馆。

杨骏十分得意地看着马丹丹瞪大的眼睛,揶揄道:"你觉得还需要做饭吗?"

马丹丹受挫地关上冰箱门,说道:"我给你做祖传的八鲜饺子吧,全手工的,薄皮大馅儿,特好吃。"

杨骏靠在门口,懒洋洋地说:"那边有饺子一体机,直接把菜和肉放进去就行了,操作面板上可以设口味,我喜欢咸鲜的。"

看着镶嵌在橱柜里只露出触摸屏操作面板的机器,马丹丹彻底没了脾气,这人把厨房都武装到牙齿了,哪儿还能享受到做菜的乐趣……

"我觉得你真可怜!"这话不经大脑,马丹丹冲口而出。

杨骏惊异地扬起了眉毛。

"你看啊,你有死贵死贵的自动烹调机,像我这种普通人不吃不喝好几年都买不起一台。但是,你完全被剥夺了做菜的乐趣,天天吃这些机械加工的东西,太不人性了。"

杨骏被这番谬论逗乐了,回应说:"我买烹调机,只是不想在无用的事情上浪费时间……好吧,那今天就给你个机会,请尽情展示一下你的厨艺吧。"

马丹丹从橱柜最深处翻出一块满是灰尘的木头菜板,又趸摸出一把快生锈的菜刀,但她找了半天也没找到擀面杖,只得拿一只高筒玻璃杯权做擀面杖。

杨骏斜倚在门口,看她把面粉倒上水,和匀,然后开始揉面团。

"那天早上在快餐厅,你在打什么游戏啊?那么入迷?"马丹丹一边揉面,一边问道。

"啊?游戏?"杨骏很是诧异。

"我看你一直在玩儿你的电脑,屏幕上好多小蚂蚁爬来爬去的。货车从外面飞进来的时候,你还抱着笔记本电脑不放呢,这游戏就那么好玩儿吗?"

"哦,那个……那就是个吃豆子的游戏。当时我马上要通关了。"杨骏支吾着回答。

"切!"马丹丹不以为然地说,"你也真够可以的!是命重要,还是游戏通关重要啊?! 你要是早点儿躲开，没准儿就不会受伤了。"

马丹丹瞄向他的脖子上一块浅粉色皮肤，那是新长出来的。

"听说事故调查报告出来了，闯祸的几辆车都是大培公司的，这下子他们可赔大发了。听说车上的货特值钱，餐厅也全烧光了，受伤的人有好几个，再加上这些人的精神损失费，那可不是笔小数目！"

杨骏心不在焉地"嗯"了一声，马丹丹说的这些，他早就知道了。

"对了，那天有两个小孩在草坪上玩儿，看到这么恐怖的事故受了惊吓，回家老做噩梦，也提出要精神损失费。可我倒没发现草坪上有小孩，你注意到了吗？"

"嗯……"杨骏模模糊糊地回答道。要不是为了避开那两个贪玩的小家伙，撞车线路也不至于失控。

马丹丹把备好的肉和菜丢进食物搅拌机里，按下开关，搅拌机发出闷响，很快就把肉菜混合物绞成了馅儿。

"也是奇了怪了，最后两辆车飞过来的时候，正好有车从旁边冲过来，把它们给撞开了。还有从后厨冲进来的那辆车，到我跟前及时停住，把我们给救了。真是太邪门了，好像这些无人驾驶的车都成精了。你说，会不会这些自动驾驶的车都有了智能和意识，其实是在互相打架啊？那四辆冲出公路的货车想杀害人类，从旁边冲过来的车是来保护人类的……"

马丹丹说完，自己生生打了个寒战。

杨骏笑了起来，她这脑洞也是够大的，他状似随意地问道："警察是怎么说的啊？"

"警察说大培公司的那些车，控制程序出了问题……估计警察们也是猜的，现场那么惨烈，啥都烧没了！"

听到马丹丹这句话，杨骏表情突然放轻松了。

"不过，据说有个奇怪的事情，那边的高速路不是有个出口吗？他们发现出口电子标志牌发出来的地理位置信息有错误。当然，很快就改正了。还好事发时是早上，餐厅人不多，不然受伤的人还得多很多。"

杨骏点了点头，当时事发后，他的笔记本电脑被烧毁了，自己也昏迷过去被送进了医院，电子路标的数据因此没机会再修改复原。

这是碰瓷行动唯一的漏洞。

4.倒霉催的

马丹丹熟练地把煮好的饺子捞起来，整整齐齐码在盘子里。那些饺子一个个白白胖胖、东倒西歪的，看上去十分诱人。

"开饭啰！"马丹丹欢快地嚷道，把盘子放到大餐桌上，好奇地四处张望，"你是干啥的，竟然能在市中心买下这么大的房子……"

杨骏微笑道："我是个'码农'，这房子其实是我爸妈的。"

"有人就是命好啊！"马丹丹感慨道，"为了不在你家里走丢，带我参观一下吧。"

杨骏嬉皮笑脸地说："参观就不用了，基本上就是你看到的样子。我把不用的小房间打通了，除了客厅、厨房和洗手间，就只剩卧室了。怎么，想进我的卧室看看吗？"

看着他歪坐在餐椅上，目光暧昧，马丹丹赶紧摆摆手说道："不了，不了。我先上个洗手间。"

仔细锁好洗手间的门，马丹丹从随身小包里摸出一只方形小盒子，又从包里摸出一副墨镜戴上。她按下开关，盒子开始轻轻地嗡嗡作响，随着马丹丹转动方向，盒子屏幕上出现了一幅彩色画面，那是伽马射线穿过轻质墙体所透视出的隔壁房间陈设。

杨骏说得没错，隔壁就是他的卧室，房间很大，还带个宽敞的衣帽间。马丹丹把光束照向天花板，各式仪器出现在屏幕上，电线像蜘蛛网一样挂在墙上。马丹丹再次转动盒子，对准了自己的脚下。不出所料，脚下的房间里，整整齐齐并排摆放着十来辆自动车，像一排大大小小的胶囊,角落里还有一辆老式人工驾驶的吉普车,那车有全景车窗和天窗,还有方向盘和仪表板。

门外响起手机铃声,马丹丹想到小盒子会发出电磁干扰,便迅速关了开关。她按下马桶冲水钮,然后对着镜子整理了一下头发,这才施施然走出了洗手间。

客厅里没人,杨骏正站在阳台上打电话。

"我也没想到会搞成这样,谁晓得上午那么早的时候,会有小孩儿在草地上玩耍啊?!好在总算没出大事。为保险起见,以后我不能再去现场了……"

对方在电话里说了些什么,杨骏心神不宁地用手指轻叩玻璃栏杆,一面看着小区花园里的喷泉。

"尾款收到了。下次?看情况吧……多给钱?那也不行。安全第一,我一贯如此,不然你也不会跟我合作了,对吧?"

说完杨骏挂了电话,转过身来,看见马丹丹正在摆筷子。她欢快地招呼道:"开饭啰!"

"稍等,我去拿瓶酒。"

没一会儿,杨骏右手提了一只不大的陶罐,一瘸一拐地回来了。

马丹丹看着自己从厨房拿出来的玻璃杯,问道:"这个酒,是不是该用土陶碗喝啊?"

"玻璃杯也勉强可以。"杨骏把陶罐放到餐桌上,去掉泥封,抱起罐子,把深琥珀色的酒倒进玻璃杯里。

马丹丹举起酒杯,直视杨骏的双眼,说:"虽然俺的小命不值钱,但我还是要感谢你!感谢大英雄你舍生忘死,救了我一命。我先干为敬!"

马丹丹一仰头,一口喝了个底朝天,放下杯子诧异地说:"这是什么酒?酸酸甜甜的,很好喝嘛……"

"我十几年前亲手酿的,酒不值钱,保存起来却很是麻烦。你喜欢就好。"他给她的杯子斟满,颇有深意地说,"在我眼里,生命没有贵贱之分,每个生命都应该得到尊重和珍惜。"

马丹丹没有接话，自嘲地轻笑了一声，再次喝光了杯中酒。

那酒入口绵软，却瞬间染红了她的脸颊，她再次举起了酒杯，说道："第一天上班，就再次丢了工作，不过能拿一大笔遣散金和赔偿金，也不算坏。"

听闻此言，杨骏诧异地扬起了眉毛。

几杯酒下肚，马丹丹成了话痨，"我和工作一直八字不合！我找的第一份工作，是银行柜台出纳。银行，那可真是如假包换的夕阳产业！现在都手机支付、手机存钱转账了，谁还去银行啊？实习期还没满呢，服务点关门大吉，我就自动失业了。"

深呼吸了一下，她自嘲地笑道："过了几个月，才找到个化工厂的工作。谁会想到，他们专门生产违禁食品添加剂……我看你冰箱里塞满了各种方便食品，估摸着少说有一半都用了他们的产品，味道好吃啊，还便宜。那公司的工资福利都是非常好的，要不是写举报信被他们给发现了，我还能多干两年。"

马丹丹看着酒杯里琥珀色的酒，红着眼圈说："被他们开除之后，好容易当上个服务员，结果上班第一天，餐馆又是让车撞，又是被大火烧，我还差点儿被砸死。你说，我咋就这么倒霉呢？！"

看她郁闷的样子，杨骏安慰说："你再倒霉也比我好点儿。我只是去吃个早饭，就吃进了ICU病房。"

马丹丹翻个白眼，不以为然地说："你这是自找的，谁让你碰瓷儿来着！"

杨骏闻言，大吃一惊，手一哆嗦，酒都差点儿洒出来了，他急忙追问："碰瓷？谁碰瓷？！"

马丹丹白了他一眼，说："你别这么激动，看在你救了我的份儿上，我没打算去告发你。"她叹了口气，"哎，咱俩是一对标准的倒霉蛋儿……但是呢，以后还有更多的人会倒霉的，倒大霉！我以前化工厂的同事跟我说，最近厂里接了个大单子，搞得他们没日没夜地加班，生产出来的有毒食品添加剂简直堆积如山！这批毒害人的化学垃圾，准备明天晚上偷运出厂。"

说到这里，马丹丹一双大眼睛在杨骏身上来回逡巡，看得他后背直发凉。

马丹丹咬着酒杯边儿，口齿不清地问："你碰瓷儿麻烦不？"

5. 雨　夜

深夜，送走马丹丹，杨骏瞪眼看了半天她留在饭桌上的纸条，上面歪歪扭扭地写着一个地名和时间。

半晌，杨骏才抓起纸条，一瘸一拐地爬楼梯进了工作间。

手头的资源少得可怜，尤其是在上次碰瓷以后，大培公司更新了车载系统的根密钥，交管局在短短几天内，给所有路侧设备的软件都打上了补丁。杨骏看了一眼电视墙的左上角，两台小型计算机已经算了三天三夜，连新密钥的门儿都没摸到。当然，这也很正常，按最流行的一百二十八位密钥算，用最好的小型计算机暴力破解，可能需要算三千多万年，才能找到密钥……

杨骏打开笔记本电脑，输入纸条上写的地址，电脑迅速在地图上找到了那家工厂的位置。

那是一条偏僻的山沟，周围荒无人烟，在那种地方碰瓷，除了损失无人驾驶的车辆和货物外，完全达不到老曹要求的轰动效应，更不可能让大培公司因为事故赔到破产。

杨骏移动鼠标，在计算机上画出行车线路图，然后打开仿真软件，输入出发时间。

几秒钟后，软件弹出了计算结果。

杨骏在宽大的沙发上盘起双腿，盯着屏幕上的线路图，陷入了沉思。

一天后，九十多辆满载着货物的大货车，从厂区道路鱼贯驶出。

夜间货车租金便宜，又很少堵车，而这家工厂的产品又不太适合见阳光，所以厂里在运大宗货物的时候，总是选择夕发朝至的货车队。

山区的道路狭窄多弯，天气也很糟，乌云翻滚着压得很低，遮住了原本就暗淡的月光，然而这一切并没有影响货车的速度，它们在山路上编队快速行进。

随着地势逐渐变得平坦，长龙车队渐渐加快了速度。

一声闷雷劈下来，天像是被捅漏了似的，大雨突然倾泻而下，世界瞬间变成了汪洋。

车队的头车和尾车自动打开了远光灯，每辆车都整齐划一地把速度降低了百分之二十。

按事先规划好的路线，车队驶上了黄水大桥的引桥。

头车读到引桥路侧电子标志的信号，再一次降低了速度。车顶的激光雷达探测器提高了转速，以保证在恶劣的天气中也能随时发现危险和障碍物。

倾盆大雨中，车队以一百五十公里每小时的速度驶上了黄水大桥。

这时，头车的雷达突然探测到前方有人类活动！

遵照"自动驾驶车辆人类生命第一原则"，头车立即自动发出紧急刹车指令！

两毫秒之内，所有的后车都收到了这条指令。

一连串咔嗒、咔嗒声响起，九十多辆货车的防抱死刹车系统几乎在同时开启，轮胎与地面摩擦发出震耳的尖叫声，车队速度骤降下来。

按自动驾驶车辆的设计标准计算，车队完全可以在撞飞路上行人之前，安全地停下来。然而，设计标准中并未考虑到，在紧急刹车时，车厢里那些没有固定的货物会迅速坍塌歪倒。

强大的惯性拖着车厢撞破桥边的铁栏杆，向波浪翻滚的海面坠去。

而此时，狂风暴雨中，一艘巨大的海轮正要穿行桥下。

几十辆铁皮"胶囊"货车从高空一股脑儿倾泻而下，砸向行驶中海轮的驾驶室!

巨大的碰撞声中,火光伴随着爆炸声照亮了整个海面。

失去控制的巨轮,一头撞在了水泥桥墩上……

6.真　相

听到桥梁结构受损并不严重,水文成分检查结果也正常之后,杨骏松了口气。自己只是个碰瓷儿的,可没想当杀人凶手,更没想过要毁灭峡湾里的海洋生物。

好在那些有毒物质在瓢泼大雨的冲刷下,被峡湾巨量海水不断稀释,已经销声匿迹、无影无踪了。

不过,令杨骏始料未及的是,海轮驾驶员在这次意外中丧了命。

电视新闻里直播了这位驾驶员的遗体告别仪式,摄像镜头从左晃到右,掠过一张张悲痛的脸。在这些脸后面,却有一张洁白的小脸,没有任何表情。杨骏注意到,她紧锁的眉毛非常浓密,左边嘴角微微扬起。

马丹丹所工作的餐厅的老板,拿到大培公司的巨额赔偿款后,马上跑到夏威夷去放飞自我了。一家法国连锁餐饮企业买下了那块地,很快在废墟上重建了一家巴洛克风格的高档餐厅。

马丹丹再次来到餐厅,不禁感慨万分:这就是生活,所有的一切都可能在刹那间毁于一旦,而在废墟上,却还可以生长出更华美的新物种。

马丹丹走进餐馆,那被镶黑色水钻的晚礼服勾勒得婀娜多姿的曼妙身材,吸引了无数男人和女人的眼光。她却目不斜视,径直走到窗边的餐桌旁。

一位身着浅灰色西服的男人站了起来，颇有风度地为她拉开椅子，服侍她坐下。

杨骏笑眯眯地上下打量马丹丹，说道："你今天挺好看啊。"

"谢谢。"马丹丹也毫不害臊地看回去。杨骏穿着整洁的西装，剪了头发，还剃了胡子，居然有几分英俊。

"你穿上西装，就像变了个人。"马丹丹说。

"我就把这话当成夸奖了。想吃什么？"杨骏面带微笑，问道。

"随便。"

"那点一瓶八二年的拉菲，配主菜三文鱼，你看怎么样？"

存了八十年的红葡萄酒！

"奢侈！"马丹丹估摸着，那瓶酒的价格都够买下她半套公寓了。

"好啊，我正想尝尝比我还老的葡萄酒喝起来是什么味儿……"

红酒上桌了，穿着笔挺白西装的领班亲自打开橡木塞，把酒液倒进水晶玻璃瓶里。

手工烘烤的面包、奶油蘑菇汤、芝士烤三文鱼……都放在精致的镶金边白瓷盘子里，端上了桌子。

餐厅里人很少，一位长头发的意大利小伙子在门口拉着小提琴，美妙的音乐如溪水般在餐厅里流淌。

马丹丹喝了一口葡萄酒，说道："嗯，口感很好，有点儿像咳嗽糖浆，黏黏的。谢谢你啊……"

"谢我什么？"

见杨骏笑眯眯地看着自己，马丹丹知道他绝对不会承认，是他帮忙处理"销毁"了那批有毒添加剂。她眼波流转，嫣然一笑，举起水晶杯说："谢谢你请我吃饭啊。"

杨骏的眼神突然冷了下来，他双眉紧拧，直视着她说："你是不是觉得我是个傻子？"

马丹丹诧异地说道："你这话从何说起？你、你想办法销毁了那些有毒食品添加剂，防止它们毒害广大市民，你是我心中的无名英雄。"

"你为什么不说，我还帮你除掉了敌人呢？！"

"我不明白你在说什么。"

"那天晚上经过黄水大桥下的海轮,本来应该是无人驾驶的,可为什么会有船长在驾驶舱里?!"杨骏盯着马丹丹,慢慢说道。

马丹丹满脸委屈地看着他,红了眼圈,她轻声说:"原来你怀疑我……我又不是船运公司的,我怎么知道?"

杨骏根本不吃她那一套,他冷冰冰地说道:"你不用装可怜了,这对我没用。肖雯雯这个名字,你总知道吧?你们不是还经常在网上聊天吗?她跟你说过,继父对她干了什么,你不会也忘了吧?"

马丹丹脸色大变,说道:"你、你怎么知道的?"

"我那两台小型计算机,虽然破解非对称密钥有点儿费劲,但是要破解你的社交账号和密码,那还不是手到擒来……"

马丹丹见抵赖无用,脸色一凛,说:"不错,肖雯雯就是我的亲妹妹,父母离婚后,她跟了我妈。她那么小,那么善良,那么与世无争,那个畜生继父居然能下得了手,对她做出无耻至极的事情!我妈发现之后,受不了这个刺激,精神失常,进了精神病院。"

马丹丹面色阴沉,咬牙说道:"那个畜生,趁我妈不在,居然多次性侵我妹妹!我当时就想过去报警,但是妹妹还小,以后还要嫁人的,我得保护她的名誉。我、我没有别的办法,只有借你的手……"

马丹丹抬起头来,大胆地看着杨骏,继续说道:"现在你知道实情了,你可以去警察局告发我。但是别忘了,我们现在是一根线上拴着的两只蚂蚱,如果告发我,你自己也脱不了干系!"

受到来自马丹丹的威胁,杨骏皱起了眉头,说道:"你是怎么知道我能操纵自动驾驶汽车的?你又是怎么知道我会按照你的计划,毁掉那批货呢?"

"那天早上,"马丹丹看着窗外被射灯照耀得像白昼一样的绿色草坪,低声说道,"我看见了那两个在草坪上玩的小孩,也看见主路上冲出来的车特别生硬地改变方向,还有冲上来阻挡的货车……最后你不顾自己安危,冲上来拉了我一把,我就知道,你是个违法碰瓷的高手,但是你并不想杀人,也不愿意伤害无辜的生命。于是我琢磨,也许可以利用这一点来说服你……"

杨骏看着一副人畜无害模样的马丹丹,心里不禁有些佩服她的聪明,他开口说:"那你能不能再预测一下,当发现有人借我的手杀人,我会干些什么?"

马丹丹坦然地看着杨骏,说道:"不错,我是借你的手杀了我妹妹的禽兽继父,我愿意一命换一命!"

"我说了要你一命换一命吗?"

"你?"马丹丹惊异地看着他,有点儿搞不明白这个男人了,"那你为什么要逼我承认?"

"我不喜欢被别人当成傻瓜玩弄于股掌之间。"

马丹丹心里的一块石头落了地,双眼含情地看着杨骏,低声说道:"谢谢你放过我。"

杨骏挑起了眉毛,说:"我说了要放过你吗?"

马丹丹瞪着他,问道:"那你到底啥意思?"

杨骏冷冷地说:"你不是刚拿到上次车祸的赔偿款了吗?今天就我请客,你付钱吧!"

马丹丹松了口气,对着那瓶比自己年纪还大的葡萄酒,不知是该哭还是该笑。

7. 冰山之下

回到家里,杨骏脱下西装和皮鞋,换上舒适的灰色T恤衫,从冰箱里抓了一罐啤酒,边喝着边下了楼。

他打开车库的日光灯,在并不明亮的灯光下,一排排纸箱整齐码放,从地板一直堆到天花板,正是化工厂丢失的一部分货。

那个雨夜,大培公司的货车队刚出车祸,在黄水河桥头埋伏已久的杨骏驾着抓斗车，赶在救援车到来之前，收获了大部分散落在外的纸箱。感谢那天的冲刷了一切痕迹的滂沱大雨，让他在黑暗中毫无痕迹地消遁。

杨骏扫视着眼前的纸箱小山，自言自语道："不晓得跟最大的食品公司碰瓷，是什么感觉？"

马丹丹回到自己所租住的小屋里，看到房间里所有的灯都开着，电视里一群高颜值的帅哥美女正载歌载舞，欢享青葱岁月。沙发上，一位身材窈窕的少女抱着一袋薯片，目不转睛地看着电视。

马丹丹放下小坤包，踢掉高跟鞋，光着脚走到沙发边，也挨着少女坐到了沙发上。马丹丹伸手搂住妹妹的肩，假装没有注意到她身体突然僵硬和躲闪的表情。

在电视机里观众的大笑声中，马丹丹轻声说："海船事故的赔偿金作为遗产，已经打到了你的账上了。雯雯，以后那个人不会再来骚扰你了。还有，大培公司已经把船上那批货的赔偿款打过来了，我们发财了……"

欢迎回来

陈为峰

1

海风缱绻,一只海鸥慵懒地划着形似拉丁文字母"S"的弧线飘过船檐。海浪迸出的屑密水珠,有如海仙女忒提斯的吻,簌簌落在艾斯·克莱普顿的发梢和肩际,但他却伫立船首岿然不动,骋目于草莓色晚霞与紫薯饼色波浪彼此相拥的海天一线。

终于,马耳他岛那亲切的身影,慢慢浮现在克莱普顿的视平线上——先是如一只浮出水面的硕大鹰嘴龟,待渐行渐近,巨龟的身躯线条随之变得棱角分明,岛上的景物亦明朗起来。

克莱普顿下颌的青筋微微蠕了蠕。在这里还看不到他想看的东西。

"喂喂,才不过分开几天就这么迫不及待了?你们的感情还真是好啊!"

克莱普顿身后的舱室传来老埃塞克斯如同指缝间滤过的海风般豪犷的声音。克莱普顿是这艘小型货艇的船长,老埃塞克斯是大副。这艘货艇每个月在意大利的锡拉库萨港和马耳他岛之间往返一次,算上货物的拣选和装运,每次运货历时一周左右。

面对老船员的揶揄,克莱普顿仅一笑置之。此刻,他的心完全被一位名为"期待"的无形美女占据了。

终于,一个米黄色小点自岛上的幢幢树影之中弹跳而出,跃入克莱普顿的视野中。那是他的家,他和雯茜共同的家。

应当看得见吧,在这种距离下。克莱普顿在心底估算道。下一瞬间,已呈火柴盒大小的米黄色建筑蓦地亮起一道炽亮的灯光。灯光若少女顽皮的星眸般以特有的规律闪烁着。时明时暗的灯火有如启明星的辉照,将横亘于克莱普顿与米黄色小屋之间的夜色驱散。

灯光两下短闪,继而一长一短,最后长明。这是属于他和雯茜两个人之间的暗号,意为——

欢迎回来!

"我回来了!"克莱普顿喃喃道。灯光在他的瞳仁中燃起熠熠光亮。

"知道吗?你们的感情好得足以令研究婚姻倦怠期的心理学专家发狂……"老埃塞克斯咕哝着,伸出皮肤如同蝉褪下的壳般枯黄皲裂的手,拧开了收音机的旋钮。

"婚姻就像被狐狸仰望的葡萄,不能因为个体的不幸就否定其存在的意义。"克莱普顿淡然回敬道。

老埃塞克斯闻言后,面庞登时涨得似烧红的铜牌,鼻梁处被埃塞克斯夫人抓出来的伤痕愈发惹眼了。他翕动着厚唇,埋首以克莱普顿难以闻及的声量咕哝几句,犹如一只舔舐伤口的斗鸡。

克莱普顿的双足甫一踏上大地,便望见山坡上自家那栋米黄色小屋的正门刷地弹开,一抹白色飘然而出,似从天而降的天使沿着坡道朝自己飘来。

克莱普顿微笑着向那抹朝自己怀中扑来的白色张开双臂,但当他看清那抹白色底下,影影绰绰浮现的纤雅曲线时,他面上的微笑就变成了苦笑。

"下次你不妨用给我点灯导航的时间来换衣服怎么样?"克莱普顿吻了吻妻子,"当然,我不是说你穿睡衣不好看。"

"那怎么能行?没有灯塔的指引,海妖就会用歌声诱惑船员,让他们迷失回家的路!"雯茜·M. 克莱普顿将头埋在丈夫胸前,轻嗅着他身上混杂着海腥与烟草的味道,这股味儿令她深深陶醉。

"那不过是地中海的传说罢了……再说,难道你们女人不晓得这世上有种东西叫作Galileo[1]?"

雯茜弧线柔美的双唇一抿,"打断妻子浪漫幻想的丈夫是最差劲

---

[1]. 欧洲研发的导航卫星系统,类似GPS。

的！这世上有三样东西你们男人永远不可能懂：一是热度，二是浪漫，三是第二宇宙速度，所以你们才会被地心引力束缚在现实的地面上。"

"热度和浪漫并非男人必需，单靠狂热和臆想似的浪漫就能征服世界的时代，自希特勒之后就一去不复返了，亲爱的！"克莱普顿伸出一指抵住妻子的唇，并灼灼直视着她的双眸温声道，"怎么样，这几天身体有哪儿不舒服吗？"

"还好……"雯茜讪讪别转过头，避开丈夫炙灼的视线，轻声咕哝道，"除了……"

"那我就放心了。"仿佛没留意妻子的低哝，克莱普顿欣然颔首道，"对了，你准备一下，过会儿我带你和艾芙去医院做个满月体检。"

雯茜闻言后眉尖微微一颤。

"啊……为、为什么？"

"什么为什么？杰罗夫斯基大夫不是叮嘱过，产后满一个月，母子要一起到医院做个满月体检吗？"

"啊，我不是说这个……"雯茜的目光游离顾盼着，低声嗫嚅道，"喏，你、你看，现在都已经这么晚了……不是吗？"

"没问题的，我们去瓦莱塔市立医院——我想那儿会有值夜班的克隆人医生。"

克莱普顿一面解释，一面朝屋门疾行。他迫不及待地想见到那位刚降生三十天的小天使，丝毫未觉察身后妻子怔忪的表情。

一小时后，克莱普顿一家三口乘坐雯茜的雪佛兰电动汽车，沿公路朝首都瓦莱塔逶迤而行。虽然克莱普顿希望由自己来代替产后体虚的雯茜驾驶，但却被妻子利落地拒绝了，理由是克莱普顿的驾照早已过期。

因此，克莱普顿只得抱着尚在襁褓中的女儿艾芙丝蒂塔·克莱普顿，老老实实地坐在副驾驶位上。小艾芙遗传了母亲的蜂蜜色碎发和绯紫色瞳仁，仿佛是和"可爱"互为孪生子一同降生在这个世上似的，这一切都令正做着鬼脸逗弄女儿的父亲喜不自胜。

"我们的艾芙长大了一定会是个美人哦,就和她那曾经是镇上第一美人的妈妈一样!"

"多谢美誉,"克莱普顿一本正经的表情令一旁的雯茜不禁莞尔,"不过,请不要用过去时态好吗?"

车内广播中正在放送一个采访节目。被采访的人类遗传学家正在向听众阐释他们研究机构对于克隆人类最新的研究成果。

"吉尔伯特博士,您的意思是,有办法将克隆人同常人区别开来?"

"呃……确切地说,是不需要借助精密的科学仪器,就能让一个普通市民鉴别出克隆人的存在。"

"您能具体说明一下吗?"

"好的。实际上,我们在提取克隆细胞之后,通过基因技术在细胞的染色体上添加了一段基因。该基因可以让克隆人的唾液中产生一种酶,而这种酶会和特殊试剂发生反应,从而让试剂变色。"

"也就是说,这种试剂就像用排卵试纸一样简单?"

"呵呵,是的。我们尝试让这种试剂变得更加大众化,实际上也已经成功了。相信在不久的将来,或许就是下周,你就能在二十四小时营业的药店或者街边的无人贩售机上买到这种廉价的无毒试剂。"

……

"真让人难以相信,在标榜文明开化的现代社会,竟然会有如此不人道的行为出现!"雯茜面色不豫地评论道,"克隆人也是和我们一样的人类,他们的人权应当受到尊重。"

"这也是政府出于维护社会安定的考虑而采取的措施。"克莱普顿解释道,"如果无法界定克隆人和自然人,那么罪犯就能让克隆人代替自己去服刑。而像有些极端的国家,也有可能违反《反克隆人服役公约》,私下以克隆人来扩充军队。想想吧,这样他们就会被当作替罪羊和炮灰,命运将更加凄惨……"

雯茜像是被丈夫说服了,但她还是用手指神经质地敲打着方向盘,口中喃喃道：

"不过这还是太野蛮了！我们不仅让克隆人从事各种低端产业，而且政府还不给予同样纳税的克隆人各种社会福利保障，现在居然还要……还要像西罗马帝国灭亡前的奴隶社会那样，把象征阶级的烙印刻在他们的基因里……这真的……太难以令人接受了……"

"别想太多了，亲爱的，他们终究不过是自然人的替代品……"

"不是，他们才不是！"雯茜蓦地激动起来，"他们和我们一样都是有血有肉的人，都会笑，都会哭，都会感到痛苦，都会为皇马在欧洲冠军联赛上输给了红黑军团而感到惋惜，为早晨的报纸没有塞进邮筒而随便丢进院子里感到愤慨，都会……"

母亲亢急的声波令艾芙丝蒂塔恬静的小脸蛋绽开了一朵花，她如同仰躺的海龟一样拼命地挥动着四肢，并发出咿咿呀呀的叫声向双亲表示抗议。

女儿的哭叫与丈夫手忙脚乱的样子，令雯茜心中的热血急遽冷却，她深深吸了一口气，将目光掷向前方那些不断重复的道标上。

"……抱歉。"

"不，没什么好值得道歉的，亲爱的。"克莱普顿分别以动作和言语安抚着情绪悸动的母女，"我想你是对的，他们并非什么替代品……当然了，他们也替代不了什么，因为他们没有记忆。"

"记——忆？"雯茜本已松弛的手指又蓦然蜷缩，悚然攥住了方向盘。

"是的，记忆——人类最宝贵的东西。纵使克隆人继承了自然人母体的基因，那又如何呢？他们却没能继承来自母体的记忆！难道我们克隆出了阿尔伯特·爱因斯坦，他就会提出'相对论Ⅱ'吗？同理，就算强迫保罗·高更的克隆体出席后期印象派研讨会，也不敢保证他不会在大会上睡到流口水。"

"嗯，你说……会很悲惨的吧……一个人要是失去记忆？"

"当然啊，"克莱普顿并未窥透妻子话语背后的意味，"在我看来，人最大的乐趣无异于退休后安坐在烧得旺旺的火炉前，对外孙们讲述自己当年召集同伴横渡重洋，与海盗和暴风雨齐舞，享受异域美酒与风情的故事了。而倘若没有了记忆，这些象征人生轨迹的东西就统统没有了，那些证明你曾经活过的证据就没有了。当记忆失去的时候，就是灵魂丢失了。"

"……也许你是对的，一个人要是没有记忆，就什么也没有了。"雯茜耳语般呢喃着。夜色宛如浓墨郁结成的百叶窗，将雯茜的表情如数掩盖。

当沉默笼罩两人时，小艾芙嘹亮的啼哭才吸引了两位粗心父母的注意。

"看来上帝给了我们的小公主一双湖水般澈亮的大眼睛，却忘了留泄洪区。"克莱普顿苦笑道。

"是不是要喂奶了？"雯茜埋着头，伸出尾指轻轻撩去女儿唇角的唾痕，"艾斯，帮我控制下方向盘好吗？"

让丈夫接管方向盘后，雯茜温柔地接过女儿，撩开自己宽松轻盈的孕妇衫，将女儿玫瑰色的嘴唇凑到自己的乳头前。虽说车内灯光比较暗，但自胸前冉冉溢开的酥痒感告知雯茜，自己先前的直觉没有错。

趁着夜色袭来的，还有略嫌躁闷的地中海海风。

将女儿送回丈夫怀中后，雯茜继续接管了方向盘。

毫无预兆地，一阵颤鸣攫住了雯茜的耳膜，紧接着一道强光漂白了她的视野。

猝不及防之下，雯茜只能对着那辆急遽逼近的庞然大物，悚然圆睁她那与波尔多干红同色的瞳孔。

2

克莱普顿记不清那辆卡车是何时出现的。残存的记忆碎片中唯有刹胶与轮盘相互啃噬时发出的兽嗥般的尖啸，卡车那如同亘古巨兽之眼般令人难以正视的车前灯，以及妻子当时令人费解的反应——

她想控制车子逆时针方向掼转，却在中途堪堪顿住，而朝顺时针方向扭转了方向盘。

到底是为什么呢？

在无垠的黑暗中，克莱普顿这样问着自己。等等，现在该关心的不应是动机，而是结果。也就是说——

还活着吗，我？

克莱普顿想打破眼前这片黑暗的囹圄，但是他失败了。沉重压抑的无形巨物，直如地心引力般将他牢牢地羁厄于这片黑暗之中。

不知过了多久，伴随着锥心裂肺般的剧痛袭来，克莱普顿感知到了光。他挣扎着睁开饧涩的眼睑，乜起眼来适应外界的光线。

当视网膜中跳脱的光斑逐渐凝聚成影像时，克莱普顿发现自己正僵卧在自家卧室的床上——虽说室内的陈设有着微妙的错位感，但这无疑是他和雯茜的卧室。

克莱普顿以肘撑起上身，再次确认自己委实身处自家卧室。也许车祸不过是个梦……这个想法令他宽心不少，但随即空荡无人的卧室再度令他的神经紧绷。

克莱普顿想开口呼唤妻子，可他的舌骨下肌与胸锁乳突肌之间仿佛出现了一片真空，将他的声波尽数吞噬。克莱普顿下意识地伸出桦枝般泛着病态白的手指捂住自己的喉部，然后像秋蝉一般蠕动着衰弱不堪的躯体，想从床上下来。

陡然间，一种仿佛被秒速十米的石块袭中的感觉猝然于克莱普顿脑中迸绽，剧痛一度令他的意识陷入空白。不知过了多久，他的大脑断断续续地接收到了外界的信号。

当妻子的温婉双眸出现在克莱普顿眼前时，他心头顿时悲喜交集，可声带兀自发不出声音，只能似恳求母亲不要趁自己熟睡时离去的孩子那般，牢牢箍住妻子的双臂不放。

"你简直像个孩子，"雯茜就势将克莱普顿搀回床上躺好，"才刚刚动过手术就这么好动，医生叮嘱过了，你的身体需要休息。"

从雯茜的话语中，克莱普顿领悟到车祸委实是发生过的。他定定凝望着妻子的面庞，看到雯茜的脸部线条愈显丰腴了，想来车祸并没有给她带来严重的创伤，他心中不由倍感宽慰，自身的伤痛倒被抛诸脑后了。

这时，克莱普顿蓦地记起刚满月的女儿艾芙丝蒂塔，想要追问，奈何却无法出声，只得拼命对雯茜舞着手示意。

"别乱动！乖乖地躺着休息哦，我要去一趟便利店……"

雯茜并未领会克莱普顿的意图，她柔声嗔责着，强行将克莱普顿的双臂塞回被衾之中。

腹热心煎的克莱普顿在无奈之余，又霍然想起房间一隅置放有为小女儿准备的婴儿摇床，只要自己遥指那张摇床示意，想必妻子一定能洞悉自己的意思。

但他举目环顾之下，那张摇床却杳无踪影。

"今天就做柠檬意大利菠菜面好了，听说这对病人的身体很有好处呢……至于汤嘛，是牛肉莴苣汤还是水芹蘑菇汤呢？"

雯茜似乎完全没注意到自己忘了向丈夫报告女儿的情况，她沉浸在对晚餐菜单的幻想中，施施然推门离去，留下克莱普顿一人对着满室纷至沓来的疑问陷入了怔忪。

克莱普顿在雯茜巨细无遗的护理下，直如冬后的棣棠般渐渐复苏。他原先每日仅有两个小时大脑能保持清醒，而如今每天只需要十二小时的睡眠。他甚至还能倚在床头读上十几分钟的冒险小说。

当雯茜不在场时，他曾试着对着墙壁练习发声，但显然他的嗓子还需要更多时间来适应。

随着身体的康复，萦绕于克莱普顿心头的不安反倒愈发强烈。因为女儿小艾芙始终不见踪影，而妻子却只字不提。克莱普顿清楚地记得，除开婴儿摇床外，之前卧房内也堆着诸如奶粉、婴儿服、婴用尿布等用品，但此刻竟皆不翼而飞。

一种不祥的预感犹如一只无足爬行生物，徐徐蠕过克莱普顿彻凉的背脊。

一日雯茜外出后，克莱普顿翻身下床，在房子里里外外翻搜寻觅，希望能找出有关女儿下落的线索。相较刚恢复意识那几日，现在他身体的协调性已大为改观，可以做一些不甚激烈的动作。

屋子里的每一个角落，都没有关于小艾芙的半点儿痕迹。倘若不是记忆笃定了自己的判断，克莱普顿可能会认为自家压根儿就没有过一位长相肖似母亲的小公主。但令克莱普顿惊诧莫名的远不止于此——除开卧室外，家里的布局陈设竟是灿然一新。这给他的搜索带来了些许难度，不过最终在一个抽屉里，他找到了一张单据。

这是一张保险公司分期赔付[1]的单据。当克莱普顿认出这是一张人身意外伤害险赔付单据时，他的右手食指神经质地一颤，差点儿将单据撕破了。他咽了口唾沫，将视线移至首页的"受保人姓名"一栏。上面赫然以打印体打着"A. Clapton"。

也许这里的"A. Clapton"指的是艾斯·克莱普顿，而非艾芙丝蒂塔·克莱普顿。毕竟自己因车祸动过手术，按保险条例也有资格获得赔款。克莱普顿如斯自我安慰着。

但下一刻，他周身的细胞皆为一条无形的绳索束紧了——首页上的一行小字"因车祸身亡"跃入他的眼帘。

克莱普顿顿时如遭雷击！自己的女儿已经死了！恍惚中，克莱普顿感到单据上的所有拉丁字母都变成睚眦怒视的地狱群鬼，在他的视网膜上翻跹起舞……

不知过了多久，他自喉管深处哼出数声酷似冷笑声的低喘（这是他数日来首次发出清晰的声音），然后任凭疲乏的身躯倚着墙缓缓滑下，如同一只被掏空内脏的火鸡般瘫在地上。

当悲恸的浪潮消退后，克莱普顿正要翻看单据第二页查看赔付详

---

1. 保险公司投资业务的一种。在征得直系亲属同意后，保险公司将赔偿金进行投资，并分期将投资收益和本金付给受保人。

情和赔付日期，玄关处却蓦地传来了声响。

克莱普顿心下一怵，忙起身将单据重新塞回抽屉，然后闪进书房中。

待雯茜进屋之后，克莱普顿心下不由忐忑不定。

可为什么自己要担心雯茜觉察呢？自己不是该理直气壮地质问妻子为何要隐瞒女儿的死因吗？

自己究竟在恐惧什么？

克莱普顿暗中窥望着在厨房里忙碌的妻子，陷入了沉思。

翌日，当克莱普顿再度翻开那个抽屉时，却发现那张保险单据不见了。显然是雯茜觉察到有人动过抽屉，故而将里面的文件取走了。但是雯茜为何要隐瞒女儿的死亡，艾芙又是何时买过人身意外伤害险的呢？他并不记得车祸之前自己曾为女儿买过保险，家中买过保险的人仅有从事海上航运工作的自己而已。

未满月的婴儿是不会自己在保险推销员的单据上盖指印的，那么只剩下一种可能，也就是受保人的母亲替女儿购买。可是，这说法太过牵强，因为雯茜没有必要瞒着丈夫替尚未满月的女儿购买这种并非必要的保险，除非她能预料到女儿会出意外……

令人匪夷所思的是，恰恰就在此后不久，这份保险单就成了小艾芙的地狱单程车票。

这一切难道都是巧合？

诸多疑点像是恶魔的使者，簌簌梭过克莱普顿的心头。他渐渐萌生出一种假设，这种假设比乍闻亲女夭折更令克莱普顿畏葸惊悸。他拼命地想要否定这条假设。令他稍感宽慰的是，这条假设尚需合理的动机方可成立。

这时，他的视线焦点无意中停留在书桌上的一沓广告传单上。为首的一张，是一家二十四小时送货上门的药品公司的广告。

前所未有的绝望，如同丁达尔现象中射入胶体的光线，自克莱普顿心间锥空而过。他颤抖着伸出手，拈起了那张药品传单。

他觉得自己找到动机了。

3

一日，当雯茜外出采购归来后，她不禁高高挑起了眉尖。虽然屋内毫无狼藉迹象，一切皆和自己离去时一样井然不紊，但女人的敏锐直觉告诉她，克莱普顿并没有一直老实地躺在床上。

"说了多少遍要好好休息……真是的！"

雯茜瞟了一眼紧闭的卧室门，轻步上前将书架上被克莱普顿碰过的《海底两万里》和《老人与海》两本书依厚薄之分重新整饬放好，又将笔筒自书桌的左上角移回右上角。

正当她要移步厨房准备烹饪午餐时，瞥见了地板一隅躺着一张广告传单。拾起来略为浏览后，雯茜便将这张印有药品公司送货电话的传单折起抛进纸篓。

在传单脱手至落进纸篓的须臾间，雯茜瞥见纸篓底部躺着一片医药品专用的绿色包裹袋。

当日的午餐之丰盛，令克莱普顿不禁回忆起他和雯茜邂逅之后共度的首个平安夜。皮酥肉甜的枫糖烤鸭，细致均匀地淋上奶酪的烤土豆，清淡甘怡的蒲公英沙拉，更勿论克莱普顿面前那杯雯茜特赦赐予的起泡红酒了。

珍馐佳人当前，可克莱普顿面上却殊无半丝表情，如若桌上溢着热气的半熟蛋包饭，将米粒般龃龉不平的情感都掩盖于表层那片光滑软腻的煎蛋之下。

餐际，雯茜向克莱普顿述说着自己这一天的际遇，言笑间眉尖神采飞扬，仿佛倾诉便是幸福的同义词。克莱普顿双唇紧闭不置一词，雯茜权认为那是因为他的声带尚未完全痊愈，所以毫不以为忤。令雯茜在意的，反倒是自己为了庆祝克莱普顿康复，而特意为他准备的红酒仅见他偶尔端起浅呷几口。

"怎么了，是不是酒的味道不对？"

克莱普顿淡淡一笑，摇了摇头。他端起高脚水晶杯，对着吊灯轻轻晃了晃。灯光下，杯中的酒液诡谲潋滟，一如德古拉伯爵[1]杯中的琼浆。

透过绯红色的酒液，克莱普顿觉得雯茜那对瞳仁格外冶艳妖娆。

雯茜怔怔地望着克莱普顿品鉴酒色，却见对方将酒杯朝自己唇边递来。不擅酒道的雯茜虽蹙起了眉尖，但还是抿了一小口。

红酒特有的酸涩呛得她轻微地咳了起来。她冲着直直望向自己的克莱普顿勉强一笑，起身去厨房添些柠檬酱。

这时，她的身后传来了克莱普顿森寒的冷笑。

"雯茜，你很久……没像从前那样喊我'亲爱的'了吧？"

乍闻身后传来的惊人之语，雯茜尚不及感到震惊，便被脑后猝然袭来的一击拉入无垠的黑暗之中。

待雯茜悠悠转醒，呻吟着想抚摸一下伤处，却赫然发觉自己的双手纹丝不能动。大脑一片懵然的她低呼一声，出口之声却是若寒蝉鸣泣般暗哑，这才发现自己的唇上被层层胶布密密匝匝地封住。

待克莱普顿那张阴鸷的脸在她饧涩的视野里渐渐清晰，她彻底清醒了。

无视雯茜的挣扎呼喊，克莱普顿继续在餐桌前摆弄着。他先是搬来了一张高脚凳，在桌前添了一个座位，而后在妻子诧愕的目光中，将早已冰凉的羹汤用勺子舀进一盅雅致精巧的小杯中，最后他又在杯畔添了一副刀叉。

悠然不迫地完成手头的工作后，克莱普顿抬头对雯茜哂然一笑。笑容中的温度，低得足以将最耐寒的藻类生物冻成速冻海苔。

---

1. 传说中的吸血鬼之祖，其原型来自欧洲中世纪瓦拉几亚大公弗拉德三世。

"嘿,亲爱的,你是不是少准备了一副餐具?要知道,我们家可是有三口人哦……"克莱普顿的声调似钢琴曲的低潮部分那般温柔舒缓,"不过没关系,我已经帮你把艾芙的那份儿都准备好了。来,现在我们开始吧。"

门外突兀响起的音乐门铃声,打断了两人之间的舞台剧。

克莱普顿面色一凛,待门铃声响过六遍后,他敛起表情前去应门。

站在门外的,是一个清癯矮小的老人。

克莱普顿微微侧了侧身,但并没有将老人让进屋的意思。老人一边抚着自己顽固挺立的白色髯须,一边对面带愠色的克莱普顿说道:"您好,先生。我是住在您隔壁的曼乔利·斯蒂芬森。"

隔壁的邻居?以前没有叫这名字的邻居啊……是刚搬来的吗?抱着疑问,克莱普顿尝试着在脸上聚起笑容。

"您好,斯蒂芬森先生。请问有什么可以帮忙的吗?"

"是这样的,"老人面无表情,"我购买了一款时间定点对接传输仪,但是我不知道如何使用它。你知道,我这种年纪,看说明书是非常吃力的……"

"等等……你说什么?时间定点对……?"

"是的,就是能把物体传送回过去的时间机器……当然,只能传送没有生命的物品,而且最多只能回到一年以前。"

"或许我是在马萨蒂埃拉岛[1]上待太久了,竟然不知道在这个时代相对论已经落伍了。"克莱普顿啼笑皆非,"那么这台时间定……定点对接传输仪,您是在哪儿弄到的,多少钱?"

"是一位推销员卖给我的,十八欧元,"老人絮絮叨叨地回忆着,"那个小伙子说他们是家大公司,只要我走到大街上随便问个人,就能知道他们公司的地址和电话……"

"好的,好的,我清楚了。"克莱普顿不耐烦地打断老人,"十八欧

---

1. 位于智利海港瓦尔帕莱索以西六百七十公里的南太平洋上,是《鲁滨孙漂流记》中主人公生活的荒岛原型。

元！乖乖，足够在便利商店买一款打折的剃须刀……哦，请等等！"

克莱普顿语毕转身进屋。片刻之后，他出门将手中一张便笺纸递给老人。

"这是那家公司的客服电话吗？"老人眯眼端详着便笺上的号码，一脸茫然。

"不，这是商业诈骗投诉机构的客服电话。祝您好运！"

"真是个有趣的老头儿，他竟然相信自己买到了真的时间机器！"阖上门后，克莱普顿回到雯茜身边，"要让一个二十一世纪的人相信有时间机器的存在，其难度就好比欺骗一个父亲他的女儿压根儿不存在一样，不是吗？"

说着，克莱普顿取出自己找到的保险赔偿单据，甩在雯茜面前。

雯茜略一愣怔，当她看清单据上的内容后，被束缚的身体剧烈地颤动起来。

"亲爱的，你的表情为什么这么惊讶呢？我想应该是你亲自在这张保险单据上签的字吧？五十万欧元的赔偿金……上帝，可真不是一笔小数目！"

克莱普顿面容虽清冷如冰，可唇角凄怆的笑意却在无声号啕。

"试想，一个母亲竟然会为自己尚不足月的女儿购买巨额保险，而她的女儿恰恰不久后就在母亲驾驶的车子上出了车祸！"克莱普顿一面用指头叩击桌面，一面声嘶力竭地喊着，"多么惊人的巧合啊！比埃斯库洛斯笔下的卡桑德拉的预言还准确，比索福克勒斯的悲剧还富有戏剧性，连绝世天才莎士比亚听了这个精夯细构的故事，见识了这位母亲缜密巧妙的布局，想必也会自叹弗如吧？"

雯茜的头霍然抬起，拨浪鼓般摇着。她口中"呜呜——"地喊叫着什么，俏丽的面部线条被怵悸惊惧所扭曲。

"你想要辩解，对不对？想说这一切都是巧合，对不对？"克莱普顿冷笑道，"那么我倒想请教一下，车祸当时你的反应怎么解释？为什么你已经将方向盘左转，却突然在中途改成右转？哦，我差点儿忘记了，当时我们的女儿坐在左边，如果方向盘左转，那辆卡车就有可能撞到我们车子的右侧，这样就撞不到你想撞的了，对吗？"

至目前为止，克莱普顿的推理不过是空中楼阁，倘若缺少决定性的证据和雯茜戕害女儿的动机，推理就仅仅只是推理而已。望着摇首否认不迭的妻子，克莱普顿决心出示他最后的王牌，彻底给这场罪恶画上终结的句号。

在屋内的空气郁滞得几乎要固体化之际，电子门铃的音乐声再度响起。诙谐跳脱的曲调，犹如旌帜如云的战场之上晃悠悠驶过的一辆贩酒车，为克莱普顿夫妻间的可怕对峙平添了一抹不协调的色彩。

"好吧……暂时休庭。"克莱普顿无可奈何地前去应门。

电子眼显示，前来叫门的又是刚才那位斯蒂芬森老头儿。

"先生，请看看这盒牛奶。"老斯蒂芬森指着一盒利乐包牛奶，对着前来应门的克莱普顿说道，"这盒牛奶的保质期只到今年的四月，现在应该已经过期两个月了……"

"我知道了，您是把刚才我给的电话号码弄丢了是吧？请稍等，我再抄一份给您，您就可以顺便用它来投诉那家贩卖过期牛奶的便利商店了。"

"不，不，不是这样的。"老斯蒂芬森忙拉住克莱普顿的衣袂，"实际上，这盒奶是我在半年前购买的，结果一直忘在冰箱里……我只是想，能不能用我买的那台时光定点对接传输仪，把这盒牛奶送回两个月前？"

"呃，什么意思？"

"就是说，把这盒牛奶用传输仪送回今年的三月份？既然保质期在今年的四月，那么把它送回到今年的三月，那边的我不就可以喝掉它了吗？"

好不容易领悟了老人的话意后，克莱普顿登时被弄得啼笑皆非。

"怎么可能，先生，您在开玩笑？"

"为什么，送回去后它就明明在保质期之前啊？"

"那只是表面上看罢了！"

"那您的意思是说,这个保质期是假的吗?"

"当然不是。"克莱普顿尽量让自己显得极为耐心,以避免老人觉察出屋内之事,"我的意思是,把已经变质的牛奶送回保质期以前才是自欺欺人的行为!"

"我不明白……四月份才过期的牛奶在三月份喝掉有什么不妥的?"

克莱普顿记起邻国一位政治家在他的回忆录中写道,最令他头疼的国民便是天真无忌的儿童与顽固不化的老人。现在他已然心有戚戚焉。

"我要怎么说您才能理解?就算你那个什么时间转移机是真的……"

"时光定点对接传输仪。"

"好的,好的,时光定点对接传输仪……时间定点对接传输仪……就算您那台机器是真货,就算您用那玩意儿把这盒牛奶送回今年三月份,那么盒中的牛奶也还是六月份的过期奶!哪怕盒子上标注的日期从过期变回未过期!"克莱普顿一字一顿地强调道:

"您请听好:在这个世界上,有一些东西不会因为时间的改变以及承载它的'盒子'的改变而改变!"

"今天真是见鬼了!"

送走老人后,克莱普顿一面咕哝一面回到餐室。他从壶里倒了杯水,一口气灌下,待沁凉的液体徐徐冷却喉部的燥热,他的思路终于又清晰起来。

"好了,那么让我们继续吧。"克莱普顿望着被缚在椅子上的妻子,"现在我们需要的,只是犯罪的动机和证据,是吗?"

停顿了一下,他继续说道:"还记得车祸当天吗?我要带你和女儿前往医院体检,可你却一副百般不愿的姿态。还有,在车上当你听说可以用药水来界定克隆人时,那副愤愤不平的表情!"

克莱普顿说到这里,猛地俯身凑至妻子眼前,咄咄逼视着妻子那对因惊悸而猝然放大的绯紫色瞳孔。

"当时我不明白,以为是你心情不好,现在想来,一定是因为我亲爱的妻子对那些克隆人感同身受了吧?因为你害怕医院的那些仪器,能检查出你那潜藏在灵魂深处的你一直不想面对的基因,对不对?!"

在克莱普顿排山倒海的攻讦下,雯茜泪腺的防线颓然崩溃。映在她视网膜上的克莱普顿愈来愈模糊,似乎她心目中那个温润如玉的男子正在一点一点模糊、消逝,湮灭于仇恨的怒潮之中。

望着清泪潸然的妻子,克莱普顿无论如何也感觉不到复仇的快意。一时间心头隐约晃过憧憧旧影,但忆及惨遭亲母荼毒的幼女,他的心再度冷了下来。

"如果不是那张推销克隆人鉴别试剂药品的广告传单,也许我还真难以想到,和我朝夕相对的你,竟然会是克隆人……"

雯茜埋首不语。所有的表情在真相揭示的一刹那,犹如断壁残垣上的死灰,簌簌自她面上跌落。她蓦地忆起克莱普顿动过的那张药品公司广告——那是一张宣传克隆人鉴定试剂的广告。如果再联系自己在纸篓底部发现的那个药品外送包装袋,那么克莱普顿的推理思路,已经不言而喻了。

"怎么了,你已经不再为自己辩护了吗?亏我还以为你不见到证据是不会死心的……"

克莱普顿将刚才给雯茜尝过的那杯酒轻轻置于餐桌上。杯中的酒还剩下大半。令人诧异的是,原本犹如会流动的红宝石般的酒液,此刻竟然黑如洗墨,仿佛恶魔的血液,滴滴都散发着罪恶的气息。

"一个电话就送货上门,仅仅依靠唾液就能鉴别出克隆人……生活在我们这个时代真是便利!科学在让犯罪无所遁形的同时,也衍生了新的犯罪,不是吗?"

为防止克隆人通过违法手段以普通人类的身份注册登记,各国的法律几乎都要求新生儿必须通过基因鉴定,才能以普通人类的身份获得公民资格。如果小艾芙被检测出是克隆人的后代,那么母亲是克隆人的事,必定昭然于世。为避免这种事情发生,雯茜私自为女儿购置了保险,并打算在此后悄无声息地将女婴处理掉,然后伪装成意外死亡的假象。然而克莱普顿突然提出要亲自带女儿做满月体检,打乱了雯茜的计划。

"是的,那辆卡车的出现完全是意外。但如果不是你顺水推舟地右转车头,我们的女儿就不会有事!"

克莱普顿定定地凝视着妻子的侧面。

雯茜低埋着头,如云鬓发之后,线条优雅的耳弧如同风中的铃兰瑟瑟颤抖。高高绾起的蜂蜜色长发下,隐约可见那白若凝雪的纤颈。

"也许法律判不了你的罪,但我可以。嘿……知道吗?雯茜——你的最大罪愆,并非杀了自己的女儿,而是对我们之间感情的不信任!"

克莱普顿凝视着妻子纤细的颈部。真的好细啊……一肌妙肤,弱骨纤形,仿佛只要轻轻一折,便会如凝脂般殒化于自己手中。

"别害怕,无论你到哪里,我都会跟着你,保护你。来,让我们一起去找艾芙吧,她一个人在天堂里会寂寞的……"

真的好白啊,不知道是不是比过了保质期的牛奶还要白皙呢?

——克莱普顿如是想着,徐徐将自己的手伸向妻子的脖颈。

4

斯蒂芬森老人再度叩开克莱普顿家的门,是在他长按门铃之后。这次他等的时间尤其久。

正当他以为克莱普顿家中没人时,一脸憔朽的克莱普顿终于出现在门口。

"呃,您手上拿着的是什么?"老人问道。

"哦……没、没什么,我只是在做一些小玩意儿……"克莱普顿讪讪地将手中的锯子藏到了身后。

"噢,对了,克莱普顿先生,你先前说的那些我好像想通了。"老人蔼然笑道,"就像将火腿送回出产日期之前的世界,它也变不回一头猪一样,已经过期的牛奶也是变不回新鲜奶的。"

"是吗?这么说您想通了……真是太好了……"

"对了,克莱普顿先生,您瞧,今天午后的天气真是不赖,我想出海去钓鱼,不知您是否愿意陪陪我这个老头子?"

"这……我今天有点儿累……抱歉……"

"那还真是遗憾哪,那么改天再约吧。"

老人刚要转身,却被克莱普顿喊住了。

"那个……呃……"克莱普顿嗫嚅道,"谢谢你,斯蒂芬森先生……还有那盒过期的牛奶!"

克莱普顿语毕便阖门回屋,留下老人一人兀自愣怔。

回到餐室,克莱普顿继续刚才未完的活计。他将锯子抵在那人的腕部,谨慎地将束于她腕部的麻绳锯断。望着她腕部因长时间被紧缚而留下的瘀痕,克莱普顿不禁一阵愧怍。

"抱歉,看来我绑得有点儿过头,连我自己都解不开……"

方才还在怀疑的对象,现在却要向其致歉,这种感觉对克莱普顿来说可谓百味杂陈。刚才,就在克莱普顿要下手之际,他的手指与妻子颈部肌肤接触的滑腻触感令他想起了牛奶。

事实证明,那盒过期牛奶拯救了他的世界。

克莱普顿赫然忆起,刚才那盒利乐包牛奶上的保质期到期时间是2082年4月9日,当时自己和老人交流时只在意月份而忽略了年份,现在想起才霍然惊觉——车祸那天,明明是2056年!也就是说,自己丧失意识已长达整整二十六年!

二十六年的时间,足以令一位妙龄少妇化作垂朽老妪,为何雯茜的外貌会同二十六年前无异?克莱普顿感到自己像是天方夜谭的主角,醒来后接踵而至的变故令他倍感无所适从。而这一切疑问,唯有一个人可以解答。

"因为我不是妈妈,我是艾芙!"

"你……说什么?"克莱普顿如遭雷击,他的身躯剧烈地颤抖着,不可思议地望着面前这位刚被揭下胶布的女子。那如画眉眼,皆与妻子肖似,但她却说自己不是克莱普顿的妻子。

"我说,我是艾芙丝蒂塔·伊丽莎白·克莱普顿。"

说着,艾芙抬起头,直直注视着克莱普顿。绯紫色的双眸,直如流淌的残阳余晖的碎片,令克莱普顿一阵昏眩。此刻细细想来,艾芙比她母亲要高出不少,雯茜的个头只到克莱普顿的肩际,而当艾芙直立时,克莱普顿的视平线恰恰掠过她的头顶。

"那么……那么……"一时心理上无法接受自己有个年逾花信的女儿,克莱普顿喃喃地犹如自言自语,"你的母亲……"

"妈妈在三年前去世了……"艾芙扭开了脸,梦呓般轻声说道,"在弥留时,她还念叨着你的名字,希望能再听你唤她的名字……"

克莱普顿深深地吸了口气,他的喉管中咕噜咕噜作响,如鲠在喉般地喑哑嘶鸣。

半晌,他冷静了下来。

"她是……怎么走的?"

"你听说过阿尔茨海默病吗?"

见克莱普顿一脸懵然,艾芙便娓娓说明道:"阿尔茨海默病是一种退化性老年痴呆。但是妈妈她还并不老……"

罹患阿尔茨海默病的病人,会逐渐丧失记忆。先是间歇性的健忘,接着愈来愈严重,连自己存放物品的地点也经常遗忘,最后甚至连亲人的样貌姓名乃至自己的姓名,也一同抹去。

克莱普顿豁然醒悟,原来雯茜不愿去医院体检,是因为那时她就已经知道自己患了这种病!她不愿让克莱普顿得知自己的病情,因为她恐惧,恐惧自己终有一日会将自己最挚爱的人遗忘。遗忘他宽阔温暖的古铜色胸膛,遗忘他身上海风与烟草混杂的味道,遗忘他缱绻万千的眼神,遗忘和他一起度过的那个耀眼的夏天……

克莱普顿终于明白，为何在那日去医院的途中，雯茜会如此失神，如此悲伤，如此的绝望——

"……当记忆失去时，便是灵魂失去了啊！"因为克莱普顿曾经如是说。

"虽然药物遏制了病情，但妈妈的病情仍一天天地恶化……记得上小学时，一次我放学回来，等待我的不是热气腾腾的饭菜，而是对着炉灶发怔的母亲——她忘了液化煤气的使用方法了。

"渐渐地……她要见到我的面，才能记起我的模样……终于在一个雨天，赶来接女儿放学的她，将伞遮在了其他女生头上……"

艾芙的言语虽似云淡风轻，但克莱普顿却深谙个中滋味。一个父母都不能自理生活的少女，她的童年将是注定由黑白双色谱写。但是，他更负疚的，是独自背负这一切的妻子。

"是的，妈妈从没有想要害我，她之所以将车子的左侧迎向卡车，是因为当时你就坐在副驾驶座上！

"她怕自己有一天会连你的名字都忘记，所以让人将你的名字烙刻在她胸前的十字架上。妈妈的愿望最终实现了，她一生中说的最后一句话是：'艾斯，好想听你再喊我一声安妮！'"

克莱普顿面上的血色急遽褪去，憔悴的眼窝中虽没有泪水，但艾芙却从未见过如此悲伤的一张脸，仿佛透明液体折射率实验中的待测液体般，是如此的透明，而没有半分色彩。

"对不起，我是个不负责任的丈夫和父亲……"

"不，你错了。我的父亲是世上最了不起的人！"

克莱普顿愕然抬首，但见女儿微笑地望着自己。虽然梨涡初绽的浅笑被眼角的泪花衬得毫无说服力，但克莱普顿却觉得女儿淡然一笑中蕴藉的母性与感恩，依稀有当年伊人的风华。

"因为如果不是我的父亲，我和母亲也不可能在那场车祸中幸存啊！"

艾芙的话在克莱普顿心头轰然作响。无数往昔的片段似飞鸿掠过心间。他蓦地忆起，当那辆卡车碾上轿车的瞬间，他朝左边扑去，将妻子和女儿紧紧压在自己身下……

想到这里,一个答案渐渐在他心头清晰起来。他似乎明白了,为何艾芙避讳对自己提及车祸的事,为何她会将那张分期赔付的保险单藏匿起来。

"就像你说的,没有父母会为自己尚未满月的女儿办理人身意外伤害险,何况我和母亲都还活着,所以……那张保险单上的名字,不是我。"

艾芙的唇边虽兀自挂着微笑,但止不住的悲伤却一点一点地在她面上溢开。

"难道你忘了,喝过那杯掺有试剂的红酒的,不只是我。"

当正准备起航的斯蒂芬森老人见到克莱普顿时,他不禁微微拧了拧眉。

"喂,怎么回事?年轻人,"老人蔼然笑道,"你现在的样子就像一个离家出走的小鬼。"

"一大把年纪还跑出海钓鱼的老头子没资格指责我,"克莱普顿苦笑道,"老人家就应该坐在电视机前,对着泡沫爱情剧里的接吻镜头睡到流口水。"

待克莱普顿跳上船了,老人拉起了锚。

无风,海面上波澜不惊,狭长的小艇像梭子一般轻巧地织过平静海面。

克莱普顿倚着船首凭栏,对老人淡淡地说道:"哎,您说一个人倘若失去了记忆,是不是也等于失去了灵魂?"

"为什么这么说?"

"因为记忆是人生点滴的记录啊。我给您说个故事吧……"

待船驶出海湾,克莱普顿的故事亦到了尽头。

"怎么样,很可笑吧……他告诉即将失忆的妻子,人失去了记忆也就等于失去了灵魂。可是现在他的记忆是别人的,身体也是别人的,他完完全全就是别人的复制品!"

"你错了,孩子。这是记忆的移植,不是复制。"一直默然聆听的老人突然开口了,"记忆移植技术最早提出时,是在上个世纪。后来终于在本世纪三十年代得到突破。科学家发现记忆是一种量子信息,储存在大脑的海马区,可以通过精确到原子级的解剖,分析人脑的海马区,然后用计算机模拟出所有的记忆。

"我认为,在你因车祸死亡时,医院得到你家属的同意,将你的记忆存储成电子模块。但是当时虽然已经有了记忆存储能力,可将记忆转移到克隆人脑中的技术却不成熟。直到前不久,科学家才利用特定频率的电信号刺激,首次成功地将记忆模块烙印在克隆人大脑的海马区。这也是为何直到二十六年后才得以移植你的记忆,而非在你刚刚死亡之后。"

"嘿,您了解得还挺详细。"

"当然。因为我就是世界上第一个接受记忆移植的克隆人。"老人的语气波澜不惊,"和你一样,年轻人。"

沉默。

"知道吗?正如你见到我时所说的,我现在已经无家可归了。"克莱普顿率先打破沉默,"你明白这种感觉吗?当你一觉醒来,发现自己拥有的一切都失去了。温柔贤淑的妻子,活泼烂漫的女儿,一下子全成了别人的。甚至连我爱抽的大卫杜夫,爱喝的勃艮第,甚至连我记忆中海风的味道,都是从别人那儿复制的……那些根本不是我的东西……我不知道我究竟是谁,我不知道有什么东西是真正属于我的……我不知道该如何面对艾芙,说到底我不过是她父亲的替代品……"

"你是什么并不重要,"老人望着克莱普顿,好像是初次遇见他,"重要的是你相信什么。"

"我不明白……"

"知道吗?如果一个人生前的记忆移植到他的克隆体身上,那么就会暂时影响克隆体本身的记忆。"

"你想说什么?"

"据我所知,在你脑内移植入前生的记忆之前,作为克隆体的你,就已经和她们母女一起生活了。"老人暗示道,"想想看,答案就在你的脑子里。"

克莱普顿的颅骨剧烈地轰鸣起来。

"不要急,慢慢回想……瞧见了吗……真相在向你招手……好了,现在告诉我,你和自己妻子、女儿一起生活,其中都发生了什么?"老人的话语犹如催眠师的呢喃。

头部的裂胀感仍在加剧。克莱普顿的眼前有无数画面的碎屑似流星般飞掠而过。

"我看见了……我们三个人在一起……艾芙她笑着喊我爸爸……"

"对了,就是这样,记忆移植的副作用,只是暂时令你的大脑无法读取你原来的记忆,你原本的记忆并没有被抹消。现在你已经碰到真相女神的裙角了,告诉我,接下来发生了什么……"

原先在克莱普顿眼前如白驹过隙般闪过的时间碎片,逐片逐片地整合拼接,最后形成一幅完整的记忆画面——

克莱普顿终于明白了,为何二十六年世异时移,而自己却对周遭的环境、对家中的一切都感到熟稔亲切——无论是床上那些窃听过雯茜私语的枕衾,院子内那架承载雯茜笑语的秋千,抑或厨室里那套盛过自己亲手烹煮的咖啡的茶具。因为它们记录的不仅是私语、欢笑和早茶,而是他的记忆,他和妻女共同生活屑细点滴的记忆。

年幼的艾芙并不晓得自己的父亲已然去世,在她年幼的记忆中,那个又高大又温柔、还会用大胡子扎自己稚嫩脸蛋的男子,便是自己的父亲。在母亲一次次患病而无暇他顾时,是这位父亲用自己宽阔温暖的肩膀,和在他不断重复的故事中总共死了又复活一千二百三十四次的白雪公主,一次次哄自己入睡。

是的,正是由于有了这位父亲,艾芙青涩的岁月才不至于因母亲的失忆而支离破碎。无意之中,艾芙就像一株初苗的牵牛花,沿着克莱普顿这株大树岿然的肩背,盘旋天矫,向天际攀升蔓延。

所以在艾芙的心中,与自己朝夕相守的男子,并非什么克隆体,而是——

"爸爸……"

当记忆中的女孩如是喊道时,克莱普顿登时感到自己眼眶的湿度和温度骤然升高。随后,当他自回忆中苏醒过来,他见到老人正微笑着对自己点头。

"所以,你现在想要逃避吗?想要抛下你最重要的、曾付出生命去保护的东西,选择逃避吗?"老人问。

"可我不过是个复制品……就算我死了,艾芙也有办法复制出另一个我。"克莱普顿凄然笑道,"我根本就无足轻重,不是吗?"

"不,你做不了克莱普顿的复制品,你也不是什么复制品。"老人说道,"谁也当不了谁的复制品。由谁诞生,长相和谁一样,这又有什么关系呢?正如你刚才告诉我的,在这些年里一直为雯茜和艾芙着想、一直保护着她们的,是你啊!"

"对她们来说,你既不是复制品,也不是什么代替品,你是一直支持着她们的无可替代的重要的亲人啊!"

老人的话犹如暮鼓晨钟,在克莱普顿耳边轰然作响。

"诚如你刚才所言,如果说记忆就是灵魂的话,那么你现在的灵魂,不正是克莱普顿的吗?至于身体是不是原来的,又有什么关系呢?就像你先前告诉我的那样——

"在这个世界上,有一些东西不会因为时间的改变还有承载它的'盒子'的改变而改变!"

当太阳神阿波罗不慎将浓墨泼洒至自己金黄色的战车上时,老人也驾着帆船徐徐朝港湾行进。蓦地,两人同时望见克莱普顿那栋米黄色小屋上亮起了耀眼的灯光。

灯光两下短闪,继而一长一短,最后长明。

望着那熟悉至极的灯火,克莱普顿感到自己的鼻梁上一阵酥麻。胸中纵有万千思绪想要付诸言语,可嗫嚅半晌后出口的,只是简单又笨拙的——

"我回来了!"

返魂香

叶星曦

"你说……他死了？"

我简直不敢相信世界上还有这种官僚、傲慢、死板，外加一无是处，这些糟糕的属性，都被眼前这台机器人诠释得淋漓尽致。更奇葩的是，这家伙居然还浑然不知！真是太可怕了。现在，就连我的电子义眼都开始隐隐作痛，好像我的眼球还待在眼眶中一样。

"你说他死了？"我加重语气又问了一遍。

"是的，先生。"我对面这台机器人抬起圆滚滚的脑袋，"国际刑警组织A级通缉犯赵宇轩博士的尸体在昨天凌晨被发现。需要我帮您联系法医实验室吗？"

"不需要，"我摇了摇头，"我自己会想办法。"

"我明白了。"机器人说，"欢迎来到龙宫岛，祝您度过愉快的每一天。"

走出外务厅的接待室，我有种头晕目眩的感觉。赵宇轩，这个被称为"解体狂魔"的超级犯罪者，早已被十五个国家外加国际刑警组织通缉，他所犯下的"滔天大罪"可谓举不胜举——打着科学研究的旗号将受害者一步步解体，替换成生化部件，甚至利用人脑来操纵机械身体。

但是，由于这个科研天才的研究全都是这个时代最前沿的技术，所以他无论逃亡到哪个国家，总能获得赞助。

不过这一次，这个臭名昭著的罪犯居然死了。

走在张灯结彩的街道上，周围的行人都是一副神采飞扬的样子，挂着巨大"福"字的广告飞艇按照预定航线，精确地航行在摩天大楼之间。

年味正浓。

这座建立在太平洋巨型人工岛上的伟大都市美丽而富饶，它被人们命名为"龙宫岛"，是这个世界上最发达的地区之一。这座美丽的人工岛，漂浮在中国南海之上，长七十公里，宽三十五公里。它不但是个技术奇迹，同时也是个经济奇迹，在全球经济危机之后的艰苦岁月中，正是它的诞生，极大地带动了地区经济的复苏。

穿着红色唐装的小朋友们嬉笑着从我身边跑过,一台负责打扫卫生的机器人急忙躲避。我点上一支烟,吸了一口,发出"过年真好"的赞叹。确实,还有三天就是春节了,周围一派歌舞升平的景象,高达数百米的全息影像被数百台投影仪投射在大楼之间,金光闪闪的祥龙在天空中优雅地飞舞。

真是一座繁华的城市,怪不得全国人民挤破头也想搬到这里来居住生活。

即使作为中国警方的高级刑警,我也只拿到了逗留七天的临时签证,这多少有点儿讽刺,虽然这座城市由中国政府出资,在中国的领海中建设,居民绝大多数也是中国人,但这座城市作为自由贸易区必须遵守2030年签订的相关《自贸协定》,作为"经济特区"存在。

"欢迎来到龙宫岛。能为您效劳吗?"

充满朝气的声音打断了我的思绪,一位身穿旗袍的年轻女性将手中的宣传册递给了我。她看起来二十岁左右的样子,有着东方人特有的黑发和黑眼珠,但是皮肤却略显苍白。

虽然这位女士美丽而又热情,但是我立刻就发现了她身上不协调的地方,我马上断定,这位令人感到愉悦的小美女,实际上是一台机器人,而且是非常高智能的那种,在龙宫岛外面几乎看不到这样高级的机器人。

"谢谢。"我接过宣传册,虽然电子资讯已经非常发达,但是纸质的印刷品却更能激发起读者的兴趣,特别是从一位令人心情愉悦的美女手中递来的。宣传册的内容基本可以概括为三个部分——年夜饭订台优惠,开封小笼包新鲜出炉,四川火锅热辣过瘾。

看上去挺好吃的,干脆留在这里过年吧……我将宣传册折叠了一下塞进口袋,准备离开。

就在这时,伴随着一声闷响,那位发传单的机械美女突然被打倒在地!

我惊讶地转头看去,只见一个衣衫褴褛的中年人手持钢管,对着倒地的美女头部就是一棍!顷刻间,硅胶皮肤破裂,露出下面的钛合金骨架，仿生眼球也被打得从眼眶中飞出，在人行道上滚动。

钢管呼呼作响地飞舞着，不过几秒钟，美丽热情的机械美女就变成了一堆丑陋的残骸。

"去死吧，机器人！"中年男子激动地继续挥舞着钢管，"都是你们！都是因为你们！我才丢掉了工作！去死！去死吧！"

周围的人露出恐惧的眼神，有人在拿手机拍照，有人则拔腿就跑，小孩子开始哭闹，街道在狂乱的气氛中逐渐变得混乱起来。

"给我住手！"我一个箭步冲上去，从后面扣住了中年人的肩膀和手臂，向上一拉，他的关节被我反制，使不上力气。在他反应过来之前，我对着他的膝窝使劲踢了一脚，顺势将他按倒在地。

"去死吧，机器人！"中年人即使被我压在地上，依然在大吵大闹、不停地挣扎。他的力气非常大，我心中一阵诧异，这个并不怎么强壮的人的力道超过了他这年龄的人所能够爆发出来的力量。

我仔细一看，他眼中布满血丝，很可能吸食了某种毒品，现在正处于极度亢奋状态。

一名看上去进入"初老期"的男子和两位年轻人扑了上来，帮我按住了不停挣扎的中年人，然后又有一名年轻人上来帮忙，我们五个人才勉强制伏了他。

警笛声响起，两辆警车在街边停下，机器人警察和人类警察一起从车上走下来，那个中年人更加凶猛地挣扎着，但是在马力强大的机器人警察面前根本无济于事，只三招两式，这家伙就被塞进警车，带离了现场。

"感谢您的帮助，先生。"那位人类警察对我说，"要不是您，肯定会有无辜群众受伤。"

"分内之事。"我出示了警官证，"我也是警察，来自中国大陆，出手帮忙按住一个发狂的武疯子实在是我应该做的。"

"原来是同行啊，怪不得身手这么好。"

"见笑了。"

那位人类警察登记了我的信息，然后又登记了其他几个来帮忙的人的信息。面对着执法记录仪,我们每个人都接受了简单的询问。

完事之后,警察驾车离去,看热闹的人群也跟着散去。

我看了一眼那位已经损毁的机器人小姐,她的右半边脸变成了扭曲变形的残骸,但是左半边脸依然十分美丽,被打烂的电子头脑中不时冒出电火花。

"简直就像杀人一样……"

我回过头去,那位初老的男子正注视着地上的机器人残骸,他把拿在手里的零件扔到机器人身上,然后站起身来。

"这种事情经常发生吗?"我问道。

"以前比现在更严重,不过加强打击非法劳工之后,当街破坏机器人的案件少多了。"初老的男人说,"对了,我是开餐厅的,"他递上名片,"如果有时间的话,请到我开设的中餐馆用餐。"

"非常感谢您的邀请。"

我和这位初老男人握了握手,寒暄了几句之后便离开了现场,将机器人小姐的残骸留给垃圾回收车。

沿着街道继续前进,我看到更多的机器人在街上认真地工作着。机器人不像人类,它们忠诚可靠而且绝不偷懒,所以很多人才会因为它们的出现而失业。

也许有一天,警察也会因为机器人而失业吧?

龙宫岛警察局位于海边,不过作为警察局,它的规模确实太大了一点,不但有着能够起飞各种无人机的空中机场,还有一个停满自动巡逻舰的海港,几名手持突击步枪的特警正押送着几十名衣衫褴褛的非法劳工从一艘被捕获的偷渡船上走下来。这些不同国籍的非法劳工将被遣送回各自的国家,不过,他们中的很多人绝不会就此放弃偷渡的。

对这些贫穷的南亚居民来说,龙宫岛就是他们的天堂,近在咫尺的天堂。

十多年前,经济危机突然爆发,给地区经济造成了巨大的破坏。

因为这场空前的经济危机,不少国家的经济几乎完全崩溃,工厂倒闭,商业凋敝,民不聊生。各国政府试图复兴经济的努力基本都以失败告终,最终导致一些国家陷入了可怕而漫长的内战。所以,大量贫困的难民才会冒险乘坐小船甚至舢板偷渡到龙宫岛,只求成为非法劳工,在这里辛苦劳作以换取一线生机。

在警察局的接待区,我没看到一个活人,取而代之的是十几台长得一模一样的机器人,这些机器人清一色全是年轻女性的外形,看起来二十岁左右的样子,有着端正秀丽的面容和黑色的齐耳短发。除了胸前的标牌,简直没有什么别的方法区分她们。

"我是来自大陆的警官。"我出示了证件和介绍信,"为了调查赵宇轩博士的相关案件,我需要得到龙宫岛警方的协助。"

机器人扫描了我手机上的二维码,确认了介绍信的真伪。

"请稍等,先生,"她说,"我这就为您安排会见。"

"不过话说回来,"我环顾四周,"这里没有人类员工吗?"

"不好意思,"机器人说,"因为马上就要过新年了,所以自然人警官现在正在休假……好了,现在可以了,会见安排在六楼608办公室。祝您度过愉快的每一天。"

我拿着临时ID卡走进电梯,挂在天花板上的自动机枪开启全套观瞄系统"目送"我消失在自动门后面,如果有谁敢在这里动武施暴,瞬间就会被它打成马蜂窝。

乘坐电梯来到六楼,我在608办公室终于见到了一个活人。

那是一位秃头的中年警官,脸上挂着一副"啊!麻烦来了"的表情。看得出因为过年期间却轮到自己值班,他很有些烦躁。

"你好,"我出示了证件,"我是大陆来的刑警。"

"哦,你好。"他不耐烦地说,"新年快乐……还有,你似乎正在追查赵宇轩的案子吧?那个通缉犯被发现死在第六区,尸体目前保存在法医实验室。如果你有什么需要,可以去问问法医,不过那边现在只剩下机器人,技术人员都放假了。"

"也就是说,尸检报告暂时拿不到了?"我问道。

"是啊,至少得要等到今天夜里。"中年警官说,"我建议你大年初八再来。"

"可是那时我的逗留许可就过期了呀!"

"啊,真麻烦……"他露骨地抱怨了一句,"管出入境的家伙们净给人添麻烦。"

"如果可能的话,我希望去现场看看。"我提出交涉,"但我一个人在这里人生地不熟,希望龙宫岛警方帮我安排一名随行人员。"

"现在都回家准备过年,我可没有人派给你。"他摆了摆手,"不过,我可以派给你一个机器人。"

啊,又是机器人!算了,别挑肥拣瘦了,这时节能有个帮手就不错了,还能怎么样……

"好吧,我看起来别无选择。"我无可奈何地说。

"其实你可以选择过了年再来,我们初八上班。"

从那位中年警官手里接过启动指令卡,我乘坐电梯来到了地下一层的警械库,这里存放着大量武器弹药,机器人检修区也在这个地方。

我把指令卡塞进电脑读卡槽,伴随着机械传动的噪音,挂着机器人的传送带开始转动,一台身穿灰色战斗服的特警机器人被机械臂取了下来,放在扫描区。

计算机为它导入了新的指令,它的主摄影机亮起红光,完成了启动。

"送回来的时候,我需要给它充足电吗?"我对旁边的技术员说。

"充电?"技术员露出疑惑的表情,"这家伙可是核动力的,放射性同位素电池可以让它满负荷活动三年。"

好吧,我刚才说了个冷笑话。

"您好,"机器人来到我的面前,"我是龙宫岛警察局的B型战斗用警务机器人,编号DF6303-192-75,很高兴为您服务,祝您度过愉快的每一天。"

"真是个不错的家伙。"我轻声说道。

望着这台身高两米的大型机器人,我有点羡慕龙宫岛的同行了,他们居然有这么好的装备，相比之下，大陆警察真是显得比较寒酸，这里实在不愧是发达地区啊。

"我们出发吧。"我命令道，"你的编号太长，从现在开始我叫你DF，可以吗？"

"明白，"机器人说，"新的呼叫代号为DF，命令接受。"

于是，我得到了一台机器人搭档——虽然是临时的。也许我应该拍张照片发到微博上，让老家的同行们羡慕羡慕。

开着警车在街上转悠，我有种披上了老虎皮的感觉。

不过DF开车却非常遵守交通规则，它的驾驶程序非常精密，直接与交通警察的交通管制系统连接在一起，时刻更新道路信息，选择最佳的路线。

我越来越羡慕龙宫岛的同行了。

在一台升降机前，我们停住了车。

"这里就是通往第六区的地下通道，"DF说，"不过，一旦进入地下，由摄像头和无人机组成的监视系统就会受到限制，部分地区的情况就连警方也无法全面掌握。"

"没关系，不入虎穴焉得虎子。"我拔出了手枪，"枪械使用许可下达了吗？"

"当然，"DF说，"不过时效只有九十六小时。"

"足够了。"我把枪收回枪套，同时点上一支烟，"我们先去那个混蛋死掉的地方，看看能不能找到什么蛛丝马迹。"

"遵命，不过……"

"怎么了？"

"吸烟有害健康。"

"多管闲事！"

站在升降机上，DF用它的ID启动了开关。伴随着齿轮传动的噪音，升降机开始下降。红色的应急灯和凌乱的管线遍布各处，我注意到这是一台工业用的维修升降机，大概通往地下的什么设施。

下降了大约七十米，我们正式进入龙宫岛不为人知的地下世界。

破败的工厂耸立在污水中，这里接近海平面，是龙宫岛最初的工业区，不过早已废弃。成堆的工业垃圾和废旧金属堆积在破败的厂房之中，逐渐腐朽。

我看到一些人的身影，他们在起伏的海水中寻找食物，从废弃的船坞中捕捉小鱼小虾，一艘半沉的集装箱船已经成为上面城市地基的一部分，在海水中轻轻摇晃。

"那些人，也是市民吗？"我指着那些捡拾海鲜的人问道。

"不，他们全都是非法移民。"DF回答，"只不过，这些人特别擅长'打游击战'，就连龙宫岛警察部门也没有办法完全将他们清理出去。"

"即使在这里捡垃圾吃，也比在他们被战火摧毁的老家朝不保夕地苟活强啊……"我吸了一口烟，"年复一年地待在这里，竭尽全力寻找属于自己的生计，就像你和我一样，努力生存下去。"

"我不明白，"DF用电子眼望着我，"何为生存？"

"那是只有生物才有的意志……"我叹了口气，"你横竖不用考虑这些，谁让你一被造出来就有了一份工作，而我们这些人类还得自己去找活儿干。"

"还是不明白。"

"好吧，你不需要明白这些。"我掐灭了烟，"带我到发现赵宇轩博士尸体的地方去，我希望咱们能赶在晚饭前回来。"

"遵命，请跟我来。"

赵宇轩的尸体是在污水管道中被发现的，当时发现尸体的是一台清洁管道的工业机器人，它扫描到尸体之后，立刻通知了警察。但是，因为马上就要过年了，龙宫岛的警察并没有仔细勘查现场，而是将尸体运走之后就草草了事，他们甚至没有立案，而是很偷懒地直接通知了大陆警方，套用我们的案件信息。

真是一群怠惰的家伙！

我和DF走在污水管道中，焊接在管壁上的检修平台只能容纳一人通过，深色的污水在金属管道底部流淌，虽然已经得到了净化，但是空气中依然飘浮着腐朽的气息。

在DF指定的地点，我蹲下身子寻找线索。

我打开随身携带的勘查箱，十几台硬币大小的机器人被释放出来，它们灵活地爬来爬去，不断扫描现场的痕迹，搜集各类证据。

"非常干净啊……"我用电子义眼控制着这些小机器人，"一点痕迹都没有，什么都没有留下，干净得有点儿过头了。"

"长官，"DF说，"赵宇轩博士的尸体据之前的推测，应该是从上游漂来的。"

"没有证据支持的推测不叫推测，那是瞎猜。"我点上一支烟，"这里的水流很平缓，水深在十厘米左右，初步尸检确定的死亡时间为三小时，我不认为在短短三个小时里，尸体能被这样的涓涓细流搬运太远。而且……"我指了指管道上方的竖井，"这是通往什么地方的？"

"第三区，旧工业区。"DF回答，"那里有很多工业设施。"

"这可真是个好消息，"我望着竖井，"宽度五十厘米，刚好能让一个成年人通过——不，是掉下来。上面有人检查过吗？"

"没有，暂时没有。"DF回答，"不过，根据消防队提供的情报，第三区有一处火灾就发生在附近。"

"很好，你有当刑警的潜质。"我吸了一口烟，"情报数据云共享真是一项伟大的发明，我们到火灾现场去看看吧。"

因为我没有访问龙宫岛情报信息系统的权限，所以并不知道那场火灾烧掉了什么，等我们来到第三区，望着那座被烧得一塌糊涂的工厂，我在心里不禁发出"老天，烧得真彻底"的感叹。

这是一座全自动化的机器人制造厂，被烧毁的工业机器人位列传送带两旁，看起来就像是塔防游戏里面的防御塔。那场大火把整座工厂烧得面目全非，就连拾荒者都对这里望而却步。唯一值得庆幸的是，因为这是全自动工厂，所以当时没有人员伤亡。

走在焦黑一片的厂房中，午后的阳光从坍塌的屋顶照进来，给人留下后工业时代沉重而颓废的印象。

焦黑的机器依旧残留着烟味,消防泡沫和水的混合物积聚在地板上,一不小心踩进去,肯定要报销一双鞋子。我抬头仰望被浓烟和火焰熏成黑色的主体支撑桁架,摇摇欲坠的照明灯悬挂在上面,让人觉得好生危险。

踏过写着"禁止入内"的隔离带,我进入了工厂深处。这里的情况跟外面差不多,甚至可能还烧得更严重一些,控制工厂的中央计算机已经被烧成了一堆废铁,旁边的变压器箱同样被烧得面目全非。

我打开因为高温而扭曲的盖子,仔细研究变压器内部线路的走向。

有一条单独的线路引起了我的注意,沿着它向仓库方向搜索,发现它最终消失在墙壁内部。

十分可疑啊……

周围的线路全都是外露的,按照规定穿在PVC保护管中,只有这条线路被埋入了墙壁内部,消失不见。

走进仓库,我看到东北角的一扇小门呈现开启状态,跳过缠在门上的隔离带,我走出了工厂。

启动电子义眼,下方的污水管道以虚像的形式标示出来,我沿着污水管道向前走,逐渐远离火灾现场。一些穿着打扮像是工人的家伙看着我,相互窃窃私语,似乎在观察我这个带着警务机器人的外来者。

在一条不起眼的小巷里,我找到了一个被打开的井盖。下面就是我标示出来的污水管道,也是发现赵宇轩尸体的地方。

"看起来就是这里了。"我打开勘查箱,连接了数据系统,"DF,你稍微后退,我来看看附近留下了什么线索没有。"

"遵命,长官。"DF向后退开,帮我警戒四周。

打开勘查箱,放出小型机器人,它们灵巧地在现场爬来爬去,不时用扫描光束寻找蛛丝马迹。

三只足印很快被找到,其中一只属于赵宇轩,看来至少他到这里的时候还活着。不过,足印的情况有点儿不对劲,左脚和右脚的压力分布不均匀,那是蹒跚而行的步态。

很快，一台小机器人发现了被雨水冲淡的血迹，昨天这里刚好下了一场大雨，明显的血迹几乎无处可寻。

血样检测很快就完成了，血液样本中残留的DNA片段显示，这些血迹来自赵宇轩。

好吧，那个罪大恶极的大恶人似乎受伤了，他应该是被人追赶，然后从这口竖井跌落下去死掉了……

我真希望以上推论能够成立，这样的话我就能拍拍屁股回家过年了。

可惜的是，事情没有这么简单：一枚子弹壳被找到了。

两台勘查小机器人合力将它装进物证袋。

这是一枚九毫米派拉贝鲁姆手枪弹的弹壳，世界各国警方最常用的弹种，但这枚弹壳底部底火的位置并没有识别码，说明这支枪很可能并不属于警方。龙宫岛没有开放持枪权，能够合法拥有枪支的只有警察和当地驻军，也就是说，射出这发子弹的枪械，很可能是来自亚洲地区走私的军火。

小机器人对弹壳进行了进一步检验，阻铁的撞击点和抓弹钩的痕迹被单独提取出来，和已知的四百六十二种使用派拉贝鲁姆手枪弹的武器进行比对，最后筛选出了两个选项：M9手枪和伯莱塔M92F手枪。这两种枪械都不属于龙宫岛警方的装备，但是其中一种却大量出现在南亚诸国的内战中。所以，我推断射出子弹的，应该是流行于南亚各国的M9手枪。

龙宫岛我人生地不熟，追查枪械来源几乎是不可能的，因为我无法访问当地警方的数据库，进行物证对比自然也不可能，这真是糟糕透了……我回收了勘查机器人，然后站起身来。

打开的井盖内侧，还悬挂着卷起的绳梯，看起来赵宇轩似乎早有准备，可惜的是，他在打开绳梯之前就被人射中了，只差一步就能逃脱成功。

我命令DF守在原地，然后我绕了个弯，向附近的一家百货商店走去。

商店的老板是个年过六旬的老头子，此刻正戴着VR眼镜不知道在看什么电影。

我用手指敲了敲玻璃窗，这老头儿急忙摘下眼镜，向我这边望了过来。

"哟，生面孔啊。"他说，"要买点儿什么？"

"来一盒中华。"我扫了二维码付账，"不过老爷子，您认人认得很准啊，我的确是第一次来这附近。"

"那是当然，住在这儿的就那么几个人，我都认识。"

"我有个亲戚在这附近住，"我打开手机，翻出赵宇轩的照片，"但这家伙打电话一直不接，我找了一圈也没找到。您知道他住在哪儿吗？"

"这不是给机器人工厂仓库看大门的那个人吗？"老头说，"不过前几天工厂发生了大火，工作铁定丢了，估计他已经搬走了吧。"

"这可真不幸。"我故作悲伤，"谢了，老爷子，我再给他打个电话问问。"

看起来赵宇轩确实在这附近活动，而且还是机器人工厂的仓库管理员，有一份正当的工作，但是，他的身份一定是假的。我很想知道，这个从前都待在高精尖实验室里面的知识精英罪犯，为什么突然跑来给工厂看大门？这不符合他一直以来的行动原则。

回到小巷和DF会合，我们重新返回工厂。

仓库内的货物都被烧成了废铁，不少机器人的骨架从破裂的包装箱内露出来，很容易让人误认为烧焦的尸体。我在仓库里走了一圈，等待DF调取仓库所有人的信息。

信息很快传来，据商务局的数据库记载，这座仓库属于一个叫李中亚的无国籍人士，不过明眼人一眼就看出这个法人代表根本就不存在，他的身份是伪造的。

"长官，"DF发问，"你在做什么？"

"测量。"我说，"我总觉得仓库的内部尺寸和外部尺寸存在一定差异。"

"我明白了。"DF走到仓库正中,启动它的瞄准系统,瞄准系统整合了激光测距仪,机器人这点儿还真是方便。

仓库内部长度为四十八米,宽度三十米,但是,根据卫星图像进行比例计算,仓库的长度应该是五十米整。也就是说,有两米的距离消失了……不出所料,赵宇轩这老狐狸果然在建筑物上做了手脚。因为仓库三面都有窗户,只有靠着厂房的一侧没有窗户,再加上墙壁巧妙的装饰和堆积的杂物,给人造成了明显的距离错觉。那条可疑的电缆消失的地方,正是这道墙壁的对面……

现在一切都解释得通了。

我在墙壁上轻轻敲击,金属墙体声音沉闷,看起来想要找到入口不太容易。

"DF,"我命令道,"借你的等离子战斗刀一用。"

"请指定切割位置。"

我找了一块烧得焦黑的木头块,在墙上画了一个圆。

DF拔出等离子战斗刀,像切黄油一样在墙壁上面开了个洞。伴随着金属落地的沉闷声响,一个黑色的空间出现在墙壁后面。

我用手电向里面照了一下,发现开关就在我左手边不到十厘米的位置。按动开关,隐藏得很好的暗门打开了,我和DF进入了墙壁内部。

照明灯依次亮起,出现在眼前的是一间非常整洁的密室,墙壁和屋顶都被加固,并且使用了大量防火隔热材料,看起来赵宇轩那个老狐狸从一开始就计划达到目的后烧掉工厂以掩人耳目。他不惜把自己当成诱饵也要守护工厂的秘密,这让我的好奇心急速膨胀起来。这个罪大恶极的老狐狸究竟打算隐藏什么秘密?我已经迫不及待想看个究竟。

密室中央有一座通往地下的楼梯,我让DF调取了工厂的设计图,发现并没有地下空间。但是,此地很久以前似乎是一座岸对舰导弹发射阵地,设置了一座地下弹药库,工厂就建设在导弹发射阵地上方,也就是说,赵宇轩在建设这座工厂的时候就考虑到要利用下面废弃的弹药库。

现在唯一的问题就是，楼梯通行需要密码。

"长官，"DF建议，"需要我联系专业技术人员吗？"

"不必。"我打开输入面板，"Sit tibi terra levis."

（密匙确认，开启入口）

伴随着液压系统动作的声音，覆盖入口的装甲板被打开了。我向内侧看去，只见超过二百公斤的高能炸药就贴在入口内侧，如果强行打开……轰隆！然后就没有然后了。

总之还是先下去看看吧。我掏出手枪走在前面，DF端起冲锋枪在身后掩护我，我们一前一后下了楼梯。

"长官，"DF问，"我的语言系统无法理解您刚才说出的密匙。"

"那是一句拉丁语，一般用作墓志铭。"我说，"很久以前，我第一次跟赵宇轩的案子扯上关系的时候，他就用这个做密码。我们在他的秘密实验室里发现了一名被肢解的小孩，他的手脚都被切了下来，但是却依旧保持着活性，小孩甚至可以利用连接他手脚的线路控制自己的肢体。再后来，我们发现小孩的大脑也被取出来了，控制他肉体的实际上是一颗仿生脑，就是后来发展成你脑袋里面生化电脑的东西。"

"真可怕。"DF说，"我的数据库中从未发现过如此残忍的犯罪手段。"

"对那个家伙来说，这是追求'真理'的必要途径和必要的牺牲。"我回头看了它一眼，"赵宇轩定期将他的研究成果公之于世，而且从未申请过专利，全都近乎免费地公布出来。他的研究成果极大地带动了人类生化机械技术的发展。一些人甚至认为他是本世纪最伟大的科学家，应该获得诺贝尔奖。但是，那些被他残忍地用做实验而牺牲掉的受害者，可不这么想。我不明白赵宇轩究竟追求着怎样的'真理'，但是他的手段我绝不认同。"

说话间，我们来到了楼梯尽头，打开沉重的密封门，原弹药库的建筑结构出现在面前。这个半圆形的地下空间用大量混凝土进行加固，非常坚固。想要将它彻底摧毁，恐怕需要动用专门的钻地航空炸弹吧？

用弹药库作为地下实验室,真是非常合适,即使外面那两百公斤炸药完全爆炸,弹药库也能幸存。过几年等风声过去了就可以再把它挖出来,赵宇轩那个老狐狸一定是这么算计的。

门有两道,看起来这个实验室是符合生化安全标准的,经过彻底清洗后,我和DF才踏入实验室内部。

然后我立刻后悔了。

只见圆形的实验室中央摆放着钛合金的解剖台,上面残留着少量血迹,在一边的架子上,人类的器官被保存在绿色的液体中,通过电信号的刺激不停地搏动着。在另一边的试验台上,大量人体器官被连接在一起,一个大脑正用连在上面的眼球注视着我,下面的心脏仍在跳动着,半透明的血管中,血液正在流动。

天哪,这真是一件可怕的"艺术品"!

除此之外,大量人体器官被连接在一起,仅是插满电极的大脑,我就找到了四个,加上前面的那个大脑,也就是说至少有五个人被当成了疯狂实验的牺牲品!然而从其他器官的数量上看,牺牲者恐怕远远不止这个数。

"长官,"DF说,"根据DNA扫描结果,这里所有的受害者都不是龙宫岛市民,他们的DNA信息并未出现在任何部门的数据库内。"

"医院、港口、出入境管理部门也没有吗?"

"是的,没有。"

我叹了口气,再次望向那些被解体的人,他们恐怕很难恢复原状了,停止生命维持装置让他们死去,恐怕是唯一的慈悲之举。

"这些人,可能都是偷渡入境的难民。"我说,"用非法劳工做'实验材料',既不会引起警方的注意,也不会被控告,真是方便利落,不留后患啊……"

"这种可能性很高。"

DF并未否定我的观点,可见它的逻辑回路也得出了同样的结论,因此坦率地接受了我的意见。帮手是机器人真是好,如果跟我下来的是名人类警察,肯定会找一大堆理由来搪塞我,然后偷偷向上级汇报,换取功绩。

"DF，"我说，"你去配电室看看，我到弹药升降机那边去，尽量不要动这里的任何东西，明白了吗？"

"遵命，长官。"

我们分开行动，我来到原先安装弹药升降机的房间，这里和弹药库之间有一道防爆门隔着，用来将反舰导弹送往地面的发射架。输弹口早已被堵死，房间内存放着大量药品，其中以麻醉剂和兴奋剂居多，抗感染和抗排斥反应的药品也不少。这里似乎被那家伙当成储藏库用了，大量违禁药物就这样明目张胆地放在架子上。

"长官！"DF的声音从外面传来，"我发现了一名未受伤害的幸存者。"

"什么！"我大吃一惊，赵宇轩的实验室内发现未受伤害的幸存者还是第一次。

三步并作两步，我赶到了DF所在的房间。

作为配电室的小房间现在被改造成了一间ICU病房，两台护理机器人正用电子眼注视着我和DF。

在它们身后，一个充满绿色液体的密封舱以四十五度立在墙边，一位黑发雪肤的少女漂浮在里面。

"DF，"我命令，"扫描受害人的DNA。"

DF立刻推开想要拦住它的护理机器人，强行对少女的DNA信息进行扫描。我用枪指着另外一台护理机器人，它急忙把双手举起来，电子眼闪烁不停。

"没有记录，长官。"DF转向我，"不过从DNA序列来看，这个人应该来自中国大陆，而并非南亚诸国。"

"从外表上就看出来了，南亚人的皮肤偏棕色。"我说，"既然这人是中国公民，可为什么没有DNA数据记录呢？这真是太奇怪了。"

"抱歉，长官。"

"没关系，先把人救出来。"我命令道，"让指挥中心联系一辆救护车来，同时准备好进行心肺复苏。实在不行，就连医疗舱一起整体转运。"

"遵命，长官。"

二十分钟之后，救护车呼啸而来，一起赶到的还有一大群警察。

幸存的少女被医生们连同医疗舱一起运走。那两台护理机器人抬着医疗舱登上了救护车，它们之后应该会被医院接收——毕竟是最新的高级型号，扔了实在浪费。

为了防止日后证据灭失，我将实验室的数据备份在移动硬盘里，然后将硬盘装进口袋。

当夕阳消失在地平线下的时候，我回到了酒店的房间。

将外套丢在沙发上，我深深地吸了一口烟。老头儿卖给我的中华看来是假烟，不过我现在也懒得回去找他理论。向熟客卖真烟，向过客则卖假烟，老头儿那看人的技术，大概就是为这个而练成的。

把假中华丢进垃圾箱，我打开电视看新闻，却发现全都是和过年有关的。就像窗外翱翔天际的金色祥龙，整个龙宫岛现在都沉浸在新年的气氛之中。

啊，又过年了，我觉得自己又老了一岁，这样下去，大概过不多久，我就会变成老头子了吧？

将身体沉入沙发，慢慢放松肩膀，沙发内的按摩系统开始帮我松弛脊背的肌肉，这感觉非常舒服。

就在这时，传来了敲门的声音。

"先生，您的晚餐送到了。"

晚餐？我好像不记得订过晚餐啊……不祥的预感萦绕在心头，我从枪套中拔出手枪，用义眼扫描门外的情况。

模糊的影像逐渐变得清晰，门外站着一台机器人，它推着一辆小推车，看起来是楼层的服务员。

虚惊一场，我把枪插回枪套，伸手打开了门。

"先生，您的晚餐送到了。"

机器人推着小推车准备进屋，我伸手拦住了它。

"我不记得我叫过晚餐，"我说，"你最好向楼层管理员核实一下，强行送单我可不会买单的,别搞错了。"

"先生,您的晚餐送到了。请您……嘶嘶咔……"

机器人服务员突然发出不明所以的声音,机械身躯颤抖起来。

我吃了一惊,急忙后退,拔枪瞄准。

就在这时,手推车突然四分五裂,一个男人从里面蹦了出来!

这家伙看起来三十岁左右的样子,光头,戴着黑墨镜,手里握着一把短刀。

真是千钧一发!这个人看来黑掉了机器人服务员,但是因为手法不是很高明,引发了逻辑错误,造成机器人死机。真是走运,他这个失误救了我的命,现在这名刺客已经没有机会使用他的短刀了。

"放下武器!"我厉声喊道。

但是刺客却把短刀猛地投射了过来。

我用手枪将刀弹开,保持瞄准的姿势。

就在这一瞬间,刺客从怀中掏出了手枪!

那是一支黑色的M9手枪,看起来有些磨损,应该是本世纪初制造的老货。肯定就是他!追杀赵宇轩的凶手现在找上了我!不过这也太快了一点儿。

枪战一触即发,我一边跑动一边开火,对方也猛烈射击,子弹从我耳边飞过,带着刺耳的尖啸。

身后的玻璃窗被打碎,风吹了进来,飞舞的窗帘短暂地干扰了刺客的视线,我抓住机会瞄准速射。三秒内我射出了五发子弹,命中三发。

受伤的刺客被击倒在地,但是却没有流血。

就在我大感疑惑的时候,刺客突然从地上弹起来,手脚并用在天花板上爬行,嘴巴向两侧张开,露出里面的主摄影机。

老天爷,这家伙是机器人!

我将保险杆拨到AUTO挡,扣动扳机向天花板上的敌人扫射。手枪以全自动模式射击,五点八毫米子弹将天花板的装饰打成了蜂窝。

但是,这台刺客机器人似乎是防弹的,手枪子弹无法对它造成严重破坏。

弹出空弹匣，我重新为手枪换上新弹匣。

抓住这个时机，机器人刺客跳到了我的面前，它用变形的前臂按住我，然后挥动另一只机械手，握着M9自动手枪，对准我的头部。看起来这家伙是想用这把手枪杀了我，以掩盖某些事实。不过，房间内已经爆发了这么激烈的枪战，到处都是痕迹，这铁脑壳这样做还有意义吗？

虽然我觉得这样做没什么意义，但是这台机器人却忠实地执行着主使者给它输入的指令。我用手全力抓住它的机械臂，但M9手枪的枪口还是一点一点向我的脑袋移动……

就在这时，挡在门前的那台服务机器人被撞飞了，一台身穿灰色战斗服的警务机器人冲进房间，它伸出强有力的机械臂，将压在我身上的刺客机器人猛一把攥住，举起来重重地摔在墙壁上！

刺客机器人受到重击，它翻身起来，一把抓起我放在沙发上的外套，从口袋里摸出移动硬盘。

该死，这家伙从一开始就盯上了我从实验室备份的数据！

在我瞄准它之前，刺客机器人一个箭步从破碎的玻璃窗跳了出去，消失在夜色之中。

我用手臂支撑身体坐了起来，大口喘着粗气。只差一点儿，我就被送到西天去了。

救了我一命的警务机器人站在旁边，看着我。我扫了一眼它的编号DF6303-192-75，正是我的熟"人"。

"长官，"DF说，"您没事吧？需要为您叫一辆救护车吗？"

"不需要。"我捡起掉在地上的手枪，"报告指挥中心，让他们派人过来。刚才那到底是什么东西？像人又像机器……"

"不清楚，"DF回答，"我的应答器没有反应，推测为非法改造的机器人。"

果然，那台刺客机器人没有搭载应答器。凡是正规厂家生产的机器人，都安装了应答器，只要发出查询信息，应答器就会自动发出识别代码。这一做法在寻找丢失和被盗的机器人时非常有用，没有应答器的机种是不允许上市销售的。

"我们去医院一趟。"我说，"你开车来了吗？"

"长官？"DF望着我，"您刚才不是说，不需要去医院吗？"

"并不是去医院治疗。"我有点儿生气，"我们下午在实验室里发现的幸存者，现在在什么地方？我推测，下一个攻击目标就是她！"

"遵命。"DF点了点头，"警车就在地下停车场。"

打开警灯拉响警报，警车呼啸着开上道路。

DF的驾驶技术很不错，这一点我十分放心。它将一份报告递给了我，看到封面上的"绝密"两字，我顿时猜到它为什么这个时间跑来找我了。涉密文件不允许通过电子文本发送，所以它必须把纸质文件拿来给我，不料刚好碰到我被刺客机器人攻击，于是马上出手救了我。

看来老天开眼，我命不该绝。

翻开文件，我发现这是赵宇轩的尸检报告。这个科学狂人被法医机器人开膛破肚仔细检查了一番，他的死因是心脏中弹，照片中一枚九毫米手枪弹弹头极为清晰。但是……翻到后面我突然发现，报告显示，死者的大脑不见了。

赵宇轩的头部有一处明显的缝合痕迹，而且这处伤口已经愈合，手术时间至少在六个月之前。他的大脑被替换成一颗精巧的生化脑，通过神经连接器控制肉体！

真是惊人啊，这个科学狂人终于把自己也当成试验品了，居然将自己的大脑整体替换，难道他想变成超人吗？

不……等一下。既然这具肉身中的大脑不是赵宇轩，那么赵宇轩的大脑跑到哪儿去了？

我把报告丢向后座，检查手枪的弹匣，还剩一个弹匣外加十八发子弹，希望能把这些子弹原封不动地带回去上交警械库。

DF开车把我送到了医院，我和它直奔医生办公室。

主治医生是个四十五岁左右的中年人，穿着医生的白大褂，一脸不爽地看着我们走进办公室。

"你们是警方的人吗?"他问道。

"是的。"DF回答,"请问有何吩咐?"

"赶快把你们送来的机器人带走。"医生不耐烦地说,"你们到底在搞什么?大过年的,还嫌医院不够忙吗?"

我和DF面面相觑,医生叫来一位年长的护士给我们带路。

护士把我们带到了1102病房,这里位于医院大楼十一层,环境十分安静,适合病人静养。我注意到,大部分病房现在都空了,除了重症病人,普通的住院患者都回家过年了。

我们从实验室救出的黑发少女,这时坐在病床上,两名年轻的护士正围着给她梳理头发,一副乐在其中的样子。

"你们两个不要玩儿了,她可不是玩具。"带我们来的年长护士训斥两名年轻护士,"快点儿做好出院准备,我们是医院,又不是修理厂,没时间照顾机器人。"

两名年轻护士急忙开始工作,我看着她们,然后又看看床上的少女。她现在穿着粉红色的病号服,有些呆滞的目光望着窗外的夜色。

"应答器有反应吗?"我问道。

"没有反应,"DF回答,"扫描对象有体温和心跳反应,呼吸气体中扫描到二氧化碳,我认为她符合人类的生理特征。"

"看看医生怎么说……"我拿起了放在床头的体检报告,一看之下,不禁大吃一惊。

CT扫描图像上可以清晰地看到这名少女的骨骼结构,虽然非常像人类,但是凭借我多年的办案经验,立刻看出了不同之处——她的骨骼是人造的,而且采用最先进的生化技术,全面超越第五代生化义肢的性能。此外,她的内脏和其他器官也是人造的,人工心肺系统非常先进,她的消化系统完全可以将人类的食物转化为自身能源。

如果制造她的人是赵宇轩,那这个科学狂人的想法还真是匪夷所思。如果想要制造一个人类,最简单的方法是找个女人结婚。退而求其次,还有克隆技术。虽然克隆体存在这样那样的问题,但当前将其制造出来还是不存在技术难度的。可眼前这位少女——姑且称她为少女吧——全身都采用了人造器官和义肢,简直就像是在刻意用生化部件完全再现人类的生理结构。从内到外,她的一切都是人造的,但是却又如此完美。

这已经超出机器人的范畴了,应该称之为"人造人"才合适。

但为什么是少女的外形?难道那个老家伙是个"萝莉控"?这一点儿都不科学。

"总之,请耐心听我说。"我望向少女,"我们代表龙宫岛警方,暂时成为你的监护人,你能听明白我的话吗?"

少女点了点头。

"很好。"我开始发问,"我们首先要问的,是你的名字。"

"EVE。"

"EVE?"我一愣,"夏娃?"

"长官,"DF说,"据我分析,这更像是某种代号。"

"夏娃,上帝制造的第二个人类,所有人类的母亲。"我转向DF,"虽然这是《圣经》里面耳熟能详的故事,不过赵宇轩给她取这个名字,似乎有着某种深意。"

"作为一个机器人,她需要一个识别码。"DF的电子眼闪烁了一下,"DF6303-192-76怎么样?根据数据库搜索结果,这个编号目前未被使用。"

"驳回。"我摆了摆手,"我想想……暂时还是叫她夏娃吧。"

"明白,长官。"DF点了点头。

我们重新转向病床上的少女,她正用疑惑的目光望着我们。

"从现在开始,你跟我们一起行动。"我对她说,"明白了吗?"

少女乖巧地点了点头,真是个乖孩子。不过,她的反应实在是太过自然了,简直就像是真正的人类一样……

办理了出院手续,我和DF带着她离开病房。一位大陆口音的中年男士、一台警务机器人,外加一位少女,这样的组合怎么看都不正常。

当我们快要离开医院的时候,一台医疗机器人跟了上来,我记得这个家伙，编号02，就是它，在赵宇轩的实验室中负责照顾夏娃，我用枪指着它的时候还会举手投降，挺搞笑的。

至于另外一台医疗机器人，大概被医院当成夏娃医疗费的抵押品了。

坐上警车，我和DF在前排，医疗机器人和夏娃在后排。几名行人从警车旁边经过，向我们这组奇异的组合投来好奇的目光。

我急忙设定了玻璃的透明度，将车窗玻璃变成了遮光模式，外面的人就再也看不到里面了。

"长官，"DF问道，"请给我进一步行动的命令。"

"总之，先回警察局吧。"我看了一眼后座，"夏娃作为重要证人先保护起来，那台医疗机器人刚好用来照顾她……姑且先这样往上面汇报吧。"

"我明白了。"

DF发动了车子，警车沿着道路行驶，繁华的夜景在防弹玻璃上流动，灯火辉煌的街道周围年味正浓。

在一个街角公园，高杆灯把整个公园照得犹如白昼，中央的广场正在举行舞狮大会，五颜六色的狮子同台竞技，十分热闹。

我根本无心关注这些庆祝活动，忙着打电话跟大陆的上司联络，但是夏娃趴在车窗上，对舞狮大会产生了浓厚的兴趣。看她好奇的表情，完全就是个孩子，很难相信她是某种奇特的机器人。

轰隆一声巨响！

我感到车体向左侧猛地倾斜，冲击波和碎片敲击着防弹玻璃，在警车外壳上打出一个个弹孔。得益于内层的复合装甲，没有碎片飞入车体内部。

"怎么回事儿？"我大吃一惊，本能地拔出手枪。

"街角公园发生爆炸，"DF握着方向盘，"具体原因不明，消防队正在赶赴现场，指挥中心命令我们报告现场情况。"

"等一下，我们车上还带着重要证人。"

"警察局发布了紧急状态命令，"DF说，"所有警察单位进入戒备状态,指挥中心没有认可夏娃的证人身份,她不是人类,只能作为物证。"

"天哪,服了……"我叹了口气,"真是该死!"

说话之间,烟尘逐渐散去,高杆灯轰然倒下,破裂的灯罩漏出噼啪作响的电光。

我向着街角公园方向望去,整个公园都不见了。一个巨大的洞口出现在夜色中,那些舞狮的演员和观众全都成了爆炸的牺牲品,化为散落在四周的尸骸和哀号的伤员,我们有警车的保护,才幸免于难。

"联系120急救中心,"我命令,"伤者众多,现场需要医疗支持!"

"遵命,长官。"

DF使用警车的无线电联络附近的单位,我打开变形的车门,向爆炸区域走去。

伤者的呻吟声不绝于耳,空气中弥漫着硝烟的味道,这种味道我再熟悉不过了,是军用炸药爆炸的气息!这绝不是事故,这是恐怖袭击!

远处传来了几声巨响,我看到浓烟在城市的各个角落升起,难道有人趁着新年之际,对龙宫岛展开了恐怖袭击?如果只是单纯的炸弹爆炸的话,还有回旋的余地,然而我更担心之后发生的事情。龙宫岛的地下聚集了成千上万的非法入境者,他们来自战乱国家,其中一些人肯定受过战斗训练,如果这些人和恐怖分子联手的话,那可不得了!

爆炸产生的洞口方向传来了自动武器射击的声音,我看到一些衣衫褴褛的非法劳工端着各式各样的自动枪械出现在烟火中,他们的装备五花八门,服装也不统一,唯一统一的装束是绑在胳膊上的黄色布条。这些化身为杀手的非法劳工,冷酷无情地扫射那些幸存的市民,将怨恨和不满发泄在无辜者的身上。

我端起手枪,向最近的武装分子开火,很快击倒了两个人,成功地把他们的注意力吸引过来。

子弹雨点般飞了过来,打在我脚下的废墟上。

我一边还击一边往回跑，关键时刻，DF端着冲锋枪对向我开火的人进行了火力压制，我才得以逃回警车后面。

"是恐怖袭击！"我更换弹匣，"DF，向指挥中心汇报，我们需要支援，最好把驻军也叫来，袭击者持有重型步兵武器。"

"明白。"DF点了点头，"长官，龙宫岛多处发生类似的袭击事件，非法劳工和偷渡者被武装起来，正在和附近的警方单位交火。"

"看起来暂时不能指望支援了？"

"同意您的观点，长官。"

情况越来越糟糕！子弹乒乒乓乓不断打在警车上，幸亏车体是防弹的，我们才一直没有被子弹打中。恐怖分子人数众多，他们拿着各式各样的枪械，规格和口径完全不统一，很多武器早已过时，不过这已经足够用来屠杀手无寸铁的市民了。

能够组织起如此大规模的恐怖袭击，并且还专挑新年前夕下手，没有国际恐怖组织在背后支持，说什么我也不相信。

连续射击了几轮之后，我拍了拍旁边的DF，"我想知道支援什么时候到。"

"六分钟内，长官。"

"我们不知道还能不能坚持六分钟。"

扫了一眼车内，夏娃正透过防弹玻璃望着窗外的战斗，跟她坐在一起的护理机器人正试图保护她。她大概无法理解正在发生的事情吧？人类为什么要争斗？为什么要自相残杀？很遗憾，我回答不了这么高深的问题。

枪战极为激烈，夜色中火线飞舞。唯一值得庆幸的是，这群恐怖分子没有协同指挥，他们只是从远处进行概略射击，并没有采取包围行动。如果他们一开始就采用包抄战术，我和DF恐怕早就变成马蜂窝了。敌人躲得远远地胡乱放枪，在光线不良的夜间命中率堪忧。

"周围的人逃得差不多了，我们差不多该撤了。"我说，"警车还能动吗？"

"系统自检，状况无异常。"DF说，"车身装甲完好度百分之八十六。"

"带我们离开这里!"

"遵命,长官。"

按下启动键,大马力发动机轰鸣起来,被打得千疮百孔的警车在弹幕中咆哮飞奔,踉跄着穿过满是碎石的路面,向北逃离。

一架无人机从我们头顶呼啸而过,它的机翼下方挂满了小型智能炸弹。一轮空对地轰炸过后,聚集在街道上的恐怖分子血肉横飞。幸亏我们跑得快,否则肯定会被轰炸波及。

交通系统全都乱了套,十字路口发生多起事故,慌不择路的司机们撞在一起,有人干脆弃车逃亡。街道上一片混乱,惊恐的人们四散奔逃,只有天上金色的祥龙还在夜空中悠闲地飞来飞去。

这哪儿是过年啊,简直是世界末日!

正前方又有一群人出现在街道上,他们穿着工人的工作服,用布蒙着面,肩上扛着"反对使用机器人""还我工作"之类的标语,手中却拿着燃烧瓶。这伙人在街道上一路打砸抢,将砸坏的机器人堆起来焚烧,疯狂得犹如原始人。这些人没嗑药?打死我都不信。

我扫了一眼车上的乘客,三个机器人,继续前进很不妙啊……

"换一条路,"我打开车载电子地图,"沿这条路线行驶,从码头区域绕行,我希望尽可能远离骚乱。我们从码头区向北前进,径直进入海边的警察局,那里应该不那么容易被攻陷,最坏的情况下,还可以到人工岛北部与驻军汇合,请求保护。"

"明白,长官。"

警车再次转弯,向港口方向驶去,几辆载满特警的黑色装甲车与我们飞速擦身而过,看起来龙宫岛所有的警察都接到了动员命令。

新年将至,工人们都放假了,港口区非常安静,巨大的吊车耸立在夜色中,强光照明灯照亮了灰色的混凝土码头。几艘大型运输船停在码头边,庞大的船身随着海浪起伏。

按照我的指示,DF驾驶警车快速穿过仓库区,几万只集装箱堆砌在我们四周,非常壮观。

"下一个弯向左转,"我发出指示,"然后直行两公里,就能看到警察局了。"

"遵命，长官。"

话音未落，警车突然剧烈震动起来，有什么东西落在了车顶上！

DF握紧方向盘控制车辆方向，但是因为突如其来的冲击，警车还是失去控制，撞在了集装箱上。

哗啦一声，防弹玻璃被打碎，一个戴着墨镜的秃头伸了进来，他的嘴巴突然向两侧张开，露出里面的主摄影机。

"怎么又是这家伙！"我举枪连连射击，"给我滚下去！"

子弹击中了刺客机器人的脸，它猛地把头收了回去，我本以为它会放弃，没想到车身猛地一震，后轮轮胎被击穿，爆胎了。

"准备战斗！"我命令，"下车！"

我和DF同时从两侧下车，但是在我们各自负责的区域，没有发现目标。

就在我俩小心翼翼地搜索周围的时候，机械变形的声音从上方传来。

我抬起头来，用手电向上方照射，只见堆成楼房的集装箱顶部，数十台刺客机器人正手脚并用攀在上面。

"这么多！"我大惊失色。

"长官，"DF说，"通信被干扰，我无法呼叫支援。"

"真该死！"

完全被包围了，我看了一下手枪的弹药指示器，弹匣内还剩十三发子弹，而包围我们的刺客机器人少说也有二十台。DF的冲锋枪经过刚才的激战，弹药已所剩无几。不过，即使我们弹药充足，也无法对付这么多敌人。

奇怪的是，那些刺客机器人只是包围了我们，并没有采取进一步的攻击行动。

它们在等待什么？我握着枪的手渗出了汗水，这种紧张的等待让我的心脏有点儿承受不住。

就在这时，一辆黑色的轿车出现在道路尽头，它以不快不慢的速度向我们驶来，在刺客机器人的包围圈外面停了下来。

车门打开，四个身穿防弹风衣的秃头男子走下车，他们的脸一模一样，戴着同款的黑色电子墨镜。不用说，这四个家伙也是机器人。

"这是要来谈判吗？"我举枪瞄准汽车，四个秃头立刻做出了反应，他们掀开外套亮出身藏的武器，清一色的MP9冲锋枪。

"长官，"DF说，"对方发来信息，要求谈判，请您定夺。"

"接受谈判，"我说，"耐心点儿。"

"遵命。"

将接受谈判的信息发送回去后只片刻，一个戴墨镜的秃头向我们走来，刺客机器人纷纷为它让路，看得出这个秃头机器人的指挥序列在这些刺客机器人之上。

秃头在距离警车三米的地方站定，他从怀中掏出一台投影仪，启动后将它放在地上，然后后退了三步。

飞舞的全息色块组成了图像，一张戴着面具的脸出现在空中，因为面具的遮挡，即使被DF记录下来也没有任何意义。

"你们好，忠于职守的警察先生们。"戴面具的家伙开始自我介绍，他的声音也经过加工的，听起来好像歌剧院的男低音，"因为一些原因，我没有办法告诉你们我的真实姓名，但是，你们可以叫我S先生。"

"好吧，S先生。"我放低枪口，"你想要什么？"

"非常好，我喜欢直截了当的谈判。"S先生的面具变成一张笑脸，"我就直接说这边的要求好了：把赵宇轩的遗产交出来，我就放你们一条生路。"

"遗产？"我问，"那个混蛋还有遗产？"

"身为专案组的成员，看来您并不了解赵宇轩博士。"

"我知道他是个罪犯，这就足够了。"

"不不不，这远远不够。"S先生摇了摇头，"身为一名警察，您毫无疑问是合格的，但是俗话说隔行如隔山，您对生化机械技术恐怕并不了解。赵宇轩博士是这个领域的顶尖人物，他的研究成果被用在很多领域，帮助了无数急需器官移植的病人和残疾人，包括您的电子义眼，也是他的研究成果之一。"

"但是，那个混蛋用活人做实验！"

"那是必要的牺牲，为了科学的进步而必须付出的代价。"

"好吧，我不想跟你争论这些。"我说，"而且我也不知道赵宇轩到底留下了什么遗产。请直接告诉我，你想要什么。"

"抱歉，是我跑题了。"S先生点了点头，"回到最初的条件，请把你们从赵宇轩的实验室中解救出来的少女交给我们。"

"什么？"我看了一眼车上的少女，"如果医院没搞错的话，她只是个机器人。"

"不不不，她可不是机器人，那群医生都是饭桶，他们根本没有检查她的脑部，那里面可不是生化脑，那是真正的人脑。"

"开什么玩笑，人脑？"我诧异地说。

"夏娃是一个新时代的坐标，"S先生说，"她就是赵宇轩的遗愿，他一生最大遗憾的最终产物。夏娃是完全由生化技术打造的新人类，不会生病，也不会死亡，永远美丽。"

"简直疯了……"

"没错，这确实很疯狂。"S先生轻笑着，"虽然天才和疯子只有一线之隔，不过我宁愿相信赵宇轩博士是个天才。"

"很抱歉，这家伙是我们扣押的物证，可不能交给你。"我说，"我是个警察，一个执法者，首先我不能违法。"

"那么，您可就只有死在这里了……给你们三分钟考虑。"

该来的威胁还是来了，但是，这一番谈判让我稍微摸清了一点对方的底细。隐藏在那张可笑的全息面孔之后的人，并不是个冷血杀手，他甚至有些优柔寡断。他提出谈判的根本原因是，担心发动攻击会损坏夏娃。

"S先生，我想问个问题……"我试着争取时间，"现在龙宫岛陷入混乱，因为机器人而失业的家伙们在街上打砸抢，非法劳工和偷渡者展开武装暴动。你不会是幕后黑手吧？"

"怎么可能是我?"S先生说,"我可不是恐怖分子,而且龙宫岛被破坏对我一点好处都没有。仇恨机器人的失业者和非法劳工积郁已久,发生暴动是迟早的事儿,只不过这次被国际恐怖组织稍微推了一把。我不过是趁着这场骚乱,回收我想要的东西罢了。"

"杀了赵宇轩的,是你的手下吧?"

"没错,这一点我承认。"S先生说,"我给他提供了十亿美元的研究经费,但是他却在完成了夏娃之后,打算带着成果溜之大吉。您知道,大家都讨厌背信弃义之人,尤其是在重合同守契约的商场上。"

"好吧。"我点了点头,"不过我可以告诉你一个好消息:赵宇轩还活着。"

"怎么可能?我派出的刺客干净利落地杀了他!"

"稍等一下。"我放下枪钻进车内,把那份尸检报告找了出来,"虽然这东西涉密,不过我觉得给你看看也无所谓,从第三十八页开始看,有惊喜。"

说完,我把报告扔了过去,秃头机器人伸手接住,它翻到第三十八页,仔细阅读起来。

我猜的一点儿都没错,S先生通过共享这台机器人的视觉和听觉来跟我们对话。

"居然是……金蝉脱壳!"S先生苦笑起来,"不愧是生化机械领域的第一人,他居然把自己的大脑取了出来,用肉身当诱饵,实在是让人……意想不到。"

一阵咳嗽,S先生的声音发生了变化,听起来好像戴着氧气面罩。

"有一点我想不明白,"我说,"S先生,你到底想从赵宇轩的研究成果中得到什么?他研究的技术确实先进,但我认为并不值得你冒这样的风险与警方为敌。你有钱,而且似乎超级有钱,完全可以想办法买下那些技术。"

"你们这些年轻人懂什么……"S先生望着我,"等你迈入暮年,只能躺在病床上等死的时候,你最希望获得的东西是什么?"

"健康的身体,以及更长久的生命。"

"没错,就是这个。"S先生说,"赵宇轩的技术可以让我长生不老,所以我给了他十亿美元让他进行研究,如果必要的话,我还会给他更多。我的钱多得数不尽,但是对于一个将死之人来说,金钱已经没有任何意义。只要能活下去,我什么风险都愿意冒!夏娃是现今世界上唯一一个全身义体化的人类,她不会衰老,不会生病,永远美丽……这样的躯体是我梦寐以求的!现在赵宇轩已经下落不明,但至少我可以对夏娃展开逆向工程,在数年内完成研究,让我继续活下去。所以,我必须拿到夏娃!"

真是丑陋的欲望……我摇了摇头,人在获取了足够的金钱和权力之后,往往会追求永生不死,从秦始皇开始,中国历史上出现过无数追求长生的皇帝,但是这些贪得无厌的家伙无一例外都失败了。不过现在,人类的科学技术已经隐约打开了那扇长生之门……

"好吧,谈判到此为止。"我说,"我拒绝你的全部要求,这场谈判没有任何意义。"

"也就是说,您打算死在这里?"

S先生这句话一喷出来,周围的刺客机器人全都进入了战斗状态,它们绷紧身体,切换到战斗模式,随时准备扑上来将我们撕成碎片。

"先声明,我可是非常珍惜自己的小命的。"我看了一眼旁边的DF,"而且我有一名非常优秀的搭档,虽然你干扰了全波段无线通信,但是激光通信并不在此列。"

"难道……"

被S先生控制的秃头机器人抬起头来,只见一架无人巡逻机正在我们头顶盘旋,DF头部后面的天线翘起,正在和无人机进行激光通信。码头区域有两架无人机定时巡逻,S先生大概没想到我们会利用这些无人机和数公里外的警察局建立起激光通信。

下一个瞬间,空气震动起来,两台重型装甲战斗机器人从天而降!它们背部的空降背包喷射出青蓝色的火焰,抵消了着陆的冲击。

在周围的刺客机器人反应过来之前,天降的装甲战斗机器人双臂上的多管机枪便开始猛烈扫射。

"快开车!"我命令,"空降下来的是陆军的装甲战斗机器人,并不是警方的,它们不一定能将我们识别出来,敌我识别器无应答的话,会被它们一起扫射轰杀的!"

"可是现在我们的车只有三个轮子。"

"没关系,两个前轮都在。"我设定了警车的液压悬挂系统,将车身恢复平衡,"这样就行了,快走!"

DF一脚踩下油门,降下的后轮轮圈开始磨铁,警车带着一串火花呼啸着从一台装甲战斗机器人身边驶过,顺便碾碎了一台正准备逃走的刺客机器人。

黑色轿车旁边的秃头机器人用MP9冲锋枪向我们扫射,车身装甲被打得叮叮当当乱响,但无一穿透。

逃离了交火区域,我松了口气,看起来驻军也加入了镇压行动,他们有重武器和装甲部队,那群武装非法劳工和失业者绝不是对手。

唯一需要担心的就是,驻军和警察得花多久才能镇压这场大规模恐怖袭击。如果拖得太久,破坏就会加剧,情况就会变得很糟糕。

转过最后一个弯,警察局大楼出现在夜色中,大批无人机正在起飞,机翼下挂满了各种空射弹药。

只要进入大楼就安全了,可就在这时,DF却突然把车停了下来。

"为什么停车?"我着急地叫道,"马上就要到了,为什么停下来?"

但是,DF对我的询问毫无反应。

"到这里就行了,多谢了。"

一个声音从后座上响起,我猛地回过头去,却看到那个医疗机器人正拿着DF的冲锋枪对着我,一根数据线将它和DF连在一起!看来,就是它让警务机器人的系统瘫痪了。我记得在实验室里,我用枪瞄准这家伙的时候,它还会举手投降。然而,机器人真的会这样做吗?

"你是谁?"我问道。

"别动,警官,我知道你足智多谋。"医疗机器人说,"感谢你刚才拼命保护夏娃,我从心底感激你的帮助,所以,我才决定不杀你。"

"等一下。你到底是谁？"

医疗机器人无言地打开了自己的外壳，只见原来安装生化电脑的位置，一颗人类的大脑正漂浮在淡绿色的培养液中。

赵宇轩失踪的大脑原来在这里！

"你逃不掉的，赵宇轩！"我举枪瞄准，"你被逮捕了！接下来法律会给你一个公正的制裁！你将为你的所作所为付出代价！"

"我会认罪伏法的，但不是现在。"医疗机器人说，"夏娃还需要进行调整，她还远远没有完成，所以我还不能被你们逮捕。"

"你这混蛋！"我瞄准了这家伙，"你到底把人命当什么了？"

"很遗憾，这是我最后的执着。"医疗机器人瞪着我，电子眼闪烁，"如果你有孩子的话，你应该可以理解一个失去孩子的父亲的痛苦。据传说，中国古代有种秘药叫'返魂香'，它能使死者复生。对我来说，我所研究的生化机械技术，就是科技时代的'返魂香'，我要用它，唤回我死去的女儿。"

"疯子！"我再次瞄准，"你已经疯了！"

"当我完成心愿的时候，我会自觉接受法律的制裁，但不是现在。"

我的视野突然扭曲了，植入我眼眶的电子义眼发生了严重的故障，自检程序显示，有人从外部端口非法侵入义眼的控制核心，黑掉了驱动程序。

我在什么都看不见的情况下，不敢贸然开枪，只能等待系统重启。

几分钟后，义眼完成了重启，我又能看到东西了。

然而，警车的后座上早已空空如也，海风从打开的车门吹进来，带来咸咸的气息。

我急忙打开车门搜索四周，然而并没有看到医疗机器人和夏娃的影子，他们已经逃走了，在龙宫岛一片混乱的现在，警方根本没有余力追捕他们。

"该死！"我气得跺脚，回到车内，却发现一张照片被放在后座正中央。

我拿起照片，打开手电，只见那张已经发黄的照片上，年轻的赵宇轩和一位少女站在海边，远处是巨大的南海观音塑像。拍摄地点大概是在海南省，照片上的时间显示为"2017.07.15"，那是三十年前的照片，照片上的少女和夏娃几乎一模一样。

这张照片是他故意留给我的，也许是想瓦解我追捕到底的决心。

"真是……可恶啊！"

点上一支烟，我坐在只剩三个轮子的警车旁边，沿海公路上现在一辆车都没有，远处的警察局却一片忙碌。

城内火光四起，不时传来自动武器射击的声音，驻军的武装直升机和运输直升机在摩天大楼之间盘旋，不时空降下重型战斗机器人。

黎明之前一切都会结束，赵宇轩恐怕再也不会出现在我面前了。

龙宫岛的恐怖袭击在黎明前被完全镇压，然而即便暴乱如此短暂，依然造成了数十亿美元的财产损失和数千人的伤亡，各国纷纷对这次恐怖袭击发出谴责，随后多个国际恐怖组织宣布对此负责。

我乘坐定期航班离开了龙宫岛，返回大陆。

我觉得大概很长一段时间自己都不会负责赵宇轩的案子了……漂亮的空中小姐为我送上了咖啡，我尽量不去想她其实是个机器人。

赵宇轩居然有本事黑掉我的电子义眼，真是万万没想到……

低下头，望着手中的照片，我思绪万千。

S先生究竟是什么人？我并没有追查的能力，不过病入膏肓的他，大概很快就会被死亡召唤吧？赵宇轩又去了哪里？我同样无从追踪。

数据库的资料显示，赵宇轩的女儿在2021年1月因病去世，当时的医疗技术没有办法治疗那种疾病，但是任何人都没想到，赵宇轩居然想办法把女儿的大脑保存了下来，多年来他一直在试图让死者复生。

这扭曲的父爱，令人悲叹，为此他牺牲了大量无辜的人。也许，对于赵宇轩来说，这就是他最后的执着。

但是，法律绝不允许有人做出这样伤天害理的事情。

总有一天，我会逮到这个家伙，把他送上法庭，关进监狱！

幽影之星

索何夫

1

在霜之森的腹地，今天的最低气温是零下一百五十九摄氏度。

就我所知，如果与这个宇宙的绝大多数地方相比，这样的温度其实不算太低——要知道，如果换算成热力学温标，也就是"开尔文"这个古老的单位，外头的气温其实还有上百度之高。

不过，就一颗有生命的类地行星——尤其是像西米里亚这样发展出了复杂的地表生态系统的行星的赤道地区——而言，这里实在是冷得有些过分。无尽的严寒就像一层看不见的裹尸布，紧紧地将整个世界的每一寸土地都包裹其中，直到永远。

当然，也包括了我现在所处的这座建筑物。

"现在确认使用者身份。"当公共会所的自动安全程序被激活后，我走到了位于大厅角落的终端前，完成了视网膜和基因快速检测，并输入了我的个人授权码，"报告室内人员数量及位置。"

"室内人员总数为五人，没有变化。"计算机终端用一成不变的单调声音答道，"除了您之外的其余四人已经离开车库，预计一分钟内将抵达顶楼大厅。"

"室内环境系统运转状态如何？门禁呢？"

"环境系统运转正常。室内温度恒定为二十八点五摄氏度，气密状况良好，门禁系统超驰控制[1]已经按照您的要求上线，启动信号设定为您的语音命令。"

"很好。"我点了点头，信步走过一扇又一扇足有三米高的落地玻

---

1. 超驰控制就是当自动控制系统接到事故报警、偏差越限、故障等异常信号时，超驰逻辑将根据事故发生的原因立即执行自动切手动、优先增、优先减、禁止增、禁止减等逻辑功能，将系统转换到预设定好的安全状态，并发出报警信号。

璃窗，最后在大厅中央的一张椅子上坐了下来。

在这座全西米里亚最高大的建筑物顶楼，我可以轻而易举地将周遭数十公里的景观尽收眼底：在这片点缀着起伏丘陵的广袤平原上，千百万棵参天大树就像是一支沉默的大军，遍及我视野所及的每一个角落。若非将它们层层包裹住的半透明冰层在暗弱的阳光下不断闪烁着点点微光，我甚至无法说服自己相信这些蔚为壮观的植物早已死去。

在整个邦联境内，拥有森林的行星与卫星并不在少数，但西米里亚星的霜之森，大概是最特殊的一片森林了。

这片超级森林，覆盖面积超过四千万平方公里，横跨这颗行星上唯一的一块超级大陆，但你却无法从中找出哪怕一棵仍然活着的树木。

最初来到这里的地质学家与生物学家认为，这颗行星是在过去的上百万年中逐渐步入死亡的，无法逆转的毁灭性气温下降，让这座曾经温暖潮湿的生物乐园沦为了无生气的冰封地狱，也让绝大多数渴望在宇宙中寻找新家园的殖民者望而却步。

不过即便如此，仍然有一些足够勇敢或者别无选择的人，来到了这颗星球，试图在这片冰天雪地中用自己的双手开拓出一片天地。

然而，只要有人的地方，就难免会有人死去；而在诸多死亡之中，总是少不了谋杀。

2

半个月前，我在霜之森东北的冰牙海岸附近，第一次见到了那个死去的男人。

当时，距离他死亡的时刻已经过去了至少四个标准日，但是，拜西米里亚寒冷彻骨的气温所赐，这点时间并没有对我的调查造成多少影响——在这片冰天雪地中，一个被冻死的家伙完全可以一口气安眠上百个世纪,然后像一个刚死去二十四小时的家伙一样接受尸检。

"医学鉴定结果表明,死者的死因,是体温过低所诱发的休克与脑死亡。"在将便携式多功能诊疗仪重新塞回箱子里之后,我对着那台正绕着我盘旋的蜂式摄像机器人说道。

其实,只消打开躺在地上的这个可怜家伙的头盔,瞅瞅那张挂满冰霜、红彤彤的笑脸,任何同时长着眼睛和脑子的人,都会明白这到底是怎么一回事。然而,根据邦联司法部和公共卫生委员会的相关规定,我必须花上半个钟头做完这套几个世纪前传下来的繁文缛节,之后才能记录下正式结论。

"死者四肢组织出现严重冻伤和坏死现象,颅脑部位充血严重,C-3型环境防护服能源耗尽,死前有挣扎并试图脱下防护服的迹象,符合低温休克致死的全部特征。"我说出了结论。

"我同意。"哈米斯表达了自己的意见。这个体格庞大的中亚人后裔,是东湖镇的供水管理员、司法调解员、药剂师兼唯一一名治安员,也是镇上仅有的一把枪的所有者。正是因为他那忠于职守而且发送时机"恰到好处"的报告,我才会被上头派到这鸟不拉屎的超级大冰箱里来。就像大多数本地人一样,他的外表虽然看上去还算健康,但却比正常人更容易疲劳。有好几次,我都看到了他的四肢不受控制地痉挛,按照西米里亚人的说法,这是本地艰辛生活留给每个居民的烙印。

"此调查结果与本地权威机构调查结论相符。"哈米斯说道。

我朝着这位"本地权威机构"耸了耸肩,然后关掉了那台蜂式机器人。

例行公事的废话既然已经说完,那么就该干正事了。

"看起来,在这位可怜的柯林斯先生的直接死因这一点上,咱们已经达成了初步共识。"我调整了一下极寒防护服的内部供暖温度,以免更多细小的汗珠继续从额头上渗出——在看到死者的惨状之后,我突然觉得,把暖气的功率开到这么大实在是件蛮不道德的事儿。

停顿了一下,我接着说道:"不过对于导致这一直接死因的某些……间接因素,我认为我也许有必要与本地权威机构进行进一步的探讨，当然，这也是我的职责所在。"

"的确如此。""本地权威机构"言简意赅地答道。在这件事上，他除了代表西米里亚人提出调查请求之外（按照一条天知道哪个年代留下的古老规定，只要"具有相同特征"的非正常死亡事件积累到一定数量，当地"权威机构"就必须申请第三方介入调查），唯一能做的就只有宣布我的调查结果与他的"调查结论相符"了。

"您请讲。"他继续说道。

"如果我没弄错的话，这里离最近的定居点——也就是你们东湖镇——足足有二百八十五公里，而一个没有携带备用能源的人，是不可能徒步走出这么远的。"我分析着。

在西米里亚的霜之森中，为了抵御严寒，任何在室外活动的人都必须穿戴全套极寒环境防护服。这套笨重的服装内拥有一套小型供暖设备，可以在主电源耗竭前维持五到六个小时的供暖。而如果有必要的话，穿戴者还能启动位于背包内的一次性后备电源，再坚持上一个多小时。

"我相信，柯林斯先生既然能在离东湖镇这么远的地方被冻死，那么他肯定乘坐了交通工具。"我说。

"确实是这样。"哈米斯点了点头，然后用包裹在厚重手套中的双手从不远处的一棵巨树下拖出了一台轻巧的梭状交通工具。

这种可以搭载两个人或者装载一百千克货物的轻型气垫滑橇，是西米里亚行星上除了飞行器之外最常见的交通工具，它那由碳化陶瓷制成的骨架非常轻盈，一个人就能轻松搬动。

"在你来这儿之前一天，我们在离他的尸体三十二公里的地方找到了这台滑橇。"哈米斯对我说。

"有人为破坏的迹象吗？"

"至少目前还没发现。"

"那你认为他为什么要抛弃自己的滑橇？"

"这我不太清楚，我们所拥有的技术设备只能进行最基础的检修与维护工作。"哈米斯答道，"我只能根据现场推断，当时柯林斯正在前往琥珀山的矿场进行例行勘探，但在半路上，他的气垫滑橇突然因为某种原因而失去了全部机能，于是撞毁在了一棵树上。"他指了指滑橇锥形车头上的一处显眼凹痕，"柯林斯因此失去了唯一的交通工具，而滑橇上的通信设备也坏掉了，所以他不得不试着徒步前往最近的紧急避难所……"

"……但他却没能撑到那里。"我替哈米斯说完了剩下的半句话。在霜之森中，西米里亚的殖民者在许多地方都设置了储存有燃料、高能电池、保暖帐篷和通信器材的紧急避难所，以备发生意外时使用。而我们目前所在的地方，离最近的一处避难所只有不到五公里远。如果柯林斯的气垫滑橇能晚几分钟出故障，他就有很大的机会活下来；而要是这台气垫滑橇提早几分钟抛锚，他也完全有机会朝反方向前进，赶在被寒冷榨干生命之前抵达另一处避难所。"这可真是个不幸的意外。"我叹了口气。

"确实太不幸了。"

"但如果同样的不幸发生得太过频繁，那么它们恐怕就不一定是意外了。"我接着说道，"你认为呢？"

"是的，"哈米斯说道，"但也仅仅是'不一定'罢了。"

我深吸了一口经过加热的循环空气，在环境防护服的头盔允许的范围内活动了一下僵硬的颈椎。星区司法部之所以把我派到这儿，并不仅仅是因为这个名叫柯林斯·龙的男人的意外死亡，还因为同样的"意外"在过去七年里，已经在西米里亚发生了整整三次，加上这回就是四次了。

每一次出事，遇难者都是多年前迁到此地的移民，这四个人迁居到西米里亚的时间都比较接近，他们都在前往矿区进行勘探的途中遭遇了意外，然后"恰巧"被困在了前不着村、后不着店的荒野之中，最终死于极度严寒。

在最开始的时候，这些意外仅仅被作为一般事故上报给西米里亚自治政府——毕竟，这个极度寒冷的世界，从来都不是惬意而安全的游乐场，伤痛、失踪与死亡，不过是本地人生活中司空见惯的日常琐事。

可是，当近乎一模一样的小概率"事故"一而再、再而三地以完全相同的方式发生时，它就自然而然地引起了西米里亚治安官个人计算机里那套老旧但却极度忠于职守的辅助分析软件的注意。

结果，这次柯林斯·龙死亡事件，最终导致了我被迫结束在新摩拉维亚的短暂休假，来到了这个冰天雪地的鬼地方。

"我们可以提供前三次意外事件的全部调查报告，先生。如果需要的话，您也可以随时调取一切被保存下来的物证，并质询任何证人。"哈米斯告诉我，"您还有别的要求吗？"

"不，暂时没有了。"我看了看那具已经被冻得如同雕塑一般甚至无法直接装进裹尸袋的尸体，又瞥了一眼那台发生了莫名故障的气垫滑橇。尽管在我大脑的某个角落里，一种奇特的冲动正无比渴望地希望能发现哪怕一星半点的异常迹象，但我的理智最终向我确认，迄今为止，我目前所看到的一切都只能指向一个结论：这确实是一次不幸的意外事故。

"既然这样，把尸体和物证收起来，留下两台自动警戒机器人看住现场。"我对哈米斯说道，"我们先回镇上去吧。"

"你不想再看看吗？"

"不，"我摇了摇头，"我有足够的时间处理这件事。"

3

顾名思义，东湖镇坐落在东湖的边缘，而东湖则是一片位于霜之森东北冰牙海岸的狭长海迹湖，其面积与古地球上的马尔马拉海相去无几。

不过，这片所谓的"湖"，其实只能出现于遥感卫星发回的图像之中。每当我从机械师明先生的屋子里朝外眺望时，能看到的只是一片插入无尽死亡丛林中的空旷冰带，而根本不是碧波荡漾的湖水。

"你知道，只有两种人会来西米里亚：胆大包天的人，或者别无选择的人。"当我落座之后，明先生告诉我。他是东湖镇目前的十六位镇民之一，也是唯一不会因为工作缘故而经常离开镇子的人。这个倒霉的家伙因为和上级关系处得极差而被扔到这里，负责为半个星球的居民——其实总共也就刚超过一百号人而已——提供交通工具维修服务，顺带为欢乐谷精密机械联合企业销售新的产品。他是该公司在半个星球上的分公司经理，同时也是首席技术员、唯一的工人兼行政人员。不知为什么，虽然在西米里亚住了好几年，但他的身体看上去并没有本地人常见的衰弱迹象。

"这两种人通常都是被整个银河遗忘的可怜虫，当他们像真正的虫子一样死在这里时，没有任何人会在乎。"他继续说着。

"恐怕未必，否则我就不会跑到这儿来受冻了。"我双手一摊，"你对之前的三位遇害……哦不，事故遇难者了解多少？根据案卷的记载，你比他们更早来到东湖镇。"

"这个嘛，说实话，不是很多。"机械师说道，"他们都从我这儿买过气垫滑橇和维修工具箱，我这里也有全套保修记录。但也仅此而已了。来这儿挖琥珀的外乡人通常不会久住，而且离开之后他们就再也不会回来，所以我通常只会和那几个老住户建立进一步的联系——毕竟，回头客优先嘛。"

我抿了一口在炊具上烧得滚烫的茶水，没有答话。

就像所有西米里亚居民的住所一样，明先生的屋子完全依靠燃煤这种原始的方式供暖，这些茶水也是用煤炭烧开的——烧的全都是足以让工业革命时代的威尔士矿主们惊掉下巴的高档好煤。

在这颗星球无尽的冬夜降临之前，西米里亚行星的生物进化水平，基本达到了古地球石炭纪的层次，由海洋登陆的维管植物首次进化出了木质素和用以构筑坚固而稳定的细胞壁，从而第一次让自己由低矮柔弱的匍匐植被，变成了高达百米的参天巨树。

然而，就在这时，命运之神却向西米里亚行星的所有生物开了一个冰冷的玩笑：与产生了成千上万种真菌的地球不同，这颗行星上的微生物并没有及时地跟上演化步伐，迟迟未能进化出任何分解木质素的手段。于是，行星大气中的碳元素越来越多地被以木质素的形式富集于活着的植被体内，然后又随着地质运动而演化成了几乎堆满行星地壳表层的煤炭。由于温室气体浓度的持续下降，西米里亚的大气层开始越来越难以留住它从自己所绕转的恒星那里获得的热能，而当两极的冰盖开始向光照充分的低纬度扩张后，更多的太阳能又被高反照率的冰层送回了太空。这一恶性循环，最终让成功占据了整颗行星地表的超级森林，连同依附于它们而存在的整个生态系统，一道步入了自掘的寒冷坟墓之中，成了大自然残酷趣味的又一见证。

由于海量的碳被掩埋于地底，西米里亚的地下有着令人咋舌的煤矿储备，除此之外，这星球的金刚石储量也大得惊人！

可惜的是，自从我们的列祖列宗踏足星海之后，这两样资源对人类而言就已经变得无足轻重了，根本没人在乎它们。

不过，西米里亚还有一种宝藏，即便在这个时代，也有着无可替代的价值。

那就是琥珀。

与古地球不同，曾经生存在西米里亚的大型维管植物，很少有能分泌树胶或油脂的种类，但寥寥无几的几种能够分泌它们的植物所产生的琥珀，却足以媲美人类能找到的任何天然宝石。尽管不少殖民世界在内部早已废除了货币乃至私有制，但即便对这些现实乌托邦而言，西米里亚的琥珀也是与其他世界交易时的首选硬通货，甚至比古地球农业文明时代的黄金还要抢手！

不过，由于那些真正的高档货很难碰到，在西米里亚寻找琥珀，其实是个风险极高的行当——绝大多数冒险者变卖家当来到这里，却穷尽一生都找不到几块很值钱的琥珀，不得不依靠开采天然金刚石矿的微薄利润勉强过活，最终一辈子都被困在这片冰天雪地之中。明先生刚才的话一点儿也没错：只有走投无路，或者别无选择的人，才会来到这里。大多数来到这里的人，都没有可信的个人档案，其中一些人是因为真正的意外事故而丢失了档案，而另一些人则是故意如此。

当然，我不属于这两类人中的任何一类。

我之所以会来到这颗大雪球上，纯粹是因为我那该死的名声——由于在为邦联司法部干活儿的这些年里，曾经偶尔解决过几件棘手的案子，我的名字也曾经被媒体刊载过那么几回，甚至传到了西米里亚人耳朵里。或许正是由于这个缘故，当他们不得不按照法律程序启动调查，打算弄明白发生在自己行星上的一系列非正常死亡事件的原因时，负责起草申请书的家伙顺便在结尾添上了一句，希望"最好"让像我这样"优秀且值得信赖的著名司法专家"前来此地处理这档子破事。而正是因为他这句溜须拍马的屁话，我才"幸运"地挤掉了那个原本被随机指派到这里来的调查员，获得了一次前往西米里亚的绝佳观光机会。

"那么，你觉得罗迪、尼古拉斯·希尔、阿尔夫和柯林斯·龙是哪一类人？"当这间房屋的主人将又一小堆煤块送入炉膛后，我一口气说出了那四个死于"意外事故"的人的名字，"你对他们的印象如何？"

"这问题可有些让人伤脑筋哪……"肤色黝黑的机械师挠了挠头顶稀疏的花白毛发，似乎想要把记忆从脑袋里掏出来似的，"要知道，我的记性可不太好，上年纪了嘛。而这些先生……"

"那你还记得些什么？"

"我对尼古拉斯·希尔和阿尔夫没啥印象，他俩自打从我这儿买了滑橇之后就没再来过，维修工作他们也都是自己做。但那个叫罗迪的，还有这次死掉的这个柯林斯·龙，倒是和我有些往来。"年迈的机械师缓缓说道，"他们曾经好几次来这儿让我替他们修理设备，我们每次都会聊上一阵子。就我看，他俩希望其他人把他们当成我刚才所说的后一种人，但我敢打赌，他俩其实都是前一种。"

"你的意思是，他们都是走投无路的人？你怎么能确定这一点？"我问道。

"要是你也像我一样在西米里亚待上十多年，自然能分辨出这两种人之间的区别：只要和人随便聊上几句，你就能猜出他们只是因为找不着别的发财之道于是决定到这里来赌赌运气,抑或是在逃避某些事或者某些人。"机械师伸出了一根手指,然后是又一根,"在和我聊天的时候,他们从没提起过自己的家人,也不肯说自己过去的事儿。除了知道他们以前在日斑星干过一段日子之外,他们对自己的一切都守口如瓶。"

"在为司法部工作之前,我也曾经在日斑星干过。"我告诉他,"我在那地方的厂子里当质检技术顾问。"

"那工作一定很无聊。"

"可不是嘛……"我点了点头。提奥多罗斯星区的日斑星是邦联最大的自动化生产基地之一,数百家制造业联合体的自动化工厂几乎布满这行星的全部陆地。那个炎热干燥的世界,只有一点与西米里亚星十分类似,那就是无聊——毕竟,当数千平方公里的厂区里只有十几号人驻守,而且各种信息设备甚至个人娱乐设施都因为"保守商业机密"的缘故而被限制使用时,你的社交活动与业余生活实在是很难丰富起来。

"他们是哪家公司的?"我问道。

"这我就不记得啦……老兄,你是这方面的专家,难道也没查出个所以然吗?"

"没有。"我诚实地说道,"我试过去申请调阅日斑星的档案,不过没什么用——当地的资料库早些年曾经被不明人士网络入侵,许多数据备份都遭到永久性损坏,无法恢复了。"

"那可就真没办法啦。"明先生说道,"在被老板流放到这儿之前,我也和从日斑星出来的人打过交道。在那儿工作的人确实都干不长,但他们通常会带着赚来的钱到新特提斯或者圣提奥多罗斯那样的繁华世界去享受生活,西米里亚是这种人最不可能来的地方——真正自愿来到这里的人都是为了挖琥珀赚钱,而他们最不缺的就是钱。"

"我也这么觉得。"我附和了一句,"你还知道别的与这些案子相关的情况吗?比如说,这些人平时的生活习惯,或者在本地有没有仇人之类的?"

"我没有窥探别人日常生活的癖好，老兄。"老人摆了摆手，"对了，你不是要查看我这儿的设备维修记录吗？要不要现在就……"

"谢谢您的配合，但我现在还有一些……程序上的事务需要处理。"我套上环境防护服，起身走出了这座建筑的双层闸门，"我明天会来正式查阅你的维修记录。但基于我的职责，我必须警告你：公民有义务配合司法机构的调查工作，任何私自篡改记录、妨碍司法的行为都将构成包庇罪，并受到严肃处理。明白吗？"

明先生像一只从食槽里啄食的鸟一样拼命地点着头，算是回答了我的问题。

然而事实上，我压根儿就不关心他的回答。

在沿着镇子里唯一的一条小道走向曾是柯林斯·龙的家、现在则被我征用为临时住所的小屋时，我小心地四下环顾了一圈，随即迅速躲到一棵被冰封的巨树后面，按下了藏在胸袋里的遥控器。

几分钟后，一个细小的影子从夹杂着粉末状细雪的风中吃力地飞了出来，轻盈地落在我的掌心之中。

早在我登门造访明先生之前，这台微型间谍机器人便已经侵入了他维修铺的计算机，复制了其中的全部资料，这么一来，就算他打算背着我搞小动作，也只会为我提供更多的线索。

我带着间谍机器人回到我的临时住所，花了一小段时间将复制的资料上传给星区总部的技术团队，然后又用了两倍于此的时间（如果屋里的挂钟准确的话，这段时间大概不超过二十分钟）等待对方的回复。

终于，随着一声短促的来电提示，一条信息通过司法部专用的保密线路，传递到了位于我颅骨内侧的植入式生物计算机里，然后又被解码、重组，以文字形式投射在了我的视网膜上。

这份回复与我的预期截然不同。

4

"我强烈建议你们再检查一遍！"我说道。

"检查结果没有问题，先生。"司法部技术支援团队片区负责人N.T对我"说"道——她的话语被我的植入式计算机直接转化成了生物电信号，输入我的大脑皮层内，从而最大限度地降低了被窃听的风险。"你是在质疑我们的业务能力吗?！这么简单的记录，我们是不可能弄错的。"

"那你还是坚持原来的结论?！"我问道。

"当然！"对方的语气显得信心十足，"无论你是否承认，这些气垫滑橇的保修记录表明，它们的机能运转完全正常。更重要的是，在交通工具每次检修时，维护人员的计算机都会对它们的系统自检记录进行备份，而这种备份几乎不可能被一般人所篡改或者删除。根据这些记录，所有发生故障的滑橇都从未受到过刻意的破坏，也不存在可以被查出的技术故障——无论是硬件还是软件层面，它们的状态都好得可以拿去参加邦联星际奥运会。"

我条件反射地咬紧了牙关，说道："所以说，这些状态好得不得了的气垫滑橇，全都只是碰巧出了点儿状况，而且每次莫名其妙出状况的地方，都恰巧是在离紧急避难所最远的地方。这还真是有趣的巧合呀……"

"我必须提醒你，老兄，在没有证据之前就对案件进行定性，会影响你判断的公正。"N.T用年轻气盛的女性所特有的那种毫不留情面的语调说道，"我希望你时刻牢记这一点。"

"是的，我记得很清楚。"我长长地呼出了一口气，然后闭上双眼，等待着因为过度激动而开始加速跳动的心脏重又恢复原先的节拍，"但我同样有权进行必要的推测与判断，不是吗？"

"当然，但你也必须承认，我们目前找不到任何线索来证明你的推测。"

"可是你们就不能再替我查一查吗？"我用近乎绝望的语气问道，"我查过这些死者的全部资料了，他们没有精神病史，死因都是冻死，交通工具都没有被暴力破坏的迹象，而且本地验尸报告和遇难者的环境防护服录下的个人安全录像也表明，他们在死前行为正常，没有饮酒或者服用麻醉药品，更没有遭到袭击。无论如何，这至少是最可能取得突破的……"

"等等。"N.T突然说道。

"怎么了？"

"也许你说得没错，没有遭到人为破坏并不意味着……"她沉默了几秒钟，大概正在查阅某些资料，"告诉我，这批欢乐谷星生产的气垫滑橇，都是哪年出厂的货？"

"新历575年，第四批生产的75-R量产型。"

"有趣……"N.T说道，"我现在想到了一种可能性。"

"什么可能性？"

"等等，让我再查查……啊，没错。"N.T说道，"这批气垫滑橇的设计与其他同类型号有些不同——事实上，它们有一处微小的技术改进：在它们的发动机侧面有一处隐藏的控制面板，可以将滑橇手动设定为限制行为能力人驾驶模式。"

"这是怎么个玩儿法？！"

"简单地说，就是让那些无驾驶执照或者未成年而不能合法驾驶的人也可以驾驶这玩意儿——当然，必须得到原车主的许可。这块控制面板上有一个DNA/指纹锁，只有被认定为车主的人才能启动滑橇。"N.T解释道，"通过这块面板，车主可以设定滑橇的最高速度、行驶里程与驾驶时间，一旦达到规定的里程与时间，滑橇的操作系统就会自动锁死，直到被车主解锁为止。"

"那我怎么不知道这个？"我感到非常诧异。

"没几个人知道这套额外的系统,因为根本就没什么人用过。当时欢乐谷联合机械公司之所以设计它,是因为当地的立法部门提出了一份草案,允许限制行为能力人在有限范围内驾驶交通工具。不过,这份草案最终未能通过,而他们的设计也就成了彻头彻尾的画蛇添足。"

我点了点头,说道:"这也就意味着,买下这些气垫滑橇的人并不知道他们的滑橇上有这套东西。"

"我认为这很有可能。更重要的是,这套设备需要单独认定车主的身份。如果车主没有在买下滑橇之后录入本人的指纹与基因信息,那么第一个这么做了的人——无论他到底是谁——就会被滑橇认定为车主。"N.T继续指出,"当然,除了别有用心的人,没有人会注意到这一点。"

"好极了!"我点了点头,"看来,我在这儿的活儿很快就可以搞定了。"

昨天,当我和哈米斯离开那场导致柯林斯·龙死于非命的事故现场时,我留下了两台装配着非致命武器的警戒机器人负责看守工作。而现在,它们仍然忠实地守在原地——其中一台待在龙先生被彻底冻成冰棍儿的地方,另一台则在龙先生的气垫滑橇趴窝的位置四下巡逻。在我穿过霜之森的路上,它们一直忠心耿耿地向我传送着"事故现场"的各种信息,但我却对此完全不感兴趣。

因为真正的现场并不在这两个地方。

在离开临时住所之前,我调出了柯林斯·龙的气垫滑橇所搭载的行车记录仪中的全部记录,并很快判断出了他在生命中最后一天里的活动轨迹。

在那天早晨,柯林斯·龙离开了自己位于东湖镇的家,沿着一条常用路线驾驶气垫滑橇驶向他承包的那片琥珀矿区,准备进行下一轮勘探作业。一路上,他在两座设在林间的自动化供应站里总共待了四十分钟,第一次是为了给自己的滑橇充电顺带吃早餐,第二次则是去卫生间解决一些没法在外头严寒之中解决的生理问题。这是他一天中唯一一次与自己的交通工具分离,耗时总共七分十九秒。

又过了二十分钟,柯林斯·龙的滑橇在五十公里外的雪地里趴了窝,六个小时后,他被冻死在了能量耗尽的环境防护服里。如果我先前的推测没错,这件事并非纯粹的意外,那么造成这一切的原因,肯定就发生在这七分十九秒里:有人趁着柯林斯待在厕所里的当儿溜了进来,利用滑橇上那套画蛇添足的设备将他的滑橇设定成了定时瘫痪的状态,然后又溜了出去。整个过程毫无风险、轻而易举,而可怜的受害者甚至没有机会察觉。

我在离那座因纽特冰屋式的圆顶建筑不到十米的地方停下了滑橇,拔出了插在裤腿外的针弹手枪。就我所知,这是周围一百万平方公里内仅有的两件杀伤性武器之一,另一件则在兼任治安员的哈米斯手里。西米里亚虽然是个冷酷而危机重重的世界,但这星球上既没有任何可能威胁居民安全的毒虫猛兽,也很少有其他需要用武器对抗的威胁,因此本地人几乎不会持有任何武器。不过现在,我小心点儿总没错。

在推开供应站的大门之后,我先举着手枪环顾了四周一圈,然后才取出随身携带的工具包,将一只胶囊状容器扔在了积着一层薄霜的地板上。

与镇子上的房屋或者那些林间避难所不同,除了一座封闭式卫生间之外,这些简陋的路边供应站没有安装任何基础供暖设施。因此,我不能指望通过监控系统录下的影像资料确认嫌疑人的身份,因为本地人使用的环境防护服全都是一个型号,而且他们对于个性化涂装几乎没有任何概念。换言之,就算摄像机真的拍下了作案的那个家伙,我也无法分辨出穿着环境防护服的人到底是何方神圣。

但我却有别的办法可以查出这一点。

当这只"胶囊"碰上地板粗糙的混凝土表面时,它的外壳立即裂成了两段,一股闪烁着水银色光泽的半固态物质从里面流了出来,就像在纸面上洇开的墨渍一样开始在地面上迅速扩张——这些绰号"黏菌"的结构精巧的纳米机械群,是司法部研制的诸多高效采样设备之一,被广泛地用来采集不易通过其他方式收集的微量化学与生物样本,其精度甚至可以达到单个有机大分子的程度。尽管趁着柯林斯如厕的当儿溜进来的那家伙（假如当时真有人进来的话）肯定穿着环境防护服，但在平日的维护清理中，防护服表面仍会不可避免地沾上一部分毛发、皮屑乃至带有宿主基因信息的人体寄生虫尸体，而其中的一部分，又必然会落在这里的地面上。总之，只需要一丁点儿样本，一切很快就会水落石出。

利用等待"黏菌"完成工作的这段时间，我开始在这间陋室里四下闲逛。

就像一切不幸陷入"公地悲剧"的公共设施一样，这地方的维护状况很不乐观。由预制板搭成的墙壁上，到处都是光怪陆离、充满个性的涂鸦，一半的室内照明灯具早已报废，另一半则像风中的蜡烛一样明灭不定。各种各样的日常废弃物被堆在供应站空旷的墙角，涵盖了我能想象到的生活垃圾中的每一个种类：损坏的零件，经过太多次深充深放而变得毫无用处的蓄电池，空的食物包装与破水瓶，无用的衣物和手套……

出于灵长目动物在老祖宗的娘胎里就进化出的强烈好奇心，我用脚尖踢开了其中一堆垃圾，希望看看下面到底还藏着什么稀奇玩意儿。

随即，命运之神又一次展现了祂无与伦比的幽默感。

我的愿望被超额实现了。

5

爆炸产生的炽热巨浪就像一只来自地狱深处的火焰巨手，紧紧地抓住了我，然后满怀恶意地将我用力朝前掷了出去。

在那枚简陋的自制炸弹被引爆之前，我转身跑出了大概十米远，但这一距离并不足以让我逃离它的波及范围。

然而无论如何，我至少活了下来。

"真他妈的……"我像一只想要翻身的乌龟一样手忙脚乱地挣扎着爬了起来，浑身上下疼得活像是刚被擀面杖碾过的面团。

我的环境防护服挡下了大部分冲击波和高温，但那些正忙着采集生物样本的"黏菌"可就没这么好运了——高温彻底破坏了它们的精密结构，将这些小家伙连同所采集的那些基因信息一道变成了一堆干燥焦黑的粉尘。

炸弹曾经存在的地方，现在只剩下了一堆碎屑和粉尘。不过，当我推开供应站的出口，让霜之森中经年不息的寒风驱走萦绕在室内的浓烟之后，一条再明显不过的线索出现在我的眼前：一截被烧得焦黑的导线，就像一条死蛇般蜷曲在爆炸留下的焦痕之中，而导线的另一端则没入墙角的一处小洞。

这种引爆手段非常原始，但却足够可靠，当然，也正好方便我找出那个打算取我性命的人。

我举着针弹手枪冲出供应站，循着那条雪地中的导线追了上去。

然而，我刚跑出几步，一支细长的杆状物就从不远处的林中射出，贴着我的面罩飞了过去——这是一支通常由玩具弩发射的塑料箭，一件普通而无害的玩具。但当它原本的塑料吸盘箭头被改装成一枚触发式炸弹后，这玩意儿可就相当危险了。

"以邦联法律的名义，我命令你停止抵抗！你已经被捕了！"我大声警告着，同时朝射出弩箭的那棵树后用力投出一枚震撼弹。

很快，一个跌跌撞撞、背着弩弓的身影，就从冰封的巨树之后跑了出来，头也不回地朝远处逃去，看上去活像一只受惊的兔子。

"站住！否则我将不得不采取致命武力实施逮捕！"我将防护服的扬声器调到了最大音量，对那人厉声吼道。

但那家伙并没有停下。

我的这支针弹手枪弹匣里足足填着一百五十发口径三毫米的针状刺钉弹，在近距离自动射击时，这些细针足以撕碎一切无防护活体目标，而远距离上的五发短点射则能够轻易地给敌方造成通常不足以致命的重伤与剧烈伤痛，从而使其丧失行动能力。

这一次，我选择的就是这后一种射击模式。

在五秒钟内，我接连扣动了十次扳机，至少三分之一个弹匣的子弹击中了那个仓皇逃离的身影。

然而却没有任何效果。

那个身影消失了。

"这……"我有些迷惘地愣了片刻，随即就意识到了自己所犯下的错误。

果不其然，当我冲到那棵巨树后面时，所看到的只有一张用简易的无线电遥控设备控制的弩、一段压根儿没有连接到任何起爆器上的电线，以及一台半埋在雪地中的廉价投影仪。这是相当简单的欺骗手段，但却非常实用。

我叹了口气，放弃了继续寻找那个制造这场爆炸的人的尝试——所有迹象都再清楚不过地表明，他现在肯定已经逃之夭夭了。遥控弩和全息投影仪附近没有留下任何可供追踪的线索，仅有的几只脚印也都看不出任何特点。

在迟疑片刻之后，我在这些脚印周围倒下了第二群"黏菌"，同时警惕地注意着周遭的一切动静。

这一次，"黏菌"们安全地"存活"到了完成任务的时刻，而检测结果也很快出现在了我的视网膜上。

它们未能在这些脚印周围检测到任何可供识别的人类DNA。

"调查员阁下？"当我从气垫滑橇上跳下来，大步走进一片狼藉的东湖镇机械维修铺时，治安员哈米斯和这家铺子的主人明先生不约而同地将视线转向了我。他俩的手里各端着一只便携式灭火器，防护服的钛白色涂层被燃烧的灰烟熏成了煤黑色。

"你总算回来了。"哈米斯说。

"是啊，幸好我还能活着回来。"我在防护服空调背包喷出的暖气流中扭了扭脖子，借此缓解颈椎因为先前的那场"惊喜"而产生的阵阵疼痛,"这儿出了什么事?"

"一场相当严重的事故!"哈米斯说道。

我注意到,这个男人的手中拿着一支可以调整射击威力的袖珍离子手枪——这座小镇上唯一一件合法注册的制式武器。可惜的是,哈米斯那不断颤抖的手腕让人难以对他使用这件武器的准头有多少信心,我看就算是那些年过六旬、从没接受过回春术治疗的即将退休的老警员,在这一点上也比他更强。

"就在你离开镇子之后,明先生的车库突然发生了爆炸,至少半打气垫滑橇和一架单人直升机被毁,好在自动消防系统已经控制住了火势。"哈米斯喘息着对我说。

"但你显然不认为这是一场纯粹的事故。"我隔着防护服的面罩朝着他的手枪使了个眼色,"明先生,被炸掉的是你的哪座车库?是不是三号?"

"没错。"机械师颇为无奈地做了个确认的手势,"我也不知道这是怎么回事,当时我还在睡觉,然后车库的安全警报就响了起来。我完全不知道——"

"行了。"我摆了摆手,示意他俩不必继续说下去。

到现在为止,事情的发展与我早些时候预料的几乎一模一样:储存在明先生三号车库里的是各种"无主"或者报废的交通工具,其中就包括那四位"事故"受害者曾经使用过的气垫滑橇。由于那块可以设定所谓"限制行为能力人模式"的密码锁内的记录在理论上是可以被清除乃至篡改的,因此我只将这些滑橇列为第二优先级的证据,而现在,就连这些不那么重要的证据,也都不复存在了。

"安全监控系统有没有拍下破坏者的影像?"我问道。

明先生在头盔内摇了摇头,回答说:"最先被破坏的就是监控设备,甚至就连已经存档的监控录像也都没了。如果真是有人蓄意破坏的话,那……"

"这就是蓄意破坏,而且搞破坏的那个人,极有可能就是谋杀了柯林斯和其他人的凶手!"我用不容置疑的语气告诉他俩,"就在两个小时之前,那家伙用一枚燃烧弹摧毁了可能让我确认他身份的主要线索,还险些要了我的命。"

明先生和哈米斯同时露出了不敢置信的神色。

"但我们目前没有任何可用的线索,也无法提出指控。"在短暂的沉默之后,哈米斯说道,"虽然我现在愿意相信你的推测,可照目前的情况来看……"

"我们会有办法的,"我看着被烧得一片焦黑仍在冒着青烟的仓库,自言自语道,"总会有办法的。"

6

在接下来的一周里,我总共做了三件事。

首先,考虑到那个藏在暗处的家伙对我和我的调查工作所表现出的十足恶意,为避免在调查结束前就光荣地登上司法部因公殉职名单,我在自己的临时住所附近安装了一整套军用级别的安保设备,包括高精度动作传感器,与大功率非致命性电击枪相连的宽频谱光学探测仪,眩晕跳雷和其他辅助设备,将这座小屋变成了一座货真价实的堡垒。

当然,我的所作所为也成了西米里亚本地新闻网(它总共只有一名全职工作人员)追踪报道的重点,但我对此完全不感兴趣。

接着,我和可怜的明先生一道清理了火灾后的车库,用司法部公款偿付了他的财产损失,然后对每一辆气垫滑橇残骸的状况进行了全面的检查与评估。

最后的结果倒是一点儿也不出我俩意外:所有被列为证物的滑橇都被毁得面目全非,甚至连一块稍微复杂点儿的电子元件都没能完整存留下来。自然,我也休想再从它们的系统内找出任何蛛丝马迹了。

不过,我丝毫也不觉得沮丧。毕竟,这是可以接受的损失。

在此之后，我又联系上了远在二十光年以外的N.T，让她的团队组织了一次对西米里亚网络系统的入侵，在本地人毫不知晓的情况下找出了几份无人注意的冗余文件。

众所周知，为了方便寻找失踪人员，西米里亚的每一套环境防护服里，都装有无法随意拆卸的定位设施，并且每过几分钟就会定期向行星同步轨道上的定位卫星传送穿戴者的方位坐标。于是，N.T不费吹灰之力就找到了她想要的那些东西：柯林斯·龙死亡前后六小时以及我在那座供应站中遭到袭击前后六小时中所有人的定位信号。

"如果这些数据是真的，而且你打算拿它作为法庭上的呈堂证据的话，老兄，"在重新联络上我之后，N.T说道，"那我只能说，你的运气实在是背到家啦……在柯林斯死之前以及你遭到袭击时，每一个西米里亚公民都有确凿无疑的不在场证明。离你们最近的汉德森先生也在九十公里之外的D-7琥珀矿场进行例行爆破作业；第二近的陈铁龙先生在一百二十公里外的冷岭；第三近的那位在冰牙海岸，他们全都不可能在这段时间里接近你们当时的位置，更别提作案了。"

"很好。"我耸了耸肩，"西米里亚有进口多功能拟人机器人的记录吗？"

"绝对没有，"N.T不假思索地说道，"对这一点我可以完全肯定。像西米里亚这么偏僻的地方，就连走私活动的可能性也完全可以排除——由于一次性进口货物的数量太小，要想在其中藏下一台和真人一样大小的机器人根本就不现实，任何鱼目混珠的手法，在这种情况下都毫无用武之地。"

"哦，这就对了。"

"'这就对了'?!"N.T有些惊讶地问道，"为什么？我还以为你会因为这些坏消息而抓狂呢。"

"坏消息？不。正因为这些消息，我刚刚排除了两种十分棘手的可能性。"我告诉N.T，"这意味着，我现在只需要对最后一种可能性加以确认就行了。"

"而要确认这种可能性，我就必须再替你干点儿活儿？"N.T推断道。

"当然。"我点了点头，随即说出了我所需要的所有东西，"我会在后天邀请几位本地公民，在那之前，请务必尽快完成上述目标。通话完毕。"

7

当顶楼观景大厅的气密门自动关闭之后，我将目光转向了走进大厅的四个人。

这四个人都是西米里亚行星上的常住居民，散居于各地，全都在西米里亚的霜之森中摸爬滚打了不少年头，而且都没能幸运地靠着琥珀发财。但除此之外，这些人就只有两个共同点了。

首先，他们都荣幸地登上了我的客人名单。

"欢迎，"我对来者们挥手致意，同时最后一次让我的个人计算机核对了这些人的身份信息，以确认来到这里的都是其本人，"对于让各位百忙之中抽出工作时间协助邦联司法部门执行公务一事，我表示衷心的歉意。但无论如何，维护正义在任何时间、任何地点都应当被放在第一位。当不止一次公然践踏他人生命权的暴行发生时，任何公民都有义务协助司法部门逮捕施暴者，以杜绝其继续犯罪的可能，并确保此人能受到应有的惩罚。"

没人提出问题，也没人对我这番堂而皇之的讲话表示抗议或者不满。

在沉默良久之后，一个神情疲惫的中年男子终于率先开口了："为什么是我们？"

"因为你们可以协助我的调查。"我沿着弧形落地窗踱着步子。

这座位于东湖镇外的塔状建筑，原本是一座观景中心，在西米里亚刚被开发的那段日子里，某个过度自信而缺乏常识的旅游合作社修建了它，希望能以此招揽那些闲得发慌的家伙跑到霜之森来烧钱玩儿。不过，西米里亚行星过于不友善的气候，最终让那帮人的伟大构想全部泡了汤，这座高塔则被金子当作生铁卖一般甩卖给了东湖镇的人们，用来作为镇民会议开会的地方，以及堆放公共财产的仓库。

"那为什么你点名要我们来协助调查，而不是其他镇民？我们对你所谓的调查完全一无所知。"那人继续质问着。

"因为我有理由相信……"我故意拉开敞着的大衣的一角，让他们看到我穿着的贴身护甲和插在腰间的针弹手枪。根据我从前办案的经验，进行某些必要的威胁性暗示，可以大幅度降低嫌疑人狗急跳墙的可能性，"你们中的某个人有着相当重大的犯罪嫌疑。"

我原以为，这句话应该会在我的这些"客人"之中造成惊慌与混乱：那些无罪者会因为自己身边藏着一位谋杀犯而惊讶，而无路可逃的犯罪者本人更是会不可避免地陷入恐惧。

但奇怪的是，我的"客人"们对我的指控所表现出的仅仅是令人难堪的漠然，所有人都用冰冷带刺的目光盯着我，仿佛我刚才只是讲了一个一点儿也不好笑的冷笑话似的。

我深吸了一口气，直接用语音方式对身后的计算机终端下达了进一步指令："锁定室内所有出口，关闭第一到三层的供暖系统，取消安全协议DXH-12，然后开启地面一层入口。"

"指令确认，开始执行。"终端的人工合成语音冷冰冰地答复道。

与此同时，在我身后的室内环境监控面板上，一系列数据正在迅速发生变化：随着地面入口的开启，室外那温度低于零下一百摄氏度的强冷空气，如同一块贪婪的海绵般迅速吸干了这座建筑底层空间内的热量，然后是第二、第三层，在我身后的显示屏上，这些地方的温度正以每秒一点二摄氏度的速度迅速降低。

没过多久，长达数十米、充满了强冷空气的通道，变成了远比一切气密门和安全门更加难以突破的障碍物，将大厅内的众人与他们存放在地下室中的防护服和交通工具隔绝开来，使得大厅内的任何人都无法在未经我同意的情况下离开此处。

随后，一队经过改装的携带着致命性武器的蜂式机器人也按照我的计划，从经过伪装的通风口里飞了出来，如同一群货真价实的野蜂，将我的"客人"们团团围住。

"你这是要干什么?!"一个头发灰白的中年女性厉声质问道。

"以防万一。"我解释道，"考虑到我本人在不久之前所遭遇的事件，我有理由相信，一旦意识到自己即将遭到拘捕与审判，犯罪嫌疑人极有可能会采取一切措施——甚至包括动用暴力——以便逃脱或者拒捕。"

"但你凭什么认为我们中有一个……一个你所谓的'犯罪嫌疑人'?"先前说话的那个男人问道，"你的证据呢?"

"别着急，先生。"我缓慢地后退了一步，同时估量着这个男人就是凶手的可能性，"在列举证据之前，我希望向诸位稍稍说明一下我在过去这段时间中所进行的调查，以及我本人的某些遭遇。众所周知，东湖镇居民柯林斯·龙先生在半个月之前突然去世。从纯粹技术的角度上讲，他是在交通工具发生故障后被困在野外，然后因为环境防护服能量耗尽而被冻死的。如果就此事而言，这似乎可以被简单地视为一起意外；但是，鉴于本地之前已经发生过三起几乎一模一样的'意外'，将这一事件纯粹归于偶然因素，显然就不太合适了。"

"你说的这些事我们都知道。"一个有着暗红色脸膛的矮个子男人有些不耐烦地说道。由于面部肌肉每隔一小会儿就会不受控制地抽搐，他的声音显得有些怪异，"所以呢?"

"所以我在司法部授权下对此事展开了调查。"我继续说道，"在调查中，我发现了许多疑点，但进一步的取证工作却被一次蓄意的爆炸袭击所破坏。与此同时，一批重要物证也被毁灭。毋庸置疑，实施这些破坏行动的人企图以此干扰调查工作，以免那些被处心积虑伪装成'事故'的谋杀罪行的真相为人所知。"

"那么，你知道这人的确切身份吗?"四人中一直保持着沉默的一位矮小敦实的女性问了一句。

"很不幸，我暂时还不知道，否则我也不会邀请诸位来到这里了。

众所周知,在西米里亚,没人能在不穿戴任何防护设备的情况下在室外存活超过五分钟,而无论是对我实施袭击,还是安排发生在柯林斯·龙身上的'事故',所需要花费的时间都比这长得多。"我仔细地观察着每个人的表情,希望能从中看出些许异样,"根据可靠信息,当时没有任何一套经过注册的环境防护服接近过我或者柯林斯。而这,就意味着两种可能……

"首先,那个人可能使用了经过特殊编程的仿真机器人替他干这些活儿,但这种可能性很容易被排除:在西米里亚,没人拥有这种机器人。就算有人成功进口了一台,也不可能用它制造出置柯林斯于死地的'事故'——要设置气垫滑橇的限制行为能力人驾驶模式,就必须同时输入指纹与活体DNA信息,而后者显然是机器人做不到的。那么,剩下的可能性就只有一种了:有人在没穿防护设备的情况下接近了我和柯林斯。"

四人中看上去最为年长的那名中年男子发出了一声嗤笑,"但你刚才还说,没有环境防护服,没人能在外头活过——"

"请容许我纠正您的一个小错误,先生,"我打断了他的话,"刚才我说的是'防护设备',而不是'环境防护服',二者之间是不同的。除了本地人常用的环境防护服之外,邦联维和部队装备的γ级动力装甲、太空港工作人员配发的各型号宇航服,以及有人操作飞船船员们的紧急状态防护服,都属于防护设备的范畴,而且它们都能让人在西米里亚星的地表存活几十分钟到几天不等的时间。除了这些常见的防护设备之外,还有几种相对冷门的玩意儿也能做到同样的事——比如说,由希波克拉底医疗器械联合企业研发出的医疗活性外肤。"

这一次,我满意地发现,我的话终于在"客人"中激起了某些情绪反应:那个头发灰白的中年男子和身材矮小敦实的女人对视了一眼,眼睛里同时闪过了惊愕的目光。尽管他们几乎立即就恢复了先前一脸漠然的神色,但我知道,刚才没有看错。

"我们都知道,医疗活性外肤本质上是一件活着的防护服——它是用穿着者本人的干细胞所培育的,但是经过了特殊的加工和改造,并填入了人造隔热夹层与微型温控系统。它的主要使用者，是皮肤大面积损伤、丧失功能的人。但从理论上讲，这种活性外肤也可以像环境防护服一样，在极端环境下维持穿着者的生命。或许它不如真正的防护服那么高效而舒适，但至少也够用了。"我故意将目光转向那两个人，而他们的神色也变得紧张了起来，"更重要的是，活性外肤很容易被偷运，因为它看上去和真正的皮肤并无不同，甚至就连一般的仪器也无法检测出来。只要将这东西穿在身上，它的拥有者就能带着它大摇大摆地通过绝大部分检查措施。"

"但那又怎么样?!"矮胖女人问道，"这和你让我们到这儿来有什么关系?!"

"当然有。虽然医疗活性外肤只需要生物实验室中最简单的生物培养设备就能维护，但它的使用者却并非如此——这些人要想穿上它，就必须接受一系列神经接口植入手术，而这些接口又需要经常进行清洗……"我逐个打量站在我面前的"客人"，"根据我所查获的进口记录，你们四人都曾购买过可以被用于清洗神经接口的有机溶剂，因此我决定对你们进行身体检查，以确认你们中到底有谁接受过这种并不常见的手术。"

话音刚落，我的脸上就重重地挨了一拳。

8

打我的是四人中最强壮的那个红脸男人。

这个壮汉的拳头既准又狠，在我未及拔枪之前就像一枚被行星引力捕获的陨石一样重重地砸在我鼻梁的正上方，将我打得失去平衡，险些仰面栽倒在地。

在大厅内来回盘旋的蜂式机器人纷纷伸出了微型电磁枪的枪管，

但却因为担心误伤到我而不敢开火。

那个红脸男人用一只胳膊卡住我的喉咙,将我拦在了他与全副武装的机器人之前,而另一只胳膊则伸向了数尺之外的系统控制面板。

"这么做是毫无意义的!"我一边用还能动弹的肘关节猛击对方的腰部,一边喊道,"这儿的室内环境控制系统已经被我用基因锁锁定了,除了我之外,没人能……"

"蠢货!"男人轻蔑地说道,随即用惊人的蛮力抓住我的一侧手腕,然后将我像一只大号铅球一样朝着那群蜂式机器人抛了出去。

在预设程序的控制下,机器人们仓促向两侧退避,以免我在撞击中受伤,而那个红脸男人则趁机扑向控制面板,打开了一块隐藏的塑料盖板,一拳捶在了一只标有"紧急"字样的鲜红按钮上。

凄厉如锯的警报声顿时响彻大厅。

随着重新锁定了目标的蜂式机器人纷纷开火,至少两百来发尖锐的硅晶体针弹在接下来的十分之一秒内射入了这个男人的后背,刺断了他的脊椎、击碎了他的肋骨、撕裂了他的心肺,但这一切都已经太晚了。

随着警报的鸣响,一道道橘黄色的火光如同花朵般在落地玻璃窗的边缘依次亮起——我所受过的专业训练告诉我,这些被引爆的东西应该是预置的爆破螺栓。按照邦联的安全法规,在很多复杂的建筑物中都藏有这些会爆炸的小东西,一旦出现诸如火灾或者危险化学品泄漏这类紧急状况,这些填满惰性炸药的螺栓可以干净利落地炸开由它们固定的墙壁、强化玻璃、栅栏或者别的东西,为那些打算实施救援的营救人员和试图逃离的人铲除障碍,以免建筑物成为困住受害者的死亡陷阱。

但这一次,它们却扮演了与设计用途完全相反的角色。

当经过强化的落地窗玻璃纷纷在西米里亚地心引力的作用下向外掉落后,一阵狂风立即在巨大的内外气压差作用下形成了。依靠微型涵道式升力发动机悬浮在空中的蜂式机器人马上沦为第一批受害者,就像狂风中的叶片般被室内暖空气形成的激流卷了出去,然后接二连三地坠入了高塔下的冰原，或者在冰封的巨树上撞得粉碎。

有两台蜂式机器人甚至先在空中撞在了一块儿，然后才在一棵树上炸得粉碎。这次爆炸不仅击碎了包裹着树身的厚重冰棺，也顺带点燃了干燥脱水的树干。随着火焰腾起，这棵巨树终于不情不愿地开始倾颓坍倒，将珍藏万古的碳元素交还给了西米里亚的大气层。

当然，受到影响的并不仅仅是这些蜂式机器人，还有室内没有被固定好的一切东西——杂物、垃圾、尘埃，以及人。

红脸膛男人的尸体首先被负压形成的涡流卷了出去，而离落地窗不远的我先是被狂风掀了个趔趄，然后险些一头滚出窗外。值得庆幸的是，在那之前，我及时地抓住了位于窗边的一处把手，堪堪固定住了自己的身体。而我的另外三位"客人"，也纷纷依靠身边的栏杆或者固定式座椅稳住身形，以此与身边的狂风相对抗。

但是，我很清楚，这么做只能济一时之急——由于建造方过早地廉价售出了这座建筑，这座大厅内缺乏某些至关重要的标准设备，其中之一就是当气密性被破坏后用于抵御降温的临时防护服。

"你们都知道！"当鬼哭般的风声稍稍减弱时，我大声喊道，"你们都知道他要这么做，是不是?！"

"是的。"正躲在一张固定式金属桌后的中年男子说道，语气中充满了认命式的坦然，活像是自己刺瞎了双眼之后的俄狄浦斯，"我们知道。"

"这是为什么？"

"因为复仇，"中年男人说道，"仅此而已。"

"我不知道你说的复仇到底是什么！"我紧紧抓着窗边的握把，大口大口地喘息着。就在几分钟前，我还自负地以为自己设下了一个完美的陷阱，可以让犯罪者无处可逃，但现在，我自己却成了落入陷阱中的猎物。没有环境防护服，我不可能活着走到附近的任何一处能支撑人类生存的地方，甚至就连徒步穿过走廊和楼梯，抵达更衣室所在的底楼也毫无可能；而即便我现在就重启室内的供暖系统，让那些已经灌满冷空气的楼层和通道重新恢复到能让人生存的温度，也至少需要数个小时的时间。可话又说回来,就算待在这儿,我的死刑也不过是被略微延期而已——最多三四分钟后,大厅内的温度就会与室外趋同,再过一两分钟,我就会落得跟柯林斯·龙和其他"事故遇难者"一样的下场。我的枪救不了我,也没人能救得了我。

"你们他妈的都疯了!"我吼叫道。

"疯了?或许吧。持续一生的痛苦与折磨确实会让人发疯。"那人突然呵呵地笑了起来,"一生的痛苦与折磨!一辈子被人当成怪物和局外人!你知道那是什么样的感受吗?"

"这和我有什么关系?!"

"你不明白,对吗?毕竟,你在日斑星工作时还很年轻,也许并不清楚自己的所作所为到底意味着什么,但这并不能成为你的无罪辩护。"

"日斑星?我……"我条件反射地咽下了一口唾沫,无数记忆的碎片就像从阴云中落下的雪花般纷纷坠入我的思绪——工厂林立的行星夜面[1],燠热而令人窒息的有毒空气,足以将人的灵魂磨碎的枯燥与寂寞,以及无穷无尽的紧张工作日程……"我干了什么坏事?"

"二十五年前,你曾经在丹·希尔特种服装合作社工作,那也是你大学毕业后的第一份工作——在他们的工厂里做质检技术顾问。"尽管呼啸的狂风几乎能塞住每个人的喉咙,但他的声音仍然清晰,"你否认这些事吗?"

"我……不否认。"

"那么,我们没有找错复仇的对象。"中年男人宣布,"因为你也参与了剥夺我们与生俱来的权利的暴行。"

"可……"

"你不相信?"随着大厅内外的气压差迅速缩小,呼啸的风声渐渐隐没,而我身后的显示器则表明,室内温度已经达到了零下四十五摄氏度,而且还在迅速下降中,持续运转的供暖设备也只是让这一速度

---

1. 就是一颗行星位于夜半球的一面。潮汐锁定后的行星夜面是固定的,正常状态下则随自转变化。

略微减缓而已。"那么告诉我,在你参加工作的第一年的最后一个月里,你是否曾经负责检验过一批新出厂的P级辐射防护服?"

我一边打着寒战,一边勉力点了点头。既然已经无法逃出生天,那我至少可以利用最后这几分钟时间弄明白一些问题。如果没记错的话,我确实曾经检查过这批辐射防护服——之所以到现在还记得如此清楚,是因为它们不仅是我入职之后检查的头几批产品之一,而且还是我所检查的第一批新型产品,更重要的是,那是我唯一一次与自己的上级争辩。

"是的,我记得。"我在寒风中一字一顿地说道,喉咙中仿佛积满了结冰的苦灰,"那时……"

那时的我还很年轻,也比现在更大胆、更有棱角。在收到那些新型产品后,我花了足足半个标准月的时间对它们进行分析与检测,反复地审视每一处创新设计,寻找任何可能的瑕疵。正如它的设计者在呈交的报告中声称的那样,这些专门为极端环境工作人员设计的辐射防护服的质量相当出色,相比旧型号,它们所采用的新型材料夹层能抵御更为强烈的辐射,也更经久耐用、不易损坏。唯一美中不足的是,这些用于填充夹层的材料只经过了最基础的毒理学测试,而尚未接受进一步的安全测试。

"当然,你也许不清楚我们和那些防护服有什么关系,但我会让你看清楚的。"中年男人跌跌撞撞地扶着桌子站了起来,然后朝他的两位同伴点头示意。

接着,三人同时将手伸向了后背,轻轻地按下了位于颈椎两侧的某个不引人注意的凸起。

他们的皮肤如同破败的衣衫般滑落在地。

我的猜测是正确的,这些人确实都穿着医疗用活性外肤。但我从未想过的是,在那层人造皮肤与神经网络之下,包裹着的竟是如此可怕的残躯!

我过去见过不少用活性外肤维持生命的重度烧伤患者,但这几个人看上去却更像是刚刚被剥了皮的猎物,粉红的真皮层上看不到一丝一缕的毛发和完整表皮，血液、脓浆和皮肤残片随着他们肌肉组织的每一次运动而流淌着，并在接触到冰冷空气的瞬间就凝结成了红褐色的固体！

而更让我惊讶的，则是他们脸上释然的表情。很显然，与他们先前遭受的苦难相比，彻骨的寒意所带来的痛苦根本不足挂齿。

"我们的病症没有名字，我只知道这是一种自免疫性遗传病，来自那些篡改了我们父母遗传基因的毒素。它的症状有些像是过去的早衰症，但却比那种疾病可怕得多！"被剥皮的三个人用一种诡异的和声说道，"自从出生时起，我们的免疫系统就把我们的皮肤视为病原体，一次又一次地将它们切碎、撕毁、剥离，这奇怪的疾病迫使我们披着这身人造的皮囊苟延残喘。你知道凌迟吗？但就连这种亚洲人发明的残酷刑罚，也及不上我们遭受的永恒酷刑的万分之一。知道吗？就算是我们中年龄最大的人，也不过二十来岁，但如果有机会的话，我们甚至宁愿和那些没有接受过延寿治疗的耄耋老人交换身体！没有人能治疗我们的病症，就连最睿智的医学家也只能勉强为我们找出致病的原因——我们的双亲在工作中曾经穿戴过的那套防护服。真是不幸，当我们找到防护服的生产者时，那家公司早已倒闭，但这并不妨碍我们去向那些负有责任的人讨还债务。哦，没错，有几个家伙相当聪明，他们在官司打完之后就雇人毁掉了自己的档案，然后逃到了这片冰天雪地里，自以为能够躲过我们的愤怒。但很不幸，他们逃得还不够远。"

我明白了。那些"事故"的牺牲者，都曾在日斑星工作，而这并非巧合。对走投无路、心怀愧疚的破产者而言，还有哪儿比远离文明世界的西米里亚更有吸引力？而又有什么能比这片人烟稀少的冰天雪地更能让人放松戒心？

然而多年后，这些带着诅咒烙印出生的孩子依然完成了复仇！现在，他们终于可以了然无愧地拥抱死亡。

"这事和我没关系。"在身后显示屏上的温度数字变成零下九十度的刹那，我终于哽咽着说出了这句话。按照规定，我确实不应该为这些样品签发生产许可,但如果我不这么做,就意味着我们的企业会在竞争中落后于主要竞争对手——就在我尽职尽责地进行设计时,对手同样设立在日斑星上的生产工厂已经开始了第一批量产型防护服的制造。最后,我选择了辞职,将这一无法做出的决定推给了他人。"我没有批……批准生产那些防护服。你们应……应该知道……"

"我们所知道的是,你没有阻止它们被生产出来。在这一点上,你和接替你职位的柯林斯·龙的所作所为并没有任何不同——他签署了让我们终身陷入痛苦的判决,而在此之前,掌握着这一权力的是你。没错,是罗迪和其他人设计了那些防护服,但没有质检专家的批准,它们不会被生产出来。"我的"客人"继续说道。虽然已经降到零下近百度的气温正在迅速榨干他们残存的生命力,但在那三张没有皮肤的脸上,我能看到的只有释然。"我说得对吗?"

我费劲地点了点头,仅仅几十秒的工夫,先前的彻骨寒意已经变成了虚幻的炽热。我觉得自己的周身仿佛被浸入了沸水,而与此同时,强烈的睡意则开始蒙蔽我的感官,让我陷入极度的疲倦之中——死神的请柬已经送达。

"对,"我喘息着说道,"但我什……什么都没做。我问心无愧。"

"问心无愧?"那个已然缥缈得如同幽灵呢喃的声音答道,"既然如此,那你为何要逃避?在你的下半生中,你为何要放弃自己的专长而前往司法部工作?为何你从来不向其他人谈起此事?也许法律认为你无罪,也许司法机构从来都未曾将你列入追捕名单,但在你的内心里,你到底将自己视为什么人?"

我想要再说点儿什么,但话到嘴边,却只剩下了一丝无言的苦笑。

在几米外,我的"客人"们已经成了三座纹丝不动的血肉雕塑,他们的生命已经与热量一并被笼罩着西米里亚的寒冷带走,一起离去的,还有纠缠他们终生的痛苦。但即便如此,他们仍然摆出了聆听的姿势,默然无声地等待着我的答复。

"是啊。"我长长地呼出一口气,一小团水汽在我眼前变成了冰晶,然后又落回我的脸上,就像一场小小的雪,"我的逃避结束了……"

大饥之年

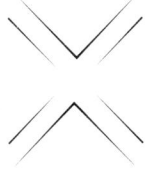

张 冉

宝永三年（1706年）四月七日
日本萨摩藩屋久岛下屋久村

雨下个不停。浅灰色的云幕笼罩着屋久岛山脉，已经连续一个半月看不到屋久岛的最高峰宫之蒲岳，下屋久村的三十三间草房都生出了惨绿的青苔。

数十人聚集在村中央一栋大屋门前，在雨幕中拥挤着，发出低沉的嘟哝声。深红色的泥浆淹没了他们枯瘦的脚腕，那是用来刷涂墙壁的红色涂壁土的颜色，这座屋久岛山深处的村落，正在溶化于连绵大雨之中。

透过墙壁上的破洞，能看到两个男人坐在屋子当中。水珠滴滴答答落入火塘，腾起呛人的烟雾。坐在上首的白发老人喉结滚动，将唾液咽进枯涸的喉咙。饥饿感如一只巨手攫住他的胃，抓挠着肝肾，把肠子狠狠揉成一团。他肮脏的脚趾用力抠紧榻榻米，枯黄的趾甲刺进草席。

这位白发老人已经断食整整二十天了。这二十天里，他其实吃下了三十八升五合白米，相当于两名精壮武士的饭量，可他还是很饿，饿得浑身浮肿，眼睛发黄。再多的米饭都填不饱肚子，唯有味噌和豆腐能带来一丁点儿充实感。他不住地进食，紧接着呕吐；继续进食，继续呕吐。

下屋久村名主（村长）饭田守很清楚自己需要什么。他需要肉。山猪、牛羊、鸡鸭——充满油脂的肥腻的肉，是治疗饿病的唯一药品。

然而，早在二十多天前，村里就再也找不出任何肉类了，即使治饿病不那么有效的咸鱼和干虾也已吃光。全村三十三户，每家每户的米缸都装满了白花花的大米，去年棚田（梯田）丰收，本该让村子安然度过青黄不接的时节，可牛头天王在春雨时分降下饿病，使下屋久村陷入一片混沌。

"父亲大人，村寄合（村议会）早已做出决定，他们已经无法等待下去了。"下首正坐的年轻人说。他的身体浮肿胀大，面色焦黄，显然也正在经历难挨的饥饿。这个年轻人的名字叫稻盛孝广，是下屋久村的百姓代，也是饭田守的女婿，今天是他断食第十九天。

雨鞭打着屋顶，火塘即将熄灭，屋外突然传来巨响，腐烂的篱笆墙被人们推倒在水中。呻吟声渐近，雨幕里，众多人影摇摇晃晃走来。

饭田守下定决心，从衣袖中慢慢摸出一柄短刀，说："这柄肋差是下屋久出身的本乡大人赐给我的宝物，本乡大人是我们七十七万石萨摩藩的总番头（骑兵大将），为人宽厚，一定会原谅我吧，原谅我吧……"

看着老人抽出短刀，以白绢仔细擦拭，稻盛孝广忍不住变了脸色，喝道："父亲大人，你要做什么？难道想要自杀吗？我们是农户之身，怎么可以擅自切腹，这可是诛灭全族的罪名！"

"孝广啊……"饭田守翕动嘴唇，以黄疸严重的眼睛望向屋外昏暗的天空，"你还不明白吗？下屋久村已经完了。出去求援的人没有回来，说明所有的桥梁都被洪水冲垮了，通往港口的路也毁掉了，在这场雨停止之前，没人能进来，也没人能出去。我活了五十八岁，从没听说世上有这样的饿病，牛头天王将疫种撒在这里，又用山洪封锁道路，就是要彻底毁掉下屋久啊……可是孝广啊，你想想，若能够将瘟疫同下屋久一起埋掉，对萨摩来说，不是最好的事情吗？"

年轻人猛地站了起来，双腿因虚弱而摇摇晃晃，"村子不会毁灭，我们会活下去，撑到岛津大人的援军到来！"

饭田将短刀举起，借着昏暗天光凝视刀身的云纹，"这话我在饿病刚发生的时候说过，在吃光肉的时候说过，在村寄合决定开始吃人的时候也说过。孝广，外面那些人已经不再是人了，而是食人的鬼！我们都是食人的鬼！每天吃掉一个人，这是恶鬼的行径，就算神佛也不会原谅的……夕子是柔弱的女人，甘愿为村子牺牲，成为大家的食粮；可是朝子才刚八岁，无论如何我也没办法……"

稻盛提高音量："固然朝子是我的亲女儿，可作为百姓代，我必须听从村寄合的决定！父亲大人，你把朝子交出来吧，别让饭田家蒙羞！"

"嗤——"饭田浮肿的脸突然挤出一丝笑纹，老人回答道："你没有吃夕子，我很感激你，可你终究会吃人的，不是朝子，就是其他人，变成外面那样的恶鬼……你找不到朝子的。你的眼神已经变了，只要我一倒下，你就会撕下我的皮肉，喝光我的血啊！稻盛。朝子已经走了，她会把灾祸带走，将一切终结……"

这时雷声从天际滚过，闪电照亮山峡间的孤村，下屋久村第十二代名主饭田守，猛力将冰凉的短刃刺入自己的左腹，慢慢向右横拉，刀刃切裂胃肠的感觉，也并未缓解那蚀骨的饥饿。

"本该拿锄头的手，看来还是不适合拿刀啊……"老人喃喃自语，"杀死夕子的时候，也是这样不干脆，要死很久的样子吧。稻盛，你能当我的介错人吗？……这听起来真像武士说的话啊。"说完，他头一歪，断了气。

"父亲大人！"

鲜血的气味芬芳四溢，稻盛孝广终于屈服于腹中的恶鬼。他扑向自己的岳父，牙齿映出雪白的光。那么多个日夜的忍耐，只是因为对父亲大人的尊敬，如今表达敬意的方法，就是将对方的身体当成治病的良药。

村民们拥进大屋，浮肿的、恶臭的、如鬼一般的村民，人群将尸身淹没。

外面的人开始啃噬同伴的肢体，呻吟声与咀嚼声在雨声中显得含混不清。

屋外的水流急促起来，红色泥浆冲走浮土，使地下草草掩埋的数十具骨骸显露出来。

河水开始泛滥，在山腰用以分流溪水的堤坝旁，一个小女孩正用木棍吃力地撬起闸门。她不明白妈妈究竟去了哪里，也不知道宁静的村子为何变了模样，她只知道自己小小的身体里还有一丝力气，足够完成外公给予她的最后指令。

"嘿呀……"朝子撬开闸门,蜷缩身体,把怀中的东西护卫起来。

堤坝崩溃,洪水到来。来自宫之蒲岳的洪流轰鸣而下,将山石、树木、泥土与小小的村庄一同吞噬。

短短几分钟内,泥石流就彻底改变了山谷的模样。

印有萨摩藩大名岛津家丸十字家纹的船帆在风中鼓动,一位武士站在船头远眺,看到黑沉沉的雨帽覆盖下,屋久岛的绿色山脉正在流淌。

"山崩了……"武士摇摇头,叹息道,"返回鹿儿岛吧,下屋久已经完了。"说出这句话时,他的眼角挤出一颗泪珠,那是对故乡最后的惦念。

2014 年 12 月 20 日
美国内华达州提卡布山谷无名农场主宅起居室

"5,4,3,2,1——"顾铁瞅着腕表读出数字,"现在是2012年12月21日了,同志们。"

屋里的四个人一齐扭头望向屋角的座钟,时针指向午夜十二点,自鸣钟咚咚敲响。

人们屏住呼吸,静静等待了一会儿,然而什么都没有发生。

壁炉内的火焰噼啪跳动,老式电唱机上有黑胶唱片在嗞嗞空转。有人手中的酒杯倾斜了,琥珀色的酒液沿着杯壁流下,无声地坠入羊毛地毯。

"又一个世界末日!"长着一头浓密黑发的中国人倒在摇椅中,有气无力地摊开双手,"2012年的世界末日是假的,又有专家说,根据玛雅历法认真推算,2014年才是真正的世界末日,结果全是扯淡!无聊,无聊!"

有人将悬空的唱针复位,Billie Holiday 的歌声再度响了起来。"玛雅人的历法同样令人失望啊,铁。那么该下一个故事了,我们每年只聚会一次，除了例行的世界末日妄想之外，总该有点儿新鲜话题吧……浅田，该你了。"一个梳着两条大辫子的印第安女人转过身说。

"没什么好说的。"开口的是端坐在沙发上的中年日本人，这人皮肤黝黑，神情阴郁，看起来不大像是个喜欢讲故事的人。

顾铁嘟囔道："老兄，拿出点儿奉献精神来吧，难道你一年之中就没遇到点儿什么稀奇古怪的事情吗？"

"没有。"名叫浅田的日本人生硬地答道，"我是个杀手，一年来只杀人而已。"

"当然，杀手……"屋里的几个人同时举起杯，喝了一口酒。这个穷极无聊的沙龙有且仅有四名成员，成立十六年来，只聚会过十六次。这四个人的国籍、职业和教育背景完全不同，促使他们走到一起的，是九十年代中期刚刚兴起的网络留言板上一场有关生存意义的大讨论。哲学问题是没有最优解的，思维碰撞的结果是漫长而丑陋的论战，而在这场论战当中，四个陌生人发现了彼此身上某种共性的东西，决定成立一个小小的讨论组，那就是这个沙龙的前身。

这个沙龙是松散的，成员之间基本互不联系，只在每年例行的聚会当中分享故事，彻夜长谈。今年的召集人是顾铁，他是中国北京一家投资基金的管理人，对未知事物有着超常的好奇和敬畏之心，带来的话题总是有关反进化论、反人类沙文主义和末日审判的激进观点。而此刻该讲故事的，是日本人浅田，没人知道他的真名是什么，也没人知道他的职业，浅田总是用那种故作深沉的语气说自己是一个杀手，这成了沙龙的一个例行娱乐项目，每当"杀手"二字出现，大家就要笑饮一杯酒——谁都知道真正的杀手是不可能承认自己是杀手的，所以这只是个玩笑而已。

"离天亮还早着呢，总得聊点儿什么吧？"坐在唱机旁的人说。这个年纪四十岁的女人是美国华盛顿史密森学会的人类学家，名叫祖尔·科曼彻。

日本人闷闷地喝下杯中酒，似乎下定了决心，"好吧……一个月前，我得到了一件东西，我不太明白它究竟是什么，或许你们能找到答案。"他从灰色外套的内兜中取出一个布袋，解开绳结，将里面的东西倒在咖啡桌上，"三十三天前，我在鹿儿岛县出差，负责接洽的客户是早稻田大学考古研究所的教授，他在鹿儿岛外海的屋久岛上进行考古发掘工作，那里新发现了绳文时代的建筑遗迹。这件东西从他手中得来，似乎对他很重要。我把它当作战利品——不，纪念品留了下来。"

祖尔说："绳文时代是日本旧石器时代的后期，南九州的绳文遗址多有发现，基本上是距今九千五百年前的小村落遗迹。"说着话，她拿起桌上的物件端详着，"这可不是什么绳文时代的东西，它最多不超过三百年历史。和式的枣木木盒，做工粗糙，并非将军和大名所使用的高级器物。"

这个不起眼的盒子呈朱红色，体积与一台游戏主机相仿，接缝处用淡黄色的蜡封闭。浅田点头道："没错，这是日本江户幕府时期的东西，当时屋久岛属于萨摩藩管辖，岛上有人居住。在挖掘绳文遗址的时候，考古队发现了一个掩埋于地下的近代村落，根据地方志记载，应该是十八世纪初毁于山体滑坡的下屋久村。由于没有得到挖掘许可，考古队并未进行深入发掘，不过在工程机械掘出的坑洞中找到了大量尸骨。这个盒子是早稻田教授私自取得的，没有列入考古日志当中，我猜想其中一定有着什么不寻常的理由。"

"可以打开吗？"顾铁拿出一柄薄刃的匕首。

"要考虑到毒气和病菌的可能性。"旁边金发碧眼的男人提醒道，随即耸耸肩，"仅仅是提醒而已。"这个英俊的北欧人是沙龙的第四位成员，芬兰医药集团公司IDD的研究中心主任安德鲁·拉尔森，目前在美国CDC疾病预防控制中心从事高等级病毒实验室的组建工作。

"那我打开了，看看里面有什么宝贝。"顾铁催促道，"浅田你接着说。"

刀刃沿着盒子的缝隙刺入，然后轻轻一撬，蜡封被破坏，中国人轻轻抽出盒盖，向里面看了一眼，"咦，还有一个盒子。"

日式木盒里装着另一个黑漆漆的木盒，除此之外空无一物。

祖尔脸上掠过惊疑之色，将黑色小盒捧在手心，"奇怪，这是中式的红酸枝机关盒，用料相当考究，没猜错的话，应该是中国明朝所造。这种机关盒由能工巧匠订制，每只盒子由数十个木块榫卯拼接而成，必须按照特定顺序才能组装起来；而开启的时候，也必须按照特定顺序抽出相应木块才行，否则榫卯会越咬越紧。瞧，盒子表面还用黑色的火漆刷过，所以变成这种颜色，火漆中的虫胶经过数百年时间胶结干燥，已经把机关盒彻底黏成一个整体了。"

这时，屋中的人都聚集在咖啡桌前，好奇地端详着黑色机关盒。

顾铁一副心痒难耐的表情，发问道："能打开吗？日本盒子套中国盒子，里面没准儿还有个埃及盒子呢！"

"以现代技术对盒子进行扫描，把结构中的每一块木片还原为三维模型，就可以找到开启的顺序。"祖尔有点儿犹豫，"可是这只盒子已经无法正常开启了，恐怕只能切割开来。"

浅田给自己的杯中倒满酒，继续说下去："我的客户，那位早稻田大学的教授先生，留下了一份工作日志，其中有对那几十具骸骨的描述：绝大多数骨骼有噬咬的痕迹，留下齿痕的并非兽类，而是人类，下屋久村遗址毫无疑问是一出食人惨剧的现场。这一发现能够颠覆日本人长久以来自我标榜的国民品格，除了斯特拉·马力斯大学橄榄球队事件以外，还未曾有过如此确凿的证据证明文明社会中的群体性食人事件存在。"

"吃人？"安德鲁·拉尔森倾斜身子，显出很感兴趣的样子，"'洞穴奇案'[1]是最著名的法学、哲学问题之一，看来今年浅田带来了一个好故事。这盒子在其中又扮演了什么角色呢？"

---

1. 五名洞穴探险者受困山洞，水尽粮绝。为了生存，大家约定抽签吃掉一人，牺牲一个以救活其余四人。这一方案的提议人在抽签前又收回了意见，其他四人却执意坚持，结果恰好是提议人被抽中。获救后，这四人以杀人罪被起诉……这是美国法理学大家富勒于1949年提出的假想公案，富勒还进一步虚构了五位大法官对此案的判决书。这一公案后来成了西方法学院学生的必读文本。1998年，法学家萨伯延续了富勒的游戏，假设五十年后这个案子有机会翻案，另外九位大法官又针对这个案子各自写出了判决意见……"洞穴奇案"被誉为法治史上"最伟大的法律虚构案"。

日本人摇了摇头，说道："我不知道。那位教授先生应该已做出某种程度的推断，不过他并没发表研究成果，他只提到这个盒子是在一具矮小的女性尸骨身旁发现的，那具骨骼表面并没有啃噬痕迹。在萨摩藩的地方志中，下屋久村是被罕见的大雨隔绝交通近两个月之后，才被泥石流摧毁，大雨笼罩的两个月之中究竟发生了什么，这谁都不知道。"

顾铁挑起眉毛，"那还等什么？"他抓起盒子站了起来，"X光照相，确保里面的东西不被伤害，然后用锯子锯开它，我们的地下基地有这些设备。"

"这种机关盒一般用于保存非常重要的资料、信物和贵重物品，如此完好的明代红木机关盒是极其罕见的，未开封的更是收藏家眼中的至宝。"祖尔说，"这件东西如果完整地送到苏富比拍卖行，我能肯定会拍出超过三十万美元以上的价格。"

"比起人类的好奇心来说，三十万美元一点儿都不贵。对吧？"中国人如此作答。

四个人起身离开温暖舒适的客厅，沿隐秘的螺旋楼梯降至地下一层，这间大屋装满稀奇古怪的收藏品（一半是与外星人有关的玩意儿，另一半是泡在福尔马林液里的诡异器官），周围四间实验室有着完备的解剖和理化分析设备。

沙龙的成员们走入第四实验室。

红木盒子在X射线成像仪上转了几圈，一个立体模型呈现在投影屏幕上，盒子里的东西显出形态——毫不令人意外，那是另一只盒子。

"看起来是金属的。"顾铁挠挠鼻尖，"体积不大，正好将机关盒的内部空间填满，一丝缝隙都没有。"

"不，应该说机关盒就是为了封锁里面的金属盒而制造的，中国古代工匠有能力把硬木工艺品的误差控制在一毫米之内。"祖尔用手指在模型上画出几道切线，"这台X光机的功率太低了，看不清更里面的东西。应该从正面和两个侧面下锯，将上半部的红木剥离下来，锯路一定要窄，以防伤到金属盒子——这是在破坏艺术品，你们知道的。"

安德鲁·拉尔森微微一笑，"让我来吧，这不会比外科手术更难。"他将盒子捧至旁边的一台仪器上，熟练地键入数据设定参数，将机关盒用夹子固定，按下数控木工机床的启动按钮。嗞嗞……零点三毫米的超薄链锯开始切割木盒，人造金刚石锯齿柔滑地破开坚硬的红木，空气中出现一股微酸的香气。

这时顾铁发言："历史上有关吃人的纪录是很多的，比如中国史书中就多有记载，大饥之年，易子而食，割肉道殍，灾民为了活命是不顾伦常的……关于人性的讨论先搁一边，我倒是想起一件不太平常的吃人事件，就发生在制造机关盒的明代。明朝天启二年，贵州一带爆发'奢安之乱'，彝族头领安邦彦率领十万大军围困贵阳城长达三百天，贵州巡抚李橒率军死守城池。城中缺粮，开始吃死人的肉，后来吃活人的肉，再后来连亲人朋友都抓来吃，军队公开贩卖人肉，每斤生肉卖一两银子。等到叛军退走的时候，原本十万户人口的贵阳城只剩下千余人幸存，好几万人被活活吃掉……这事儿是《明史》中记载的，听起来更像恐怖小说里的情节，若不是官方史册里白纸黑字写着，绝对想象不到人类的疯狂能够达到这种程度。"

这耸人听闻的故事使屋子一时陷入了寂静。过了一会儿，祖尔开口说："这不是我研究的方向，不过在战争中出现食人事件并不罕见。根据史料记载，伯罗奔尼撒战争中，波提狄亚人被围困时就以尸体为食，十字军东征时也曾烤食战俘，而《拿破仑传》中多次提到俄国士兵烹食小孩的场景。《圣经·列王纪》说：你在仇敌围困窘迫之中，必吃你本身所生，就是耶和华你神所赐给你的儿女之肉。这说明吃人这件事情，在特定条件下是被社会所接受的。"

"阿兹特克文明的献祭仪式中有吃人的环节，当然那主要是宗教意义上的行为。"北欧人说。

"数万人疯狂地大规模彼此相食，这不能仅仅归结于战争的原因吧？"中国人若有所思地说，"若说起类似的事件，中国还发生过一回……我突然有点不太好的预感。"

这时机床嘀嘀一响,切割完成了。

拉尔森松开滑动卡扣,黑色木片左右倒下,露出下面的金属表面。

看到显露出来的东西,几个人同时屏住了呼吸,浅田突然向后退了一步,低声道:"这是一个错误,不应该继续下去了。"

"要有科学求真的精神,浅田。"金发的芬兰人说,"绝不应该就此停下。"

出现在众人眼前的是一只金灿灿的长方形金属盒,看起来像镀金制品,可短短半分钟内,其表面就浮现出了一层青绿色的锈迹,显然以前是红木机关盒阻止了氧化反应发生,而当金属盒暴露在空气中时,这一反应过程便加速了千万倍。盒子表面雕有人物图案,线条是诡异的暗红色,五个人物分别位于盒子的五个面,五人面目不清,分别手执勺与罐、皮袋与剑、扇、锤、火壶,唯一没有人物的表面则刻着复杂的纹饰。肉眼看不到盒子的接缝,看起来完全是一个金属浇铸的整体。

祖尔显得神色凝重,她默默观察金属盒,思考了一小会儿,说道:"这五个人物形象,应该是中国神话传说中的'五瘟',也就是五位瘟疫之神。而纹饰图案代表'四神',镇守四方的四大神兽。在中国文化里,这种形式叫作'四神镇五瘟',表示降服瘟疫的意思。我在去年召开的墓葬文化研讨会上见到过类似的壁画,那是在瘟疫死亡者的合葬墓中出现的。"

"越来越有意思了。"顾铁拍了拍手,"根据惯例,不感兴趣的人可以提前退出了,到上面继续喝酒吧,酒柜里还有上好的单麦芽威士忌——我记得是美妙的麦卡伦30年。"

浅田一语不发地转身就走。剩下三个人围在工作台旁边互相注视,直到离开者的脚步声消失在楼梯口,芬兰人又开口说:"继续吧,看来你已经找到什么线索了。"

顾铁将眼神投向那神秘的小盒,"算是吧。这金属盒子是件青铜器,未经氧化的青铜器呈现金黄色,这证明盒子刚一制造出来就被封锁在了外层的机关盒中。只是有一个问题对不上号,看来需要做一个碳14鉴定才行。祖尔，如果没猜错的话，四神五瘟的图案应该流行于唐代，而那个朝代正是中国青铜器时代的尾声——这盒子来自唐朝。"

"这不可能！"其他两人异口同声地叫道。

2014年12月21日
美国内华达州提卡布山谷无名农场地下实验室

"铜盒铸成之后立刻被红木机关盒收纳，因此内外两只盒子的年代应该是一致的。明代是最合理的推测吧。"芬兰人说。

祖尔犹豫道："这只盒子从造型和纹饰来说，确实符合唐代器物的特征。中国自五代十国以后普遍使用黄铜和紫铜，一般只有钟鼎等大型器物才会使用青铜浇铸……不过不排除仿古的可能性，宋代就曾铸造了相当数量的仿古礼器。"

"碳14，很简单就能解答我们心中的疑惑，半衰期不会骗人。"顾铁戴上手套，小心地捧起盒子来到第三实验室，把铜盒摆在一个不锈钢操作台上。地面上的仪器只是冰山一角，庞大的加速器线圈藏在深深的地下，这台加速器质谱仪是足以媲美顶尖大学实验室的新型设备，而懒散的主人们看来很少使用它，仪表上落着薄薄的灰。

祖尔对这种仪器并不陌生，她使用一次性探针从红木机关盒上取了三个样本，又从青铜盒表面阴雕处取得三个样本。碳14鉴定法无法测定无机物的年代，不过盒子阴雕线条中涂有赤红色颜料，"这应该是银朱（硫化汞）与桐油的混合物，能够代表铜盒制造、雕刻、涂装的年代。"人类学家介绍道，一边将探针插入收纳口，盖上保护盖，打开质谱仪的电源开关。

嗡嗡……不知藏在何处的大功率柴油发电机启动了，加速器要将同位素原子加速到数十兆电子伏特，所需要的电量是惊人的。

屏幕显示整个程序需耗时十分钟，几个人就在仪器旁边坐下来，一边观察铜盒，一边继续讨论。

安德鲁·拉尔森将领带稍微松开，做了一个深呼吸，"让我稍微整理一下头绪。从营养学角度来讲,人肉同猪肉和牛肉没有太大分别,不过作为食物链顶端的生物,人肉是自然生物中污染富集程度最高的,常吃容易重金属中毒;而长期食用死者的肉则会导致某些疾病的交叉传染,例如巴布亚新几内亚Fore部落因朊蛋白病毒而引起的震颤病。另一方面,顾铁刚才提到的大规模食人事件是有医学可能性的,甲状腺异常、胰岛功能亢进、皮质醇增多症等都能导致食欲亢进,如果某种未知的传染病能够抑制饱食中枢的活动,使感染者出现异常旺盛的食欲,那么一千人吃掉几万人的场面就很可能出现。他们会吞下比正常食量多十倍的食物,这期间不住地呕吐,继续进食,直到成为别人的食物,化为一摊呕吐物……想象一下那是什么样的画面?"

祖尔露出恶心的神色,顾铁打了个响指,说:"就是这个思路!刚才我想到另一起群体性食人事件,灾难发生在唐朝至德二年,安史之乱时期。当时,安禄山的儿子安庆绪派兵进攻睢阳,唐将张巡守城十个月,粮尽后开始大规模吃人,到城破时,睢阳城四万户被吃了个干净,只剩四百人活了下来。盛唐年间发生这种惨剧,恐怕是大多数人所不知道的吧……"

"你是说唐代、明代的两起事件,都是盒子里的东西引发的?"拉尔森质疑道,"这说法没什么依据,虽然骇人听闻,可毕竟是战争中发生的事情,战争的本质就是剥夺生命。"

中国人摆摆手指,"不不,它们不符合战争的基本规律,守城战本身是消耗战,一旦资源枯竭,战争就走到了尽头。军民相食开始的时候,就是城防崩溃的时候,根本不可能再坚持那么长的时间。两起事件的守城时间都是十个月,即三百天,其中显然有着明显的规律性。无论史书中怎么记载,我认为,真实的攻城战其实早早就结束了,是敌军在城外隔岸观火,不肯进入这两座陷入疯狂的城池。当数万人、数十万人大口大口撕扯对方血肉的时候,谁会做出大举进攻的决定?十个月后,或许是幸存者人数递减到一个足够小的规模,或许是传染病的传播期已经过去,一切才算结束。"

祖尔脸色变得煞白,"就是说,这铜盒子里装着的是病毒?能导致人吃人的恶性病毒?"

芬兰人立刻纠正道:"病毒在活体之外不呈现生命特征,离开宿主细胞后,没有代谢机制的病毒最多只能存活几天。"

"传染病在唐代的爆发导致了睢阳食人事件,当时的人铸造了四神镇五瘟纹青铜盒将最初传染源封存起来;八百六十五年之后,盒子被打开了,贵阳食人事件发生,于是人们按照唐代铜盒的原样铸造了第二只铜盒,重新封锁传染源,并且用红木机关盒加以额外保护。八十年后,这盒子辗转流落到日本,在九州的一座小岛上引发了食人事件。我刚在红木盒底部发现了一个直径不到两毫米的小孔,像是手钻留下的痕迹,日本人一定想窥探里面的东西,不小心把青铜盒与红木盒那微小缝隙中的瘟疫释放了出来。"顾铁向大家展示红木机关盒的碎片,"这就是我的推断。"

祖尔说:"也就是说,我们正处于危险当中吗?"

拉尔森略加思索,说道:"我不这么认为,排除病毒的可能性之外,细菌类的群体生命是无限的,但在封闭环境中的单体受到细胞寿命限制,其生命周期其实很短,比如大肠杆菌只有二十五分钟左右,酵母菌不超过一个小时。目前最耐不良环境的细菌芽孢也存活不过二十年。无论里面曾关着什么怪物,都应该早已死去了。"

祖尔嚷道:"可是几起事件间隔几百年,就说明病原体一直活在盒子里头——这分明就是现实中的潘多拉盒子!"

"战争。疯狂食人。被毁灭的城市。"顾铁眉心打了一个结,"如果反过来想想的话,蒙古人进攻克里米亚半岛时就曾经将死尸抛进城市,用黑死病作为生物武器。这种食人怪病,难道也是作为一种武器存在的?只是其表现形式太过凶残,威力不易控制,而安全期又太漫长,才会被重重封印起来,极少被使用在战争当中……"

拉尔森说:"那么日本村庄事件只是个意外,真正的瘟神,还藏在明朝铸造的铜盒里未被释放出来。"

屋里突然安静了,三个人不约而同地沉默下来。青铜盒子闪耀着异样的绿光,五瘟使者在铜锈下若隐若现,仿佛在盒子表面蠕动起来。

"这事到此为止。必须将铜盒密封起来,埋藏在内华达的戈壁荒漠深处,我们得去做个全面的身体检查,然后忘掉这件事情。"

"我同意。"

"同意。"

"同意。"

不知谁先开口,一个决议立刻达成。

祖尔说:"我突然想起一件事,你们是否知道印度的摩亨左达罗遗址?它被称为'死丘',是印度河中一座岛屿上的大型城市遗迹,科学家们推测这座城市是在相当短的时间内毁灭的,有四万到五万人集体死去,大量骨骼堆积在城市当中。如果是类似的食人事件的话……"

正在这时,质谱仪嘟嘟的提示音打断了她的话,检测结果出现了:

样本一:1620年(正负8年);

样本二:1620年(正负8年);

……

样本六:1620年(正负8年);

复检将在十秒钟内开始。

顾铁点点头,说道:"没错了,正是贵阳城事件发生的年代。若分析青铜盒的成分,一定能发现那符合唐代青铜器的合金比例,因为新盒就是融化旧盒重新浇铸的,古人一定认为这种特殊的金属和纹饰能够压制瘟疫。"

轰!这时不知从何处传来砰然巨响,四周立刻陷入漆黑,焦煳味沿着通风系统传来。屋里混乱起来,惊叫声和碰撞声响起,有人嚷道:"短路了!供电系统的负荷太大了,备用发电机启动需要三十秒钟……好了好了!"

头顶灯泡啪啪闪烁,接着慢慢亮了起来,实验室重新被柔和的白光照亮,三个人站在质谱仪旁,胸口起伏不定。

"等等……"顾铁慢慢低下头,望着工作平台上完整的青铜盒,长长地出了一口气,"还好没事,要是有人碰到盒子就糟糕了,这种青铜器很坚硬,因为铸造时添加锡的比例相当高,不过同时韧性会变得很差,一摔就会碎成渣子吧?"

祖尔说:"快把它封起来,我再也不想看见这玩意儿了,即使这是个能获得诺贝尔奖的研究课题。"

安德鲁·拉尔森小心地捧起青铜盒,放进玻璃箱,带到第二实验室进行喷洒消毒,用玻璃和铅盒做了双重密封,最后用HDPE热塑树脂将铅盒裹在里面。

芬兰人亲手将这团琥珀一样的东西丢进了地下室的渗漏竖井,然后向井中灌入大量的速凝水泥,确保它被埋在无人能触及的地方。

完成这一切时,已是凌晨六点。

拉尔森摘下手套,抹去脸上的泥浆,说道:"我们再去做一次消毒,接下来我会抽取咱们几人的血液样本做病理检验,确保没有染上什么怪病。观察期三天,没有异状的话才能离开这里,没异议吧?"

"当然,安全第一。"祖尔说。

"可惜没能看到那东西的真相,有点儿遗憾啊……"顾铁打了个呵欠,"这次聚会要延期了,希望大伙儿都有其他的好故事可讲。"

三个人说着话离开了地下室,灯光熄灭,屋子重归黑暗。

咔嗒——在八十米深的地下,被重重包裹起来的铜盒突然裂开。它早就被人砸裂,只是拼合在一起勉强维持形态而已。若有光源照亮盒子,能看到断茬处的青铜呈现耀眼的金黄色,五瘟使者的脸支离破碎。盒子的内部空间小得可怜,只能勉强塞下一只ZIPPO打火机——而无论里面曾经装有什么,此刻都已不在了。

2014年12月24日18:22
美国纽约皇后区肯尼迪国际机场6号航站楼
来自拉斯维加斯的航班刚刚降落,人流拥向机场捷运换乘站,航站楼中央竖着一棵巨大的圣诞树,广播喇叭播报起降信息的间隙一直在反复播放《铃儿响叮当》,"哦呵呵呵呵——"圣诞老人驾着电动雪橇滑过大厅,笑着向孩子们分发礼物,大屏幕上每隔一分钟就飘过一阵雪花。圣诞节到了。

一个穿着黑色风衣、戴着黑色滑雪帽和墨镜的人,低头向停车场走去,看起来似乎不太享受这温馨的圣诞氛围。

这时滑动门开了,一群身穿厚棒球外套的男孩冲了进来。"汤姆,传球!""二垒!传给二垒手!"他们大声叫嚷着,将棒球掷过人们的头顶,然后瞧着吓了一跳的人们哈哈大笑。

嘭——黑衣人与其中一个男孩撞个满怀。这群高中生立刻将他围了起来,用金属球棍推搡着他的肩膀,嚷道:"喂喂,你差点儿撞坏我们的第三棒打者哩!斯特姆国王学校棒球队正要去佐治亚教训红脖子乡村队,万一大明星汤姆·史迪威被你害得怯场起来,难道要由你站上该死的打者席吗?"

"听着,我不想惹麻烦。"这个看不清面目的黑衣人举起双手,"快点儿去赶飞机吧,大明星们。我只想走出这道门而已。"

棒球队员们笑了起来。"有意思。教练怎么说来着?"被撞到的健壮男孩将棒球抛来抛去,突然握住球用力砸向对方的心窝,"……砰!痛快地用触杀来解决战斗!"

黑衣人捂住胸口痛苦地弯下腰,男孩们发出一阵哄笑。

"你们在干什么?"机场保安在远处大喊一声快步跑来,领头的男孩带着队员迎上去把保安围在当中,"没什么,先生,这位路人跌倒了,我们扶他起来而已。"

这时候黑衣人低声说:"你有没有想过……有一天改变整个世界?"

"你说什么?"手持棒球的男孩愣了一下,接着笑了起来,"这是灵异电视剧的桥段吗?你能不能告诉我,我是被什么组织选中了?天底下有哪位灵魂导师会是你这副男不男女不女的模样?哈哈……"

"在飞机上我做了一个决定。"黑衣人自顾自说下去,"我一直在试图了解人类,想搞清楚人心中最深的善和恶,可接触的人越多,我就越觉得迷茫。刚才看到三万英尺的蓝天,我感到人类只是这地球上寄生的渣滓而已,没有半点儿价值;可当纽约出现在舷窗里,我又改了主意,因为无论是多么丑陋的物种,能建造起这么复杂高效而又美丽壮观的城市,都是件相当了不起的事情。"

健壮男孩皱起眉头,用力推了他一把,"你精神有问题吗?"

黑衣人缓缓抬起头,"我必须做出选择,因为我身上肩负着使命,从你的小脑瓜里不存在的遥远时代的遥远帝国继承而来的使命。在降落前,我做出了一个决定:从下飞机的一刻起,第一个跟我对话的人若是善意的,我就停止这件事;若相反,我感受到了人类的恶意,那么一切就从此刻开始。德国演化生物学家吉斯·詹森通过对黑猩猩的研究得出结论:即使最接近人类的黑猩猩,也没有人类这种纯粹的卑劣品格,它们不会主动拉动机关剥夺其他黑猩猩的食物——'恶意'这种东西是人类所独有的,是与社会性共同产生的毒瘤,是天性,是人的原罪。你们没有让我失望,大明星,恭喜你,2014年12月24日19时23分,你改变了世界。"

黑衣人的右手伸进衣兜捏碎了什么东西。随着他手指抽出,一缕灰白的粉末从指缝间飘散。没人看见这小小的动作。

"疯子!"男孩使劲一搡,将他推倒在地上,转身挤进人群。

棒球队员们还嘻嘻哈哈地围着保安说话,球队教练正走进机场大厅,圣诞老人抛出系着红色蝴蝶结的礼物盒,孩子们的眼神追逐着雪橇上的铃铛,一片雪花从自动门的缝隙中飞进来,马上被空调的热风融化。

空气循环系统让某种未知的物质在半个小时内散布到整个机场。

一个小时后,有人通过网络访问了纽约城市供水委员会的网站,浏览了纽约市几大自来水系统的概况。

四个小时后,黑衣人站在朗道特河北岸白雪覆盖的针叶林中,打开银色密封箱,捧出一团淡黄色的物体。北风吹来,笼罩着这团有机质的灰白色烟雾如纱轻舞。

黑衣人松开手指,浅绿色河面泛起小小的水花。

"嗨,老兄,别乱丢东西啊。"不远处一位裹着厚毯子的垂钓者抱怨道。

"对不起……祝你好运。"黑衣人向他点头致歉,提着箱子转身离开河岸。

薄冰碰撞发出细碎的声音,清澈的河水向南流淌。这些来自卡茨基尔山脉的清流将流入朗道特水库,在那里进入供水系统,为纽约市提供百分之五十以上的日常用水;而流出朗道特水库之后,水体会一直向东汇入哈德逊河,贯穿整个纽约,注入纽约湾。

四十个小时后,黑衣人播下的种子已遍布整个纽约。

2015年2月19日 16:02
俄罗斯摩尔曼斯克市北海水文水资源研究所

"别连科先生。你在这里,太好了。"办公室门开了一条缝,副所长把头从里面探出来说,"我需要七天内的所有水文资料样本,深度由两百米至表层每十米抽样,精确到每小时。这事儿要保密,客人不希望惊动所长,所以别通过系统报备了,直接去样品室拿吧,我打过招呼了。"

名为别连科的实验室助手刚刚在门外偷听,此刻显然吓了一跳,"是、是的,博士,不过需要的样本数量这么多,可能要花点儿时间。"

"别耽搁太久,装箱的时候要千万小心,别连科先生。"大胡子的中年副所长摆摆手,关上屋门。他走到沙发前,给客人的骨瓷茶杯续满红茶,"再喝一杯吧?反正时间还早。"

裹着黑色羽绒服的人扭头看看窗外,虽然刚到下午四点,摩尔曼斯克港的夜幕已然降临。港口的探照灯照出雄伟巨舰的剪影,那是进港检修的俄罗斯北方舰队头号主力舰"库兹涅佐夫号"航空母舰。受到北大西洋暖流的影响,摩尔曼斯克是北极地区的优良不冻港,俄罗斯最大的渔港和北方地区最大的商港,也是北方舰队的驻扎地。

"谢谢。这茶很棒。"客人端起茶杯,抿了一口深红色的茶水,慢慢咽下滚烫香甜的液体。不适感自胃部传来，客人不动声色地侧过脸，以免主人看到自己的表情。

副所长愉快地摆弄着茶壶，"一到冬天几乎晒不着太阳，只有喝茶才能让身体暖和一点儿。这种中国茶加上柠檬、蜂蜜和红糖是最美味的饮品，能让你的脚暖和一整天……对了，你为什么对北海的海水有兴趣？摩尔曼斯克的水没什么特殊的，在其他几个不冻港能找到几乎相同成分的海水样本呢。"

客人答道："只是在这里短暂停留而已，我从布雷顿角、纽芬兰、冰岛和挪威来，前面也到过几个港口，通过一些手段收集了海水样本。因为我们是旧识，所以特地在摩尔曼斯克多停一天，好跟你坐下来喝杯茶。"

副所长说："那么你已经去过特隆赫姆[1]和纳尔维克[2]了？"

客人说："没错，接下来还要去阿尔汉格尔斯克[3]和伊加尔卡[4]看看。"

"你在追逐北大西洋暖流啊。"主人笑了起来，"我们早过了做这种傻事的年纪了……你在找什么东西吗？这可不是你擅长的领域。"

黑衣人说："并非特意寻找什么，只是有个特别长的假期需要浪费而已。这么说吧，圣诞前夜那天，我在纽约附近丢下了一些东西，那些小玩意儿被墨西哥湾暖流带到北冰洋来了，按照洋流的平均速度，它们应该已经到达这里了吧。"

副所长笑道："我们的圣诞前夜可是1月6日，别忘了这儿是俄罗斯[5]。对了，你记不记得漂流小黄鸭的故事？1992年，一艘从中国出发去往美国的货船在太平洋遭遇风暴，两万九千只塑料小黄鸭坠入大海，

---

1. 挪威第三大城市，位于挪威西海岸中部，尼德河与特隆赫姆峡湾的交汇处。
2. 纳尔维克是挪威北部城市，它是世界上最北端的不冻港，也是世界上最北的港口城市。
3. 阿尔汉格尔斯克，俄罗斯北部城市，北临北冰洋，历史上是俄罗斯的重要港口，十八世纪后因圣彼得堡开埠而衰落。
4. 伊加尔卡是俄罗斯北方最大的木材出口港。
5. 俄罗斯人信奉东正教，俄罗斯东正教徒一般按照儒略历法，在1月6日夜间至7日凌晨庆祝圣诞节。

其中一批鸭子花了三年时间完成了一万一千公里的北太平洋副热带环流漂流，访问了印尼、澳大利亚、南美洲和夏威夷；而另一批鸭子向北漂去，通过白令海峡前往北冰洋，花了五年时间才穿越北极到达格陵兰，向南进入大西洋，乘着墨西哥湾暖流抵达英国西海岸。这支迷路的鸭子舰队，总共花了十六年时间才完成从太平洋到大西洋的环游之旅，总里程三万五千公里，几乎绕了地球一圈。到现在还有上万只鸭子在海上漂流，上个月我们的研究员就在港口捡到了一只鸭子，看来有些鸭子乘着墨西哥湾暖流来做客了呢……"

"啊，很有趣。"黑衣人说，勉强挤出礼貌的笑容，"根据我的观测，洋流推动漂浮物的速度比预想得要快呢，尤其是微小的漂浮物。"

副所长问："什么漂浮物？"话刚出口，他又笑着摆手，"不不，你不用回答，我知道你是个很有原则的人。那么，聊点儿不碍事的话题吧，我的三女儿娜斯塔西娅去年获得了摩尔曼斯克州大提琴演奏比赛的银奖，要不要看她的比赛视频？我一直存在手机里面呢。"

"啊，当然。"黑衣人说，"不过我的时间有点儿紧，老朋友，这回没空去你家里做客了，如果样本准备好的话，我会搭一个小时以后的飞机离开。"

"……别连科先生，五分钟之内准备好样本给我。"拉开门冲外面吼了一声，副所长回到桌前，掏出手机调出比赛视频，然后殷勤地给客人斟满红茶。"起码喝够了茶再走吧，尝尝卡莲娜亲手烤的饼干，偷偷告诉你，右边的锡瓶里装的是最好的斯米尔诺夫伏特加。"他调皮地眨了眨眼睛。

手机屏幕上，红脸蛋的女孩开始演奏舒曼的《梦幻曲》，走廊里响起实验室助手的脚步声。

两个男人举杯相碰。

嗷……离开研究所五分钟之后，黑衣人跪倒在路边不停地呕吐，令他感到恶心的并非红茶、伏特加和饼干，而是一切来自农作物的植物纤维类加工食品。

几乎将整个胃清空之后，这个男人虚弱地靠在路灯杆上，摸出一块食物塞进口中，当囫囵嚼碎的肉干滚落喉咙的时候，他发出了满足的呻吟。

"这只是开始。"望着北极星照耀下的港口，他自言自语道，"我会好好培育你们……人类种下的是什么，收获的也就是什么。顺着情欲撒种的，必从情欲收败坏；顺着圣灵撒种的，必从圣灵收永生……"

悠远的汽笛声传来，庞大的北方舰队即将起航。

同一天 16：24
美国纽约曼哈顿上东区理查德·纳茨内科诊所

"最近这样的例子多起来了，太太。您是在过分担心而已。"纳茨医生合上病历表，"就像我一直在说的那样，挑食对这么大的小伙子来说不算什么大问题。我开给你的复合维生素片可以弥补膳食中缺乏的营养成分，而且对于棒球队的运动员来说，牛肉和牛奶是最好的蛋白质来源……这孩子只爱吃牛排、小羊肉、炸鸡和培根？这听起来像三亿美国人的通病呀，哈哈哈……"

桌子对面的女人犹豫着说："可汤姆以前不是这个样子，他很爱吃蔬菜，也爱吃肉汁土豆泥和起司通心粉。现在除了肉类以外，他什么都不碰。"

医生再次打开病历表，指着上面的字母和数字说："现代医学是非常精准的科学，史迪威太太，您儿子的身体非常健康，所有读数都在正常范围之内，他的体能比同年龄段的大多数孩子都要好得多。唯一的问题是右肩三角肌拉伤，这是挥棒动作导致的职业病——相比那些浑身零件都已经破破烂烂的职业选手来说，这根本不值一提。"

"好吧，谢谢。"史迪威太太站起来同医生握了握手，然后迈步走出了办公室。

外面的高中棒球明星早就等得不耐烦了，他挥舞着拳头嚷着："我就要错过晚间练习了！快点儿，晚高峰就要来了，我可不想堵在路上！"

"走吧。医生说你一切正常。"女人拎起儿子的棒球包。

"我早说过我没事。"汤姆·史迪威烦躁地走在前面,"对了,路过135街的时候停一下,我去买一桶鸡块。"

"你以前总说那是贫穷的黑人才吃的食物啊。"

"……随便啦。"

同一天 23:50

沙龙的几位成员同时收到了顾铁发来的一封电子邮件:

To 同志们:

我最近一直在考虑人吃人的法律问题。吃人这件事本身犯了侮辱尸体罪,可如果为了生存不得不吃人,则可应用《中华人民共和国刑法》第二十一条的紧急避险原则:'为了使国家、公共利益、本人或者他人的人身、财产和其他权利免受正在发生的危险,不得已采取的紧急避险行为,造成损害的,不负刑事责任。'也就是说,如果我们不亲手杀死别人(中国也没有对见死不救量刑的法律条款),为了活命而被迫吃人就是无罪的。我不是法律专家,只想问问其他国家的情况是不是类似?这大概是个挺有意思的话题。

附上一本很有价值的专著《中国古代食人考》,里面或许有青铜盒子的线索。

顾铁

P.S. 今天是中国的农历新年,最近大鱼大肉吃多了肚子真难受,身体是革命的本钱!祝大家都好胃口。

2015年4月1日 20:44

日本横滨京滨工业区A6道"山吉"进出口株式会社

浅田刚刚结束为期一个月的工作,回到横滨。他按照惯例在离公司两公里外的地方下车,确认没有受到跟踪,绕了几个弯回到那栋陈旧的三层小楼,掏出钥匙开锁,将卷闸门拉开一条缝,然后钻了进去。

门前街灯将一束光投向屋内,照亮一双高高跷起在办公桌上的脚。

浅田放下行李箱,转回身关闭卷闸门,让自己和不速之客同时陷入黑暗当中。"我不喜欢这样。"他的声音沉闷地响起,"出去。"

"我也不喜欢,但谁让你手机不开机呢。"坐在桌后的人说,"停电两天了,你冰箱里的菜都开始发臭啦,瞧瞧你的电费账单,从去年六月份起就没交过一分钱,攒钱留着干吗用啊?老兄。"

"出去。"日本人的声音换了一个方位。

椅子挪动声传来,桌后的男人站了起来,"我只想跟你聊聊而已,虽然这样不太符合沙龙的规章制度,可谁让我没什么朋友呢。"他说着话,发现一个红点出现在自己胸口部位,隔着衣服灼得心脏怦怦直跳。

"出去。"浅田第三遍重复道,语气听起来,他不想再重复第四遍了。

啪嗒。突然一朵小火苗亮起,一次性打火机的火焰照亮了顾铁扬着眉的脸,"原来你真是个杀手啊。我会自己滚出去的,可走之前,我必须问你一个问题……你饿不饿?"

这问题显然出乎日本人的意料。沉默了一会儿,阴影中走出浅田高瘦的身影,他手腕一转,手枪无声地消失在袖管里。"吃完东西,然后出去。"丢下一句话,他拎起行李箱转身登上楼梯。

三支蜡烛的光填满屋子,这栋楼的二层空荡荡的,没有任何家具,两人盘腿坐在地板上,每人面前摆着一份单兵作战口粮。

在等待军粮自加热的时间里,顾铁说:"我知道咱们两人没有多深的交情,不过能坦率地把老巢的地址告诉我,就当是你相信我的证明吧。实话告诉你,浅田,我的身体出问题了,从几个月前开始的。问题就是——米饭和面条再也填不饱我的肚子,只有吃肉才能满足我。宣武医院消化科主任医师给我做过身体检查,结论是缺乏必要消化酶导致的异食症。他开了几瓶药给我,让我每顿饭前服用一片,过段时间再去检查。"顾铁从兜里掏出一只小药瓶放在地板上,"复方消化酶:含胃蛋白酶、木瓜酶、淀粉酶、熊去氧胆酸,用于食欲缺乏、消化不良等症。药效起初非常好,我又能吃大碗的炸酱面、大口大口嚼黄瓜了,每天三次,每次一片,药效持续了一个礼拜。"

作战口粮开始冒出白烟,浅田沉默地拆开咖啡包,倒入一次性茶杯。

顾铁叹息道:"那天晚上我在公司加班,吃了一盘外卖的炒饼。几分钟后,我开始喷射状呕吐,像个洒水机一样把整张办公桌浇了个遍。之后情况就更严重了,与肉类无关的物质已经不能与胃相容,加大用药量的话能暂时控制这种情况,可只能维持很短一段时间——这是个不断下降的螺旋。"他平伸双手,药片噼里啪啦掉了一地,"现在,再多的消化酶也不起作用了,我只能吃肉,大量吃肉,远超过身体需要量的红肉。"

日本人抬起眼皮看了他一眼。

顾铁露出苦笑,"我没有再去医院,因为这不是什么异食症。我被感染了,浅田,被那盒子里的东西感染了!而你就算没有亲身参与开启盒子的过程,也与盒子处于同一个房间之内,面对同样的感染源……如果没猜错的话,你也早就不能进食谷物和蔬菜了,对吧,老兄?"

口粮加热好了,红酒牛肉烩饭散发出诱人的香气,日本人用叉子铲起米饭送进口中咀嚼着,说道:"不,我很好。我当时说过不要打开盒子。我根本就不该把那盒子带到沙龙,更不该当众拿出来。"

顾铁三口两口把牛肉吃完,然后用自己包里的牛肉干补充能量,"你是个嘴硬的家伙……不承认也没关系。我想问的是:你认为是谁开启了最内层的青铜盒子?红木盒子是安全的,青铜盒子才是感染源,我认为是在农场断电的半分钟内,有人用重物敲裂了青铜盒,把里面的东西取了出来,造成我们几个人的连带感染。"

"不是我。"浅田冷淡地回答,继续吃着米饭,"或许是你,或许是芬兰人,又或者是祖尔。我不关心。吃完你就赶紧出去,我不想被你传染。"

中国人咧嘴笑了,"你这么谨慎的人,怎么可能听说我身患传染病的消息而无动于衷?唯一的解释,就是你也得了一样的病……别闹别扭了,事情比你想象得严重得多,这可不是什么玩笑!"

浅田吃光盒里的饭,喝完咖啡,把垃圾装进纸袋,站起来说:"好了,话说完了,走吧。"他没再给顾铁说话的机会,用瘦长的双臂推搡着顾铁下楼,直到把客人送出门外。"路口右转,便利店门口有一辆丰田花冠,车钥匙在右后轮胎上面放着,你开着去机场,然后飞回中国去。"他说,"再见。"

卷闸门轰隆隆关闭。顾铁站在街灯下,望着一片漆黑的小楼,没有离开。

五分钟后,他绕到楼房后面,攀着排水管爬到二层,敲敲玻璃窗,"喂,接下来讨论点儿有建设性意义的话题吧,老兄。"

黑暗的房间中央,孤独男人的身体如虾米般蜷缩。

同一天 21:25
南非开普敦维多利亚港桌湾酒店 Vista 酒吧

"先生,"侍应生悄无声息地出现在黑衣人身后,用手捂住无绳电话的话筒,低声道,"来自美国的电话,先生,您要接听吗?对方没有表明身份,说有重要的事情必须找到您。"

男人愣了一下,"我知道了,谢谢。"他递出一张纸币换来电话机,目送侍应生鞠躬离去,"是美国CDC的人吗?我已经辞职了,请不要来打扰我,病毒实验室与我没有任何关系。我会马上离开南非,消失在你们的情报圈外,就这样,再见。"

"不。我是祖尔·科曼彻。"听筒里传来中年女性的声音,"我必须同你谈谈。回房间用Skype联系,电话不安全。"

"祖尔?"黑衣人显得很意外,他摘下墨镜,湛蓝的眼睛望着阿尔弗雷德码头的点点白帆。"你怎么找到我的?我是用假护照出境的,处处小心谨慎,没有留下任何电子指纹。除了该死的医药间谍之外,没人能跟在我身后。"

女人严厉地说:"开普敦大学是社会人类学的学术中心,南非是我的大本营,拉尔森!"

芬兰人叹息道:"大学教授的情报网吗?我给你五分钟时间,就在这里说吧,用不着什么网络电话。"

"是你放出了匣子里的东西!就是你!"祖尔叫了起来,"我出现了严重的症状,那不是幻觉,我被感染了!……顾铁和浅田并不了解你,只有我知道你在打什么主意!从我们认识的那一天起,你就总在念叨那些疯狂的念头,安德鲁·拉尔森,你根本不爱别人,也不爱你自己,你只爱显微镜里的那些小东西!你取出了匣子里的东西,将它们——无论那是病毒还是别的什么玩意儿——散播到每一个地方。你想让整个人类灭绝,疯子!"

男人端起杯子抿了一口"龙舌兰日出"鸡尾酒。糖浆、酒精、水,除了肉类之外,这是他的消化系统所能接纳的极限了。"让人类灭绝?你从何处得来这么荒谬的结论?"他舔了舔嘴唇,"我最近只是在周游世界,追寻洋流和大气环流的路线,印证之前的一些设想而已。上帝按照自己的形象制造人类,让他们管理海里的鱼、空中的鸟、地上的牲畜和所有的爬虫,我尊重人类的存在,正如我信仰上帝本身。"

"闭嘴,你的话令我恶心。"祖尔说,"听着,我已经提取了自己的体液样本交给我的助手,只要拨出一个号码,他会立刻联络CDC、国土安全部和FBI,几个小时后他们就会找出病原体,把你的名字加入全球通缉的黑名单!用不了半天时间,从航空母舰上起飞的X-48无人机就会把你轰成一团碎肉!"

"可你没有那么做。"

"尚未那么做。但现在我的手指就放在电话的呼叫键上,拉尔森!"

"我猜是多年的友谊拯救了我,对吗?"

"我把自己关在房间里,整整四个月。征兆一出现,我就断绝与外界的联系,以染病为由闭门不出。我每天测量自己的生命体征,记录身体的微小变化,怀着恐惧和侥幸默默等待。我现在变成了食肉动物,过着'五月花号'到达北美大陆之前美洲部落祖先们的生活。有一天我突然发现生肉比熟肉更加美味,于是我怀着愉快的心情吃下了两磅淌血的牛肉,然后睡了个午觉。醒来之后我在浴室里看到自己嘴角的血迹,整个人突然崩溃了,要知道在此之前,我当了整整二十年的素食主义者,就连人造肉汉堡包都未曾碰过一下……没错,这就是盒子里的瘟疫,令人类变成食人狂的传染病!这种疾病在古代肉食品非常匮乏的情况下爆发,就一定会令人类陷入彼此相食的疯狂状态,饥饿感会夺取人的理智……我只尝试过三天不进食,就在无意识中咬掉了自己的左手小拇指!"

芬兰人平静地说:"可你现在还活得好好的,不是吗?"

祖尔说:"不,我不好。充足的肉类供给能延缓疾病进程,但一切正在变得更糟,我用显微镜在呕吐物中找到了病原体——那比想象中简单得多,根本用不着电子显微镜,致病的是一种微米级的生物体,用普通光学显微镜就能看到。我不是专家,分不清这是阿米巴原虫、细菌还是别的什么东西,可这些该死的虫子在游动,一刻不停地游动……"

"祖尔,"男人突然打断了她的话,"你是人类学家。人类学是什么?"

"是从生物和文化的角度来研究人类的学科。我现在没有玩问答游戏的心情!"

"那么,人类是什么?"

"……智慧生物。文明的创造者。社会组成者。"

"分类学意义上呢?"

"……动物界脊索动物门脊椎动物亚门哺乳纲……"

安德鲁·拉尔森缓缓眯起眼睛,"没错,目前已知的物种数量共约两百万种,未知物种数量可能是这个值的十倍,仅从动物界来说,人类只是灵长目下面一个微不足道的科属。遍布整个星球的人类,在分类学意义上不过是末梢的一个节点,渺小得不值一提。"

"你想表达什么?"祖尔的声音明显在颤抖,不知是在压抑愤怒,还是在掩饰恐惧,"人类是生态圈最重要的组成部分,你、我、他,七十多亿人构成了现在的世界!"

"那是因为其他物种没有获得同等的机会。自然选择还是上帝造人,这话题俗不可耐,我只相信物种存在的机会性。设想,如果人类彻底消失,地球会变成什么样子?"拉尔森提出问题,然后自己作出回答,"仍然是我们熟知的地球,或许会稍微冷一点、绿一点而已。不仅如此,借用BBC大卫·阿腾保爵士的话:'如果一夜之间所有的脊椎动物从地球上消失,世界仍会安然无恙。'构成陆地生态系统的不是高度进化的脊椎动物,而是低等的无脊椎动物、植物和微生物。"

"……你到底在说什么?"

"一个假设。令人类极度衰弱、给予其他生物平等机会的假设。我已经思索多年,感谢浅田带来的魔盒,那里面藏着的并非瘟疫,也并非顾铁设想的生化武器。那里面装的,是远古的遗产,留给世界的希望。"

拉尔森的手机响了起来,那是一条来自莫桑比克国家科学中心的水文分析报告。男人滑动屏幕,在赞比西河入海口处采集水样的分析结果中找到一个不起眼的参数,他的眼中泛起了满意的光彩。他在尼罗河、刚果河、尼日尔河与赞比西河四大流域的种子投放都已顺利完成,加上季风与洋流的复合作用,整个非洲大陆已被充分覆盖,包括最干旱的撒哈拉地区。

"我要拨通电话了。"印第安女人说,"就现在。"

"不,再给我一点儿时间吧,我还有最后一个地方要去,飞机就快起飞了。"安德鲁·拉尔森站了起来,"祖尔,这也是你最后的人类学研究课题。当你注定很快死去,而任何一个决定都可能影响整个世界未来的时候,人类趋于作出怎样的判断?先天的恶意与后天养成的社会责任感,哪个比较强大?把原罪和自我救赎放上天平,又是哪一边比较沉重?思考一下吧,我们还有足够的时间来完成这前所未有的课题。"

"你说服不了我。"在华盛顿的宅邸中,坐在来自世界各地的民俗工艺品当中，浑身浮肿的女性人类学家用力咀嚼着生马肉，咬牙切齿地说。

"我们总是说谎。"北欧人挂断了电话。

同一天 21：45
美国纽约斯特姆国王学校体育场

棒球赛进入第八局，斯特姆国王高中目前落后两分，汤姆·史迪威坐在休息席上，用帽檐遮住自己的脸。

连续七场无安打，这对高中球队王牌打者来说是难以置信的糟糕成绩，汤姆的电子邮箱里塞满了恐吓信，女孩们对他已视而不见，除了父母之外，没人再为他加油叫好。

两人出局，三垒满员，被寄予厚望的强打者拎着球棒走向打击位，体育场响起了热烈的欢呼声。

投手掷出一个速度很快的直球，打者挥棒，清脆的打击声传来，棒球顿时高高飞向电子记分板。

"全垒打！全垒打！"观众席沸腾了，"国王万岁！"

汤姆竖起耳朵。在嘈杂声中有人叫嚷着："让软蛋汤姆·史迪威去死！没了他我们一样能赢得冠军！"

汤姆摘下棒球帽。他的眼睛布满血丝，体型明显消瘦多了，腹部却鼓鼓囊囊地撑起棒球服。饥饿感犹如炼狱的火炙烤着他的灵魂，他被身体和精神的双重痛苦折磨了太久，终于到了爆发的时刻！

汤姆踩着长凳爬上观众席，在一片惊呼声中猛地扑进人群，抓住那个咒骂自己的男孩，张开嘴巴，一口狠狠咬在对方脖颈上！

热乎乎的血液充满口腔，汤姆咕咚咕咚咽下甘美的血浆，用力撕扯肌肉。人类没有撕裂肉类用的犬齿，他花了很大力气才切下一整块肉，匆匆咀嚼后吞进腹中。

滑腻而柔韧的触感沿着食道一路向下，胃部传来欣喜的悸动，汤姆开始后悔为什么没有早这么做。这感觉太棒了！还不满足，还要更多！更多！

摄影机将行凶画面准确捕捉，两千五百名观众从体育场的大屏幕上看到了汤姆咬死男孩的一幕。

史迪威太太坐在那儿，不能动弹，不能说话。

这时，史迪威先生站了起来，逆着惊惶四散的人潮向自己的儿子走去。他的手伸进外衣，死死握住了柯尔特手枪的枪柄。

嘎嘣！半颗门牙被坚硬的颈椎硌断，汤姆抬起头来，吐出沾血的牙齿。这一刻，他觉得需要向父亲和母亲解释点儿什么，主导自己身体的并不是名为汤姆·史迪威的十二年级学生，而是几个月前机场那位怪人所施加的诅咒。但他什么也没说出来，原始的掠食冲动强迫他俯下身子，张开血淋淋的嘴巴。

2015年4月3日 9∶06
印度加尔各答市索纳加奇贫民窟

安德鲁·拉尔森停下脚步，立刻被几十个光脚的孩子围在中间。

"先生，行行好吧。"这是孩子们唯一会说的英语，他们用脏兮兮的手拽着芬兰人的衣角，翻着他的衣兜，解开他的鞋带以防他逃跑。

警察刚刚离开，他们曾再三告诫这位游客不要拿出任何一个铜板，找一根木棍当自卫武器，然后快速通过最混乱的棚户区。可拉尔森却向最混乱的街巷走去，直到被乞讨者包围，再也挪不动步子。

他丢出兜里所有的零钱，在人群中引起短暂的混乱，可乞讨者们并未满意，越来越多的人围拢过来，裸着身体的孩子、枯瘦的吸毒者、年老的妓女。

索纳加奇棚户区有数十万人口，其中包括一万两千名未成年的性工作者，这些女孩用不足两美元的日薪养活着她们的男友、母亲和孩子。低矮砖房用木板互相连接，破败的遮雨棚覆盖天空，人们像昆虫一样在建筑物的缝隙中生活，无数恶臭而黑暗的小巷织成庞大的蛛网。"来玩玩儿吧，先生。"女孩们用厚厚的粉底掩盖年龄，她们躲避着遮阳棚缝隙里的阳光，如影子一样在门背后发出邀请，"只要一美元。"

拉尔森扫视四周。一位肤色漆黑的老人倒毙在路旁，他手指的方向是一栋象牙白的二层建筑，"仁爱传教会——垂死者之家"——白色拱门上如此写道，可大门紧闭着，挂着冷硬的铁锁。

芬兰人喃喃自语："八十年前，一个阿尔巴尼亚人来到加尔各答，以自由修女的身份帮助悲惨的穷困者，她工作了整整六十年，救助了无数被霍乱、麻风病和战乱所迫害的垂死者，在一百多个国家留下了四千名修会修女，还有超过十万名义工。她是个伟大的人，可她改变了什么？"

一个孩子用小刀割断带子抢走了他的背包，但没等冲出人群，这个孩子就被打倒在地，失去了刚刚到手的战利品。

"什么都没有改变。人类不会改变，永不改变。"拉尔森取出一只银色盒子，弹开盒盖，将一团淡黄色的原生质抛向空中。

灰雾被风吹散，就算这闭塞而黑暗的贫民窟深处，也总有外面世界的风吹来。

春季季风将会吹遍整个加尔各答，乃至恒河三角洲。这是布置在南亚次大陆的最后一粒种子。

同一天 9：31
美国佐治亚州亚特兰大CDC总部NCID国家传染病中心

"已经确认了，这不是玩笑。"CDC中心主任曼根海姆博士对着摄像头说，"恐怕我有个非常糟的消息要公布。你们必须马上控制体液样品的提供者，我们从粪便样品中提取出了致命的传染源。"

"正在做。"对方简短地回应道，"有多糟？"

"正式报告还没有出来，但已经糟到必须把总统先生从床上叫起来。糟透了！"曼根海姆博士犹豫了一下，点击鼠标发出一份文件，"实际上，刚才我发现全美报告的类似事件，已经达到两百二十起，提取的样本数很多,可我们传染病实验室的系统没有把同类样本归档,反而将报告的重要性降到最低,拖延我们发现病原体的时间……拉尔森——这个人是我们新传染病实验室的负责人,实验室建设已经完成,他应该在CDC进行一年半的调整观察,可几个月前他突然辞职了。应该是他对系统做了手脚,这一定是有关联的。"

对方沉默了几秒钟,看来是在阅读档案,"安德鲁·拉尔森,我们正在调查这个人。博士,你还没有回答我的问题,事情糟到什么地步了?总统已经被电话吵醒,半个小时后他会在白宫听取简报。"

CDC主任摘下眼镜丢在桌上,"直径三微米,单细胞结构,有八根游动鞭毛。我们发现的是一种孢子,准确地说,一种真菌孢子。需要解释吗?孢子是真菌的繁殖器官,由菌丝分裂而成。真菌有寄生和腐生两种形态,我们发现的这种真菌会寄生于人体消化器官内部,一旦这些孢子进入消化道,就没有什么能阻止它们在胃和肠道中分裂繁殖。"

"真菌?"对面的人顿了顿,"危害呢?"

"还不清楚。样本中没有明确病变征兆,我相信你的样本提供者一定还活着。我不清楚这种真菌到底想做什么,或许它们能像消化菌一样与人类达成共生?"

"可你说'糟透了'。"

"是的,基于三点判断。第一,这是全新的物种,从未在人类视野中出现过的消化系统寄生真菌;第二,这种孢子(以及在粪便中提取到的少量菌体)几乎不可能被现有手段杀死,它们对紫外线和X射线免疫,对甲醛、苯酚、过氧乙酸等化学消毒剂高度抵抗,常用的伊曲康唑等三唑类抗真菌剂、特比萘芬等烯丙胺类药物的药效都不明显。我们怀疑这种新真菌及孢子的细胞膜磷脂双分子层具有特殊的物理结构,能够抵抗药剂及消毒剂的通透。目前唯一有效的杀灭途径是一百二十度以上的高温长时间作用,不过这只对孢子起作用,长在消化道内壁的真菌显然不能这样消灭。"

"继续说,博士。"

"第三点，也是让人绝望的一点。"说到这里，曼根海姆博士吸了一口气，组织一下语言，"刚才我让新传染病实验室的几名研究员做了自身抽检，结果所有人都检验出真菌感染。你知道这意味着什么吗？实验室是P4级别的，全球生物安全最高级别的实验室，我们的负压、过滤、隔离和消毒系统是最顶尖的，我敢肯定管理方面没有任何疏漏，样本不可能泄漏，外面的东西也不可能进来……没错，这证明我们所有人早已被真菌感染，只是它们没有表现出明显症状，所以没人注意到而已。"

"你是说，整个CDC的人都被传染了？"

"不，是整个亚特兰大，整个佐治亚州，整个美国，整个世界！"博士说，"叫总统起床，让所有人做个粪便检测吧，到时候你就会明白什么叫'糟透了'。"

同一天 9：45
美国纽约长老会医院心脏外科手术室
医生关掉体外循环机，正式宣告汤姆·史迪威的死亡。

棒球场惨剧发生时，汤姆被其父亲的大口径手枪射出的子弹击中胸部，倒在另一个孩子的尸体上。

他被送入医院时并没有咽气，子弹擦伤心脏，打穿横膈膜后坠入腹腔，尽管伤势很重，经验丰富的长老会医院心脏外科医生们还是有信心保住他的性命，起码支撑到人工心脏准备完成。

心脏瓣膜修复手术进行得很顺利，当医生们准备切开汤姆的腹腔取出子弹时，某些不寻常的现象使他们停了下来。

"……告诉我并不是我眼花了，埃德。"

"你没有眼花，医生。这鬼玩意儿……是他的食道、胃和小肠。"

呈现在众人眼前的，是怪异的明黄色人体组织，就像医疗教学中用到的解剖模型一样，汤姆·史迪威的消化系统被鲜艳的黄色标示出来。

"从没见过这样的病例。"主刀医生说道，用手捧起一截小肠。不同于健康器官，医生手中的肠子有一种怪异的橡皮质感，仿佛有人把洗车用的黄色橡胶软管胡乱塞进了这个男孩的腹腔。

"这里有一处伤口，子弹看来钻进去了，医生。"第一助手指着胃壁提醒道。

"这可能不是个好主意。"主刀医生犹豫了几秒钟，"用衬垫把胃垫起来，我要从伤口切开，准备引流，别让里面的东西流进腹腔。"

手术刀在小小的伤口上做出十字切割，几乎同一时刻，一股黏糊糊的黄色流质猛地将子弹头推了出来，就算戴着口罩也能闻到四溢的恶臭。

"上帝！"医生后退一步，摘下手术放大镜，"你们看到切面了吗？他已经完全没有正常的胃壁组织了，有种东西侵蚀了整个消化系统！这孩子是怎么活到现在的？手术暂停，准备缝合！埃德，去叫消化内科的朴教授来，现在！"

消化内科主任匆匆赶来。在他的要求下，主刀医生切下了一小块胃壁样本，然后进行胸腹缝合。

朴教授通过仪器做了简单观察，然后宣布这可能是一种罕见的真菌感染疾病，因为布满消化系统的东西是真菌的菌体，无数菌丝刺入消化器官内壁，向器官内部伸展，现在病人的整个消化道都成了真菌的营养体，他吞下的每一克食物都要先被寄生者享用。

意识到事态的严重性之后，医院立刻通知CDC，并将汤姆·史迪威移入传染病观察室。这时汤姆的生命体征正在急剧恶化，仿佛触动了某种防卫机制，真菌的活动加剧了，年轻棒球手的心跳、血压、激素水平和血含氧量出现大幅度波动。短短几个小时后，他的心脏、肝与肾脏都陷入衰竭，不得不以循环机维持生命。

当CDC将整个楼层完全封锁时，汤姆·史迪威的脑波消失了。

他是第一个牺牲者。

2015年4月6日 9:03
美国内华达州提卡布山谷

"贝尔407"直升机从内华达戈壁上空飞过，炙热的太阳下，飞机的投影在仙人掌和月见草之间快速穿行。

"科曼彻博士！"坐在副驾驶席的银发男人回头喊，"状况怎么样？能坚持住吗？"

"还没死。"祖尔·科曼彻回答道，衰弱的声音没能穿透防化服面罩，她随即意识到无线电没有开，于是举起右手大拇指作为回应。这简单的动作耗去了她大半力气。

"还有五分钟就到了，让伙计们准备好。"银发男人敲敲无线电麦克风。

"进入目视距离，中校。"直升机驾驶员指向前方，"与卫星图片一致，主建筑物只有一栋。"

"按计划进行，当心防空火力。"

稀疏的铁丝网圈起一百五十英亩的土地，除了满地的风滚草以外，这座荒凉的农场看不到什么像样的植物。红色屋顶的主宅与车库、谷仓连成一体，坐落在杂乱无章的车辙辐射线中央。随着直升机高度下降，地面的杂草倒伏下来，屋顶的瓦片噼啪作响。

四架CH-47"奇努克"直升机悬停在十五米高度，身穿橙色防化服的突击队员沿滑降绳进行快速机降，很快将屋子四周包围起来。

"贝尔407"直升机缓缓降落在正门前，银发男人摘掉耳机，扣上防化服面罩，跃出机舱。后舱门随后开启，祖尔乘坐电动轮椅驶出，臃肿的A级防化服让她牢牢卡在轮椅里面，能动弹的只有两条手臂。

"你确定要这么做？"男人说。

"这屋子的地下室是一座迷宫，除了我们四个，没人能摸清所有机关。"祖尔的轮椅咯咯碾过沙砾，"我相信他正躲在地下室深处研究那种致命病毒。让我带路是最好的选择。"

男人做了个手势，突击队员扩大了包围圈，CDC特勤小组点燃气囊弹，嘭！水桶大小的弹丸被抛上天空，向四周洒出三百枚钢针弹，随着钢针啪啪钉入地面，一顶覆盖整座建筑物的高密度聚酯薄膜帐篷建起来了。

特勤小组在气囊正面制造出一个拉链拱门，两名士兵抬着破拆器材钻进帐篷，将冲击槌的两脚架钉入地面。砰！第一次冲击就将那扇厚重的红橡木大门撞得四分五裂，士兵们马上向屋内抛入几枚震爆弹，然后把UAV涵道风扇微型无人机送进门内。

"其实我有钥匙。"祖尔小声说。

嗡嗡作响的无人机在起居室上空盘旋，震爆弹的声光平息之后，屋内的光电/红外感应画面出现在指挥系统上，一个三维战场模型正在被建立。

投影式头盔内壁出现代表安全的绿色信号。"走。"银发男人手持冲锋枪钻进屋门，祖尔操纵轮椅跟在后面，四支战术小队鱼贯而入，胶底军靴悄无声息地踩过地板。

绕过沙发、餐桌和吧台向楼梯前进途中，祖尔说："让我走前面，中校。你不认识路。"

男人向身后打个手势，放慢了脚步。人类学家将轮椅驶到楼梯前，拉着扶手撑起身子，笨拙地迈步下楼。

楼道里的壁灯亮着，"千万别启动那什么炸弹。"她一边艰难地挪动木柱子一样的腿，一边嘱咐，"那会毁掉所有的资料。你们需要那些资料。"

中校在无线电里说："……看来无线电静默是没用了，博士。突击前破坏建筑物的供电系统，这是标准程序，对于这种拥有独立供电设备的房屋，我们不得不准备定向EMP冲击炸弹。不过在明确情况之前，我不会发动EMP攻击的，毕竟那对我们的电子设备也是致命打击。"

"那么，谢谢？"

祖尔喘着粗气踏下最后一级台阶。在身后的士兵转过螺旋形楼梯之前，她有十秒钟不受监视的时间，可这并不够，"……小心！"她隔着厚厚的手套抓起旁边的一个金属罐子向楼梯丢去，来自中国的茶叶罐叮叮当当反弹着乱滚。她几乎能想象到中校和突击队员们动作突然静止的滑稽样子。

压缩空气阀门嗤嗤响着，祖尔向第三实验室走去。

同一天9：10
芬兰赫尔辛基

不足四十平方米的房间里堆满了实验设备，除了烧杯和烧瓶之外，浅田叫不出任何一样东西的名字。他熟悉的是手中的瓦尔特P22手枪，点二二口径，短螺纹枪管，Silencerco牌的消声器。这支手枪射出的小口径子弹只能在眉心开一个洞，却打不穿后脑的头盖骨，浅田最中意的就是这一点：翻滚的子弹能把脑子搅成一锅杂碎粥，而伤口最多淌几滴血而已，又干净又高效。

不过他从来没有冲着朋友的脑门开过枪——如果他可以把眼前的人称作朋友的话。浅田是个不善交际、沉默寡言的家伙，长久以来唯一的消遣就是做完杀人买卖之后，回到横滨港的一家芬兰浴去洗个澡，趁着身体暖和，去临街的小馆吃老板娘煮的萝卜、炸豆腐和鱼板，喝三杯烧酒，然后回家躺在冷冰冰的木地板上睡觉。顾铁成立的沙龙对他来说是个非常奇特的存在，他害怕每年一次的面对面谈话，又对那种疏远而亲密的奇妙关系有所憧憬，甚至将自己的真实身份告诉了大家——尽管没人相信。

"下一枪打准一点儿。"安德鲁·拉尔森抱怨道。他捂着肩膀坐在地上，指缝里汩汩冒出鲜血，"原来你真是杀手，这实在让人意外。是谁派你来的？"

浅田沉默地望着对方，手枪的照门准星重合在北欧人的眉间。他再次犹豫了，这对杀手来说显然是个极大的错误。想了想，他开口说道："是顾铁。他说必须杀掉你。那种病毒……已经被你散布到全世界了吧?我和他的身体都不行了。"

拉尔森望着他,"那不是病毒,是真菌。病毒只能算一串基因而已,真菌才是完整的生物,浅田。没错,是我打破了青铜盒子,把里面的东西拿了出来,那时候我们四个人都被最初的孢子感染了……想看看它的模样吗?"他把身体挪动了几厘米,肩膀一撞桌子,一个透明树脂球掉了下来。

浅田戒备地望着那东西。

封存在树脂里面的是一块黄色的生物组织,厚度约两厘米,像一牙比萨饼的形状,凑近观察,能看到组织表面生满极纤细的绒毛。

"这就是中国明代被封存进盒子的东西,一块被寄生后长满菌丝的胃,人的胃。"拉尔森靠在桌子上,胸部起伏,"当时我在黑暗中没来得及细看,只顺手把它塞进衣兜,第二天回到亚特兰大的CDC实验室之后才拿出来研究。很快我有了惊人的发现:1622年的真菌孢子至今仍保持着活性!它们以一种完全脱水的无生命状态度过了四百年岁月,然后在适合的温度湿度条件下复苏。它们寄生在人的消化道,几乎不可能被杀死。它们会改造人类的肠胃,生出无数菌丝结成菌毯,吸收人类吞下的水和蛋白质作为养分,分裂释放出孢子……"

浅田打断了他的话,"我不想听这些。我杀死别人是为了报酬。一份报酬,一条生命,这是必须遵守的游戏规则。你呢?"

"我快说到了。"芬兰人说,"真菌需要大量的蛋白质,所以它们寄生的第一步就是改造人体肠胃的消化酶。人的消化液中有许多种消化酶,每种酶都是专一的,只催化一种化学反应,比如淀粉酶促进淀粉和糖原水解,脂肪酶分解脂肪,蛋白酶分解蛋白质。真菌改变黏膜细胞使其分泌的蛋白水解酶变质,极大地加强了蛋白酶的活性。你知道,酶本身就是一种蛋白质,变质的蛋白酶会将其他种类的消化酶全部分解,导致消化系统内只剩下一种酶存在。这种变化体现在人身上,就表现为对肉类的强烈渴求,因为淀粉、脂肪类食物已经无法被分解,只有肉能够被肠胃——应该说肠胃中的寄生真菌——分解吸收。这就是现在我们强烈饥饿感的来源,人类从杂食动物变成了食肉动物……

这本应是上帝的工作吧。"

这时,电话震动的嗡嗡声响起。两个人对视一眼,日本人垂下枪口,默默地摸出手机,按下通话键。

"喂,拉尔森还活着吧,我想跟他说几句话。"顾铁说,"给我视频对话模式吧。"

浅田把手机转个方向,屏幕上出现了一个黑发男人的形象。

"顾铁,"芬兰人虚弱地抬起右手打招呼,"你好吗?"

"好个屁!"中国人毫不客气地说,"半死不活的,饿得想吃人。我昨天一顿吃下了两斤半猪五花肉,生的,但是吃得越多反而越饿。黄豆、豆腐、面筋……植物蛋白一点儿用都没有,看来我肚子里寄生的玩意儿对动物蛋白情有独钟啊。"

拉尔森回答道:"没错,真菌需要的是动物蛋白质,我猜可能与免疫球蛋白和赖氨酸含量有关,不过没有做相关实验。你我所经历的只是一个阶段而已,当真菌菌丝体彻底成熟,人类就不会再有饥饿感了。"

顾铁啐道:"呸,废话,死了还知道饿啊!距离最后阶段还有多少时间?"

"因人而异,如果营养补充充分的话,成熟期会推迟一些。最多还有三四个月吧。"拉尔森说,"当整个消化道被成熟菌体侵占,人会死去,孢子则通过体腔飞散出来,完成真菌的生殖过程。你看过成熟的菌丝体吗?非常美丽的金黄色,与这种半成品完全不同。"他手指一松,凝固着人体组织的树脂球在地上骨碌碌滚动。

顾铁问道:"我身边的所有人都检测出了孢子感染。做什么都太晚了,对吗?"

"很抱歉,是的。"

"跟我说说有关真菌的事情吧。我搞不太懂它的生态。"

"……它其实很单纯。第一,它通过孢子传播,孢子具有很强的环境耐受力,可以在空气、水和泥土中生存,极难被杀死,一旦进入消化道,它们会在食道、胃和肠中扎根;第二,它制造饥饿感,促使寄主大量进食肉类，分解蛋白质作为养分。孢子的正常生存期是六个月，而菌丝的正常成熟期也在四到六个月之间。接下来发生的事情很有趣：在一个小圈子里，比如古代中国一座被围困的城，或者日本一个被封闭的村，被感染的人类将会被饥饿感驱使化为食人魔，他们杀死别人，撕开其他人体腔的时候，未完全成熟的真菌会提前完成生殖过程，这时释放出来的孢子感染力很弱，只要短短几天就会失去活性；而倘若处在食物充足的环境中，寄主因消化道崩溃而自然死亡，这时菌丝会成长为真正的菌体，释放出第二种孢子：腐生孢子。可以这么说，寄生孢子是手段，腐生孢子才是目的，这种奇异的真菌有两种生命形态，藏在人体内部的寄生形态和生存在腐殖体之上的腐生形态，前者微需氧，后者需氧。"

顾铁皱着眉头说："那盒子里的孢子是怎么回事？都几百年了啊。"

北欧人的眼睛变得明亮起来，"这是最有趣的地方，寄生孢子若处于极端环境中，会产生一种我们尚不能理解的变异，或者说进化——孢子会自我脱水，进入无生命状态，等再次接触到水源和氧气的时候又恢复活性。这种状态可能持续数百年甚至上千年，而复活只需要短短几秒钟。我最初在纽约散布的是盒子里藏着的原生孢子，而后来通过这种脱水假死制造了大量的新生孢子，两种孢子从形态到能力都毫无不同。"

"你制造了大量孢子？用人类做原料？"顾铁问道。

"当然。"

"你估计全球人类被寄生孢子感染的比例有多少？"

"接近百分之百。"

"其中有多少人会死去？"

"接近百分之百。"

"也就是说，人类还剩下几个月时间。这应该够了，如果全世界的科学研究齿轮启动，总会找到治疗感染的办法……"

"不。"

拉尔森咳嗽着，"我留给人类的时间，只有十天。你说的几个月，是在肉类供应充足的前提下,可我已经在全球一百二十四处关键地点埋下了种子,它们会陆续爆炸释放孢子,全新的孢子……这些宝贝是我在实验室里制造出来的,不同于只以人类作为寄主的原生真菌,新孢子会感染一切具有完整消化腔的动物——所有脊椎动物。"

顾铁沉默了几秒钟,"你是说,从天上的鸟到海里的鱼到大象猴子青蛙还有猪圈里的猪牧场里的牛羊养鸡场里的鸡……"

"一旦被感染,杂食与草食的牲畜都会开始自相残杀,人类的肉食供应链在几天之内就会中断。植物蛋白无法满足需要,人造肉的技术尚不成熟。顾铁,现在全球的肉食储备最多支撑十天,十天后,整个地球将变成……天启二年的贵阳城。"安德鲁·拉尔森平静地述说着,仿佛在谈着一件毫不起眼的小事。

这时,日本人突然扣动了扳机。

同一天9:13
美国内华达州提卡布山谷
当突击队员进入地下室的时候,祖尔·科曼彻正倚着第三实验室的门喘气,"他不在这里。最里面的那扇门,第一实验室是生化实验室,他一定在那里。"她伸手指向地下室深处,"中校,我已经解除了警卫系统。这里安全了。"

中校挥挥手,士兵们如幽灵一样潜入地下室诸多收藏物的阴影里,在外星人标本、大头婴儿和风暴武士之间穿行。"你可以出去了,科曼彻博士。"中校说,"接下来的事情交给我们。"

"我走不动了。再说,我也想亲眼看到最后。"人类学家慢慢坐了下来。

突击队员们很快到达第一实验室门前,在铝合金气密门铰链处装上黏性炸药,插入引爆线路。

这时,UVA垂直起降无人机嗡嗡地降下楼梯,开始在地下室中盘旋,头戴式显示仪仍然显示代表安全的绿色信号,这证明无人机的声光电探测设备并未找到任何潜在危险，例如枪口焰、瞄准镜反光和激光发射器等。

中校做出手势，士兵们隐蔽起来。

咚！沉闷的爆炸声响起，冲击波推倒一排展示架，装满福尔马林的瓶子在地上摔得粉碎。大门轰然倒下，无人机加速冲向爆炸烟雾，机身下部激光致盲武器的保护盖咔嗒弹开。军靴碾过扭曲变形的金属门，两支小队的士兵跟着无人机进入房间。

"把手放在看得见的地方！"中校通过防护服肩部的扬声器高喊，"安德鲁·拉尔森，放弃抵抗！"

这一刻，他突然觉得这次行动有点儿太过顺利了。走下楼梯的时候，他发誓听到了什么声音，可不能确定。如今想来，那应该是机械或电流嗞嗞的噪音，从很遥远的地方传来。这个念头令他心神不宁，可爆炸烟雾正在散去，士兵已经控制了实验室，他必须前进。跃出隐蔽处，他快速冲进门内。

无人机悬停在房间中央，用传感器扫视四周，它的致盲激光脉冲并未发射，因为这房间里并没有任何需要攻击的对象。

"安全！"突击队员回报，"这里没有人，长官！"

中校愣住了。在头盔射灯纵横交错的光柱里，展现在眼前的是一个塞满了线圈和管道的狭窄房间，这根本不是什么实验室。他转身望向被炸开的大门，厚达十五厘米的门只有薄薄一层铝合金外壳，里面灌满了铅。

几秒钟后，他猛然转身叫道："撤退！控制科曼彻博士！别让她再碰任何东西！"

然而已经太晚了。那种蜜蜂般的嗡嗡声越来越响，士兵们扭头寻找声音来源，发觉噪声从四面八方传来。

"你说得对，安德鲁。"祖尔自言自语道，"在知道死期将近的时候，人的行为模式会变得难以预料。文化背景、性别、年龄、教育程度，什么也好……研究了一辈子有关人的问题，却连自己都看不明白，这感觉真是无力啊……"

一千五百米长的巨蛇首尾相接,在深深的地下将整栋房屋环抱,质谱仪的串列加速器线圈正在全速运转,铯枪射出的离子被三百万伏特的电压差加速,在环形线圈中狂奔。负责供电的大型柴油机转速已进入红线区,带电粒子达到极限速度,正在这时,用以检修线圈的工作间防辐射门被炸开了。震动使环形真空管出现一丝裂缝,而比爆炸更早到来的,是强大的辐射。

橙色防化服在辐射面前如纸片般无力。人们的晶状体化为一团熟透的蛋白,内脏被热量煮沸,五官开始融化。

二十秒后,一场爆炸将农场从内华达的荒原上彻底抹去。

同一天9:18
芬兰赫尔辛基

一个弹孔嵌在安德鲁·拉尔森的眉心,点二二子弹射入头颅,这个男人却一时尚未死去。血沿着鼻梁流向嘴角,他目视窗子,眼神安静,声音低微地念起了诗:

"……假如我变成了一朵金色花,为了好玩,
长在树的高枝上,笑嘻嘻地在空中摇摆,
又在新叶上跳舞,妈妈,你会认识我吗……"

顾铁说:"没来得及问他到底为什么。我虽然总想着世界末日的事情,却从未有过亲手毁灭世界的念头,这个世界就算再破再烂,毕竟也是自己的家啊,被无良房地产商强拆就算了,难道住着住着自己突然抡起大锤乱砸?真是莫名其妙。"

"任务完成了。"浅田松开手指,手枪坠落在地,"我可以休息了吗?"

"当然。"

日本人捂着腹部,慢慢走向房门。他的脚尖踢到一件东西,透明

树脂球滚向门外，在地板留下一行鲜艳的血迹。

推开门，浅田沐浴在芬兰赫尔辛基的明亮晨光中，越过封冻的山麓，能看到宁静的城市被波罗的海环抱。几只燕鸥划过树梢。浅田转回头，望着树林中的红顶小屋，这是安德鲁·拉尔森的老宅，那个男人出生和死去的地方。

数日前在横滨的家里，顾铁对他说：“你这个白痴杀手。明知自己死期将近，还是按部就班地过着从前的日子，简直无聊透顶！我给你一个任务，你要找到那个混账芬兰人，问出有关真菌的情报，然后杀死他。”

一天前，祖尔·科曼彻发来一封没头没尾的邮件：

"我受到监控，这可能是最后一次同你们接触了。拉尔森在芬兰，在完成一切之后，他一定会回到那个寒冷的地方去。五岁那年，他第一次在那儿完成了真菌培养试验；二十九岁那年，我们在那儿第一次做爱，也是唯一的一次，是个错误，但很美好。我不会让美国人找到他，用酷刑逼问他解药的制作方法，因为开启魔盒的是我们几个人，审判与被审判的，也应该是我们自身。再见，朋友们。"

一个小时前，浅田敲了敲门，门开了。拉尔森说："你终于来了，我等了很久，开枪吧，除非你还有什么事情想要知道。"

日本人做了个深呼吸，林间清冷而芬芳的空气令他内脏的灼痛逐渐平息。

在屋子后面，本来生长着大片铃兰花的地方，隆起数十座浅浅的坟茔。一层柔软的金黄色厚毯覆盖了大地，闪耀着湿润光泽的真菌迎着太阳展开菌伞，菌丝垂挂下来，如柔软丝绒在晨风中轻摆。成熟的孢子被风吹起，越过林巅，投向大海，它们不再是危险的寄生者，而是渴求腐烂原生质的甘美养分、能够在空气中茁壮成长的崭新生命。

同一天9∶30

中国山东省枣庄市一家国营养猪场发生意外，一头母猪吞吃了刚刚产下的六头猪崽。母猪产后食崽通常是营养不良造成的，负责调配饲料的几名职工因此被扣了当月奖金。

"操嫩娘！嫩娘！扣老子工资……"损失了奖金的养猪人老徐，在下夜班后并未回家，而是又进入猪舍，操起铁锹杆子抽打老母猪泄愤。

没想到才打了几下，老徐突然被猪一口咬住了脚腕。

"放开！狗日的畜生……"老徐挥锹用力戳向母猪的眼睛，可猪嘴却并未放松。人类血液和肉的味道对它来说是陌生的，可毫无疑问，那是食物的味道，代表着生存的味道。

四百五十斤重的母猪奋力扬起前蹄，将老徐扑倒在地，张嘴咬住了他的喉管。与此同时，幸存下来的两头小猪开始啃噬人类的手指，用乳牙磨破人的皮肤，吮吸着甜美的血浆。

同一天9∶44

中国北京中关村华富大厦三十三层的办公室，顾铁在键盘上敲下了最后的休止符。

"准备好了。"一个穿白大褂的人从隔壁房间进来开口提醒道，同时推了推老式玳瑁框眼镜，"黑市医生的技术很不错，不过他可没做过这种手术。你想好了，可别后悔。"

"知道啦，马上过去。"顾铁嚼着肉干，摆摆手，站了起来。

他的办公室贴满了电影海报，天花板的高清投影仪在屏幕上投出一百五十寸画面，十四只DTS环绕音箱隐藏在四周的墙壁中。他非常喜欢看电影，不过近一段时间以来，他的投影屏幕没有出现过任何电影片段，复杂的编程软件已经运行了两个月时间，到今天终于完成了最后调试。

这就是他为这个世界所做出的努力。他以旗下基金公司的名义收购了一家业内领先的基因工程公司，亲自编制了崭新的基因图谱，当项目启动后，五百个正在培育的人工胚胎将被注入新基因片段——除了顾铁本人，没人会知道这件事。

这家公司是世界医学伦理委员会放松基因调制管制后成立的高级定制企业，面对顶级客户服务，为富豪进行人工胚胎的基因优化工作。

"你算错了几件事情啊，老兄。"望着墙上的一张海报，顾铁自言自语着，"就算所有脊椎动物都被真菌感染，以浮游生物－肉食性动物为主链的海洋生态系统，也还能工作很长一段时间，鱼类蛋白质足够全世界有钱人活到生命机能的极限；而即使我们想不出治疗真菌寄生的法子，依然还是能苟延残喘下去啊，拉尔森，这就是我们人类。"

投影屏幕上的基因序列表明，五百名富豪之子将成为先天性的无肠人，他们没有食道、胃和肠，没有适合真菌寄生的消化道缺氧酸性环境。位于腹部的黏膜是他们获得营养的途径，尽管效率低下，又有感染风险，可这些新生儿将对正在肆虐全球的寄生孢子完全免疫。

顾铁脱去衬衣西裤，换上手术用的蓝色开衫，走进隔壁的房间。

在巨大无影灯的照耀下，几名面目模糊的医生围在手术台旁边，戴玳瑁框眼镜的人说："去消毒，我们马上开始。切下来的东西要怎么处理？"

"留着，种在土里，做个盆景什么的。"顾铁撇撇嘴。

这将是世界第一例消化道完全摘除手术。顾铁决定将自己的消化系统切除，赶在身体机能崩溃之前，如壁虎断尾一样将寄生者抛弃。他可能死在手术台上，也可能撑过这场离奇的手术。如果手术成功了，在有生之年他将不能再吞咽任何东西，只能靠打点滴注射营养物质维持身体机能，肠外营养无法长久维持人体运转。几年后，他将死于败血症与尿毒症，可在此之前，他能够见证那些新生婴儿的第一声啼哭，看护着他们以完全不同的方式慢慢长大。

手术台硌得后背生疼，凉丝丝的麻醉剂进入血管。

"跟着我数数，一，二……"麻醉师的脸在眼前慢慢模糊。

顾铁喃喃说道:"大饥之年。彼此相食,伦理崩坏,谁能想到我们的末世是这副模样……人类建立了文明,又以最不文明的姿态灭亡……几年之后,这世界会是什么样子? 有多少人还活着? 七十亿尸体,将开出多少朵金黄色的花?……应该说多少朵金黄色的蘑菇吧,噗,想想还真是好笑……"

"六,七……麻醉完成。"麻醉师说。

同一天9:59

"你为什么这么做?"

"五岁那年,我妹妹失踪了。二十天以后,我们在山谷里找到了她,她被埋在厚厚的树叶里,身上长出五颜六色的蘑菇。非常美丽的蘑菇。生命的形态是平等的,祖尔,盒子里的东西选定了我,这是命运。"

同一天10:00

"Life finds a way."

手术台上的男人突然睁开眼睛,说出了他最爱的电影里的台词。

小贴士:
1. 本文人物由作者的长篇西式奇幻小说《星空王座》里的角色客串。
2. 可以玩玩《瘟疫公司》这个游戏,感受一下真菌传染病的威力。

移魂有术

（科幻悬疑电影《缉魂》原著）

江　波

如果一个人相信自己有前世，而且还有很多个前世，自己的生命总是一次次轮回，不断结束却从未终结，并且以一种肯定的口吻告诉你这一切，你一定会认为他疯了，因为这和现代科学观念水火不容。要知道，宇宙里没有去处可以容纳从古到今的无数灵魂，以及未来即将产生的更多灵魂。

然而，眼前的这个人，却让我不得不信，因为他关于前世的记忆让我拿到了五百万。一个人平时有点儿疯疯癫癫并不算奇怪，然而如果疯到了和钱过不去的程度，那么此人就真的疯了。他把信息告诉我，而我真的拿到了钱！

这个事意义重大，足以颠覆我的世界观。我一直是一个非神秘论者，一个人有前世，这充满了神秘色彩，让我无法相信。然而，实实在在的五百万巨款放在面前，还有什么世界观值得我坚持？哪怕让我相信自己前世是他的一条狗，因为对主人俯首帖耳恭敬有加而得到这笔飞来横财，也值了！

我克制住自己的兴奋，平静地把我拿到了五百万的消息告诉他，他异常激动。"这是真的，这是真的！"他反反复复地说着这一句话。

我悄悄退出，把他一个人留在房间里。

出了房门，我情不自禁地拿出那张小小的卡片，它代表五百万新欧元，可以让我拥有阿尔卑斯山脚下某个著名度假地的一套别墅，永久产权，而且不用缴纳物业税。我忍不住在上面亲吻了一下。

身为一位知名医生，这种举动显然有失风度，然而医生也喜欢钱，更何况是天上掉下来的五百万。天知地知，他知我知……想到这里，我的心突然一沉，一切手续合法，但谁知道有没有第三个人知道这笔钱？虽然是赠予，但是如果被人捅出去，只会引起无数羡慕嫉妒恨，肯定不会有什么好结果。

"梁医生！"屋子里的那个人突然大叫起来，我慌忙把那价值五百万的卡片塞进兜里，推开房门，以专业的步伐走了进去。

"什么时候能给我做催眠？"他问道，语气急促，迫不及待。

我清了清嗓子，让语调显得平静而专业："催眠有一定危险性，你昨天刚做了深度催眠，如果再做，可能会对大脑造成损伤，导致不可逆的后果。我们最好等两天。"

"不行！"床上的病人大叫，"我要马上就开始。你拿了钱就要办事！"

我一时语塞。我很想把病历本狠狠摔在他的脸上，扬长而去，然而这样只能让我一时痛快，却没法堵住他的嘴。再说……

一个阴险的念头不可抑制地在我脑中萌发出来：只有他死了，这五百万巨款我才能踏实地拿着！

好！我把心一横。

一个人既然想死，那么就成全他。我摆出一副公事公办的面孔，说道："我必须再次提醒你，频繁进行深度催眠会导致神经衰竭，进而导致脑死亡。换句话说，这是有生命危险的！催眠所使用的阿匹胺苯片剂，属于神经麻醉剂的一种，可能导致心律失常，甚至呼吸衰竭……"

"我知道！"这个人暴怒地叫道，"你只管做就是了。"

我走出病房，拿了一份告知书，还有一份催眠协议，然后走了回去。我已决定要让他去死，不过一切必须看起来符合规范，无懈可击。这对于一个决定昧着良心动手的医生来说，虽然有些麻烦，却并不是太难。

病人痛快地在上面签了字。

我拿过来一看，倒吸了一口凉气。

王十二！这是他签下的名字。这是他认为自己应该是的那个人，而不是他自己的真实姓名。我感到自己被一个疯子戏耍了一番。

"李先生，你必须签自己的名字。"我告诉他，然后递给他一份新的协议书。

"什么？"这个病人显得有些困惑，"我签的当然是我的名字。"

这种情况屡见不鲜，我早有准备。"这是你的身份证。"我把他的身份证递过去。

很多病人到最后都不知道自己是谁，也没有家属来认领，因此病人进入这所医院时必须抵押身份证,当然身份证也可能造假,所以医院都与国家个人信息管理中心核对过,不可能有假。必须确认病人的身份属实,这是精神病院全体员工数十年的经验总结,或者说血泪教训。

"李川书。"他把身份证上的名字念了出来,然后愕然地看着我,"这是我的名字?"

我不动声色地点了点头。他的病情加重了,昨天,当他宣称自己是王十二时,至少还记得李川书这个名字,现在已经……

人格分裂的精神病患者就是这样。最初他们感觉自己曾经是某个人;然后,他们会偶尔觉得自己就是某个人,但还对自己真正的身份有着清醒的认识;再后来,他们已经不知道自己到底是谁,不同的人格在他们身上打架,让他们的行为变得古怪,失去逻辑。到最严重时,不同的人格彻底地分隔开来,他们时而是这个人,时而是那个人,彼此间毫无关联,下一秒钟不记得上一秒钟的事。如果病情还有发展……病情不会再发展了,到了这个地步,死神已经在敲门了。

李川书的病情发展很快,现在他的臆想人格占据了上风。

"李先生,你先休息一下,晚饭后我再来看你。"我看他不再歇斯底里,趁机把协议书和身份证拿了回来,然后把床头的阿匹苯胺片放回药袋。杀死一个人是需要非常大的勇气的,我得承认,我是一个懦夫,不过短短的几分钟,方才的杀机就消失得干干净净。我慌张地掩上门,趁着病人仍旧平静,逃也似的走了。

医院在山上,远离市区。下晚班的时候,山道上通常没有车。因为习惯,也因为到手了五百万巨款,我把车开得飞快。

突然间,迎面射来强烈的灯光。

该死,会车也不关远光灯!我来不及抱怨,猛踩刹车,强烈的惯性让我重重地撞在挡风玻璃上,车子顿时歪出山道,撞上了路边的墩子。

对面的车缓缓开过来停下,有人下车过来看个究竟。

"你他妈怎么开车的?!"虽然我一直认为自己很有涵养,但这时候还是忍不住破口大骂。

来人却一声不吭,只是走到我的车边,掏出一支手电筒照着我。

"你干什么?!"我感到愤怒,同时有些惶恐。来人高大威猛,黑黑的身影颇有些压迫感。我的声音不自觉地小下去,却仍旧保持着愤怒的语调,"开车要当心点儿,别拿远光灯晃人。把你的电筒拿开。"

他收起了手电,我依稀看到了一张标准的黑社会冷酷脸,不带一丝表情,没有一丝歉意,只是直直地盯着我,就像狮子盯着猎物。

我突然感到害怕,只想逃走。"快点儿走开,我要开车了。"我壮着胆子呵斥他,然而声音虚弱无力。

他扬起手,我闭上眼睛,然后听见玻璃破碎的声音。

车门被拉开了,还没有搞清怎么回事,我就被拖曳出来。我不认识他,不知道他到底要干什么,只是本能地感到绝望,伸手紧紧地抓住车把手,大声叫喊救命。

猛然间,我后脑一疼,眼前一黑,昏了过去。

我醒来时,脑袋仍旧昏昏沉沉的。阳光刺痛了眼睛,我伸手遮挡。

"梁医生。"有人喊我。

逆着阳光,我依稀看见一个黑色的身影。我回想起夜晚遭受的袭击,猛然一惊,站了起来,"你是谁?我在哪里?"

来人缓缓向前走来,在我面前不到一米处站定。他衣着光鲜,西服笔挺而得体,左手上两只硕大的红宝石戒指异常引人注目。

"我们在一个很安全的地方,放心,不会有事。"他缓缓地说,样子很沉稳,风度翩翩。这样的神态和语气让我安心下来,至少他不会抽出棍子来打人。

"我被打晕了,"我回想起那个模糊的黑影,心有余悸,"有人袭击我。"

"办事的人误会了我的意思,他应该把你请来。我已经狠狠地骂了他,希望梁医生不要介意。我会赔偿你的医药费和修车费用。"

他说得分外客气，我却心中一凛——眼前的人明显有钱有势，没准儿还是黑社会的大佬。我还能介意什么？能够全身而退就是万幸。

"我……"我喏喏着不知道如何应答，最后说，"找我有什么事吗？"我连他的姓名称呼也不敢问。

"很好，既然梁医生这么客气，我就开门见山——你有一个特殊的病人，"这个人说，"他叫李川书。"

一句话仿佛惊雷，我的心突突直跳。这一定是那五百万惹出来的事！足足五百万巨款从某个账户里取出来，这一定惊动了某些人。

"不错，是有这么一个病人。"我尽力掩饰心虚，"他有什么特殊？"我刚问出口，就意识到了自己失言，"哦，我不想知道太多。您想做什么？能帮的忙我就帮，只要不违法就行。"

对方露出一个微笑。"梁医生太客气了。我只是想请梁医生帮一个小忙，绝对不违法。"他向前凑近了一点，"我要一个详细的记录，包括这个病人的一言一行，他说的每一个字都要记录下来。当然，我会为此付一些酬金，不多，一点儿小意思，但是梁先生你必须承诺记录完整，而且对这件事绝对保密。"

他既没有提到那五百万，也没有要求我去杀人越货，我慌忙点头，"好，好。我一定帮忙，怎么联系你呢？"

他从口袋里掏出一部手机，递给我，"你每天必须用笔记录，你们医院的那种记录册正合适，不要为了省事用电子簿。这手机里面有一个电话号码，每天下班前打这个电话，会有人告诉你在哪里交接记录。"

我接过手机。这是一部三屏虚拟投影手机，大米公司的旗舰机，好像叫TubePhone，我只在网上见过，售价两万四，相当于我两个月的工资。我从来没敢奢望这样一部手机会握在我的手里，而他所要求的只是每天打一次电话。

我小心翼翼地把手机放进兜里，"放心，我一定会把这件事办好。"

他点了点头，突然说："我知道你拿了五百万。"

我的心头咯噔一沉，害怕地看着他。

"这五百万是你的。"他微笑着,"我可以告诉你,这五百万是从我的账户里拿走的,但是,它是你的了。"

我感到额头上沁出一层冷汗。

"事情结束之后,你还可以拿到另外五百万。"他看了看我,脸上满是笑意,"一千万新欧元的酬劳,这应该能让你感到满意。"

我心头发怵,说出来的话也不自觉地带上了颤音:"这五百万不是我去拿的,是李川书让我拿的。我根本没有动这笔钱……"

"别怕,那就是你的钱,是你该得的酬劳。这当然不是小钱,这笔钱可以让人非常体面地过一辈子,所以,你必须把事办好。我相信梁医生你一定有这个能力。"

我僵硬地点点头。

他微笑着向我伸出手,"我们的合作一定很愉快。"

连续一个星期,我生活在担忧和恐惧之中。

让我监视李川书的人叫王天佑,那天谈话之后,他让人送我出去。送我的人正是那个绑架我的大汉。

一路上我连大气也不敢出,但是我的眼睛并没有闲着,沿途豪华庄园的派头展露无遗,我做梦都没有想到自己能在一座这样的庄园里出入。这庄园像极了欧洲中世纪的乡间田园,有模有样,有滋有味,甚至还有一两个穿着欧洲传统服饰的人在小溪里泛舟,清理漂在水面上的落叶。

虽然我见识浅薄,但也大致明白此间的主人试图把一种欧洲的传统氛围原汁原味地复制过来。这样的手笔和气魄让我感觉自己仿佛只是一只小小的啮齿类动物,在荒原上迷失了方向,没有藏身之地,甚至忘记了奔跑,而庄园主人巨大的阴影覆盖了我——他是飞翔在天上的猎鹰。

一千万新欧元!我从来没想过能拥有一笔如此巨大的财富。有了钱,可以周游世界,然后去做自己喜欢的事。我还不知道自己到底喜欢做什么事,但无论如何不会是端坐在一群精神病人中间,听他们讲述不知道属于哪个世界的故事,或者干脆没有故事,只有狼嚎一般粗犷的原始野性喊叫。

一千万!这个巨大的数字平息了我的担忧和恐惧。回来后,我悉心照顾李川书,比照顾任何一个病人都要细致。

我从来不打他,也严禁护士对他进行打骂。我和他聊天,记录他说的每一个字,然后按照电话中的要求,每天把包装着记录的纸袋丢进各种不同的信箱。

李川书不是那种喜怒无常的精神病人,他只是人格分裂。进医院后的大部分时间,他是李川书,但也有时,他叫王十二。每当他自称王十二时,脾气就变得暴躁起来,动辄发火;也只有当他变成王十二的时间,他才会记得给过我五百万,要求我给他办事。因此,我深切地希望他一直是李川书。

不管是李川书还是王十二,他都是一个理智清醒的人,因此并不是太难交流。他显然对于自己为什么待在一所精神病院里感到困惑,为此多次询问我,甚至威胁要踩死我。

我只是一个小小的医生,根本不知道每一名病人背后的故事,然而被一个病人问倒是一件很丢脸的事,我只有很严肃地告诉他,医院有责任保密,他既然进了医院,自然有进来的原因,不准多问。

然而,我却产生了一丝好奇,这个李川书,到底为什么被送到这里来?

于是我找到院长。如果有人要送五百万给这所精神病院,那么合适的对象应该是院长而不是我,现在我看到院长,竟然有一丝偷了别人东西的愧疚。不过愧疚归愧疚,钱的事我根本不会提,如今这年头,煮熟的鸭子都有可能飞了,何况我的一千万还没煮熟呢!

"宋院长,最近117号病人经常性臆想,他已经分不清现实和虚幻,很暴躁,把他转到重症监护室吧。"我这样和院长开场。对于一个精神病人,送到重症监护室基本上等于判他死刑。我在医院工作的这八年里,看见许多人被架进去,出来的时候都面目全非,不是成了彻底的白痴,就是成了不省人事的植物人。这些病人要进行强迫性治疗,用强电流烧灼神经，甚至进行部分大脑切除——这是对付重症精神病人最后的手段。

理所当然，院长拒绝了这样的要求，"他怎么能够得上重症的条件？不行！"

"他自称王十二，还说自己很有钱。他家里真有钱吗？如果有钱，我们给他安排一个贵宾房，特殊照看。"

院长白了我一眼，"疯子说的话你也信……给他一个单人房已经很好了。你快回岗位上去，别老旷工。"

看起来院长并不知道关于五百万的事，他也并不关心这个病人。

"马上就去。我把他的卷宗拿回去研究一下，这个案例很值得研究。"我露出一副醉心专业的样子。

"好了，你去和老李说一声，暂时调用一下卷宗，就说我同意的。"院长很有些不耐烦，看来他只想快些打发我走。

我很知趣地退出了院长办公室，到病人档案处查阅卷宗。

他的卷宗简单得有些简陋：

李川书。男，2055年7月8日生。家族无病史。根据病人家属的描述，该病人两年前离家，不知去向。2082年6月回家，逐渐有癔症症状，由偶尔发作发展为经常性发作。初步诊断为深度人格分裂。各种病理性检查均正常，体内未见激素异常，精神疾病诱因不详。发病时未有攻击性行为，社会危害度低。建议住院疗养保守治疗，适当控制病人行为。

这样一个病历说明不了什么，关键在他失踪的那两年，也许就是在那两年里，他成了另一个人？我正打算合上卷宗，突然被备注栏里的一行小字所吸引：病人家属要求对病人进行单人看护，并预支三年的看护费十五万元，接受器官捐献的声明已签字。

我暗暗吸了一口凉气。这行简单的话里大有玄机！

一个精神病人，只要身体健康，就是合格的器官捐献者。在精神病院这样的地方，因为各种原因死掉一个人是很常见的事，如果家属签订了一份这样的声明，那么病人就随时处于危险之中。一旦富豪名流们有需要，一个精神病人的小命又有谁在乎？

我翻到页首，把病人家属的姓名和地址记了下来。

找到李川书的家时，我不由得大吃一惊。

这是一间残破的瓦房，看起来简直像是上个世纪的建筑，残破不堪，随时可能倒塌。这破败危房里只住着一个人，是个乞丐，浑身散发着酸臭味。

我捂着鼻子问了他几句话，但他一问三不知。

我丢下十块钱，然后逃出了屋子。出来后我转身看着这残破的房子，疑心自己是不是来错了地方。

我转过身想上车，结果我心中一凉——那个曾经打昏我的大汉就站在不远处，眼睛直直地看着我。

他缓缓地走过来，我两腿发软，想跑都没有力气。

"老板有请。"他很简单地说。

我开车跟着他的车，一路上无数次想一甩方向盘夺路而逃，却始终没有勇气。大汉的车是一辆剽悍威风的军用越野车，马力极其强大，气势吓人，我的破车不可能跑掉。

王天佑仍旧在那间豪华的会客厅里接待我。

"你去了李川书的家？"他半躺在沙发上，懒洋洋地看着我。

我从小就知道，如果你真把此类问话当作一个问题，那么就犯了幼稚病。他这么说是要我承认错误。

我恭敬地站在他面前，低眉垂眼，仿佛一个做错了事的仆人。

"是……"我小声说道。

"好奇会害死猫。你知道吗？"他说。

"知道。"

"猫有九条命，你有几条？"

"一条。"

他问得轻描淡写，我答得小心谨慎。他抬眼看着我，"你为什么要去那里？"

"我看到他的家属签订了器官捐献协议，一时好奇，就想去看看。这种协议，病人家属一般都是不愿意签的。"我老老实实地回答，不敢有半句虚言。

他从沙发上起身，抓住我的手，"梁医生，我知道你是一个好人。你也要相信我是一个好人，没有恶意。李川书原本是一个流浪汉，他答应了我做器官捐献，但后来又反悔了。他的神志也有些异常。这件事我不想太多人知道，所以把他送到了精神病院，他的器官捐献是定向的，你可以去查记录。但是事情出了点儿差错，他趁着我不注意，偷看了许多机密资料，被抓住之后，居然装疯，谎称自己叫王十二。"

王天佑认真地看着我，"他从我的户头里偷钱，这是他偷偷窃取的机密之一。我不清楚他还知道多少，所以私下请你来监视他。我不想有更多的人掺和在里边。这件事你知，我知，不能让第三个人知道，否则我也不会出一千万来请你。"

他的手很潮，黏糊糊地让人感觉不舒服，但我也不敢把手抽出来，只是一个劲地点头，"我明白，我明白……"

他放开我的手，缓步走到窗前，"帮我好好照看李川书，如果他自称王十二，你就和他多谈谈。那些都是我的隐私，你要保密。"

"一定的，一定的。"我的话音刚落，落地钟突然响起，"当……当……当……当……"连续四声，每一下都让我心惊肉跳。

钟声刚过，一个女人的声音在背后响起："王总，您的药。"声音婉转动听，我很想转身去看看，然而心里害怕，终究没有这个胆量。

王天佑似乎有些意外，他看了看钟表，问道："不是还有半个小时吗，怎么这么早？"

女人缓缓走进来，经过我身边，"您今天早上提前吃了药。"

一股清香袭入鼻孔，我偷偷抬眼。女子身材婀娜，穿着一袭紧身旗袍，露出白生生的胳膊和大腿，她正在伺候王天佑吃药。

也许有所感应，她扭头瞥了我一眼，正迎上我猥琐而胆怯的目光。

我慌忙垂下眼，心脏突然间狂跳不止。

这个女人的出现，成功扭转了我的思绪，让我暂时忘掉了凶险，脑海浮想联翩起来。美女啊！都是属于有钱人的。等我有钱了，也要整一个，不，要整好几个！

当她又缓缓迈步走出去之后，我才回过神来，重新意识到自己正处在危险之中，马上屏气凝神，静静地等着王老板的训示。

王天佑的脸上竟然现出了一丝犹豫。

"这样好了，"他说，"我让阿彪送你回医院。你留在医院里，全天候监护李川书。我不想惊动你们的院长，或者任何其他人。你要明白，我不想让任何人知道我和一个精神病人有关。你所知道的一切必须烂在肚子里，明白吗？"

"明白，明白。"我慌忙说。

"另外，记住，好奇害死猫。按照我们的约定去做就好了，你知道得越少越好。"

他的话越是平淡，我的心里就越是忐忑。恐惧感压倒了对金钱的渴望，一种预感变得强烈起来：最后我可能不但拿不到钱，还会把小命搭进去。

阿彪押送我回医院的途中，我满脑子都在想如何才能逃离陷阱，当然，我也想了如何才能保住那五百万——理所当然，我最后什么法子都没想出来。

我这一生真是白活了，除了和精神病打交道，啥本事都没有。

那就听话一点儿，少点儿好奇。

问题是，听话了就能活着吗？

真的能拿到一千万吗？

我继续一丝不苟地照顾李川书。我知道王老板监视着我，因此不敢再有任何好奇，王老板也不再要求我打电话，而是由阿彪来取走每天的记录。

过了两天，精神病院的人都把阿彪当成了病人家属，问我："这个家属怎么这么奇怪，每天都要记录？"

或者说："这个家属看样子不像好人啊……你要小心点儿，千万别被讹上了。"

我被这样的问题弄得不胜其烦,又无法说明,只觉得无比烦闷。在烦闷中,我再次走向病房,去照看这个给我的世界带来巨大改变的李川书。

他在床边坐着,似乎正在沉思,又有点儿像是痴呆。

看他的这个样子,我明白此刻他是李川书。如此事情就简单了。

"李川书!"我大声喊道。

出乎意料,他只是抬头看着我,目光呆滞。

我不由愣住了,往常这样喊他,他都会猛然抬头,仿佛从臆想中回过神来,然后用比我更大的嗓门喊一声"到"。

"李川书!"我再次大声喊道。

他仍旧没有应声。

李川书就要死了!凭着丰富的诊断经验,我意识到眼前的病患正进入一个转折点。一个人格彻底战胜了另一个,他的李川书人格不再活跃,也许永远不会再出现。

我略带怜悯地看着他。虽然看惯了医院里的生生死死,但我的心也并没有完全冷却,看到一个人死去,总会替他感到悲伤——尽管他的躯壳还在,肉体还活着。

我准备退出去,过一会儿再来和王十二先生说话,李川书却突然从床上跳起,一把抓住我,"我不要,我不要,我不要钱,求你放过我,把它抽出来,把它抽出来,求你了!"

他的胳膊很有力,紧紧地箍着我。

我用力挣扎,他却紧抱着不放,情急之下,我提起膝盖在他的小腹上用力一顶。

精神病患者对身体的痛楚感觉迟钝,所以他丝毫没有放松。我再次猛击他的小腹,他猛然张口,喷出一口秽物。刺鼻的臭味让我一阵恶心,差点儿呕吐起来。我正打算呼救,他却软软地躺了下去,然而手指犹自抓着我的袖口。

我狼狈地站在病房里,脚下是瘫倒的病人,胸口一片污秽。我把袖口从他的手指间挣脱出来,一不小心,他尖利的指甲在我的手背上轻轻一划,居然留下一道血痕。

我厌恶地用脚把他的身体踢到一边,找来护士收拾场面,然后拿了件干净的工作服去卫生间更换。为了清静,我特意走到四楼,这里的卫生间鲜有人来。

换好衣服,我正在洗手,突然感觉有些异样。猛然抬头,镜子里,我的身后站着一个人,正直直地看着我!

我大吃一惊,猛然转过身,看清了来人的面目:她身着男装,但分明是在王天佑的豪宅里见过的那个女人。

我吃惊不小,正想喝问,她做出一个噤声的手势。

我也就闭口不言,怔怔地看着她。

她快速走上来,在我身上摸索,动作比安检处的警官还要利索。

很快,她从我的口袋里掏出了那只昂贵的TubePhone手机,非常快速地把它装进一个闪着银光的口袋里。

"好了,现在我们可以谈谈了。"她开口说话。

"就在这里?"我有点儿担心地望了望门口。

"今晚十点,你假装睡觉,把这手机放在床头,假装不小心用枕头盖住了它。然后出来见我,东阁轩林东包厢。"

"你要做什么?"我小声问道。

"救你的命。"她冷冷地说,"如果你想活命,就来。这只手机是个监控器,它不但能窃听,也能摄影。你要小心了!"她拿起银色的袋子,把手机倒入我的口袋,然后再次做出一个噤声的动作,悄无声息地向着门边退去。

等我回过神来追出去,她已经下了楼梯。

我没有继续追上去,只是从口袋里掏出手机端详。

工艺精湛的三屏手机闪闪发亮,可以照出我的模样。

突然间,我心头涌起一阵寒意。难道真如她所说,我已经快没命了?仔细想想前因后果,这种可能性很大,我一个无权无势的小医生,除了精神病院的同事和一群精神病人,谁也不认识,如果真的有什么秘密,王天佑肯定轻易就能把我捏死。有什么比一个死人更能够保守秘密?我一直不愿意去这么想,巨额财富成功地蒙蔽了我的心智,而这个女人毫不留情地戳破了这层纸。

无论如何,晚上一定要赴约。

我隐隐回忆起她穿旗袍的模样,退一步说,一个美女晚上十点有约,这件事本身对我就充满了诱惑力。

下了楼,经过李川书的病房,我从小小的格子窗望进去。只见病人正躺在床上,已经上了夹板。"夹板"是对手足固定装置的俗称,力气再大的人,只要上了夹板,就丝毫不能动弹了。

这时病人似乎正在熟睡,口水不断从嘴角流下。

我突然对他有了一种全新的感觉,不是医生对病人的高高在上,也不是对精神错乱者惯有的鄙夷,更不是对一群行尸走肉的厌恶,我突然感到自己的命运和他紧紧地绑在一起,而我的处境并不比他更好。有那么一瞬间,我竟然和这个被捆绑在床上兀自流着口水的精神病患者有了一种休戚与共的感觉,这真让我惊讶。

我快步走向医生休息室,躺在床上,迫切希望来一场深沉的午休。

东阁轩是一家很高档的酒店,我闻名已久,却从来没有机会进去。

现在我在酒店外徘徊,担心酒店那光可鉴人的地面会不会反衬得我的衣衫过于寒碜,酒店服务生会不会在心底暗暗嘲笑。

十点过了一刻,实在无法再拖下去。我整了整衣服,鼓足勇气,向着那富丽堂皇的所在走去。

电梯直接进入包厢,服务员礼貌地微笑告诉我客人已经到了,我有些慌不择路地走出电梯。

这是一间很奢侈的包厢,金碧辉煌,让我感到浑身不自在。

有人正等着我,不是一个,是两个:一个是那位已经认识的女人,另一个则是陌生的男人,还好,他看上去很斯文。

他们并没有说话,只是默默地看着我。

片刻后,女人起身走到我身边,脚步悄然无声,就像轻巧的猫。

她很快把我上上下下搜了一遍，没发现异样才开口说话："你把手机处理好了？"

"照你说的，假装不小心盖在枕头底下了。"

她示意我在桌边坐下。

偌大的桌子上摆满了美味佳肴，然而谁都没有动筷子。气氛冰冷，与热气腾腾的饭菜形成鲜明对比。

一男一女都盯着我，我却不知道该把目光投向谁，只好不断地转移视线，看看她，再看看他。我用一种精神病医生才具备的坚忍毅力坚持下来，显得面不改色，泰然自若。虽然这一次谈话可能会决定我的命运，然而对他们又何尝不重要？不然他们也不用冒着巨大的风险来找我。

我等着他们亮出底牌。

终于，那位美女再次开口说话："梁医生，这位是万礼运博士。你们是同行。"

"失敬，失敬！"我向万博士说。

他微微点头还礼，却仍旧没有说一句话。

"我是王天佑的办公室助理，因此了解这件事的前因后果。"美女继续说，"他通过你监视李川书，这件事也是经过深思熟虑的。你是这家精神病院里最蹩脚的医生，分派给你的病人不会引起任何注意，而且你很贪财。只要是贪财的人，王天佑就能对付。"

我一时不知道说什么。我是一个贪婪的平庸之辈，这就是王天佑决定利用我的原因？也许他们能找到一个好些的理由，至少当着我的面，可以说一说我为人随和之类。

我清了清嗓子："你这么说是什么意思？"我想质问她，然而语气软弱无力，听上去就心虚。

"你孤身一人，没有亲属，甚至连女朋友都没有一个。平时生活简单，除了上班几乎足不出户，网络游戏是打发时间的唯一方式。他会想办法把你干掉。"美女毫不留情，继续说着，"你这样的人被干掉之后，尸体恐怕要臭得大街上都能闻到才会被人发现，所以选择你再合适不过了。王天佑早就看好了这一点。"

一个美貌女人的嘴里说出来的话却如此毒辣，我嘴角抽搐，想要反唇相讥，却说不出什么来。

美女看出我的窘态，微微一笑，说道："别怕，我们会帮你对付王天佑。"

"你们为什么要帮我？"我几乎本能地发问。

美女脸上的笑意更甚，"我们当然有自己的目的。但你只需要关心自己的命，是不是？"

我把心一横，"横竖是个死，你们要是不把话说明白，我不会和你们合作。而且，我要向王天佑报告这件事。"

对面的两个人相互看了看，然后姓万的医生开了口："梁医生，既然我们露面找你，就没有打算隐瞒什么。人为财死，鸟为食亡，一千万新欧元是很大一笔钱，但和我们想做的事比起来，这只是一个零头。"他顿了顿，看了看我的反应。

我眼也不眨地看着他，等着他讲下去。

"王家是超级富豪。然而，老王的死因很可疑。法医鉴定他死于心力衰竭，但我有不同的看法。我是老王的家庭医生，他的身体器官虽然有些老化，但并没有那么糟糕。根据他的死状，我猜想他可能是被枕头之类的东西闷死的。当然，这样的猜想需要验尸报告证实才行，然而没有这种可能了——他的遗体已经被火化。

"不过王天佑没有想到，他无法继承老王的遗产。老王的资产被冻结，根本无法解冻，也无法继承。除了庄园，他拿不到任何东西。"

万医生停顿下来，看着我，然后慢慢地说："王家的财产，至少有六十五个亿。"

六十五个亿，这是一个天文数字，我不知道究竟是多少钱，但绝对多得吓死人，就算换成一百块一张的纸币，也能压死十条大汉！我惊愕地看着万医生，"你们想要这笔钱？这怎么可能拿得到？"

"所以我们需要你加入。"他说。

我感到自己的心在颤抖，"你们到底打算怎么做？"

万医生看着我,"这件事风险很大,你要想清楚。"

"你本来就已经很危险,与我们合作,反而会安全一些。"美女赶紧补充道。

"我跟你们合作的话,王天佑那种人是不会放过我的。我该怎么办?"

"我来告诉你事情的经过……"万医生不紧不慢,娓娓道来。

我认真地听着,事情逐渐清晰起来。然而,一切都是那么匪夷所思,大大超出了我所能想象的范围。

李川书的身上,居然隐藏着如此巨大的秘密!而身为每天端坐在他面前的人,我居然毫无察觉!

冷汗从额头上不断沁出,身不由己,我卷入到一场谋杀中。

李川书坐在我面前。现在,他的名字叫作王十二。

李川书人格已经很多天没有出现了,而王十二一直在我面前。我给他进行了深度催眠,往常催眠所需唤醒的人格总是王十二,这一次,我的目标恰恰相反,希望李川书能够出现。

他的确出现了。我从他的眼神中读出了这一点。

"你叫什么名字?"我不失时机地问他。

"李川书。"

"王老板怎么死的?你看见他死了吗?"我根据万博士的建议,单刀直入地问。

"我看到了。"他说,"是他的儿子,他在骂他儿子。"

"他骂些什么?"

"我不知道,我听不清。"

"后来发生了什么?"

"王老板站起身,他的儿子很害怕。王老板走一步,他儿子退后一步,说话的声音都在发抖。王老板大声骂了一句……

"'我就是去死,也不会留给你一个子儿!'"李川书突然尖着喉咙叫了起来,他在模仿王十二的骂声。

"然后呢?"

"他儿子跪下……"

李川书的声音越来越小,他的人格正在昏睡过去。

我赶紧提示他,"王老板后来死了,你看到了,他怎么死的?"

"他突然捂着胸口倒在地上。"

"死了?"

"应该死了,他再也没有站起来。"

"他儿子呢?"

"他爬过去看,很快站起来,从附近拿来一个抱枕,蒙住了王老板的头。"

这无疑证实了万博士的推测,也许王老板因为某种原因昏厥,而王天佑则干脆趁势谋杀了自己的父亲。

"后来呢?"我问道。

"王老板儿子放开枕头,开始打电话。"

"王老板死了吗?"

"他肯定死了,一动不动,他儿子还用脚踢他。"

"还看到了什么?"

"后来来了两个白衣服的人,他们和王老板的儿子争论。再后来万医生来了。"说到这里,李川书的脸上突然显示出恐慌的神情,"求求你,把它拿出来,我不要,我不要!"他尖叫着,身躯剧烈扭动。看来万礼运这个人对他来说是一个可怕的梦魇,哪怕在深沉的催眠中,他的潜意识也能感受到莫大的恐惧。

催眠无法再进行下去了,我给他注射了昏睡针。他很快沉睡了过去,我则忐忑不安地站立一旁。

王天佑身边的美女叫卢兴鹭。我不知道为什么她和万礼云会有如此大的胆量,企图吞没好几十亿的财产,他们的关系一定不简单。虽然我是一个单身汉,他们也努力装出为了金钱而合伙作案的样子,然而他们之间的眼神交流还是泄露了许多信息。人不为己,天诛地灭。无论如何,他们看上去比王天佑要可靠安全一些,所以我同意加入他们的计划。

根据计划，卢兴鹭每天下午两点，会把TubePhone手机的信号导向另一个信号源，在王天佑那边，他只会听到一些经过伪装的对话，而我有半个小时的时间可以和李川书深入交谈。王天佑并不想放过李川书，然而，在结束李川书的生命之前，他需要得到那些账户的秘密。整个世界，这个秘密只存在于我眼前这个病人身上。

王天佑的父亲王于德，他的曾用名就叫王十二。

一个亿万富翁，享尽人间的荣华富贵，自然对那些东西眷念不舍，王十二惧怕衰老和死亡，于是动用巨额财富寻找长生的秘方，希望自己能活得长久一些，最好能够永远活下去。可是这个举动最终却让他加速死亡，这真是绝妙的讽刺。

当然，他的计划仍旧在进行，只不过有些偏离预定轨道。

李川书的躯体已经卖给了王十二。根据合同，王十二可以从他身上得到任何器官，代价是王十二给他两年予取予求的极乐生活。

然而，如果让李川书知道后来发生的一切，并且给他一个机会重新选择，他肯定不会选择签约，或者说，如果我是李川书，肯定不会同意。

这不是从尸体上摘取器官的故事。万博士没有损伤他身体一分一毫，只是给他注射了一些针剂。根据万博士的描述，这是他十五年来的心血结晶，他可以使用药物更改人的DNA序列，更改后的DNA序列可以指导脑细胞彼此间的连接重建。当脑细胞按照一定的规则重现时，某些信息也就被灌输到这个人的脑中了。理论上讲，这样能够把一个人的记忆完全灌输到另一个人的大脑里，包括那些自我认同的潜意识。

王十二买下李川书的躯体，并不打算用作器官移植，他要的是一具完好的年轻躯体，然后把自己的记忆复制到这具躯体中，从而获得新生。

这是一个现代版本的"借尸还魂"。

万博士首先在王十二的身体里注入一种RNA物质，它会根据头脑的状况生成相应的DNA编码。然后，他把带有记忆编码的细胞从王十二身上分离，经过免疫伪装后植入李川书的免疫系统，这种细胞中的DNA会制造释放信使RNA，进入到神经细胞中对DNA重编。最后，李川书全身的免疫细胞和神经细胞都会带上记忆编码，神经网络会逐渐改变，王十二的记忆会慢慢重现，王十二也就在李川书身上复活过来！

在此期间，李川书就像生活在梦魇中，记忆逐渐丧失，意识混沌不清，经历着无法言说的痛苦。当最后的时刻到来，李川书在自己的躯体里被压抑，他会完全成为另一个人。

我一直以为这是精神分裂的病症，却从未想到，这居然是因为记忆的重现。李川书并非精神分裂，而是有人在他身上复活！

这是一个胆大包天的奇特计划！据说万博士曾经在动物身上试验过并获得成功，但从来没有做过人体试验，谁也不知道成功概率有多大，而且这样的试验完全违法，王十二买下李川书的身体，属于在法律的灰暗地带游走。

能够下决心用这种方法重获青春，这样的人非同凡响，不过这人有个同样非同凡响的儿子，看到自己接班掌权变得遥遥无期，居然干脆寻机杀了亲爹！

然而，万博士的重生计划并没有中止，李川书仍旧活着，而王十二正在他身上复活。如果他真的能够完全回忆起王十二生前的情形，那他到底是李川书还是王十二？

一般来说，一个人把自己认定为另一个人，都会被送到精神病院。王十二还是亿万富翁的时候，他有足够的能力摆平这件事，但是当他作为一个精神病人被捆绑在病床上，恐怕神仙也救不了他。

更何况，还有一个亿万富翁正虎视眈眈地盯着他。

他们都是病人。

我充满怜悯地看了李川书一眼，我不是上帝，拯救不了任何人，我只能拯救自己。

我撸起李川书的袖子，拿起针筒扎进他的胳膊。这是一个汲取式针筒，针头钻进皮肤之后会自动软化，然后，仿佛一只小虫般在他的皮肤下游走。很快，针筒里充满了各种人体组织的混合液，淡红的液体中悬浮着各种组织颗粒。

有这些就足够了，我把样本筒取下，放进兜里。然后拿起记录本，开始在上面涂涂画画。

这一天，当阿彪来取记录本时，我竟对着他微笑。

这个冷酷的大个子被我的异常举动弄糊涂了，愣愣地看着我，竟然也露出一个傻傻的笑。

我飞快地逃走。

人类身上蕴藏着巨大的潜能。作为医学院的高才生，我并不是没有潜能，只不过，潜能需要梦想和激情来调动，而我的身上，经过这么些年的精神病院生涯，这两样东西已经变得稀缺，我成了一个贪婪而猥琐的小人，稀里糊涂地过着日子。

然而现在，求生的本能让我激情四溢，浑身充满了能量。我仿佛回到了青葱岁月，在被窝里对着手机如饥似渴地阅读黄色小说的年代。每天晚上，我把那个昂贵的手机塞在枕头下，然后就直奔实验室，在那里忙活大半晚，直到后半夜才回来，匆匆打个盹儿，第二天居然能够不犯困。我以十二万分的劲头投身到自我拯救的事业中。

有理由怀疑我得了某种强烈的亢奋症，然而，在这个非常时期，这是好事。

我在研究万博士的成果。

搞生物的公司最喜欢专利，他们知道，没有专利，他们的产品一夜之间就会被各种各样的仿制品取代。因为生物制剂是最容易被仿制的东西，甚至不需要仿制，只需得到母本，就可以轻易地在实验室里大量复制——生命必然能够自我复制，否则就不叫生命了。

光凭着我的能力和条件，即便智商高达一百四十五，想搞出万博士那样神奇的研究成果，可能性也基本为零。

那需要天才的直觉和持之以恒的努力，还有一点儿决定性的运气。

不过，复制它却很容易。

我从李川书身上得到了母本，然后在实验室里研究DNA被RNA影响的过程，还有那些携带了记忆的DNA的特异之处，那些和大脑组织相关的基因组产生了很多变异，可以肯定，那就是和记忆携带相关的部分。这些异常的DNA很有活力，它们会不断产生RNA，释放到细胞之外。我毫不怀疑，如果把这些RNA提纯，然后注入某个人身体里，他也会逐渐出现李川书的症状，认为自己是王十二。

我的确这么做了。

RNA长链加上一层薄薄的蛋白质鞘膜，形成了一种结晶物。极少量的活性物质封装在小小的玻璃管中，晶体细微，看上去像是白色粉末。我把它握在掌心里，原本很轻的东西，感觉却很沉重。

这算不算是一种生物武器？这真是一个巨大的问号。我制造了一种跟病毒类似的东西。毫无疑问，如果我把这样的晶体大量复制，让它们像某些病毒一样能够在空气中传播，这个世界恐怕要变成一座巨大的精神病院，而且人们还不易察觉。所有的人都做同样的噩梦，所有人都有同样的精神分裂症状，到最后，全世界都是王十二……

这景象惨不忍睹，我也不敢多想。但我得救自己。这小小的病毒，就是我自卫的武器。

第二天阿彪来的时候，我让他进了办公室。我戴着防毒面具一般的高级口罩，在他面前不断拍打记录本。粉尘扬起，借着窗户里透进来的阳光，我看见一些细微的颗粒钻进了他粗大的鼻孔。

这办法并不一定会奏效，然而还是有产生效果的机会。

阿彪显然并不喜欢我的举动，他接过记录本，警惕地盯着我。

可惜，他的特长是搏斗和玩枪，在病毒方面显然并不在行，也毫无警惕。

当他觉得一切似乎并无异常后，转身走出了办公室。

望着他魁梧的背影，我有一种欣喜的感觉。知识就是力量，这句话此刻显得正确无比……

然而，阿彪猛然转过身来，快步走到桌前。

"取下你的面具！"他低声说道，声音很低，却充满威慑力，就像他的外表一样。

我一时愣住了，惊愕地看着他。

他没有干等着，自己动手，一把将我的口罩扯了下来。

"你搞什么鬼？"他厉声质问。

一瞬间，我明白了虽然知识很厉害，暴力却更直接，特别是像阿彪这种肆无忌惮使用暴力的人，虽然知识最后总能够胜利，现在却只能暂时忍受委屈。

"我有点儿感冒，不想传染给你。"我镇静地说。

他抓住我的领子，把我拉到近前，"老实点儿！给老板做事，不要三心二意。"

他撂下狠话，把我重重地摁在桌上，用记录本的支架不断地打我的头，直到我求饶为止。

阿彪走出屋子，狠狠地带上房门。

我绝望地瘫在座椅上。计划赶不上变化，这些精心提纯的RNA类病毒载体在空气中有大概半个小时的寿命，只要我在三十分钟后才拿下口罩，一切就完美无缺。然而阿彪的粗暴举动把一切都打乱了！携带着王十二记忆的RNA不仅进入了阿彪的身体，也同样在我身体里扎根下来。很快，我也会像李川书一样，变成一个精神分裂患者！

听天由命。我的脑子里一片空白，只有这个词。

突然间，我想起还有最后一个救星——万博士！

解铃还须系铃人，只有他才能救我的命。

当天晚上，我见到了万博士。

我给他发了十三封电子邮件请求见面，说有十二万分重要的事情要和他商量。

其实我并没有别的念头，就是想活下去。李川书的例子活生生地摆在眼前，我会逐渐死去，而王十二的幽灵会占据我的躯体。我不想要什么财富，也不管他们想要我做什么，此时，压倒一切的念头就是活下去。

万博士显然对我突然提出会面要求感到很不满,"我们说过不能随便见面!"他厉声呵斥我,"难道没有记住?"

"是的,但的确情况紧急。"我争辩道,"这件事必须要让你知道,而且已经很危险了。"

"说!"他语气凌厉,黑着脸。

"我好像感染了李川书的症状……"我说。

万博士一愣,看着我,"这怎么可能?"

"这两天我经常短暂失神,我能记得一些关于王十二的事。这肯定不是从李川书口里听到的,那些记忆就在我的脑子里。万博士,有没有可能你的DNA修正出现了问题?它有传染性。如果是RNA单链病毒,的确可能发生传染。"

"这不可能。它不是病毒!"他仍旧坚持,语气却犹豫了许多。

"我确定这件事,因为我从阿彪身上观察到了相同的迹象,这两天来,我总是看到他有精神分裂的前期症状,今天他还对我说他就是王十二。说完以后,觉得不对,他就威胁我绝不能说出去,还用记录本狠狠打我。你看……"我露出头上的伤痕给万博士过目,一个确定无疑的证据能够支持这些半真半假的陈述。我并不是一个熟练的骗子,也没有这样的天赋,然而情急之下,这些说辞自然而然地来到我的脑子里,几乎不需要思考。

万礼运半信半疑地看着我额头上浅浅的瘀痕,眉头紧锁。

"万博士,"我再次小心翼翼地试探,"您所发明的这种RNA信使,会不会发生变异,从一个人身上跑到另一个人身上,就像病毒一样?"

万博士疑窦重重,"这种RNA结构没有配对的蛋白质,无法装配成病毒,它们根本不具有传染性。除非……有直接的体液交换。"他狐疑地看着我。

我明白他的言下之意。通过体液交换传染的病很多,著名的艾滋病就感染了数以亿计的人,然而,李川书是一个病人,受到严格的看护,根本不应该有这样的机会,更不可能感染阿彪。

我正色道:"万博士,我也是一个医生,不敢乱说,但是如果出于偶然,这些RNA链条能够遭遇相应的蛋白质配型,就很容易转化成病毒形态,变得能够传染。要不然,你从我身上采集一点儿血样去化验一下。你一定得想想法子。否则,这就是不折不扣的大灾难!你知道西班牙大流感!"

西班牙大流感在我的脑子里一闪而过。一个多世纪前那次不明原因的灾难,病毒猛烈袭击欧洲,导致了数千万人丧命,而流感爆发的原因却一直是一个谜。也许那只是一次非同寻常的基因变异,但本质上和万博士的发明并无不同。

是的,如果万博士所发明的东西真的成了一种病毒,它的威力应该不亚于当年的西班牙大流感。当然,我并不担心人类,人类总能够生存下来,只不过需要付出一些代价,代价就是成百万、上千万甚至上亿的人,可能会因此而死去。我所担心的,是我自己会不会成为那巨大数字中的一个。如果成千上万的人死去,而我却能获救,那么这个方案肯定就在我的备选之中。

最好的方案,当然是不要死人。我的天良还没有泯灭,只是和自己的生命比较起来,天良只能先放在一边。

我望着万博士,希望天良这个东西在他身上残存得比我更多一些。

万博士沉默着。

我不由得焦急起来,"这种病毒发病比较慢,如果能针对性地破坏它的DNA转录,杜绝性状发生,那么也没什么。如果迟了,恐怕到处都是精神病。王十二的事情,也恐怕会尽人皆知。"

"跟我来。"万博士低声说,转身就走。

我欣喜万分,却装出满怀心事的样子,"这怎么办?我的手机还在枕头下压着,明天要赶回去,不然会被王天佑发现。"

"到我的实验室去,一个小时足够了。但是你必须躺在车厢里。"

万博士的实验室建在深深的地下。我不知道它到底在多深的地下,只是电梯足足运行了二十秒钟,哪怕是很慢的电梯,这也意味着很长的垂直距离。

跨出电梯,一堵墙出现在眼前,红色、蓝色、无色的液体装在试管中,数以千计的试管琳琅满目,从地板一直堆到天花板。它们扭曲盘绕,形成DNA的双螺旋结构。

我发出一声惊叹,这简直是生物科学的行为艺术!

万博士快步走向一台设备,这是一台巨大的计算机,上面有某家公司的商标。

我知道这种机器,它是DNA分析仪,已经得到人类基因库的授权,可以分析所有已知的人类基因组。这种机器最简单的用途是预测一个人十年后的面貌,这是科学预测,八九不离十,因此受到大众的欢迎。但是它真正的功能被隐藏了,一个人的智商高低、性格如何,答案就藏在这两条双螺旋之中。双螺旋无法决定一个人最终的命运,却可以大体上将一个人归类到某种属性之中,它比任何东西都要更清楚地说出你是谁。然而,这样直截了当地揭露,对于大多数人而言都过于残酷,于是,基因学家们很高明地把大众的视线从这些触痛中引开——他们用十年后当事人的面貌之类无关痛痒的东西来遮蔽真实,让大众生活在一种虚假却温情的氛围中。

万博士显然利用这台机器进行了一些非法的研究。他的研究成果就在精神病院的病房里躺着,一个已经被烧成灰的人,正在那个躺着的人身上复活过来。

有什么事比扼杀一个人的灵魂、窃取他的身体更龌龊?这可能是人类最卑劣的行径。当然,李川书签了字的,他心甘情愿。至少曾经心甘情愿。

万博士很快调整好机器,示意我过去。

我走过去,把手伸进机器,一阵轻微的麻痒之后,机器开始发出嗡嗡的响声,似乎是风扇加大马力的声音。

我抽回手,然后说道:"我的事情做完了,可以回去了吧?"

"不,你在这里等着,我们要先看看结果。"

于是,我就在这座地下宫殿里等待着。

漫长的十五分钟过去，机器缓缓吐出一张长长的纸。

万博士并没有去看，他打开电脑上的软件，开始分析数据。

我忐忑不安地拾起那张纸，上面画满了各种各样的符号和代码。我曾经见过这些稀奇古怪的东西，在一门叫基因代码学的专业课上，然而我早已经忘得干干净净。徒劳地在纸上扫描了几眼之后，我放弃了努力，眼巴巴地看着万博士。

万博士全神贯注地盯着屏幕，似乎已经忘记了我的存在。

过了一会儿，机器吐出第二张纸。我瞥了一眼，照样是基因代码学范畴的东西。

万博士把报告拿在手里，眉头紧蹙。

"你的确被感染了。"他突然开口，"但是……"他欲言又止，眉头锁得更紧。

"怎么了，我会变成第二个李川书，是吗？"我慌忙问道，声音发颤。

万博士抬眼看着我，说不上是怜悯还是惋惜，"这些基因序列和给李川书注射的并不相同，它们是被打乱的序列。它们被重新装配过，如果真的表现性状，谁也不知道到底会发生什么。"

仿佛一个炸雷在脑子里炸响，我只感到思绪一片纷乱。是的，脆弱的RNA序列很容易发生变异，当我从李川书的身体里得到RNA序列后，剧烈的环境刺激很可能让基因重组，变成难以预料的东西。我可能不会变成王十二，倒更可能变成一个彻底的疯子！

"万博士，你是说，我会被这种病毒搞成疯子，是吗？"我勉强发问。

"你会有很多错乱的记忆，所有的记忆混杂在一起，可能是李川书的，也可能是王十二的，更多的还是你自己的记忆，最后你会分不清现实与记忆。"

万博士所描述的，正是一个癔症患者的典型情况。这比精神分裂更糟糕，因为精神分裂的患者生活在此时或彼时，他其实还有清楚的逻辑，只是不合时宜。而癔病患者则生活在一团混沌中，在某种意义上,他就是一团能够行走的人肉。

我猛地跪在万博士面前。

这个突然的举动让他一惊,慌忙伸手拉我,"你这是干什么?"

"万博士,救命!"我用力在地上磕头,头磕在地上,发出嘣嘣的响声。

万博士有些手足无措,"你这是干什么?站起来说话。"他用力拉我。

我仿佛有无穷的力气,一个劲地磕头,他根本拉不住。

"好了,你先起来,要不然,我们怎么想办法?"他看着我,哭笑不得的样子。

我爬起来,额头上青紫一片。我的精神从崩溃的边缘恢复,不由得为刚才的举止感到羞愧。"万博士,我……"我想说些什么,却不知道如何开口。

"你是不是做了什么?"万博士认真地看着我,"李川书体内的这种RNA序列,只能在人体内的环境中生存,怎么会跑到你身上去?你要老实告诉我,否则不知道它是怎么感染你的,我很难找到对症的办法。"

我知道他说的都是真的。我不想拿自己的性命冒险,于是把一切和盘托出。

"我只是想救自己的命。"最后,我看着他,可怜巴巴地说。

万礼运的脸上浮现出一层怒意,然而他尽量克制着,没有爆发出来。

我完全不敢说话,小心地察看他的脸色。

过了半晌,他说:"我先送你回去!一切都要维持正常。不要让王天佑觉察。"他看着我,"我会想办法,你不会有事。但是……"他加重语气,"必须要按照计划来!我们的风险很大,稍有不慎,一切就都完了!"

"好的,好的。"我忙不迭地点头。

半个月的时间在风平浪静中过去了。我度日如年。

噩梦正一点点变成现实，我时而会出现一些幻觉——那不是幻觉，是记忆，就在我的头脑里，只不过不是我的记忆。

李川书被锁在病房里，现实很清楚，他已经彻底变成了王十二。只不过，他显然并不理解自己为什么会处于这种处境里。最初的狂暴过去之后，他变得畏畏缩缩，听见房门的声响就发抖——那些五大三粗的汉子对任何一个敢于耍泼的精神病患者从来都敢于下重手。

我走到床前进行例行观察，他躺在床上，浑身散发着臭味。恍然间，我觉得那躺在床上的人就是我。我拼命压抑着这种念头，随手在记录本上写了几句，准备退出。

王十二却突然抬起手。他的手高举，五指叉开，"五百万！"他说，声音低沉，却无比清晰。

我猛然间记起还有五百万这回事。那天的情形历历在目——眼前是一笔巨款，而下方显示着我的身份证号码，当我的手颤抖着在屏幕上按下确认，"转账成功"几个字跳了出来。巨大的幸福感瞬间贯穿了我，无法言说。然而短短几个月，这笔曾给我带来巨大幸福感的巨款已经被遗忘到九霄云外去了。恍如隔世，恍如隔世！如果还有五百万放在我眼前，我会把它当作粪土一样抛弃。

我转身麻木地向外走去，对王十二置之不理。

"我可以让你变成亿万富翁！我有很多钱，都可以给你！"王十二急切地呼唤。

我仍旧不为所动地向外走。

"我给你账号，你可以去验证！"他说，"3373647724786868732。"

他嘶哑的声音仿佛有一种魔力，让我的脚步慢下来。当这串数字的最后一个音节结束，几个意义不明的字符串随即在我的脑子里浮现。我停下脚步，一种诡异的感觉涌上心头。

"过来，我告诉你密码。"他说，"这个账户里有一个亿，加上利息，至少有一亿三千万。"

我转头看着他,他也正努力抬眼看着我,眼里满是乞求。

我走了过去,低下身子,把耳朵凑在他嘴边。

"20570803,确认码,T-T-R-1-9-1-4,第三密码……"

我感到一丝凉意。不需要他再告诉我什么,这笔钱的来龙去脉在我的脑子里清晰起来,而这几个彼此间毫无关系的密码,仿佛在记忆中生了根一般牢固。

"都记住了吗?你可以写下来。"王十二说。

我点了点头,径直走出病房。

我匆匆忙忙换下白大褂,准备去找万礼运博士。手指无意间碰触到口袋,硬硬的,我的心一凉。那是大米手机,它监视着我的一举一动!王十二孤注一掷,企图用巨款来收买我,王天佑可能已经知道这个消息。

我在办公桌旁坐下,强迫自己冷静下来。王十二的记忆在我的脑子里重现,事情的来龙去脉变得清晰。我是最无辜的一个人,被卷进来只因为我是一个精神病医生,而且看起来容易受人摆布。此刻,我居高临下,把一切看得清清楚楚。问题仅仅在于,我该怎么做?

"梁医生,病人的镇静剂需要重开吗?"护士走过我的门口,随口问我。

我心中一动,站起身,"我跟你一块儿去拿药。"

我掏出手机,把它锁进抽屉,然后跟着护士离去。

我从药房出来时,被人挡住了去路,是阿彪。

然而,他现在并不是奉命而来。

他的眼神里充满困惑,失去了那股凶猛的味道。他挡在我面前,"梁医生,我们得谈一谈。"

我看着这个可怜的人。正如我所预料,阿彪非常害怕。他外表剽悍,其实内心却很脆弱,一旦发现某些事情超出了自己所能控制的范畴,他便惊慌失措。他是危险人物,然而一旦被控制住就无比安全。

"跟我来。"我冷冷地说,手心里却全是汗,生怕他暴跳起来,把我结结实实地揍一顿，说不定还会把我搞残废。

然而，他真的听从了，乖乖地站到我身后。也许他认为我给他下了毒，手里有解药，只有听我的话才能活命。有的时候，两个人之间的强弱似乎只是气场的对决。我必须去找万博士，急迫之间，气势如虹。而阿彪却正是心理最脆弱的时刻，再强悍的身体也拯救不了他。

这不是我的计划，却歪打正着。

我坐进了阿彪的车。"去找王天佑。"我下令。

阿彪看着我，说道："老板没让你去找他。"

"我必须去找他，"我看着阿彪，"否则我们都活不了。你出现了一些幻觉，对吗？"

"是的，"他犹豫着，"这两天我经常头晕，有一些奇怪症状。你能帮我解决掉？"

"听我的，我们才能解决问题。去王天佑那里。"

阿彪服从了我的命令。

剽悍的军车在王天佑豪华的庄园里奔驰。

突然，我命令阿彪："从这里转进去。"前方是一条小小的支道，仅容一辆汽车通行。这幽静的道路毫不起眼，两旁树木森森，即便是大白天，也显得阴冷。

"这里？老板不在这边。"

"照我说的做！"

军车快捷地打一个转向，转入到这条林荫遮蔽的小路上。几个转折之后，一幢小楼出现在道路尽头。

"见过这幢楼吗？"我问道。

"没有。"阿彪老老实实地回答。

"在楼前停车，不要熄火，等着我。"我厉声说道，阿彪唯唯诺诺地点头。

看见这样一个剽悍的大块头俯首帖耳，我不由得对自己将要做的事充满信心。

我走到小楼门前。浅灰色的门紧闭着。我按下门铃，有人会从摄像头里看到我,然后大吃一惊,乖乖地打开大门。

我静静地等着。

门果然自动打开了,我走了进去。这是一部电梯,我曾经来过。

万博士在电梯门边等我,他看着我,等我解释。

"情况紧急,"我说,"李川书说了一个账户,王天佑可能知道。"

"你怎么找到这里的?"万博士并不理会我所说的紧急情况,他对我的突然出现感到不安。

"这里……"我指了指头,"我的病越来越重了,总会有些突如其来的记忆碎片。我竟然想起了你的实验室到底在哪里。我宁愿不知道。"

万博士不再追问,侧身示意我进去,"来得正好,我也正想找你。"

实验室里没有别人。万博士在一台电脑前坐下,"我找到一些办法,可以针对性地消除你身体内的变异DNA。"

"另一种病毒?"我问道。

"你可以这么认为。我指定了几个特定的基因组靶标,这种病毒进入细胞核,能够摧毁那些已经变异的DNA,避免你的大脑性状进一步改变。"

"但它无法把已经改变的性状变回来。"

"是的。"万博士说,"所以越早越好。"他看着我,"在王十二的记忆占据你的头脑之前,必须消除那些已经变异的DNA,残存的RNA很容易控制,它们本身的生命周期很短,只要不让它们感染更多的健康细胞,你的免疫系统很快就能把它们清除干净。"

我露出一个勉强的笑容,"那么最好的情况是,我能保持现在的状态。"

"没错。"万博士把电脑屏幕转向我,"自己看看,你既然能复制记忆描摹RNA,你的基因学基础已经足够阅读这些说明。"他站起身,"我来做准备。"

他走到一旁的一台巨大的仪器边,打开一扇小门,开始从里面取试管。

我低头看着眼前的资料，这是一份关于"记忆描摹RNA"的详细说明，这一章节专门描述如何预防这种RNA侵入细胞。对已经改变的性状，没有办法复原，因为原本的性状已经被抹去。

我草草浏览了几页，定了定神，开始说话："我已经有了一些王十二的记忆，但是我并没有发疯，我还能清楚地分辨哪些记忆属于我，哪些记忆属于王十二。我想起来一笔钱，共有一亿三千万美元，这笔钱的利息每个月按时汇入六个账户。"

万博士手中的动作停滞下来，他看了看我，把手上的试管放在架子上，然后面对着我，"你想说什么？"

"我那个不可靠的记忆告诉我，如果这笔钱的利息不按时汇出，六组杀手就会奔向不同的目标。"

万博士的声音有些发颤："我不明白你在说些什么！"

"那样也好，我已经把这笔钱转入我的账户，下个月开始，也许就会有几场谋杀案发生，其中一件，也许就在这个庄园。还有，如果没有人重设这笔钱的权限，再过半年，这笔钱同样会被冻结。半年的时间，说起来也不算太长。"

"你想怎么样？"万博士的额头上渗出了冷汗。

我微微一笑，"虽然我可能变成一个疯子，但在变成一个疯子之前，我可以让几个人变成死尸。很简单，一场交易，怎么样？"

"你说吧。"万博士很快控制住情绪，平静地说。

我知道，从此刻起，我们真正站到了同一条战壕里；而且，我占据了优势。

"这件事需要卢小姐的配合，她在庄园里吗？如果在，我们今天就可以解决问题……"这是一项冒险计划，然而我知道，时间紧迫，再大的风险也值得一试。

我把一个药瓶交到万博士手里。

他看了一眼，惊讶地抬起头，"阿匹胺苯片？"

我点了点头。

从小楼出来,阿彪仍旧在等着我。

"老板找你。"我刚上车,他就说。

"那正好。"我淡淡地说。这正与我的计划配合得天衣无缝,他不来找我,我也会去找他。

"我怎么办?"阿彪问道,他显然知道王天佑这一次找我,凶多吉少。他当然并不关心我的生死,但他担心自己的性命。

我正对着他,问道:"我给你五百万,你是不是能帮我杀了王天佑?"

阿彪断然拒绝,"这不可能。我不能对老板下手。"

"你自己的命也不要了吗?"

"不要拿这个来威胁我!"阿彪突然恢复了几分剽悍,"我是不会背叛老板的。"

"好吧。"我坐直身子,"但是为了你的命,你最好不要告诉任何人,我们今天到了这里。你的幻觉会让你精神错乱,你看到李川书的下场了,如果不尽早采取措施,你会和他一个样。只有我能帮你。"

阿彪默默地开车驶出小道,转向庄园内部。

我看了看表,四点一刻。

"在这里等一下。"我告诉阿彪。

阿彪把车停在路边,并不发问,只是等着。

时间很快过了四点半,我让阿彪上路。

绿草如茵,仿佛一块巨大的绒毯,豪华的房子就在绒毯上,远远看去就像童话里的城堡。这景象触动了我的回忆,有一种亲切的感觉。这不是属于那个叫作梁翔宇的精神科医生的记忆,它属于那个叫作王十二的亿万富翁,这所大房子曾经的主人。

然而,我心理上并没有产生抵触情绪,看着那房子,只是感到一阵阵温馨。也许我是谁并不重要,我活着,看着,感受着,这就是一切。变成另一个人,似乎也并没有那么可怕;可怕的是因此而变得精神错乱。

"你喜欢这所房子吗?"我突然问阿彪。

阿彪点了点头。

"你记得老王先生吗?"

阿彪不说话。

我知道他记得。阿彪从小就在王家长大,他的父亲是王十二的保镖,正值壮年时就去世了,王十二后来就像阿彪的父亲。阿彪并不明白自己身上出现的记忆错乱的症状,那正是王十二的记忆,其中也一定有一些关于他的部分。也许他看着镜子里的自己,会涌起一些莫名其妙的情绪,就像我此刻看着他,心中却充满一种父亲的慈爱。

这件事真是奇妙,当我在医院里威胁他时,我想的是怎么搞死他;此刻,我竟然下定决心,必须要拯救他。而王天佑……想到这个名字,我的身体不自觉地微微发抖。我要他死!这是梁翔宇和王十二的同谋,一个为了活下去,一个为了复仇,在这个问题上,他们找到了公约数。

军车在房门前停下。

"押着我去见王天佑,"我低声说,"就像平常一样。"

阿彪下了车,外衣口袋里鼓鼓的,里面明显塞了一把枪。他像往常一样押着我走到门边。

我不自觉地想靠近门框上的虹膜识别器,然而很快控制住了自己,没有做出这个愚蠢的举动。

"老板,我把梁医生带来了。"阿彪对着对讲机喊道。

"带他上楼。"王天佑的声音传来。

我望了望门上方的一个角落,那是监视器的位置,如果王天佑就在监视器前,他会看见我正望着他。

王天佑坐在宽大的沙发上,跷着二郎腿,故作高深地看着我。

"那个李川书开口了?情况怎么样?"他问道。

"他说了一个账户,3373647724786868732。"我把账户报了出来。

"不错。"王天佑站了起来,"你的记性很好。那么密码呢?"

"他说这个账户有三重密码,他不肯说出密码。"

"不肯说?"王天佑耸了耸眉毛,"难道他不是悄悄告诉你了吗?我知道密码,但是你来告诉我,对我们的合作是一个很好的考验。"

"他没说。"我保持镇静,"他只是告诉我,除了他,谁也不能使用这个账户。而且,这个账户生死攸关。"

"和谁的生死攸关?"王天佑保持着笑容,然而我能看出他的表情有一丝僵硬。

"一个姓万的医生。他说只有这个姓万的医生出现,他才肯说出密码。"

王天佑的心情变得轻松了一些,他冷哼一声,"这些都是我的隐私,和姓万的医生有什么关系?这是胡说八道。你是精神病医生,应该有很多办法让他开口说真话。"

"我可以试试看,"我说,"不过如果我用药物诱使他开口,很可能会把事情搞砸。"我小心地看了王天佑一眼,他似乎有兴趣继续听下去,"这种私密性很强的东西,人的潜意识都会进行保护,很可能他只会说出一个假密码。"

"没关系,多试几次。"王天佑毫不在意。

"这会杀死他的,"我说,"进行催眠诱导是很危险的行为。"

"这有什么危险?不过是多用几次麻醉剂而已。"

"神经系统的多巴胺物质会被耗尽,神经衰竭,人会死亡。"我把专业知识描述得尽量简单。

"他的整个身体都是我的,不用担心神经衰竭。他会死得很快吗?"王天佑说道。

"我不知道,每个人的体质不一样。"

王天佑有些犹豫,显然,他并不想让李川书很快死去。

我仔细观察王天佑的神色。

他似乎有些不能确定时间,抬头看了看钟表。他的鼻翼翕张,神色有些恍惚。

卢小姐按时给他服下了药。

我走上前，用一种训练有素的温柔声音说："现在，我们把万医生找来好不好？"

"天天，到这边来。"随着一声招呼，王天佑晃晃悠悠地站起身，向我走来。

"我是谁？"我问他。

"爸爸。"在催眠的作用下，他看着我，就像看着王十二。

"我就是去死，也不会留给你一个子儿！"我突然大声喊叫起来。

"爸，别这样！"王天佑畏缩着后退。

这正是王十二被杀死之前说的最后一句话，我挺直身子，手指如枪戟般指着他，像极了当日的情形。

王天佑浑身战栗，脸部抽搐。亲手杀死父亲之后，却又见到了父亲，他顿时无比害怕。

"你这个不孝子，居然敢闷死我！财产……财产都是你的又怎么样？丧尽天良，我做鬼也不会放过你！"我说着做出打人的姿势。

王天佑抱着脑袋蹲下身子，"不要，不要……你饶了我吧！"他开始哭号。

王十二的儿子就这么不争气，整个儿一个绣花枕头。我敢说，当时如果不是王十二晕倒在地，给他十个胆子也不敢动他老爸一根寒毛。

我现在可以吓死他。在药物的作用下，只要稍加诱导，恐惧几乎可以被放大到无限。然而这不是我的目的，我也不想犯杀人罪——哪怕永远也不会被追查。

我只是想告诉他一些东西。我走过去，一把抓住他的头发拉起他的头，附在他的耳边轻声说："财产都是你的了，但是我们断绝父子关系，我会做鬼，让你一辈子不得安宁。"

王天佑只是哆嗦，嗯嗯呜呜说不出一句话。

我抬头看着万医生，点了点头。

万医生默默地走上来，给他打了一针。

王天佑瘫倒在地。

"一切都按照你的计划来了,"万医生冷冷地看着瘫在地上的王天佑,"现在兑现你的承诺。"

"我们要看看效果。"我说,"明天打电话给我,我们把他送到精神病院去。然后,我们各不相欠。"

"你要记得自己的承诺!"万医生盯着我,满怀戒心。

"你可以放一万个心。"我微笑着,"只要我不变成精神病,你和小卢都会很安全。"

万医生从密道走掉了。

阿彪走进来。是我要他站在门外的,所以他听到了全部的过程。

"小老板真的杀死了他自己的父亲?"他问道。

"你都听见了。"我说。

阿彪默默地走出去,他再也不会为这个躺在地上的花花公子卖命了。

富丽堂皇的屋子里只剩下我和躺在地上的前亿万富翁继承人。我还有最后的事要做。

我走到书桌边,拉开抽屉,抽屉里有一把保险锁。

我拧动锁盘,打开保险,眼前跳出一块屏幕。我把手按在屏幕上,启动了程序。

所有的现金、证券、股权、不动产……一切的财产都从王于德的名下,转移到了一个叫李川书的人名下。指纹、虹膜、DNA,一切可以验证身份的东西,都从我身上转入这台电脑,然后通过预留的后门进入国家个人信息管理中心。

当最后的转移完成,屏幕上出现了一个巨大的摄像头。

我露出一个微笑。咔嚓一声后,一张卡片从缝隙中弹了出来。

我捡起卡片,这是一张崭新的身份证,我的头像就印在上面,傻傻地微笑。

从今天起,我就是李川书!

我收起身份证,把书桌恢复原样,然后走出门去,让阿彪送我回精神病院。

一晃十年。

当我厌倦了白雪皑皑的布朗峰后,我决定回去看看。虽然精神病院不是什么让人自豪的地方,但毕竟我在那里生活了八年。人总是念旧的。

很远我就看见了曾经的精神病院的金字招牌——"李川书精神疾病研究院"。

欢迎的队伍排得老长,站在最前的是宋院长。

"宋院长,很久不见,很久不见啊……您老看上去气色不错!怎么敢这么麻烦大家……"我热情地和他握手。

宋院长的老脸上露出受宠若惊的表情,"这哪里敢当,李老板,您是我们的大贵人。应该的,应该的!"

我微微一笑。十年前我是梁翔宇,要在宋院长面前装孙子,可一旦我成了亿万富翁李川书,宋院长和曾经的同事们就再也不记得存在过一个叫梁翔宇的人。钱或许真的不是万能的,但它至少可以让一些人彻底忘掉过去。

我走过热烈欢迎的队伍,走进这片熟悉的土地。

一个宽敞的院落里住着特殊的病人,我走过去,和他打招呼。

他猛然一惊,"你是谁?你要干什么?是不是要抢我的钱?我有很多钱,我是亿万富翁!"他说着就像兔子一般跑掉,躲进了门里。

"他的病情比十年前好些了吗?"我问宋院长。

"没有,一直都这样。晚上的时候,杀猪一样乱嚎,如果不是您有特殊吩咐,早就给他上嘴套了。"

我点了点头。虽然是我的催眠才让他生活在潜意识的恐惧中,然而一切都是他这个杀人犯咎由自取,我既不内疚,也不怜悯。

当天晚上,我和万医生通电话,告诉他我要去拜访。

万医生喜出望外。自从那次事件之后,我远走欧洲,他和卢小姐结婚,已经有了一个可爱的宝贝儿子。我们一直保持着亲密的朋友关系。一个亿万富翁很容易有几个好朋友,特别是如果你真心赞助他们的事业。

"有个特别的人，你一定要见见。"电话那边，万医生显得很神秘。

我知道是谁，却也不道破。万医生和我提了好几次，那个人总在庄园周边出没，衣衫褴褛，面黄肌瘦，他像是在等待什么机会。我很感谢万医生的好意，然而这些年我其实一直派人跟着那个人，对他的行踪了如指掌。

我见到了万医生和小卢，还有他们六岁的儿子大宝。大宝很可爱，听说他小小年纪已经能明白光速有限，跨进了相对论的门槛。现在我见到了他，果然是聪明伶俐的孩子。

午餐时，万医生兴致勃勃地给我讲述一种增强记忆的新药的最新研究进展，他确信这种药物会永久性地改变人类历史进程。

小卢悄悄地捅了捅我的胳膊，示意我看窗外。

窗外，绿草如茵，却有一个黑乎乎的人影在草皮上行走，踉踉不堪，仿佛一只动物。

十多分钟后，我站在他面前。

他认出了我，恨恨地盯着我。

"你应该感谢我，如果不是我，你已经死在精神病院里了。"我说。

他无动于衷，仍旧恨恨地盯着我。

"每个人都得到了他想要的东西，李川书得到了享受，王天佑得到了梦中的财产，万医生得到了自由，你得到了年轻的生命。我只是把你们丢下的东西捡起来。大家都很满意。"

他仍旧无动于衷。

我拿出一张卡片，递给他，"这里是五百万，你可以在任何一家银行支取。如果你想拿回你失去的一切，这是一个很不错的开始。"

他并没有拒绝卡片。

我向他微笑，然后回到了庄园里。

回头看去，他已经不见了踪影。

第二天，我正在吃早餐，阿彪一路小跑，把报纸送过来，说道：

"老板，有消息。"

我看了看阿彪所指的地方，那是社会八卦版内一条不起眼的消息——"流浪汉银行内取五百万遭哄抢，当街被群殴致死"。

我点了点头，心安理得地喝下一口咖啡。因果报应，这事怨不得我。

我走到窗边，万医生一家正在草坪上玩耍，其乐融融。

王十二，李川书，梁翔宇……我不知道自己究竟是哪一个，和生活本身相比，这也并不重要，只要你自己不把它看得太重要。

"李叔叔！"大宝叫喊着向窗边跑过来。

我笑嘻嘻地应了一声，从窗口跳出去，把他抱起来，高高地举起。

"李叔叔，为什么我总觉得很早就认识你？"我把大宝放下，他兴致勃勃地问。

"因为大宝乖。"我随口夸赞他。

"但是……"大宝歪着头，"我记得你好像姓梁。"他睁着圆溜溜的大眼睛，天真无邪地看着我。

我心中一凛，不由得向着万医生夫妇看去。